U0606367

《诗探索》编辑委员会在工作中始终坚持：

发现和推出诗歌写作和理论研究的新人。

培养创作和研究兼备的复合型诗歌人才。

坚持高品位和探索性。

不断扩展《诗探索》的有效读者群。

办好理论研究和创作研究的诗歌研讨会和有特色的诗歌奖项。

为中国新诗的发展做出贡献。

POETRY EXPLORATION

理论卷

主编 / 吴思敬

2019年 第1辑

作家出版社

主　管：中国当代文学研究会
主　办：首都师范大学中国诗歌研究中心
　　　　北京大学中国诗歌研究院

《诗探索》出品人：北京人天书店有限公司
社　长：邹　进

《诗探索·理论卷》主编：吴思敬
通信地址：北京市西三环北路83号首都师范大学
　　　　中国诗歌研究中心《诗探索·理论卷》编辑部
邮政编码：100089
电子信箱：poetry_cn@163.com
特约编辑：王士强

《诗探索·作品卷》主编：林　莽
通信地址：北京市丰台区晓月中路15号
　　　　《诗探索·作品卷》编辑部
邮政编码：100165
电子信箱：stshygj@126.com
编　辑：陈　亮　谈雅丽

目　录

中国新诗百年纪念大会学术论坛

结识一位诗人

中生代诗人研究

诗论家研究

姿态与尺度

新诗理论著作述评

外国诗论家研究

【编者的话】

百年前，以胡适为代表的中国新诗的缔造者和先行者，通过他们义无反顾的实验，掀开了中国诗歌史崭新的一页。此后，他们的后继者继续披荆斩棘，不断前行。如今，中国新诗已成长为一棵参天大树，耸立在中国文学的天际线上。2018 年 9 月 20 日，由北京大学中国诗歌研究院、北京大学中文系、首都师范大学中国诗歌研究中心和中国诗歌学会共同主办的“中国新诗百年纪念大会学术论坛”在北京香山饭店举行。谢冕、孙绍振、叶橹、张默、晓雪、骆寒超、吕进、刘登翰、吴开晋、洪子诚、陈晓明、黄怒波、赵敏俐、吴思敬、古远清、沈奇、王光明、傅天虹、简政珍、郑慧如、郑政恒、岩佐昌暲（日本）、邓月娘（俄罗斯）、佐藤普美子（日本）、朱西（意大利）等九十余名国内外知名学者、诗人出席了论坛。此次论坛旨在回顾与总结百年新诗发展的成就与问题，并为新诗的又一个百年拉开序幕。会上学者与诗人们主要围绕“新诗百年的总体性评述”“新诗艺术特质”“新诗批评与批评家”“新诗与当代的关系”“诗歌的外来影响与翻译”等议题，先后进行了七场专题研讨。本刊从与会者提交的论文中遴选出若干篇，拟从本辑起分两批陆续刊出，以飨读者。

一百年来一件大事

谢　冕

今天我们在北京大学阳光大厅隆重举行中国新诗一百年纪念大会。今年是戊戌维新一百二十周年，也是北京大学建校一百二十周年。这些重要的日子重叠在一起，给我们的大会增添了庄严的气氛。一百年前，即公元 1917 年，陈独秀就任北京大学文科学长，将《新青年》从上海迁来北京大学，当时的办公地点是东华门外箭杆胡同。复刊后的《新青年》刊登过“分期编辑表”，这些编辑依次是：陈独秀、钱玄同、高一涵、胡适、李大钊、沈尹默。这些人都是北大的教授，也是新文化运动和新文学革命的领袖人物，他们也都参与了中国新诗的提倡与建设，有的本身就是新诗人。

《新青年》创刊时，陈独秀曾对中国青年提出六点希望：自主的而非奴隶的；进步的而非保守的；进取的而非退隐的；世界的而非锁国的；实利的而非虚文的；科学的而非想象的。这六条，简括起来，也就是："科学民主"四个字，这既是新青年杂志的办刊宗旨，也是北大的立校根基，更体现了新文化运动和新诗革命的基本精神。谈到新诗的历史，《新青年》是绕不过去的话题，我们不妨从一个角度来看《新青年》与新诗的密切关系：胡适是"尝试"新诗的第一人，也是发表新诗和出版新诗集的第一人。他的《白话诗八首》是中国新诗的开山之作，刊登于《新青年》二卷六号，时间是民国六年，即 1917 年。他的这些最先发表的白话诗与陈独秀的《文学革命论》发表于同期刊物，可以认为是文学革命的先声。接着是《新青年》四卷一号，即 1918 年 1 月，发表了胡适、沈尹默、刘半农三人的《鸽子》《人力车夫》《月夜》等九首诗。1918 年 5 月，《新青年》四卷五号，鲁迅以唐俟为笔名发表《梦》《爱之神》《桃花》等三首新诗。这些新诗的纪元之作，均与《新青年》有关。

距今一百年前，与鲁迅笔下的狂人发出"救救孩子"呐喊的同时，中国的新诗人也满怀激情地立在地球边上狂歌五千年古国的凤凰涅槃，那是呼唤《女神之再生》的狂飙突进的时代。中国新诗是中国诗人的一个时代梦。晚清道咸以降，列强肆虐，国势凌池，内忧外患，凄风苦雨。有识之士，天下才俊，寻求救亡图存、强国新民的道理，遂有了通过"新"文学、"新"诗以达于"新"中国之诉求。简括地说，当日的目标在于通过改造旧诗而为新诗，期待着以诗的革新使新知识和新思想得到展现与传播。新诗生于忧患、也成于忧患。由此看来，一百年前进行的新诗运动不仅是一场文体革命和艺术革命，也是一场思想革命。这是百年来的一件文化建设的大事。

公元 19 世纪末，诗人黄遵宪等曾倡导"诗界革命"，提出"我手写我口"的主张。但因未能打破旧格律的束缚，诗体未能解放，这场预设的革命没有成功。胡适"尝试"新诗的贡献在于，他勇敢地确立以白话代替文言，以自由代替格律，实行诗体的大解放。"因为有了这一层诗体的解放，所以丰富的材料，精密的观察，高深的理想，复杂的情感方能跑到诗里去。"这是大破坏之后的大建设。因为冲出了格律束缚的大障碍，于是获得了新诗发展的大生机。一百年来，因为有了白话写作的自由体新诗，于是我们能与世界诗歌"对接"，从而拥有了表达现代人情感和思想的最理想、也最亲民的抒情方式。新诗的诞生实现了中国人的百年梦想。

新诗从最初的“尝试”到日臻成熟的自立的过程，我们可以从周作人的《小河》到艾青的“大堰河”的持续实践中，看到几代诗人以白话写诗所进行的英勇行进的轨迹。摆脱了传统格律的新诗人，在日常口语的陌生和单纯中寻求鲜活的语言和精美的抒情，他们不同程度地取得了成功。几代诗人的探索实践，积累了丰富的经验，终于建立起、并实现了无愧于千年诗学传统的现代审美风尚。我们从这个过程中可以看到，新诗不仅是中国诗歌传统的革新，更是中国诗歌传统的延续，它全面地继承了中国诗歌“诗言志”的精髓，它所实行的彻底的变革，如前所述，最终是为了诗的“有益于世”。

匆匆百年，战乱连绵。挺立并前进于战火中的，不仅有英勇抗战的举国军民，在抗击侵略者和争取民族解放的队列中，同样行进着中国诗人激情而无畏的身影。他们投身于全民抗战的激流中，他们因国家民族的不幸而自觉地“放逐抒情”，甚至为此牺牲宝贵的生命。他们以自己的行动谱写了全民抗战的壮丽史诗。我们都记得诗人艾青，那年他“从彩色的欧罗巴带回了一支芦笛”，他在这首诗的前面引用了诗人阿波里内尔的法文诗句：

当年我有一支芦笛
拿法国大元帅的节杖我也不换

但当诗人面对着暴风雨打击着土地时，他决绝地将那支芦笛换成了呼唤自由解放的号角。不仅是艾青，中国所有的诗人都自觉地告别唯美的竖琴和短笛，那些他们曾经心醉的柔美的旋律，顿时化为了呼唤自由的进军的鼓点：“九月的窗外，亚细亚的田野上，自由呵，从血的那边，从兄弟尸骸的那边，向我们来了”。也许我们此种悲壮的追述还可延续下去，因为苦难曾经是那样的绵长。但我们只能适可而止。

曾经有过一个时代，诗歌被禁锢，阳光被垄断。然而诗人在抗争。那是一个焚书毁琴的年代，诗人被流放，被监禁，被冠以种种恶名。然而他们在监狱，在劳改农场，在遥远乡村昏暗的灯光下继续创造着光明和温暖。地火在燃烧，岩浆在熔化，终于有一天，十月的阳光冲破至少长达十年的暗夜。一切也如同神话描写的那样，被雷电劈倒的悬岩边的树，失去生命变成化石的鱼，一起都在新的阳光下复活了。带着肉体和心灵创伤的诗人，满怀希望地迎接重新开始的生活，他们走上街头，欢庆文明对于邪恶的胜利。他们祈求从今以后“爱情不被讥笑”，祈求“跌倒有人扶持”，他们如同发现新大陆那样欢呼：诗啊，我又找到了你！

禁锢的闸门终于打开，解放了的诗歌冲破思想和艺术的牢笼，一代新诗人接过“五四”的火种，开始在中国开放的时空向世界大声“宣告”：

> 新的转机和闪闪的星斗，
> 正在填满没有遮拦的天空，
> 那是五千年的象形文字，
> 那是未来人们凝视的眼睛。

未来人们的眼睛在凝视我们，弥足珍贵的自由精神重新回到出发的原点，中国新诗进入一个伟大复兴的时代。诗歌告别了虚假和空言，回到了自主自立的抒情本位，它呼唤对于独立人格和自由人性的认同与敬畏。诗人的想象力和独创性得到尊重——诗人可以按照自己的意愿进行写作，而无须别人为它规定戒律。不谈或少谈“主义”而专注于“自以为是”的独立创造，已经成为当代风尚。打破大一统之后的诗歌，呈现出纷繁多彩的多元格局。这是几代诗人所梦寐以求的良好生态。

历史安排我们站立在一个伟大的一百年的终点上，历史又安排我们站立在另一个伟大的一百年的起点上。百年一遇，百年一聚，百年一庆！与其说我们是幸运的，不如说我们是沉重的。一代先驱者把百年的诗歌梦想交给了我们，我们不仅是享受前人创造成果的一代人，我们也是承受前人重托的一代人。记得一百年前新诗诞生的时节，我们的前辈就告诫我们：不能因为“新”而忘了“诗”，也不能因为“白话”而忘了“诗”。他们担忧的是，我们因热衷于变革而对于诗歌本体的轻忽或遗忘。一代人又一代人走远了，他们把悬念和期待留给了我们。

2018 年 9 月 10 日，北京大学采薇阁—阳光大厅

［作者单位：北京大学中文系］

中国诗歌史上的一次自觉革命

——在“中国新诗百年纪念大会学术论坛”上的讲话

赵敏俐

尊敬的各位前辈、各位同仁、各位同学：

大家上午好！

今天非常荣幸参加中国新诗百年纪念大会这一隆重活动，作为主办单位之一，我代表首都师范大学中国诗歌研究中心，向各位的到来表示热烈欢迎，并预祝大会圆满成功。

借此机会，我想说几句心里话。第一想表达的，是我的感动和首都师范大学中国诗歌研究中心的感动。这次活动的主题是“中国新诗百年纪念大会”，中国新诗的发源地在北京大学，能举办并参加这样一个盛典，而且是和北大同仁们共同举办，我们感到非常荣幸。

第二，是我个人对这次会议的期盼。我期盼向在座的各位专家学习，通过这次会议有丰富的收获。昨天晚上，我将厚厚的两本论文集，认真地浏览了一遍，读的虽然不细，但是看完之后还是感触很深。尤其是开篇，谢冕老师写的致辞，让我特别感动，这也代表了所有与会者的心声，向百年新诗致敬。论文集的内容特别丰富，把老一辈学者、中青年骨干和年轻新秀们优秀的论文汇集在一起，我相信这会是一本可以传世的论文集，也相信这次会议一定会开得非常圆满。

第三，我也想简单谈一下我对百年新诗的看法。因为这是一个百年新诗的纪念活动，我自然也有感想。新诗产生的意义在哪里？我认为，如果从诗歌史上讲，可以把百年新诗的产生看作中国诗歌史上一次自觉的革命。

回顾百年新诗发展之初，胡适在倡导新诗时，首先就非常自觉地要为新诗的存在寻找历史的合理性依据。他认为新诗的原动力在民间，这个传统源远流长，并非从“五四”开始。他将其追溯到《诗经》，追溯到最早的白话诗，他认为那才是新诗的历史源头。在这次会议的论文集里，首都师范大学中国诗歌研究中心王光明教授的论文题目就是《从“白话诗”到“新诗”》，说的就是这个问题。白话诗虽然与新诗概念不同，但是从白话诗到新诗，的确有胡适倡导新诗的理论逻辑。也就是说，胡适倡导新诗，首先从历史上寻找其发生的合理性，我们今天评价新诗产生的意义，自然也应该从这里出发。

为什么我说新诗的产生是中国诗歌史上的一次自觉革命？因为中国诗歌史上有多次诗体的变迁，用王国维等人的话说就是“一时代有一时代之文学”。从《诗经》到《楚辞》，从《楚辞》到汉乐府，从四言诗到五、七言诗，从唐诗到宋词……我们回顾一下，哪一次新诗体的发生，是由一个学者或者一个群体在那里自觉地进行倡导呢？好像没有，都是自发的。新诗不一样，新诗是处在中国历史上特别重要的变革时期发生的，它是当时中华民族整个社会变革的一个重要组成部分，是顺应这个历史变革而自觉进行的文学变革。所以我觉得，只有从诗歌发展史的角度来认识，才会给它以更好的定位。

新诗在一百年来取得了巨大成就。这个成就也需要我们放在历史的角度才能更好地认识。新诗的产生标志着中国诗歌从古代走向了现代。站在世界的角度，我们会发现中国诗歌的发展与世界诗歌的发展趋势基本是一致的，都是在这个阶段从古代走向现代的。那么，要对百年新诗的成就做出评价，也要从历史出发。我一直从事古典诗歌研究，有很强的比较意识，我希望在历史的比较当中来看新诗的成就。

在中国诗歌研究中心，我这些年特别关注新诗，参加了很多新诗的活动。结识了许多新诗界的老专家，特别感动他们对新诗发展做出的贡献；结识了很多新诗人，从这些新诗人身上学到了许多东西。我也一直在思考，古诗和新诗的区别到底在哪里？

在我看来，古诗和新诗是很不一样的，有的时候差别真是巨大，但它们之间有没有相一致的东西呢？肯定有。要不为什么我们都称其为“诗”呢，就是因为它们有一致性。但是到现在为止，我还没有辨析清楚古诗与新诗两者之间的区别。也许有些人辨析清楚了，但是对我而言这个问题始终是个困惑。新诗界的朋友，对当下的古典诗词大都有些隔膜；而研究古典诗词的人，对新诗也感到陌生。陌生在哪里？就是在古诗与新诗的比较中发现二者有太多不同，对新诗无论从内容和诗体两个方面都感到陌生，把握不住新诗的本质。

诗的本质是什么？到现在我们也没有很好的解答。因为古今诗歌的变化很是巨大。其实就只看中国古代诗歌，从《诗经》到唐诗就有非常大的变化。《诗经》三百零五篇和《唐诗三百首》，两者一样吗？表面看来似乎都是诗，但是在好多方面它们是不同的。《诗经》三百零五篇，在当时是用于宗教、政治、礼仪和教育的，这些诗，实际上包容了当时很多社会生活领域中的文化内容，它只是通过诗体的方式表达出来罢了，而《唐诗三百首》不过是唐代诗歌的一个选本而已，两者有巨大的差别。

我们再将唐诗和现在的新诗比较一下，会发现又有很大区别。唐代诗歌在当时承载的文化功能，和现在也大不一样。我们仅举一个例子来讲，在中国古代，特别是唐代以前，基本上没有专职诗人，我们所知的那些著名诗人大都是文人士大夫。李白一辈子只做过一段翰林学士这样的闲职，入仕时间不长，一辈子写诗，但他也不是专职诗人。李白崇尚道家的自由，希望不受约束，表面看起来是出世的，但是在骨子里念念不忘的还是入世，幻想通过自己的才华得到帝王赏识，布衣平步青云而为卿相，然后再功成身退，复归自由。所以他一辈子写诗，诗中表达的说到底还是文人士大夫情怀，其他人就更不用说了。而“五四”以来的著名现代诗人，有的似乎也继承了古代知识分子情怀的一部分，但是他们的身份不是文人士大夫，大多数诗人都没有入世从政的士大夫理想。写诗似乎成了当今一个独立的职业和一种独立的艺术。也就是说，无论从诗的本质和功能，还是从诗人的创作心态来讲，古代诗歌与新诗都有了很大的区别，甚至是巨大的变化。这种变化，既是时代变革的客观原因，也是“五四”以来的中国诗人们自觉追求的结果。

百年新诗所取得的成就是巨大的。但是也存在着一些问题需要解决。在我看来最重要的可能就是新诗的“诗体”的问题。诗应当有体。在古代诗歌当中，“体”的问题特别重要。诗是什么？就文体特征而言，“诗是有节奏有韵律的语言的加强形式”，这是就古代诗歌来讲的。追求形式之美，强调诗歌的节奏、韵律，在古代诗歌中显得特别重要。无论是《诗经》体、《楚辞》体，还是五言诗、七言诗、格律诗或者词，每种体都有相对固定的形式。那么，我们用这个定义可以定义新诗的诗体吗？有些诗似乎可以这样定义，但是更多的新诗用这个定义是不行的。新诗虽然也有不同派别，也有不同形式，但似乎找不出明确的诗体区分。因为新诗没有固定的体，这成了百年新诗的焦虑，也是新诗界一直讨论的问题。新诗到底需不需要比较固定的诗体？怎么才能建立起新诗的诗体，我听见许多新诗界的前辈都谈过这个问题，如郑敏、牛汉、谢冕先生等，都认为这是新诗发展过程中要解决的重要问题。

要解决这一类问题，我认为也需要有历史的视角。在古诗与新诗的比较当中，似乎可以有助于我们将问题弄清楚，找到解决的办法。仔细想起来也很有意思，胡适倡导新诗，就是从破体开始的，他认为古体诗歌的语言是僵化的，形式也是僵化的，说的都是脱离实际的文人话语。所以他倡导新诗，就要打破旧体的束缚，还诗歌形式的自由，要贴近于生活和大众，能承担这一任务的，只有用白话写诗。可是我们看今天的新诗，已经离白话很远，有些新诗的语言甚至比古体诗词还要晦涩朦胧。相比较而言，反而不如古代诗歌的语言那么通俗流畅。比如唐代大诗人李白、杜甫的诗并不晦涩，白居易的诗更不用说，他甚至有意识地使用当时比较通俗的话语。但是他们的诗歌语言又不是粗俗浅陋的白话，而是把日常生活语言文雅化了。可见，生活的语言与诗的语言之间存在着辩证关系，这需要当代诗人重新探索。新诗将来的发展是否会形成一个比较固定的模式？是否会形成几种固定的诗体？我们现在尚无法预见，不过，诗须有体，在这方面，古诗创作的经验特别值得借鉴。

另外，我想再谈一下诗歌创作的现状问题。我觉得中国诗歌创作现在又进入一个比较繁荣的时代。其标志之一，就是古诗与新诗共存。这些年古典诗歌有非常大的发展，我参加了很多这方面的会议，对现状有所了解。当代古典诗词的创作，无论从创作规模、活动频率、作者人数等方面看，一点也不逊于新诗。从作者队伍来讲，既有老年人，又有青年人，有很多青年人都在写古体诗词，而且他们写得非常好。新诗古诗共存，这是诗歌发展繁荣当中很重要的现象。

但是对这种繁荣景象，我也有些不太满意的地方。虽然二者共存，新诗界和古诗界的交往却不多。为什么会是这样？如果寻找历史渊源的话，也许从新诗产生的那天起，就有了两者之间的隔阂。胡适在给新诗的存在寻找合法的历史依据时，找到了白话诗的源头，从这一点来讲，新诗似乎和古诗并没有割断。但另一方面，这些新诗的开创者，同时又对古代文人诗词采取比较强烈的批判态度，陈独秀还写过《文学革命论》的雄文。也正因为这样，可以说从“五四”前后开始，一些古体诗创作者与新诗创作者之间就有激烈的争论，就一直存在着隔阂。这种隔阂到现在还没有消除。由此造成的弊端就是互相了解不够，缺少互相之间的学习借鉴。我参加新诗的会议时，看到新诗的研究者所写的论文，很少谈到古诗，虽然有些学者会谈到对古诗传统的继承，但整体来讲，对古典诗词的研究和认识是远远不够的。反过来讲，当代的古典诗词创作者也应该向新诗学习，因为他们现在所操的话语的确有脱离现代的问题。他们也很少吸收新诗创作的成绩。新诗的那种语言表达、意象营造、新诗中所表达的社会文化思想内涵，研究古诗的人认识不够。我认为这种状况不利于当代中国诗歌发展。因此，在今天这个纪念新诗百年诞生的学术会上，作为一个从事古典诗歌教学与研究的老师，我提议加强古诗与新诗之间的交流，希望新诗领域与古诗领域多一些沟通与协作。刚才黄怒波先生私下对我说，他们下一次活动的议题就与此有关，我非常赞成。

其实在首都师范大学中国诗歌研究中心成立的时候，我们有一个宏愿就是促进古今诗歌的交流。我们有两个重要的研究方向——古代诗歌研究和现代诗歌研究。我们在这两个方向上都做得很好，都取得了令人瞩目的成绩，产生了良好的反响。我个人也一直努力在这方面做些沟通交流工作。我们在写《中国诗歌通史》的时候，一个重要的理念就是要贯通古今。《中国诗歌通史》的叙述范围是从原始诗歌一直写到二十世纪结束。我们把古代诗歌与现代诗歌的发展在这部书中融合在一起了。为了更好地论述中国诗歌从古代走向现代的过程，我们做了很多工作，整个课题组都参加了讨论。清代卷作者王小舒教授和现代卷主编王光明教授就两卷如何衔接和沟通方面做了很多探讨和有益的实践。

除了古代诗歌与现代诗歌的衔接问题，我们在撰写过程中还特别讨论了古典诗词在20世纪中国诗歌史上的地位问题。从理论上讲，要全面介绍20世纪的中国诗歌，就应当包括20世纪的新诗和20世纪的古典诗词。从名义上来说，既然我们写的是“中国诗歌通史”，那么自然也应该包括20世纪的全部诗歌。为此我们在编写中发生过激烈争论，一开始有人赞同有人反对，因为双方对20世纪古典诗词的评价有很大出入。最后意见得到了统一，大家都认为无论如何都应该放进去。但是在具体操作中却遇到一个当时我们还解决不了的问题，就是对百年来的古典诗词，我们研究的远远不够，我们还没有能力把它写进去，所以这成为我们这部《中国诗歌通史》的一个遗憾。当时我们就想，如果有机会的话，我们还是要将20世纪的古典诗词作为这一时期中国诗歌史的重要组成部分补充进去的。北大的钱志熙教授既写古典诗词，也对当代古典诗词有些研究，曾自告奋勇说他将来愿意承担这一部分。我们寄希望于钱老师和从事当代古典诗词研究的专家们。

总而言之，新诗的发展，在中国诗歌史上确实是值得大书特书的。今天的纪念活动也特别有意义。我们现在是在新诗产生一百年的时候开这样的大会，两百年之后回过头再看，它的意义可能会更大。我猜想，那个时候的学人，还会将兴起于“五四”前后的这种诗歌称之为“新诗”

吗？是不是到那个时代会有更新的诗体了呢？我想，也许会有，也许不会。但无论如何，百年新诗还是中国诗歌发展史上的一个重要分水岭。在我看来，19 世纪以前的诗歌，可以算是中国诗歌的古典时期，20 世纪以后的中国诗歌，则应该算作中国诗歌的一个新的时期。因为发端于“五四”以来的新诗，的确是中国诗歌史上的一次自觉革命。

参加今天纪念新诗百年的活动，我有很多感触，有感而发，思考不周、不当之处，还请各位先生多多批评指正。

谢谢大家！

［作者单位：首都师范大学中国诗歌研究中心］

百年现代诗学的辩证反思

吕 进

如果胡适在《新青年》杂志二卷六号（1917年2月1日）发表的《白话诗八首》还算不上完全意义的新诗，那么，1918年1月15日出刊的四卷一号《新青年》杂志刊出的胡适、沈尹默和刘半农的九首诗，就毫无疑义地是第一批新诗，而且也是中国新文学的第一批新生儿。

已经问世百年的中国新诗，现在几乎还是游离于家庭教育、学校教育和社会文化生活之外。中国现代诗学是与中国新诗几乎同时发生的，初期的现代诗学致力于“爆破”。现在回头看去，这种爆破是必需的，又是粗放的。连同我们民族的传统诗学的精华也成了爆破对象，就给现代诗学留下了“先天不足”“漂移不定”的祸根。从20世纪新时期起，现代诗学由爆破期转入建设期，出现了专业的诗评家。由于不能很好地现代性地处理与传统诗学的承接，也不能很好地本土性地处理与西方诗学的借鉴，现代诗学迄今缺乏体系性。进入新世纪以来，诗评家失语，诗人的随性言说、圈子言说进一步替代了学术话语。

许多诞生之初就出现的争议至今仍然困扰着新诗，现代诗学必须面对这些周而复始的话题进行辩证反思，拒绝剑走偏锋，努力构建中国现代诗学的话语体系。

诗的公共性与个人性

中国新诗在20世纪80年代曾经创造过自己的辉煌。那是令人怀念的时代，诗引发全社会强烈的共鸣。90年代以后，诗歌的“个人化”倾向渐成潮流，鄙视公共性的审美追求，抒写一己悲欢、杯水风波的诗歌与受众拉开距离，逐渐退出公众视野，自己将自己边缘化了。

诗一经公开发表，就成了社会产品，也就具有了社会性，这难道不是一个简单的诗学原理吗？公共性是诗在公众社会的生存理由，也是诗的生命底线。诗一旦背对受众，受众肯定就会背对诗。

从诗歌发生学来讲，从诞生起，诗就具有公共性这一特质。甲骨文里是没有“诗”字的，只有“寺”字。宋人王安石解剖“诗”字说：“诗，寺人之言”。寺人就是上古祭祀仪式的司仪。《左传》说：“国之大事，在祀与戎。”祭天，祭地，祭祖，求福消灾的祭词，当然是“人人所欲言”，具有很高的公共性。中国古代的祭祀经殷、周、秦、魏晋不断有新的变化发展，但具有严肃性、崇高性、音乐性的祭词的代言性质始终没有变化，这是中国诗歌与生俱来的遗传。

从诗歌传统来讲，公共性是中国诗歌的民族标志。对于诗歌，没有新变，就意味着式微。但是如果细心考察，就不难发现，在一个民族诗歌的新变中，总会有一些有别于他民族的恒定的艺术元素，这就是民族传统，这是诗歌“变”中之“常”。循此，可以更深刻地把握传统诗歌——发现古代作品对现代艺术的启示；可以更准确地把握现代诗歌——领会现代诗篇的艺术渊源；可以更智慧地预测未来——在变化与恒定的互动中诗的大体走向。正是几千年的优秀传统推动了中国诗歌的流变与繁荣。李白《把酒问月》有“今人不见古时月，今月曾经照古人”之句，优秀传统就是“今月”。中国诗歌的优秀传统的首要表现就是充当干预者和代言人。诗无非表达两种关怀：生命关怀与社会关怀，两种关怀就是两种干预和两种代言。当社会处于相对安静、繁荣的时期，诗的生命关怀的分量就会重一些；当民族处于战争、革命、动乱的年代，诗的社会关怀就会成为那个时代诗歌的第一要素。许多书写生命关怀的篇章，从诗人此时真切的人生体验出发，说破千百万人彼时的类似心情。海子的“面朝大海，春暖花开”，是许多同时代人在心灵宁静时的明朗感受；舒婷的名篇《神女峰》唱出了众多女性反叛旧习俗的勇气和大胆追求爱情追求幸福的心态：“与其在悬崖上展览千年 / 不如在爱人肩头痛哭一晚”。诗人情动而辞发，受众读诗而入情。诗人的体验唱出了、集中了、提高了许许多多人的所感所悟所思，审美地说出人们未曾说出的体验，能言人之未言，易言人之难言，自会从诗人的内心走向受众的内心，自是亲切，自会传诵久远。对于诗歌，到了极致的生命关怀是与社会关怀相通的：一花一世界，一叶一菩提。

书写社会关怀是中国诗歌的显著特征，千百年来以家国为本位的优秀篇章数不胜数，历来被认为是上品，所谓“国家不幸诗家幸，赋到沧桑句便工”。“海天愁思正茫茫”是历代中国优秀诗人的共性。气不可御的李白，沉郁顿挫的杜甫，纯净内向的李商隐，哀婉悲痛的李煜，笔墨凝重的苏东坡，愁思满怀的纳兰性德，虽然他们的艺术个性相距甚远，但是他们的诗词却总是以家国为上，他们对个人命运的咏叹和同情，常常是和对家国的兴衰的关注联系在一起的。只是，这“关注”的通道是诗的，而不是非诗的。新时期开始的时候，许多曾经的“受难者”从各个地方、各个领域“归来”了，“归来者”诗人高平的诗句“冬天对不起我 / 我要对得起春天”说出了所有“归来者”的心绪：抛开昨天，走向明天。而朦胧诗人顾城的诗《一代人》只有两行：“黑夜给了我黑色的眼睛 / 我却用它来寻找光明”，和高平有异曲同工之妙。诗人艾青在抗战中有名句“为什么我的眼里常含泪水 / 因为我对这土地爱得深沉”，这种爱国情愫穿过时空，一直到今天也被人们传诵。对于诗歌，到了极致的社会关怀是与生命关怀相通的：来自生命芳香，发自个人内心。

诗是艺术，艺术来自生活又必定高出原生态的生活。常人是写不出诗的。只要真正进入写诗状态，那么，在写诗的那个时刻，常人一定就变成了一个诗人——在那个状态下，他洗掉了自己作为常人的俗气与牵挂，从个人化路径升华到诗的世界。非个人化就是常人感情向诗人感情转变的结果，原生态感情向艺术感情的提升，没有这种转变和提升，就没有诗人，也没有诗。

诗的显著特征是“无名性”。歌唱着的诗人和歌唱者本人既有紧密联系，又有美学区别。既是诗人，就应当不只是充当自己灵魂的保姆，更不能只是一个自恋者。这种“无名性”使得诗所传达的诗美体验获得高度的普适性，为读者提供从诗中找到自己、了解自己、丰富自己、提高自己的广泛可能。原生态的感情不可能成为诗的对象。读者创造诗，诗也创造读者。艾略特在他写于 1917 年的著名论文《传统与个人才能》里，倡导诗表现“意义重大的感情”，艾略特还说：“这种感情的生命是在诗中，不是在诗人的历史中”“艺术家越是完美，那么在他身上，感受的个人和创造的心灵越是完全的分开”。我们可以从公共性去理解艾略特的话。仅仅对一个人有价值的东西对于社会、对于时代是没有价值的。越是优秀的诗人，他的诗的普适性就越高。

当然，在情感内容上的高度非个人化的诗又来自高度的个人化：诗人情感的亲切性与独特性，它与诗人的感悟世界的方式、寻找诗美的途径以及诗人的经历与个性密不可分。优秀的诗属于社会，但真正的诗人不可复制。

诗的大众与小众

诗是大众的还是小众的，从新诗诞生起，就一直在争论中。其实，争论的焦点究其本质是平民化还是贵族化。新诗刚出世就显露了它的平民化倾向。陈独秀的《文学革命论》一文的核心，就是推倒贵族文学，建立国民文学。周作人等也提出“平民的诗”。其后，新诗的平民化运动一浪接着一浪。康白情提出“贵族的诗”，虽得到朱自清等人的支持，但在新诗史上始终没有站稳脚跟。朱自清后来发表《新诗的进步》，退了一步，改提“并存”。20 世纪 90 年代初的“民间写作”和“知识分子写作”之争，现在的“诗是否需要广泛的读者”之争，都是这两种倾向交战的延续。

考察这个范畴也得避免片面的视角。不仅对诗坛，就是对同一位诗人来说，大众化倾向和小众化倾向也常常是“并存”的。李白有《静夜思》，也有《蜀道难》；老杜有三吏三别，也有《北征》。推崇大众化的《死水》的闻一多，也出版过小众化的《红烛》；写过小众化的《雨巷》的戴望舒，也写过大众化的《元日祝福》。朦胧诗似乎是小众的，但是诸如“卑鄙是卑鄙者的通行证 / 高尚是高尚者的墓志铭”之类的名句却得到广泛流传。

当然，一位诗人总有他的主要审美倾向。李金发基本是小众化诗人，田间基本是大众化诗人。在一些诗人那里，主要审美倾向还会发生变化，殷夫、穆木天、艾青、何其芳、卞之琳等都是由小众化转向大众化的诗人。

大众化和小众化的诗都各有其美学价值，不必也不可能取消它们中的任何一个。但是，艺术总是有媒介化倾向，公开发表的诗终究以广泛传播为旨归。大众传播有两个向度：空间与时间。不仅“传之四海”的空间普及，“流芳千古”的时间普及也是大众化的表现。李贺、李商隐生前少知音，但他们的诗歌几千年持续流传，成为文化传统的一部分。诗歌的这种隔世效应也是一种常见的大众化现象。唐诗宋词是中国古典诗歌的高峰，也是大众化程度最高的诗歌，只要是中国人，大多能背出几首佳作。唐诗宋词成了中国人文化身份之一。

在大众化问题上，白居易和柳永值得研究。胡适倡导新诗时，就很推崇白居易和他领军的新乐府。“但伤民病痛”的白居易推进了杜甫开辟的现实主义，“始得名于文章，终得罪于文章”。从《赋得古原草送别》到《长恨歌》，再到贬居江州的《琵琶行》，白居易有明确的大众化艺术追求，他的不少诗篇也最大限度地产生了大众化效应。白居易的诗广布民间，传入深宫，当时凡乡校、佛寺、通旅、行舟之中，到处题有白诗。有的“粉丝”全身纹上白诗，有的歌妓因能诵《长恨歌》而“增价”。元稹为《白氏长庆集》写的序言里有这样的叙述：“禁省、观寺、邮候墙壁之上无不书；王公、妾妇、牛童马走之口无不道。”白居易死，唐宣宗写诗悼念，有“童子解吟长恨曲，胡儿能唱琵琶篇”之句。新乐府用口语，但徒有乐府之名，实际和音乐没有多少干系，而柳永的词却充分运用音乐作为传播手段。柳永生于两宋社会的“盛明”之世，描写都市繁华，歌咏市井生活，在题材上有突破；在唐五代小令的基础上，创制长调慢词，在文体上有突破。他熟悉坊曲，和歌伶乐伎合作，使词插上音乐的翅膀。叶梦得说过：“凡有井水饮处，即能歌柳词。”

新诗拥有唐诗宋词时代没有的现代传播手段，像诗的网络生存，就是古人远远不具备的条件。“天上的白云真白啊”的乌青，“穿过大半个中国去睡你”的余秀华，都是在网络上一夜爆红的。微信朋友圈的诗歌类微信公众号正在推进诗歌向大众的靠拢，从2013年6月开始的“为你读诗”积累的粉丝已经超过百万。新诗在突围，但是新诗眼下实际上还是很小众。和唐诗宋词相比，新诗的大众化存在诸多困难。首先，年轻的新诗不成熟，甚至迄今没有形成公认的审美标准，诗人难写，读者难记，没有像唐诗宋词那样化为民族文化传统。其次，新诗的发生更多地取法外国，不来自民间，不来自传统，也不来自音乐，主要借助默读，与朗诵尤其与音乐的脱节成为传播的大难题，把声音还给诗歌乃当务之急。再次，和白居易的“为时而著”“为事而作”不一样，当下有些诗人信服“私语化”倾向，使得公众远离诗歌。高尔基那句名言还是有道理的：“诗人是世界的回声，而不仅仅是自己灵魂的保姆”。

无论是小众还是大众，新诗都需不断继承创新，在多样化格局中努力争取传播的大众化效应。有些诗人说他的诗就是写给少数人读的，如果这样谈论自己公开发表的诗的话，这是不真诚的。更多的读者，应该是诗人的梦想。还有人说，凡大众喜欢的诗就不是好诗，这就完全不知所云了。

诗家语与日常语

从20世纪的新时期开始，诗歌文体学就成了现代诗学的前沿。原因很简单，新诗从那个时候开始，拨正了诗与政治、诗与散文的关系，又回到了自身。诗从历史层面的反思转向美学层面的发展，关注自身就成了一种必然。

其实任何文学品种都是受限的文学。每种文体都具有自己的优势，又具有自己的局限。每种文体的优势正来自它对局限的运用与突破。比如，就篇幅而言，散文比较自由；戏剧文学由于是戏剧与文学的联姻，受到舞台限制，在篇幅上就失去不少自由；诗虽然是最自由地抒写内心世界的艺术，在篇幅上却最不自由。自由抒写于方寸之间，却正是诗的艺术光彩。

和其他文学品种相比，诗的语言最具特点。宋代王安石把诗歌语言称为“诗家语”是有其道理的。诗家语不是特殊语言，更不是一般语言，它是诗人“借用”一般语言组成的诗的言说方式。一般语言一经进入这个方式就发生质变，外在的交际功能下降，内在的体验功能上升；意义后退，意味走出；成了具有音乐性、弹性、随意性的灵感语言、内视语言，用薄伽丘的说法，就是“精致的讲话”。“口水”不能成诗，这是最简单的常识。

从生成过程来看，诗有三种：诗人内心的诗，纸上的诗，读者内心的诗。因此，诗的传播就是从（诗人）内心走进（读者）内心。诗人内心的诗是一种悟，是“不可说”的无言的沉默。在这一点上，诗和禅是相通的。禅不立文字，诗是文学，得从心上走到纸上，以言来言那无言，以开口来传达那沉默。这是诗人永远面对的难题。在心灵世界面前，在体验世界面前，一般语言捉襟见肘。古人说：“常语易，奇语难，此诗之初关也。奇语易，常语难，此诗之重关也。”诗人寻奇觅怪，恰恰是不成熟的表现。诗人善于驾驭一般语言，才能见出他的功力。用浅近语言构成奇妙的言说方式，这是大诗人的风范。

诗家语很大的特点是德国学者黑格尔所说的“清洗”。诗的内蕴要清洗，诗家语也要清洗。清洗杂质是诗的天职。诗是“空白”艺术。诗不在连，而在断，断后之连，是时间的清洗。诗在时间上的跳跃，使诗富有巨大的张力。臧克家的《三代》只有六行：“孩子/在土里洗澡；/爸爸/在土里流汗；/爷爷/在土里葬埋。”既写出了一个农民的一生，又写出了农民的世世代代、祖祖辈辈的命运，从具象到抽象，从确定到不确定，从单纯到弹性，皆由对时间的清洗而来。诗不在面，而在点，点外之面，是空间的清洗。余光中的《今生今世》是悼念母亲的歌。诗人只写了一生中两次“最忘情的哭声”，一次是生命开始的时候，一次是母亲去世的时候。“但两次哭声的中间啊/有无穷无尽的笑声”。诗之未言，正是诗之欲言。可以说，每个字都是无底深渊。恰是未曾落墨处，烟波浩渺满目前。母子亲情，骨肉柔情，悼唁哀情，全在纸上。

一与万，简与丰，有限与无限，是诗家语的美学。诗人总是两种相反品格的统一：内心倾吐的慷慨和语言表达的吝啬。从中国诗歌史看，中国诗歌的四言、五言、七言而长短句、散曲、近体和新诗，一个比一个获得倾吐复杂情感的更大的自由，这样的发展趋势和社会生活由简单到复杂、由低级到高级的发展遥相呼应。可是从语言着眼，与诗歌内容的由简到繁正相反，诗家语却始终坚守着、提高着它的纯度，按照与内容相对而言的由繁到简的方向发展。五言是两句四言的省约，七言是两句五言的省约。这是诗歌艺术的铁的法则。

诗家语在生成过程里，诗人有三个基本选择。第一，是词的选择。诗表现的不是观，而是观感；不是情，而是情感。诗的旨趣不是叙述生活，而在歌唱生活。所以诗倾吐的是心灵的波涛，但落墨点却往往并不直接在波涛上，而是在引起这一波涛的具体事象。杜甫不说："天下太不公道了，富的那么富，富得吃喝不尽；穷的那么穷，穷得活不下去"，却说"朱门酒肉臭，路有冻死骨"。这词选得多好啊！第二，是组合的选择。在诗里，词的搭配取得很大自由。这种组合根本不依靠推理逻辑，而是依靠抒情逻辑，尤其是动词与名词的异常组合常常产生诗的美学效应。田间的名篇《给战斗者》里有这样的诗行："他们永远/呼吸着/仇恨"。"呼吸"是实，"仇恨"是虚，虚实组合发出诗的光亮。方敬的名篇《阴天》的开始两行："忧郁的宽帽檐/使我所有的日子都是阴天"。"宽帽檐"是实，"忧郁的"是虚，虚实的组合使得这两行诗有了很大的情感容量。第三，是句法的选择。俄罗斯评论家别林斯基讲得非常好："朴素的语言不是诗歌独一无二的确实标志，但是精确的句法却永远是缺乏诗意的可靠标志。"这句话见于他的论文《别涅季克托夫诗集》。优秀的诗在句法上都是很讲究的，许多名句和句法的选择分不开。从散文的眼光看，诗句好像不通，其实妙在不通。徐志摩的《再别康桥》那"轻轻地我走了"是大家熟悉的例子。何其芳的名篇《欢乐》："是不是可握住的，如温情的手？/可看见的，如亮着爱怜的眼光？/会不会使心灵微微地颤抖，/或者静静地流泪，如同悲伤？"词序都是倒装。这样，诗就增添了停顿，减缓了节奏，加强了音韵的铿锵，一唱三叹地抒发了"对于欢乐我的心是盲人的目"的哀愁。

用不加提炼的日常语写诗，是摧残诗美的最好手段，读者读到的不是诗，而是美好诗意的非诗表达。绝对地说，诗就是诗家语而已，不能体悟、把握诗家语精妙的人不可能是诗人。

写诗技巧的“有”与“无”

清人李重华《贞一斋诗说》概括诗歌技巧时说：“诗求文理能通者，为初学言之也；诗贵修饰能工者，为未成家言之也。其实诗到高妙处，何止于通？到神化处，何尝求工？”清人的这个观点还是有科学性的，新诗的情况其实也相去不远。

诗是一般语言的非一般化，不大接受通常“文理”的裁判，诗之味有时恰恰就在不那样“文理能通”。诗又是非一般化的一般语言，“贵修饰能工”者，是有形式感的人，比“求文理能通”者更接近诗。但是，诗不仅需要表现，更需要发现，外露技巧会造成诗的外腴中枯，戏弄读者会剪断诗与读者的联系，恰恰是诗的大忌。宋人吴可说：“凡装点者，好在外，初读之似好，再三读之则无味。”诗家语要表达“在可言不可言之间”的思致微妙的人的内在世界、心灵世界、情感世界，“何止于通”？诗家语是内在符号，不可能像其他文学样式那样运用悬念来抓住读者，因此在篇幅自由上获得的权利在所有文学样式中是最小的，它要力求把“局限”变成“无限”，这就需要“工”。但是诗一般需要读者在极短的时间内领悟，这又必须用一般语言来组成诗的言说方式，“何尝求工”？

纵向来看，《贞一斋诗说》说的三种情形，其实也是不少诗人走过的艺术之路的三个阶段：用散文方式写诗——注意表现技巧。其后，就是杜甫说的“老去诗篇浑漫与”了，亦如严羽《沧浪诗话》所说：“既识羞愧，始生畏缩，成之极难；及至透彻，则七纵八横，信手拈来，头头是道矣。”

从这个视角，一切优秀现代诗的技巧都可以用“有”和“无”二字加以解说。

一是有诗意，无语言。

诗美体验的产生是一个从“无”到“有”的过程。诗人在外在世界里不经意地积累着感情储备和形象储备。长期积累使诗人在某些方面形成了特别敏锐的诗美触角。一个偶然的契机，诗人就“感物而动”，诗人的主观心灵与客观世界邂逅了，灵感爆发。于是诗人“有”了心上的诗。要表现这个“有”，诗人又面临困窘。诗美的本质就是沉默，所谓“口闭则诗在，口开则诗亡”。至言无言。诗美一经点破，就会失去生命。有限的言，不可能完美地表达无限的言外之意。诗无言的特性带给诗人无限的难题和无限的机会。以言表现无言，诗人只能从“有”到“无”。

庄子说："大辩不言。"司空图说："不着一字，尽得风流。"刘禹锡说："情到深处，每说不出。"白居易说："此时无声胜有声。"从获得诗美体验的"有"到传达诗美体验的"无"，是诗歌创作的一般过程。"无"才是真"有"——诗篇之未言，恰是诗人之欲言。有如禅家所说："有是无有，无有是有"。"书形于无象，造响于无声"的精髓是将读者引向诗的世界，从言外、意外、笔外、象外去寻找那无言的诗美。

从"有"到"无"，诗人的智慧是以"不说出"代替"说不出"，以象尽意。从"有"到"无"，诗人总是避开体验的名称。直接说出体验的名称，正是诗人在艺术表现上的无能。诗人注重"隐"。《文心雕龙》写道："隐也者，文外之重旨也。"从"有"到"无"，诗人注重"中声所止"。《荀子》写道："诗者，中声之所止也。"这样，诗就富有暗示性："但见情性，不睹文字，盖诗道之极也。"

二是有功夫，无痕迹。

陶渊明说："此中有真意，欲辨已忘言。"诗美体验是"忘言"的。既然是诗人，就得从"忘言"走向"寻言"。而"寻言"由于诗没有现成的艺术媒介会变得十分艰难。从这个角度，可以说，诗人就是饱受语言折磨的人。从古至今，没有一位真正的诗人不慨叹"寻言"之苦："吟安一个字，捻断数茎须""句句深夜得，心自天外归""吟成五字句，用破一生心""蟾蜍影里清吟苦，舴艋舟中白发生""借问别来太瘦生，总为从前作诗苦""夜吟晓不休，苦吟鬼神愁。如何不自闲，心与身为仇。"现代诗人中的苦吟者也很多。他们对诗总是反复推敲，非搞得形销骨立而后已。臧克家的《难民》中"黄昏还没有溶尽归鸦的翅膀中的'溶尽'"一词就是苦苦锤炼出来的"唯一的词"。诗人的这番苦功夫，却又以隐形化为上。皎然说："至苦而无迹。"诗人"至苦"，诗篇里却"无迹"，这才是优秀的诗篇。诗人难写，读者易读。读者的"易"并不是诗人的"浅"，而是诗人技巧能力的显示。《老子》说："大巧若拙。"诗虽有用巧而见工者，但总而言之，用巧不如用拙。所谓"拙"，是巧后之拙。花开草长，鸟语虫声，云因行而生变，水因动而生纹，言近旨远，言浅意深，词平意寄，词微意显，这种"拙"实在不是随意"玩"得出来的。

成熟诗人的作品，都是"绚烂之极，归于平淡"。这里的"平淡"不是平庸加淡薄，而是险后之平，浓后之淡。平淡而到天然境界。到了高妙处神化处的诗，运用的是从"有"到"无"的技巧。对诗来说，最高的技巧是无语言、无痕迹的无技巧。

表达技法是一个深不见底的大海。摒弃公共的规条，以千变万化的技法来表现普适的情感内容，这就是古往今来优秀诗篇的共同品质。

新诗诗体的双极发展及单极发展

重破轻立，一直是新诗的痼疾。新诗是中华诗歌的现代形态。百年新诗发展到了今天，必须在“立”字上下功夫了：新诗呼唤“破格”之后的“创格”。中国是诗的国度，诗从来就是文学中的文学。当年梁实秋在《新诗的格调及其他》一文里说过：“诗先要是诗，然后才能谈到什么白话不白话。”

重破轻立最明显地表现在诗体重建上。长期以来，不少诗人习惯跑野马，对于形式建设一概忽视甚至轻率地反对，认为这妨碍了他们的创作“自由”。新诗是“诗体大解放”的产物。在“解放”后的第二天，从“诗体解放”到“诗体重建”本是合乎逻辑的发展。从20世纪80年代末开始昙花一现地流行的这样体、那样体，可以通称为“口水体”。“口水体”拒绝新诗的诗体规范，放逐新诗的诗美要素，否定新诗应该具有诗之为诗的艺术标准，加深了新诗与生俱来的危机。

新诗近百年的最大教训之一是在诗体上的单极发展，一部新诗发展史迄今主要是自由诗史。自由诗作为“破”的先锋，自有其历史合理性，近百年中也出了不少佳作，为新诗赢得了光荣。但是单极发展就不正常了，尤其是在具有几千年格律诗传统的中国。考察世界各国的诗歌，完全找不出诗体是单极发展的国家。自由诗是当今世界的一股潮流，但是，格律体在任何国家都是必备和主流诗体，人们熟知的不少大诗人都是格律体的大师。比如人们曾经以为苏联诗人马雅可夫斯基写的是自由诗，这是误解。就连他的著名长诗《列宁》，长达12111行，也是格律诗。新诗的合理生态应该是自由体新诗和格律体新诗的两立式结构：双峰对峙，双美对照。

自由诗急需提升。自由体诗人也要有形式感。严格地说，没有形式感的诗人是根本不能称为诗人的。自由诗是舶来品，它的冠名并不科学。并没有自由散文、自由小说、自由戏剧，何况以形式为基础的诗呢？凡艺术都没有无限的自由，束缚给艺术制造困难，也正因为这样，才给艺术带来机会。艺术的魅力正在于局限中的无限，艺术家的才华正在于克服束缚而创造自由。当自由诗被诠释为随意涂鸦的诗体的时候，它也就在“自由”中失去了“诗”。自由诗是中国诗歌的一种新变，但是要守常求变，守住诗之为诗、中国诗之为中国诗的“常”，才有新变的基础。提升自由诗，让自由诗增大对于诗的隶属度，驱赶伪诗，是新诗“立”的美学使命之一。

格律体新诗的成形是另一种必需的“立”，近年在艺术实践和理论概括上都有了长足进步，除了必须是诗（绝对不能走唐宋之后古体诗的只有诗的形式而没有诗的内容的老路）这个大前提外，格律体新诗在形式上有两个美学要素：格式与韵式。格式和韵式构成格律体新诗的几何学限度。所谓格式，就是与篇无定节、节无定行、行无定顿的自由诗相比，格律体新诗寻求相对稳定的有规律的诗体。可以预计，随着艺术探索的进步，在将来的某一天会有较多的人习惯欣赏和写作的基准格式出现，而这，正是格律体新诗成熟的象征。说到韵式，现代汉语的“十三辙”是比较公认的新诗韵辙，使新诗押韵有了依据。布韵方式就很多了，各有其妙。格式和韵式是相互支持的，是诗的节奏的视觉化和节奏的听觉化。王力先生在《文学评论》1959 年第 3 期写过一篇文章：《中国格律诗的传统和现代格律诗的问题》。他说：“仅有韵脚而没有其他规则的诗，可以认为是最简单的格律诗。”这话讲得不对。自由诗领军人艾青先生就在 1980 年新版的《诗论》里加上了一句话，自由诗要“加上明显的节奏和大体相近的脚韵”。自由诗不少都不规则地松散地押韵，但这些没有格式的诗还是自由诗啊。

在诗体上的双极发展，漂泊不定的新诗才能立于中国大地之上，才能适应民族的时代的审美，在当代诗坛上充当主角。

文学语言决定文学形式，诗尤其如此。今人的古体诗在创作和鉴赏上都会受限。古体终究属于古代汉语。启功先生曾说：“唐以前的诗是长出来的，唐诗是嚷出来的，宋词是讲出来的，宋以后的诗是仿出来的。”也就是说，双音词和多音词居多的现代汉语，具有当代色彩的新鲜词汇，都会使当代人在古体里感到局促。作为中国诗歌的现代形态，新诗应该是主角。创造新诗的盛唐，我们要有信心。

［作者单位：西南大学中国诗学研究中心］

百年新诗再出发

晓　雪

百年前，北京大学是新诗诞生的摇篮；百年后的今天，在北京大学召开纪念大会，为新诗的又一个百年拉开序幕，共同探讨百年新诗再出发的问题，具有重大的现实意义和深远的历史意义。

探讨百年新诗再出发，需要对新诗百年的发展历程、丰硕成果和基本经验作一个简要的回顾，弄清楚我们是在什么样的基础上出发的。

1917 年 2 月 1 日，《新青年》第 2 卷第 6 期发表胡适《白话诗八首》。大家公认这是中国新诗进入文学史的起点。在胡适带动下，沈尹默、刘半农、康白情、刘大白、郑振铎、傅斯年、宗白华、俞平伯、罗家伦、田汉、陈独秀、李大钊、鲁迅、周作人、陈衡哲等纷纷开始尝试写作和发表新诗。郭沫若也把他在日本写的新诗于 1919 年夏秋寄回国内发表。1920 年有三部诗集出版：《分类白话诗选》（选入六十八位作者的一百四十八首新诗）、《新诗集》（选入诗一百零三首）和胡适的《尝试集》。《尝试集》是中国现代诗歌史上第一部个人新诗集，当时产生很大反响。1921 年中国新诗的奠基之作——郭沫若的《女神》出版。同年还出版了康白情的《草儿》、俞平伯的《冬夜》。1922 年出版了汪静之的《蕙的风》、徐玉诺的《将来之花园》、田汉的《江户之春》和潘莫华、应修人、冯雪峰、汪静之的诗合集《湖畔》。紧接着，刘大白的《旧梦》、冰心的《繁星》《春水》、宗白华的《流云》、闻一多的《红烛》、陆志伟的《渡河》、王统照的《童心》、朱自清的《踪迹》、朱湘的《夏天》、梁宗岱的《晚祷》、刘半农的《扬鞭集》、徐志摩的《志摩的诗》、冯至的《昨日之歌》等，便一部接一部地出版了。

回顾这一百年中国新诗的发展历程，我想是否可以把它分成三个阶段来研究。第一阶段从 1917 年到 1946 年；第二阶段从 1947 年到 1977 年；第三阶段从 1978 年到 2017 年。

第一阶段（1917–1946），新诗从草创、奠基到不断发展，伴随着时代的风云、革命的深入和中华民族全民抗战的高涨与胜利，出现了诗人辈出、流派纷呈、各种诗体争奇斗妍、各种思潮交错递进的繁荣局面，逐步形成了新诗既学习西方的各种形式手法，又汲取祖国几千年古典诗歌精华，既有现实主义，又有浪漫主义、象征主义、现代主义，各种创作方法、各种流派风格多元互补，努力创造民族化与现代化相结合的新诗的优良传统。早在草创、奠基的头十年（1917–1927），在“五四”新思潮的推动下，新诗的创作就进入了十分广阔的艺术天地，出现了你追我赶、百花争艳、五彩缤纷的兴旺景象。以胡适、刘半农、刘大白、康白情为代表的写实诗派，以郭沫若、邓君吾、田汉、成仿吾为代表的浪漫诗派，以冰心、宗白华为代表的小诗派，以冯雪峰、潘莫华、应修人、汪静之为代表的湖畔诗派，以徐志摩、朱湘、陈梦家为代表的新月派，各自以不同的特色和风姿登上诗坛。后来的二十年，以闻一多为代表的格律诗，以李金发为代表的象征诗，以戴望舒为代表的现代诗，又很快形成流派。特别是1937年抗战爆发以后，诗人们积极投入抗日救亡的伟大民族解放斗争，上前线，到延安，深入敌后抗日根据地，在后方的诗人也不约而同地发出了抗战的怒吼，诗歌融入血与火的战斗，枪杆诗、墙头诗、朗诵诗，大量出现。以臧克家、艾青、田间为代表的“密云期”诗人，以蒲风、王亚平、林林为代表的中国诗歌会派诗人，以胡风、鲁藜、绿原、曾卓、牛汉、罗洛为代表的“七月派”诗人以及延安、晋察冀的诗人肖三、柯仲平、何其芳、方冰、公木、刘御、蔡其矫、魏巍、严辰和在重庆、昆明、桂林的郭沫若、徐迟、冯至、李广田、卞之琳、林庚等诗人，都以火焰般的激情、高昂豪迈的调子、刚劲明朗的语言，唱出了鼓舞民众奋起抗战的爱国主义的最强音，掀起了革命现实主义诗歌创作的新高潮。以穆旦、袁可嘉、郑敏、杜运燮、辛迪、陈敬容、杭约赫、唐湜、唐祈为代表的九叶派诗人，也以自己的方式歌唱时代风云、倾吐民族心声，把现代主义的新诗创作不断推向新的境界。

第二阶段（1947–1977），包括了三年解放战争、新中国成立后十七年的社会主义革命与社会主义建设和十年“文化大革命”。新诗在前进的道路上遇到了坎坷曲折和狂风暴雨，出现了比较复杂的情况。海峡两岸和国内外的新诗在彼此隔绝的情况下各走各的路。三年解放战争时期好诗不多，影响较大的只有在国统区大量发表、揭露鞭挞国民党专制独裁腐败黑暗的袁水拍的讽刺诗《马凡陀山歌》。中华人民共和国的诞生，宣告中国开始进入了一个各民族平等、团结、繁荣、幸福的新时代。各少数民族的诗人、歌手们同汉族的诗人们一起用不同的语言和声音，由衷地唱出了激情洋溢的欢乐颂歌。虽然由于后来的历次政治运动，“七月派”的诗人们被打成反革命，1957 年又把艾青、公木、苏金伞、穆旦、吕剑、唐湜、唐祈、公刘、白桦、邵燕祥、高平、流沙河、孙静轩、胡昭、梁南、昌耀、林希、赵恺、高深等一大批新老诗人打成“右派分子”，未打入另册的诗人们也受到了思想上的约束，诗歌的天地越来越小，诗歌的道路越走越窄，直至“文革”时期，华夏大地变成“没有小说，没有诗歌”的白茫茫一片，其中的惨痛教训应当全面总结、深刻汲取。但我认为，这三十年中的前二十年，新诗创作仍然是有不容否定的重要成绩的。20 世纪 50 年代到 60 年代初的十多年里，纳·赛音朝克图、巴·布林贝赫、铁衣甫江、柯岩、牛汉、韦其麟、木斧、高深、胡昭、饶阶巴桑、伊丹才让、丹正贡布、汪玉良、汪承栋、包玉堂、康朗甩、康朗英、马瑞麟、张长、莎红、任晓远等一大批少数民族诗人写出了许多歌唱新生活的富有民族特色的好诗。来自解放区和国统区的老诗人同新中国成立后才登上诗坛的一大批青年诗人，如李瑛、邵燕祥、公刘、白桦、严阵、顾工、张永枚、雁翼、韩笑、傅仇、梁上泉、未央、高平等，组成了歌唱祖国春天、歌唱民族新生、歌唱社会主义建设的诗歌大军，他们都曾写下了激情洋溢、真挚感人、各具风采的诗篇。特别是郭小川、贺敬之的政治抒情诗，闻捷写新疆民族生活的抒情诗，李季写石油工人生活的叙事诗和李瑛写各种题材的不少抒情诗，既高扬时代精神，又有个人的艺术独创性和风格特色，是很有代表性的有思想艺术力量的诗歌力作。

第三阶段（1978–2017），1978 年中共十一届三中全会的召开，使中国历史实现了伟大的转折，中国新诗乘着思想解放的浩荡东风进入了最活跃、最富有创造性和生命力的历史新时期。被打成“右派”而沉默了二十多年的一大批诗人，被打成“胡风反革命集团分子”以及受牵连的诗人，因其诗风受西方现代派影响而受到排斥并一度从诗坛上消失的诗人，都像“出土文物”一样重新出现，以充沛的激情、深沉的思考、新颖的构思，唱出了在他们胸中压抑了多少年的激荡人心、引人深思的“归来的歌”。不算“归来派”但同样在“文革”中被迫沉默的各民族老、中、青三代诗人也以无比兴奋激动的心情欢唱祖国的“第二个春天”。在改革开放的滚滚春雷声中“破土而出”的一代青年诗人，如食指、北岛、舒婷、顾城、欧阳江河、杨炼、叶延滨、李小雨、周涛、杨牧、李松涛、吉狄马加、海子等，更是以全新的姿态、耀眼的光彩出现在中国诗坛。新诗潮、后新诗潮、新生代、后新生代、现实主义、浪漫主义、现代主义、后现代主义。各种流派，各种旗号，多元多样，五花八门。西方在两三百年先后出现过的“主义”和流派，中国诗坛在一二十年间便全部演绎了一遍。新诗创作出现了谢冕所说的“美丽和不美丽的混乱”。尽管作为对“文革”时期及其以前把诗变成“政治”的简单工具、变成非诗的标语口号的反动，有些青年诗人又走向另一极端，完全放弃诗人的责任和使命，完全不要诗的崇高品格、思想意义和审美价值，把诗当成随心所欲的儿戏，甚至鼓吹“下半身写作”，宣扬肮脏、丑恶和下流，把诗变为毫无意义、毫无美感甚至无聊无耻的语言垃圾。但这毕竟只是支流。从总体上讲，这一阶段的新诗是继承了“五四”新诗百花争艳、多元互补的光荣传统，取得了可喜成就的。我们对新诗的未来应当充满信心。

台湾、香港、澳门的新诗也是在“五四”新诗传统的影响下不断发展的。以纪弦、钟鼎文、覃子豪为代表的台湾老一辈诗人，余光中、郑愁予、洛夫、痖弦、罗门、蓉子、向明、叶维康、文晓村、非马、白荻、李魁贤、管管、王禄松等台湾第二代诗人，席慕蓉、罗青、萧萧、林焕章、简政珍、白灵、岩上、绿蒂、台客、向阳、刘建化等中青年诗人，和香港的黎青、蓝海文、张诗剑、晓帆、王一桃、林子、古松、蔡丽双以及澳门的傅天虹等诗人，都按自己的方式，以不同的艺术创造为中国新诗的发展做出了贡献。他们的新诗创作无疑是中国新诗的重要组成部分。

总之，一百年来中国新诗成绩显著，诗坛上空群星灿烂。在这支包括了各民族好几代诗人的浩大队伍中，我认为成就最大、影响最广泛、最有代表性的诗人有：“五四”时期浪漫主义的杰出诗人郭沫若、三四十年代现代主义的诗坛明星戴望舒、从三十年代开始影响中国新诗创作半个多世纪的现实主义诗坛泰斗艾青。

郭沫若（1892—1978），虽然如他自己所说“郭老不服老，诗多好的少”，晚年的创作与他作为大诗人的地位和水平很不相称，但在“五四”时期却正是他以“昂首天外”的雄大气魄和前无古人的创新智慧树起了新诗创作的第一块光芒四射的丰碑，为中国新诗的奠基、开拓和发展做出了划时代的贡献。他的诗集《女神》，以火山爆发般的滚烫激情、黄钟大吕般的洪亮声音、气吞宇宙的广阔胸怀和大胆奇丽的天才想象，“立在地球边上放号”，歌颂时代的新潮，呼唤民族的觉醒和“凤凰”的再生。《女神》最充分、最强烈、最浪漫、最撼人心魄地体现了“五四”时期要冲决一切障碍的彻底地反帝反封建的狂飙突进的时代精神，真正实现了时代所要求的新诗的“诗体大解放”，和思想与感情的大解放，它以全新的内容和形式、思想与艺术相结合的杰出成就，登上了“五四”时期的中国新诗创作的最高峰。郭沫若不愧为中国新诗发展史上的第一个伟大代表。

戴望舒（1905—1950），崛起于自由诗派领潮人郭沫若、格律诗派领潮人闻一多、象征诗派领潮人李金发之后，从30年代开始到40年代，他只出了《我的记忆》《望舒草》《望舒诗稿》和《灾难的岁月》四本薄薄的诗集，共存诗九十余首，数量很少，却质量很高，有不少传世精品。如《雨巷》《我的记忆》《元日祝福》等。他的诗歌创作，总体上经历了从逃避现实到回归现实、从消极对待人生到积极参与人生、从个性的柔弱到人格的坚强、从诗风的萎靡到雄劲健朗的变化过程，而这一切都是一个正直真诚的诗人对时代生活的真切感应，是时代风云在诗人心灵上的投影。在创作方法上，他以现代主义为主导，又广泛吸纳了浪漫主义、现实主义、象征主义和超现实主义的手法技巧，博采众长，融会贯通，为我所用。在艺术风格上，他是在新诗创作中最早自觉地追求现代化与民族化相结合而卓有成就的诗人。与那些欧化倾向很明显突出的诗人相比，他的诗颇有民族风味、极富传统神韵；与那些单纯强调我国古典诗歌传统和民族民间通俗诗风的诗人相比，他的诗又有更多现代派的气息和风貌。他后期那些抒发自己炽热的爱国情怀和深刻的时代感悟的诗篇，并没有出现一般常见的“思想进步带来艺术滑坡”的现象，而是仍然保持着他构思独特、语言精美、手法多样、不断创新的艺术追求，大都达到了内容与形式、思想与艺术的完美统一。在那往往以及时发出的愤怒呼号代替精心创造的艺术作品的动荡年代，戴望舒的诗是如此瑰丽多姿、永不凋谢的奇葩。

艾青（1910—1996），在中国新诗发展史上，是艺术成就最大、影响最为广泛深远的“我们时代伟大而独特的诗人”。他早年赴法国学画，回国后因参加革命活动而被捕入狱，在狱中写出了他的成名作《大堰河——我的保姆》，开始走上诗歌创作的道路。抗战爆发以后，他目睹了祖国人民的苦难和抗争，写下了《我爱这土地》《吹号者》《太阳的对话》《向太阳》《火把》《黎明的通知》等一系列深刻感人的不朽诗篇，树起了他自己的也是中国新诗史上第一座现实主义高峰。20世纪50年代上半叶，他还写了《礁石》《写在彩色纸条上的诗》等诗歌精品。蒙冤二十二年复出之后，他在古稀之年，又奇迹般焕发青春，写出了《鱼化石》《古罗马的大斗技场》《光的赞歌》等一大批充满青春活力、富有思想深度、令人心灵震撼的杰出诗篇，登上了中国新诗发展史上的又一座高峰。他八十六岁的生活道路和六十多年的创作生涯，经历了监狱、战争和二十二年右派的严峻考验，对土地、人民、祖国、时代和宇宙人生都有自己与众不同的深刻体验、独到感悟和独特思考，才通过自己出众的艺术才华和卓越的诗歌创作，如此深沉有力、如此富于个性而又精彩绝妙地表现出时代的感情和人民的心声。他在诗歌创作和诗歌美学理论建设方面出类拔萃的巨大成就，不仅影响了中国内地和台湾港澳的几代诗人，在中国诗坛上有口皆碑，而且在国际诗歌界也具有广泛影响。早在 1954 年，艾青才四十四岁的时候，智利伟大诗人、诺贝尔文学奖获得者聂鲁达就把他称为“中国诗坛泰斗”。美国文学评论家罗伯特·C·费兰德把艾青、希克梅特、聂鲁达并列为现代世界三位最伟大的诗人。日本学者稻田考在认真研究了艾青的诗和诗论之后说，艾青“不仅属于中国，也属于全世界。”

回顾了过去一百年的中国新诗发展史，包括对三位最具有代表性、标志性的杰出诗人的简要概括和分析，我们可以看出，经过百年风雨中的不断探索和开拓前进，中国新诗已经取得了不可否认的可喜成就，积累了值得总结的丰富经验，走出了一条与时代风云、祖国命运、人民愿望血肉相连的广阔道路，形成了自己的传统。过去有人认为新诗没有什么成就，更谈不上有什么传统。我认为百年新诗不但很有成就并且也逐步形成了自己的传统。

我们今天讲百年新诗再出发，首先就是从百年新诗发展的基础上再出发，从百年新诗的成就、经验和传统的基础上再出发。

百年新诗的经验和传统，我个人认为主要包括这样三方面的内容：

第一，新诗是适应时代和人民的需要而产生的，它必须、必然要这样那样，或曲或直、或强或弱地反映时代的风云变幻、表达出人民的情感呼声。诗人是他的时代、他的祖国和人民的敏感的神经和多情的歌手。只有与时代共脉搏、与祖国同命运、与人民心连心的真正诗人，才可能在诗歌创作上不断取得更多更大的成就。

第二，无论是浪漫主义、现实主义、现代主义或别的什么主义，也无论是自由诗派、格律诗派、象征诗派或别的什么流派，都不是彼此隔绝、互不联系或互相对立的，而是互相学习、多元互补、彼此交融、“你中有我，我中有你”的。诗人必须善于博采众长、融会贯通，既扎根本土，继承中国诗歌的优秀传统，又努力学习外国一切对自己有用的东西；既坚持走自己的路，运用自己得心应手的创作方法，又认真学习别的“主义”和流派的手法技巧，熔铸古今，中西结合，提高自己，为我所用。

第三，从内容到形式，从思想到艺术，都要不断开拓创新。创新是诗的生命。模仿别人、保守僵化、雷同重复绝不是诗。但创新是为了不断地满足时代和人民日益增长、发展变化的多方面审美需求，是为了诗歌艺术的真正繁荣，而不是使诗失去读者、失去人民的喜爱、失去艺术生命力。无论怎么革新创造、变化发展，诗都必须是诗。诗人要有自由心态、开拓精神、探索勇气和创新智慧，要在题材领域、思想境界上不断开拓，在艺术手法、语言运用、风格技巧方面也要不断地出新、出奇、出美，但不能把种种肆无忌惮、随意涂鸦、信口胡说当成“诗”。诗是使人心生敬爱、让人变得聪明、美好、圣洁和崇高的艺术品，是最精彩、最精粹、最精美的文学，是文学中的文学。它从内容到形式都有自己的本质特点和审美标准，毫无诗意、毫无韵味、毫无美感的文字垃圾绝不是诗。“五四”以来经过时间考验、为读者喜爱和传诵的新诗精品，无一例外的都是真、善、美的结晶。

其次，百年新诗再出发，应当更自觉、更充满自信地从我国源远流长、博大精深、丰富多彩的古典诗词的优秀传统出发。百年新诗的背后是几千年中国古典诗歌的莽莽群山和滚滚长河。从表面上看，新诗的形式是外国移植过来的，是舶来品，其实我国自古就有追求诗歌口语化、“口语入诗”、让老百姓能看得懂的传统。“五四”新诗是适应时代和人民的需要应运而生的，是中国诗歌发展的必然趋势。百年新诗发展史上，凡是取得重要成果、写出传世精品、产生广泛影响的诗人，都是重视学习优秀古典诗词、把继承传统和取法外国很好地结合起来的。新诗发展中的教训和不足，其中之一就在于有时我们忽视了、忘记了从我国光辉灿烂的古典诗歌中吸取营养，甚至数典忘祖，片面追求模仿外国的诗歌形式。

百年新诗发展史上，我国有不少诗人喜欢美国现代诗歌创始人庞德（1885—1972）的诗，受到过他的影响。而庞德恰恰是最喜爱中国古典诗歌、最崇拜中华传统文化、最善于从中国经典诗词中吸取营养的。他翻译出版过《中国诗抄》，精选了《诗经》、汉乐府、《古诗十九首》中的一些诗和陶潜、李白等诗人的诗。他还翻译了《论语》《大学》《中庸》和《孟子》，他把“苟日新，日日新，又日新”作为他的座右铭。中国古典诗歌的简洁含蓄、高度凝练和深邃意境，使以他为代表的美国意象派诗人赞叹不已，成为他们学习的榜样。另一位美国现代诗人罗伯特·勃莱甚至说：“我以为古代中国诗是人类曾写过的最伟大的诗。”“如果我们要写出好诗，就得以中国古典诗人为师。”

外国诗人们都如此喜爱和学习中国古典诗歌、以“中国古典诗人为师”，我们怎么能“身在福中不知福”“坐拥宝山不识宝”呢？所以我认为今天我们“再出发”，就是要更自觉、更自信地努力认真地学习和继承我国古典诗歌的优秀传统。当然，学习和继承绝不是简单的“回归”，更不是照搬和复古，而是要创造性转化、创新性发展，要把继承传统和革新创造结合起来，要把学习古典和取法外国结合起来，不断创作出时代和人民所需要的更丰富多彩的更美更好的新诗。

今年是中国改革开放四十周年，是贯彻中国共产党第十九次代表大会精神的开局之年，也是中国新诗走向第二个百年的头一年。习近平主席在十九大报告中宣告：“中国特色社会主义进入了新时代。”“这个新时代，是承前启后、继往开来、在新的历史条件下继续夺取中国特色社会主义伟大胜利的时代，是决胜全面建成小康社会、进而全面建设社会主义现代化强国的时代”“是我国日益走近世界舞台中央、不断为人类做出重大贡献的时代”，也是中国“坚持以共商共建共享为原则推动‘一带一路’建设”“坚持以维护世界和平、促进共同发展为宗旨推动构建人类命运共同体”的时代。我们的新诗就是在这样的新时代，在第二个一百年的光辉起点“再出发”的。只要我们更自觉而又自信地继承和发扬五千年中华文化、三千年古典诗歌和百年新诗的优秀传统，响应伟大新时代的召唤，以“天下为公”“世界大同”“构建人类命运共同体”的博大胸怀和全球视野，奋勇开拓，大胆创造，我们就一定会创造出人民所需要的更新更美更多更好的作品，我们的新诗就一定会再创辉煌！

［作者单位：云南省文联］

经典的生成及其特征

叶 橹

百年新诗的历史进程，尽管存在着种种褒贬不一的议论。但这毕竟是一种不可逆转的潮流。一百年对于人的个体生命而言也许十分漫长，可是对于一种全新的诗体从诞生到成熟来说,只能说是历史的瞬间而已。近些年对百年新诗中存在的问题以及经验教训的探讨，无疑会对今后新诗的发展产生有益的影响。我在这里想专门谈一下新诗这一百年中，有没有形成一些经典性的诗作，如果有的话，它们是怎样生成的，又具备一些什么特征。

新诗的横空出世，当然得首推胡适的大力提倡以及一大批响应者和追随者的功劳。但是中国新诗的提倡者们，虽然在理论上有造势之功，而在创作实践上却缺少经典性的力作以彰显它在艺术上的示范性。时下一些诗选中所选的胡适的诗作如《朋友》《鸽子》等，其实算不上什么好诗，仅仅作为对这位历史性人物的纪念和尊重的标志吧。以我个人的阅读感受，周作人的《小河》和沈尹默的《月夜》，这一长一短的两首诗，倒是新诗初期具有一点经典意义的诗。理由无它，就是因为它们体现了一种时代的精神特征。《小河》的娓娓道来中暗喻的性质，让人体会到一种冲破“坚固的石堰”之艰难；《月夜》的言简意赅地对独立精神的褒赞。这些正是当时社会思潮的暗流涌动的呈现。后人读这些诗，或有嫌其语言不够精练和过于直白之弊，但如果能设身处地细想一下，也许就能谅解其缺点了。我们都知道，当年那些提倡和推动新诗的人，都是一些国学根底深厚的文人，他们主动弃绝对古文的坚守而重辟对白话文写作的新路，实在是一种非常可贵的探求精神。像钱玄同、刘半农等人为提倡白话诗而对旧体诗说过的一些偏激言论，甚至成为后来一些人攻击和否定新文化运动的口实。不过话说回来，如果没有那种摧枯拉朽的气势，白话诗恐怕亦将被扼杀在襁褓之中了。

“胡适们”对新诗的提倡和鼓吹，由于理论上存在的缺陷，如“话怎么说诗就怎么写”之类，势必造成新诗初创期的语言拖沓而缺失诗意，在诗的文本上无法树立标志性的作品。直到郭沫若《女神》的出现，新诗终于有了自己的经典性作品的亮相。并不是说《女神》中的每一首诗都堪称经典，而是它的那种狂飙式的气势总体上成为一种时代的标志。以我的观点，《凤凰涅槃》可以称得上是那个时代的当之无愧的经典。它不仅是当时最长的诗，其结构的规模和整体气势，也可以说是容纳了一个时代转折期的丰厚深邃的历史内涵的。在语言的表达方式上，它也可以说是真正意义上的白话诗，完全克服了新诗初创期那种“夹生”的白话的缺点。《凤凰涅槃》的出现，似乎向我们证明，新诗文体如果不能创造出自身的经典式作品，它就很难立足和站稳脚跟。所以对郭沫若在新诗史上的地位，我们绝不能因为他在 1949 年以后的为人为文的乏善可陈而一概否定。

我们从《凤凰涅槃》这样的诗作的出现，不仅可以窥视到文学经典的生成，往往是同时代的呼唤和需要分不开的。至于它会定位在哪一个人身上，则只能说是必然中的偶然。正如小说创作选择了鲁迅的《狂人日记》为标志一样，郭沫若的出现也可以看成是历史对他的选择。

任何事物的发展过程，总会因为各种内外因素的相互作用而引发一些变化的契机。新诗在经历了一段时间发展之后，由于自身的惰性而产生的平庸造成语言的拖沓，缺乏创新意识，以致逐渐遭到读者的冷漠。正是在这种沉寂的状态下，由周作人的推荐而现身的李金发，恰恰成为一粒掷向死水的石子。李金发的近乎怪异的语言方式，半文半白且夹杂片言只语的外来词语的诗歌，一方面是被斥责为“不懂”，另一方面则吸引了不少惊异和好奇的目光。他引来的争论，恰好给诗坛造成了一种活力。朱自清后来说他的诗读起来每一句都懂，串起来则不知所云，正反映了对诗的欣赏和解读方式受到了新的挑战。诚然，由于李金发自身的文化修养所限，他对古文的半通不通，加上在诗作中夹杂的外语，使他的诗很难进入读者内心。严格地说，李金发的诗无法成为经典，但他的某些诗句，如“生命便是死神唇边的笑”之类，的确在奇突中闪耀着些许诗性的光芒。他的《弃妇》和《里昂车中》，甚至也可称为新诗中的出类拔萃之作。但是总体来说，他的影响在改变人们对诗的写作和阅读方式上有功不可没之处，而他也是研究新诗发展过程中无法绕过的一个人物。历史上有一些人，在推动和改变其进程中，对秩序的破坏之力大于建设之功，但人们仍然不能不记住他的贡献，李金发也许就是这样的人。

随着新诗创作的日渐走向自由的探索，一些各具特色的诗人相继涌现，人们开始注意到像闻一多、徐志摩、何其芳、冯至等人的诗，可以说都在某些方面呈现出自由创作带来的丰富多彩的格局。回顾二十世纪二三十年代中国新诗的整体格局，的确可以说，如果不是由于抗日战争的爆发，新诗的创作形势必定会是真正意义上的百花齐放和优胜劣汰的。抗日战争不仅改变了中国的政治局面，它也在很大程度上影响了新诗创作的走向。诗人的成就也因为不同的艺术追求而分化。面对民族的生死存亡，诗人们的创作追求自然会受到民族大义的指涉。正像当年田间的诗句："假使我们不去打仗，/ 敌人用刺刀 / 杀死了我们，/ 还要用手指着我们骨头说：/ 看，/ 这就是奴隶！"当"打仗"成为第一要义时，诗的艺术追求自然会退居到无足轻重的地位了。

所幸的是，特定的时代却向我们推出了另一种类型的经典式诗人，他就是艾青。艾青以《大堰河，我的保姆》（在狱中写出，发表于1934年的5月1日《春光》月刊）而一举成名。他的一系列诗篇的连续发表，不仅使他成为当之无愧的诗坛泰斗，受他影响的新一代诗人更是难以胜数。他的《我爱这片土地》《雪落在中国的土地上》《太阳》《手推车》等诗篇，完全可以当之无愧地成为新诗经典。究其原因，除了他独具的诗人气质之外，还同他对现实关注的独特视角有很大关系。艾青的诗语具有冲击普通人心灵深处的震撼力。像"为什么我的眼里常含泪水 / 因为我对这土地爱得深沉""雪落在中国的土地上 / 寒冷封锁着中国呀"这类既表现了普通人心灵感受又突现着诗性语言冲击力的表达方式，令人过目难忘。这也是他的诗为什么能够在多次街头朗诵中受到广泛欢迎的根本原因。从对社会和人心影响的持续性和广泛性看，艾青可以说是新诗史上独一无二的诗人。

诚然，时势造英雄。没有那种时代氛围和民心所向，艾青也不可能有如此巨大的影响。然而在渐行渐远的历史进程中，人们会逐渐淡忘了一切，以致后来一些人只从他一些失败的诗作中贬低其历史地位。我始终认为，发现一个人的优点比议论一个人的缺点更具启迪性。特别是像艾青这样具有经典性意义的诗人。他的诗不仅是新诗中的出类拔萃者，也是我们共同的宝贵精神财富。

因为涉及的是新诗经典生成的话题，我特别对郭沫若和艾青的诗作了较多的议论。原因在于，我认为他们之所以能在新诗历史上具有经典性的意义，首先是时代性的选择。他们的诗都蕴涵着丰富的社会内涵而具备现实性和历史性。古今中外的经典性作品，无不是同它的时代共生的。就诗人的个性而言，郭沫若的狂飙式豪情，艾青的沉郁和忧伤中的执着，也可以说是体现了时代的现实特征。这种既具时代性又体现个人性的诗作，能成为经典性的标志，完全符合我们对文学作品性质的认知。

一种正常的文学生态，除了创作的自由与竞争，还必须有自由的批评与探求。有的经典性作品，甚至就是因为在批评和争论中而确立其价值的。百年新诗的历史不乏例证。

戴望舒的《雨巷》发表后，如果没有叶圣陶、朱自清和卞之琳等人对它的赞扬和批评，便不可能受到如此的关注。更经典的例子是卞之琳的《断章》。因为刘西渭对该诗“装饰”一词的解读，引来卞之琳的不同意见。双方的争论引来各种的不同解读，从而奠定了“断章”在新诗发展过程中特别引人注目的事件。它也因此而成为新诗的著名经典。固然，《断章》的确是一首难得的好诗，但它的歧义性和丰富性，应该说是在批评和争论中才深入发掘的。这恐怕远远超出了诗人自身想表达的“相对性”的初衷了罢。这个事实证明，有独到眼光的批评对于发现经典诗作具有特殊意义。

从根本上说，诗之能否成为经典，当然主要决定于它自身的内在蕴涵。有的时候，由于诗人自身的艺术追求的独特性和一般人的艺术欣赏习惯的特性，往往也会在一个时期中不被人们关注。这种情况在后来被命名为“九叶派”的一些诗人身上，有着非常明显的表现。像穆旦的《诗八首》、郑敏的《金黄的稻束》，都是在新时期以后才特别地被重新认识的。这种文学现象在历史上并不鲜见，但在我国，由于特殊的历史变动而显现出它的某种程度的诡异性甚至是荒诞性。《诗八首》发表于 1942 年，以当时的国内的形势，它自然不太可能引起人们的注意。可是在 1949 年之后，文艺观的偏见导致对它的漠视，也不足为奇。穆旦的爱情观念及其艺术表现手法的现代性，在 20 世纪 40 年代的中国也属先锋，而到了 80 年代以后才被接受，这中间的四十年，明显地表现了一种艺术观念上的停滞甚至是倒退的现象。我不禁想起了 1956 年我写的评闻捷诗歌的文章，最为欣赏的就是《苹果树下》。我之所以写那篇文章，在很大程度上就是被它所打动的。当时的我，甚至连穆旦的名字都不知道，《诗八首》即使给我读，我也读不懂。可是回顾历史，《苹果树下》仍然可以算得上是那个年代的优秀之作。但如果避开年代，将二者比较，人们一定会以为闻捷在前而穆旦在后。这就是历史对我们的嘲讽。

历史的诡异之处还在于，一个诗人或一首诗产生的影响，往往并不同它的艺术质量成正比的。有一些人和诗，曾经产生过所谓轰动效应，但时过境迁则悄然而逝。之所以造成这种现象，不外乎政治需要或艺术判断失误。就我国的情况而言，似乎前者的因素更多一些。

诚然，在历史进程的喧哗与骚动中，有一些体现了时代脉动和具备诗性品格的诗，也会因其历史内涵和艺术价值存留下来成为经典。曾经轰动一时的"朦胧诗"，在后来的不断更新换代的思潮中，也受到不少贬抑性的评价。特别是其中一些代表性人物，在其后发表的文章中有意无意地流露出一种"悔其初作"的情绪。我个人是不同意这种做派的。坦率地说有的诗人，如果没有当年那些代表性诗篇，人们不会记得他后来的一些作品。其实，一首诗成为社会的公品之后，它的价值实现已经不属于诗人自己。像《回答》《阳光中的向日葵》《中国，我的钥匙丢了》这一类诗，只要是经历过那个时代的人，一定能体会到它们的历史内涵，甚至会产生刻骨铭心的回忆。不管写这些诗的人后来还写了什么或不再写作，它们的价值都不会湮灭。我甚至认定，这些诗就是那个时代的经典。

应该承认，从 20 世纪 80 年代以后，我们的创作环境，相对自由和宽松。尽管人们在心灵深处依然存在戴着镣铐跳舞的感受，但还是作了很大的努力。因此，近四十年的诗歌创作毕竟有了一些收获。如果说我们依然缺少公认的经典之作，至少我们可以认为，诗人们正在朝着这个方向努力。其实，诗歌经典的出现，并不是刻意追求的结果。我们如果以一种水到渠成的心态来看待它的话，也许在不经意间它就会出现了。我甚至相当坚定地相信，一些堪称经典的诗篇正在潜行之中，时机一到，它们就会浮出水面。当代人对于已经出现的经典之作，未必都能一一识破。想想昌耀的命运，我们或对此有更深切的体会。

近四十年来，我们不断地听到一些呼唤经典和寻找经典大师的呼声，可是另一方面又不时听到一些对诗歌评论的非议和恶讽。一些人不分青红皂白地把对某些优秀诗作的评析诬为"吹捧"。试想一下，没有当年茅盾和胡风对艾青的"吹捧"，一本薄薄的只有九首诗的《大堰河》会成为新诗中的经典吗？没有刘西谓对《断章》的慧眼独具的解读，说不定这首只有四行的短诗就被淹没在众多庸诗的海洋之中了。所以我认为，诗歌经典之作的出现，一方面要有众多诗人的独创思维的支撑，另一方则需要有一批慧眼独具的批评家的鼓励。这是诗的双翼，缺一皆不可能让诗的翅膀飞翔起来。

以我个人之见，当下我们的诗歌创作中相当普遍地存在着两种倾向：一种是去政治化，认为诗离政治越远越容易写出好诗，另一种是去抒情化，认定抒情就是浅薄的表现。我不想就此多说，只是提出来供诗人们参考。从诗的发展历史来看，这两种倾向符合古今中外的诗歌历史状况吗？那些经典之作是完全同政治和抒情无关吗？如何正确地认识和理解这些因素在诗歌创作中的地位，应该是值得我们认真思索的。

人们之所以期待经典性作品出现，是因为它既是人类精神创造力的体现，又是从实践的意义上标志性地呈现为这种创造力的沿袭和继承以及如何发扬的问题。历史过程中许多曾经现身的作品大都消失了，而只有少数经典性的作品得以流传，这就是一种优胜劣汰的选择过程。随着人类精神产品的日益丰富，许多曾经被认为是经典性的作品，会被逐渐地分批分次地被人们淡忘，而那些新的经典则被树立起来。所以，对待经典的鉴定和确认，会是一种流动性的状态。但是我们从这个过程中可以观察到，任何经典性作品被确立，必须具备下面一些特征：

首先，它应该是在不同程度上反映和体现一种时代内涵及其脉动的历史进程，因而让后人得以感受并洞悉人心所向的作品。人们从它身上能体验到特定时代的历史氛围，有助于他们理解自身所处的时代特征，从而在历史与现实的对比中认清自己所处时代与历史的同异。历史告诉我们，并不是所有时代都是进步取代落后，文明战胜野蛮的。有的时候恰恰是逆行式地进行的。这正是许多经典作品给我们的启迪。

其次，经典作品常常出现在一种时代大转变的进程之中，而它的出现又往往会经历一种否定之后的肯定。远的不说，“朦胧诗”中那些代表作的遭遇可以证明。这种现象说明，历史的惰性很容易形成保守的势力而扼杀新生事物。对于诗来说，谁能够在保守势力的氛围中突破陈规，就有可能成为经典的代表性作品。

再次，诗人能不能彰显和张扬独特的艺术个性，在独创性的道路上树立丰碑，是诗人能否成为经典性诗人的标志。历史上有少数标志性的诗人，也有只以个别标志性诗篇而成为经典的。杜甫的诗被称为诗史，而张若虚则以“孤篇盖全唐”为人称道。百年新诗中会否有这类诗人呢？还是让历史和后人检验吧。要知道杜甫和张若虚都曾经被埋没了数百年之后才被发掘出来的。

最后，我有一个看法，国人由于对传统旧体诗的迷恋，往往以能朗朗上口和容易背诵作为评价诗的重要的甚至是唯一的标准，因此对新诗发出很多责难。我以为这是不正确的。新诗的语言和结构规模，注定了它很可能成为复杂和深邃的诗，甚至是需要耐心去品读体味的。旧体诗中固然有许多易背而流畅的绝句和格律诗，但是像《离骚》《蜀道难》《北征》之类的诗，除了极少数顶级人物能够背诵，一般读者是不可能背下来的，我们不能因此而否定它们的经典性。新诗中的《慈航》《漂木》则更是不可能背诵的。

时代在前进，新诗在发展。我们将会面临许多新的写作、欣赏、评论方面的新问题、新挑战。我们只有不断提高自身的写作能力和欣赏习惯、评论眼光，才有可能创造出新的经典、欣赏和评论那些我们尚不熟悉的经典，以确立它们在诗史上的地位。

［作者单位：扬州大学］

死亡与重生？

——当代中国的马雅可夫斯基

洪子诚

一　“进攻阶级的伟大儿子”

据相关资料，中国报刊最早介绍马雅可夫斯基，是1921年刊于《东方杂志》第18卷第11号上的《俄国的自由诗》（化鲁），接着是胡愈之刊于1922年《东方杂志》第19卷第4号的《俄国新文学的一斑》，沈雁冰1922年10月刊于《小说月报》第13卷第10期的《未来派文学之现势》。瞿秋白20年代初，也写有《马霞夸夫斯基》的文章：对这位诗人情况的介绍与他在苏联活跃的时间同步。至于作品的翻译，最早是1929年李一氓译、郭沫若校的《新俄诗选》，里面收入《我们的进行曲》等作品。此后三四十年代，报刊刊登不少作品翻译和评论文章。不过，中译作品专集，在“现代”时期只有两部，一是1937年上海Motor出版社的《呐喊》，译者万湜思（姚思铨），书名取自马雅可夫斯基长诗名字（该诗后来通译为《放开喉咙歌唱》）。第二本专集，是出版于1949年的庄寿慈译的《我自己》。

这位诗人在三四十年代中国文学界（特别是左翼文学界）已有很高知名度。所以，郭沫若1945年应邀访苏时特地参观马雅可夫斯基纪念馆，并题诗（下面摘录题诗据原件复印件，收入《沫若文集》第九卷《洪波曲》时，文字和分行都有改动），赞美他是“进攻阶级的伟大儿子”，说中国人“早知道你的名字”，

你的声音
　好像风暴
　　飞过了中央亚细亚，
任何的

山岳、沙漠、海洋
　都阻挡不了你！

其实，阻挡不了的中文译介热潮，还是要到五六十年代。在这个时期，他被当作革命诗人的旗帜、典范对待，可以说没有任何外国诗人在那个时期享有这样的殊荣。从 1950 年到 1966 年，出版的中译马雅可夫斯基诗集不下三十五六种。除选集外，还有《一亿五千万》《好！》《列宁》等长诗单行本和《给青年》《给孩子的诗》等专题诗集。其中，出版频数最高的是《好！》和《列宁》的单行本。除专集外，各种诗选和报刊选入、刊载的马雅可夫斯基作品难以统计。1957 年到 1961 年人民文学出版社陆续出版的《马雅可夫斯基选集》五卷本，是这个时期的重要成果。它属于重点组织的文化“工程”，采取集体合作方式，有多达二三十人点译者参加，包括肖三、戈宝权、余振、张铁弦、丘琴、朱维之、庄寿慈、王智量、乌兰汗、任溶溶、卢永、岳凤麟等和当年北京大学俄语系学生。五卷达两千五百余页的选本，80 年代初在做了调整、修订之后，出版选集四卷本的新版。作品翻译之外，评论文章数量也相当可观。50 年代到 60 年代前半期，以及“文革”后的 70 年代末，报刊发表的评论、研究文章有二三百篇。除文章，不少诗人写了“献诗”。撰文作诗者涵盖当年著名作家和翻译家——郭沫若、戈宝权、肖三、艾青、巴人、曹靖华、刘白羽、严辰、徐迟、田间、张铁弦、赵瑞蕻、鲁藜、夏衍、林林、蔡其矫、何其芳、袁水拍、力扬、余振、刘绶松、方纪、臧克家、靳以、安旗、李季、严辰、李瑛、程光锐、赵朴初、邹荻帆、汪飞白、戈壁舟、李学鳌、韩笑……他被中国当代诗人称为“亲爱的同志和导师”，他的诗是“插在路上的箭头和旗帜”。

因此，马雅可夫斯基的观念和诗艺，自然在当代中国诗人那里也留下“脚印”。最主要的是诗人与革命、诗歌与政治的观念，也包括诗的取材，具体的象征、结构方式，以至分行和节奏。“影响”是个复杂问题，一般难以明确指认，因此，30 年代田间的《给战斗者》是否受马雅可夫斯基影响存在争议：作者本人虽多次否认，一些研究者言之凿凿、不容置疑。但是，仍有些“痕迹”是清晰可辨的。如 1950 年石方禹的长诗《和平最强音》，1955 年郭小川的《致青年公民》（组诗），1956 年贺敬之的《放声歌唱》和后来的《十年颂歌》……贺敬之、郭小川也因此被称为“马雅可夫斯基的学生”。如果说《马雅可夫斯基夏天在别墅中的一次奇遇》，是否催生了《马雅可夫斯基广场奇遇》（李季）和《朗诵会上的一段奇闻》（郭小川）尚不能确定，那么，李季、闻捷1958配合时事的报头鼓动诗，应与马雅可夫斯基的“社会订货”“罗斯塔之窗”的理念和实践有关。1958年田汉在剧本中写道，马雅可夫斯基说五十年后的苏联臭虫成为稀有动物，我们中国二十年后实现共产主义，麻雀、耗子、苍蝇也成为稀有动物……

自然，最大的“影响”是20世纪50到80年代中国当代政治诗体式的形成。它的艺术资源，除了西方浪漫派诗歌和中国20世纪左翼诗歌之外，最直接的是被阿拉贡称为“当代政治诗的创始人”的马雅可夫斯基：他的贴近时代的主题，“直接参加到事变中去”的行动姿态，对新社会制度的热烈赞颂，“像炸弹，像火焰，像洪水，像钢铁般的力量和声音”，以及“楼梯体”的诗行、节奏等方面。

二　无产阶级诗人的“样板”

不过，二十世纪五六十年代中国读者接受的是经过简化，偶像化——或用一个中国特色的词“样板化”——处理的马雅可夫斯基。“样板化”过程发生在30年代中期的苏联。

马雅可夫斯基生前在苏联就名声大噪，不仅在诗歌界，在公众中也有很大影响。他生命的后期，奔走在全国各地，举办过几百次的演讲和诗歌朗诵会。群众被他“像教堂里的大钢琴似的宏壮”的声音震撼。他积攒着将近两万张的听众扔到舞台上的提问条子。马雅可夫斯基的密友瓈尔莎·特丽沃蕾（曾经是马雅可夫斯基的情人，莉丽·布里克的妹妹，后来成为阿拉贡的妻子，阿拉贡有无数的诗献给她）写道：

> 我没有亲眼看见马雅可夫斯基如何光荣成名。当我1925年回莫斯科时，这已经是既成的事实。路上行人，马车夫全认得他。人们互相交头接耳地说：“瞧，马雅可夫斯基……”

马雅可夫斯基自己在《新生的首都》（1928）中写到他演讲、朗诵的盛况：“最近两个月，我到苏联各个城市作了约四十次演讲”，“一天里（在一天当中，而不是仅有一天），我从清晨汽笛响起的时候，一直朗诵到晚上汽笛响起的时候为止”；“敖德萨的码头工人，把旅客的皮箱运上轮船之后，无须互通姓名，就向我问好……催促我说：‘告诉国家出版局，把你的《列宁》卖得便宜些'"。他的葬礼，据埃尔莎说，有几十万人（也有材料说是三十万人）参加。

这样的名声显赫，并非靠政治、文学权力的刻意营造，也因此，他生前和死后的几年间，围绕着他的评价也纷杂而矛盾：

……马雅可夫斯基在文学界的敌人是数不清的，无论在他生平哪一个时期。曾经有一些文学派别和一些文学运动出来反对马雅可夫斯基的未来主义，反对他的左翼作家组合，曾经有些人认为要写诗就得永远写普希金、托尔斯泰一类的诗，也有些人除了无产阶级作家以外什么全不接受，另一批人责备马雅可夫斯基写骚动的诗，政治诗与社会诗，他们甚至胆敢说马雅可夫斯基自己就不相信他所写的一个字。也有人责备他的抒情诗，爱情诗，据说那是不能为无产阶级服务的。有人指摘他对于党不折不扣的忠实，也有人责备他为什么始终没有要求恢复党籍。有一群人说他完蛋了，挤干了，身上已经没有余剩半丝才气了。……

……他的作品只能以不敷需求的数量出版；他的著作，他的照相，被人抛出图书馆的大门。1934 年我在莫斯科的作家大会上，责问上述文学小吏之一为什么他在一篇论文中竟然把马雅可夫斯基的名字都删去了……那个文学小吏对我说："现在有一种马雅可夫斯基崇拜，而我们和这种崇拜做斗争。"

"转机"发生在 1935 年。这一年的 11 月，莉丽·布里克以"遗孀"身份的口吻（她确实也有这个资格，马雅可夫斯基在遗书里将她列在"家人"的第一名）给斯大林写信，对马雅可夫斯基的不被重视提出申诉。斯大林很快做了批示，这就是刊登在 17 日《真理报》上的，很长一段时间伴随着这位诗人的那段话："马雅可夫斯基过去是、现在仍然是我们苏维埃时代最优秀的，最有才华的诗人"。——斯大林批示的内情，五六十年代的中国读者并不知晓，有学者分析，说写信者和批示者都各有政治图谋，这些留待有心人继续勘察。中国当代读者知道马雅可夫斯基名字的同时，也知道斯大林的这个评价。领袖的批示刊出，就如我们熟知的操作程序，《真理报》《文学报》等开足马力，掀起了宣扬、也规范马雅可夫斯基形象的热潮。当月，苏联中央执委会（1922 年到 1938 苏联苏维埃代表大会的常设机构）决议出版马雅可夫斯基十二卷全集，随后，在原先诗人寓所建立纪念馆，将莫斯科凯旋广场更名马雅可夫斯基广场——广场上著名铜像则是 1958 年才建立，它连基座高达六公尺，设计者亚历山大·基巴尔尼科夫因此获得1959年度的列宁奖金。原先将马雅可夫斯基当作无产阶级“同路人”，质疑他的诗歌观念和写作方法的“拉普”、也是30年代苏联作协负责人的法捷耶夫（20年后的1956年5月13日，他在寓所也用手枪结束自己的生命），检讨了在评价上的“失误”，并在1940年4月马雅可夫斯基逝世十周年纪念会做报告，坚定阐述他曾批评的对象的“巨人的脚步和洪亮的声音”，颂扬他的“伟大的，日益增长的力量”。

在苏联，围绕马雅可夫斯基的不同声音消失了。他获得了生前肯定意想不到的荣耀——这荣耀部分是他应得的，但也给他带来悲哀（假如他还能够感知）。埃尔莎·特丽沃蕾令人信服地认为，马雅可夫斯基是个有着“异乎寻常的生命弹力”的人，他不会“固定在一个‘运动’之中”。但“榜样”就意味着被简化、修剪，按照秩序重新排列，将他固定在一个位置上。他因此失去“生命力的弹性”。帕斯捷尔纳克说是“第二次死亡”——这不是没有道理。

因为接受的是经由苏联“固定”了的，作为“样板”的马雅可夫斯基，中国当代读者难以对他有另外的想象：接收不到任何相异的信息，理解也就无法有拓展的空间。读者不了解20年代那些革命领导人（列宁、托洛茨基、布哈林、卢那察尔斯基等）对马雅可夫斯基不同、甚至对立的评价，对苏联二三十年代发生的激烈争议毫不知情。不清楚他与“拉普”领导人之间紧张关系的根由。不清楚“列夫”（1923—1925）和“新列夫”（1927—1928）时期，马雅可夫斯基的诗歌和俄国形式主义者，和当时艺术各种先锋派的关联。在50年代，中国批评家喜欢引用列宁对《开会迷》的称赞，却不清楚这位革命领袖其实对他并无好感；列宁说他理解和欣赏普希金，“涅克拉索夫也承认”，“但是，马雅可夫斯基，对不起，我不理解他”。1958年，苏联的《文学遗产》杂志第65卷刊发了《关于马雅可夫斯基的新材料》第1辑，披露了马雅可夫斯基给莉丽·布里克的一百二十五封信：材料当时也没能介绍到中国——苏共中央认为材料有损诗人形象提出批评，导致材料第2辑发表的流产。

至于马雅可夫斯基的并非无关紧要的私生活，他与多个女人、特别是与莉丽·布里克的关系更是讳莫如深。针对叶赛宁自杀的诗句（“在今天的生活里，死并不困难，但是将生活建成却困难得多”）被无数次征引，却无视他的“自杀与‘彼岸’的念头”，这个念头与“对生命的肯定，对生活着尤其使生活更美好的必要性”在他的诗中“错综交织着”：

我愈来愈想

拿一粒枪弹来做我生命的最后的句点。

——《脊椎骨的笛子》（也译《脊柱横笛》）

心蹦向枪弹

喉咙梦想着刺刀

……

多少秘密隐藏在你那些玻璃瓶后边。

你认识最高的正义，

药剂师，

让

我的灵魂

无痛无楚

被引向太空。

——《人》

三　“死亡”与“复活”

中苏分裂在60年代初公开化，对苏联文学的介绍、翻译的数量逐渐减少，马雅可夫斯基也不例外。“文革”的十年中则处于停滞状态。但是，狂热的“革命”正好是政治诗滋生的丰厚土壤，马雅可夫斯基的那种诗歌体式继续拥有强大的生命力。“红卫兵战歌”，郭小川、张永枚等这个时期的诗，“工农兵学员”的《理想之歌》……也延伸到“文革”后到80年代初贺敬之、张学梦、叶文福、骆耕野、曲有源、熊召政等的创作：自然，这里列举的诗人、诗作的思想艺术水准高低互见，甚或差距悬殊。

1977年之后到80年代初，马雅可夫斯基在中国被重新提起，并和这个时期诗歌的政治性写作热潮互动。1980年4月，全国苏联文学研究会等在武汉召开马雅可夫斯基讨论会。除作家、诗人徐迟、曾卓、骆文、刘湛秋、李冰外，俄苏文学和马雅可夫斯基作品翻译家和研究者戈宝权、陈冰夷、余振、高莽（乌兰汗）、汪飞白、丘琴、汤毓强、岳凤麟、王智量等悉数出席。召开某一外国作家、诗人的全国性讨论会，这在“新时期”颇罕见。会议组织者的动机，应该是在当时政治诗的热潮下，来重申马雅可夫斯基的诗歌意义，在新的历史时期激活这一社会主义现实主义的文学资源，但也包含对过去批评研究存在的缺陷的纠正。因此，遂有“马雅可夫斯基并没有死，他还活着”（丘琴）、“我国当前还需要继承马雅可夫斯基的革命传统”（陈冰夷）、“他的诗至今仍有很大的生命力……今天还能使我们感到振奋和鼓舞我们前进”（戈宝权）、“我要像马雅可夫斯基那样战斗”（熊召政）……的言论的出现。

但是，与讨论会的预期不同的是，“召回”难以阻挡他在读者和诗歌界的淡出。在一个对“革命”反思，以至以“告别”为思潮的时代，“革命诗人”的马雅可夫斯基这一命运几乎是必然的。在苏联，马雅可夫斯基的评价发生变化，在50年代斯大林死后就已发生，但整体性的“淡出”，与当代中国几乎同步，大致在80年代后期90年代初。一方面是时代政治氛围的变化，另一方面也是一些材料陆续披露解密。

从诗歌史和读者的角度说，则是禁锢解除之后，中国读者终于获悉，20世纪的俄罗斯诗歌，马雅可夫斯基并非唯一，而且也不一定就是“最高”；同时代人还有勃洛克、阿赫玛托娃、帕斯捷尔纳克、曼德尔斯塔姆、茨维塔耶娃……当然，评价上的这一变化，也是“偶像化”留下的后遗症。有论者抱怨，1993年马雅可夫斯基诞辰百周年在苏联的纪念活动，规模不大，显得冷清，没有往常纪念会少先队列队鼓乐献花，报刊也没有了大量颂扬文章……“这与前几年马雅可夫斯基的同时代人阿赫玛托娃、帕斯捷尔纳克、曼德尔斯塔姆、茨维塔耶娃等的百年诞辰的纪念活动的热闹景象形成强烈的对照”。这在中国情况也相似。对文学史经常发生的这类现象，有学者引用英国作家卡内蒂的话来解释：“只看见过一次的东西不曾存在，天天看见的东西不再存在。”阿赫玛托娃们已经被冤枉、诬陷和埋没了半个多世纪，马雅可夫斯基在很长一段时间里则“天天看见”。

但马雅可夫斯基毕竟是20世纪重要、甚或伟大的诗人，他并未真的消失、死亡，大抵是回到比较正常的状态：显赫的地位不再复现，不再不可“侵犯”，对他提出异议也不再是“犯罪”。他的诗集在中国仍在出版，已经不是那么频繁；纪念活动、研讨会也召开，不会有很隆重的规模；不断有评论、研究文章发表，评价显然大不如前。

但是，针对这位诗人被忽视的批评声音也一直存在。1990年初，俄苏文学翻译家张捷就对“有些人随便抛弃”马雅可夫斯基忧虑、不满。1993年北京的显得孤单的马雅可夫斯基一百周年诞辰纪念活动也透露了这种情绪。近十多年来，期待与“天使长”般的巨人“再遇”，让他回归“世纪诗人”位置的愿望愈发强烈。在一些诗人和批评家那里，马雅可夫斯基既是难以磨灭的历史记忆，也是抵抗社会和诗歌弊端、腐败可寻求的历史支援。2016年，吉狄马加的长诗《致马雅可夫斯基》在诗歌界引起热烈反响，足以证明这一点。长诗征引了亚·勃洛克的话——“艺术作品始终像它应该的那样，在后世得到复活，穿过拒绝接受它的若干时代的死亡地带”——用来描述马雅可夫斯基20世纪后半叶的遭遇：那些“曾经狂热爱过你的人，他们的子孙 / 却在灯红酒绿中渐渐地把你放在积满灰尘的脑后”。长诗“论述”了马雅可夫斯基人，和诗的历史功绩、现实意义，并宣告与“善变的政客，伪善的君子，油滑的舌头”扬言“你的诗歌已进入坟墓”正相反，

……你已经越过了忘川
如同燃烧的火焰——已经到了门口
……
马雅可夫斯基，这是你的复活——
又一次诞生，你战胜了沉重的死亡
这不是乌托邦的想象，这就是现实
作为诗人——你的厄运已经结束
那响彻一切世纪的火车，将鸣响汽笛

马雅可夫斯基之所以“必须活下去”，吉狄马加给出的理由是：“那些对明天充满着不安和迷惘的悲观者 / 那些在生活中仍渴望找到希望的人 / 他们都试图在你脸上，找到他们的答案”。

四　多个马雅可夫斯基图像

但是，“再遇”的双方发现对方都发生了改变，都不是原来的样子。从阐释者说，因为不再遵循统一阐释规范，基于不同处境、理念的“分叉的想象”，自然会引导出多个马雅可夫斯基图像。但他们首先也要面对这样的共同问题：如何处理他诗的主要题材和思想倾向——对布尔什维克、苏维埃革命和建立的政权的倾心颂扬：而对它们的评价现在存在激烈争议；如何重新评价马雅可夫斯基的未来主义；如何看待马雅可夫斯基20年代末身陷的困境和自杀；从诗歌自身问题上，则是有关诗与人、

诗与现实政治关系的方面。

一个进击的、处理宏大题材、热衷于历史概括的、“如同燃烧的火焰”的公民诗人的马雅可夫斯基依然存在。他作为“光明的使者和黑暗的宿敌”降临。但这个马雅可夫斯基图像基本上是采取他的姿态、他的诗歌观念和方式，也就是召回的是一个“赢得普遍认同的名字”；运用这个“专名”来抗击现实的“精神的沦落”和“异化的焦虑迷失于物质的欲望”，批判披上道德外衣的世界强权行为与逻辑，表达了“对统一性或同质化的批评，对被剥夺者的关注，对失去声音和生存空间的忧虑”。

人性、人道主义的马雅可夫斯基是重构的另一图像。在一些批评家那里，他大量的颂扬无产阶级革命和革命构建的新时代的政治诗，其间的阶级、政党、特定历史内涵被模糊、稀释，“革命”被置于人性、人类普遍历史追求的层面来理解。《列宁》《好!》无疑是马雅可夫斯基的“代表作”，与以前的解说不同，批评家发现诗人是以“一个最人性的人”来歌颂列宁的，发现《好!》的题目来自《圣经》：上帝创造世界之后，“上帝看着是好的”——马雅可夫斯基将革命看作一种诗意的、浪漫的创世运动。这也是国外一些学者的看法：马雅可夫斯基“把列宁看成是一个根据历史法则，于资本主义处于没落和剧烈崩溃时刻出现的命定的救星。……诗中的列宁是个神话人物，他是马克思主义经典中预言的救世主，像是记载基督教救世主的编年史一样，有关他的伟大事迹的故事，也是以创造开始的。”而著名俄国诗人叶夫图申科——通常，他的诗歌方式被看作是对马雅可夫斯基的承续——也说到，马雅可夫斯基实际上是“一位伟大的爱情诗人”“他的爱情有两个对象，一个是女人，一个是革命。对于他来说，‘女人’、‘革命’、‘爱情’、‘列宁’，这些都是同义词。”

马雅可夫斯基与未来派的关系历来颇费口舌。在苏联和当代中国，很长一段时间“现代派”被认为是资产阶级颓废流派，自然要将马雅可夫斯基从它那里摘离。切割的路径有两条，或者指出他虽与未来派“搞在一起”，可“实际上”即使在创作的早期，他“就是与未来主义，以及所有其他颓废主义的流派对立的”；或是运用我们熟悉的发展阶段论，说“早期小资产阶级的无政府主义倾向比较严重，后来才认识到无产阶级有组织的自觉斗争的必要；艺术观点从虚无主义转变为批判继承，并力求创新；风格上从矫揉造作到朴素自然，从粗俗化的单调到多样化；语言上从晦涩难懂到简练有力……”

80 年代开始，现代派在中国开始变得不那么“反动”，逐渐从文艺思潮的负面清单里移除，加上当时“文学主体性”的强势提倡，批评家已无须讳言、遮掩马雅可夫斯基与未来派的关系。前面提到的80年代初武汉讨论会上，马雅可夫斯基与未来派关系就是主要议题。后来进一步的观点是，苏联早期左翼文艺的探索也是很前卫的，或者说无产阶级文艺与现代派的前卫艺术之间并非总是对立关系。例如，倡导“假定性戏剧”剧作家特列季亚科夫既是未来派诗人，也是左翼作家；而马雅可夫斯基的《澡堂》《臭虫》等剧，或者是在梅耶荷德剧院演出，或者就是梅耶荷德导演。因此，有论者提出，未必一定纠缠与未来派的关系，问题应该放在俄国“白银时代”以及20世纪初文艺整体背景下考察。马雅可夫斯基的贡献，是在“诗歌民主”的提出和实践上，他——

将非诗的元素入诗，扩大诗歌的容量和功能，换句话说，就是将日常生活诗意化，诗歌化，用诗意的态度面对人人终日面对的柴米油盐。他不仅将音乐、绘画、小说等其他艺术门类的因素带入诗歌，甚至连政治、意识形态、人名、地名等专有名词也都能成为他诗歌的抒情对象。在马雅可夫斯基这里，诗无所不包，无所不能，甚至连人们耳熟能详的标语口号、民间俗语、门牌号码，……（可以）引用什克洛夫斯基的一段话，“在马雅可夫斯基的新艺术中，先前丧失了艺术性的大街又获得了自己的语言，自己的形式……诗人并非透过窗户张望大街。他认为自己就是大街的“儿子”，而我们便根据“儿子”的容貌获悉了母亲的美丽。人们先前是不会、不敢打量这位母亲的脸庞的。

这也就是曼德尔斯塔姆说的，马雅可夫斯基解决了大众诗歌、而非精英诗歌的“伟大问题”。由是，我们看到一个左翼前卫的、“大街的儿子”的、“现代游吟诗人”的马雅可夫斯基。

但是“召回”的又可能是一个爱情诗人。在另一些批评家那里，对马雅可夫斯基大量歌唱革命和新生活的政治诗和宣传口号诗基本持否定态度。他们推崇的是他早期的诗和不多的爱情诗（《脊柱横笛》《我爱》《关于这个》等）。1998年，马雅可夫斯基与莉丽·布里克通信集的中译本出版，书名取《爱是万物之心》，来自马雅可夫斯基的原话；随后的2016年又出版了俄国学者玛格丽特·斯莫罗金斯卡娅的《马雅可夫斯基与莉丽·布里克：伟大的书信爱情史》中译本。这个过去从马雅可夫斯基生平里删去的扑朔迷离的情节，以一种翔实资料的方式呈现在读者眼前，让“爱情的”马雅可夫斯基形象凸显。《爱情史》一书作者将他们的爱情史称作“伟大的”“病式的爱情史”；说“没有无缺陷的天才”（吉狄马加的长诗也借用了这句话）；“很多名人都使用过兴奋剂。这些人中有的人酗酒，有的人吸毒，而对于马雅可夫斯基来说，他的兴奋剂是爱情”。

> 莉丽·布里克把马雅可夫斯基从自己的姐妹那里吸引过来，把他带到了自己已婚的家庭里。直到诗人死时，他们都是三人住在一起：莉丽·布里克，她的丈夫约瑟夫·布里克，马雅可夫斯基。他们的这种关系里包含了一切：从符拉基米尔·马雅可夫斯基写给自己爱人的那些温柔的认可，到莉丽·布里克为挽留诗人的背叛。

与对这一复杂的“爱情史”持某种犹疑、保留态度不同，《爱是万物之心》的《中译本序》的观点就明朗许多，说这是“伟大的诗人和他的女神之间全部完整的书信集”，他们的爱情“是世界文学史上的一段奇缘，一段佳话”。确实，如《中译本序》所说，过去的苏联和中国，对他们的这一关系讳莫如深，认为有损这位政治诗人和社会主义现实主义者的形象，认为三人同居一宅是“道德的堕落”，而“事情并不那么简单”：在马雅可夫斯基那里，“莉丽·布里克占有相当重要的地位，对诗人的创作产生持续而深远的影响。”这与莉丽·布里克的妹妹埃尔莎·特丽沃蕾的看法却颇一致：

> 此外，还有女人，首先是——那个女人，他的女人；他把他的著作全献给了她，而她经常占据了他的精神，以至在他的情诗和别的诗中，充满了她的影响，我们也可以在他的绝命书中找到这个女人……

读了他们的书信集，那些将高大、豪迈、骄傲、桀骜不驯、冷峻深沉、蔑视平庸的马雅可夫斯基形象深印脑海的人，相信一时无法将他与“柔情似水”，笔下满是“小猫”“小狗”宠物式昵称的马雅可夫斯基统一起来，看成是同一个人。不过，即使心理或生理有些不适，你也必须接受这个现实，因为“没有无缺陷的天才”；据说越是伟大的人就越复杂。况且这一切是否是“缺陷”也难说，据说这一生活方式的理论依据来自车尔尼雪夫斯基，而马雅可夫斯基自己也不认为有什么不妥。

五　马雅可夫斯基和他的“同貌人”

不同的马雅可夫斯基图像，都可以在这位诗人及其作品中找到依据。问题在于它们各种解释处于分离状态，没有能把不同因素置于整体中分辨之间的位置和关系。

1931年，也就是诗人死后的第二年，卢那察尔斯基做了《革新家马雅可夫斯基》的演讲，试图从整体性格上分析马雅可夫斯基的复杂性。担任过苏维埃教育人民委员的卢那察尔斯基对马雅可夫斯基的才能评价甚高。演讲中他说，金属的马雅可夫斯基之外还存在一个他的影子，他的“同貌人”；他的“反照出整个世界的金属铠甲里面跳动着的那颗心不仅热烈，不仅温柔，而且也脆弱容易受伤”；如果他的铸铁里没有揉进热忱、温柔的人道精神，他的“纪念碑似的作品”也许就不会使人感到温暖，但马雅可夫斯基其实“很害怕这个同貌人，害怕这个柔和的、极其亲切的、非常富于同情心以至近乎病态的马雅可夫斯基”：有强壮的肌肉，心像大锤跳的他极力设法要摒弃它，“但是他不一定能做到”。

卢那察尔斯基最初对“同貌人”抱着同情、理解的态度。可能意识到这一态度与“无产阶级革命家”身份相悖，后来就严厉起来，认为“同貌人”是他的“加害者”：

同貌人是这样杀害他的：如果说在诗歌方面他只能给马雅可夫斯基的创作掺进若干渣滓的话，那么在日常生活中，看来他却厉害得多。

为什么马雅可夫斯基要自杀？……我不想解释，——我不知道。……我们不了解情况。我们只知道马雅可夫斯基自己说过：我不是在政治上害怕同貌人，我不是在诗歌上害怕他，我遇难之地不在海洋上，不在我持烟斗跟“奈特号”轮船谈话的地方，而在那夜莺啼啭、月光映照、爱的轻舟往来行走的感伤的小湖上面。……在那小湖上，同貌人比我强大，他在那里打败并撂倒了我，我感觉到，如果我不把金属的马雅可夫斯基处死，他大概只会郁郁不乐地生活下去。同貌人咬掉了他身上的肉，咬成了一个个大窟窿，他不愿满身窟窿地在海洋上航行，——倒不如趁年富力强的时刻结束生命。

卢那察尔斯基预言，“金属的”马雅可夫斯基将是不朽的，而“同貌人则不能不腐朽衰亡”，因为“金属的”的写作“标志出人类历史上一个最伟大的时代。”七十多年后来看，卢那察尔斯基说的一半没错，另一半则落空。确实，世界并不缺温柔的爱情诗人，而试图表现人类历史“伟大时代”的天才诗人并不多。至于说到“不朽”，这可能让他失望。“金属的”马雅可夫斯基固然不朽（只是已经重新冶炼，质地已不大相同），而“同貌人”也并未腐朽衰亡：且在“召回”的行动里，后者仍在“不断咬掉了他身上的肉”而取代前者的趋向。

同时代人的茨维塔耶娃也讨论了这一性格、处境冲突。她提出的是马雅可夫斯基作为“人”和作为“诗人”之间的“分裂”和矛盾。她说，

作为人的马雅可夫斯基，连续十二年一直在扼杀潜在于自身、作为诗人的马雅可夫斯基。第十三个年头诗人站起来杀死了那个人。他的自杀连续了十二年，仿佛发生了两次自杀，在这种情况下，两次——都不是自杀，因为，头一次——是功勋，第二次——是节日。

她说，马雅可夫斯基“像人一样活着，像诗人一样死去。”

当代中国批评家关于“分裂”的意见则是：这是个人主义的、诗的、追求创造自由的“自我”的马雅可夫斯基，与阶级、政治的、放弃“自我”融入集体的统一性中的马雅可夫斯基之间的分裂。刘文飞写道：马雅可夫斯基“关于十月革命还有过一个著名的说法，即‘我的革命’。……这不仅是马雅可夫斯基在十月革命后公开的政治表态，其实还暗含着他的艺术追求。”“他创办‘列夫’和‘新列夫’，试图在艺术上与政治上的列宁比肩而立。他将列宁的革命视为政治的、社会的革命，而将他自己的‘我的革命’视为艺术的、诗歌的革命，这在俄苏文学史中早有定论，并被称为马雅可夫斯基的‘迷误’和‘错误’。这其实是他真实心迹之流露，也是他必然失宠之前提，甚至是他死亡的原因之一。”

确实，俄国十月革命具有“创世”的浪漫性质，它要实现重建世界整体性的抱负，要在革命中创造整体性的“新人”（这些在马雅可夫斯基的诗中有一定程度的体现）。这个想象是可能的还是虚妄的姑且不论，但作为这一革命的伟大诗歌代言人、表达者，马雅可夫斯基不能毫无芥蒂地承担。他必然要陷入无法解脱，与环境冲突和自我冲突的双重困境。他与布尔什维克“革命”的“一致”有一种“不真实”的性质。他毕竟是一个以赛亚·伯林意义上的“感伤的人”：愤怒的、反叛的、内心分裂的、富于想象力但充满焦躁情绪，崇尚“自我”的“现代人”。就这一点，“拉普”们说他是革命的“同路人”并不错。

在莫斯科卢比扬卡广场附近，马雅可夫斯基最后居住的公寓楼现

在成为马雅可夫斯基博物馆，一座奇特的，象征主义、未来主义风格的纪念馆。设计师在楼房正面毛糙的花岗石墙壁背景上，加上方格的钢铁框架，上面缀有很大的俄文字母 я 。这是在马雅可夫斯基的诗和文章里遇到的频率最高的词：我，我自己，我爱，我的革命，我的大街……埃尔莎30年代末写的《马雅可夫斯基小传》也提到马雅可夫斯基纪念馆，情况却与现在的不同。纪念馆“与它邻接的一所有好几层的大厦的砖墙上，用斗大的字体标着：

我的作为诗人的响亮的力量
整个给了你，
战斗的阶级。

不知道这是否不同的两处纪念设施，还是同一个但经过了改造。不过，纪念馆（博物馆）外部标志物装置由“阶级”换成“我”，却饶有意味：这大概意味着这个形象在这近一个世纪的时间里变迁的轨迹？

2018 年 8 月

［作者单位：北京大学中文系］

中国新诗百年纪念大会学术论坛

结识一位诗人

中生代诗人研究

诗论家研究

姿态与尺度

新诗理论著作述评

外国诗论家研究

漫游的风景与隐匿的疼痛

——读王东东的诗

周俊锋

翻开郁达夫的《屐痕处处》或沈从文的《湘行散记》，不难发现“一个人在途上”“梦无凭据”“孤独者”“零余者”等字眼与文题，文人墨客历来的行旅游记多裹挟着浅淡委婉的哀伤，然而漫游总是一件自由且奇妙的事情。陈嘉映在《旅行人信札》里写连续的奔波几乎耗尽周身的心力，特别希望见到人甚至哪怕只是一个陌生人，“拉住自己，不到悬崖上去辨别方向。……感觉到时间的离心力正在把人们抛出去，抛出动荡、冲击、炫目的人生中心，抛向安稳的常规生活。”当处于同时代的人们愈来愈开始觉察到，那些源自自身的巨大焦虑以及历史感的贫瘠与匮缺，往往使人不由噤若寒蝉无处表达。每一个言述主体以私人的感官在审视时代画卷或山河袈裟的时候，同时也不得不接受另一种目光潜在的审视，被当前的时代以及传统所构成的文化场域密切地注视着，我们需要小心翼翼以免滋生出“精神污染”而提前进行着自我的清理。身体的漫游在眼前每个节假日里成为一种聊胜于无的集体迁徙，当所有人在自由的风声里被拥挤的人潮淹没的时候，文字抑或精神的漫游在今天似乎愈来愈变得可贵。为了对旅途中的风景保持适度的新鲜与敏感，每一个言述主体需要独辟蹊径来拓展自身的抒情疆域或书写空间，被机械复制的经验像清晨街头的报纸一样，那种未知而新鲜的期待总是倏忽即逝，从这个角度而言，旅行中的风景在雅克·朗西埃的表述中不啻为一种抒情的漫游与历险。属于诗人王东东的一段旅行刚刚开始，而作为抒情诗歌的书写者来说，经验的移植与情感的延伸是一个亟待持续跟进的过程，当“风景”在名词与动词之间穿梭往返，词语的历险也才刚刚拉开帷幕。

一　漫游：旅途的风景与智性抒情

风景联系着视觉、身份、媒介、体验等诸多问题与焦点，风景的流通勾连起历史与现实不同层面的对话，而风景的隐匿或私人占有往往与民族政治话语、日常生活审美有内在的关联。作为地理意义层面的风景，被视界捕获的自然物象在不同的思维和情感参与下形成一种印迹或符号，进而作为文化记忆被不断重述与唤醒。“最真实的就是最有生命力的，真实的风景既是历史的，又是现实的，风景受到人类和自然界变化的影响，风景被框定、被思考、被改变。”诸多风景与物象的集成共同构成一种历史的景观，在自然风景与文化记忆之间构成一种艺术的张力，被看到的与被言说的风景以及那些被想象的与无法被言说的风景，重新聚集在一首诗歌的内部迅猛地激荡着、冲撞着。诗人在《最好的北京》一诗中记叙京郊山路的湖面绕行，倒转又攀爬的旅程中有某个时刻静止在山腰与我们并行的火车，有沙地上自由徜徉的两匹马，有跑马场的牛仔招牌，还有那童话般的欧式小区：

一路上我们都拒绝停车，不甘心它终于成为风景。
犹如一个魔咒，它从我们移动的对面看起来，
比真正住进去更幸福，海市蜃楼也是如此。

一行人在行驶的车上感受空间位置的疏远与临近，当自然静物开始慢慢进入诗人的经验层面，从视觉上感受到的“惊讶和欢喜”便随着语词开始四处奔突冒险游历，欧式小区的幸福与海市蜃楼的幻梦形成一种对峙。值得注意的情形是，山村与别墅分列于湖水的两岸，尽管“我们”在面对浮华与喧响的侵扰时都旗帜鲜明地表态拒绝，然而“对面”的别墅就这样横亘在你的视野，成为一种我们所有人不得不接受的风景，同时是所谓的一种幸福的风景。如果说山村与别墅形成一种参差对应的景观，那么随着火车的轮机裹挟而来的则又是另一番景象，“……时常通过的运煤火车”：

更给山村增加了热情，以至于在半途就开始燃烧，
打破穿山甲的寂寞，但已惊不起灰头土脸的麻雀。
水库的前身是一个湖。别墅的前身是水库，水光的
距离织成的风景，要交给夕光的距离来遗忘。

车窗内，白发长者和小孩斗嘴，声浪越来越高。
一座黄昏的大山被采卖，从中间劈开，露出
地球的焦虑。它在抵制着成为我们的风景。

从火车带给山村的点滴变化开始，悄然间改变着山村原有的景观与面貌。美国社会学家麦肯齐在《都市社区》最初提出“时空压缩”的概念，聚焦于因交通运输和通信技术的发展而引发人际交往在时间和空间方面的变化，而文化地理学家戴维·哈维则进一步提出两种压缩的存在。类似于火车的出现，我们花费在跨越空间上消耗的时间愈来愈短，以至于让我们认为现存即为全部的存在；而同时空间的压缩使群体成员在经济或生态上更加相互依赖。因此导致人们在对于自身以及外部时空的感受或表达层面开始遭遇新的焦虑，火车的热情、矿产的开掘、别墅的建造，愈来愈嘈杂的声浪勾连起“地球的焦虑”，乡村与城市的联系在某种意义上可以看作是传统与现代的对话，在王东东的诗歌《最好的北京》里呈现出的不单是个人对京郊风景画面的真切感受，还应包括一种尝试或调整，以期更好地表达个人“对这一时代的特殊环境的感受”。“它在抵制着成为我们的风景”，但或许这场抵制是无能为力的，火车轰鸣而来引领的社会激变成为一股崭新的浪潮，而本属于山村湖光的灵韵也只能够“交给夕光的距离来遗忘”。联系在诗歌前后文中出现的“饥饿”“牺牲”“祭坛”“未完成的建筑图纸”，以及五千瓦的LED灯对比罹患忧郁症的月亮，尽管诗歌以委婉浅淡的笔触来叙说京郊一行的行旅风景，但却在闲适与沉浸背后潜藏着一种抵抗的姿态。换言之，与其说黄昏的大山在抵抗自己成为我们的风景，不如说成是作为独立个体的诗人开始秉持一种自我的内部反抗与思想辨识，诗歌的结构层面具有一种精神的紧张感：

谁也不会注意路边的核桃树，
当它默默从风景中结出智慧。

——《核桃颂》

近处的湖，远处的山，雾中风景具有荒诞无法企及的美。

——《荒诞国》

让他用床被覆盖住全部风景，
仿佛那儿会跳出一个真理。

——《出走》

鸟也能找到窠。
它将叼着村庄的风景飞离。

——《檐溜的歌》

联系前一首诗歌《最好的北京》，火车或铁轨本身即作为一种独特的风景，同时在某种意义上又成为一种联结视觉与风景的特殊媒介，从19世纪文学特别是俄罗斯文学中的火车发展嬗变而来的母题意象，视觉与风景之间的互动不拘囿于历史与现实的对话，更呈现出传统与现代以及城市与乡村之间的某种断裂与延续，包括权力关系的转换和主体的历史想象等。在米切尔关于《风景与权力》的描述中，风景作为动态的媒介且能够与地方、空间互相切换，"各种形式的权力，如法律、禁令、阶级、性别、种族、帝国等借助风景这一媒介得以形成和再现"，而在视觉转换的发生过程中随着经验的映射和智性的投入，文学风景的意味得以呈现出叶维廉所述的一种"众树歌唱"的面貌。自然作为一种直接可见的风景，在王东东笔下的风景被聚焦成为一种词语历险或抒情漫游的场域，从自然中、从风景中能够衍生智慧的果实与美感的质料，更隐喻着一份小小的野心或憧憬，希冀于从小的风景中折射大的时代。毕竟在当下的时代话语背景中，风景始终隐现着某种不安与动荡，甚至不得不面临风景自身由来已久的困厄，我们在动态的风景中持续着主体的辨认，"我们在其中生活、活动、实现自身之存在"。

二　言说：主体以及意义在场的精神思辨

就文学文本来看，主体的漫游随时保持着一种将要溢出风景的冲动，抒情诗人用烂漫的想象和富于创造力的词语呼应着旅行中的奇观，把自然体验为行走的疆域和连续性的图景。自然成为一种可以言说的风景，感性的符号成为一种可以指涉甚至能够进行思想辨识的文学图式，因此从这个角度来说，言述者的主体在场以及对文学风景的视觉表现方式就被凸显得尤为重要。在朗西埃的表达中，现代抒情作品存在着一种自身的矛盾性，一方面既要求抒情漫游的纯粹性，同时又因为隐喻或象征的参与而在前导性旅行或未来旅行之间不停地穿越，"我、词语与事物通过抒情幸运地相遇，其前提条件是一次预先的旅行，一次承认的旅行，一次确保承认具有可能性的旅行"。这样一种漫游既遵循着典范性意义的生产程序，同时又极力地去挣脱范式或重新构想，朗西埃将抒情看作一种感性的政治经验，同时也是一种论辩经验，这种诗歌——政治关系链条重在“表现的方式”，即一种通过言述而使自身在场的方式。在词语的历险和抒情的漫游旅途中，“我”作为一个和诗歌的情感节奏共同行进的主体，同时也作为一个在特定疆域（抒情场域）游历或冒险的旅行者主体，主体的一致性与否则关乎着言说与视觉的契合度，从主体对感性含义的认知到某种政治性的转喻之间的衔接过渡因此不至于发生突然的断裂。

在《行车记——或：旅行的意义》一诗中，“我因为看窗外风景，一直向右扭着，而感觉 / 脖子酸痛：读书以外，构成了读书人的另一个职业病。”换言之，旅行的意义或许就在“读书以外”，然而我治疗“脖子酸痛”并没有什么奇特的法子——就是挪到后一排最左边的空位继续看风景。从高架桥、收费站、终南山、隧道、汉江、秦岭，到修路工故事、南水北调标语、广场上的晨练、民歌研讨会、出席颁奖典礼，旅途中的风景在视觉呈现的方式上有着丰富多样的变化，“浮现”“注视”“眺望”“觑视”“看见”“窥视”“听闻”“消散”等在一定程度上允许抒情主体“我”随着行车的进程而逐渐斜逸、逐渐滑脱，既忠实于见闻与视景，又在词语与事物的重合中使身体取代了风景，对这段行程的言说实际上涉及了更多隐含与潜藏的意义——从“我”演进到某种共同体“我们”之间的关系，抒情主体所追寻的意义以及所罹患的病痛往往是普遍性的。这样一种抒情的漫游和速写的行程，通过“我”“一行人”“知识分子”等主体的游移与置换，甚至于将“盘古”“上帝”“一个平和的圆满的佛”等表面上看似冲突或悖谬的事物并置于同一首诗歌的内部，富于精神的紧张感和冲突性。“读书人”“学者”“一个知识分子模样的人”“中途叛逃的知识分子”等表达传递出一种持续而焦灼的自我辨认，愈来愈模糊的自我身份面临着身体与视景不断重合又分离的考验，“无法确定左边的河流与右边的河流是否同一条河流”以及“宴会的人也都是从上面下来的人，率领着文字和人”，类似的表达还有“是否有另一种理论，不让它沦为无厘头的语言游戏”。作为旅行主体的“我”以及作为特定身份的“我”，共同将旅途的这片特殊疆域划归为书写的空间，意义得以在场化，“在山中，我追寻着自己”，主体追寻自我和建构自我的同时，实际上呈现出的是对“我们”这一知识分子群体的集体性反思，力图通过精神思辨来重新构建自己的同胞或自己的兄弟，反思某种共同体的我们与时代社会之间的互动关系。

个体的力量与盘古的身影，二者之间在力度与能量对比上构成一种强烈的冲突，诗歌的抒情主体表达出个体追寻层面的一种精神困境与心理缺憾，那些被夸耀的和被忽视的事物、那些黑夜里沉睡的和睡梦里挣扎不已的人们，种种矛盾在王东东的诗歌里被无情且锐利地凸显出来，“我”从旅行中领受着如此众多而繁复的风景，同时也饱受着精神的痛苦与责难。“然而，我抛弃了他的视野”，继而选择的是一种自我的亲历与冒险，连同目光触及壁画里的人物也是在“艰难前行”，陷入穷困的追寻与思索。但在诗人王东东这里，借由抒情主体传达的精神思辨并没有进入一种完成时态，“我突然感到它不可能是我自己，但又只能是我自己”，自我的和解远不能够解决当前所面临的难题与持续的焦虑，宇宙对地球的灾难置若罔闻，而作为共同体的时代与社会对个体的精神痛苦同样是置若罔闻，个体的抒情漫游所集聚的精神重荷只能够层层堆积，难觅身体与心灵的自由。

在词语与事物之间，在言说与视景之间，王东东的诗歌极大限度地使每一段旅程中的两个主体——旅行者主体与思想辨识的抒情主体——达到某种契合，这样一种抒情性的漫游背后存在着自我与时代、个人与群体之间的对话或论辩。旅行中自然物象的感性书写，以及伴随着应和着抒情漫游的“我”共同构成了一种恰切却又可以随时自我取消的隐喻，涉及当下与未来、起源与终结、高贵与微贱、亘古与速朽等对立性命题，涉及诗歌所特有的一种感性的政治经验。“但黄河，仍然像青年手中的握力棒 / 一不小心就可以向左右弹射”（《乙未年秋日重登黄河中下游分界碑台》），“何为展览的对象？考古的艺术没有救赎，只有复原。/ 裂痕，掩盖瑕疵。它们挺立的样子也就是受力的样子”（《追记四月于北大赛克勒看景德镇明代御窑落选瓷器出土展》），“穿越大街小巷，抑或沿着海滩 / 远行都像一种轻微的致幻剂 // 让人虚脱，成为记忆的侏儒”（《出走》），在王东东的诗歌里，远行或出走的旅途见闻实际上传递出一种主体和意义在场的精神思辨，检验着时代政治经验与抒情革命之间必然存在的某种紧张关系，抒情主体对自身的追寻同时也是对作为同时代人的“我们”的指认。

三　隐匿：从地理的跋涉到心理的漂泊

王东东诗集《世纪》所铺开的地理图景是异常丰富且别致的，牧野、澳门、开封、长春、珠海、南京、圆明园、白马寺、黄河界碑、郁达夫故居、平原博物院等，这故土山川的行旅恰如《行车记——或：旅行的意义》诗中所指明的，“后退中的山口，比未来的逼近的山口/更迷人”，旅行或追寻的意义最终仍然回过头聚焦于过程本身。不论是从地理层面，抑或是历史层面，诗集《世纪》铺陈与点撷的不仅仅是旅行者个人零星沙漏般的足迹，更着意于通过诗歌勾连起一种时间空间意义上的诗人心迹。正如学者陈超所期待的一种新的诗歌想象力范型“个人化的历史想象力”，既有个人性又有时代生存的历史性，“诗人从个体主体性出发，以独立的精神姿态和个人的话语方式，去处理我们的生存、历史和个体生命中的问题”，在抒情的漫游与词语的历险之途，抒情主体的言述与视景重合并拓展的书写疆域，直接呈现的是一种个人与历史、个人与时代的对话关系。

王东东的诗歌中，比干庙、墨梅图、白马寺、圆明园、博物馆、瓷器展等历史风景，在持续的自我身份辨认过程中延续了传统与现代、历史与当下的论辩，抒情主体对历史的指认同时也是对自身存在的指认，历史的乡愁延绵杳渺，诗歌里乡愁的滋味“温和、细腻、私密，令人情不自禁耽溺于其中，简直算得上情感上小小的纵欲了”。但在这温软乡愁隐匿下更多的却是冲突与问题，在王东东的诗歌中呈现出更多的是一种对现代文化与生存方式的隐忧和反思：

在难认的汉字前默立，
仿佛在博物馆之外没有持久的文明。

——《牧野十四行》

被风沙掩埋，开封城地下，还有
几座开封城？居民们梦想着珍宝。

——《开封十四行》

感受着他们感受不到的：伤害，也是热爱；

——《在郑州，堵车时的诗》

道路上迎面跑过来
一个脸部烧伤的人，五官如焦炭……

——《圆明园》

她的手轻摸我的头
仿佛我的反骨已得到修正

——《故宫》

当一个小市民嘟囔着，他的愤怒毫无用处

——《南京》

地理意义上的城市与历史空间中的城市，在抒情漫游中从四面八方给予主体心理一种强烈的文化映射，“我”在独立面对历史之墙时的内心是复杂而充满疑虑的。历史与传统的演进有着一种天然的惯性，个体在机械惯性的力量下丢失自我的个性，而“文化的惯性最终必然走向机械和死亡”。在王东东的诗歌里，抒情主体对于历史自始至终秉持着一种心理的紧张度与敏感性，在不断的反思与忧惧中细腻地触摸历史的创伤和疼痛，对历史的诘责同时也是对当下个体生存的叩问。《燕行录》一诗开头写道，“人们异样的目光，注视着我们 / 仿佛我们是鬼魂在大白天出没”，诗歌描摹朝鲜使者的衣冠所引起的视觉奇观极具反讽意味，“看到了镜中的自己咿咿呀呀，我们是 / 优伶，也是幽灵，大地上跳跃的火焰”，从自我的镜像中觉察所谓的风景与奇观无非是上演了另一出好戏，从“我”到“我们”的人称变化以及清秀秀才“他”的大胆诘问，指涉出一类更为深层的身份焦虑和精神困境，我们对于自身的身份认同是脆弱不堪的。从“羞耻”“愤怒”“困惑”而到稍微地“安心”，然而这并非是真正意义上的安心或舒缓，历史与文化在机械惯性的作用下一遍一遍地欣赏着“奇观”，同时又被当作另一种“奇观”而被观看着，周而复始却乐此不疲。甚至于今天，我们还惯用着一种猎奇或异样的眼光打量周遭的风景，而我们同时也成为这风景的一部分。

如果继续讲到“安心”的话题，对历史和自我的审视是一段艰辛冒险而又动荡不安的旅程，恰如语言或词语的抒情历险。在王东东的诗歌《长春十四行》中写“乡愿”，同乎流俗合乎世污的乡愿被孔子认为是“德之贼也”，邓晓芒认为儒家伦理在今天日益暴露出乡愿本色，其症结在于人性根基中匮缺一种自由的意志，“儒家学说不论如何反对和抨击乡愿，其根本的出发点和立足点其实乃是最大的乡愿，具有‘假装天真’和拒绝反省的性质”。道德传统业已形成的思维定式在伪善之外还有着一种自欺的心理结构，然而“未尝欺心”的自我感觉却阻止了我们对自身的质疑与追寻，因此这种“安心”是一种自我欺骗的假象。“就如一个人 / 可以原谅他乡的乡愿，却不能原谅故乡的乡愿”，王东东在诗歌中传递出一种复杂的信息，故乡的乡愿附着于主体的经验之上，哪怕是一种伪饰的善良或虚假的故乡，那也是抒情主体历经漂泊之后想要努力保存的故乡，一种真实的故乡与乡愁，尽管这里面的“善”可能还包涵着某种“恶”。至于他乡的乡愿因为没有附着抒情主体的本来意愿而发生一系列的权变或更迭，这可以被原谅甚至被遗忘。在王东东看来，“我会不会成为另一个人”“善与恶一样多”，抒情主体无论是在地图上的行走还是知识里的跋涉，“对自我的兴趣”成为一种躬身自省的独立意志而延续下去，在个体精神层面的思想辨识还远未画上句点。我们历经艰险辗转跋涉最后走向归家的旅途，“也许”我们永远不能抵达，心理的漂泊成为一种宿命。或许正如诗人自身的不确定性一样，“但最终善也许能够胜出一点点”，事实上身在旅途正在历经抒情漫游的我们还有太多疑问与焦虑，太多未知的风景与太多事物的预期还有待时间来一一检验。

王东东的诗歌有着足够的敏锐度与思辨性，文学风景的漫游与文化经验的反思呈现出相辅相成的态势。诗歌文本的解读有着丰富的可能性，如果从诗歌语境和诗歌创作的角度看，细读王东东的诗集《世纪》不难发现其部分诗歌有着特定的写作背景与赠予对象，从诗歌文本的情感结构来进一步反观抒情主体的写作姿态，往往能够有助于阐释诗歌的原生内涵。联系施特劳斯在《迫害与写作艺术》一书中提出的“隐微写作”理念，“esoteric”作为形容词在英语原意中除开秘传的、深奥的，此外还被解释为仅限于少数人的，诗歌文本的写作方式与流传范围以及特定时代的文化氛围均影响或制约着诗歌的艺术表达。因此极有可能的是，上述拉杂随性的文字可能早已经远离了诗歌的本意，有关王东东诗集《世纪》的阅读还需要我们多一些耐心来仔细咀嚼，或许兼事诗歌与批评的王东东更能够体会写作与批评自身的难度。从小诗《云》以及王东东的另一部同名诗集《云》，大胆推想华兹华斯在《序曲，或一位诗人心灵的成长》中的诗句，“倘若所选的向导 / 仅仅及得上一朵漫游的云，/ 我就不会迷路”，因为抒情的漫游有着自由的呼吸与脉搏，漫游中的风景隐匿了经验世界里的沉重与疼痛，我们的精神漫游可能会面临穷途与陌路，但却始终不会迷失内心的方向。

［作者单位：华中科技大学人文学院］

打开词语的幽微通道

——细读王东东《圆明园》

张凯成

提及“圆明园”，人们通常会在脑海中形成一种固态化的风景，即把它作为叙述历史的对象物，使其自觉地承载起了国家与民族的命运。久而久之，“圆明园”这一词语的内涵便在记忆中被固定下来。如果说词语系统中存在着“等级制”的话，那么在笔者看来，此种理解上的“圆明园”只是触及到了其内涵的最底部，并因之生成了词语的“装置”。就此而言，王东东的《圆明园》一诗则在突破“圆明园”之词语“装置”的过程中做出了有力的尝试，他以“游人”的角色进入到对“圆明园”的观看中，不仅把它当作是一种“历史化”的风景，而且更为重要的是通过对“圆明园”所蕴含的诸种表现空间的挖掘，于“历史 / 现实”“社会 / 美学”“公共 / 私人”等驳杂视域中，打开了内隐于“圆明园”一词之内的幽微通道。

那是在园中游人不多的时候，
蜘蛛也大胆地放下了一条丝线，
又秘密地隐藏在天堂的垂柳，
仿佛要对尘世做出一种挽救。

诗的第一节首先交代了诗人的身份——“游人”，这种身份是经过“他者”（“园中游人”）得以确认的，因为其中并未出现“我”这一主体性的语汇。区别于一般意义上的“游人”，诗人的关注点并非放在对于园中常态化风景的观看上，而是选择了“蜘蛛”这一隐秘的景观，这正体现出了王东东诗歌写作的独异性。正因为有如此细密的目光，于是窗台上的“瓢虫”（《瓢虫之年》）、书房中的“幼蛾”（《故事》）、教室内的“蛐蛐”（《教室里的蛐蛐》）等“微观”之物，便自然地进入到王东东的观看视野中，由此塑造出了区别于宏大风景之外的细致的内心景观。回到该诗中，当诗人将目光聚集于“放下了一条丝线”的“蜘蛛”时，便自觉地与宏阔的历史叙述保持了一种恰切的“距离”，即并非使自己裹挟在历史内部，而能够以一种“旁观者”的姿势，来清晰地观看其中所隐匿的细密纹路，这同时是对观看方式所做的一种修饰与限定。此外，第一节还交代了诗人的情感姿势，这主要蕴含于诗句“仿佛要对尘世做出一种挽救”中。王东东对于“尘世”时常保持着一种“不信任”感，但由于诸种因素的限制，他并未能够清晰地擦除这种“不信任”，因此在精神层面便生成了“救赎”意识，并有力地嵌构在了他的情感姿势之中。

此时一定可以听到神秘的声音，
我不知道是什么。然而你却听到了
鱼的声音。有人过早地听到了蝉鸣，
有人一如既往，听到四季的鸟鸣。

无疑，诗的第二节由“神秘的声音”这一词汇组构起来，这使得该诗的表现方式由第一节的“看”转为了此节中的“听”，而至于这“声音”到底是什么？作为听者的“我”并不知道，因之制造出了一种情绪的紧张感。于是，诗人在此置入了“你”“有人”这两个人称词，与“我”之间构成了对位关系——“我”之身份的确立是通过“你”与“有人”的加入来实现的，而诗人原有的紧张则经由这种“加入”得以逐渐消散，进而在延宕的空间中获得了充足的表现力。“你”和“有人”所听到的“鱼”“蝉”“鸟”的声音，正构成了对“神秘”一词的阐释，“声音”的通道就此打开。如果对照艾略特所提出的“诗的三种声音”，那么诗人在此书写的“声音”则属于第三种——“戏剧性对谈”，而这种“戏剧性”主要型构于“我——你——有人”的张力空间内。可以说，“戏剧性”的加入不仅使得此诗的表现空间得以扩展，而且有力地促进了“听觉”诗学的建构。

你思想着可以在这里下起鱼钩
和你的一位朋友，并引起他的艳羡；
你幻想拿着鱼，而他拿着蚯蚓，
但是从水底却冒出一种烧焦的形象。

到了此节，该诗所涉及的人称主体全部呈现出来，尽管“我”是“缺位”的，但“我”之“观看者”的身份依然存在。“我”“你”“他”三者在此既相互融合，又相互对峙，因之生成了“动态”的空间关系。“你”之所以能够“下鱼钩”，是因为“你”在这之前听到了鱼的声音（见第二节），但考虑到诗人写作此诗的季节——冬季（2015 年 12 月 24 日）——此处的“下鱼钩”行为与现实之间构成了极端的“不对称”关系，抑或说该行为仅在想象中才能完成。于是，“思想”“幻想”等词汇随即出现，而诗歌的表现方式也由前两节中的现实意义上的“看”与“听”，转到了此处的虚构层面的“想象”，词语之间的通道便适时地开阔起来。“但是从水底却冒出一种烧焦的形象”一句蕴含着巨大的悖谬，这“烧焦的形象”必然是在经过“历史”意义上的焚烧后被扔进水中，而后经过“打捞”才得以出现。因此，可以将“烧焦的形象”看作是一种“历史的沉积物”，这同时呼应了“圆明园”的历史内涵，诗人在此以“历史化”的想象打开了“圆明园”的表现空间，同时也表达出了自身对历史事实的现实观看。

我一定后悔引来了你们，没想到
你们玩心如此之大，又贪得无厌。
当你们围拢福海像围拢冬天的火锅，
我只好在你们后面的初春踱步。

如果说《圆明园》一诗的“历史空间”在上一节中被开启，那么此一节便是对这一“历史空间”的进一步阐释。此处的“后悔”首先隐喻着深沉的历史忧患，“你们”则作为“我”的对立物而存在，引起了“我”的极端愤懑与不安。“贪得无厌”的“你们”将“福海”当作是“冬天的火锅”，也将园中之物几乎全部“吞下”。面对这一行径，“在你们后面”的“我”只能“踱步”的行为来回击，但这种回击是相当无力的，其中既包含着对于历史事件发生之时的无奈之情，又包括了现实中的“我”面对历史本身所表现出的无力之感，这同时诠释出了“后悔”一词的多重意义，也使得全诗的表达空间在历史与现实的对位关系中不断延展。

也许我还思想着你们少了一些葱蒜
和盐，因而想要到山坡上去寻找。

但在椅子旁，道路上迎面跑过来
一个脸部烧伤的人，五官如焦炭……

写到此节，诗人在对历史的诠释中又加入了日常化的元素，借助“葱”“蒜”“盐”等厨房之物营造出了“社会性”的表现空间。之所以说是“社会性”，是因为这些厨房之物形成了一种“日常的政治”。正如臧棣在面对“菠菜”时所感到的：“菠菜的美丽是脆弱的，/ 当我们面对一个只有 50 平方米的 / 标准空间时，鲜明的菠菜 / 是最脆弱的政治。”（臧棣《菠菜》）当诗人将“葱”“蒜”“盐”等日常词语与政治、历史、文化等社会性元素相互融合时，这些词语所具备的隐秘通道便被打开了。与此同时，这些词语还包含有一种“公共 / 私人”的对立，它们的存在位置——厨房——决定了其本身的私人性质，但诗人在此将它们抛置在历史性的公共空间之内，使其在“公共”与“私人”的相互对峙中生发出了多元的表现空间。得益于此，“我”才能“撞见”一个“脸部烧伤”“五官如焦炭”的人，这与第三节中的“烧焦的形象”既构成了内在的呼应，同时又拓宽了其固有的表现维度，因为相较于“烧焦的形象”之被动性的“冒出”，此处的“迎面跑来”带有更多的主动意味，由之加深了诗人对于历史的思考与审视。

我看见。但如何向你们诉说
这并非我的虚构？但又不忍心
打扰你们，清闲而又清净的样子，
哪怕你们钓上来一条美味的僵尸鱼。

诗的末尾，诗人的复杂情感得以集中表现出来，这首先蕴含在“看”与“说”之间所存在的巨大间隙中。该节的开头“我看见”即摆出了一种主观化的事实，但“我”思考的重心并非是“看见了什么”，而是在于“如何向你们诉说”。从“这并非我的虚构”一句来看，诗人对于“看”与“说”均持有着“怀疑”的态度，并由之生成了一种“救赎”意识，这正呼应了该诗的开头部分。除对“真实历史 / 叙述历史”的思考外，诗人在末节还集中处理了“我 / 你们”的关系。王东东在此采取“对位法”的写作思维，将“我”与“你们”之间的冲突以一种“温和”的方式呈现出来，并试图在超验性的现实境况中，寻找着使得二者进行“和解”的可能性。

至此，“圆明园”一词所包含的幽微通道得以全部开启，其中既有着基于历史本体的内部观察，又有着立足于现实空间的外部观看。由此来说，王东东的《圆明园》一方面审思了圆明园所包含的历史景观，包括对历史事件以及叙述历史的思考等；另一方面又通过这种“历史性”的思考，集中审视了内隐着诸种“可质疑之物”的社会现实，以此构筑出了多维的表达空间。

［作者单位：首都师范大学文学院］

【附】

圆明园

王东东

那是在园中游人不多的时候，
蜘蛛也大胆地放下了一条丝线，
又秘密地隐藏在天堂的垂柳，
仿佛要对尘世做出一种挽救。

此时一定可以听到神秘的声音，
我不知道是什么。然而你却听到了
鱼的声音。有人过早地听到了蝉鸣，
有人一如既往，听到四季的鸟鸣。

你思想着可以在这里下起鱼钩
和你的一位朋友，并引起他的艳羡；
你幻想拿着鱼，而他拿着蚯蚓，
但是从水底却冒出一种烧焦的形象。

我一定后悔引来了你们，没想到
你们玩心如此之大，又贪得无厌。
当你们围拢福海像围拢冬天的火锅，
我只好在你们后面的初春踱步。

也许我还思想着你们少了一些葱蒜
和盐，因而想要到山坡上去寻找。
但在椅子旁，道路上迎面跑过来
一个脸部烧伤的人，五官如焦炭……

我看见。但如何向你们诉说
这并非我的虚构？但又不忍心
打扰你们，轻闲而又清静的样子，
哪怕你们钓上来一条美味的僵尸鱼。

意义的蛇行、蜕皮和衔尾

——读王东东《雪》一诗

梁小静

在王东东近几年的诗歌写作中，出现了一些咏物、咏史类的诗作，历史人物、文物、文化遗址、宗教典籍等逐渐频繁地进入他的写作视野。在对每首诗的细读中，诗歌之“器”——具体来说，是现代新诗之“器”，如何运化这些文化成品或半成品，这个问题值得关注。《雪》这首诗，在意义的生成中，体现了一种“蛇”性，具体表现为“意义的蛇行”“意义的蜕皮”和“衔尾之环形”。在七节28行诗中，三者或交替，或穿插，共同完成了“雪”这个文学/文化意象的再次“赋形”。同时，这也意味着，借助于诗人之笔，一套诗之“脏器”，在有效、健全地运化历史、神话和自我之精微。

在诗的起首“我没有看到雪从天庭降落/多么遗憾”中，王东东启用了一个神话/宗教意象：“天庭”。这个意象与第二诗行的“人间”形成空间分层。“雪，暂时来到人间”，“暂时”，意味着雪的其他可能性、其他的来龙去脉。“是为了呼吸清冷的空气”，诗句在这里放松了对“人间”的警惕，以“清冷”肯定人间，肯定了“人间”对“雪”的吸引。“为了再一次融化，对世俗好奇？”，对“人间”的肯定忽然弱化，降落至更中性的判断，即因为“好奇”而降落。“再一次融化”，“再一次”为这一节诗增加了叙事性；“融化”，则使诗中第一次出现了“雪”的形态，似乎因为好奇、沉溺于人间，而与人间地面上的尘土、泥水融为一体。

在第一节中，王东东讲究的用词，保证了“天庭”神话在诗节中的蛇行。结尾的“好奇”，唤醒读者关于神话的阅读体验，这种体验可能来自于民间知识，如“下凡”的织女、七仙女、华岳三娘，也可能来自于文学传统，如《红楼梦》中“凡心偶炽”的神瑛侍者。

神话和宗教视角中的“雪”，还在继续降落。在诗的第二节，“仿佛它遭受到同侪的敌意/被贬到了凡间，打着寒噤”，王东东这里仍然征引了神话情节。“雪”是某种冲突和斗争中的失意、失败者，受到了惩罚。如果说第一节塑造的雪是“嬉游者”，那么这一节的“雪”则是“受罚者”“流亡者”。“人间”也成为“流放之地”，成为“炼狱”。“但它将再一次依凭幸福上升，/瞧，蒸笼上，草木正冒热气！”“流亡者”重新获得上升的通道，获得新的荣耀。在这一节，诗歌意义的蛇行与“蜕皮”“新变”在同时进行。神话/宗教所赋予的雪的传统的主体性，一直吸引着诗人，但同时主体品格又有所不同，又有新变。

“被阻挡，在这国家的各种关卡”，“阻挡”和“关卡”让“雪”与“国家”之间具有了某种对立之感。“雪的降临依然是一个奇迹”这一句，让这首诗抵达了它的一个意义高峰。正是在这一句，“雪”实现了它的伦理化。在此处，“落雪”的物象细节与它的象征意味出神入化地融会了。同时，继“人间”和“凡间”之后，“国家”的出现，让“雪”有一个高低起伏、魔方般变动的、大质量的、更具现代感的落脚点。

“雪”似乎不受欢迎，它或许是刺激物、是启示者、是福音、福祉，或许是摧毁者，甚至是无名。但从这一节的后两句可以推测，“雪”是“国家”的滋养物。“在江南，滋润美艳如处子的肌肤/涉河渡北，可又裸露了雨的精魂”。“江南”和“渡北”，以地域化的方式，将“国家”具体化。值得注意的是，在出现了表征社会、民族整体性的词语“国家”之后，后两句即出现了表示人体的“肌肤”和“精魂”，以此表现“雪”降临的层次感和深度，“雪”向精神维度的深入更进一层，它继续不动声色地“蛇行”。

第四诗节的第一行，显示了王东东的“点铁成金”的功夫。“可以裹着入睡”，在这个奇妙的延展式诗句中，“雪”给人带来某种安慰，呼应了第七节“用冷水洗碗也会感到温暖”。“它蓦地绽放，证明了我们的耐心”，表明此时仍然是第三节的延展：在三个季节的漫长等待中，降临这个国度的似乎是“至美”，它没有辜负漫长的等待。

在长达四节的对“雪”的意义的紧张塑形（这种紧张类似于创造峻硬的意义之山峰）后，到了第五节，诗句开始略显放松。“松柏”“雪人”“墓地”“祠庙”“鹊噪”等物象获得文本空间，开始稍显轻盈地承受着雪，变形出更为具体的与“雪”有关的意象。但“雪”的蔓延、生长和与万物结合的速度，和这个“国家”事物的纯度的持续增加，表明上文的峻硬之感并没有从诗节中退去，它以压缩的形式，仍然在诗行中蛇形。“不闻鹊噪”这一句的出现，说明诗人把刚刚打开的雪与具体物象的轻快结合的通道又关上了，雪重新成为某种纯粹意义的载体，“不闻鹊噪，雪会下得更紧”，即如果排除了干扰，某种活动和行为会更顺利、纯粹。

在第六节，“雪”的承载者由“地面”转为“纸面”，雪的“受惠者”由“国家”“一切的树”“街上行走的人”“墓地”转向了“我”“我的心”“我的写作”。“多亏了雪的反光/让我的心再一次变得温柔/让我的笔抚慰辛苦的终生”。“我”与“雪”之间，是一种感染与传承的关系。在“雪-我-笔-众生”中，“雪”实现了它意义的最广泛的传播与绵延。

因而，在这一节，“雪”不仅完成了前面几节的覆盖、渗透和变形，还实现了它自身的“再生”，在这一节，“雪”借助于对“我”的感染，完成了形态的“蜕变”。

在第七节，诗句宕开，不再写雪，而开始叙述“我”的一种似乎被“更新”的状态。这在诗句中以感觉的变化来表达，一方面是感知的变异，“用冷水洗碗也会感到温暖”，另一方面是感知的主动性，“洁白的米/在煮熟前后都含有神奇的清香”。至此，“雪”依赖于“我”，在文本中完成了它自身；而“我”也在对“雪”的再创造中，完成了“我”与“雪”的同构，即在承载、继承和受感染的活动中，领会“雪”的主体精神。

在最后一节，诗人似乎借助于“雪”，借助于这次“运化”和“赋形”，自身也掌握了一种目光的“蜕变”，当他看到“米”，不禁又使“雪”进行了一次自如的“蜕变”，“雪”与“洁白的米”又产生了形态的挪移、共鸣或同构。也正是这个细节，表明“我”已经掌握“雪”的技艺，以其“白”和“无边之降落”来覆盖、变形或感染万物。这时，“我”和“雪”的关系，就像一条蛇的首和尾，“我”和“雪”已经彼此相扣，或许，是“雪”衔住了“我”，实现了整首诗意义的环形运转。借此，“我”借助于“雪”，借助于这种环形带来的置换和意义的重新流通，“我”自身重新参与这首诗前5节的意义构成，而这又构成了文本的另一层意义，使得阅读又重新开始。从蛇行，到蜕变，再到首尾相衔，《雪》实现了其意义的多重循环和流通，也体现了文本的复杂性。

［作者单位：河南师范大学文学院］

【附】

雪

王东东

我没有看到雪从天庭降落
多么遗憾。雪，暂时来到人间
是为了呼吸清冷的空气，还是
为了再一次融化，对世俗好奇？

仿佛它遭受到同侪的敌意
被贬到了凡间，打着寒噤
但它将再一次依凭幸福上升，
瞧，蒸笼上，草木正冒热气！

被阻挡，在这国家的各种关卡
雪的降临依然是一个奇迹
在江南，滋润美艳如处子的肌肤
涉河北渡，可又裸露了雨的精魂？

燕山雪花大如席，可以裹着入睡。
它蓦地绽放，证明了我们的耐心：
它比五瓣的梨花还多一瓣，
也就比桃花更多一瓣，比玫瑰！

雪，让一切树都变成了松柏
让路上行走的人变成了雪人
梦游在墓地、祠庙和广场，
不闻鹊噪，雪会下得更紧。

正当我对着纸面苦思冥想
黄昏降临，多亏了雪的反光

让我的心再一次变得温柔
让我的笔抚慰辛苦的众生

一个人在街头呵手。而我此时
用冷水洗碗也会感到温暖
生活一直有待创造，洁白的米
在煮熟前后都含有神奇的清香。

诗歌是来自文化深处的福佑

——或论诗人的幸福

王东东

当代诗歌能否成为典范，要看它能否表达居于文明核心的观念，遏制住它的争吵，而不仅仅是为人带来情感慰藉，虽然后者也是诗歌义不容辞的责任。

对于一切当代文明的核心矛盾的果壳，最杰出的哲学家也要借助于诗歌的综合力量才能进入，并且在打碎之后重新整合。

诗歌想要达到一种知性或曰智慧的抒情，然而随着经验的增加，这个目标变得越来越难。但也正因为此，对于我来说，诗歌成了一种对人性的希望，同时也是一种抵制荒谬和悖论的力量。

我相信，诗歌的困难就是生活的困难，诗歌的幸福就是生活的幸福，真正的诗人应该是真正在生活的人。

诗歌应该是来自文化深处的福佑。如果一个诗人足够幸运，他也会成为这文化的一部分。

每一种文化或文明都有其黑暗的部分，诗人了解这黑暗的部分，但更应该为文化寻找光明，为人性保持希望，正如我在《末班车》中所写：

但你在星空下徘徊，醒悟到
地球并非宇宙的下水道。

我的诗《隧道中的佛》试图表现我对佛的“观想”，但其背后则是对个人痛苦的超越，确切地来说，是治疗：

汽车颠簸中，闭着眼，在一张
表情多变的脸上我看到了庄严：

我惊诧，那就是佛，但又认
出那亲和，只能是我自己的脸。

我暂时不能得道，也应感到欢喜。

我最近的诗往往隐去了生活经验，而托之于一种文化经验。我以为，诗歌既可以“因事而起”，也可以“因文而起”。我曾根据阮籍的“梦搏赤猿”写了一首六十四行的《阮籍》。阮籍《搏赤猿帖》：“僕不想欻尔梦搏赤猿，其力甚於貔虎。良久反覆。余乃观天，背地，睹穹，亦当不爽。但仆之不达，安得不忧？吉乎？执我。凶乎？详告。三月，阮籍白繇君。”

陈超先生的去世引起了我的哀伤，因而我作了一首《给一个诗人的墓志铭》：

接受你高贵言辞的安慰，我却不懂得你的孤独。
你已完成了地狱的旅行，中国仍历历在目；但你也
在昭示我，凭一己之力抵达天堂，无人可以向导。

［作者单位：河南师范大学］

中生代诗人研究

困境与美德：示弱者的诗学理想

——张执浩论

江　雪

我们的心太辽阔了。

——［法］帕斯卡尔

诗人是其诗作的父亲，母亲则是语言：

人们可以像标识赛马一样标识诗作：出自L（语言），受P（诗）驾驭。

——［英］W.H. 奥登

在诸多理想读者的心目中，会对持有“诗人/小说家”双重身份的诗人怀有敬意，主要原因不外乎“诗人”角色在小说家身上所呈现的不同于小说家的多重气质（语言气质、精神气质等）能够有效地增添小说魅力，并且总会感觉这样的小说家潜意识地会把个体的诗学精神更好地呈现于他们的写作中，带进我们的阅读中，从而让读者产生更深层的心理愉悦。国外常被我们津津乐道的“双重身份者”有歌德、博尔赫斯、帕斯捷尔纳克、纳博科夫、卡佛等，国内有韩东、杨黎、朱文等，湖北当代诗歌、小说的领军人物之一张执浩同样也是这样的“双重身份者”。张执浩，是我最早结识的湖北重要诗人，也是我写诗生涯中晤面最早的中国当代重要诗人。我们结识于1991年夏天，当年我在武钢的一座铁矿子弟学校教书。执浩在武汉音乐学院里的宿舍楼接待了我和另外两位武钢青年诗人。在那个壮怀激荡的90年代初（1991—1995），基于自己对先锋诗歌的精神历险与诗学际遇，我又先后结识了黄斌、沉河、柳宗宣、高柳、刘洁岷、耀旭、余笑忠、阿毛、剑男等一批湖北90年代早期重要诗人。从90年代开始，执浩的诗歌成就和影响力即已成为湖北诗歌本土经验的重要诗学参照。张执浩经历三十余年的文学创作之后，已经完成人生的、诗意的完美糅合与蜕变，亦如他二十年前写下《高原上的野花》，早已寓意诗人所追求的人生境界与诗学理想，又如诗人自己所言："我始终是一个诗人，我一再这样说"。

爱的秩序：和解诗学的伦理之源

张执浩的诗歌写作大抵起于1984年，作为校园诗人成名于1986年的武汉华中师大。1990年，张执浩以《糖纸》《蜻蜓》二诗一举夺得甘肃的《飞天》杂志诗歌大赛第一名，张执浩的诗名从此闯入中国第三代先锋诗群。二十年后的2004年，张执浩自印第一部诗集《美声》，也就是这一年，他获得"人民文学奖"。他在诗集后记中提到一个关键词"地下工作者"："……我们的地下工作者就这样潜伏在这条狭长的沟壑里，在匿名中反抗着共名，以及遗忘自我的可能性"。"地下工作者（Underground worker）"，这个词在今天看来，它极好地隐喻了第三代诗人时代性写作与先锋精神面貌的呈现，或者说，"地下工作者"适时而真实地描述了90年代中国先锋诗人的精神影像与隐匿中的理想主义，"地下工作者"就是"理想主义者"的代名词。如果让我诠释当代中国诗人的"理想主义"，尤其是1989年之后成长起来的一批诗人而言，用一个关键词来概括再合适不过，那就是"爱（love）"——融合浪漫主义与理想主义的"爱"——对公民的爱、对自然的爱、对社会的爱、对信仰的爱、对自由的爱、对生命的爱、对时间的爱、对语言的爱、对诗意的爱、对细节的爱……与其说"爱"，不如说是诗人为了寻觅心中的"爱"而不懈地追求与抗争，抒写与抵达"爱的秩序（The order of love）"。"因为'爱'这个词而在诗歌中无限生发诗意、语境与影像"——这个重要的诗学现象——在诗人张执浩的诗歌中显得尤为突出，甚至我认为他就是因"爱"而生的诗人。在通读张执浩的诗卷时，我数度想起书写"爱的秩序"的德国哲学家马克思·舍勒（Max Scheler，1874—1928），海德格尔称赞其为"全部现代哲学最重要的力量"，伽达默尔（Hans-Georg Gadamer，1900—2002）感叹舍勒是一个"精神的挥霍者"，马克斯·韦伯（Max Weber，1864—1920）则称其为"浪漫的浪漫论者"。张执浩所有的诗歌在我看来，十分惊奇而有效地呈现了舍勒所表达出的哲学意义上的"爱的秩序"：

半夜过后，我决定写一首诗：它必须是
凭空架起来的梯子，能一直上升到

你做着好梦的床前；它必须是无形的
如同我写下的文字，要有自生自灭的勇气。

——摘自长诗《美声》第 2 节

马克思·舍勒说："我身处于一个广大得不可测量、充满着感性和灵性事物的世界，这些事物使我的心灵和激情不断动荡。我知道，一切透过我观察及思维所能认知的事物，以及所有我意志抉择、以行动做成的事情，都取决于我心灵的活动。因此，在我生命及行为中的每一良善或邪恶完全取决于在驱使我去爱、去恨以及倾慕或厌恶众多事物的感情中，到底有没有一个客观的合意秩序，也取决于到底我能否将爱与恨的秩序深印在我心中的道德意向中"。哲学家所要表达的"爱的秩序"，在张执浩的诗学修辞中可以衍生出无数的意象与诗性之物，比如用一辈子打造的"一把椅子"、一种"植物"、一堵"树墙"、一颗"动物之心"、一座"小花园"、一个"小国家"，这种爱的秩序是潜隐式的，诗人把它融于诗性叙事与时代乡愁之中；或者说，在这个物欲横流的时代语境中，寻觅与构建"爱的秩序"，正是张执浩这样的一批当代重要诗人所追求的诗学伦理与诗学理想：

那儿，对，就是那儿
一颗灰白的无名星
正努力接近有名
尽管他和他都没有命名权
尽管那样东西几乎不存在

——《给你看样东西》（2012/2015）

从张执浩三十余年的诗歌写作历程，可以清晰看出他走过的诗学历程，他的写作历程见证了他的诗学历程。从"日常生活"到"撞身取暖"，从"自学成人"到"目击成诗"，张执浩一直在用一颗敏锐的心去发现我们这个时代的异质与同情，从而试图达成自我纠偏的"诗学和解"，正如他的一句名言一针见血地泄漏出时代诗学的秘密："我想抒情，但生活强迫我叙事"；同时，诗人又在俗世与理想的博弈中自我解嘲："我靠败笔为生，居然乐此不疲。"在《和解之道》一文中他有过这样的表达："我倾向于使用那些与生活平起平坐的词语来传导我的情感，这些词语因为时常与生活相牴牾、摩擦而产生了适度的热量，可以让我笔下的文字具有正常的人性体温，可以见证我曾经这样活过，曾经来过这里”。

“和解（reconciliation）”是诗人张执浩早期提出的一个重要诗学命题，事实上这也是一个哲学概念，它涵盖的内容十分宽泛，足以让我们展开丰富的哲学辩证与诗学思考，比如：“生”与“死”的和解、“爱”与“恨”的和解、“成功”与“失败”的和解、“历史”与“现实”的和解、“正义”与“邪恶”的和解、“幸福”与“苦难”的和解、“东方主义”与“西方主义”的和解……而诗性的哲学本身，就是万物与生命和解的桥梁。“和解”不是“妥协”，不是“沉默”，“和解”是诗人在现世生活中对时代事件与日常生活的观瞻与体悟，他试图在观瞻与体悟之后，发现理性的光。它依然是正义诗学的一部分，而不是与这个糟糕的世界达成妥协与共谋。张执浩在诗学随笔中写道：“当写作者置身于生活的现场时，他既是出世者，也是入世者，只有在出世与入世之间不停地往返，练就出豁达开阔的胸襟，他才有机会抵达生活的内核。真实的情况是，那些潜藏在生活褶皱里的‘小东西’，从来不会因为生活是个庞然大物而遁形，相反，它们会日复一日地叠加在一起，对我们的承受力和耐心构成严峻挑战；而一旦这种紧张的对峙关系得以成立，诗性就会在不经意中显现出来，也正是在这种情况下，和解的力量将被彰显放大，人性中的软弱也会随之被释放出来”。德国当代天才作家贝内迪克特·韦尔斯（Benedict Wells）在其畅销小说《直到孤独尽头》中写道，一个人成长的心灵历程就是不断地同“孤独”无声厮杀与和解。“和解”所呈现的线性时间，既是偶在，也是必然，它缺乏永恒性，它会随着时代的良知发现，而呈现它本来潜隐的精神力量与理想之光：

我愿意为任何人生养如此众多的小美女
我愿意将我的祖国搬迁到
这里，在这里，我愿意
做一个永不愤世嫉俗的人
像那条来历不明的小溪
我愿意终日涕泪横流，以此表达
我真的愿意
做一个披头散发的老父亲

——《高原上的野花》（2003）

父亲与地平线：不可通航的沉默

“一个披头散发的老父亲”，即可解读为诗人心中恒远的理想，诗人渴望做一个无拘无束的“晚年的父亲”。这个“父亲”，可以是汨罗江上的渔父，可以是泰山顶上的圣徒，可以是黄鹤楼上远眺、幽叹逝者如斯的诗人，也可以是岩子河畔守望家园的老父亲。因而，“父亲”是诗人张执浩作品中经常出现的一个词。他既指代一个人，逝去的一群人，又指代诗人灵魂深处的人文理想和普世情怀的栖息地。“父亲”的精神世界应该是自由的，可是他却又是困顿而悲苦的，仿佛一个时代的“父亲命运”总在深刻观照一个时代的“家国命运”。几十年来，诗人在诗中大量抒写自己的父亲：“那年我五岁 / 被父亲赶上了冬青树”（《冬青树》，2013），“日落之后还有很长一段路要走 / 父亲坐在台阶上 / 背着慢慢变幻的光”（《日落之后》，2014），“我爷爷种的桑树夹我父亲种的松树中 / 我爷爷砍的树桩旁是我父亲挖的树坑”（《到山上去》，2014），“我父亲还在一旁活着 / 除了衰老和疾病 / 除了死后葬在哪里 / 再也没有什么能困扰他了”（《家世》，2014），“我也见过晚年的父亲 / 坐在这块凹陷的石头旁 / 那是漆黑的晚上 / 两个凝重的黑影之间没有缝隙”（《我的故居》，2015），等等，不一而足。张执浩抒写父亲的诗从数量上来看，不少于写他母亲的诗，如果说诗人的母亲更多是给予他“人间大爱”，那么诗人的父亲则是源于土地生命与传统思想的本源，给予诗人更加宽阔的人生启迪与民生关怀。还有一批抒写父亲的诗歌作品如《归来者》《看不见大海的河流》《给畜生写春联》《暮色中》《一个背景》《与父亲同眠》《我们的父亲》《大雪进山》等，至情至真，十分感人，堪称杰作。诗人一直在反复抒写自己的父亲和母亲，这是一个成熟诗人在回首眺望自己的生命历程中，不可或缺的情感与记忆，尤其是在人生需要警醒时，更会从父母的身上寻找一种救赎般的原初性精神力量。2014 年，诗人在诗歌《月亮和我》中提及“父亲病了”，这仿佛是一个不好的预兆。2018 年 1 月 25 日，张执浩写下一首《大雪进山》：

大雪是晚上来的
第二天早上还没有离开的意思
第二天上午父亲叫上我
跟他一起进山走亲戚

根本就没有路可走
但父亲在前面走着
我跟着他，从一个清晰的
脚窝到另一个模糊的脚窝
雪越下越大
昨天还见过的山已经不见了
父亲领着我往雪堆上走
父亲带着我在雪堆里穿梭
直到一股浓烟将我们拦下
那是我见过的
最黑的烟囱
发黄的炊烟紧贴着屋檐
陈旧的亲戚站在屋檐下
呵出的热气模糊了他
乐呵呵的脸

——《大雪进山》（2018）

人们常说，我们总是在真正了解父亲之后，才真正长大，不无道理。因为父爱正是我们目力所及的海洋和天空，因其广阔、包容、沉默至深，我们总是在父亲在世时尚无法真切地感受到父爱的边界（boundary）。张执浩近期写出的短诗杰作《祭父诗》潜意识中触及“父爱”的海洋与天空的“边界”的另一种隐喻——“地平线”：

一般来说，树有多高
它的根须就有多长
有时候你无法想象
落日在离开你之后变成了
谁脸上的朝阳
地平线由远及近
黑暗中的事物越复杂越集中
父亲挖的树兜歪靠在树坑旁
斩断的根须仍然在抽搐

——《祭父诗》（2018 年 4 月）

“地平线（horizon）”，曾经是现代诗歌中极富诗意空间感的一个热度词。中国当代很多重要诗人使用过这个词。比如北岛《城门开》：“我来到这个世界，为了看看太阳和蓝色地平线……”；顾城《遥远的风景》：“我想画下遥远的风景 / 画下清晰的地平线和水波 / 画下许许多多快乐的小河 / 画下丘陵 / 长满淡淡的茸毛 / 我让他们挨得很近 / 让它们相爱……”；于坚《高山》：“一辈子也望不见地平线 / 要看得远就得向高处攀登 / 但在山峰你看见的仍是山峰……”；王家新《布罗茨基》：“现在，你躺在圣米凯莱的墓园里，/ 那在岩石上摔打了一生的激流，/ 终于找到了‘一个河口，/ 一张真正的嘴巴’，/ 仿佛一切都在说：看，那就是海——/‘一道带有概括性质的地平线’”；韩东《马上的姑娘》：“你在扬起的尘埃中隐匿了，一会儿又冒了出来，但是更小了。/ 青山也会再次枯黄，但轮廓线不变，/ 你我互为透视的焦点和跨越的地平线。……”；余怒《地平线》：“夏日傍晚，/ 我去观察地平线。/……/ 这么多年没有任何东西出现消失，/ 没有任何意义上的惊喜，/ 地平线从来没有抖动过。”；又比如海子：“日落大地 大火熊熊 烧红地平线滚滚而来 / 使人壮烈 使人光荣与寿同在 分割黄昏的灯 / 百姓一万倍痛感黑夜来临 / 在心上滚动万寿无疆的言语……”；而张执浩的“地平线”意象，不仅仅是指代诗之“远方”，另有一番生命哲学（爱与死）的意味弥漫其间，让我心领神会。在张执浩的这首诗里，“地平线”关涉到“生与死的界限”，诗人早已体验到“死亡”给自己所带来的疼痛，比如他母亲的早逝，就是他生命中极为重要的一次疼痛，他在访谈录中谈及他的母亲：“一想起她，我就非常愧疚，愧疚在于当我后来想养她而且有能力养她的时候她得了癌症，去世的时候才六十岁出头。在记忆中，母亲对我特别宠爱，记得吃饭时，她总把一块咸肉悄悄埋在我的碗底，上面盖的是米饭，吃着吃着慢慢一块肉露出来。”当我读到这里，心生感动。张执浩母亲给予他的偏爱行为，同样也触击我如出一辙的温暖记忆。正是基于这种爱，诗人的诗句中，经常出现“母亲”一词，频率仅次于“父亲”。诗人如此怀念他的幼年，怀念幼年时期的母亲：

那时，我也有妈妈
那时，我正含着咸乳头，斜视秋阳
热浪掠过胎毛
并让我隐秘的胎记微微战栗

——《秋日即景》

诗人的母亲病逝于2001年，相隔十七年后，这种疼痛再次袭来：“地平线由远及近”“父亲挖的树兜歪靠在树坑旁/斩断的根须仍然在抽搐”，诗人如此表达，十分残酷地呈现疾病剥夺人的生命而离于尘世的绝望。这种“斩断根须的”抽搐与绝望，让我想起德国诗人保罗·策兰（Paul Celan）在诗中所表达的一种“死亡绝境”：矛盾、悖论、疑难，“不可通航的沉默”（Unbefahrbares Schweigen）。这首诗，同样深刻地表达出诗人内心强烈的疼痛感，失父的疼痛感，亦如突然斩断根须，道是无情却有情，“抽搐”即“哭泣”。丹麦诗人、哲学家克尔凯郭尔（Kierkegaard，1813–1855）在《父与子》一文中写道：“我曾经那么深深地期望他能再多活几年，我将他的死视为他对我最后一次爱的奉献，因为他不是离我而去，而是为我而死，以便在我身上产生某些后果。他留给我的，是对他的纪念、他崇高的形象——这崇高不是通过我想象力的诗性发挥，而是通过现在了解到的许多点滴小事形成的，这种纪念对于我来说是最珍贵的……”。写到这里，我不禁又想起诗人张执浩在父亲逝世前几天（2018年1月27日）写就的意味深长而又饱含深情的诗，诗人在题记中写道：“雪是从昨天开始下的。下雪的时候我有点坐卧不宁。走到窗前看了又看，回到桌前想写一首诗，开了五六个头，终究没有写成。”但是，诗人调整状态之后，很快写出《大雪进山》，只是没有想到，诗人在诗中的叙述一语成谶。在今天我们读来，依然是一个具有神秘气息的生与死的梦境。诗人事实上已潜意识预感到父亲死亡来临，而这种预感却又如此自然，如此轻松和诗意，甚至我们感受不到死亡的疼痛。在这残酷而又优美的诗意极限中，诗人的父亲已经提前在儿子的诗歌中向他作别，或者说，提前离开人间现场，这即是最无私的馈赠，最疼痛的诗意。克尔凯郭尔在父亲逝世后，曾经在日记中感慨道：“把生命赠予另一个人是一种伟大的捐赠”，而在他的父亲逝世前，克尔凯郭尔则在另一篇日记中这样写道：“自童年起，我就把一切归之于父亲”。

挖掘：示弱者的沉沦与理想主义虚构

尽管我结识诗人张执浩有二十七年，但是真正能理解和进入到诗人张执浩的诗学内核中去，却是在近十年，尤其是在我有机会全面阅读他的全部诗集。面对他写给亲人和故乡的大量诗作，作为他的读者和批评者，我们重新探究和认识他不为人知的隐秘诗学境地，以及他所追崇的诗学向度。“目击成诗，脱口而出”，“目击”与“脱口”之间经历了诗意“唤醒”，唯有唤醒，激起心中的灵感，方能脱口而出。在张执浩的诗歌中，有一个词出现的频率是比较高的，那就是“挖”，比如“挖砂者”“挖藕”“挖地”等，我注意到《美声》中较早出现“挖”的意象：

也是在这天晚上，我注意到
一个肩扛镐锹的老人独自走进了黑松林
他埋头挖掘着自己从前填下去的泥土
他挖着，挖着，随后就消失在了土堆中。

——摘自长诗《美声》第 4 节

诗中这个肩扛镐锹的老人，不一定是指诗人的父亲，但是老人在诗中的形象，诗人通过细致而动情的电影式叙事，这个老人已经上升为读者心中共同追怀的中国式农耕文明的朴实而沉默的“父亲”形象：“他埋头挖掘着自己从前填下去的泥土 / 他挖着，挖着，随后就消失在了土堆中”，这个父亲独自完成他“伟大的葬礼”。这首诗，张执浩写于 20 世纪 90 年代，这样的经历精神历险的诗句，在今天读来，仍然让我感觉到一种来自诗歌语言内核的惊心动魄之美。张执浩的“挖”不禁也让我回想起爱尔兰诗人谢默斯·希尼 1964 年写下的著名的《挖掘》一诗。希尼说《挖掘》是他写的第一首自己认为把感觉和隐喻带入文字的诗，或者更准确地说，是把“直感”带入了文字：“在我的食指与拇指之间 / 夹着这支粗粗的笔。/ 我要用它来挖掘。”多年后，希尼在文论中提及此诗，并且相信《挖掘》一诗对他具有启蒙的力量。希尼《挖掘》一诗，在 20 世纪的中国诗人中影响是比较大的，不排除诗人张执浩也受过希尼此诗的影响。但是，在我看来，张执浩进一步“挖掘”了“挖”的诗意空间与时代空间，他的“挖”更加融合了诗人自身家族式的命运与时代性命运的关联，从而挖出了他内心埋藏已久的幽暗意识与时代乡愁给诗人的灵魂带来的震颤：“父亲挖的树兜歪靠在树坑旁 / 斩断的根须仍然在抽搐”，这两句诗与二十年前写就的《美声》中的两句产生强烈的呼应与共鸣：“他埋头挖掘着自己从前填下去的泥土 / 他挖着，挖着，随后就消失在了土堆中。”这种入木三分的灵魂与乡愁的残酷诗意的抒写，是张执浩的诗歌写作中较为凸显的精神现象，它们十分真实而深刻地道出了一个优秀诗人的悲悯情怀，正如他在另一首诗中写道：“刀子捅进去，为什么没有血？”。英国浪漫主义诗人、评论家威廉·哈兹利特（William Hazlitt，1778–1830）有一句名言：“我们身上总是有一个恶魔，它低语，‘我爱，我恨’，而我们不能阻止它出声”。既然我们不能阻止心灵深处的恶魔发声，我们自己学会发声，我们更应该学会释放这个“恶魔”；或者说，这个恶魔本来就是我们内心“自我”最真实的一部分，邪恶的一部分，我们总是蓄意想掩藏它，遮蔽它，其实这是多么愚蠢的行为。我们的良心一直寄生着这个恶魔，“爱”与“恨”永恒交织；国家与社会的良心里同样寄生着一个恶魔，正在遭受人类的“爱”与“怕”。张执浩十分深刻地意识到诗歌与时代、与社会的紧张关系，他试图把这种关系在写作中松弛下来；同时，他也早已认知诗人在现代资本社会与后极权社会中各自面临的困境与命运，他最新出版的诗集《高原上的野花》后记中写道：“我将继续保持‘示弱者’的姿态，写出一个弱者在这个时代五味杂陈的感受，即，人之为人的困境与美德”。这种关涉21世纪中国文化征象与政治生态的诗学观察，同样在他的近作中得到隐秘的呈现：

写诗是干一件你从来没有干过的活
工具是现成的，以前你都见过
写诗是小儿初见棺木，他不知道
这么笨拙的木头有什么用
女孩子们在大榕树下荡秋千
女人们把毛线缠绕在两膝之间
写诗是你一个人爬上了跷跷板
那一端坐着一个看不见的大家伙
写诗是囚犯放风的时间到了
天地一窟窿，烈日当头照
写诗是五岁那年我随哥哥去抓乌龟
他用一根铁钩从泥洞里掏出了一团蛇
至今还记得我的尖叫声
写诗是记忆里的尖叫和回忆时的心跳

——《写诗是……》(2017)

我很喜欢“示弱者（The weak）”这个词。这个词道出了中国几代诗人普遍存在的时代焦虑与精神困境，与其说诗人在诗歌写作的立场上“示弱”，不如说是诗人在面对极权叙事时，诗性正义与诗学的叙事能力、修辞能力全面遭受了前所未有的蒙蔽与磨难。英国维多利亚时代作家乔治·艾略特(George Eliot，1819—1880)说："任何颤抖——哪怕它发生在无助者和受伤者的身上——都有可怕的一面：停留的针刺正在收集毒液"。诗人作为一个时代的"示弱者"，诗歌或许就是诗人与思想家的最伟大的"理想主义虚构（Idealistic fiction）"，他们唯有在自己的诗歌中收集自己的"毒液"，或许这种"毒液"正是乌托邦式的精神药方，以及最为理想化的时代叙事治疗。然而，我们应该相信，"示弱"也是一种力量，是一种隐退中持守的美德。安静的修辞抑或是真相过后的波澜不惊；但是，透过修辞的表象，我们仍然可以看到一个时代叙事的波涛汹涌。那么，"彼时代的诗人"与"此时代的诗人"之间必然会达成时间意志与社会意志的谅解，达成诗人一再强调的"和解"诗学。早期的《美声》、2006年的《挖藕》、2015年的《消息树》以及2018年刚创作的《祭父诗》等诗，让我体悟到诗人的诗歌语境中一直存在一些个人辨识度较强的诗歌意象（譬如"挖"），与情感记忆（譬如"幼年经验""中年意识"）之间的深度呼应，或者说这是一个成熟诗人如何将个体的情感叙事与生命体验转化为一种美学力量,转化为"人性之爱""诗性之爱"，亦如美国诗人马克·斯特兰德（Mark Strand，1934—）所言，"一首诗会持续地指涉一个经验，同时也会唤起对它自身作为意义的载体的觉察"：

去山顶上挖一个坑
先栽野枣，后种毛桃
再后来还种过什么
现在山顶上长满了望子草
野风吹过野山坡
我从野外归来
我要把好消息带给死去的母亲
把坏消息埋在心底
我还要挖一个坑
告诉每一个路人
每一棵树都有不同的使命
你看那无形的树梢轻轻晃动
你看那个树下的人
正在使劲地挥舞惊喜

收获不幸

——《消息树》（2015）

我说故我在：诗歌发声学

新世纪十年以来，张执浩的诗歌创作进入又一个高峰期，他创作出大量脍炙人口的重要诗作，比如《雨夹雪》《日落之后》《给畜生写春联》《消息树》《姐姐》《丘陵之爱》《给花旦找墓地》《终结者》《补丁颂》《当我们谈论爱情时》《欢迎来到岩子河》《被词语找到的人》等，同时先后出版了《撞身取暖》(2010)、《宽阔》(2013)、《欢迎来到岩子河》(2016)、《高原上的野花》（2017）等水准较高的诗集，其中《高原上的野花》是最新出版的诗集。张执浩说这部诗集是他个人完整意义上的一部诗歌精选集，收录的作品前后跨度达30年，基本上囊括了他各个时期创作特点和水准的重要诗篇。如果让我用一些关键词来概括张执浩的这四部诗集，可以这样去猜度："温馨与浪漫"（《撞身取暖》）、"宽阔与胸襟"（《宽阔》）、"幼年与乡愁"（《欢迎来到岩子河》）和"回首与眺望"（《高原上的野花》）。从这几部诗集的写作特点来看，张执浩是一位不甘于诗学复制的诗人，他一直在求变，试图在不同的时期进行自我突破与精神审视，正如诗人最近在诗歌随笔中所说的那样，"一个优秀的诗人必然有独特的音色，这能让他在喧嚣中保持相对稳定的辨识度"，诗人又说，"持续的专注，不知疲倦的训练，写作者只有用这样一种常人难以忍受的耐心，去感受每一个词语所带来的身心的震颤，并体味出词语与词语之间齿轮般的咬合力，才能等到那样一时刻的到来：你一旦开口，你的声音将与那些欲言又止的人严丝合缝，直达他们的内心，而喧嚣的人世也只有在这一刻才安静下来"。张执浩的诗学表达，让我又想起他多次在访谈和对话中提及的一个重要的诗学观点——"诗歌发声学"。

张执浩在《诗歌发声学》一文中，谈及诗人的"方言"与"诗教"，其本质均可归结为诗人的"声音自觉（Sound conscious）"：一个是身体语言的声音自觉，对诗歌写作中普遍存在的方言之母语认同与基因识别；一个是灵魂语言的声音自觉，诗人如何培养个体独立的诗学主张，该如何在诗歌中就日常伦理发声，就人类情感与自然奥秘的认知发声，等等。张执浩提出"诗歌发声学"的原因大抵与三个方面有关：方言、美声和诗学。具体而言，一是对家乡荆门方言的特色认知，让他感觉到方言的地域特色的重要性，甚至可以说，一个诗人无论走到哪里，他的方言会告诉“他者”：这是一个语言与灵魂接地气的诗人。事实上，为什么很多诗人和读者在阅读张执浩的诗歌之后，会有一种十分亲切的感觉，那就是因为张执浩的诗歌语言有一个十分明显的特色：有方言成分，有口语成分。因而很多喜爱他的读者与诗人会认为他的诗歌里有一股人间的“烟火气”，正是这股亲切而特别的烟火气，让他拥有很大一批诗歌读者。第二个方面，诗人早期工作在音乐学院附中，从早到晚都会听到各种音乐声，用他自己的话说，他在音乐学院里生活了三十年，可谓“声声入耳”，这也是他早期的名作《美声》创作的重要动因与诗学起源。第三个方面，诗人写作三十年来始终如一地坚持的诗学理想，即可视为是在独立发出个体诗学“声音”。这三个方面的因素构建了诗人内心践行的“诗歌发声学”基础。

无论是哪一方面，张执浩始终在强调他个人化的发声经验，即：“目击成诗，脱口而出”，因此他多次强调，他反对计划性写作。关于一个诗人应该如何“发声”，张执浩坦言道：“我们所有的‘复述’，都不过是各种各样的幻听和幻觉，我们的每一次发声都有可能陷入自以为是的境地：你以为你听见了，其实那是幻听；你以为你复述出来了，其实那是你个人一厢情愿的表述。”诗人低调而谦虚地说：“我没有思想，我只有想法”，换一句哲学性较强的话说，那就是“我不思，但我想。”事实上，作为历史系毕业的诗人张执浩，他不可能对这个时代没有产生长久的思考，相反，他对一个时代应有着深刻的反思与见证，但是诗人为什么会说自己“没有思想”而“只有想法”呢？在我看来，诗人不想让自己扮演一个形而上的思想者，被理性与现实的桎梏所捆绑，也就是说他的诗学重点不是“我思（笛卡尔语）”，而是“我说”，他更愿意做一个独立的“行吟者”，行吟者则是诗人所追求的一种理想的自由状态。诗人这里强调的“我只有想法”即“我说”，我们也可以把它理解为保罗·利科指涉的“我思”的“片断性（Fragmentation）”。“我说”是一种短时性的“发声”，随时、随地、随心的“发声”行为，“我说”是一种诗意的言说与书写，它比“我思”更真切、更感性、更及时，或说更有人间烟火气，而不是过分强调诗人的哲学逻辑性。因此，在张执浩的诗学理念里，笛卡尔（Rene Descartes，1596—1650）著名的“我思故我在”可以变成“我说故我在”，“我说”即为日常的诗写，日常性的诗学叙事与发声：

诗歌不是写出来的。我有耐心
从上次见你到无限推迟的
下一次，诗歌不是一个老男人熟练的手艺
他得有少年般的胆怯与口吃
他出门的时候会想到每一条路都通向你
但他必须忽视这个事实
他出门的时候你也出门了，但
错过是必须的
一场大火错过了一场大雨
很无情是吗？诗歌也会幸灾乐祸
过后却要与灰烬一道承受漆黑和泥泞
在漆黑里抱怨的不是诗歌
在泥泞中放弃挣扎的也不是
诗歌，你写不出来，当你仍旧是
一个老男人，一个自甘其老的人
门在你身后关闭了
也将在你身前关闭
诗歌让我这么悲愤，我的上帝
我得承认这个夏天真难过
这个夏天我没有见过

——《侥幸与无辜》（2018 年 5 月）

隐喻与叙事：幽暗时代的启迪性抒写

当把张执浩的诗歌作品放在国内重要代表诗人中间进行分析与比较，我们仍然可以感觉到他的诗学特征与语言风格具有较高的辨识度，并且新世纪以来他的诗风尽管发生较大变化，但是依然醒目。在 20 世纪 90 年代，张执浩的诗歌抒情特质偏重于社会性的人生理想与家国情怀；到了 21 世纪，他的诗歌抒情特质更加倾向于自然人性与日常生活体验。他对生命与社会的抒情理想，一方面进行“撞身取暖”式的遁世表达，另一方面他又将自己的独立人格与精神内心世界包裹于他独特的隐喻与修辞之中，他的读者需要宽泛的文化视阈与语言磨砺，才能窥见他的隐喻诗学。总体而言，张执浩试图在现代抒情与传统抒情之间、抒情与叙事之间创造他独特的个体诗学，他的诗精制而深刻，简爱而深情，理性而浪漫，温暖而澄明，他的诗是时代履痕、故国乡愁、个人精神史与诗学理想的深度见证，既可通过系列诗篇与诗学随笔的写作历程阅见他内心宏大的诗学抱负，又可窥见其灵魂深处的微暗之火。而这一切，与一种重要的诗歌修辞有关，那就是“隐喻（metaphor）”。张执浩是一个隐喻高手，无论是早期90年代的抒情写作，还是现在诗风如何转变，张执浩的“隐喻”技法一直在变异和提升；同时，“隐喻”一直是解读他诗歌的一个重要修辞参照，它从未缺席于张执浩的诗歌，也就是说，张执浩本质上仍然是一个抒情气质较为醇厚的诗人，无论是现代抒情还是古典抒情，这两种抒情传统仍然是像张执浩这样的一批诗人所看重的。他们所看重的，仿佛也是他们窥见了诗的本质：诗的所有秘密即在抒情的言说之中，无论它是叙事、解构、想象，还是欲望、情感、艺术；也无论是古典的、现代的，还是宗教的、哲学的。因而，现代诗人真正要探求与提升的一个永恒命题，永远是如何发掘“抒情”的言辞多样性，抑或说，“抒情”永远是诗的第一要义，万变不离其宗。它永远会观察与见证每一位杰出诗人的抒情想象力，所经受的时间与命运：

你之后我不会再爱别人。不会了，再也不会了
你之后我将安度晚年，重新学习平静
一条河在你脚踝处拐弯，你知道答案
在哪儿，你知道，所有的浪花必死无疑
曾经溃堤的我也会化成畚箕，铁锹，或
你脸颊上的汗水、热泪
我之后你将成为女人中的女人
多少儿女绕膝，多少星宿云集
而河水喧哗，死去的浪花将再度复活
死后如我者，在地底，也将踝骨轻轻挪动

——《终结者》（2005）

在当下时代叙事语境中，我们为什么要重提“隐喻”呢？事实上，凡是经历了20世纪诗歌语言修辞历程的诗人均知道，在当代诗歌史上，曾经一度出现拒绝隐喻、嘲讽隐喻的众多诗歌事件，甚至这个拒绝与嘲讽的事实，断断续续地延续至今。而那些始终如一地坚守自己的诗歌立场的诗人，则一直对“隐喻”的诗歌修辞理念，持有十分理性的中肯立场，诗人张执浩就是其中一位；甚至我们也曾发现过去曾经有极力反对

与拒绝“隐喻”的重要诗人，也重新认识“隐喻”的现代性，诗人于坚改变立场，重新认识“隐喻”的现代性与重要性，已在当代汉语诗学中产生深远影响。作为体验的隐喻，涉及哲学家胡塞尔（Husserl，1859—1938）的“想象现象学”，它的本质就是“通过另一种事物来理解和体验当时的事物”，它“渗透到了语言活动的全部领域并且具有丰富的思想历程，它有现代思想中获得了空前的重要性，它从话语修饰的边缘地位过渡到了对人的理解本身进行理解的地位”。在我看来，“隐喻”即是一种“被压抑的现代性（Repressed modernity）”，那是因为隐喻的特征与目的导致它在我们这个时代成为必不可少的被压抑的现代性修辞手段。我们拒绝“隐喻”，其实也是在拒绝“被压抑的现代性”，但是在我们这个幽暗时代里，“拒绝隐喻”几乎成为一种不可能，事实上自苏格拉底和老子以来，人类文明一直在孕育和丰富“我们赖以生存的隐喻”，隐喻是人类所有抒情语言与审美行为的精神摇篮，隐喻发展到今天，已经变得更加复杂化和多样化，尽管人们既爱它又恨它，但是人类只要用大脑思考这个复杂的世界，人类就无法抛弃它；甚至我们可以说，宇宙物质的神秘存在，本身就是一个巨大而永恒的隐喻，对应“精神黑洞”的隐喻。美国学者王德威在论述晚清小说时，使用了“被压抑的现代性”这一概念，而在我看来，他的这个概念同样也适合于我们当下时代的诗学语境，只是“被压抑”的文化情境、政治语境与社会景观有所变化而已，因而这个概念应该重新引起诗学批评的重视。新诗虽然发展了一百年，但是我们会突然发现，新诗的“现代性”仍然处于一种被压抑的语言困境之中，这是新诗的现代性命运，一直被隐喻的命运：

所有对我的召唤都来自喑哑的过去
给我喉咙和声带的人
已经不在人世；教我歌唱的
要我把歌声还给他们
于我而言，死神只干了一件事
——让我替你，和你们
在树丛中战栗，在大地上蠕动
在乌云或白云下面翻滚，雀跃
所有对我的召唤都在传达
同样的信息：你有不死之躯
我有义务为未亡人寻找

声音的旧址或遗骸

——《召唤》（2017）

《召唤》即是张执浩众多隐喻诗中的一首，其中的隐喻词汇比较密集，比如“喉咙”“声带”“死神”“乌云”“白云”“召唤”“未亡人”“旧址”“遗骸”等，值得读者回味，所有的隐喻之诗，均可以让我们慢下来，让读者慢下来，让批评家慢下来，细细品味诗歌隐喻的力量，回想诗人的内心世界与外在世界之间的对抗与关怀、博弈与妥协。张执浩写过很多重要的隐喻性诗歌作品，再比如《美声》《高原上的野花》《终结者》《哀悼》《到山上去》《猪圈之歌》《丘陵之爱》《晚安之诗》《被词语找到的人》《写诗是……》等。2017年，他写的最后一首诗《在涠洲岛看落日》，堪称杰作，更让我们看到诗人运用隐喻的炉火技艺，甚至让我感觉这首诗与他在十五年前写就的《终结者》有着暧昧的呼应：

我在涠洲岛上看见了最纯粹的落日
我在日落大海之际看见了
最真实的我，可以对视的那个我
接受了孤独与黑暗的那个我
圆满的一天将终结于此
幸福的人在沙滩上像个孩子
来回寻找被潮汐带上岸的杂什
幸福的沙子随波逐流
却没有卑微之感
我在一年将近之时走到了自己的身旁
我挨我坐下就像终于挨着了你
手指轻拍膝盖
身体里有呼啸声应和着
闪烁的波光，动荡的太平洋
我知道，这是我仍有把握
以诗人之身活在人间的真正原因

——《在涠洲岛看落日》（2017）

尽管隐喻是诗人长期以来十分喜爱的一种诗歌修辞，但是张执浩仍然对“隐喻”保持着诗学的警惕性，他并没有把隐喻之美盲目地扩大化，相反他在他的诗学中，将隐喻与叙事理性地结合在一起，从而形成他个人独特的诗风。他的诗歌既吸收了西方现代诗歌的语言修辞精髓，同时他又结合个人的、本土的现代汉语体验与传统诗学经验，从而形成他个人辨识度比较高的独特诗风。除了“隐喻”之外，“叙事”是张执浩诗学修辞中的另一个关键词。在我看来，诗人重新发现“叙事”和“隐喻”一样，有着同等的重要性。如果“隐喻”让我们更多地关注“内心”“记忆”与“疾病”，那么“叙事”可以让我们更多地关注“日常”“细节”与“现象”。张执浩诗歌最大的成功之处，在我看来，就是他能将“隐喻”与“叙事”巧妙地结合起来，让时空进入另一种自我抒情与表达时态，这种时态既不沉重也不压抑，既不轻浮也不狂躁，诗人在安静的抒写中，让诗意流淌，让心灵得到抚慰。正如张执浩所言，“一首好的诗歌应该具有‘召唤’和‘复活’的能力，它能召唤人心，让万事万物从灰烬中浮现出来”。他在《身体学》（2009）中写道：“我经常摸自己，以便证明 / 身体不是遗体”；他在《无限道德的一夜》（2007）中写道：“哪儿也去不了的人，请到 / 夜里来，学习 / 怎样过道德的夜生活。”；他在《重阳一幕，或莫须有》（2006）中写道：“长安回不去了，我要回楚国”“像他们那样生活，却受制于这双莫须有的脚”……这些诗句简约而深刻，自省而慎独，既让我们的灵魂产生震颤的力量，同时也是诗人将“隐喻”与“叙事”完美结合的典范：

平静找上门来了
并不叩门，径直走近我
对我说：你很平静
慵懒找上门来了
带着一张灰色的毛毯
挨我坐下，将毛毯一角
轻轻搭在我的膝盖上
健忘找上门来了
推开门的时候光亮中
有一串灰尘仆仆的影子
让我用浑浊的眼睛辨认它们
让我这样反复呢喃：你好啊
慈祥从我递出去的手掌开始
慢慢扩展到了我的眼神和笑容里

我融化在了这个人的体内
仿佛是在看一部默片
大厅里只有胶片的转动声
当镜头转向寂寥的旷野
悲伤找上门来了
幸存者爬过弹坑，铁丝网和水潭
回到被尸体填满的掩体中
没有人见识过他的悔恨
但我曾在凌晨时分咬着被角抽泣
为我们不可避免的命运
为这些曾经以为遥不可及的词语
一个一个找上门来
填满了我
替代了我

——《被词语找到的人》（2018）

隐喻已经隐退到诗人的日常叙事中，这样的隐喻让人读起来更舒服、更真实、更可信赖，在体验衰老的过程中找回童年、找回尊严、找回疼痛与记忆。从隐喻到叙事，也即意味着“从文本到行动”（保罗·利科语）。“平静”“悲伤”“健忘”“慈祥”“尸体”，这些靠近“衰老”的词语找上门来，意味着什么？意味着一个诗人的睿智与情怀正在经受时间的残酷洗礼，包括他的记忆与影像，被埋葬的刻骨铭心的人生与理想，“一切尘世之物的垂死性”。诗人在晚年试图继续做一个“披头散发的父亲”，与其说这是诗人被“词语”找到，不如说诗人被“诗意”召唤，诗人要在晚年过滤的词语中继续“招魂”，在叙事中招魂，在叙事与抒怀中去激活那些僵死的词语，重新赋予它们新的生命、新的时间隐喻。“叙事”的形式感，呈现在张执浩的诗歌里，最为理性的表达就是他常提及的“我说”，以及“我说”中的日常。“我说”，即“诗人说”，另一种“子曰”——赤子之曰；这是一个诗人呈献给时代与读者的杰出言词与无私馈赠：爱的秩序，关于诗的“礼物”。

［作者单位：湖北黄石艺术创作研究所］

词语的声音与意味

魏天无

我喜欢这首诗里记忆胶片转动起来的沙沙的声音，也喜欢“你好啊”这声问候里的沙哑的声音，以及双眼浑浊、两鬓斑白、满脸慈祥，无端望着天空帷幕的那个人。诗人是“被词语找到的人”，也是被词语写下的人、被词语围困的人。但从前和现在许多写诗者并不这样认为，他们搬弄它们、扭曲它们，甚至以为可以消灭它们。他们不知道每个词语里有深渊，每个词语后面有拖曳的长长的影子。那些司空见惯的词语会在某一刻让人哑口无言，并让人觉得它们早已潜伏在我们命运的褶皱里。接受不可避免的命运，屈从时光履带的碾压，似乎是知天命者不约而同地抉择。

张执浩诗歌的魅力，很大一部分来自其独有的调质，在这首诗中，是一种绵软而略显颓唐的声音，一种可以让初读者不由自主地想象他的面容、气质、趣味、品性，乃至举手投足的音色和韵律，不可替代，难以模仿；它们穿越岁月而来。他的诗中绝无刺耳之音，也并无基于文体美感的思虑而“做”出来的平和或冲淡；就像他经常漫步在武昌江滩，看见江水一如既往地平静地穿越长江大桥桥墩而去，水面之下的力量只有那些识水性的人才心领神会，而不敢轻易涉足。诗歌文本首要的是一系列声音的组合，其次才是意义，以及在意义中折射的“日常性”的光亮。没有哪一种艺术不是来源并依赖于日常现实，但也没有艺术家是纯粹意义上的“写实主义者”；这与艺术家对日常现实变形处理的力度、程度的大小、深浅无关，要紧的是如卡夫卡所言，写作风格的形成不应出于艺术技法的需要，而是源自生命内在的冲动。或者说，把写作当成生命的载体，还是把写作看作生命得以完整显现的唯一方式，区分出了庸常者与杰出者。

《被词语找到的人》似乎是一首衰老之诗，也是一首同情之诗：因衰老的人生而同情这世上的一切。加缪在手记中曾说：“衰老就是从激情变成同情。”（《加缪手记》第二卷，黄馨慧译）激情是不甘心，是挑衅，偶尔也是咒骂；同情是因深刻地了解自我与他者而获得的宽容与宽恕。激情是瞬间的爆发，同情是绵长持久的宽容与宽恕，宽容异己，宽恕自我的罪愆。“平静找上门来了”，诗的起句如老友相会，仿佛意料之中。其语句的重音不在“平静”，也不在“找”，而是作为语助词存在的“了”。这个没有音调的轻声词，完美诠释了“平静”的真实含义。待到“慵懒”找来，诗人展示了他的赋形于无形的能力；“将毛毯一角/轻轻搭在我的膝盖上”的细节，则可称为对日常生活的“绝对写实”。诗人对“健忘”到来情形的描述具有极强的影像性——它为之后的“默片”“胶片的转动声”等意象的出场做了预设——“浑浊的眼睛”与“反复呢喃”则加深了我们对衰老者的形象感知。“你好啊”同样使用语助词“啊”，却比短促的“了”有了声音的延长，犹如衰老者的人生，似乎望不到尽头，但也会戛然而止。“啊”字所具有的声音的延宕，导引出“慈祥”的“慢慢扩展”：诗声音的形式与意味的融合在此显露无遗。“当镜头转向寂寥的旷野”，诗人以此句也将诗的镜头由自我的方寸天地，转向“历史场景”中的他者：幸存者与牺牲者在这个灾难频仍的世界里共存。这就是“不可避免的命运”，也就是同情——宽容与宽恕——何以要成为生活的必需的缘由。“……从未有过一部天才的作品是建立在仇恨和轻蔑之上的，这就是为什么艺术家在其行进终了时总是宽恕而不是谴责”（加缪《艺术家及其时代》，郭宏安译）。

诗人张执浩也许没有那么颓唐那么无助。也许他赞同卡夫卡所说，对尘世的希望应予以致命的打击，唯有如此人才能从真正的希望中让自己得救；也许被词语“替代”“填满”的“我”，将在词语中复活，并随即着手让渐次消逝的人与事在文本中一一苏醒过来，让他们开口说话。“被词语找到的人”不仅仅指诗人，但在今日世界，我们唯有把对词语保持忠诚的信心和信念，托付给诗人，以免于世界陷入更多的不幸。

［作者单位：华中师范大学文学院］

【附诗】

被词语找到的人

张执浩

平静找上门来了
并不叩门，径直走近我
对我说：你很平静
慵懒找上门来了
带着一张灰色的毛毯
挨我坐下，将毛毯一角
轻轻搭在我的膝盖上
健忘找上门来了
推开门的时候光亮中
有一串灰尘仆仆的影子
让我用浑浊的眼睛辨认它们
让我这样反复呢喃：你好啊
慈祥从我递出去的手掌开始
慢慢扩展到了我的眼神和笑容里
我融化在了这个人的体内
仿佛是在看一部默片
大厅里只有胶片的转动声
当镜头转向寂寥的旷野
悲伤找上门来了
幸存者爬过弹坑，铁丝网和水潭
回到被尸体填满的掩体中
没有人见识过他的悔恨
但我曾在凌晨时分咬着被角抽泣
为我们不可避免的命运
为这些曾经以为遥不可及的词语
一个一个找上门来
填满了我
替代了我

（2017年）

不可思议的诗

小 引

我喜欢不可思议的诗，正如我喜欢那些突然出现在我眼前的雪山一样。这喜欢不需要什么知识和观念，就好像本来不应该看到的这个完整世界，却被我突然在另一个地方，比如在一首诗中看到了。这是荒谬的，但这又是真实的。它总是不经意就让你的心理期待落空，总是让你惊异，措手不及。这肯定不是一个悖论，其实，这只是一个不寻常的真实。

张执浩的这首诗，正是让我看到了这样的不可思议。

我发现，所有杰出的诗都有一个相似的地方，即它们不是现实世界或者心理世界某一个片段的代表，而是另外制造了一个独立完整的世界。这个世界有着仅仅属于它自己的逻辑和存在方式，如果你一旦想靠近它，进入它，你就不得不换一个心灵去理解它。

当代诗歌写作中一个很重要的特点是，创作不是对事实的再现或者对心理和观念的表现，作为表达的现实主义艺术观正在逐渐被取代。在这里，我不是说诗不允许现实主义的表达，事实上诗歌允许任何的方式和花样，但诗的存在，不是为了这些。从批评的角度看，那些主要或者首先或者只关注作品中哪些能够被解释为对固有的事实再现的企图，哪些东西似曾相识能够引起情感共鸣的想法，实际上就是对艺术本身没有感觉，没有对感觉的感觉，说轻了，就是缺乏能力——当然，这仅仅是能力问题，绝对不是错误。

所以我们需要另外的心灵来进入诗人为我们创造的这个另外的世界；所以我反对那种忽视艺术创作的体验性而一脑袋扎进去追寻这个东西是不是、是什么、其实是什么的搞法。好像每一首诗背后，总得有个遥远的影子在那里徘徊似的；好像我们对诗的需要主要是想“知道”作品描写了我们的哪些情感和心理，或者暗示了诗人的什么意义企图、什么价值功效、什么重要性似的。

这样的阅读批评，说重了，就是有病。当然，崔健早已经唱出来了:“因为我的病就是没有感觉。”

诗，必须是不可思议的。正如张执浩的这首诗，从一个烂熟于世界人民之心的简单比喻“女人—花”，开始反拨，让我跟随着他，去经验那种本来不可能经验到的世界的完整性——做一个披头散发的老父亲。诗的精妙之处并不在那些词语上的隐喻、转喻，而在于他举重若轻般的在八行诗内，在一个非常有限的世界里，把我们不可能经历的真实世界的完整性，全然调动起来了。而且，诗人并不打算在诗中迎合读者的期待，而是想办法以回避的方式挫伤它。这是一种非常有魅力的感觉，诗在这里自己成了一个东西，而不再是为了表现别的东西的东西。

诗人是感性的，而感性在我看来，是不同于思想的另一种精神。但这些，对诗人来说似乎都不重要。重要的是诗人在做，在用肉身思考。在他的眼睛里，野花、咸鱼、大白菜可以写成诗，战争、死亡、疾病、暴乱同样可以写成诗。

因为他非常清楚地知道，诗是无所表达的，没有意义的，它才是有价值的。

［作者单位：武汉大学工学部］

【附诗】

高原上的野花

张执浩

我愿意为任何人生养如此众多的小美女
我愿意将我的祖国搬迁到
这里，在这里，我愿意
做一个永不愤世嫉俗的人
像那条来历不明的小溪
我愿意终日涕泪横流，以此表达
我真的愿意
做一个披头散发的老父亲

（2003 年）

在黄鹤楼下谈诗（节选）

张执浩

一

稍有写作经验的人都知道，一首好诗的诞生过程是神秘的，写作者至多能说清楚诗“缘何而来”，但永远说不明白它“为什么是这样”，这是没有办法的事。而一首平庸之作的出现往往会轻易地露出马脚，它的来历和去向，不用作者自己现身说法，读者也能猜出大概。正因为如此，很多优秀的写作者都拒绝写所谓的“创作谈”，因为他心下明白，无论自己怎样天花乱坠，事实上他是说不清楚的（就像我曾经说过的那样：说不清楚是命运，说清楚了是偶然）。这种略显难堪的境遇牵扯出了另外一个百谈不厌的话题：究竟是我在写诗，还是诗在写我？若是前者，上述尬尴就该不存在；但若是后者呢？

在所有的艺术门类中，唯有“诗人”是被赋予了一种特殊形象的人，不是那种外在的符号化的形象，而是与写作者个人的人生、阅历、志趣有关的血肉之躯，如此真切，却如此难以描摹。我们经常能从茫茫人海中把某一类人辨识出来，称之为“诗人”，尽管他（她）也许从不写诗，但我们愿意将这样一顶礼帽赠予他（她），因为他（她）具有我们想象中的那般丰富而生动的诗意情怀。从这个角度来看，现代诗人的职业化其实是诗歌逐步走向囧途的标志之一。一方面我们已经警醒地认知到了这种趋势的危险性，另一方面又不断通过强化“写”诗的重要性，来彰显“诗人”应有那种特别的面貌——事实上，这也是我们想象和期待中的面貌。在这种焦灼的对峙中，诗歌的发生学反倒被有意无意地忽略了。

在我看来，真正的诗歌并不是诗人能刻意写出来的。当一个写作者在产生写诗的冲动之前，那首诗歌已经浮现在他的脑海里了，至少他的感知系统已经触抚到了冰山一角，现在，只需要一个词语，或一个句子，他就能把那种情感的幻象勾勒出来，然后用最饱满的情绪、最恰当的语言将之予以定型。也就是说，当一首好诗降临的时候，诗人瞬间便由上帝的弃儿变成了上帝的宠儿——上帝给了他一个提示音，而一直警醒着的他正好听见了，又感受到这个声音所产生出的召唤的力量。接下来，诗人的工作就是要凝神定气，将这种召唤之音变成复活之声。从这一刻起，他身心的所有通道都将全部打开，他一生积攒的词汇将携带着各种情感，从他脑海里呼啸而过，诗人对词语每一次看似漫不经意地攫取，其实都是对他内心修为的深刻考验，技巧，学识，情感的深度和浓度，以及人生的广度，等等，都将在写作的过程中纤毫毕现——这个过程其实是诗人献丑的过程，他不得不正视自己的缺陷和匮乏，并忠实于这样一种充满瑕疵的存在。也是在这个过程，运气的成分将被彰显出来：那一次次看似偶然的选择，其实都是一种命数——一种成败在此一举的命数——它对应着写作者那一刻的心境，能力和注意力的集中程度。而这些东西，只有在事后，在一首诗真正结束之后，才有追思的可能性，但已经无可更改。

一首诗终止于最后落笔的那个词语（或标点符号），诗歌结束了，而诗人的工作永远没有完结之期。他再一次成了上帝的弃儿，他也将再次孤独地、耐心地等待着，再度成为上帝宠儿的那一天。诗人的命运如此奇异，玄妙莫测。所以，所有真正优秀的诗人每当夜深人静，都会扪心自问：我究竟写过什么？什么是我真正能写出来的？

二

一首完整的诗歌应该是由两部分构成的：说出的部分，和未说出的部分。如果没有前面“说出”的那部分，后面“未说出”的部分就不成立；但仅有“说出”的部分，这首诗的价值将大打折扣。

作为读者，他才不理会这些呢，他常常只留意前面“说出”的那部分，以为那就是这首诗的真身。或者说，如果写作者事先就没有创作出（对，是创作）“未说出”的那部分，那么，读者的阅读之旅也将在文本的尽头戛然而止。所谓的意外或惊喜，对于写作者而言，其实都是意料之中的事情，但对于读者，却是另外一番感受。事实上，“未说出”的那一部分才是成就这首诗的关键，犹如海床与滩涂的关系，所有的平静或汹涌都不是无中生有的。这一点，只有聪慧的有阅读教养的读者才会发现，他甚至还能由此开启自己的经验，用自己的理解来拓展或重塑这首诗的界面。所以，当诗人在创作一首诗歌的时候，他至少要有这样的先知先觉：既要把握住他已经看见的那一部分，同时还要看清隐约浮现出来的那一部分。落实到具体的写作中，如何分配这二者之间的比例，往往决定着这首诗的成败。说出的太多则容易满溢，该说出的未说则容易造成滞涩。在说与不说之间，写作者的心智经受着巨大的考验。

高妙的写作者总是知道一首诗应该在何处停笔罢手，把更多空间余地留给阅读这首诗的人。我们常常把诗歌的傲慢与诗人的傲慢混为一谈，事实上，这是两个不同的话题。诗人的傲慢源自于他内心深处的“洁癖”，他与现实的“不兼容”，以及那种“非暴力不合作”的态度；但诗歌的傲慢，却常常发生在一个个看似谦卑甚而纯良的写作者那里。这是因为，这些写作者在很大程度上对读者抱有一种天然的不信任感，他们往往低估了读者对语言的领悟力，和对语境的再创造能力；他们不愿承认，写作者和读者在情感区域里具有高度地一致性。

一首失败的诗歌，总是对作者自己诚意十足，而对他人缺乏应有的尊重。这样的诗总爱以“填鸭似”的情感植入方式，将读者预先的阅读期待彻底打翻在地。写作者在这样的诗歌中扮演了令人憎恶的角色：他试图指导读者的情感生活，并喋喋不休、咄咄逼人地将自己的情感生活强加于人。而一首成功的诗歌，却正好相反：写作者懂得怎样克制自己的倾诉欲，绝不让泛滥的情绪伤己及人，因为他始终明白，自己的所见、所闻、所感仅仅是人类情感生活的一鳞半爪，与其真相在握，不如始终保持懵懂好奇之心，让读者与他一起去创造一个全新的情感世界，这个世界不仅令读者惊讶，而且也是诗人自身始料不及的。

判断一首诗歌的好坏（姑且不论高下），首先要看作者是否有诚意，没有诚意的写作首先体现在，不给读者自由思想的空间，总是摆出一副盛气凌人的模样。语言的亲和力必须由我们言说的口吻来传导，而只有真诚的口吻才能召唤出真诚的情感，只有真诚的情感才能召唤真诚的读者。

我倾向于将每一首诗的写作视为生活经历和人生经验的综合。然而，经历越丰富并不意味着经验越丰富。如果一首诗完成之后，原本混沌的生活依然没有因此变得清澈，那就意味着，这首诗很有可能是无效的。我们之所以反复强调写作之于心灵的重要性，根本原因在于，诗歌能对我们的内心起到“清零”的作用。在一次次的清理中，我们可以回望到我们的来历和出处。无论是意犹未尽，还是空谷回响，都有可能产生一首诗。但真正好的诗歌必然是气韵绵长的，它不是一件事情的简单呈现，也不是一种情感的单纯宣泄，它应该是由此及彼、由表及里地推送、叠加和涌荡，它让我们五味杂陈，也让我们惊讶地发现：这世上从来不存在简单的生老病死，和爱恨情仇。

三

迄今为止，所有关于诗歌的定义中只有一点是可以肯定的，即，诗歌是一种声音。其余的各种说法，在我个人看来，都具有片面性，或者说，只具备阶段性的正确性，包括相对流行的一种圆润的说法：诗歌是分行的艺术——同样也经不起推敲，譬如说，中国古诗就没有分行，甚至连表达停顿的标点符号也没有。那么，作为一种古老的艺术形式，诗歌究竟是靠怎样的内在规则自成一体，独存于世的呢？

当我们在探讨这种源远流长的艺术形式时，不妨先从诗歌的发生学，以及诗歌的发声学这两个方面来进行。关于发生学，时下已经多有论述，且因诗人个体和诗歌个案的千差万别，难以形成统一定论；另外一点是，一首诗的发生，很难从文体经验上独立出来，倒是容易与其他文体相互交织，混为一谈。但是后者却不一样，发声学几乎是诗歌独具的一门学问，它直接指涉到了诗歌之所以是诗歌，这首诗为什么不同于那首诗，等等，这样一系列有趣的问题。在我的阅读视野里，这个问题一直鲜有人深入涉猎，尤其是对现代诗的发声学我们已然漠视得太久。

很多人能够清楚地说明格律诗的构成，从四言到五言，到七律，音韵，平仄，调性，声律，甚至还能够老练地吟诵古诗词，但他们对现代诗却一头雾水满面茫然：这些松散的句式是诗么？如果是，它的诗意是如何形成和传导的？因为无知，因此无趣；因为感觉寡淡，因此干脆绕道而行……现代诗多年来就在这样的困境中转来转去，最终成了“诗人们自己的事情”。事实上，现代诗真的有那么神秘难解吗？现代诗和古体诗一样，只是人类传递情感的一种方式，类似于陌生人之间的“接头暗号”，有时甚至只是人群中的随意一瞥，或会心一笑，其中包含着一种人与人之间深层的信任关系，趣味，感应，或对人生的共同理解，如同我们在嘈杂陌生的人潮中蓦然听见了自己的乡音，而随之在内心深处唤起的阵阵涟漪。所以，每当有人问我，诗歌和音乐有什么关系？我都会非常肯定地回答：它们都是一种声音，只是制造声音的材质不一样而已，除此之外，二者在结构、音色、音高、调性等方面保持着高度一致。从这个角度来讲，诗歌并不适合放在整体的文学范畴内来谈论，她更接近艺术——声音的艺术。

一首优秀的现代诗肯定有其内在的节律和声韵，它的声音由词语和贯穿在字里行间的气韵来完成，词语与词语之间的咬合力，借助诗人自身充沛的气韵加以贯穿，形成了一首诗的面貌。不同的诗人以不同的声调来创作，不同的诗歌有不同的声线和音域。我有一个不太确切却又固执的判断是，每一首诗在产生之前其实已经有了它自己的调性，问题在于，写作这首诗歌的人是否具有与之匹配的音高和音色。我们常说，应该多写那些能写之诗，而非那些想写之诗，这个说法有一个前提：写作者必须通过大量的长时间的尝试和训练，找到自己的音准，对自己独特的音色成竹在胸，并对自己的音高有一定的把握。蹩脚的写作者一定是一个五音不全的家伙，圆滑世故的写作者一定是一个擅长模仿他人的人，而自视过高的人常常会在写作中出现“破音”现象，唯有自知之明的创造性的写作者才能发出独特的声音来，这声音也许有如旷野独狼、井下之蛙、林间虫豸或云岭野风，这声音也许圆润，澄澈，也许古怪，令人不适，但必有其自身的来龙去脉。找到属于自己的那个声音，找准与自身气质匹配的发声方式，这是一个诗人写出属于自己的诗歌的一条秘径。

嘈杂的时代肯定是一个音高太高的时代，也是一个最容易哗众取宠（或自取其辱）的时代，命运让我们身逢其时，无可避免，作为一个写作者究竟该怎样开口说话？在许多无所事事的夜晚，我经常把象征着诗歌中的高音的这样一些大词，譬如祖国、人民，譬如灵魂、命运……这样一些挑战着我们个体承受力的词语，写在面前的苍白的纸片上，反复在胸腔里掂量它们的重量，不免深感沮丧。那些“白银时代”的诗人们依然在高音区里滑翔，美轮美奂，而我只能这样日复一日的呢喃：轻言细语也许是一种美德，尽管无法确保被淹没的命运，但至少能够保证你不会被眼前汹涌的世象裹挟而去，至少，你能把内心的声音准确清晰地说给自己听，让你最亲近的人听见。

［作者单位：《汉诗》杂志社］

中国新诗百年纪念大会学术论坛

结识一位诗人

中生代诗人研究

诗论家研究

姿态与尺度

新诗理论著作述评

外国诗论家研究

新诗之难如是说

——由朱光潜致青年诗人的一封信说开去

孙仁歌

诗歌作为人类文学史上起源最早的一种文体，较之后来的散文、小说、戏剧等，可以说是最接近人类灵魂的一种文体。更干脆一点说，诗歌是距离诗人灵魂最近的一种文学话语形态，所以说，优秀的诗歌往往能及时融入读者的心灵，读者与诗的互动，其实就是灵魂与灵魂之间的交汇与融合，读者之所以能在优秀的诗歌里找到属于自己的灵魂乃至哀愁，就证明诗歌具有穿透读者灵魂的强大艺术“感染力”！

在西方，纵然发生过柏拉图驱赶诗人的误会，但诗人享有的地位一直至高无上，诗人一度被誉为是神的代言人，是为哲学命名的人等，但丁、歌德等就是铁证。在中国，诗人的地位也同样倍受推崇。屈原、陶潜、李白、杜甫等，在读者心中不啻远古圣人，可谓高山仰止，景行行止。

正因为诗歌拥有这样一种神圣的地位及其深远的影响力，所以后世的诗歌创作一直长盛不衰，尤其新诗的崛起与繁华，更是花团锦簇，万紫千红。但在浩如繁星的新诗创作及其传世的作品中，也并非都是经典之作，在不计其数的现当代诗人中，许多诗人仅因为一两首诗的出名，便让汗牛充栋的大量平庸之诗也跟着大行其道甚或传世了，因名而文，也算是文学史上的一个恶性循环，此当别论。

也就是说，新诗并不容易写。笔者十分认可一种说法，在所有的文学体裁中，新诗的写作难度最大。笔者曾十分心仪地拜读过朱光潜先生的《诗论》，他在《给一位写新诗的青年朋友》的书信体随笔中，真诚地奉劝青年朋友不妨多练习散文、小说，认为浪费在新诗上实在可惜。这位美学大师认为新诗的“生存理由”在于诗人“应该真正感觉到自己所感所想的非诗的方式决不能表现。如果用散文也可以表现，甚至表现得更好，那么，诗就失去它的‘生存理由’了。”朱先生还认为新诗比旧诗难做，他指出：“许多新诗人的失败都在不能创造形式，换句话说，不能把握他所想表现的情趣所应有的声音节奏，这就不啻说他不能作诗。”由此可见，侍弄新诗是多么不易！

笔者又由此联想到集诗、散文、翻译于一身的台湾大诗人之一余光中先生谈诗论学中的某些说法与朱光潜先生“新诗学”具有异曲同工之妙。无疑，余光中先生也深受英国湖畔诗人的影响，故此他非常推崇柯尔律治（又译为柯立基）的一段著名论断：“散文是一切文体之根……诗是一切文体之花，意象和音调之美能赋一切文体发气韵；它是音乐、绘画、舞蹈、雕塑等艺术达到高潮时呼之欲出的那种感觉。散文是一切作家的身份证，诗是一切艺术的入场券。”单就诗学理论而言，中西方并非风马牛不相及，在用词讲究凝练、意境含蓄、诗画合一、形象生动诸方面，中西诗歌互为渗透之处也不胜枚举。

中西方许多诗学理论似乎都被朱光潜先生用“精妙”一词予以高度概括了。朱光潜先生说：“诗是否容易做，我没有亲身的经验，不过我研究中外大诗人的作品得到的印象来说，诗是最精妙的观感表现于最精妙的语言，这两种精妙都绝对不容易得来的，就是大诗人也往往须付出毕生的辛苦来摸索。”朱先生在这里所强调的“精妙”之造诣，无疑正是让中西方众多诗人望其项背的艺术之赜，自然也是让一切诗人攻坚犯难之要塞。

如以朱光潜先生自己的诗论来阐释“精妙”之内涵，就是形式创造，形式创造自然又离不开精妙的观感并用精妙的语言来表现，这或许就是诗歌令人敬畏的难之所在。

何谓“精妙的观感”又如何得之？朱光潜先生并没有给出答案，或许这本身就是一种形而上的理念，答案在于每个诗人的主观体验之中。以笔者之见，所谓“精妙的观感”应该就是指诗人某种内在的积淀与思考借助灵感某一时刻遭遇了外在世界的勾引而绽放，即获得了一种非诗不可表现的艺术发现，同时又需要获得同样“精妙的语言”付诸音画系统（结构形态），由此也就形成了形式创造。

可以说，“精妙的观感”与“精妙的语言”就是形式创造的重要前提。观之精妙又得之精妙，同时又能以精妙的语言呈现出来，这种精妙之妙，说说容易，得之可遇不可求。

顾城的《一代人》众所周知，广为传颂。但这首诗的确得之于作者精妙的观感又得之于精妙的语言，从而让《一代人》真的成了一代人的共鸣。据诗人父亲顾工回忆，这首诗就是在一种“迷蒙中、幻化中、受积聚到一定程度的灵魂的迸发冲击、涂写到墙上去的——犹如云层激发出雷电”。顾工说，“文革”期间，他被打倒并被发配到农村去养猪，顾城随往，在那几年非正常的生活中，顾城整天埋头苦读，住房的四壁都被他涂满了诗。终于，有一天，墙壁上赫然地出现了“黑夜给了我黑色的眼睛 / 我却用它寻找光明”惊世之语。于是，一个黑色的时代造就了一个觉醒的诗人，或者说，一个缺乏精妙的时代却成就了一代诗人的精妙！

观感精妙，又匹配诗语之精妙，即便是顾城，也并非唾手可得。综观他的全部诗作，真正能达到精妙标签的诗作也是凤毛麟角。在他日后的创作中，虽然也不乏优秀之作，似乎再也没有哪首诗能超越《一代人》的“精妙之妙”乃至影响力了。就像徐志摩之于《再别康桥》、戴望舒之于《雨巷》、雷抒雁之于《小草在歌唱》、韩翰之于《重量》等，诚然，能成为一代人甚或几代人耳熟能详的代表作，对于每一个诗人纵然大诗人来说，一生中能拥有一、二也就足矣。当然，也不排除古今中外确有精妙连连的诗人，近的不说，就说台湾一代杰出的诗人洛夫、余光中、痖弦、郑愁予等，在他们每个人的诗作链接中，能够赋予精妙标签的诗作绝非仅有一、二，诸如洛夫的《边界望乡》、余光中的《乡愁》、痖弦的《秋歌》以及《我的灵魂》等，都堪称饱含精妙元素的传世之作。

不过，精妙可以拔高到精之又精，妙之又妙的境界，无论是观感之精妙，还是诗语之精妙，再加之形式创造之精妙，又能极致到无以复加的出神入化之境，如此，恐怕不是任何一位诗人都能望其项背的。或许朱光潜先生所说的“精妙”就是这种高度，所以朱先生才认为诗不好弄，如所感所想非诗的方式不能表现当然应该以诗示人，如果散文也能表现而且还能表现更好，又何以不用散文而偏偏要去高攀诗之风险？

的确，当下所谓诗人诗作之所以多如牛毛，恕笔者直言，多数为诗者并不懂得诗学尤其精妙之所在，以为诗既好写又好玩，就跟着起哄凑热闹，随随便便就来一首，管他是诗不是诗，有人跟着喝彩捧捧场也就满足了。也不排除确有一部分为诗者是出于一种内在需要而选择了以诗问世的方式，以充实自己的存在感。也就是说，是出于心灵深处某种积累的驱动，才选择用诗与当下这个问题世界进行碰撞乃至自我宣泄。如果属于这种情况，诗歌无论写得高下优劣如何，就要另当别论了。因为诗离我们的灵魂最近，一首好诗的诞生，就是诗人跟自己的灵魂一场内在“搏斗厮杀”的产物。

诗歌之难，形式创造也是一大关口。纵然观感、诗语自我感觉良好，但一旦付诸形式创造，也是对诗人自身的诗艺素养的一大挑战。朱光潜先生之所以强调形式创造对于诗人表现情趣的重要性抑或致命性，无疑是因为朱先生深谙汉语言的声音与节奏是成就一首新诗的“霓裳羽衣”。所谓形式美，具体地说就是音乐美、节奏美乃至分行美等。要实现音乐美及节奏美，就对诗歌语言提出了极高的要求。获取怎样精妙的观感及其精妙的语言，才能构成一首诗的音乐美及节奏美，这不完全取决于天赋乃至灵感，更取决于诗人的语言修养尤其对于汉语言韵律句法的了解与渗透如何，这就要求新诗不仅分行出美（就有学者认为新诗就是分行的艺术），而且还应该营造出音乐美及节奏美，因为汉语言本身就具有这种品格。如果表现情趣所应有的声音与节奏缺失，诗也就不成为诗了。倘若以这样的形式创造标准去衡量当下汗牛充栋的新诗，不知还有多少新诗能成为新诗？

徐志摩的《再别康桥》、戴望舒的《雨巷》、余光中的《乡愁》以及痖弦的《秋歌——给暖暖》等优秀诗歌之所以能让人百读不厌且广泛流传渗透民间，就在于首先赢得声音与节奏的胜券，否则，即便精妙的观感有了，精妙的语句也有了，如声音与节奏不匹配，又岂能收到入心勾魂、朗朗上口的效果？新诗创作原理中所强调的抒情性作品的结构形态，其实就是强调听觉美与视觉美的统一，前者体现的就是音乐化效果，无论新诗旧诗，这一点是相通的，虽然听觉视觉一统乃至诗画一体等特点格律诗更具有优势，但现代新诗的形式美、音乐美也不可或缺。一首新诗的字里行间只有洋溢着生机勃勃的音响与节奏，又辅之以恰当的形式（即分行排行的恰当模式），读起来才能产生风生水起的艺术力量。

中国的新诗经典前面已经提及几首代表作，但现代新诗所具有的“三美”（即闻一多先生提出有音乐美、绘画美、建筑美）为中西现代诗歌共享。音乐美强调的就是语言的声音与节奏，绘画美强调的是视觉效果，建筑美强调的是分行与排行形式，显然，音乐美是“三美”中的核心理念。这些新诗品质不独为中国新诗所苦苦追求，西方现代诗人也同样会把“三美”视为现代诗歌的必备。从翻译过来的一些诗作可以窥一斑而知全豹。叶芝的《当我们老了》之所以能被谱曲歌唱，就证明西方现代新诗对于“三美”的创造更加精致。还有凯瑟琳·詹米的《蓝色的船》、华兹华斯的《咏水仙》、勃莱的《隐居》、萨福的《夜》、布莱克的《天真的预示》等，都堪称舌尖上的音乐之作。诗画一体特征在西方现代诗歌中更是家常便饭。在西方的文艺理论中很早就赫然地推崇“诗是有声画，画是无声诗”之说，叶芝的《茵纳斯弗利岛》就是一个有力的诠释，有诗韵、有画面，也有一种返朴归真的意境之美。

美国意象派诗人庞德的那首闻名世界的《一个地铁车站》，仅有两句诗语："人群中这些面孔幽灵一般显现 / 湿漉漉的黑色枝条上的白色花瓣"，可谓集精妙的观感、诗语以及"三美"于一体，无论是内容催生了形式，还是形式催生了内容，都证明朱光潜先生的新诗"创造形式"说对于中西创作都适用。这种精妙及其形式创造之美，得来并非那么容易。这首诗来自诗人偶然之间的精妙观感与灵性，但最终构成恰到好处的形式创造之完美，却经历了几番"炼狱"，在黑暗王国中苦苦探索了很久最终才获得一线光明。据诗人自己说，此诗一开始写了 30 多句，不满意，就反复左奔右突、大刀阔斧，砍杀掉了一片又一片"语尸"，最终才凝练成两句短诗，前一句写实，后一句写虚，自觉得内容与形式都达到了完美的统一，于是，公开发表之后，便很快名扬世界诗坛。庞德一生写诗无数，似乎没有哪一首诗的影响力能与之相提并论。正如朱光潜先生所说的，精妙的观感与诗语来之不易，就是大诗人也往往须费毕生辛苦去摸索。精妙的观感与诗语许多时候可遇不可求，也正如余光中所言，诗人往往破空而来，绝尘而去，神龙见首不见尾。其精妙的观感与诗语似乎也就是在这种癫狂中偶尔得之，是天赐之，还是自我癫狂中不请自到？恐怕连诗人自己也说不清。

限于篇幅，这里不能列举更多的优秀诗作以详尽阐释朱光潜先生的诗学观点。现代诗歌之所以让很多智者望而生畏而不敢亵玩，就因为新诗的精妙不易得、形式创造也难得定型，怕误了自己，也误了读者。如此，倒不如记取朱光潜先生的奉劝，对生活中的所感所悟并非非诗不可表现，如散文也可表现又能表现得更好，又何必要在诗歌的精妙与形式之难中无限"炼狱"且耗尽青春才情呢？

［作者单位：淮南师范学院］

中国新诗百年纪念大会学术论坛

结识一位诗人

中生代诗人研究

诗论家研究

姿态与尺度

新诗理论著作述评

外国诗论家研究

阳光的心灵　浪漫的放歌

——黄纪云早期诗歌考察

骆寒超

黄纪云来自大东海一个美丽而荒远的小岛，是恢复高考后第一届大学生，就读于浙江一所高校的中文系。童年、少年时代，日夜波涛的海岛生涯使他对神秘的宇宙节律有了某种神奇的生命感应；而学院中系统的文学教育，又使他对追求心灵真实的诗歌有了热切的向往。那时，人文中国正从一片精神废墟上挣扎着挺立起来，而一股敢于向旧传统挑战的、以“朦胧诗”为标志的新诗潮，又汹涌澎湃地向一代年轻的诗歌爱好者冲击着，从而在百废待兴的新诗坛展开了一场以人的尊严为内核、社会担当为审美指向的灵魂重塑大合唱。青年黄纪云也成了这个合唱队成员，在报刊上发表了不少诗作。大学毕业后，他带着几个诗的手稿本走向社会，却因不得不为职业奔波而冷淡了诗神。再以后，他下海弄潮，现实社会中创业的艰辛更使他纵然还常和灵感邂逅，却只能偶有所作了。1986年以后，他索性让诗心寂寞地蛰伏起来。一晃，多年过去了。直到新世纪来临后，他眼见得自己已创业有成，生活日趋安定，才又萌生重圆青春之梦的念头，吟咏起来。于是，人生格斗场上的千般经历，内心深处的万种感慨，一下子汇成一汪情思，打从笔端流了出来，竟在近十年间出现了一个新诗创作的亢奋期：出差时，在颠簸嘈杂的火车、飞机上，他写着诗；下班后，在黄昏深宵的办公室里，他写着诗。就这样，《黄纪云短诗选》出版了；《岁月名章》出版了；《宠物时代》也出版了；而一组又一组已发表的诗，还在等待编辑出版。这位在创作中一味求至美质量而一改再改诗作的严于律己者，即便在创作数量上，也是相当可观的。

把黄纪云的诗路历程作了扼要的回顾后，我们当会看到：一个另一意义上的“归来”诗人，已悄然出现在当今诗坛了，而这也就促使我们在对百年新诗作探求中，极有必要把目光投向这位诗人。为此，本文以

《阳光的心灵 浪漫的放歌》为题对他早期的新诗创作作一番考察。

值得指出：1979 年开始写诗的黄纪云，正处在中国当代诗歌的大调整时期。当然，这场大调整的时限，比他出道这一年还得再提前一些日子。早在 20 世纪 70 年代初，文化禁锢的种种政治行径，其实已显得力不从心，而地下文学活动也已在暗中潮涌了。“今天”派早期成员的潜在写作最具代表性，其中北岛的一些诗就以手抄稿的形式在民间流传。这期间，还在农村插队的舒婷，与朋友交往——特别是书信交往中，也写起诗来。这些纯自发的潜在诗歌写作有一个逻辑起点：对包括政治、文化、文学、诗歌在内的传统价值观念从怀疑、不信任再进入到发起挑战。与此相应的是：现实生活的真实感受和信仰危机，使那一代青年于苍凉愤慨之余不自禁产生“为什么会这样”的疑问，为深化感受的思考开通了道路，从而影响到诗人们在抒情中不自禁地爱作哲理提纯，强化了理性因素。如北岛的《一切》，是对那个时代现实的不信任而欲求超越精神废墟的强烈情绪所做的抒写，诗中却以“一切死亡都有冗长的回声”这样的言辞显示出对历史发展必然性的理性思考，就影响了不少同时代人。舒婷在《生活、书籍与诗》中就说：“七十年代初读北岛的诗时，不啻受到一次八级地震……我非常喜欢他的诗，尤其是《一切》。正是这首诗，令我欢欣鼓舞地发现，‘并非一切种子都找不到生根的土壤’。”可见她就受到过北岛的影响，因此也在激情抒唱中渗入进了理性思考的因素。“今天”派两大支柱之间微妙的交流尚且如此，影响所及也使那一代崛起的诗人对单纯的抒情不满起来。但必须注意到：他们的理性因素，是融入激情中的；他们的理性提纯，来自于对激情的提炼；而理性思考，则是在激情提炼中所进行的规律性概括，一切都离不了激情这个基础。从本质上说，他们是浪漫主义的，主情的，却能给人以远韵中的遐思。对此，王家新在《关于诗的一封信》中有句话说得相当得体：“如果我们今天仍抱着诗的专职在于抒情这样的回答，那就仍将在错误中徘徊……如果没有一种很深刻的哲学从内部支撑着，你的诗那就难长久地站住。”可以说这样的认识成了那一代年轻诗人普泛性的诗歌观念。黄纪云也是这股新诗潮中涌现出来的，作为内中一名矫健的弄潮儿，他也是浪漫主情的。所以这七年——他诗创作的第一时期，特具一种能归于远韵遐思的主情色彩。

对此，我们将通过如下三个方面来考察：一、展示心灵的阳光感受；二、宣谕人生的社会担当；三、坦陈文化的两难选择。

一　展示心灵的阳光感受

就在十八岁那年，黄纪云对写诗已有了强烈的兴趣，写下《我的诗》一诗。作为言志之作，这首诗展示了他所怀诗歌之梦的真实形象。他说：诗已成了自己“心中的风灯”，照着他“飞过黑暗的沙漠，/汹涌的人心”，而决不会离开。还说写诗这事儿也已成了他的生命史中一道“青春的伏流”，在进入人生定位的困惑之年，依旧不会改变初衷，不时会“一路铃铎”地向自己心灵的驿站奔来，“仿佛夜莺回到我的森林”。而让人更惊异的是：这位年轻诗人还发现自己的诗在人生之爱与美的“游廊”中虽不免飘逸而超然，最终却还是涌流着美与爱的崇高感受的，诗中这样唱他对这一条人生“游廊”所取的态度：

把宛转悠长的游廊
留给光明……

这是很可珍视的。可以见出青年黄纪云从一开始写诗起，就已把诗歌的真实世界基建于充满阳光的感受中了。

这样一个充满阳光感受的诗歌世界在黄纪云这时期的诗中普遍地存在着。可以这样说，当年黄纪云留给我们的印象就是一个心灵没有感伤颓唐、有的是蓬勃朝气的青年。这种朝气能够发放则缘于他对生活的热爱。《海滨夜话》写几个年轻人在某个夜晚“平静的海岸上”与“黑暗谈论大海”“谈论太阳”，而“我”竟然有了奇妙的感觉，仿佛“幻想”就要“从生命树上爬下来”，于是“我”忍不住放歌起来：

在我们的大地上
将不再有坟墓
只有幸福的殿堂

这样的抒唱在主体的“我”看来实是“醉后的语言”，不过他同时也认为这样的语言是像“金黄的稻穗”一样美善且美善得丰饶的语言，正“像鲜花 / 开放在我们的手指上”——真是触手所及而处处芳菲了。是的，青年黄纪云的心灵世界就是这样：要为亮丽的生活而歌唱。唯其如此，才使他在潜意识中有着一个信念、一股勇气！在《静夜》中他就敢于把自己摆入“一条漆黑的隧道”，深信在这个“阴湿、暗黑而漫长”

的环境中也定会有命运的奇迹出现：“遇见了伊甸园 / 和一朵金色的玫瑰”。为什么能有这样的自信呢？那缘于“我”深懂自己是个不怕路途旷远的探求者，会探求出路来的。因为“我的手”总是和“地平线”“重合在蔚蓝的天边的”。这个意象就隐示着主体探求新世界的心灵视线是投射得十分遥远的。我赞赏这个意象，这里有一个十九岁的青年（此诗作于 1980 年）的精神气概。能把握到如此巨型的意象，正反映着黄纪云精神心态拥有一个极强旺的气场。这是很可注意的。

于是在这个气场中，一个充满青春活力的生命体浮雕一般凸显了。《给——》是写得相当单纯的恋诗。这场情窦初开之恋完全出于纯情，而诗中说自己这个心理动向只不过是“在冬天的树林里 / 唱过一支春天的歌”。这样说可以见出：“我”的爱恋为的是寻求万物茁壮般的生存境界。主体在这里显然是有所寄寓的。诗中有一段“我”对“你”以反问语气呈示的话：“当桃花用热血一般的力量 / 敲响冬天的丧钟 / 你还对我的归宿 / 对蔚蓝的天空 / 保持沉默吗？”把追求“蔚蓝的天空”当成“我的归宿”，无疑蕴含着一股强大的生命活力。正由于有这股追求高远境界的活力存在，“你”就不应该沉默而应该共鸣。这是一个方面。另一方面也因了这活力存在使“我”在看待这个不断作着变动的世界时，又总觉得世界处处有一种奇异的潜能在发散。如同文本开头就开门见山地说的：“当桃花用热血一般的力量 / 敲响冬天的丧钟”——这样的意象不就是在张扬生命能量吗？唯其如此，才使文本结束处“我”向“你”吐出了这样“直率”的话：

如果你真的是冰冷的岩石，
我就是岩石上那绿色的跳动。

这里的“岩石上那绿色的跳动”同样是在发散生命活力。这股活力不仅能使“冰冷的岩石”热度升起来，更是对自我潜能极动人的张扬。这样的张扬无异于“我”向“你”宣告：“我”要以生命的活力使“你”的心灵也有阳光，春天，绿色的跳动。于是他阳光境界的抒唱拓展了，《致森林》写“我”通过森林生命的“原始的气息的发散”，通过“山的舞蹈，水的歌唱”以及“远方”的“篝火出现”所感兴出来的生命活力，推出了如下这个意象：

哪怕我是一只蚂蚁，也要

驮着结冰的梦走向明媚的春光

这可是一个有强烈的阳光色泽闪发的惊人意象，以“蚂蚁”生命的微末，竟要驮着结冰而愈显沉重的梦走向春天，不难意谓此中的艺术想象，反映着也体现出了青年黄纪云多么强大的生命力与能！

但黄纪云生命活力的发散和潜能的增量又不是只受本能驱使和制约的，这就有别于一般率性而为的浪漫派抒情，而是显示为理性的渗透和制约激情的特征。值得赞赏的是：他总把这股活力纳入进自强不息的生命运行轨道中去。《绿色的语言》一诗可以说是对人自强不息的阳光精神作全面的概括。全诗借抒唱一个过早宣告“童年的结束”的孩子来喻示如下一种坚守：纵使“黑暗的歌声 / 在封锁着你的世界”，“你”仍倔强地保持着“绿色的语言”去面对人生。众所周知，“绿色”是生命的色彩，暗喻生机勃勃，所以说保持“绿色的语言”实是对阳光色彩的人生作自尊自强的坚守，甚至还要让这场坚守“在你的脚下蔓延”，以期把蔓延“方向”能“留给后之来者”，这岂不是在更崇高的境界中扩展了抒情主人公自尊自强的坚守。文本的最后，主体对“绿色的语言”拥有者作了赞美：“你来不及做梦 / 但在别人的梦中 / 孩子啊，你有勇气 / 去实现你的梦吗？”曲折地反映着青年黄纪云博大的胸怀：欲把自身自尊自强的生命活力渗透进那个刚从精神废墟中挣扎出来、寻求振兴之路的同一代人。

鉴于这一场自尊自强的生命坚守有着“在你的脚下蔓延”式的拓展，也推动了他的运思从另一方面展开，并借此对这种坚守精神作了深化。这就是对不争气而沦为行尸走肉者的人生行径投去蔑视的目光，唱起诅咒的歌。《月亮在房顶上念经》就是这样一个文本。在这首诗中他诅咒有些人满足于“蝼蚁蜗居的帐篷”，有些人沉湎于以“一块块肉镶嵌起来的天堂”。在《风的残宵》中，他还为此大声疾呼：

冲过风和雪的封锁线
冲过森林寒光闪闪的牙齿
砸碎那迷人的酒杯吧
去寻找我们心中的玫瑰

这样的抒唱是有启迪意义的，要自强必须从自律开始，所以这里实在是对立统一的情感抒发，既有对无视自尊自律而满足于浑浑噩噩虚度人生者的谴责，也是对心怀阳光感受而自强不息、勇于进击者的崇高赞美，可以见出：主体的生命活力与潜能已转化为精神意志而高扬了。

有两首诗值得特别来提一提，就是《我在寻找这片风景的眼睛》和《我打开所有的窗子张望》。

《我在寻找这片风景的眼睛》是一首写得相当有深度的抒情长诗，可惜题目颇费推敲："寻找"眼睛当然可以，但寻找的是"这片风景的眼睛"就讲不过去了，"风景"何来眼睛？当然，眼睛是心灵之窗，说寻找"这片风景"的"眼睛"，是指寻找最富有灵性的一角风景，这倒也说得过去。不过从"你的反应，为什么总是这双古老的眼睛"来看，或者从"沉淀在酒杯里的呆滞的眼睛，醒醒吧"来看，则似乎另有一双抒情主体为之直面而对的眼睛。所以这首诗抒写的很可能会是"我"在寻找"那双寻找风景的眼睛"。题目的模棱两可也使全诗主旨有了多义。不过，从文本整体构成看，这首诗抒写的主要还是"我"在寻找"那双寻找风景的眼睛"，凸显的是抒情主体要为自己培育出一双面对祖国河山风物能灵视出一片历史性壮美来的眼睛。这样一双眼睛对于整天"沉淀在酒杯里"的人生倦怠者来说，是不可能拥有的。他们拥有的只是"呆滞的眼睛"，睫毛会是"冷漠的栅栏"，隔绝了壮美的风景，或者使风景失去神圣性而化为"一片枯萎的丛林"，以致灵魂会因此而陷入"空虚的满足和平静"，看不到"我们民族精神的赤道上"那条奇特得神圣的路。而以幻想的"丝绸之路"来象征的这条路之所以奇特得神圣，乃在于它能"叩响大地的心"，即便是"眼泪"也会凝成"宝石般的黎明"。因此，"我"是决不让自己占有"呆滞"的眼睛的，必须自强不息，使自己这双"寻找这片风景"的眼睛具有"生命的灵性"，也使别人通过被"我"灵性的眼睛所发现的"风景"进入阳光境界："在这片风景里永远有美丽的 / 传说，动人的故事"，有"创造的激情 / 如诗如画如光如火"，且在"山河交铸的祖国"风景中全面地发现"生命的火种"，获得"生存的气魄和力量"。但所有这一切——包括"我"培育灵性的眼睛和众人进入阳光境界，都必须有一个前提："沉淀在酒杯里的呆滞的眼睛，醒醒吧！"这样的呼声，是青年黄纪云对自强不息的生命活力、潜能和心灵的阳光感受再次的强调，而由此构筑成的诗歌真实世界，也就成了刚从精神废墟中挣扎起来的一代人一道壮丽的心灵风景。不过，这首诗还有一个值得我们倍加看重的地方，那就是它的结尾。文本在结束前强调地写了凭自强不息培育成的灵性眼睛，已"不再把山丘看成绵羊"，把鸟兽看作"猎逐的对象"，而能从已"成为风景的石头里面"

看出“生命的火种”及其“气魄”和“力量”，可见这个能灵视“风景”者已是对具有阳光感受的“灵魂”在作隐示，这一来，提纯某种哲理的契机出现了，结束处这样写：

而它那高贵的灵魂
是一种由花岗岩构造的生命的起源石。
那是我们灵魂的核呵！
与日月同辉。

这就是说在这片由山河交铸而成的祖国“风景”里，事事物物都是创造的见证，诠释着历史的处处常青、刻刻常新，我们则必须把能透视“风景”的灵性眼睛提到“灵魂的核”的高度。只有这样，那么在我们生存的世界中也就处处可以追溯到生命的源头，见出生命，见证历史，获得阳光感受了。由此说来《我在寻找这片风景的眼睛》在作激情抒发中，还有理性渗透着；“这片风景”不仅在灵视中会引起我们“远韵”式感受，追溯“生命的起源石”，还会让我们获得生命处处都具有生机的阳光感受，引起哲理顿悟的遐思。唯其如此，也才使青年黄纪云在张扬生命潜能、发散生命活力、抒唱心灵的阳光感受中，总竭力要把具有生存哲理意味的理性思考凸显出来。《我打开所有的窗子张望》则是这类追求中的典型诗例。这首诗中主体的“我”借与“你”对话的形式，来象征性地倾诉自己欲冲破认识的禁锢而求得视野更其开阔的心情。“我”是以满怀自强不息的心情去看这个世界的，因此诗中的“我”不无几分自信地对被他所挚爱的“你”说：“这人间所有的阴影都逃往世界的背面”了，可是“你”却说“地球还在巨大的阴影里徘徊”。“我”于是选取了一个从“东方迷雾的山岗”的视角去看，果然“还有风雨”在切割“我的视线”，要让“我”发现不了“火种赐予的光”。那该怎么办呢？诗到此“我”恍有所悟，斩钉截铁地说：“我打开所有的窗子张望！”这话的寓意是很明白的：我们不能孤守一隅，得多角度张望，敞开心怀寻求。所以这个文本告诫人们：通过心灵向世界开放而去接纳八面来风。正是这么一场戏剧化表现，也就把青年黄纪云的一个感受提到了新层次：生命活力最高境界的体现应该是并且只能是超越自闭生态而走向八面来风的旷野。

黄纪云初期诗创作中展示心灵的阳光感受，也就因具有这种远韵遐思而更显出审美高度来了。

二　宣谕人生的社会担当

青年黄纪云诗中的阳光感受合情理的发展，是对人生的社会担当作抒写。前面已提及：他最早几篇诗作之一的《海滨夜话》中就已有这种使命意识的表现倾向。该诗中主体把自己与几个朋友在海滨之夜一起谈人生“方向”、谈“太阳”看成是“幻想从生命之树上爬下来”后一场“醉后的语言”的发挥，但随之他又猛然一转说：

在我们的土地上
将不再有坟墓
只有幸福的殿堂
像鲜花
开放在我们的手指上

这很可注意！特别是“像鲜花 / 开放在我们的手指上”的意思，表明他们的这场“夜话”并不只是年轻人的醉后狂言，说说而已，而是打算认真地去探求时代新路，并用双手为古老中国铲除“坟墓”，重建“幸福的殿堂”。这里虽然没有明显地抒发他献身时代的激情，却已象征性地反映着这位诗人从登上诗坛的那一天起，就有一份使命意识在为他的诗情打底。唯其如此，也才使他在初期诗歌创作中对人生的社会担当作了真诚的宣谕。

大致说这宣谕显示在三个方面。

首先一个方面是对人生本分的职责必须忠诚作了宣谕，其实际内容是忠诚于人生应循的行为准则。由此说来，这场宣谕实显示为出于本能的人性担当。在《季节的齿轮》中，他把“季节”拟喻为嵌在大宇宙运行机体中的“齿轮”，让“造化的逻辑”促使“永恒的季节的齿轮”带动自己“如春花”般的生命运行。哪料得前景暗淡了：“秋风如荆棘的瀑布，/ 滚落在我的灵魂的绿洲上。”这使得生命疆域中由“鲜花”“智慧的岩石”“寂寞的流泉”组合成的春景，都“变成了无情的虫鸣 / 和秋风一起”，前来“啃着我的年轻的心”了。这种生态的更易，在磨炼着主体的身心，使“我”从自己的遭际中看出了这个世界存在着缺陷，必须使它圆满起来。“我”因此而成熟了。不错，这里有成熟的痛苦，却也有“痛苦的警醒”。于是“我”从中获得了一个生命体具有“枯萎的深刻”的生存启迪。按庸常认识：既已“枯萎”还会有深刻吗？有的。

对心灵始终怀有阳光感受的青年黄纪云来说，也正是在这场“枯萎”的胁逼下高扬起了一个人应有的社会担当意绪，纵使生命微末得如同暗夜中的萤虫，也得为捅破黑暗而发一星最后的光。这使人想起了具有先哲意义的艾青。艾青在《生命》一诗中有这样的抒唱：“依照我的愿望，/ 在期待着的日子 / 也将要用自己的悲惨的灰白 / 去衬映出 / 新生的跃动的鲜红。”应该说艾青这种以高度意象化语言表达出来的“枯萎的深刻”的意绪，是十分动人的，却不免有点感伤。《季节的齿轮》中的抒情，也以“痛苦的警醒”为逻辑起点，推出了一片社会担当意绪，这样写：

哦，秋风，带我进入齿轮的冰冷吧！
碾我的歌声为彩色的齑粉
装饰你那铿锵的跫音，
走进那些半死不活的灵魂。

这就是一场具有“枯萎的深刻”的抒唱，体现的也正是艾青《生命》中那种以“衬映”显示的献身意绪。不过把悲秋的“我的歌声”碾成“彩色的齑粉”，去“装饰”时代前进的“铿锵的蛩音”，“警醒”沉睡者，此中的生之感伤味可淡多了。而作为一种社会职责的忠诚，和艾青《生命》中的精神高度则是一致的。这种抒唱当然并不涉及具体的社会担当，而只是一种人之为人的行为准则：人活在世上，必须尽一切可能以自己的行为使众人——超越个体自我的人直至人类，都能增添一点引人精神向上的美和增添一点生态和谐的亮色。唯其如此，也才使黄纪云在《明月像王冠》里，对这种人的行为准则进一步作了诗化的宣谕。这首诗原题是《诗人啊，诗人》，本意是写诗人的行为准则。由于“诗人”是心灵事业的守护者，而心灵事业须靠心灵行为去建设和守护，所以从这个意义上说，这首诗实是一场心灵行为准则的宣谕。从全诗的整体构思和意象组合的喻示看，也的确如此。诗写的是明月朗照大地时分，心灵的守护者对自己的心灵行为的展示。当月照大地而使众人皆沉湎于安逸和谐的至美境界时，乡村传来了“甜蜜的鼾声”，像一条“流淌成酒的河”，在脉脉地诉说着“被汗水浸透的幸福”，而夜则像“湖水一般涌来”，冲淡了“被人们珍藏在瞳孔里的光明”，沉入幽渺的梦乡了。这时，村街上的灯却还亮着，像“露出浅浅的微笑”的女警察，守卫着这片和谐生态，监视着“可能发生的一切”。现实生活中有忠于职责者，那么心灵世界中也有吗？有的！黄纪云感性地发现了并且感性地表现了诗人对心灵世界宁静而和谐的守护。诗中说“你”或诗人的心灵行为准则总把自己变成“无数的虫鸣”，在“通向被褥的林荫道上”回荡、回荡，“伴着漫长的爱情 / 走向多雾的黎明”，或者把自己变成牧羊女的牧鞭，驱赶着羊群一般温馨的歌吟：

从你的口腔出发，
走向每扇紧闭的窗户
走向夜空，
走向梦。

这种心灵的行为准则比起现实的行为准则来，是更具有本能性的，因此也更能显示社会人的为人那份忠诚感。

由此说来，黄纪云初期诗中对人的行为准则的宣谕所体现出来的社会担当意绪，特别具有人性的真实与贴切。

其次一个方面是对世俗社会应尽责任必须坚守作了宣谕。有了对人性职责的忠诚，必然会推向隶属于群体利益的社会责任的坚守。进而言之，这还涉及道德层面上的社会担当与精神坚守。这就值得来谈一谈青年黄纪云两首发着时代精神洁光的抒情长诗《呼唤》和《给我的女儿》了。

这两首诗作为道德层面上的社会责任担当，是一种出于对文化乡土的挚爱而滋生出来的，也是一种出于集体无意识的责任担当。所谓文化乡土，指的是生于斯、长于斯，且让自己的文化之根深深扎于其中的那片土地，具言之，即祖国、家乡以及生存在那儿的父老乡亲。所以在现实社会责任担当系统中，这种近于道德性担当是存在于世俗层面的社会责任感。今天，虽然君臣、父子的宗法制伦理意识不再讲了，但“我为人人，人人为我”的现代道德规范还是要坚守的。“文革”期间的中国，林江复辟势力所确立的伦理道德是近于封建宗法制的。“文革”既已结束，我们必须直面这个封建伦理体系予以冲破，而以现代化的社会道德来取代。所以这场精神领域的大变革，内在斗争是复杂而又艰巨的，其责任也特别重大。青年黄纪云的这两首长诗敢于直面伦理变革，宣谕道德性担当，不仅当年，即便今天，也还能提供给我们以醒世的强烈感受。《给我的女儿》的一开头，主体就说自己“早就梦想再造一个灵魂”。虽然这场“再造”以“浓缩五千个春天”作为“资本”，但这些春天已“皱纹太多”。而“时间这张梯子”也早已被人“踩得咯咯发响”，攀不得多少高度了。因此，他要再造出来的“灵魂”，必须具有两类特征：一类是要有彻底摧毁旧体系的勇气：“也许你父亲觉得责任太重太重。/ 他恨不得自己手上立刻长出荆条，/ 把所有的阴影打得鲜血淋淋”；另一类是敢于担当，做一个民族命运的背纤人：“他恨不得扬子江突然倒流，/ 像一条巨大的纤绳，/ 千山万壑突然伸出粗壮的手，/ 像无数魁伟的纤夫，/ 拉着一轮崭新的太阳，/ 走向地球的最高峰……”这场精神领域破旧立新的抒唱，在改革开放的高潮中是有特定意义的。这个特定意义在于黄纪云那时所宣谕的这个社会责任担当更关注于精神变革层面，所以才会在《给我的女儿》中一开头就提出“再造一个灵魂”。显然，他已看到灵魂作用在社会责任担当中的重要性，只有现代的灵魂，才能真正下得了决心把一切“阴影”摧毁，才能背着民族命运之舟的纤绳逆流而上而达地球顶峰。立足于这样的认识，也才使他在《呼唤》中抒唱现实社会的责任担当选择了全新的视角展开。这首抒情长诗写的是山村父老呼唤大学毕业已工作在大城市的“儿子”回来建设家乡。类似这样的诗从20世纪50年代起到此诗出现的20世纪80年代中期，我们已读到不少，且已形成了一个模式：家乡是风景秀美的地方——但这里贫穷落后——所以呼唤外出的子弟回来发挥才智——把家建设成物质富裕的生活天堂——不忘本的归来者也会青春更美好。这个模式的核心是使家乡的物质生活更富裕。说白了，也就是呼唤游子学成归来，去发挥聪明才智，把家乡建设成一个和自然风光相匹配的、物质生活极富有的人间天堂。这样的抒情路子对不对呢？谁也不认为是错的，物质是基础么！因此郭小川写于20世纪50年代中期的抒情长诗《把家乡建成天堂》就以这样一条路子来展开抒情了。诗中呼唤“长年在外的人”回到家乡去，“亮开结实的大手”“让每片田野 / 都响彻 / 劳动的歌声 / 让每个黑夜 / 都布满 / 焊工手中的电光”“凭着自己的意志和力量”，去“把你们每一个人的家乡 / 建设成 / 美好的天堂”。这种凭政治意图写成的诗，在当年确起了很大的鼓舞作用，以致传诵一时。但不能不说这里似乎缺失了点什么。二十多年后，黄纪云以一个二十三岁的青年诗人，写了一首与《把家乡建成天堂》的框架类似的《呼唤》，但作为一种担当社会责任的抒情，这位年轻诗人的抒情着重点却颇异其趣。《呼唤》并不强调“亮开结实的大手”日夜苦战，把“一穷二白”的家乡的物质生活搞上去，而强调学成归来的游子精神能量的发挥，首先是把自己的心灵融入家乡这片土地，然后以外出求学所接受到的现代意识去影响孤处山野一隅、孤陋寡闻的家乡人，改变家乡的精神生态。诗中一再以家乡父老的口吻

“呼唤”：“回来吧/儿子！”那么回来尽什么样的责任呢？诗中这样写：

把你的才智
　和春天一起
　　和种子一起播进我们的土地；
把你的才智
　像盛夏夜的繁星一般
　　嵌上我们的精神的天宇；

这样的社会责任感抒写，前三行还算不得特别，把“你”的才智和家乡具有“春天”一般美好、“种子”一般有希望的规划意图结合起来，并于此中发挥“你”的特长，可以说还是常态性社会责任担当的抒写。但后面三行却令人吃惊了。把“你”的才智“像盛夏夜的繁星”，嵌上家乡人的“精神的天宇”，可真不简单，是对参与常规性家乡建设（如同郭小川《把家乡建成天堂》中“亮开结实的大手”苦战）的超越！青年黄纪云显然注意到了父老们声声呼唤“回来”的“你”的这场社会责任担当，更其重要的是：以自己在改革开放之年出外求学所接受到的那种能与世界潮流接轨的现代意识，去影响家乡人的视野，重建家乡的精神生态。这可是鲁迅当年以改造国民性的艺术思路去写小说的流风遗韵在《呼唤》的运思中的体现。如同《给我的女儿》一开头就提出要“再造一个灵魂”那样，黄纪云似乎也看到建设“家乡”要重在精神生态建设上。所以这场超越所反映出来的立意之高不可低估。值得指出：这样的立意并不止于此，重建精神生态是贯串在整个“呼唤”过程中的。如文本中写到家乡人问及外出求学时“你”在大学里“研究什么”时，“你”回答说是“在研究乡亲们深沉的眼睛”“乡亲们苦难的心灵”“坟墓里的老爷爷”“摇篮里的小妹妹”以及“山村的昨天、今天和明天”。这不仅体现出“你”——或者就说抒情主体的黄纪云自身对心灵层面的探求意识很强，而且还从精神变革的角度对家乡的昨天、今天的反思和对明天的探求之心很切。诗中还特地写到家乡父老对一种难言之痛的倾诉：“在精神的王国里/除了那几根与宗教情感有关的/斑驳的雕梁画栋/和几个神圣的词汇”“我们似乎再也没有什么了”。这种随文化愚昧而来的精神生态的残破感，实出于青年黄纪云切身的体验，强烈的“思痛”意绪借家乡父老之口作了投射。而“你”作为家乡父老殷切期待“回来”的才智拥有者，也就被大伙目为“精神的富翁”了。于是把世俗社会的责任担当也就获得了更深沉的隐示。应该说《呼唤》中一声声呼唤“儿子，回来吧”所展现出来的社会责任担当意绪，是那个改革开放大潮涌起不久的时代的强音，值得珍视。可憾者是这一声声至真切的“呼唤”出现在现代派诗风甚嚣尘上的当代诗坛，不免有点形单影只！

第三个方面是黄纪云这时期的诗也宣谕了他对历史使命的担当。如果对世俗人生中现实的某一点作担当性宣谕是一场属于社会责任感的表达，那么对时间长河中事态的全过程作担当性宣谕，则是一场属于历史使命感地表达了。有关这后一方面的宣谕，在黄纪云这时期的诗文本中，《灯》和《没有迷恋的废墟》抒写得最出色。

《灯》是对生命体所做的历史性关怀。这种关怀来自于以光显示的“灯”，因此以“你”来称谓的“灯”，成了历史使命感的象征物，或者说用来宣谕历史使命的隐喻。正是这“灯”的“你”，对“我”在人生道上的行进作了刻刻追踪、步步引领。在长夜的黑森林里，“灯”的“你”像大地沁出的一滴热血一样，以光“染红了我的脚跟”——照“我”前行，且使“我”不再有漫漫夜途的孤单与寂寞。“你”以“心曲”亦即一片至诚的呵护之情闪发出来的、具有青春意蕴的、“五月和石榴的光辉”，照亮了被“我”任性丢弃的理想的玫瑰，并置它于堪称一代智慧的“永恒的星座”中。“你”更让自己这一棵扎根宇宙的生命树从“茫茫太空”的土壤里吸取来智性觉识，去照耀“我”的精神生活，使沉迷极其无聊且处于“恐怖的舞蹈”中的“我”——那可是会把理想追求引向“空虚的平静这个陷阱中的”，诗中这样写：

带着光的反抗
　也带着我的最初的希望
　你出现在我的心上

在这里，“你”像“一只火红的鸟”或像从“大地的心”中流出的“一滴鲜红的血”所幻成的“灯”，照引“我”飞向新天……这样一首意象丰盈、组合有机、象征意蕴深远之作，感性地喻示出了一个大爱者对有为之人在人生道路上的关注，象征性地宣谕了“你”或“灯”，对人间历史使命的担当。通过这场宣谕，也使我们能品味到青年黄纪云大爱之魂的高洁。这种担当历史使命的宣谕最动情之作是《没有迷恋的废墟》。这首诗对精神麻木病患者的症候作了揭示，也对患者作了恨其不争的谴责和犹存一丝的期待。诗篇告诉我们：精神麻木到心灵失去一切方面的感应能力，也就只剩躯壳，而这样的躯壳也就只是废墟。废墟不会迷恋谁，也不会受谁迷恋，因此“没有迷恋的废墟”只是行尸走肉。这个文本虽是针对某个具体人而言的，但更大的可能是针对“文革”后丧失理想、信念、意志力的一代浑浑噩噩者所做的象征性抒情。显然，主体是怀着强烈的历史使命感来揭示精神麻木病症的，并宣谕欲拯救那些灵魂几近废墟的失落者。全作共四节，每节各有抒情重点。第一节重在揭示“你”的精神麻木症。如果说“皱纹”标志着肉体的衰老，那么“你”像是“在自己的皱纹里找寻归宿的老人”，喻示的乃是“你”的归宿和追求理想事业已不存在一丝瓜葛，只不过是等着老死。“你”之所以形成了这样一个生存境界，是由于精神已整个儿走向麻木，以致“记忆的礁岛上”竟然再也“不见你的灯塔”，没有现实责任感与历史使命感了。唯其如此，才使“你”总是把“现实”看成是“理想的坟墓”，而“你”的“笑容”也成为以“荒草和旋风构成”——只给人以苍凉得恐怖之感了。第二节中，“我”开始对“你”作历史性规劝，不能麻木以对我们民族，更不能让心灵里插着的“是一面陌生的旗帜 / 飘拂在东方古老的山岗上”，甚至用诘问语气动情地说：“像一团来自异方的野火，/ 燃烧着我们的花草和树木 / 你觉得还有什么比这更痛苦吗？”这些义正词严的话实质上是拯救一个麻木的灵魂重新确立民族自尊心。第三节是对麻木病患者作人生行为准则的启迪性规劝，首先提出必须拒绝在“虚假的绿色”诱惑下沉醉于一时；“让沉醉的茅棚，/ 在现实的地面上 / 得到些许的温柔 / 片刻的摇晃”是一种自欺欺人，对人生大义的清醒者来说，不为也！其次对宿命感和因此而导致的游戏人生态度严肃地拒绝，向“你”正告：“怎么能老是骑着命运的马 / 在棋盘上流浪？”再次，规劝“你”要有“鸟儿”般海阔天空追求自由的胸襟与激情，告诫“你”说：“难道你不觉得 / 没有热血的躯体就是灵魂的病床？”这三大人生行为准则对灵魂麻木者来说无疑是冬末的土地在春的觉醒前滚来的隆隆雷声，起到了震醒沉睡者的作用。第四节则是历史使命的担当者怀着殷切的期待走向“你”，伸出诚挚的手欢迎“你”从精神麻木的黑屋里走出来，摧毁心头“没有迷恋的废墟”，并且说：

假如我和沙漠中的驼队，
驱赶着所有美丽的神话和动人的故事
来到你这没有天空的窗口
向你求爱的时候

你会站起来和我拥抱吗？

这就进入主体为历史使命纵情歌唱的最高一个层次了。作为这一代历史使命义不容辞的担当者，“我”通过沙漠中驼队跋涉一般的艰辛，赶着明日世界美丽的神话，也赶着今日世界动人的故事，来迎接精神麻木病患者的出院，是凝集着全部真诚的，因为“我”是坚定不移的历史使命的担当者。

而这场宣谕自己对历史使命的担当，同黄纪云青春年代以诗对人生的社会担当作整个的宣谕一样，是充满激情的。激情中闪发着远韵，也促使人久久遐思。

三　坦陈文化的两难选择

青年黄纪云怀着阳光感受和对社会责任、历史使命的担当精神走向生活，并为第二次思想解放中迎来改革开放的新时代而放声歌唱，热情是很高的，但此中却碰到了一个文化生态两难选择的问题。文化生态从更真实的意义上说，外在物质文明的显示是其次的，内在精神文明的体现才是主要的。因此，文化生态的更高层次实属灵魂中的事儿，或者说是什么样的文化在灵魂中扎根的事儿。前面我们曾谈到黄纪云那首欲求接纳八面来风的抒情短诗《我打开所有的窗子张望》，其中有一个问题即“来风”的方向和接纳之间的关系，没有展开研讨。这层关系如何妥善处理，就涉及文化生态了。什么样的文化生态，决定着灵魂世界会去接纳哪一路“来风”；进而言之，也就是灵魂中扎着什么样的文化之根，决定着主体对八面来风接纳的选择。按此认识再来追究其实质，则可以说：这也就是对改革开放之年值得迷恋的时代风景如何作灵魂选择的事儿。这片时代“风景”大致可分为两大类，即以田园文明显示的传统文化境界和以都会文明显示的现代文化境界，哪一类能被主体的灵魂认同，也就现出了选择的问题。在这样的处境中，青年黄纪云也就面临选择的两难处境。为什么呢？因为他毕竟是稻作渔捞的农家长大的，灵魂中扎着以田园文明显示的传统文化之根，但他又是步入青年时代起就在城市中学习和工作的，在一个人的基本性格和人生观确立的关键时期，接受了都市文明所显示的具有开放色彩的现代西方文化的影响。正是这两类文化境界对立统一地存在于灵魂深处，也就使青年黄纪云在文化生态的选择上不仅两难，且显出了宏观意义上的复杂性。情况是这样：以田园文明显示的传统文化其实是由天人合一的东方文化一脉相承下来的，以都市文明显示的现代文化则是由人定胜天的西方文化一脉相承下来的。因此也可以说，传统文化实属以天人合一为核心的东方文化，现代文化实属以人定胜天为核心的西方文化，它们作为人类两种主要文化形态对立地并存着，却也具体地显现为田园文明与都市文明对立地统一的关系。这样一些认识若与对现实生态特别敏感的诗人结合起来看，则可以发现，这种时代文化的复杂现象，是作为传统情感与现代意绪对立统一的格局埋在他们灵魂深处的，因此在文化生态上留下的刻痕，就越见其驳杂而深刻了。

现在再以这些来观照黄纪云。

对来自大东海一个小岛的诗人来说，他从童年起就受稻作渔捞式的田园文明的熏沐，跨入青春门槛后，则在城市里读大学和走向生活。离开了家乡，也就使他对家乡的牧歌笛韵式文化生态强烈地向往起来，也可以说：因了一个游子的思念家乡，随之强化了青年黄纪云对这种牧歌笛韵式的文化生态在灵魂深处的向往。有关这一点，特别值得来提一提《春夜思乡》一诗。这首诗抒唱他的思乡之情，笔调特别显得真切。诗分三节，第一节的一开头就说：家乡是“我”的“不眠情思的幻影”。这“幻影”是怎么一个模样的呢？他说“芬芳的回忆楼阁的建筑师”，以“忠实的眼睛 / 留给我的心灵深谷美妙的回音”。第三节的结束处则说自己在“遥远的异乡”的春夜里，“田园之梦”的花儿在“心灵深谷”开了，并托“夜莺”把它带给“年迈的母亲”“亲爱的故乡”。这是写得绮丽而动真情的。那么这“芬芳的回忆楼阁”和“田园之梦”实质究竟是什么呢？诗人又在第二节里作了具体的抒写，说这场“芬芳的回忆”是“春风弹着幸福的琴弦 / 弯过青青的山隅 / 穿过密密的丛林，/ 走遍千家万户”时展现出来的一片田园风光，那是——

……月亮
像一朵朦胧的百合花
开放在一片无际的原野
小溪，像彻夜不眠的笙箫
在造物主火树银花的后宫
演奏着一曲优美的“乡村之夜”……

原来这“芬芳的回忆”是一片静穆、悠远而又万类和谐共融的田园文明境界！怪不得黄纪云要称之为“我的田园之梦”了。这样的回忆或者说这样的梦可不是简简单单的一场“春夜思乡”所能解释的。这里有一个文化生态的大问题存在，涉及“天人合一”观。作为东方文化，特别是作为中国传统文化的核心，“天人合一”是一种追求静穆悠远、万类和谐共融境界的观念，而田园文明则是最具有这种境界的。所以《春夜思乡》对主体沉湎于乡村之夜的抒写，也就反映着青年黄纪云的灵魂中深深扎着一条由田园文明所显示的东方——中国的传统文化之根。

那么这是不是表明黄纪云在文化生态的选择中终于选定了走传统文化之路，一心去寻求牧歌笛韵式的田园情调了？事情并不都像《春夜思乡》那么单纯，可以说他这种文化选择从总体看一直是处在两难之中的。这里值得提一提《深秋的溪水》。这首诗写主体在一个深秋时分因了夕阳在潭水上微波幻成万点星光,引发起“我”对自然世界强烈的向往，于是“我”告别了“火一般燃烧的街市”，走向一个“静卧在远处的山脚下”的“无名的小山村”，幻感到像“洁白的花儿撒在一个绿色的梦中”似的小山村，成了“挂在我的生命之树上”的“明灯”；随即又幻感到自己的眼睛竟然“爬不出黑影绰绰的丛林”，有了被“时间的镣铐”困锁住四肢的痛苦。这些幻化意象并陈在一起，喻示着这样一条心理轨迹：既在大自然的感召中离开都市文明而投入遥远的小山村——如同绿色之梦般的田园文明中，却又在进入这古老而又静穆悠远的传统文化生态后，感到自己像被困锁住手脚般不自在，以致“灵魂”发出了“血色的呼号”，要求冷冽而澄明的“深秋的溪水”告诉自己该何去何从：该“逆流而上”向“一个远古神话走去”——回归静穆悠远的古老传统文化生态呢？还是“顺流而下”向险象环生的前程抢滩夺礁——闯向跃动而显生命活力、争夺而显搏斗刺激、处处受暗算、时时出新境的现代世界文化生态，“逆流而上”可以“建起我的温馨的小屋”，“顺流而下”只能“出现在没有航标的海面上”。真是两难的选择！于是主体对“深秋的溪水”讯问，结果得到的却是：“深秋的溪水，/ 你是如此的冷漠！”

但青年黄纪云没有在两难选择中徘徊不前、无所适从下去。有两首诗——《骚动的灵魂》和《为月亮送葬》显出两难选择中偏于接受现代文化生态的新倾向。在《骚动的灵魂》中，主体一开始就说自己这一缕“沉浸在血泊中的灵魂”在“文明的刀口上”寻找着“一个民族的勇气”。的确，接受现代文化生态而向传统习俗心理告别不容易，是要有点勇气的，而本能反射式的“勇气”后面，却总会有这样那样的矛盾埋着。可不是吗？“当古老的文字和泥沙一起 / 开始在忧伤中流失”时，诗人的主体又总是忘不了对中华传统文明的“信仰”：“好像春风忘记不了那座没有香火的庙”那样。但这只能是一场“封闭的心灵/开始有限的喧闹”而已。不过，具有开放性的现代文化生态的召唤毕竟是强有力的，并且颇为诱人。诗人带着点看透个中奥妙地说：“虽然这是一个疲倦的世界，/为了金钱，为了荣誉，大海也宣告出售它的声音”，但

为了速度，为了胜利，
有人建议到飞机上去思索

这才是现代意识指引下的开放式现代文化生态的抒写，此中透现出来的正是一脉生存探求的现代化意蕴。由此说来，我们对现代文明的接受就应该抱有积极态度。这种态度既属于“我的灵魂”，也是一个民族的。青年黄纪云显然强烈地感受到了这一点。《为月亮送葬》这首长诗继《骚动的灵魂》之后，再次为自己选择现代文化生态作了抒唱。这首诗带点荒诞意味，从总体看它是把现代意识冲击古旧传统引发的复杂情绪作了错综复杂的表现。所写内容是：“地球”“乱石”和“我”进入到太阳的阴影中后，只能与月亮做伴了，因此感到“时间的短促”——一下子就到了阴冷的冬天，这一来也就感到自己的处境“比时间的漫长更漫长”，这是由于生活在太阳的阴影里，阴冷难熬而倍感苦海无边。于是，“我们”决定要为已彻底冷却的月亮送葬。“我”为此邀约“燕子”做向导去“白色帝国”要求允准。燕子欣然接受邀约，带“我”上路，且快速飞奔以期把月亮早日送葬，但在途中却遇到三场意外的事儿。一场是“从大地枯萎的心脏里”冲出了一股湍急的河流，像“狰狞的闪电”袭来，与“我们的脚尖相撞”。这一件奇事无疑是隐示荒芜的时间写成的假恶丑历史为阻拦现代文明来临所做的突然袭击。另一场是“乌云”滴出了“喷香的血”，像是枪弹“打进夜的胸膛”而“溅了开来”的血，以此来隐示蒙昧的心灵虽已显出觉醒的“模糊的形象”，但一时却还难以明晰“乌云”此举带来的究竟是美善还是丑恶。再一场是“我”的脑海里“驯养了亿万年之久的海马”也冲出了“漆黑的阴森的大门”，“呼啸着向遥远的废墟奔去”，而“把新世界的脚印/留在我脑海的荒凉的河滩上”。这“废墟”显然指长年存在于“太阳”的阴影里的“月亮”，而“海马”向“废墟”奔去无疑是急于要“为月亮送葬”——这一场强烈的精神意绪的隐示。三场神秘的险象消逝后，出现了另一番景象：

就这样一个世界毁灭了

但我和燕子没有死去!

这里所宣告的是：躲在严冷的阴影里的古旧文明只有毁灭的命运，而作为古旧文明的送葬者和现代文明的报春者“我和燕子”却没有死，也不会死，要永存下去。由此可见黄纪云在新旧文化冲突中，对物竞天择、车流灯海的现代文明是怀有热烈的向往之情的。

这种从牧歌笛韵式的传统文化中超越出来而终于在灵魂深处认同了车流灯海式现代文化的倾向，在《自画像》一诗中得到了鲜明而强烈的表现。这首诗的题目就已表明它是表现自我的诗，写的是主体在一个失眠的长夜里对自己欲从封闭的古旧情调中挣脱出来而去击浪三千、寻踪现代新境所做的灵魂祈求。文本把“我”置于月照古寺院的森林里，与前来寄宿的乌鸦为伴。在这个生存环境里，失眠着的“我”却思念起远海上的“荒岛”来了。如同《深秋的溪水》等作中所使用过的那样，“荒岛”这个意象是对独立、自尊而又顽强地与现实风浪搏斗着的、具有现代文化意识觉醒的精神生命的象征。这样一个“荒岛”，被主体说成是“我的陌生的躯体”，而这躯体则承载着独特的灵魂渴望。诗中说：“何时，林荫上我们又并肩向前？/何时，黄昏的小河边我们又形影相随。”——这是对爱的和谐生态的渴求，还算不得什么。又说：“何时，能搬开失眠者/饥饿的眼睛深处那道神秘的栅栏/和栅栏旁夜莺寂寞的歌唱。”——这是对造成失眠的心理障碍能予以消除的渴求，也算不得什么。随即又说：

何时，能唤醒被幽囚在
大海的浪谷里的夜风
吹走煤油灯下
我们的话匣子上的封条?

这种对冲破传统规范造成的精神禁锢而向往身心自由的渴求，这种渴望让人感受到了现代生态文化意蕴特具的开放性。青年黄纪云这样的“自画像”活现出了文化生态的灵魂选择。

到此，黄纪云面对两大文化生态的选择似乎已从两难转为对现代文化生态地选择了。这事儿定局了吗？其实未必！因为我们又读到《你忧伤的回忆之网——第一次听京戏的感觉》一诗。诗写的是主体在“向阳的窗口”听到“从黑暗的天涯飘来”京戏的演唱声引起了一场心理的奇幻应感。主体听出了这里有着“半坡的彩陶”“自由的精魂”和“地窖里的芬芳”，从而幻感到自己“驾一只梦一般缤纷的小船 / 在我的心向往的地方”漂游，那儿有“蔚蓝的天空 / 用深秋的沉默回答喧闹的森林”；随之又看到了“歌声”的“渐渐枯萎”，且幻变为“是坟墓，也是胎盘 / 无边的梦想”。这里的“坟墓”指的是“废墟”，“胎盘”指的是“明媚的春光”，而主体则从“无边的梦想”用以落脚的“这两个永恒的星体”上找到了自己的精神文化。从这样的抒情逻辑里，黄纪云显示着独特的自我选择：传统文明虽有“废墟”的一面，却也有让“胎盘”再生希望的一面。不过，他最终从京戏中听出的是传统文化的生命之力。这使得全诗到此又陡然一转：

但从你的瞳孔里喷出来的火焰
这炽热的生命之力
就只能表达情的聚散
血的潮汐吗？

诗篇到此也就戛然而止。这是一场以诘问语气来表达的抒情，能把一种无须回答而可以意会到的内容强化起来，传达给接受者，那就是：从听京戏中获得的生命之力还能把我们从情韵的感受推向现代人生搏击意志的扩张，让传统文化与现代文化兼容并蓄，进一步确立起一种双向交流而又浑然一体的现代中国文化新境界。

据此可见青年黄纪云在诗歌创作中的文化选择，的确一直处在两难境地中，显得十分复杂，不过他最终意会到了：只有走一条兼容并蓄、双向交流之路。

从 1979 年到 1986 年，作为黄纪云新诗创作的第一个时期，始终显示为以积极的人生态度投入抒情事业的特征。这时期他绝大多数的诗展示了心灵的阳光感受，正反映着他对我们这个时代是满怀挚爱之情的。他多少带点天真地美梦人生，也热情地追求着理想，而这一切又都不只为自我，而是以人生的社会担当作为内核的。所以，他的社会责任感和历史使命感的抒情，乃是他的阳光感受最真切的具现。而他面对无为的传统文化和开放的现代文化的冲突，最终在两难选择中作了兼容并蓄、双向交流的定位，也正是他欲求实现和谐生态的历史使命和社会责任感的具现。由此说来，青年黄纪云的诗是高举浪漫主义的大旗的主情之作。

他为此建构的诗歌真实世界，显现为以主观精神为转折的一场真善美有机组合的系统工程。当然，这一项工程还说不上是青年黄纪云自觉的建构，只能说还停留在自发阶段，却也预示着，随着生活阅历的增长和思想意识的趋向成熟，他这场诗歌真实世界系统工程的建构，也一定会走向成熟，特别是浪漫抒情如何充分作哲理提纯以获得远韵遐思方面，会有更成熟的可能。可也就在这时，黄纪云却突然搁下了诗笔……

也就结束了他主情的浪漫放歌时期。

［作者单位：浙江大学文学院］

安琪长诗创作影响研究

任 毅 朱 珊

一 安琪长诗——生命史即诗歌史

长诗似乎向来缺乏清晰的界限，诗歌界似乎更偏爱简洁凝练的短诗，自“五四”新诗运动以来，长诗作品层出不穷，长诗创作由于更能考验诗人的综合素质和身心体验，成为诗人大展身手的方式。1998年，“中间代”诗人安琪由此摩拳擦掌，埋头苦写，先后完成了一批长诗作品集：《任性》《你无法模仿我的生活》《轮回碑》等。

诗评家叶橹在谈到长诗的重要性时如此说道：“一个国家，一个民族，如果始终不能出现能够抒写杰出伟大的长篇诗歌的大手笔，必定是这个国家和民族的一种缺憾和悲哀。”确实如此，短诗精辟，成篇或许能求知于灵感，霎时间挥洒而成，而长诗创作却需要诗人的精神气质、浑厚底蕴、生活阅历等的恰当组合与呼应，对诗人的身、心、灵来说都是一种挑战，在一定程度上可以见识一个人的精神世界之高度、百态生活之宽度。在安琪看来，考验一个人的综合素质就看其长诗创作。在诗歌创作中，尤其是在运用繁杂语言的长诗创作中更能显出诗人的精神世界和生命历程。在自己的长诗写作过程中，安琪逐渐形成自己的独特观点：“在我看来，所谓史诗，其实就是每个人的记忆生命史，人民是一个抽象概念，群众也是一个抽象概念，只有具体的一个个人才是真实的历史的存证，如果我们每个人都能记录下自己的历史，那才是一部姿态各异、鲜活生动的历史。”对于诗人而言，生活是不会穷乏的创作源泉，安琪敏锐地发现了这一点，将诗歌的触角伸向生活，将生活化为诗歌语言，这样诗歌才能永葆青春活力。安琪在长诗写作中亦贯彻着“生命史亦即诗歌史”的观点。在安琪的长诗创作之路上，分别以道辉、海子、庞德为灯塔指引着安琪在诗歌迷雾中逐渐明确自己的方向。

诗人并非天生便为诗人，一蹴而就成诗、无师自通便显名的概率少之又少，获得诗歌界的入场券也需师承和引路者。道辉、海子和庞德对于安琪诗歌创作的影响，就如安琪自己所说，她将自己的诗歌创作之路比作一条河流，道辉将其创作之河率先开掘出来，浅浅、细微的河流在流淌奔涌的过程中渐趋丰满强盛，除了是靠自身顽强的生命力和天赋的热情以外，也是因为在这流动不息的过程中不断有来自人文地理、人生遭际等支流的注入，激发诗人献身诗歌意志的海子和更具强力精神的庞德同样先后汇入诗人的诗歌创作支流中，对之产生影响，在她打拼多年的诗歌界里，这水流已从潺潺小溪逐渐由于诗人的包容——汲取其对已有益，可为已所用的支流而汇聚成如今诗作硕果的汪洋大海。

二　道辉的开启作用

在现代诗歌大门向安琪开启的道路上，她视道辉为她的引路人和启蒙者，道辉的诗歌语言创作方式在一定程度上影响了安琪诗歌的语言方式，转变了她在创作过程中的思维方式以及创作走向。在此之前的安琪尚未对现代诗形成体认，现代诗尚未与她正式结缘，是道辉将她领入了现代诗写作。

作为“新死亡诗派”的掌门人，道辉的诗歌语言充满着分裂、落差、崩塌、瓦解、混乱，语言运用上的反逻辑是“新死亡诗派”，更是道辉诗歌的一大特色。道辉的诗歌语言之间、意象之间连续不断地相互排斥、相互隔离，就像患上了“语词精神分裂症”。道辉将语言的作用和可能性放大无数倍，他从语言中挖掘出蕴藏的无限可能。如果说诗人通过语言来构建自己游离于尘世的精神世界，道辉亦如是，但他更将语言作为一把利刃在他的精神世界之中冒险，不断披荆斩棘探寻着新的可能。他的诗歌意向和诗歌主题离奇、虚无、令人捉摸不透。如在道辉的《幻影的喊叫》中：

若是这五个人停止了喊叫
风吹的声息又回到宁静处
在稻草人已被鸟群读成聋哑时
在偌大的一束光已把一棵孤寂树牵成船坞时
在新店溪的上游人扔过来破铜锣闹社戏时

五个人、稻草人、光、新店溪、社戏等意象被破裂又藕断丝连的语词纠结在一起，玄之又玄，好似说着密语，给全诗笼罩着一层奥秘玄妙的色彩。由此可见诗人极具创造性的想象力。诗中意象的组合之间看似突兀，可是当你闭上眼冥思，又好似组成了一幅幅蕴含意蕴理所当然的图像。同时，诗人的诗歌中运用很奇特的语言组织：对于涨潮，诗人是这样理解的："是母螺首领唱的/青翠色任由天堂投掷下来"。又如，诗人用"啃出岩石之花"来再现浪花击打岩石的画面等。道辉的许多诗句都十分漂亮、精辟、虚幻、超现实又富有无限意味，无不体现着他对生活的细致观察、语言繁杂使用的张力和无限弹性。道辉对语言的组织变化游离于我们习以为常的语言逻辑之外，给我们带来如同进入语言迷宫的陌生感，将读者也带入他那异想天开的语词世界之中，读者在迷境中尝试揣度道辉的精神思想却往往不得半解，这却也说明了道辉在诗歌创作方面的独特性。在"新死亡诗派"尤其是道辉的语词形式和组合的影响下，安琪大胆地进行诡异峻峭的语词组合、分裂、瓦解，用层出不穷的意象组合将她对诗歌的热情、对各种生命的主题或领悟或发问或探讨喷涌而出。

道辉对语词炉火纯青的运用对安琪来说就好像一把亲自插在她身上的刀，真切而震撼。安琪由此将道辉的语词形式付诸自己的诗歌当中，这也影响了"安琪的早期诗作想象汪洋恣肆，意象随意翻飞，不可遏止的写作的激情和快感带来了诗思和诗情的漫溢，如此诗作让那些偶然闯入者很难把握其意旨。"在《未完成》的诗歌文本的美学研究上，诗人利用具有丰富弹性的语词，结合象征、隐喻等手法为读者创造出玄妙隐微又富有艺术张力的意境，诗歌笼罩着一种奇奥诡谲的气息。其中"我""你""她"的频繁出现，将诗歌中的对象处处渗透强烈的主体精神，在诗人向西西弗发问时，又如同在与自我对话，与"你""我们""她"对话，通过语言与迷失的自我相遇，给读者提供了广阔的想象空间和审美创造的机会。

三　海子的精神指引

当"语词暴力"的道辉与安琪相遇后，道辉在安琪对现代诗的认知和现代诗歌的创作上产生了重大的影响，这也是安琪在早期诗歌创作中重视运用语言的反叛、变形、组合的原因。道辉的语词感染力将她正式带入现代诗歌界，这也使得安琪通过道辉"认识"了后面的海子，此后被海子热烈的诗歌创作吸引，并发现了海子与她的气质相呼应的部分，安琪身上本就属于诗歌的热血由此沸腾翻涌起来。

在当代诗歌发展的历史长河中，海子的出现有着不可忽视的重要作用，尽管海子年纪轻轻就以悲惨的方式结束了自己的生命，但这却给他的诗歌和生命染上了奇特的色彩和永恒的自然精神。不置可否，海子是诗歌界的灯塔，引领着对诗歌无比热爱的后来者追逐。安琪同样喜爱海子，但她并非照搬照抄地模仿海子创作，况且海子是不可模仿的，张清华曾就众多爱诗者和诗人相继模仿海子诗歌创作的现象写道："任何的模仿都将是黯然失色和缺少意义的，或者是矫饰，或者是重现死亡的悲剧，或者是退回到可经验性的写作……"海子的身上，对她影响更大的应是激发和传递给安琪为诗歌献身的热情和诗歌榜样的精神力量。

同样是在长诗《未完成》中，安琪以古希腊神话中的人物西西弗为话题展开了对人的存在价值、生存状态的虚无性和荒谬性的探讨。神话中的西西弗冒犯了众神，被判逐到地狱，将推巨石上山顶作为惩罚。在西西弗剩下的人生里每天都反复地将巨石推向山顶，随后目睹着巨石从他手边滑落到山底，又再次从山下将巨石再一次推向山顶，如此举动日复一日，不可停止。诗人首先写道："如今我开口，我用语言消解你的意识、行动 / 你所认为的本质和非本质"，在层层包裹的人的躯壳面前，安琪毫不犹豫地用语言这把利刃将它逐层剥开，使其露出人的本质，由此展开对人的存在性和荒谬性的探讨：

那盲目的光的女儿，她看到永远的西西弗
她看到一个人是如何与自然相恋，与自己相恋
仿佛永无中止，他推
他的一生就在绝望中快乐
他是过程，过程的流动

这永无止息的运动、奉献、挣扎是否存在着意义？就如穴居地下十七年的蝉，破土而出却只能鸣唱七日便死去，这样的命运岂不是比西西弗更加的荒诞，更具有悲剧性？但是诗人却认为这种生之意志并不会随着肉体的消亡而湮灭、随着虚无的运动而消失，"他"会在绝望中快乐，他的生命在过程的流动中获得存在的意义。人类因运动而具有存在的意义，因静止而空虚枉度人生，尽管我们时刻都想要喘息片刻。但只有不随物变，不与事迁，才能看清荒诞所在即是生存的空虚和本质。在看清生存的本质后，诗人将人的生存意义最终指向生命的未完成，最后

发出呐喊：

他是你，是我，是每一个象征
如今我写下这首诗。我形容憔悴
内心枯竭！我必须抛弃记忆的概念
让文字永远滚动
我必须抛弃我们，让万物自己播撒
永远未完成。

对于存在的思考也体现在海子诗歌中无处不在的死亡上，如海子的《九月》：

目击众神死亡的草原上野花一片
远在远方的风比远方更远……

远方只有在死亡中凝聚野花一片
明月如镜，高悬草原，映照千年岁月
我的琴声呜咽，泪水全无
只身打马过草原

自然中万物的更替和毁灭触动和震撼了海子的心灵，一番死亡景象令他关注生存本身，不断追寻着自我存在的性质。由此看来，在对精神和存在的思索上，安琪也与诗写文本直达本质的感悟的海子形成了契合。海子向来关注生命和存在本身，试图探寻生命意义和实质，对于沉痛的外在形式和困境则持以抵抗畏惧的态度，这也注定了他必将遭受理想和现实、精神和物质的双重冲突。在安琪的长诗之中，时刻透露出她对外界的思索、探讨与追问。与认为“写作与生活之间没任何距离”的海子相同，光怪陆离的外部世界给了安琪取之不尽用之不竭的源泉，她将诗歌的触角伸入生活，就如同海子将个人的诗歌语言和现实生活实现统一。从安琪的长诗《事故》开始，诗人便开始将生活化为诗歌，如同贪婪的猛兽一般，将入其眼的一切都裹挟进她的诗歌当中，这数之不尽的生活灵感也造成了安琪诗歌的题材多样丰富，令各有偏好之人都可寻得各自所爱。

四　庞德的动力支撑

除了海子和道辉，安琪能在诗歌界辟展天地的过程中还有一个重要影响，那就是庞德这强有力的肋骨。埃兹拉·庞德是美国意象派诗歌运动的杰出的代表性人物，他作为意象派的领军人物，擅长运用形象、确切、含蓄和高度凝练的意象，通过精炼简洁的语言，将诗人的情感融于诗行之中，力争将主观情感与客观物景融合，创造出“象外之意”。从这一点看，庞德对意象的纷繁运用与安琪的诗歌创作有所契合，但对安琪诗歌创作影响更甚的是其代表作品《比萨诗章》。在《比萨诗章》中，庞德在语言方面的拼凑、拆分和运用，加上纵横万象的知识、层出迭现的意象令人眼花缭乱，给人前所未有的阅读体验。学者晏清皓和晏奎在研究庞德的诗歌语言力量的文章中如是说道：“庞德的文学定义显示：第一，文学即语言，所以诗与文并无本质区别；第二，语言是有能量的，而能量是可以更新的。”可以说，庞德是将语言与诗歌紧密联系在一起，同时以语言的能量来定位诗与文的。庞德在狱中将听到的、见到的、读到的、回忆到的事物统统写进《比萨诗章》中，这也是其诗歌语言得以喷涌出巨大能量而令人备受震撼的原因。这与视生活为语言，将生活化为诗歌的安琪可谓一脉相承，但在“结识”庞德之前的安琪恰恰缺少这份勇猛与野心。她与庞德的相识令她强烈地感受到庞德强烈的个人意志、蓬勃的诗歌创作，并被他深深吸引，更被他那通过诗歌征服世界的野心所震撼和感染着。《比萨诗章》令安琪对诗歌创作茅塞顿开，发现了一片更广大的天地：原来诗歌可以展现出如此纷繁庞杂的万象景致，带领诗人和读者达到更辽阔的远方，这极大地激发了她在诗歌界的雄心壮志和英雄气概，这也使得她在醍醐灌顶之下说出一番气吞山河的诗观：“我的愿望是被诗神命中，成为一首融中西方神话、个人与他人现实经验、日常阅读体认、超现实想象为一体的大诗的作者。”这显示出卓越勇气和英雄气概的诗观正是安琪在写出《任性》《庞德，或诗的肋骨》《五月五，灵魂烹煮者的实验仪式》等二十几首长诗的产物。见贤思齐，庞德的《比萨诗章》给了诗人巨大的启发，在长诗的创作中，诗人在摸索中逐渐寻得自己的拼搏方向，在《比萨诗章》中与大师庞德的灵魂对话，令安琪触类旁通，激起了诗人在诗歌创作中的野心，期望写出如《诗章》一般的长诗大作，这也许就是诗人长期执着于长诗创作的动力。

在庞德的《诗章》的影响下，时隔一年后，安琪喷发出了《任性》《纸空气》《九寨沟》《庞德，或诗的肋骨》等二十几首长诗，从这些长诗中便可以看出庞德对她即时的药力。自安琪的长诗《事故》开始，诗人明白了周遭的生活可以入诗，但是诗歌的取材内容仍然有所拘囿，尚未涉及更广大的万千世界之中，而在《诗章》现代化语言、广博而深奥的涵盖内容的影响下，诗人茅塞顿开，开始尝试着将自己所见、所思、所闻、所感的生活碎片化为诗歌，诗人的诗歌内容的涉猎由此更为宽广：广如政治、历史、哲学、地理，细如生活的种种司空见惯，视如草芥的琐事都能与她的情感态度交织，庞德的写作手法在她的长诗之中可以寻得踪迹。《纸空气》一诗中：

层峦叠嶂，层峦叠嶂……十里画廊演习着中国水墨的经典
来自江苏的衣服制造者
与福建之诗交换地域及时光的脸蛋
火盆摆在脚下，上搁铁制框架并毛毯一条，这就是
湖南冬天的温暖
“木炭 800 斤，每斤 40 元。”土家大爷为寒冷算起经济账
事实是旺季的张家界每个简陋铺位都可收回 800 元
而淡季真是害死人
以致野导张芽小姐把我以两天 140 元卖给李姓大叔
管吃管住还管带路

在这一节中诗人在湖南张家界十里画廊景点参观，先落笔于眼前十里画廊的山水美景，随着导游的介绍互相“交换地域及时光”，接着联想到或听闻到湖南冬天人们的取暖方式，眼前似乎有土家大爷为之正叨叨地算着一笔经济账，又由算账联想到铺位的盈利，最后将视线落到了自己的经历。区别于一般的游玩写景诗，诗人将游玩过程中的所见所感所思统统不吝地写进诗中，读者也随着她看似漫无目的却又有条不紊的笔触而遐想着。而在《九寨沟》中，诗人又将笔触伸向了时事：

碳酸钙和它的化合物，北纬 34 度，世界的风景大致相同
你到达你就到达
“一个国家的军火在另一个国家发挥作用。”
“一个国家的人民在另一个国家流离失所。”
我写下这些，感到世界不只是一个世界，风景不只是一个风景
然后我命令自己

不给脚打招呼，以便它失败得更为彻底

诗人将矛头直指1999年北约轰炸南斯拉夫联盟事件，诗中“一个国家的军火在另一个国家发挥作用。/一个国家的人民在另一个国家流离失所。”两句尤为精辟，凝练地描述了北约轰炸这一事件，其中所表达出的痛楚和同情不言而喻。由此可见，诗人将时事事件与自己的生活经验巧妙联结，在入诗时信手拈来，不费吹灰之力。

《庞德，或诗的肋骨》是一首安琪向庞德敬意的长诗作品：“诗的肋骨，庞德/庞德的肋骨，在现代诗的左右两边”，这句诗正是对庞德于现代主义诗歌的贡献的高度评价，肯定了意象派在庞德的带领下声威大震，并由此倾倒一大片热爱诗歌的诗人的力量。同时诗人在诗中也触及庞德生前的写作状态和遭遇，又由他的遭遇联想到现代诗、生活图景等。例如此处诗人运用具有黑色幽默的笔调阐释了现代诗和生存样式的关系，不禁令人会心一笑：

现代诗，和任何生存样式发生直接/间接关系，拒绝小鞋
套数，因为
生存无章可循，你早上出门上班，可能到达单位
也可能，被一辆汽车爱上
成为它的食物

在前面所列举的种种诗歌中，笔者认为诗人在运用近乎意识流的手法，驾轻就熟地将现在的、过去的、将来的有关材料随意却又精妙地组织在一起，逐渐摆脱了之前局限在自己一方天地的写作方式，而诗人的思绪便是其中的线索，这也许就解释了阅读安琪的诗歌倘若从半道突入则感到不知其所以然的困惑的缘由。由此可以看出，除了诗人自身对语言敏感的天赋助力创作以外，庞德在《比萨诗章》中肆意囊括广博信息资料的写作方式对安琪的长诗创作产生了重要作用。

结　语

作为“中间代”的创导者，安琪在诗歌界中有愈来愈不可小觑的地位，诗人将诗歌创作作为自己的精神皈依，利用独具特色的创作方式开

辟了自己在现代诗坛的一片天地，正如诗人在长诗《任性》的结尾处写道："你一辈子都是在打诗歌的天下"，而她在自己的前半生中也的确做到了。安琪长诗的创作过程，从 20 世纪 90 年代到 21 世纪二十年中，走过了风雨飘摇的日子，其间有挫折，有发展，有前进，如今已见明媚日光。不同于精钻于一方领域的诗人，安琪的诗风较为多变，应属综合型诗人，她不拘泥于地域、语言、古典等主题，大多数主题都能从她的诗歌当中寻找到对应诗篇，她的创作道路渐趋成熟而逐渐形成自己的特色，这些成长离不开道辉、海子和庞德的影响。

诗歌创作早期的安琪在道辉的影响下打开了现代诗歌的大门，她在语言运用方面具有"精神分裂症"的道辉引领下，也在诗歌创作中尝试将通俗的语言进行变形，陌生化，使用反常规、反语法、复杂化的语言进行创作，现代诗写作的大门被打开后，安琪得以更加深入地接触和理解海子的诗歌创作，她自身所具有的对诗歌的一腔热血被向诗歌献祭的海子无限扩大，懂得了一个诗人对诗歌的热爱程度也决定着他在诗歌界中的贡献程度，这更加坚定了安琪为诗歌献身的意志。而庞德则是教会了她冲破周遭生活的局限，学习如何将广阔的万千世界入诗，进而培养出传递广阔的社会、人生、思想、情感等种种复杂内容与诗歌相拥的能力。庞德强烈的个人意志和诗歌创作的雄心更激起了她对于自己诗歌之路的卓越雄心，促使她在长诗创作这条荆棘之路中越走越远。但是道辉、海子和庞德三人对于安琪的诗歌创作的影响不可割裂开来看，三人的影响在现今安琪的作品中仍然或多或少均占有一席之地，加之安琪自身对诗歌语言的天赋，我们有理由相信，安琪经过对自身潜力的不断探索和诗歌技艺的娴熟运用，实现成为被诗神命中的大诗作品的作者这一愿望的日子并不遥远。

［作者单位：闽南师范大学文学院］

自我的修行，或现代派的重返

——关于班琳丽诗歌的辨析

夏　汉

现代派诗学发轫二百余年来，其样态在不断地演变之中，流派与主义纷呈而炫目，但综其要，以象征主义、超现实主义和意象派成为西方诗学的法典。汉语新诗以百年阅历继承了西方的诗学成果，尤以20世纪90年代发生了前所未有的突进。但恰恰从那时起，依赖于西方诗学土壤而兴起的本土诗歌门派如雨后春笋般杂芜丛生，尤其一种日常性诗学的蔓延开来，以反文化、反崇高为其宗旨，加之口语诗的极度泛滥，让诗逐渐远离了高贵的样态，跌入低俗乃至于恶俗的谷底。这不能不成为新诗在当下被指垢的缘由。正是在如此的背景下，班琳丽的诗歌给予我们一个阅读的理由。

我们看到，很多论者谈及班琳丽的诗都会赞不绝口，那么，她诗的本意在何处？或者说，她的诗的发生及其形态学意义在哪里？相信会颇费思量，乃至于未必能够说得清楚。而正是如此，她的写作才会引发我们的思考——尤其在当下这种诗歌日趋世俗化的语境里。作为一位女性诗人，她的诗歌给我们一个显在的印象，就是显得颇为脱俗，即是说，她总是将一个深邃的寓意预设于一首诗里。故而，我们说，班琳丽是一个平庸世界里的歌咏者，也不妨说她宁愿不合时宜地背离诗坛流俗而皈依于诗的高贵的蕴涵中，在诗的形态上则回归于象征主义的表达方式，这几乎就是一个诗学归类上的挽回性形象——很多批评家已经不愿涉及——但竟然称谓了一位诗人存在的全部意义。

一

概而论之，但凡女性诗人大多会从情感角度进入诗，比如从爱情、父母之爱与母爱及其想象中进入，这是正常的诗歌发生机理，正如爱丽丝·门罗在一个访谈中所说过的："女人需要一种情感的生活，也许她们比男人更加需要。"所不同的是，有些女性诗人将诗仅仅滞留在情感层面上，既不去深入挖掘，也没有超越，以至于成为单纯乃至单调的歌者或堕落为情绪发泄者。而有一类女性诗人，却可以从情感层面超越出去，步入知性的思辨与沉思，从而为情感注入智慧的光辉。班琳丽大约就属于这一类诗人——即便她还没有达到最精湛的程度。

在班琳丽的诗里，不时会看到诸如"情人""恋人"这样的意象，但居然是与生活中的物象联系在一起，从而发生本体与本义的逆转。比如在《情人》这首诗里，她深情地写道："我把大地视为永久而深爱的/情人。我将在最后一刻/爱上他/以烈火的模样，以身相许。"在另外的诗里，她还把一块丑石看作"一个不开口的恋人"，如此则拓宽与丰富了情爱的内涵。在诗人爱的范畴里，首要而深厚的自然是她的母亲，而当读者给母亲最温暖的眷恋与守护的预设之际，她却已将死亡之痛置于其间："词语的镜子，一面映现着母亲的天国""风见证——/我躺在母亲生前睡过的/床上""将母亲哭成头顶三尺的神"，这是诗人的不幸所推演的诚挚的哀痛之歌。在她的诗里，你还每每能够看到这样的句子："我们都有欠于冬天的道歉""我开始喜欢这样的日子""与石头相比，我的痛苦是多么柔软"，这里几乎都源自一个日常具象，而诗人却在挖掘中将其引向深入，从而抵达一种意蕴的深刻，也让她的诗规避了某种浅薄而呈现出理智的深厚与凝重。

在西方宗教教义里，上帝给人类预设的罪恶，被称之为原罪，那么，人一生都具有负罪感，或者说人是一个宿命般的"忏悔者"，故而，读到班琳丽的《忏悔者》既不意外，亦有惊喜——我知道，她在以一颗虔诚的心灵去"忏悔"，而经由诗转化为一种人性的力量："我交出有罪的心，和不满的/声音"，诗人一开始就向我们袒露了一份诚实，这是一个忏悔者所拥有的姿态，也是一个诗人写作的自然，就是说，她将心绪与诗天然地结合在一起。接下来，"我对土地和弱者鄙视。我寄生/在她们的身体里，白白地接受供养。//我知道霾的真相，火山喷发的/唯一诱因"构成诗人忏悔的对象或事由。之后的诗句紧扣忏悔的题旨，乃至于在事实的披显与忏悔中纠结地推演，直至：

我交出，直至无可交出。直至/天空澄澈，干净的风拂过百草。直至/风薄如纸的灵魂，潜回母亲的子宫。

灵魂的至诚构成诗意的饱满，而又让诗趋于最终的完成，可以说这是一首心灵之诗的完美转化，或者是一个诗人心智的成熟所赐予我们的智慧之果。正如姚风在《我用诗歌去爱》评论埃乌热尼奥·德·安德拉德时所说的："诗人赋予事物的与其说是神性，不如说是人性，诗人用人性来包容万物，以清澈的爱去拥抱万物。"我在班琳丽这首诗里同样看到了人性和爱，不妨说，她用人性和爱去拥抱万物。

班琳丽曾经在一个座谈会上如此说，我觉得小说家就应该是医生，他之外有无数健康的人、幸福的人、幸运的人，而他只面对病人和生死，他的手里只有手术刀和救命的药。难免他的面孔和语言让人不待见，但那是天堂口或地狱之门前的职业。战争年代我们有敌人，甚至吼一声都能成为战斗的号角。和平年代，没有了敌人，却依然有要对立的、对抗的：人性中的恶，自己的、他人的、这仍需要"下刀子"和"用猛药"。缘于这份情怀，我们在她不少的诗篇里，总能够觉得有一个较为大的东西进入，或是社会事件，或是一个问题的思考，这大约也来自于小说写作的自觉训练——这种大进入诗的建构，就让诗拥有一个大气的蕴涵，不妨说，她排除了小情绪、小眼界的围困，进入了一种根除性别的中性写作与诗意的普遍性提升。或许，你会觉得班琳丽貌似给予我们显示了硬或者尖锐的东西，但她总是将这种硬或尖锐竭力融化于某种人性的观照与女性的柔情里，从这里你同样可以体验出温暖。而这样的锐感同样是难得的——尤其在一位女诗人那里——这样的诗歌力量有一种巾帼不让须眉的穿透力量，刺穿了一些患了社会麻痹症的人的心胸，从而让他们的心灵拥有了一份良知的敏感。

二

初学写诗的人，下笔往往太刻意于词句，这样就形成语言表面的突兀与生涩，蕴涵也被割裂乃至于破碎。究其原因，大多归咎于不好的诗的范例的误导，说白了，他们以为这样的"诗"才是诗，以至于总不好好说话。那么，我们该怎样走出这个误区？这就有必要认清现代诗的语言形态。大家都知道，现代汉语诗是以现代口语为基础，在现代汉语语法规范的提炼中得来的，尤其当代诗，尾韵已经让位于诗句内在的节奏，融入鲜活的词语和有效的修辞，这样的诗既看着舒服又有韵味。对于年轻诗人，就特别需要其深厚而微妙的情感体悟与放松的语言感觉。看班琳丽写作初期的一首诗《午后》——

院里新翻的泥土，蚯蚓没有午休
午后，七条金鱼没有午休

这样的句子既是日常的，又是生动有趣的，还有下面的“两只恋爱的翠鸟没有午休”亦如此。但诗人随后的“没有午休”的铺排就有些刻意，有的具象又有些随意，如此，诗的美学效果就有些减弱。而直到最后一节，或许是诗人陷入诗意里久了，不经意间一种幸福的神秘感觉涌来，为这首诗添加了神韵：

我突然被一股捎带雨讯的风惊醒
我的指尖，开始微微颤动
为什么颤动？我说不出

或许这就是同道谓之的神来之笔，诗句精粹中的细微，恍惚中的确切，而且呈现出异常性感的语言，完全抛弃了开始的刻意与拘谨，被某种妙感所引领。可以说，拥有如此的诗句，标明班琳丽是拥有诗的潜质与禀赋的，如若在这个状态下继续前行，她将会成为一位优秀的诗人。

一般而言，当一个诗人完全沉浸在某个刻骨铭心的事件里，那个时刻是不会想起去写诗的，这几乎是一个基本的诗学事实，也就是说，诗是一种激情的冷却后事物的远离与闪开后的重新到来，是从生活到语言继而进入美学的多重转换后的产物。班琳丽《春天在每一片叶子上打开的秘密都不是你》大约就是如此：

挡马河没有春天，母亲不再归来
眼睛无端的色盲起来。就连鹅黄柳绿
也是毫无立场的黑与白

在这一节里，一种莫名而凄楚的情景都根源于“母亲不再归来”这个事由所产生的心理倒影——没有春天，色盲，鹅黄柳绿的黑与白。其实，在这里诗才刚刚切入，或者只是一种情感的真实而径直的逸出，是诗人的本然呈现。首句的前半句相对于后半句算是一个前置，它统领了全诗的意蕴基调。而在这看似简单、直接的诗句里却反映出诗人的真诚，这是可贵的。接下来：

时间比死神更冷漠
黎明从来留不住窗台上的星子
新燕的鸣叫是有力量，有颜色的
是我唯一能确定的春天的颜色

诗意趋于敞开，不妨说，诗人让死亡置入时间，并让燕子成为时间的象征物而穿行于其中，显现出一种诗的力量。接着的一节则构成有效的诗意补充——萌芽，吐绿，“所有吐绿的叶面上，都打开着 / 冬天深藏其上的秘密”，这也是诗的秘密的铺展，有了这样的展开，诗方显得丰腴。最后：

可我找啊，寻啊。春天在每一片
叶子上打开的秘密里，都无关母亲的消息

简单而内敛的诗的结句是让人意外而震撼的，既归于母亲不再归来的主旨，又达至诗的完成。在这里，如若不是诗人的诗学认知使然，那一定是事物自身秘密的抵达。这首诗的题旨也颇让人称赏，它给予一首诗最高明的提炼而不露痕迹。同时，整首诗词语柔和，语调舒缓，诗体基本整饬，衬托出一种凄婉、忧伤的氛围，而诗句间的长短错落又透露出心绪的波澜起伏，从而实现了诗人诗意的内在期许，也披显出诗人技艺的修炼已经达至一个高度。故而我们能够说，诗人在这不幸的世事里有幸打开了诗的秘密，或者说，这是来自于生命的另一个向度——死亡——原点上诗的秘密敞开，班琳丽最终也在语言里成了一个幸福的被恩赏者。这首诗是诗人涉猎诗歌不长的时间写的，居然就写出属于自己的第一首诗，着实让人惊喜。

班琳丽的《高铁上》，与她以往的诗不同，那就是诗里面的犹疑地辨认与似曾相识的陌生带来了情感的渗透与深入，这让她的诗拥有一种格外的妥帖与深沉。“我不能确定”，以肯定的语气铺展着一种不确定，接下来，诗人就在土地、村庄、天光、水边，老人、冬天、羊群，麦地、稻茬田这些相同与不同的乡村意象中融入了辨认与思索。我相信，诗人在这些熟悉而又陌生的具象里，一定会触动什么。但她还没有说出，或者她还处于一种酝酿之中。而接下来的两个“我叫不出”多少让人意外，诗人想表达什么心境？是沉浸于之前的故乡景象的心理排斥与刻意疏远？或者是一个诗人沉思中的心不在焉？我想是的，此刻，诗人的心根本不在这里。体现在诗艺上，这一节则是一个铺垫或过渡。接下来的诗句证实了一切：

多么相似。像我与我的故乡和亲人，
在异地巧遇，又即刻分别。你看
那麦地里的坟，新坟挨着旧坟，也多么相似。

在这前后两个“多么相似”里，披显的是故乡、亲人，是新坟与旧坟，这才是诗人的心结。因为凡是了解诗人近年生活变故的人都知道，她的母亲在几年前不幸病故后，就没有人看到过她的笑容，同时，她曾经说过自己是伴随歌声长大的人，在这些年却再也没有唱过歌。故而，在这首诗里，尽管并没有提这些心酸事由，但其心思无时无刻不在于此。而从这里还能看出班琳丽作为一个诗人表达的技艺的日臻成熟，那其中就有把诗思深埋于一种不动声色里，而靠内敛的述说与具象自身去显现。我想起班琳丽在一篇文字里曾经这样说过，我喜欢人性的自我修行，她甚至让这种修行成为一个人的朝拜，在一首诗里，她如此写道：“我朝圣所有不被朝圣的。/ 夭折在冬天尽头的幼兽、铁树。/ 流水送上岸的鞋子、鱼骨。/ 黑夜抱紧的哭声。死刑少年，/ 刑前张大眼睛拼命咽回去的眼泪。”显示出来诗人拥有浓郁的悲悯情怀与意涵，从而显现出诗性的高贵，文字也让它们保有合十的虔诚和对经卷的敬畏。《高铁上》这首诗尤其展现了这样人性与文字的综合修炼，体现出一种诗学的高贵性。

三

在班琳丽诗学实现的诸多可能性中，我们看到这样一种文体情境，那便是诗人试图在一种悖异的述说中，走向反讽的寓言，诗里藏着无尽的心思，而最终都被相反或相对的事物所吸纳，以至于封存于词语之中。这里既呈现了诗的发生又成为诗的归宿，不妨说，意义与事物最终都走向词语的共同体。我们在《归来》这首诗里，看到了这一完美的情景。显然，诗人的初衷在题旨里就显现出来，接下来，雨水与果实和蝉鸣的关系本来是一种相互独立又相互平衡的，但用“抱紧”去规约，似乎给我们暗示了果实与蝉鸣是雨水的一个收获，或者说是一种到来，作为诗的起兴就带有归来的原义。然后，一连用了五个“回到”皆强化了一种深埋的心迹与深邃的题意，“足球和告白都在发烫、一个词语，挑起战事”烘托了氛围，“火，在水里漫延 / 大雪回到故乡，灵魂回到肉体”则是这种状态的延宕与推演。在最后，点穿本意，并以“在伦理与自由中，让自由走向自身”的明亮姿态完美收官。如此，我们可以说，诗人在这首诗里融蕴涵、物象和词语于一体，水到渠成，浑然一体，的确很难得。

同样，在《遇见》这首诗里，托举三个句子便拥有着悖论的意味，或者说在一种悖异的事物里展示诗意，但却又小心地把握一种内在的变化。“只有悖论可以解释悖论，楼盘解释消失”，这悖异里不仅仅涵括反讽，而且已经进入讽喻的尖锐——在指垢一个时代病态的诗句比较中，你会觉得这样的讽喻多么曲隐而不失风度。而“墓园不证明死亡，像暂住证不证明活着”则有着诙谐的成分，作为一位女性诗人，我想班琳丽的语言气质里是不屑于滑稽的，故而才肯以如此平和的语调示人。等到“第三个句子和母亲，迟迟没有出现”，语调重新回到庄重，这是因为母亲的永远离开。至此，我们看一首诗的展开，先从自然物像——雪——开始，然后陆续铺叙闲聚、高速、高架桥、梦、鸟巢、花棉袄、童年与跳皮筋等这些俗常生活之象，却因为三个句子的延展与提升以及题旨的省思，诗人最终呈现了土地与亲人双重失去的凝重意涵，也让整首诗趋于完成。

在《局外之外》这首诗里，我们发现这种悖异性的不经意间的呈现。题旨本身就拥有一种莫名的悖异，她可以让我们想到更多。有时候，我们也会在她的想象力的边界，惊喜地领略某种悖异的风景，比如诗里：“树蹲下身捡起我的喘息。/ 玫瑰红斜射而来，我与一棵树 / 被盛在一杯红酒里。”这样一种梦幻般的想象，不由你不拍案叫绝。而有时候，诗人在俗常生活里采撷悖异的花朵：“在路口 / 看车流飞过十字街，如未知天体。/ 另一个路口，铲雪车铲起雪泥 / 在推倒一堵墙。”这里也因了想象力赋予了生存场景的诡异变形。或许，想象力自身还会给诗人更多的意外，接下来的诗句果然就有了佐证：“他写 / 水面上的手稿。水面丢了。手稿 / 在墨水里。诗人的舌头，长出 / 韭菜。”这里，诗人大约已经跌入自我写作的神秘之中，或者抵达一种词语自身的写作，从写作心理学的角度去审视，尽管这种情景并不常见，而一旦出现，必然导出新异的语言之境。作为一个读者与批评者，在这一刻，唯有恭喜，真的无须再作徒劳的阐释。

同时，我们可以看出，诗人在如此悖异性的展示中，拥有一个皈依修辞的努力，就是说，她的诗意的铺展总期待着修辞的技艺支撑。比如在《宴请》这首诗里就有着显在的展现：

谜，没有谜底
昨日的宴请，已摆在那里
你我都被分配了角色
沿途没有豁免。谴返已无可能

这节诗里，谜与谜底、宴请、角色的否定句式彰显着一种肯定的悖异性，似乎在吐露生存的无奈与无望，或许还有心绪的不安？我们在意的是诗句的修辞效果，这会让意蕴愈加浓郁和强烈。接下来的把庄稼与夏虫看作短途的客人，死神竟露出菩萨的面孔同样如此。整首诗依次贯穿着如此矛盾的、相异乃至对立的悖异性修辞，让一个复杂的消极感受呈现为一种极致状态，我们似乎在“地下的安息”这个短语里寻觅到谜底，又在“互为亲人”的肯定性断语中得以安慰。但这些似乎都可以归功于修辞的效果。

概而言之，在班琳丽的诗里，我们不能确定她的悖异性来自技艺的预设，还是心性使然，但能够确定的是，她的诗在不经意间就会出现一种如是的意味，而这样的意味在想象力的拓展下落脚于悖异性词语与修辞之中，就会让她的诗形成一个标识性的显在，从而迥异于其他诗人，这也彰显着一个诗人的日渐成熟的形象。

四

在诗的发生与技艺层面去综合考察班琳丽的诗，你不得不承认在她的写作中，有一个久已不见的现代主义诗学的回归，就是说，她的诗里有着更多的象征、隐喻和暗示的手法，这让她的诗歌样态一反当下庸俗、琐碎的日常化呈示，而进入某种高贵的境界。这里面的不俗，是否跟她骨子里那种不愿落入俗窠与同质的内在苛求，以及那独有的人性的自我修行相关联，我想，她的这种诗学意念会让她进入宽远而深入的探索。

爱丽丝·门罗说过：女人有种天然倾向，想通过语言解释生活。是的，作为女人，班琳丽也是偏爱于在语言中发现与解释生活，这里能够折射出其诗歌的发生学。而一首诗的发生有时候是非常奇妙与复杂的——对生活深思熟虑后的灵光一现，经由日常物象的触发或一个词语的联想都有可能催动诗的显身——乃至于诗人自己也难以预料，尤其当诗人沉浸于事物玄妙的一面，继而进入语言的美学呈现，更添加了一份意外的喜悦与惊异。而正缘于此，写诗才拥有那么多的魅惑，招徕一代又一代优秀的人为之倾倒。在班琳丽《初夏》这首诗里，我同样有如此的感触。细读之下，你会发现诗里尽管有一些物象，但整首诗几乎是不及物的，就是说，诗人耽于某种神秘的感受与召唤之中——那就是初夏诱人的气息所引发的想象与联想。这里的物象皆化为语象：

抽身而退的春光浅浅的
叶片下乳豆大的果实，颜色浅浅的
溪水倒映着青翠的鸟鸣
鸟鸣潜伏，午后的寂寞浅浅的

从修辞的角度看以上的句子，春光的带有些微的鲁莽经由浅浅的修饰而转为一种清婉的气势，果实这个词往往给人一种硬壳的潜意识暗示，而诗人在句子的前缀与后补的词语搓捻中，则亦如浆果般可人了；溪水与鸟鸣的奇异对接又为通感的手法带出一个绝佳的例句，鸟鸣潜伏与午后浅浅的寂寞恐怕只能独属于女性的心绪了。一般而言，女性诗人大多偏于言其情致。从这首诗的语感里，可以猜想出班琳丽定是一位温婉贤淑的小女子，她轻浅的语气里，有一种化绵之力，让那种人世间的凶险也不显得可怖了，随之而来的是隐喻的力量："拒绝成为钥匙，拒绝锁死唯一的地址"，而最后的结句又从沉思与想象回到现实场景中——尽管可能还是一个想象的人物出场，却也让诗显示了某种整体性的实落。总之，诗从轻浅的韵致入手，吻合了女性诗人内在情愫的期诺，也让我们在阅读中领略了婉约的愉悦，同时又能渐行渐远，直抵内心深处，这在女性诗歌唯美、矫情、小资或颓荡、腥煽的滥情氛围里，拥有这种纯净下的渐入深沉，不啻说是一种曾经有过的清新的诗歌类型的回归，故而颇有匡扶的必需。这些诗歌质素在一位出道不久的女性诗人那里，几乎是难以实现的，而班琳丽达到了，这只能归之于其诗化小说的长期习练与诗之独一的禀赋了。

对于诗，时下有一个说法，诗是语言的最高结晶。而这结晶体却又有多重状态：有序的、混杂的或混沌的，不一而足。当我们审视优秀诗人的文本，你就会发现一个语言现象，那就是精准而有序——哪怕诗里表达了最为晦涩的意涵。在班琳丽的不少诗篇里，我们也体会到这种准确与有序，这对于一位诗龄并不算太长的作者是难能可贵的，比如《失眠记》这首诗，她的每一个句子都有明确的指向，乃至于拥有一个语言的具象，通篇脉络清晰，即便像“冈仁波齐”和“结实的情人”这样富有隐喻意味的断句也置于具体的语境中，如此，诗意显现的同时也抵达了诗的完成。同时，就语言形式而言，还有一个方面不得不涉及，那就是诗的篇幅，按时下的说辞，诗不可太短，短则不尽其意。其实，诗不在于短，而在于短的要有章法，长短存乎一心，该止则戛然而止，如此，不啻一种诗艺的把控或称之为诗的智慧。比如班琳丽的《始于此刻》：

这一刻，我让你喊我麦子
镰刀搭上我的腰身
我要你低头，俯身，深情
一尺之间，表达对赴死足够的敬意

短短四句，言简意赅，发自肺腑的吁请与言说，来自于生活的转喻和阐发，给予广义上的我与对方相互的深情而决绝的冀期与诺许。据诗人自己说有三层内涵：五月的麦子完整地交出自己，每一个享用者理当表现出应有的敬意；相亲相爱的人，彼此交出自己时无不带有赴死的决绝，好好珍惜；死亡每天都在收割灵魂，无论生前，只论生命，每一个生命的逝去都该被怀有敬意地送别。其抒写显示出来诗意的高贵与生命的尊严，这是一个诗人最珍贵的感情沉淀与知性披露。这里还显示出来诗人阔远的语言想象与意涵挖掘，其诗句内部的张力足以匹配形制的完美。

“90 年代诗歌”的艺术成就之一就是叙述性的确立与常态化，国内优秀诗人有大量的文本证明了这一点，尤其孙文波和张曙光以叙述见长。但随之而来的一个问题也凸现出来，那就是阿西所说的在大量诗里显现出来的“叙述之累”，不妨说，一些诗人将叙述视为诗意展示的唯一手段，以至于让诗歌这一复合的高贵文体堕落为粗陋的叙事，从而伤害了诗歌。班琳丽是一位优秀的小说家，可以说，在小说的写作中，叙述是她的长项。那么，怎样在诗歌文本里运用这一技艺，对于她既是一个便利，也是一个考验。而在她的诗歌里，我们欣喜地发现，叙述被她有效运用的同时，也受到严格的限制，或者说，她在诗的展示中不让其叙述普泛化，而是熔铸于抒发与沉思之中。在《剃头匠》这首极易滑向叙事窠臼的短诗里，她就把握得十分精彩——

整整一个下午
他在刹布上磨剃刀——
日薄时剃杀了刹布上的太阳。
掌灯时剃杀了一只误投的飞蛾。

接下来，剃头匠沉浸于回忆中——显然，那是对于心爱女人的：红绣鞋，红肚兜，红盖头；手掌心里的红发髻；嘴巴里的，红乳头，几个短语就将一场轰轰烈烈的爱恋透露出来，而描述其谢世的情景也仅仅是一组镜头："剃去头上硬倔倔的发茬。/ 剃去下巴上稀花花的胡茬……// 手上的劲儿悠着，悠着 / 夜深了，漂亮的一刀，躬身谢幕。"我们几乎可以说，诗人在这里以神话般的笔触巧妙地展示了一个沉重的事件，在艺术的判断上则可以视为漂亮的一笔，她以诗的形式成功地述说了一个死亡的事由。

在持续的阅读中，我们可以看到班琳丽喜欢那种有力量的诗歌写作向度，她会警惕滑入文字或词语的游戏里。诗人也在语言形式层面呈现出一种硬朗。当然，如若诗人能够将诗的触角——尤其指向——不令其成为一根钢针，而打造成一柄铁锤，这样，诗的撞击力量或许能够让你在接受巨大的冲击感时，会有钝痛而来的内心深处的震撼，且不是一种尖疼。但话说回来，如若那样，就并非是"这一个"了，这原本就是她的心性与艺术锻造所形成的唯一，这是班琳丽的唯一，如此我们才可以释然——作为批评者，你无法在诗人的本真中去假设或者凭着一己的好恶去固执己见，只有在辨析中认同才是艺术的真理。通常我们说，诗是一个高级的语言形态，所谓语言的最高表达，那么，诗人就不必拘泥于一般性述说，而要进入一种"我说"与"语言言说"的佳境，即是说，诗人要在"我说"与"语言言说"的扭打与对抗中进入一种语言的纯然性。在语言质地上则可以吸纳一种愈加温融、淳厚的东西，让语言表达出来的外在尖刺化为一种内在的张力，犹如一种浑合的酒浆，入口甘醇但不缺乏猛烈的力道。我们以为，班琳丽的诗歌写作在这样短的时间，竟然能够抵达如此的高度，的确难能可贵。

概而言之，班琳丽从初期的诗歌之旅——或许那还是一个语言表达能力的试探，或者说是接近诗的地带，但在近几年，居然集束性轰炸诗歌这个堡垒，并且拥有了大量的诗歌文本，这不能不说是一个诗人的诗意井喷，也证明着作为小说家的花园小径交叉的华丽转身。这在河南女性文学家中还是为数不多的，故此可以确信，中原之地又会诞生一位优秀诗人的判断应该不会有误，因而我们有理由对她拥有更多的期待——期待她成为迦达默尔意义上的“诗人”：“诗人使这个合适的词语变得不朽，不是由于它的特殊的艺术成就，而是由于它更具有普遍性，成为人类经验可能性的一个标志，允许读者成为‘我’的那个人就是诗人。”

[作者单位：河南省夏邑县委老干部局]

一半沉于阴影，一半被光照耀

——赵亚东诗歌创作略论

包临轩

似乎是对矫情、做作和刻意求工、求奇、求“神”的厌弃，诗坛一直本能地渴求着质朴、自然和率真。然而，并不能常常遇到后者。假如某一天有此际遇，便有惊喜之情油然而生。诗人赵亚东以其个性化的创作，以其语言、技巧、意象和诗歌旨趣高度和谐一致的稀缺性存在，提供了一份这样的优质文本，满足着对当下诗歌阅读体验的一份新期待。

当谈论乡村、底层、打工者诗歌的时候，我们似乎在无意中把所遇到的类似题材的诗歌及其作者，做了先入为主式的划分，做出类似于乡土诗人或所谓新古典主义之类过于轻率的大筐式分类。赵亚东的创作，似乎很容易被贴上这样的标签。但这样的标签，对于像他这样佳构和新意迭出的诗人，更多的时候，实在是一种“遮蔽”。实际上，赵亚东的诗歌，虽然在选材上有着相当的乡村和乡野意象与情境，但是他独立自主的精神向度作为一条思维主线，使得他的那些题材仅仅具有材料、材质的意义，而不是通常乡村诗歌的那种以题材自身的“庞大性”限定了作品的视野和品位。这正是一种需要特别指出的诗歌意义，即诗人何为？在本质上，诗歌的一切出发点和归宿，都只能以是否产生和贡献出新的精神价值、新的情怀体悟，是否能提供出新的阅读体验为最终标尺，其他都在其次。

每一个诗人都有自己的最初写作出发地，而这往往与诗人的出生地和童年、少年时代的阅历相重合。赵亚东的诗歌出发地，无可选择地“落”在了乡村，主要是东北的乡村。他的诗歌，表达了对这片土地生存状况的血浓于水的那份乡情，但未止于乡情。这乡情是呈现在他离开故土之后的思乡病中，是借助对往事回忆，复活了昔日场景，更主要的，是它们引发了诗人的更远遐思。所以，他的“乡情”并非他的诗歌的落脚点，而只是他点燃自己诗之思的一根细小的火柴。正因为旧日生活在思乡病

诗探索13 理论卷 2019年 第1辑

中的挥之不去，使得乡土、乡情转化为诗人精神构成的最原始部分，其诗歌中渗透出来的卑微、自制、怯弱和失望，也因此有了地理意义上的源头，以及镌刻在生命和灵魂里的第一代身份证角色。这一切，从此伴随着诗人的生命行旅和创作过程。

我不能确定这是否是诗人赵亚东的自觉行为，我更倾向于认为，这是诗人自发与自觉的混合体。对于真实的个体生活而言，乡村情结对现实人生的影响其实是极为复杂的，更多的时候，包含了太多的无奈、痛苦和忧伤，即使你不堪回首，即使你不想陷入回忆，但是它将永远如宿命般如影随形，不请自来。但是在客观上，他又是一个诗人之所以成为诗人的真正的内在缘由，这也是艺术发生学所一再证明的一条类似原理般的证据。所以，我们该如何理解所谓的苦难呢？当在艺术惯性中某些作家诗人刻意消费苦难，将其视为创作起源和艺术成功的一个重要理由的时候，甚至某些作家诗人以此为标榜的时候，我是不能赞同的。但是，对于赵亚东而言，他所经历的苦难，不仅是中国乡村文化源远流长的一个组成部分和产物，而且，也是上苍为他预先设定的历史情境。在常人那里，苦难就是苦难，不管你如何面对，但是对于诗人而言，苦难是促发你陷入沉思和纠结的一个拦路虎一样绕不过去的丰饶课题，除了在生活本相中处置这一切之外和之上，对其合理性的质疑和被突破、被超越的内心愿望，正是诗人与俗世、与常人的一个根本分野。而赵亚东做到了。

这位诗人的可贵之处在于，他既没有消费苦难，也并非简单抛弃"苦难"给定的生活和命运，而是在接纳、承受的漫长过程中，始终充满了悲悯之心。因出离故土，时空拉开距离导致超越感的生成，但不是也决不能将故地彻底抛开，于是在一个新的高度上看清并试图去回过头来理解，于是有在逃离的路上一步三回头的游子身影。在不舍、不忍中，诗人赵亚东对其充满生命本然的和自然的眷顾，于此透露出诗人一颗拳拳之心的善良，这是诗人的个性品质，同时也成就了赵亚东诗歌中的一个鲜明特点：无所不在的善意，令其诗歌呈现出温润如玉的调子。他写出了乡村的那份古老，那份古老的延续，那份处于一种近乎无法打破的惯性和绵长，他在《卡伦山村》中写一个老人："他的脚步从不慌乱 / 他的脚步延长了村庄的寿命…/ 推动我，穿过墓葬中辽阔的江水 / 和发黄的经卷""在卡伦山村，记忆也是遗忘 / 我喜欢这里 / 清脆的冷"。这被赋予了诗性观照的村庄，因"发黄的经卷"而披露出诗人内心对古老文明的一份凭吊之意，并渗透着深深的怀恋。

苦难在中国现代诗歌中是一个近乎母题的存在。我再次强调的是，对苦难的态度、理解和把握，在不同时期不同历史阶段和不同人那里，是不一样的，也可由此看出不同作家诗人思想与艺术品质、艺术个性的分野。打工诗歌中，那些年轻的写作者也同时是“物”的意义上的一无所有者，他们在物质上、生活与工作环境上的确是这样的，然而在精神意识上，在文明生活中，他们却是丰富的、富有的，其中不乏高贵的情怀与挺拔的灵魂，令人动容。他们写出了大工业与乡村的矛盾、冲突及其导致的一系列精神后果。在冷峻的陈述中，他们透着对生活的决绝甚至绝望，对苦难是坚决拒斥的。同时，对个体自由奔放和精神解脱的诉求，与对现实的理性判断，又互为表里，展现着开放时代，被时代忽略的工业厂房、车间和流水线上的歌哭、呻吟与血泪。

赵亚东的诗歌与打工者诗歌有诸多暗合之处，然而区别也是极为明显的，他走的是另一条属于他自己的路子。他的特性至少在于两点，一是他的诗作不是冷色调的，而是暖色的，饱含着同情与温馨，在对不堪命运的种种揭示中，一直寄予着仿佛出自天性的温存的希望，这希望非但不是廉价的，反而有着上苍垂顾般的虔诚。他写小学女同学刘晓静的故事，仅仅十行，却以小见大，容量巨大，堪比一部电影、一篇小说，但其以几个生死细节的简洁陈述，让我们看到了一个乡村女孩多舛的不幸命运：“我听村里人说，你想投河自尽 / 浪却把你拍回到岸上 / 你上吊，绳子却生生地断开了 / 你吞钉子，却吐出了一地落霞 / 你割脉，却淌出了绿色草浆 / 想死？没那么容易 / 白血病。细菌，要一点点吃掉你 / 二十年后，我回到飘荡河 / 他们告诉我，最后你连死的力气都没有了 / 你只是用了很久的时间，才闭上眼睛”。这样高强的艺术功力暂且不论，单就其所散溢出来的真切和温情，不能不令人扼腕叹息。再一个，是赵亚东在讲述乡村悲苦的过程中，充满了强烈的“他人意识”，而不是把一切外在的叙述归化到“自我”之中。他的目光是落在客体身上，深切关注着个体的悲欢离合和命运，仿佛感同身受，物伤其类。他写一个女民工的遭遇，她在屈辱和希望的纠结交织中艰难地活着：“每次在楼顶，你想跳下去 / 但你都回转身，你想等儿子念完这最后一期 / 你还想最后，再给自己赚一口红松棺材的钱”（《女民工》）。客体与诗人主体因巨大的同情而融合为一，植入的是一种强烈的、甚至不可抗拒的共通的命运感。而命运是什么，是我们大家一起经历和面对的庞然大物。所以，赵亚东状写乡村，有别于一般打工者写作之处，主要在于他的“自我”呈现为开放性，因容纳了更多的“他者”而形成了广大的格局。

我在想，是什么放大了诗人的格局？对赵亚东而言，或许是源于他的原初的身份意识，由此转化而来的他对自己的“放低”与有意无意中的“卑微”。因“低”与“卑”而造就出一个超越于小我，并因此拥有了意想不到的诗意的宽度和深度，这其实是完全可能的，而且在赵亚东的作品中成了艺术现实。这样一个发现，其实并非不合乎逻辑。我们实在见到过太多以知识和观念的最佳拥有者傲然自居的诗人，其作品因极高的、极丰沛的“学问”似乎显得高屋建瓴，但是这些并非是诗歌富有艺术成效的真正保障，假如缺少与大地，与世间的贴近与熟稔的话。

赵亚东的接地气，似乎出自“天然”，这仿佛是他的一个得天独厚的幸运，是艺术女神冥冥之中选中的“这一个”。他的经历是命运给的，有着个体的某种偶然性，但他的精神天分、他的质朴与善良也仿佛出自天赐，两者相碰撞、汇合，便发生了化学反应，仿佛意外似的，释放出他以卑微赢得高蹈、高洁这样一种鲜明的创作调性。他甚至以“卑微的事物正在把我们怜悯”为题，写了一首诗，对卑微的神圣性予以真切的发掘和礼赞。此外他还写道：“有人听见日子/搬动流水的响动。私奔的爱人/屋顶的青苔，田野总是莫名开满黄花/但是它们从来就不属于自己”（《回声》）他接着写道：“日子有时是灰暗的，我承认那些/死去的人有着值得珍藏的梅/但我不能留下任何一只手/…就连一根发丝我们也无权支配”（《回声》）。这样的卑微，或许与常人理解的自卑有关，但是我觉得更与博大的爱心有关，与舒展开来的悲天悯人的情怀有关。

除了乡土、乡亲之外，赵亚东对于“水”的特殊敏感和心有所属，将其作为极其重要的诗歌意象，这一点也是令人印象深刻的。诗人是水做的，通过他的诗作对水的一往情深，我对此毫不怀疑。亚东至少有两组诗系列，专门写的是水，一组是《飘荡河》系列，一组是《乌兰诺尔》。问题不在于写了作为承载故乡意象、意蕴的河流与湿地，其作为具有地理空间的命名，其诗意是充沛的。不止于这一种单一的价值，更在于他将水、河流作为比较复杂的艺术象征体，让其担负起不容忽视的哲思和美学况味的多重价值取向。

首先，河流在诗人心目中是还乡的载体，而且无可替代，“我们将远去，随水东流/在盛开白菊的地方安营扎寨/我们不带银两，也不驾香车/就这样慢慢地走，被河流引领/直到四季消失，大地澄明一片/我们就用柳条筑巢，在大树上安家”（《远去》）。这与海德格尔的所思并无二致，而且是一幅平白质朴的诠释画面。其次，他也以水为喻，表达了他内心中水往低处、谦逊无争的样貌，彰显着谦卑处世、虚怀若谷的情怀：“我们看不见一滴水中/隐藏着河流，甚至还收留着/世间所有的苦难和幸

福 / 溪水藏在山谷深处……/ 这人间的流水，淘洗我们出世的心”（《溪水》）。与此对应着，他写到一个人（其实就是诗人自己）因为在公共场所咳嗽而引发的自律和深深的不安、愧疚。“他在睡得很深的时候 / 还提醒自己要谦卑，弯下腰 / 他的咳嗽是不可原谅的……/ 恍惚中，他知道自己犯错了……/ 他继续做梦，发烧，嘴唇上 / 堆积着整个时代的火泡 / 他更加不能原谅自己”（《醒来的人》）。这是试图低到尘埃里，也要在时代的嘈杂中，独自开出带有自制与不安的精神之花的人啊！而在飘荡河的黄昏，他留意到“枣红色的马匹，此刻扬起头颅 / 河水再涨一寸 / 就要吞没它眼睛里浑浊的泪水”（《飘荡河的黄昏》）。这让我们感到河流、乡村生活与诗人自身，并非各自疏离，而是处于宏阔的命运共同体之中，而河流，则是真正的母亲，我们，人与马匹、地上的生灵，都在她的怀抱之中。第三，河水是自强不息的，它处于不停歇的流淌和奔走之中，是谁都不可抗拒的顽强力量，带有永恒的特性。在此意义上，河流成为诗人的生命乌托邦，成为诗人某种信仰的象征。他相信“河流是不死的 / 走丢的孩子也是不死的 / 母亲在河水里 / 找到了他的影子”（《最后的河流》）。河流的强大不止于此，更在于它是大海得以永远充沛饱满的一个真正谜底。是河流，为大海源源不断地注入新生力量。所以，他在写黄河入海的组诗中，让河水成为主角，甚至连河边的石头，也是了不起的，而大海是被动的，是石头把蔚蓝叫醒：“从水中挺身而出，叫醒荒草，叫醒孤岛和大海 / 只有黄河岸边的石头 / 才能叫醒沉睡的天空，和蔚蓝”（《石头把蔚蓝叫醒》）。当河流与大海相遇的时候，仿佛生命中有了一个大的升华，并高潮迭起，因为诗人之思，如同故乡的河流，从偏远的东北乡野，一路奔跑，一路浩浩荡荡，终与黄河接通、汇合，最终形成了大地、河流、大海、星辰与天空的交响，如同从促狭、卑微走向了博大和开阔，“人到中年时，来看黄河 / 目送她奔向大海 / 在黄金与蓝宝石亲吻的刹那 / 我听见自己身体里泥沙俱下的轰鸣”（《在黄金与蓝宝石亲吻的刹那》）。这样的气势，来源于日积月累压抑的一次总的喷涌和释放，似乎并非诗人的一贯风格。我将其视为诗人的一次难得的直抒胸臆，是诗人的一次节日般的短暂狂欢。更多的时刻，更为漫长的时光里，诗人的写作依旧是沉潜着的，节制着的。就如黄河，入海只是瞬间的事儿，九曲十八弯的屈曲回旋，才是日常。但是，河流，水，确是赵亚东诗歌中的图腾部分。

赵亚东在自述中谈到他个人的艺术追求：“澄明、简约、深情、沉实，牢牢把握住每首诗的内核，训练自己驾驭语言的能力，控制好节奏和走向。”难得的是，他的这份艺术自觉，转化为了沉甸甸的写作现实。创作动机与创作实效形成了极好的平衡。但这都不是能够孤立发生的，在生活阅历、知识积累和艺术感悟的互动中，总会在不同时期，有特定的某些或某一类因素发挥着主导作用。在赵亚东这里，虽然他也在强调变化和进步，这当然在原则上是不错的，但是我想，艺术创作中，存在着“变”与“不变”的相对性，变可能是绝对的，无论社会、历史和艺术的发展规律，都在以“变”为主流，但是“不变”，有时意味着某种坚持，某种不停歇的深究和发掘，意味着固守，意味着对某种终极价值的日夜萦怀，意味着某种品相背后高不可攀的峰巅。珠穆朗玛峰不需要变，荷马不需要变，托尔斯泰不需要变，曹雪芹不需要变，鲁迅不需要变，唐诗宋词不需要变，你需要的永远是对它们的仰视。它们的“不变”意味着成熟和完美（固然他们或许有各自的所谓“局限”）。而那些在半路上行走的人，反而因为目的地不明，常常需要变，需要做出行走中的调整。我想说的是，赵亚东目前的某种“不变”的东西，或许在当下更为重要，更为稀缺，特别是，其作品中所呈现的那种挥之不去的“不安”“谦卑”和“惊恐”，正在成为赵亚东的诗歌基因一样的存在。这样的句式揭示的，是被我们的陀螺式匆忙的节奏和娱乐化时代遮蔽已久的可怕真相：“我为什么越来越低 / 比草丛中的石头还低 /……幼年放牧过的枣红色马驹 / 踏过我额头上的沟壑……”（《指向我》），“一想到有那么多没有回家的人 / 我就心慌，手足无措 /……时而匍匐，时而又躬身前行 / 我们到底背负着什么”（《背负》）。“草原上没有叫作时间的事物 / 一棵草能记住的，人却不能”（《没有时间的草原》）。这样的感喟，远远不只属于诗人个体，而是指涉作为人类的整体，指涉时间和人的复杂关联，指涉精神世界如何治愈的创痕。这就是赵亚东贡献出来的关乎普遍性的时代情绪和哲理性追问，值得进一步探究。

这种诗歌中呈现出来的惊慌和不安，在从前是被看似消极的传统词汇，现在，却被诗人赋予了新鲜的内涵和此前未有之意味，具备了形而上的特质。赵亚东的诗句，也因此打上了他自身的鲜明印记，让我们不得不深入思考某些生活的和历史的沉疴，以及这些沉疴留给个体特别是民间社会的精神创伤之深巨，也包括当代先锋诗歌主题嬗变过程中，对于弱者内心世界关键“部件”的捕捉和发掘。所以，我们是否应该不再扩大盲目和自负，而在此稍事停留。可以看到，赵亚东诗歌中始终笼罩着的那份深切的忧郁和某种无助情绪，实际上蕴含着生活的、时代的和审美的诸多密码，这些人们理应驻足探究的地方，却恰恰是最容易被

pass 的。“那些沙子的吟唱呼应着 / 渐渐升起的星群，远去的白鹳的长鸣 / 但是我什么都没有听见 / 又好像听见了这一切”（《在黄金与蓝宝石亲吻的刹那》）。这几句诗，似也可以视作诗人对我们这些读诗者的告诫和提醒，那就是紧紧贴近诗人的这种特别表达，听出其引而未发的生命箭镞的响动，和作者激越的内心呼喊。在其每一首克制、低语的徘徊悱恻中，听出其中的天籁之音。他的语句和陈述几乎是平静的，叙述姿态平和甚至是谦恭的，这其实都只是表象。在这简洁、明快的后面，是被早年历经磨难的生活所投下的浓重阴影的挥之不去，和对精神的切入，成为精神世界里的一块块切片。诗人在努力以看似轻松的方式试图挣脱它们，以期获得更高处的照耀，获得新的拯救：“一滴清凉的泪水，从叶脉深处滑落 / 刚好照亮了松针上的火焰”（《照亮》）。而这火焰不是别的，乃是驾驭诗歌这辆奔向凌晨的夜行车，于旷野长路之尽头依稀可见的一缕精神之光。

［作者单位：《黑龙江日报》］

中国新诗百年纪念大会学术论坛

结识一位诗人

中生代诗人研究

诗论家研究

姿态与尺度

新诗理论著作述评

外国诗论家研究

沉潜与反思

——评罗麒《21 世纪中国诗歌现象研究》

卢　桢

新世纪诗歌发展已逾二十年，按照普遍的认知，它和 20 世纪 90 年代诗歌形成了内在的接续关系，虽未沉淀出足以区别于前代的独立风格，也尚无引领风气之先的领袖诗人出场，但它仍呈现出较为集中的文化症候。特别是宽松而自由的写作生态、多元媒介的传播方式、日益国际化的交流氛围使得汉语诗歌写作热潮不断，事件林立。那么，如何从诸多的“热点”甚至是“乱象”之中抽丝剥茧，提炼出带有普遍性的诗美特质，为新世纪诗歌确立一条逻辑清晰的发展脉络，进而构建出一种研究架构，就成为与新世纪诗歌“共时性”存在的研究者们共同追逐的目标。罗麒的《21 世纪中国诗歌现象研究》（以下简称《现象研究》）正是以现象学的理论作为方法论核心，着重归纳整理进入新世纪以来诗坛具有代表性的现象并挖掘其深意，从微观创作与宏观历史等多向度切入新世纪诗学要旨，对新世纪初中国诗歌的主要问题和症候做出客观而深刻的批评。在理清诗坛诸多热点之本质、摸透了新世纪诗歌脉象的同时，他也将这种“现象研究”提升至系统的理论高度，为中国诗歌在 21 世纪的再出发提供了客观有益的参考，从而彰显出沉实的学术功力。

纵览新世纪诗坛，可谓“事件”不断：“梨花体”“羊羔体”“忠秧体”等引发的质疑，“诗歌拍卖”与“诗歌公约”等炒作出来的行为闹剧，“新红颜写作”“打工诗歌”“底层写作”“新及物写作”“地震诗歌热”等甫经形成的写作向度，加上网络媒介对诗歌传播的普遍渗入，以及近来热议的“写诗软件”是否能够取代诗人等争论……似波浪翻滚起伏不定的诸种“现象”，容易给人这般印象，仿佛谈到新世纪诗歌，便不由得滋长出“事件”大于“文本”的惶惑，而拨开现象的迷雾，为它们找到一个理论载体，建立一个运行模型，就成为论者首先要去面对并必须要解决的根本问题。任何诗歌现象的核心要素当然不是现象自身，而是支撑它的文本，如论者所说：

> 文本是各种诗歌现象与事件的最基本元素，也是当下诗歌的核心组成部件，诸多诗歌现象林林总总，但其根本上是由文本与其作者主体、读者以及世界的不同互助方式决定的，其运行模型为“什么样的人为了什么样的事件写了什么样的诗，被什么样的人阅读产生什么样的影响，并形成什么样的现象”，将其中确定的因素设置为定量，其他变化因素设置成变量，将文本形态作为最终的验证数据就有可能做到还原“事情本来的样子”，将不同诗歌现象纳入到同一个相对科学的研究体系内。

以诗歌文本为基点，根据上述模型和现象学“回到事实本身”的基本理念，同时借鉴了艾布拉姆斯在《镜与灯》中提出的文学四要素理论，罗麒将新世纪以来的诸多诗歌现象或倾向按照“文本——作者——读者——世界”的四维关系结构进行理性布局，将之纳入到整个中国诗歌的生态圈中，从而形成了他关于新世纪诗歌的“现象——关系”论述逻辑，即任何现象背后，体现的都是四维关系结构中的要素发生相互作用的结果。如网络诗歌现象、下半月刊现象等，就是文本与读者的关系发生转变催化而生；代际写作、女性写作、地域写作等热潮，都勾连着身份认同的精神主体问题，实则是文本与作者之间的关系；再有打工诗歌、地震诗歌，在建立诗歌对世界的“及物”观照的同时，逐渐缓和了20世纪90年代诗歌语境中“私人性”与“公共性”的对抗关系，诗人将自我的“疼痛”与“呼吸”植入当代历史，书写下生命的庄严感与力量感，体现出他们理解世界方式的思维嬗变。可以说，罗麒的研究方式为新世纪诗歌研究者提供了一种有益的启示。如吴思敬先生在本书的序言中所指出的：正是理论思维的介入，使这部描述诗歌现象的书没有停留在现象本身，不是自然主义地有闻必录，也不是流水账式的大事记，而是精心采集、比较，把近似的内容集中在一起，把诸多现象视为研究的载体……在对相关文本的研读及对文本与作者、读者、世界的关系探讨的基础上，完成对诗歌现象的阐释，从而获得了一种超越性。

检视现有的关乎新世纪诗学的研究成果，大都集中在对某一位诗人、某一类现象、某几种美学特征的研究上，多以“侧论”“散论”“片论”的形式出现。这并非是说评论家们没有综合研究的野心和史学的眼光，而是新世纪诗学甫经开发，尚在发展过程之中，我们都是深处其间，在路上奔走的行人，无法与之拉开足够的审美距离。一些美学命题和诗学观念也处于持续发酵期，它需要一定的时间才能够沉淀出精华，形成一个个“节点”，因此为新世纪诗歌作“史学”定论式的宏观描述，或者还使用“十年一代文学”的思路来匆匆为之定性，甚至得出阶段性的结论，都是一种奢望。罗麒显然意识到这个问题，也明白“定性”思维本身的悖论性，他开展的是“留有余地”的探讨，是一种“关系式”的研究。以我的理解，就是把新世纪诗坛的诸种要素如写作者、读者、文本、世界视为一个个信息点，每个信息点之间都会有多种联结化合的方式，有的点与点聚合化生效应较为剧烈，便形成了具体的“事件”抑或“现象”。亦即说，罗麒没有纠结于对新世纪诗学现象做盖棺论定式的美学解析或史学定位，而是从两个“注重”的层面为我们动态还原出诗学现场的原生态风景。首先，他明晰现在做出任何板上钉钉的结论都是仓促的，因而注重避免草下结论或是轻下断语。他尽可能多地为信息点之间还原彼此的对应联系，将“如何联系”“如何作用”视为研究重心，为后人了解这一历史时期的诗歌生态建立了史学积淀。另一方面，他注重打通文学的内语境和外语境，认为文本（text）与本文（context）之间是双向互动影响的过程，而文学外语境（如经济消费语境、审美文化语境、网络传播语境）的变化直接影响了新世纪诗歌文本的生成与变化。聚合文学社会学和现象学的分析方法，罗麒为新世纪诗歌研究打开一条通路，而以“关系”作为研究关键词，正巧妙建构出一种独特的述史模式，形成本著的一大创新点。

任何一部研究代际诗学的著作，都内含着论者的述史模式，即他要以何种眼光和论说逻辑统合文学史诸多要素，将之汇合成一部文学史。《现象研究》一书主要围绕传播方式的变革与诗歌创作的“新热潮”、诗歌主体身份认同、自由诗艺的探索与实践、“新及物写作”视野下的诗歌与世界的互动、诗歌接受与诗歌批评五个方面展开论述，问题覆盖面极为广阔，对当前的热点问题均有充分的观照与反思。在具体的论说掘进中，罗麒认为新世纪诗歌的发展、变化要以传播方式的变革作为前提和背景，指出网络作为艺术生产过程中的“第五要素”愈发灵动地串联起传统文学的四个要素，使之变动的节奏与频率日益加剧。我们或可预测，诗歌写作的电脑化和传播交流的网络化会将中国诗歌的发展引至新的“狂欢”之中，它已经成为诸多诗人赖以生存的话语现场。同时，罗麒将“承担某些反抗消费文化和剔除商品拜物的任务”目之为诗歌生存“在 21 世纪所要面临的最根本和最宏大的历史语境”，这种对文本与时代关系的理解深切契合了当今的文化本质。随着消费主义文化大规模渗入国人的生活视野，人们的文化消费结构日趋多元，消费形式日益多样，价值标准也变得游移不定。在这样的精神背景下，新世纪诗歌生产的媒介、传播的途径、蕴含的精神也发生了相应的变化，诗歌写作与消费语境之间展现出难以割舍的密切联系。对诗人而言，一方是注重内在精神提升的诗歌内现场，另一方是充满诱惑之力的物质外现场，如何在两者的夹缝之间寻求平衡，用诗歌语言表达个体意识、彰显时代精神、沉淀文学经验，成为缪斯抛给每个诗人的命题。然而，一些写作者把“物欲”视为经验的终点，浸淫在对感受力的快感表达之上，塑造出一个个“一次性”的语言游戏，从而消解了诗歌应有的精神高度，这是现今诗歌的普遍困境。如论者对消费时代与诗歌生产的痛彻领悟：“围绕在艺术创作上的光晕消失了，艺术本身的价值被悄然掩盖了，大众在现代化消费语境中忘记了事物本身的价值，甚至创作者也在这种境况下忘记了文艺本身的价值，这使得本应该坚固的东西都烟消云散了。”我们应该认识到，诗歌的意义与价值并不取决于它对崇高的消解与转化，而在于它依照自身“先锋性”的内在吁求，在精神与艺术上一贯坚持的反叛与创新特质，这构成了诗歌维持其自身生命力的终极命脉。

围绕新世纪诗歌如何发扬“先锋性”这一命题，罗麒找到了“反叛性”与“创新性”作为新世纪诗学的诗艺内核。先锋诗歌始终与前卫文化、实验艺术等模态联系，具有自我否定与解构的先天属性，所谓新世纪诗歌对20世纪90年代诗歌的承续，在他看来也主要体现在对“反叛性”的继承与发扬上。为了说明这个问题，罗麒选择了“新及物写作”作为切入口，深入剖析新世纪以来“及物”写作的新内涵。按照罗振亚先生的论述，20世纪90年代诗歌的“及物”性体现在“拒斥宽泛的抒情和宏观叙事，将视点投向以往被视为‘素材’的日常琐屑的经验，在形而下的物象和表象中挖掘被遮蔽的诗意”。与20世纪90年代相比，当前的“及物”写作之所以为“新”，乃是因为它逐步确立了属于自身的焦点主题，特别是展示了诗歌对于现实的介入性力量，从而对前代诗歌回避与社会关系的问题实现了有效纠偏，因此这一“反叛性”就构成了当下诗歌最明显的先锋性“基因”。这种论述和判断符合当下诗歌创作的主流倾向，即诗人重新定位诗歌写作与现实生活关系的实践，他们在艺术的自主性、独立性与艺术反映现实、干预现实之间寻找着平衡。通过“及物”的努力，诗人们不断寻求在日常生活的“此岸”和诗歌的“意义生产”之间建立经验联系，使其人文精神与公共精神实现统一，新世纪诗歌言说现实的能力也由此得到了增强。

可以说，论者对“新及物倾向”的提炼与论说，既照顾到新世纪诗歌与前代之间的史脉联系，同时有效串联起打工诗歌、地震诗歌等热点现象，而这些现象所蕴藉的社会生活内容，又充当了新世纪诗学创新性的明证。“打工诗歌”与“底层文学”，凝聚了论者对新世纪诗歌创作视角变化的关注，这构成其对“创新”精神的第一层理解，即诗歌与世界新的互动体系的建立。关于“创新性”的另一层含义，罗麒指出诸多诗人在对生活与生命的体验上“表现出了更高层次的理解与珍视”，特别是他们立足在空间维度上观察世界，在创作实绩的基础之上建构起“地域性诗学”，使之成为一个富含新意的显词。从核心意象、语体风格、意义结构等角度入手，论者细致而微地论述了雷平阳诗中的云南情结、张曙光诗中的东北情怀、古马诗中的甘肃记忆。这些带有地理标记的“地域”抒写，都充当着诗人反拨主流经验的隐喻工具，他们将现实中的地理空间背景化、意象化，使之被诗化成为带有明显象征意味的精神喻体，指向人性的纯粹、审美的和谐、心灵的洁净与生命的健硕，在完成诗歌中的“文学地理学”的同时，也为这个时代留存了独标一格的生命印记和思想刻痕。在今天这个时代，“个人化写作”究竟应该落实在何方，或许“地域性写作”正是一个值得引起所有人关注的美学聚焦点。

在论著的最后一章，罗麒特意指出当前诗歌现象中不容忽视的一个环节，甚至是核心环节的“诗歌批评”问题。“从表面上看，当下诗歌批评最大的问题就是‘不负责任的好评’太多和‘不负责任的差评’太集中”。笔者以为，前者指的是那些“人情批评”，后者则针对的那种只空泛地抛出几个似是而非、放之四海而皆准的问题，缺乏对目标精准的打击力度，甚至有意地避开目标，小心翼翼地维护自己的“羽毛”，这自然远离了批评家应有的价值理念。诗歌批评何以至此？论者一针见血地戳中其根源，正是批评主体客观立场的丢失、艺术感受力和创造性思维的匮乏、批评尺度的失衡这三座“迷城”，导致当前诗歌极为缺乏富有原创力和建设性的批评。恢复诗歌批评的活力，这应当是当前诗歌批评界需要集中反思的首要问题。

结合罗麒对新诗批评主体问题的判断和对理想批评立场的构想，我们再次回望《现象研究》这部著作，便能感受到论者尽力在有限的阐释空间内，实践并还原着他的主体批评观。比如他注重采用尽量客观、透明的论述，打磨评论性文章自身的诗意，使诗歌论著也具有鲜明的文体意识，同时沉淀出三个较为突出的批评特质：一是注重写作伦理关怀与艺术审美关怀的有机结合，甚至是无缝对接。如论者在观照地震诗歌等写作伦理行为时，注意到诗人采用何种叙事技巧组合诗篇，进而揭示出他们经常停留在事件本身，表现出较为明显的解构叙事倾向。这些写作者在无逻辑叙事、跨文体叙事等向度上同时掘进，打磨了新诗的叙事技艺，有助于他们触及更为多元的伦理向度。从技术角度言之，叙事与口语联姻，正符合文本语境的现实性特质，也增强了文本空间容纳整合各种矛盾、困境的能力。在笔者看来，诗歌中的叙事本质上就是一种敞开的诗学，叙述的语言与日常口语的结合，契合了诗人发掘日常生活美学的实践，赋予诗歌极强的及物特征，而叙事性与诗歌抒情性等特征交融结合，构成一种综合的气质。或许这种整合之美，就是论者心目中理想的美学生态。

第二个特点是注重对现象的去蔽和对本质的还原。新世纪诗歌研究论文汗牛充栋，观点杂陈，颇为“热闹”，罗麒却没有跟随任何已有的叙述和论断，而是注重对事件种种“前史”的考证与还原，力求客观公正地为文学史留存史料。如打工文学的由来，“羊羔体”“梨花体”等事件背后的大众文化心理机制等，都成为他深入考察的对象。他还揭示出诗歌创作与文学体制和权力体制综合互动、多向影响的内在联络，实现了对问题庖丁解牛般的理性解析，做出了客观公正的论断。作为青年学者，能够保持对“客观”立场的自觉诚为可贵，因为青年学者往往容易放纵激情与感性的力量，使文章充盈“才气”的同时，缺乏了对感性的有效控制，而罗麒大概是深受南开大学文学研究学风的浸润，非常注重有一说一、有理有据的客观立场。比如他指出不应过度拔高“地震诗歌”的意义和文学史地位，而当前的“口语危机”则有被夸大的倾向，这都与当下诗歌处于“初级民主活泼期”的发展阶段不无关联。此类对现象不急于下断语作结论的态度，不过分拔高也不断然否定的立场，都有利于论者的研究沿着当前诗歌发展的真实轨迹沉稳前行。

第三是在主体精神价值判断层面，论者无惧“亮剑”，敢于表达自己对诗歌现状的不满和对理想生态的构想。比如他认为当下诗歌最难以解决的顽疾，说到底还是经典性文本的匮乏，而一些写作群体，如女性诗歌创作虽然走向多样化，但在个人经验抒发的同质化问题上依然是沉疴难愈……而理想的诗歌标准应该实行“双轨制”，让“诗”的标准和“好诗”的标准并行不悖，即放宽创作者进入“诗歌”的标准，为诗歌带来新鲜血液，同时严格把控“好诗”的标准缓解诗人们的“经典化”焦虑。这种价值判断既彰显出客观性，同时也具备较强的可操作性。再有，他在论述新红颜写作、打工诗歌、余秀华写作等现象时，或多或少都点带出关于诗歌写作应达到的价值高度问题，我们或可从中窥见并串联起论者自身的诗歌理想：诗人应该具有一种承担精神，应该调动源于生命本真的力量，让诗歌与现实世界真诚地沟通，并从对日常生活的观照抵达更为幽深的超越性境界，而不是停留在单纯的情感抒发和艺术炫技、甚至是对苦难、欲望、体验的过度言说与消费层面。在勘探当下诗歌现场的同时，罗麒前瞻着诗歌发展的未来之可能。对于诗歌保持了初心与梦想，正是论者学术探索的光源。

综合来看，罗麒的21世纪诗学研究框架是一个面向未来敞开的开放式结构，是一种多元批评理念融合交汇的体系。他坚守立足当下、文本先行的立场，从实际创作出发为诸多现象之间建构“关系性”，同时将批评家自己的血脉印记与生命活力投射在诗歌关怀中，这使得他的论说熔铸激情与理性，保持了客观与公正，为新世纪诗学研究留下了不可多得的可贵范本。当然，客观而言，罗麒的著作也存有一些遗憾，比如新世纪诗歌与国际诗坛的交流与互动、海外传播与翻译等问题，论者并没有充分展开论述，而在关系学的论说框架中搭建汉诗与国际诗歌的联系，显然也属于本论题应该顾及的要义之一，我们也期待着论者能够在这类问题上继续展开思考。

（本文为“中央高校基本科研业务费专项资金资助‘诗与诗学团队建设项目’”阶段性成果）

［作者单位：南开大学文学院］

新诗理论著作述评

威廉·燕卜荪研究现状与思考

肖　柳

威廉·燕卜荪（William Empson）是英国著名的文学批评家和诗人，也是英美新批评派的代表人物，但他为中国人所知则因为他曾是西南联合大学的传奇教师，他所教过多位中国学生后来成了著名诗人或学者。西南联大的学生赵瑞蕻、王佐良等人的回忆散文和大部分西南联大研究著作往往聚焦于燕卜荪在西南联大的教学活动，对于燕卜荪的诗学理论和诗歌创作，国内学界关注不多。燕卜荪的诗歌理论，总是被置于“英美新批评派”的范围内讨论，而且研究重点往往局限于他的“朦胧”说，关于燕卜荪诗歌创作的研究更是少之又少，其相关著作在中国的译介情况导致了这两个方面研究的落后。到目前为止，我国研究者所能见到的中文版燕卜荪的著作只有1996年中国美术学院出版社版本的《朦胧的七种类型》一书，他的重要理论著作《田园诗的几种形式》《复合词的结构》以及其他作品都没有得到翻译引进。至于燕卜荪的诗歌创作，1988年由王佐良主编的《英国诗选》收录了六首燕卜荪的诗，其余选本都没能脱离这六首诗的范围，燕卜荪的大量诗作都没能展现在中国读者面前。直到2016年，燕卜荪的传记《威廉·燕卜荪传（第一卷）》（约翰·哈芬登著）才由张剑、王伟滨等人翻译引进，该传记详细使用了燕卜荪的日记、书信及其他一手资料，展示了更加真实的燕卜荪。

一　燕卜荪与西南联大诗人群关系的研究现状

燕卜荪与中国最直接的联系莫过于他曾经是西南联大的教师，而他与西南联大诗人群的关系也从这里开始，大量回忆文献展现了燕卜荪在西南联大期间的教学活动。赵瑞蕻的《怀念英国现代派诗人燕卜荪先生》一文记录了燕卜荪在联大的课程活动和日常生活，反映了燕卜荪对赵瑞蕻等联大青年学生诗人的影响。王佐良于1980年所写《怀燕卜荪先生》

一文，回忆了燕卜荪在西南联大教书的情景，他印象深刻的是在“英国现代诗”课上，“他只是阐释词句，就诗论诗”，燕卜荪用语义分析法来教他们分析叶芝和艾略特等人的现代诗，方法的传授影响了当时的青年学生诗人在诗歌创作上的技巧选择。2008 年出版的纪念文集《我心中的西南联大》收录赵毅衡的《燕卜荪：与中国共命运》一文，作者对多种回忆材料进行梳理，清楚地列出燕卜荪在联大时期所授课程：莎士比亚、现代英诗课、欧洲名著选读等。2009 年，刘宜庆的《绝代风流——西南联大生活实录》一书在台北出版，该书记录了燕卜荪在课堂外请客论诗的经历，书中说“燕卜荪优雅、风趣，谈诗歌，论艺术，像一块磁铁，深深地吸引了联大的学生”。无论是课堂上的讲学，还是课堂外的论诗，这些回忆性的文章共同建构起燕卜荪作为教师的形象。在西南联大的众多传奇故事中，燕卜荪的教师身份遮盖了他的理论家身份与诗人身份，他在课堂上讲授的内容（尤其是西方现代诗）替代了他自身，成为研究的中心。因此，在燕卜荪与西南联大诗人群关系的研究中，他往往被作为背景一笔带过，研究者总是强调燕卜荪的中介、桥梁作用。刘宜庆就把燕卜荪称为“一座通往西方诗歌的桥梁”，西南联大的青年诗人通过燕卜荪才“开始取法奥登、艾略特、里尔克等人的英美现代派诗艺”。1997 年，游友基在《九叶诗派研究》一书中简要提及燕卜荪的作用，他认为“通过燕卜荪架设的桥梁，联大校园诗人开始接触叶芝、艾略特、奥登、里尔克，向他们学习现代主义诗艺”。2000 年，姚丹的《西南联大历史情境中的文学活动》一书问世，第五章“中文系、外文系的课程设置与目标”简短地论述了燕卜荪的教学内容对于西南联大学生造成的影响，她相信“从某种角度说，如果没有燕卜荪，西南联大大学生与世界——当然主要是英美——‘当代’诗歌的接轨要迟滞几年甚或不可能发生”，将燕卜荪的作用提到一个重要高度。此外，姚丹还认为燕卜荪的意义更在于他对作品的语言分析和技巧批判，给学生们提供了示范作用，技术角度的发现突破了以往局限于授课内容的研究范围，但该角度并未得到深入挖掘。2005 年，汪云霞在其博士论文《知性诗学与中国现代诗歌》的第三章中，将燕卜荪放在一个中介的位置，探讨了艾略特和瑞恰慈的诗学理论在中国的传播与接受，其传播方式很大程度上是通过燕卜荪的课堂活动，避而未谈燕卜荪的诗论对西南联大诗人的影响。2009 年，邓招华的博士论文《西南联大诗人群研究》从学院空间、学院文化的视角研究西南联大诗人群，也是把燕卜荪置于中介位置。同年，张新颖的《20 世纪上半期中国文学的现代意识》和谢泳的《西南联大与中国现代知识分子》这两部著作问世，也都只是关注到了燕卜荪的课堂活动，强调其中介作用，也是出于同样的观点，并未深入探讨二者之间的联系。2014 年，李光荣的《民国文学观念——西南联大文学例论》一书着重研究西南联大师生们具体的文学创作，通过翔实的文本细读来展示三四十年代的文学生态，在分析外文系学生诗人们的诗作时不可避免地提及西方现代派的影响，并将燕卜荪称为“现代主义文学的‘开门人’”。不论是“桥梁”“中介”，还是“开门人”，这都肯定了燕卜荪的课堂教学给西南联大诗人群带来的积极影响，但也简化、甚至遮蔽了燕卜荪个性化的诗论与创作所散发的光芒。

比起笼统地将燕卜荪看作中介和桥梁，把他与西南联大诗人群中的具体个体联系起来或许可以更为清晰地说明他们之间的关系。2006 年，李卫华在其著作《价值评判与文本细读》的第四章中探讨了“新批评”在中国的传播过程，研究者认为西南联大诗人群这一群体是在燕卜荪诗学理论的影响下形成的，其中着重阐述了袁可嘉的诗歌理论对“新批评”的吸收：虽然其“新诗现代化”的理论建立在瑞恰慈的“最大量意识状态”这一基点上，而且大量吸收了艾略特的观点，但燕卜荪的“朦胧”说也影响了袁可嘉的理论建构，比如袁氏的《诗与晦涩》就与《朦胧的七种类型》有相通之处。实际上，袁可嘉自己已经说明他所谓的“晦涩”一词是由英文单词 Ambiguity 翻译而来，与我们常说的燕卜荪的“朦胧”同义，只是因为翻译的多样化而呈现为中文中的两个词语，另外还有“复义”“多义”等译法。2011 年，张广华的硕士论文《新诗现代化：袁可嘉 1940 年代诗学理论研究》在追溯袁可嘉诗学的理论渊源时提及燕卜荪对其影响，并且详细地对比分析了燕卜荪的“复义”理论与袁可嘉对于“晦涩”的观点，认为二者之间有内在的逻辑关系。次年，曾伟姝的《燕卜荪诗学在中国的本土化》一文从诗学理论和诗学实践两个方面，阐述了燕卜荪诗学在中国的本土化过程和本土化成果，其中重点讨论燕卜荪诗学对袁可嘉“新诗现代化”诗学体系的影响。除了论及燕卜荪在诗学方面对西南联大诗人群个体的影响，对其诗歌创作的影响也少有探讨。2011 年，曾伟姝发表《燕卜荪对穆旦诗歌风格的影响》一文，对比分析了燕卜荪和穆旦二人的诗歌创作，指出他们的诗都有聚焦现实、哲学思辨和现代手法的共同点，从诗歌创作方面说明燕卜荪对穆旦诗歌创作的影响，超越了之前的研究局限于燕卜荪教学活动的范围。2014 年，程妍妍的硕士论文《燕卜荪与中国新诗的“现代主义”转向》更加深入地分析了燕卜荪的诗学和教学对西南联大诗人产生影响的深层原因，从个体诗学角度讨论了袁可嘉诗学对于燕卜荪诗学的接受与超越，还在诗歌创作层面进行了对比分析。

除了直接将燕卜荪的理论或创作与西南联大诗人群个体进行关联、对比，还有其他角度。2012年出版了李梅英的《“新批评”诗歌理论研究》一书，该书的附录部分，就杨周翰、李赋宁和王佐良三人在文学史研究中受到燕卜荪的影响展开了论述。研究者认为，杨周翰“选题生僻”的《十七世纪英国文学》在写法上突破了当时国内的文学史写作，这本文学史著作以细读式的文学分析作为主要研究方法，从微观角度入手研究作家作品，用具体的文学作品连缀成一部十七世纪的英国文学史。同样，李赋宁的《蜜与蜡》也是“以作品为中心的微观分析”，以小见大，折射不同时期文学史的各个侧面。王佐良受燕卜荪的影响更深，他一生致力于诗歌研究，其诗歌史著作特点鲜明：“紧密结合作品，夹叙夹议，重微观形式分析，亦不忘作品与时代背景之关联，整体风格与新批评派非常相近”。从文学史研究的角度论述燕卜荪对西南联大青年学生的影响，这些风格独特的文学史著作实际上也是燕卜荪诗学理论在中国的另一种实践与传承。

此外，随着文化研究的兴起，燕卜荪的中国经历也进入研究者的视线。2007年，赵毅衡的《对岸的诱惑》一书以“中西文化交流记”为副标题，收录了《燕卜荪：某种复杂意义》一文，从文化研究的角度探讨燕卜荪在中西文化交流中的作用，可以说是一个开端。2011年，曾伟姝的硕士论文《燕卜荪和中国：文化的交响与和鸣》从文化研究的角度分析了燕卜荪与中国（包括西南联大学生诗人群）的关系，认为燕卜荪的诗学吸收了中国古典诗学的朦胧理念，其创作中也注入了中国元素；而燕卜荪的朦胧诗学又继续影响了中国现代诗学，其诗歌创作也对西南联大诗人乃至朦胧派诗人产生了影响，该论文从文化传播的双向性与交互性两方面说明了燕卜荪的特殊意义。2011出版的文集《从这里走向世界》收录了张剑的《教育传奇与文化冲突——威廉·燕卜荪与西南联大》，他指出“我国的研究界更需要从燕卜荪的视角来看燕卜荪”。张剑的另外一篇文章《中英文化的碰撞与协商：解读威廉·燕卜荪的中国经历》于2014年发表，该文从燕卜荪的视角出发，分析了大量燕卜荪本人在中国时期留下的文字资料，并对其进行文化研究，探讨了燕卜荪对中西文化异同的思考。

二 威廉·燕卜荪的诗学理论研究

上述研究都将燕卜荪置于西南联大的背景之下，着重于探索前者的关系或影响，正如张剑所提议的“燕卜荪的视角”，我们更应该重视燕卜荪自身。除了作为西南联大的传奇教师为人们所知，批评家燕卜荪则是作为“英美新批评派”的一员，在20世纪80年代重新进入中国人的视野。1986年，赵毅衡的《新批评——一种独特的形式主义文论》一书问世，第一次较为全面地介绍了“英美新批评”，并将燕卜荪归于这一派别，第七章“复义”则详细地介绍了燕卜荪的《含混七型》（一般译为《朦胧的七种类型》）一书，他认为“燕卜荪的书缺点虽多，但却是西方文学史上第一次尖锐地提出复义问题，功不可没”，凸显了燕卜荪的理论创新，燕卜荪不仅成功地“把瑞恰兹的语义学文学理论用于批评实践”，并且对西方现代诗的批评与创作影响极大。1987年，国内引进台湾学者颜元叔翻译的《西洋文学批评史》（卫姆塞特、布鲁克斯著），该书首次将燕卜荪对于朦胧的分类与心理学联系起来，认为燕卜荪倾向于普遍的心理学，指出他朦胧理论的主观性，但这同时也与读者的欣赏心理相关。1989年，史亮的《新批评》一书出版，但对燕卜荪的论述只有寥寥数语：“燕卜荪通过大量分析表明，一首诗、一节诗或一句诗都有可能引起几种不同的解释，而且它们都有各自的道理，都与原文相关，不能加以否定或排斥。这说明文学语言的意思具有不确定性、模糊性和多重性。燕卜荪把这种现象称为含混。新批评家肯定说含混不是贬义词，它揭示出诗歌意思的丰富性和复杂性。”史亮的论述只是通过引证燕卜荪的大量文本分析来说明“含混”这一理论术语，依旧囿于新批评派这一范围，并没有关注燕卜荪个人的诗学理论。1994年，马新国主编的《西方文论史》开始成为高等学校的理论教材，该书在介绍“含混”这一概念时提及燕卜荪的《复义七型》一书，声称“含混”指的是文学语言的“多义性、模糊性和不确定性”，但没有深入论述。同年，出版了由王佐良、周珏良主编的《英国二十世纪文学史》，该书是国内首次纳入燕卜荪的外国文学史教程，在“现代主义理论”一章中提到燕卜荪的理论，周珏良认为《朦胧的七种类型》一书的重要性在于燕卜荪对具体诗行的细读和分析，解诗方法的实践性成为燕卜荪理论的闪光点。

八九十年代的研究者往往将着眼点放在燕卜荪“朦胧”诗学所提倡、

使用的细读法上面，一定程度上忽略了燕卜荪在诗学理论上的建树，而且都没有逃脱“英美新批评”的范围，给燕卜荪个人的诗学研究造成较大局限。新世纪以来，燕卜荪的研究得到较大进展，其中，吴学先的博士论文《燕卜荪早期诗学与新批评》于2002年出版，这是国内首篇关于燕卜荪的博士论文。作者指出，当时国内的研究者总是过分关注燕卜荪在西南联大的教学活动，却不曾关注他本身的诗学理论。在国内缺乏相关资料的情况下，作者依靠一部中文版《朦胧的七种类型》和大量英文文献，结合燕卜荪的诗歌创作，力图全面、详尽地探究燕卜荪早期的诗学思想，对国内燕卜荪研究来说，是一部开拓性的著作。该论文具体分析了《朦胧的七种类型》一书的内容和燕卜荪的语义分析批评方法，以及《复杂词的结构》一书与燕卜荪的词义分析批评方法，对燕卜荪与“英美新批评”的关系给出界定。此外，在第五章“燕卜荪在中国”中，还对燕卜荪的教学方法如何影响了西南联大学生诗人的创作和70–80年代的朦胧诗创作做了一定程度的探析，分别从创作主题和创作技巧两方面给予了论述。

2004年，殷企平的文论讲座《含混》（原载《外国文学》）根据燕卜荪《朦胧的七种类型》一书的内容进行逐步讲解，可以说是一种普及性的文本解读，足以说明燕卜荪的“朦胧”诗学已开始引起学界关注。同年，黄宝富发表《含混、朦胧，或歧义——燕卜荪“复义理论”研究》一文，从中西文论比较的角度探析燕卜荪的“复义理论”，认为燕卜荪的“复义理论”与中国古代文论中的“含蓄”在本质上是一致的。2005年，由李玉芹和彭红卫合作的《略论燕卜荪〈朦胧的七种类型〉》一文重新估计了燕卜荪的“朦胧”说在语言研究上的重大贡献和不足。同年，支宇的《复义——新批评的核心术语》一文将“复义”概念放在“英美新批评派”的视域中进行研究，把燕卜荪作为提出“复义”这一说法作为研究背景。这两年的燕卜荪研究虽然角度各异，但都没有跳出“复义”研究的范围，所能依托的材料也仅仅是《朦胧的七种类型》一书。2006年出版的《价值评判与文本细读》一书对这种状况有所突破，作者李卫华在第二章中谈到燕卜荪的“朦胧”理论，认为以往的研究总是把“朦胧”看作是诗歌语言的特性，而忽视了“朦胧”一词在燕卜荪的诗学理论中“具有文学批评标准的意义”。李卫华认为“朦胧”就是燕卜荪的批评标准，从“朦胧”的定义、具体表现讨论燕卜荪的诗学，进而指出燕卜荪的局限和启示。第三章则具体分析了燕卜荪所使用的分析方法——从作品的语言角度入手进行文学分析，具体谈到了《朦胧的七种类型》中的语义分析、《复杂词的结构》中的词义分析以及《牧歌的几种变体》中的双重情节分析法，论述范围涵盖了燕卜荪的三部主要理论著作，完整地显示出燕卜荪在文学分析方法上的转变历程。李卫华的研究不仅打破了长期以来将燕卜荪“朦胧”观限制在语言方面的局限，也扩展了燕卜荪的研究视野，首次探讨了燕卜荪的后期诗学著作《牧歌的几种变体》。

2009 年，赵毅衡的《重访新批评》一书问世，他在第七章中重新探讨了燕卜荪的“复义”说。作者在复述燕卜荪《含混七型》一书中的主要观点的基础上，讨论了“含混说”的含混，即燕卜荪《含混七型》的漏洞与缺陷，认为燕卜荪“对‘含混’的解说本身就是游移的”“没有把多义与复义区别清楚”。2010 年，胡燕春的《“英、美新批评派”研究》一书出版，第二章第三节重点讨论了燕卜荪的批评实践，指出燕卜荪的批评实践涵盖了语义批评、词义批评和文化批评三个层面，但还是把燕卜荪作为一个新批评派早期学者来看待。2011 年，乔国强、薛春霞在《什么是新批评》一书中，介绍性地解释了燕卜荪《含混的七种类型》一书中的“含混”的概念和分类。同年，余娟的硕士论文《燕卜荪〈含混七型〉研究》将研究视角集中在《含混七型》一书上，以英文原版为研究对象，指出中文版的错误之处，并且力图突破国内研究往往局限于新批评的限制，探讨了该书的创作背景、含混的划分、含混的层次以及关于此书的批评与接受。2012 年，李梅英的《“新批评”诗歌理论研究》一书面世，书的第四章集中讨论了燕卜荪的诗歌语义分析方法，认为《多义的七种类型》在诗歌文本分析方面具有示范作用，而燕卜荪后来的《复杂词的结构》一书则开创了“关键词”分析法，表明细读法还可以用于长篇诗剧分析。2013 年，秦丹的《燕卜荪与作为现代文学批评概念的“含混”》一文则指出燕卜荪主要从语言学和心理学两个向度上，对诗歌的含混现象加以批评展示，并将诗歌语言的“多义性”提升到审美层面，由此促使“含混”在现代文学批评中被提升为一个核心概念，心理学角度的纳入使得燕卜荪的诗论研究有所进步。

三 威廉·燕卜荪的诗歌研究

相比燕卜荪的诗论研究，其诗歌研究更为滞后。燕卜荪的中国学生杨周翰于 1943 年发表在《明日文艺》上的《现代的“玄学诗人”燕卜荪》是第一篇研究燕卜荪诗歌的文章，他将燕卜荪与玄学派诗人邓恩相比较，指出燕卜荪和邓恩都有“共有的‘奇想’”，但燕卜荪常常利用新的知识入诗，他们也“都用理智感觉”，而燕卜荪更“错综复杂”，被称为“‘难’诗人”，此外，燕卜荪还“最注重形式，遵守着极严的律格”。燕卜荪的其他中国学生也对他的诗歌研究做出贡献，王佐良的著作《英诗的境界》于1991年出版，其中一章介绍性地分析了燕卜荪的诗歌创作。王佐良认为“这是二十世纪的知识分子的诗，表达的是知识界关心的事物”，在内容上关注现实、关注人，在形式上又“严格得出奇”。同年，赵瑞蕻再次修订自己的《怀念英国现代派诗人燕卜荪先生》一文，他在文中提及燕卜荪的诗，认为他的诗“是晦涩的，并且高度压缩”，写得“干净利落，完整”。由王佐良、周珏良共同主编的《英国二十世纪文学史》于1994年面世，其中周珏良编写的“现代主义诗歌”一节纳入了燕卜荪的诗歌创作，他认为燕卜荪的诗“寓深情于言理之中，着意于形式的完美，并且喜欢用现代科学知识铸成诗的意象”，并以具体两个例子阐述了燕卜荪诗的“涩味”与“思辨”。

2007年，王雅丽的硕士论文《“天赋朦胧”——威廉姆·燕卜荪诗歌探寻》是国内首篇专门研究燕卜荪诗歌的学位论文。全文用英文写成，使用语义分析方法研究燕卜荪的早期诗歌，总结出燕卜荪诗的三组常用主题：“数学与科学”“神话和宗教”“动物和自然”，具体分析了燕卜荪诗的修辞形式、音乐形式和文体形式，力图探索“燕氏朦胧”及其呈现方式。曾繁健、魏琳的著作《英诗中国元素赏析》于2012年出版，第一章名为“燕卜荪诗歌与中国元素”，从燕卜荪与中国的渊源讲起，选取了与中国直接相关的五首诗进行分析，针对英文原版逐句解读，从文化研究的视角解释了燕卜荪诗歌中的中国元素。

四　结语

在20世纪40年代的中国校园里，燕卜荪的到来给西南联大的学生们带来了全然新颖的知识，他对现代英诗的介绍开启了西南联大学生诗人群的视野，而他独特的讲诗方式也激发了学生们的理论热情，理论与创作的双重启发使他们走上了现代主义的道路，甚至革新了当时中国诗坛的面貌。如此看来，燕卜荪理应受到研究者的瞩目，但长期以来，有关燕卜荪的研究却总是受制于西南联大的背景之下，或是局限在英美新批评派的范围之内，关于燕卜荪的独立研究尚少，这都与燕卜荪著作的翻译滞后有关。此外，每当谈起中国四十年代的现代诗创作，总是绕不开燕卜荪的存在，而燕卜荪对西南联大诗人群的影响不只是通过他所带来的新鲜的西方现代诗，更与他自身的理论建设和创作实践密切相关，如果不弄清燕卜荪个性化的诗论、诗作，则难以厘清他与西南联大诗人群的内在联系，这对于现代诗的研究也是一个重要问题。总之，威廉·燕卜荪的研究还处于起步阶段，还有大量原始资料有待挖掘与引进，从燕卜荪自身出发、多维度地考察其理论与创作会对中国现代诗研究大有裨益。

[作者单位：华中师范大学文学院]

Poetry Exploration

(1st Issue, Theory Volume, 2019)

CONTENTS

图书在版编目（CIP）数据

诗探索 . 13 / 吴思敬，林莽主编 . 一北京：作家出版社，2019 . 3

ISBN 978-7-5212-0454-4

Ⅰ. ①诗… Ⅱ. ①吴… ②林… Ⅲ. ①诗歌—世界—丛刊 Ⅳ. ①I106.2-55

中国版本图书馆 CIP 数据核字（2019）第 055254 号

诗探索 · 13

主　　编：吴思敬　林　莽
责任编辑：张　平
装帧设计：杨西霞
出版发行：作家出版社有限公司
社　　址：北京农展馆南里 10 号　　**邮　　编：**100125
电话传真：86-10-65067186（发行中心及邮购部）
86-10-65004079（总编室）
E-mail：zuojia@zuojia.net.cn
http：//www.zuojiachubanshe.com
印　　刷：三河市紫恒印装有限公司
成品尺寸：165×260
字　　数：406 千
印　　张：25.25
版　　次：2019 年 3 月第 1 版
印　　次：2019 年 3 月第 1 次印刷
ISBN 978-7-5212-0454-4
定　　价：80.00 元（全二册）

《诗探索》编辑委员会在工作中始终坚持：

发现和推出诗歌写作和理论研究的新人。

培养创作和研究兼备的复合型诗歌人才。

坚持高品位和探索性。

不断扩展《诗探索》的有效读者群。

办好理论研究和创作研究的诗歌研讨会和有特色的诗歌奖项。

为中国新诗的发展做出贡献。

诗探索 16

POETRY EXPLORATION

作品卷

主编 / 林莽

2019年 第4辑

作家出版社

主　　管：中国当代文学研究会
主　　办：首都师范大学中国诗歌研究中心
北京大学中国诗歌研究院

《诗探索》出品人：北京人天书店有限公司
社　　长：邹　进
执行社长：苏历铭

《诗探索·理论卷》主编：吴思敬
通信地址：北京市西三环北路83号首都师范大学
中国诗歌研究中心《诗探索·理论卷》编辑部
邮政编码：100089
电子信箱：poetry_cn@163.com
特约编辑：王士强

《诗探索·作品卷》主编：林　莽
通信地址：北京市丰台区晓月中路15号
《诗探索·作品卷》编辑部
邮政编码：100165
电子信箱：18561874818@163.com
编　　辑：陈　亮

目　录

华文青年诗人奖专辑

诗坛峰会

探索与发现

汉诗新作

首师大诗歌研究中心第15位驻校诗人灯灯特辑

华文青年诗人奖专辑

第17届人天·诗探索
“华文青年诗人奖”揭晓公告

2019年（第17届）人天·诗探索“华文青年诗人奖”，由北京人天书店集团和《诗探索》编辑部联合主办。经过评奖办公室资格审核，再经过严格的初评和终评，最终：

山西青年诗人张常美
四川青年诗人敬丹樱
江西青年诗人林　珊

获得本届大奖。颁奖典礼和获奖作品研讨会在黑龙江省青冈县举行。

第17届人天·诗探索
“华文青年诗人奖”评委简介

谢　冕　北京大学教授、中国诗歌研究院院长、评论家
吴思敬　首都师范大学教授、《诗探索》理论卷主编、评论家
林　莽　《诗探索》作品卷主编、诗人
邹　进　《诗探索》社长、北京人天书店集团总裁、诗人
刘福春　四川大学教授、诗歌版本专家
商　震　作家出版社有限公司副总编、诗人
张桃洲　首都师范大学教授、博士生导师、评论家

苏历铭　《诗探索》执行社长、诗人
蓝　野　《诗刊》社编辑部主任、诗人

第17届“华文青年诗人奖”获奖诗人简介及获奖理由

张常美（山西）

1982年生，山西代县人。地质队员，常年行走荒野，写作时断时续。有组诗发表于《诗刊》《中国诗歌》《长江文艺》《扬子江诗刊》等。现居山西大同。

获奖理由

张常美是一位有着丰富生活积淀的青年诗人，他的诗歌情感质朴，语言超脱、淡然，隐含禅意，他善于将古典自然意趣和现代生活相契合，在不经意间散发着俘获人心的语言魅力。鉴于他所取得的诗歌成绩，特授予2019年“华文青年诗人奖”。

敬丹樱（四川）

女，1979年生，四川中江人。诗歌见于《人民文学》《诗刊》《十月》《中国诗歌》等刊。入选《人民文学》第三届“新浪潮“诗会，《十月》第七届十月诗会。曾获第六届红高粱诗歌奖、首届田园诗歌奖。出版诗集《樱桃小镇》。现居四川江油。

获奖理由

敬丹樱是一位对现实生活有着敏锐洞察力的青年诗人，她的诗歌情感真挚，心怀悲悯，语言机智、表达清晰，善于发现那些被人忽略的诗意并发掘出属于她自己的独特审美感受。鉴于她所取得的诗歌成绩，特授予2019年“华文青年诗人奖”。

林珊（江西）

女，1982年生，江西赣州人。系中国作家协会会员。作品散见《人民文学》《诗刊》等刊物。入选各类诗歌选本。出版诗集《小悲欢》，散文集《那年杏花微雨凉》。曾参加《人民文学》第四届“新浪潮”诗会。获2016江西年度诗人奖、第二届“诗探索˙中国诗歌发现奖”等奖项。现居江西全南。

获奖理由

林珊是一位专注于构建内心世界的青年诗人，她的诗歌情感饱满、细腻，节奏舒缓，语言简约且富有张力，她在不断地接近自己内心的真实，并向读者袒露出她蓬勃的心灵气象。鉴于她所取得的诗歌成绩，特授予2019年“华文青年诗人奖”。

第17届“华文青年诗人奖”入围诗人名单（37人）

（按姓氏拼音字母排名）

安乔子（广西）　包文平（甘肃）　段若兮（甘肃）
果玉忠（云南）　黄小培（河南）　江一苇（甘肃）
蒋志武（广东）　金小杰（山东）　康　雪（湖南）

梁书正（湖南）　林东林（湖北）　林宗龙（福建）
刘大伟（青海）　刘星元（山东）　陆燕姜（广东）
罗　铖（四川）　马青虹（四川）　马晓康（山东）
麦　豆（江苏）　胖　荣（福建）　祁十木（广西）
羌人六（四川）　时培建（山东）　苏　龙（陕西）
孙立本（甘肃）　孙灵芝（北京）　田凌云（陕西）
吴友财（福建）　辛　夷（广东）　熊　芳（湖南）
熊　曼（湖北）　杨　强（甘肃）　郁　颜（浙江）
张伟锋（云南）　张雁超（云南）　周　簌（江西）
周园园（天津）

获奖诗人作品

当下与穿透

张常美

不敢说在诗歌写作中倾注了多少的情怀和关照，而且诗歌也拒绝被写作者准备充分之后写出来。自己也不是拥有多少天赋灵感。

所谓写作，不过是一个看花的人正好经过春天，总会在走走停停的闲逛中遇见美的。

其实我们的诗歌启蒙也一样。从课本开始的阅读几乎都是一样的古诗，我们老屋的墙围画是西湖八景，中堂是松竹或对联。

从那里开始，我们认识诗歌意境之美！也知道“诗载道”“诗言志”。一脉相承的儒家以自然和人文意象表达个人情感的同时又承载了教化与担当，承载大义和情怀……

当我们默念那些工工整整的句子，他们说了什么，怎么说，说得怎样？是一件重要的事，还是闲谈？我们有幸能够读到的每一句都是散发着神圣光芒的……

一百年前，当诗歌随着时代巨变的大潮从农耕文明中挣脱出来，并接受了西方诗歌迎面而来的冲击。在两股风暴形成的巨大漩涡缓缓平息之后，形成的中国当代诗歌究竟是什么样子或姿态呢？或者，每个当下的写作者怎样处理自己和诗歌的关系，诗歌与时代的关系？

因为网络时代的到来，我开始了现代诗歌的阅读和涂抹。写出的那些诗或像诗的句子，只是因为它短，不必长篇累牍，不必顾及小说和散文需要的那种环环紧扣和洋洋洒洒。没有多少目的和意义，打发一个人漫长而枯燥的野外工作罢了。

也是因为网络的便捷和迅速，可以学习所有古今中外的优秀作品。我觉得，在同时汲取古代和西方的经典之后，已经跨越了词语经验和表达方式的摸索阶段。属于中国当下诗人的书写方式已经成熟并呈现蔚然大象。

而在改革开放四十年来，教育普遍提高，为什么我们的诗歌依然小众寡听？

其中最重要的原因就是人们接受的和拥有的表达内心的方式空前丰富，不再局限于纸和笔的书写。塔尖式的诗歌因为不能被转化为视觉、听觉等惰性的艺术形式，不能被大众消费，从而成为独立于商品之外极少的依附于个人情感体悟、美学智识经验的存在。

既然不是我们写作方向的问题。那么，我们在方向确定的同时需不需要拓宽诗歌的开阔度？需不需要在吸纳万物的同时有反哺意识？

所以，在写作的时候我们会更加战战兢兢。好像被来自不同时代的伟大诗人紧盯着。而写下的意象也会从纸上走下去，寻找现实的关照。

我该怎么努力表现出自己的特殊性，从而让那些古人、外国诗人、未来的人愿意通过阅读接受它！我写作的诗歌怎样能够同时具有时代性和穿透力？

我们的窗外是四十年前从来没有过的高铁、高楼、高速运行的世界，远处亘古的群山举着高压输电线和风车。屋里家用电器都在为我们嗡嗡运转。在目不暇接中，我们一直在发现和惊喜于一些新东西，但你可能还没来得及爱上就会遗忘这些东西。

“明天”是个魔术师，也许你出了一趟远门回来，你就会发现，噢，这里又变了！当你以自己美学立场去评判这种改变的时候，你知道，你必须跨越一个奔跑的标杆！叫作“时代”……所以，如果没有时间和社会约束，物质和精神其实什么也不是。

再过几十年，你敢肯定自己描写过的新鲜事物还会存在吗？一些存在着物质都是美好而短暂的，我们曾投以热情书写的很多东西都会消逝。

那么，我们在选取意象的时候自然就想避开冰冷的东西。或者，需要捂热它们，为它们赋予灵魂。

其实我们的日常语言一直都在这样做，所以它的鲜活性值得学习。我想，它也会挽留诗歌，并允许诗歌在日常之上建立自己，毕竟诗歌不等于日常。

而于我而言，诗歌是童年一颗糖果甜蜜的味道，它能经由一双温暖的手递给现在的我；是背着故乡行走的山水；是守望于原地，下雨在那里，刮风在那里的亲人。千回百转，喊它就会答应的灵魂。

但是，我们也不能只局限于某个时代的日常，去体验和发现。你必须将你所处的时代和许多个时代放在一起，必须打通自己许多个时代的角色，找到许多时代共同的日常，写出既有独特个性，又有属于时代和社会特色的东西。才可能在情感上找到共鸣者，才可以让不同时代的易逝物穿越时空重新命名、复活，衍生……

我写的东西偏于陈旧，我相信它们。是因为结结实实存在于那里很多年了。那些大多被选择性遗忘和掩埋的东西其实有足够顽强的生命力。

就像被忽略的那些农民、农民工、低收入人群、边缘人群，他们曾是祖国的大多数，是我们的父母。随着改革开放持续深入，这个群体肯定会越来越少。但暂时会在那里，候鸟一样南来北往。出力流汗，盖房修路。

在诗歌创作的过程中为什么不直接写下来，而是通过变异性的创作呢？深究的时候，才发现我们所有的创造发明其实是源于恐惧！创造屋子和灯火因为恐惧外面的黑暗、寒冷；创造车辆和船只是因为害怕身后的追赶。

当我们去触摸物质的时候其实附着了太多情感和温度。我们写下的诗歌，选择的意象，运用的技巧就是为了更加准确地从瞬间的消逝里抓取延伸性更长的东西，借以消除作者和读者共有的情感困惑。

那么，为了给一个作品找到知音，还需要让它闪光，需要将诗歌融入现在的生活，参与进改革的深处，挖掘高于当下的发光体。

每个以诗句确认自己“诗人”身份的写作者应该是最执着的捕光者！是最纯粹的人！

也因为这样的“纯粹性”让诗人拒绝“诗人”的角色命名，而是以自己的社会角色、家庭角色，以自己的担当生活在时代的现场，为容易被遮蔽和遗忘的美拂尘！

这就是说，一个诗人，必须是一个积极的人。他通过观察自己和别人，观察时代大潮。为他人喝彩，也为他人警示。以隐蔽的“诗人”身份、以光源的角度照亮书写的对象，以开放的胸襟和包容的心态书写属于当下中国的诗歌！

张常美诗六首

月色几分

天黑后，我们也不点灯
轻言细语，一只萤火虫就可以用上很多年

蛐蛐的叫声抬起青石台阶赶路
一座房子怎么老的？

青瓦里长出咳嗽的蛇
一点一点，舔亮了山墙上的月牙

奶奶从故事里拉出一个旧蒲团
比月亮大一圈。现在想来
也还有几分月色笼在上面……

说起旧事

春天，桃花，一口井……
美好的事物都那么深
深得像一把锁

里面住进了多少灰尘和叹息
不可轻易打开

木桌上，一封信等待署名
丑丑的塌鼻子男孩
踮起脚，往瓷瓶里插进一把旧鸡毛掸子

看瓷记

花开的茂盛
山水仿佛没有经历过沧陷
美人有羞赧的红晕

没有一条路可以靠近。她在独居
而不是囚禁，没有什么能囚禁美

没有什么可以成为苍老的理由
头顶上，锔紧的星空也不能

无数次的端详都是徒劳——引诱我
一个失败的远观者

唯一的安慰是，每一次
她都正好在对着我梳妆

村　居

果实压低天空，也压弯了枝叶间的阳光
落光叶子的树干又落满了雪

村庄里，星辰也不会被挑得太高
不会高过青瓦和鸟鸣

往往是一把干草牵着一头不紧不慢的驴
往往是一截土路领回一场纷纷扬扬的雪

往往是炊烟已经消散
群山中，我们才听到了劈柴迟钝的回音

我身上肯定有神不满足的部分

随意的造物主啊，它不在乎我长得丑
大概也没有注意我灵魂上日渐加深的黑斑

它有足够的时间擦拭我
却遗忘了。直到每一条皱纹里长满污垢

一个懦弱的人，一生都不会向它讨要说法

作为神，只负责在我们忏悔的时候打盹
在春风扬起的时候打扫干净撒落的骨灰

归　去

那列火车，是我做过的最长的梦了
一节拖着一节，铁命令铁
掠过一个又一个异乡
咣当声敲打着茫茫黑夜的四壁

有时，陌生反而会让时间缓慢下来
像是对我的安慰。这个孩子
永远会迟一点抵达
乌云的故乡。雨在耐心等我拖着行李箱里的闷雷

下车。穿过长长的田埂
有人要从这里远行
她脱下身上的雨披，递给我
才看清亲人湿漉漉的脸和干燥的双眼

寻找落日的偏心眼

——我的诗歌创作

敬丹樱

一

七年前，我接触诗歌的渠道还停留在杂志卷首、报纸中缝，或者县城书店寥寥几本的程度。那时博客盛行，我刚有了自己的电脑，为方便阅读，便在新浪开了博客，借助网络阅读了良莠不齐的大量诗作后，自己也跃跃欲试。

暑假，我把自己关在屋里，挖空心思地想，晨昏颠倒地写，肘关节甚至在书桌上磨破了皮，我把结痂的伤口当成勋章，乐此不疲，哪一天没有想到几个漂亮句子，心便猫挠过一样难受。

认识了很多朋友，有几位尤为珍贵。朋友A说："你发布诗歌的频率，让我想起怀旧的坚果诗句中对某些诗写者的形容'一台轰鸣着造诗的机器'。"我很委屈。朋友B安慰我："没事，慢一点，慢一点。"不久，我写了一首桃花题材的小诗拿给他看。他没评价，告诉我："桃花已经被写滥了，你要思考如何区别于他人，甚至，如何让他人在一千朵桃花中记住你的。"几天后，我交出了另一个版本——

"这个小小的纵火犯/转眼间就把春天烧着了一半/她竟然不逃/冲着我无辜地笑……"

这次尝试，使我明白了"慢一点"的深意，慢下来，不是懒惰，而是审慎，是关照、是思考、是对文本的虔诚。

朋友C在我一首题为《宣纸上的雪》的诗后面评论："你写得太美了，去赎罪吧。"我以为"美"，是称赞。后来才明白，我太注重文字本身的美感，诗句便打滑了。朋友C说："试着用粗糙的语言，让诗歌更具有摩擦力。"

不断有朋友向我推荐喜欢的诗人和书籍。会一星期一星期地待在某位诗人的博客，翻箱倒柜地倒腾，直至把所有文章读完，再换下一位。陆续买来舒丹丹翻译的诗歌集《别处的意义》，辛波斯卡的《万物静寂如谜》，刘春编选的《我喜欢的中外诗歌》……

戏剧性的是，博友西娃竟然和我是老乡，与她在县城聚会上初见，听她谈诗，空空的心里，光在倾注。一直记得西娃姐的话："要把自己放进诗歌里。”

网络为我开了一扇窗，虽然迟，却足够明亮。

二

母亲和我是同事，小学教员，农村家庭长女，两种身份在她身上交织，碰撞出奇异的光芒。每天下班回家，我躲进小楼成一统，在词语森林拣尽华章，如同一座孤独的岛屿，母亲则下地干活。这位大地上的魔术师，换上劳动服，扛起锄头，那双骨节粗大的手便有了魔性，大多时令蔬菜都能从她问附近农民要来的几分荒地里收获。

除了农村妇女的全部美德，母亲身上还有一些职业赋予的责任感。教科学课至十字花科，她会在自家菜田采摘油菜花萝卜花去到课堂，她甚至把阳台上菊丛里的虫子包起来装进瓶子，带给孩子们观察。她还养兔，有一年，两只母兔先后死于瘟疫，留下十几只刚出生的兔宝宝，母亲不忍这些粉嘟嘟的小生命自生自灭，每天亲力亲为，花几小时给它们兑奶粉，用注射器逐一喂食……

她想办法常年保持与土地的亲密关系，她对万物众生心怀悲悯，践行善意。母亲不写诗，但凭着自己的双手，她把日子过成了诗的样子。

母亲对我的写作产生了很大的影响。我开始跟着她，走向田埂。我搬回《诗经》，在田间地头中逐一比对，找到“卷耳”“荇菜”和“薇”……我学着亲近自然，洞察万物，感受生活的馈赠，为卑微的事物呐喊。

我发现，昆虫与植物的出现，会让一首僵化的诗生出柔软的触须。

比起新奇的句式和意象，贴近自然的语言多么重要，就像一缕不经意拂过的风，不经意间，就能把你触动。

三

2014年，我试着投稿到《人民文学》，参加了在洱海边举办的新浪潮诗会，这是我第一次因为诗歌走出县城。同年年底，在本土诗歌节上，一位老师提醒我：“你的文本很灵动，但是少了烟火气。”确实，我鲜少在文本里加入一些家常的、不美的，甚至破坏性的意象，而这，即将是我全新的尝试。

落实到文本，我开始从抒情，转为贴近生活的，更舒适的表达。熟悉的物象涌入脑海，那是一个取之不尽的宝库，我想起了外公坟头的羊奶果，院子里的核桃树，外婆在柴楼上为我搭建的简易秋千……

2015年6月，《人民文学》刊发了我的组诗《纸上春天》，那是我第一次大篇幅发表诗歌，二十三首诗歌短小、轻盈，带着浓郁的个人特色，是时间跨度长达四年的小结。《诗刊》6月号也刊发了我的另一组诗作《白桦林》。这组诗更偏于日常化，更有烟火气，虽然读者认可度不如《纸上春天》，但2015年，可以看作我写诗的分水岭。

2016年《诗探索》主题为抒写现代乡愁的红高粱诗歌奖征稿，我获奖的组诗《泥筑的窝发出橙色的光》就是日常化、叙事化尝试的成果。捡废品的叔公、寡居的大婶、等待儿孙回乡的外婆、为了弟弟放弃学业的姐姐……

写到他们时，我就是他们，怀着这样的心情落笔，一个个人物在纸上活了起来。

"艺术需要放飞想象的翅膀，但一定要脚踩坚实的大地。"万物有灵，是我们写作的源泉。我深切地体会到沾染了烟火气的文本，能够散发出更为鲜活的生命力。

四

以我的认知，优秀的诗写者必然有悲天悯人的胸怀，对自己所处的时代，有相对清晰、透彻的理解，并善于对个人际遇或社会变迁做出敏锐的回应。

历史事件或日常生活体验与汉语抒写的宿命，在诗写者的精神生活中被广泛联系起来。诗歌作为个人的心灵叙述，语言内部有了更为深刻的变化并逐渐呈现。作为隐秘抒写的个人叙述，在形式上即使是碎片式的，幽微的，也不可避免地吸收着时代赋予的各种因素，并在字里行间折射时代的真实表情。

我佩服纵情山水，亲近花木虫鱼，为万物立传的自然歌者，佩服尊重诗歌的抒情性并适当引入叙事等多种抒写方式写作的诗歌尝试者，也佩服那些受时代因素影响成长起来的吟者。

写作时，每位作者都是一座孤岛，通过与自己博弈而成长。

而生命个体却不是一座孤岛，每个人都在历史进程中顺应时代洪流，和芸芸众生发生着千丝万缕的关联。把住时代的脉息，抒写大地，抒写自然，抒写躬身于大地的人物个体与群像，记载他们的悲欢与命运，用个性化的语言在时代背景下发声。

在几年的写作中，我感受到汉字可以是花瓣也可以是子弹。

以前我偏重于把汉字塑形成花瓣的技巧，现在我更想拥有把汉字锤炼成子弹的责任感和使命感，勇气和担当。

五

诗歌是什么？每个人都有自己的答案。诗歌是光，是爱，是自由，是虚无，是奢侈品，是慰藉，是药，是救赎，是漫无边际的沙漠里，水和绿洲。

诗歌什么也不是，诗歌什么都是。

诗歌篇幅相对短小，门槛较低，新媒体的诞生，网络自媒体的兴起更是降低了诗歌的门槛。无论是博客、微博、微信朋友圈、公众号平台，我们都不难看到部分诗歌写作者的浮躁。每天闭门造诗的诗歌机器太多，诗歌如同被机器批量生产，成千上万，真正对诗歌有敬畏之心，个体烙印鲜明，触及心灵的作品弥足珍贵。诗歌归根结底是小众的，我们都愿意让更多人来了解诗歌，但是首先应该做好的，是坚守自己的本心。

大地上的秘密每天都在更新，最好的作品永远在路上。从读到写，是一个漫长的过程，从写，到写好，是一眼望不到边的过程，我以蜗牛的速度行走着。“诞生文明的语言始于原始的寂静。”诗歌是内心的需要，自我的表达，无论身处哪个时代，我都愿意向安静写作的人们致敬并无限靠近。

鸟声呼啦啦栖落小院，又扑棱棱结满枝头。
光眷顾了我。我站在尘世中央，像神的孩子。
美好的事物，来得多晚，都值得原谅。
枇杷树已经挂果，最闪耀那枚，是落日的偏心眼。

——《日暮》

这是我的一首小诗。如果合格的诗写者是神的孩子，他们爱惜语言如同鸟儿爱惜羽毛，他们用带有自己脉搏和体温的语言替万物立传，他们笔下每一篇作品，都是落日的光辉，他们与自己孤独对坐，竭尽全力，接近那枚被光眷顾的最闪耀的诗的果子，那是落日的偏心眼，是神的垂爱。

美好的事物来得多晚，都值得原谅。

因为热爱，我们忍耐；因为热爱，我们等待。

敬丹樱诗六首

雪　路

一夜之间，厚厚的积雪堆满院落
我不敢踩上去。这神赐的礼物，多细小的声响
都是唐突

小心翼翼，诚惶诚恐，患得患失
最精致的爱情，正是如此

但最好的爱情
是二叔拿起扫把，为驼背的二婶从围墙到山下
默默扫出一条回娘家的路

小　寒

人间至苦，莫过于把视若珍宝的小神
扼杀于腹中
菩萨身上覆满灰尘

山门外，面色惨白的妇人
埋头堆一个很小的雪人，她堆得那样用心
仿佛他即将伸出双手扑到她怀里

更多的雪落下来
更多香客，从山门外拥进来

叙利亚，盲童在歌唱

仿佛大马士革城经受了什么
那些飞翔的种子就能

填补什么。她在废墟种花，她将拥有整座花园
她久久仰着头
花朵朝着天空喷薄——

神在那一刻降临
附身于世上最小的花匠

小树林

天空被枝叶裁剪
细碎的光
暖暖地落在邮差的脸颊。鸢尾花像低眉顺眼的妻子
小心翼翼，说出一点点蓝

噢，做井底之蛙也没什么不好呢
他摩挲着鼓鼓的邮包——

一切自有安排。日暮前，鸟儿循着来路返回
写给自己的信
将在年迈时送达

萤火虫

萤火虫军团浩浩荡荡
出现在夏夜，收割着成群的赞美和誓言

它们与蒲扇有关，与葡萄藤有关
与老掉牙的故事有关
它们曾被放进透明的瓶子，空心的葱叶
那微光
有着慰藉的力量
那是我不配获取的力量——

躺在凉下来的晒席上
我曾一把捉住路过的小灯盏
在那只红头萤火虫经历漫长的捉弄后
我尝试掐灭那盏灯
这秘密
只有月亮知道……

数算我童年
犯下的种种罪孽，最耿耿于怀的就是那盏灯
在被我彻底掐掉后，还执拗地
亮着

灰月亮

你是不是喜欢过仰望
迷恋着深蓝的天空下，月亮温润的光芒
你是不是相信
那是治愈的力量

你是不是这样描绘长大后的自己——
奋不顾身的石头，兀自开落的野花，疲惫的灯火
噎在喉头的轻叹

你是不是不愿意承认
就连月亮也有关照不到的地方
这么多年
它已不胜其累

你舔舐伤口时，是不是不再习惯抬头

品一朵“时间的蔷薇”

林　珊

事实上，关于诗歌，我曾如此反复问询过自己：诗歌予我，究竟是意味着什么？

记得在几年前，我曾在一篇随笔中写道：“诗歌对我而言，是灵魂的归属，也是抵御孤独的良药。我在诗歌中寄予了无限的炽热、喜悦、悲伤以及疼痛……”很多时候，我把这些称之为小夜曲，为了抵达心灵的深邃与磅礴而自我反复咏叹，这也许就有了俄罗斯白银时代诗人的影子。在这喧嚣的时代，寻求清澈与完整几乎是遥不可及的梦境。而写作之于我，就是为了不断地接近内心的真实，完成内心的一种完整。

那么真实又是什么？真实也许可以比拟为餐桌上的一具纸杯，注水时轻微的颤动，同样来自审视者（诗人）心像的颤动，是心灵与事物相连的某一次共振（节奏），这一瞬间的变化，也可以扩大为这个时代的变迁。有时候，宏观与微观是同步的。而我们要做到的是通过修辞（词与物的对称）呈现颤动的最细微之处，使得这具纸杯的真意也赋予这个时代的具体的真实，而作为一个诗人勇敢地寻求一种真实，当然也是另一种救赎，它使我能够摆脱庸常生活的涡流，获得内心的平衡与宁寂；使我能够在南方的午后，聆听溪涧内部动荡的秘密，观看花瓣绽放的刹那，时间的意外的叠折……

这些年，在工作和生活之外，我把大部分的时间和精力都花费在阅读和写作上。我的内心有一个声音：诗歌应该是内心的独语，每次写诗都好像处于一种很深很深的寂静之中，是自己在跟另外一个自己在对话……

我生活在一个山水莹澈的南方小城，出门抬头便能望见连绵起伏的青山，低头看到的是绕城而过的桃江水。小城的山水养育了我，也赐予了我安静淡然的天性。我的写作从2009年开始，现在回想，十年的时光转瞬即逝，如今写作已经成为我日常中的一种习惯。写作予我的意义，我想借作家余华的一段文字来说明：“我一直生活在文学里，生活在那些转瞬即逝的意象和活生生的对白里，生活在那些妙不可言同时又真实可信的描写里，生活在很多伟大作家的叙述里，也生活在自己的叙述里。我相信文学是由那些柔弱同时又是无比丰富和敏感的心灵创造的，让我们心领神会和激动失眠，让我们远隔千里仍然互相热爱，让我们生离死别后还是互相热爱……”这段文字，深深打动了我，也引起了我的共鸣。我认为，写作于我，也是如此。

在我的成长过程中，最美好的童年回忆，应该是来自于村庄。年少时，我曾有六年的乡村生活经历，之后随父亲举家搬迁到了城镇。可是我上学期间的每个寒暑假几乎都是在外婆家度过。外婆的村庄临近一条汩汩的小河，每年春天，河边的草地上、灌木丛中都开满了野花，其中有一种，是蔷薇。有白色的、粉色的，单瓣的、重瓣的，盛大而灿烂，深得我心。而在村外的山坡上，苇丛、松树、水杉、忍冬等植物，最为常见。我无比热爱植物的秉性，或许就是从那时得以开始。自然与植物，总是能给我带来无限的悲悯及欢喜。

这几年来，持之以恒的写作，让我得到了许多的锻炼和提升。诗歌所给予我的，也有很多。我曾在2015年入选第四届《人民文学》“新浪潮”诗会；2017年4月，被评为2016江西年度诗人，9月，荣获第二届“诗探索·中国诗歌发现奖“……这些，是诗歌给予我的馈赠和慰藉。另外，我还有幸入选了赣州市文艺精品创作专项资金项目，我的新诗集《小悲欢》于2018年3月出版。谈及诗歌，在我的诗歌里，很多都只有故乡这个意境，但写的，却也不仅仅是我的故乡，而是一个广义上的赣南客家群体。如客家擂茶、大襟衫、风雨桥、祠堂……我都曾在作品里做出过相应的描写和叙述。我想通过我的文字，让更多的读者了解到客家人的底蕴、精神、文化、习俗等各个方面。

屈原曾在《离骚》里写道：路漫漫其修远兮，吾将上下而求索。在文学之路上，阅读与写作也是密不可分。这些年来的持续写作让我更加懂得了阅读的重要性，我的阅读视野也随之而越来越开阔。国内诗歌让我更为了解当下诗歌的精神与元素，国外诗歌则给我带来了阅读上的新鲜感、词汇的多元化、以及叙述方式上的别具一格。

归根结底，我认为诗歌的写作，更多的是来自于内心的一种声音。它应该和喧嚣的尘世无关，和虚拟的网络无关。一切都应该是它自己的样子，一切都是事物本来的样子。

我想起曾经读到过的一首诗，诗里如此说：“在命运为你安排的属于自己的时区里，一切都准时。”我想，一个人对文字的热爱，并不以时间的先后来衡量。保持持久的写作，也并非是一件容易的事情，可是我，仍然愿意在今后的年岁中，以一颗真挚的心，去一如既往地热爱，在诗学的深林中寻求那一朵“时间的蔷薇”。

林珊诗六首

梨　花

我曾目睹过一树梨花凋落的过程
在寂静的暮晚时分
一枚花瓣突然落下来。然后是
第二枚，第三枚……
我曾趴在墙角观察过一群迁徙的蚂蚁
在童年的村庄
它们排着整齐的队伍，浩浩荡荡
从低处迁往高处
就在昨夜，我梦见在田野里劳作的母亲
她有年轻的脸庞，清浅的酒窝
两个孩子曾在她出门前，异口同声地保证过：
不下河抓鱼，不上树掏鸟窝
后来，更大的那个孩子，蹲在灶前烤红薯
柴垛突然失火。两个孩子在哭
母亲推开了院门。矮墙外
天空开始下雨，蚂蚁还在迁徙
梨花还在凋落

乌　鸦

夜读阿信《那些年，在桑多河边》
读到他此般描述乌鸦：
“与一只乌鸦的隐疾对应，
我多年的心病，是不能陪它
一起痛哭。”
我曾在七月的清晨，在夜宿的庐山山顶
遇见过乌鸦（哦，不仅仅是一只）
它们盘旋在芦苇丛中，琉璃瓦屋顶

发出“啊，啊，啊……”的叫声
我从一场梦里惊醒，赤着脚
透过窗帘的缝隙，数了数
哦，一共有二十三只
体积庞大，羽毛光滑
那黑色的闪电，那突如其来的旋风……
此后一整天，我并没有开口谈论乌鸦
“当你看见了乌鸦，记住千万不要惊动它……”
我的外祖母，犹如村庄里的先知
这些来自童年的教育，让我多年以后
仍然心存敬畏。仍然忐忑于
一群乌鸦，同时出现的深意

练习曲

我想写下一条河流
它日夜不息地奔腾啊奔腾
在似醒非醒的夜里
在熙熙攘攘的人群中
我想豢养一只蝴蝶
它有一双安静而又孤单的翅膀
在杜鹃花开满山坡的春天
在柳枝低垂的河堤上
你是知道的，隆冬已经所剩无几
一场突如其来的雪依然落在远方
“暮色将近时，我看见玉兰树上结满了花苞。”
当北风又一次吹拂花园
当铜钱草沉默着凝望汽笛的方向
如果那时的我们，还不曾热泪盈眶
那就俯下身来，和万物一起慢慢练习
怎样将过去的歌谣轻声叠唱

黄昏记

树下的落叶越积越多
干枯的芦苇丛顶着满头的白雪
在湿漉漉的黄昏
唯有蜷缩在一张晃动的摇椅里
等待天黑的时候
才会如此叹息：时间犹如疾驰的车厢
咣咣咣响着。很多时候
我就这样一直坐着，坐着
看暮色向晚，看夜色将至
而风声，有时落满我的窗台
它带来寒霜，积雪，越来越深的倦意
它带来一些无法抹去的爱，孤独
竖琴的断弦，迟缓的永恒……
十二月了。时间流淌着
生活继续被描绘。我想要说的
——都将在夜色中到来

祠　堂

在炊烟越来越稀疏的故乡
唯一还保持原貌的，只有祠堂
众多的先祖，在年复一年的祭祀里
不断获得告慰。1987 年的天空下
我曾在祠堂的侧厅里读幼儿园
二十多个眼神清澈的孩子
尚不懂得敬畏，也不明了生死
课间休息时，我们围绕着神龛做游戏
快乐的笑声一阵高过一阵
有一次，村里的一位老人辞世
朱红的棺木在祠堂里停放了三天三夜
我们在放假，天空在下雨
身披袈裟的和尚吹起声声唢呐

出殡仪式结束后，当我们重新回到课桌前
弥漫的硝烟，遍地的碎纸屑
并没有让我们，感到慌张和恐惧

立　秋

枫叶未红，白霜未降
她站在阳光倾斜的人行道上
有巨大而空旷的孤独
这不是旧年的秋天
但场景如此真实
秋风循声而来
路边的紫薇已经开了很久
她眯着眼睛
她想起旧年的秋天
她站在阳光倾斜的人行道上
那时的她，还很年轻
那时的她，还拥有新鲜的爱情

华文青年诗人奖专辑

诗坛峰会

探索与发现

汉诗新作

首师大诗歌研究中心第15位驻校诗人灯灯特辑

诗坛峰会

诗人余笑忠

作者简介：

余笑忠，1965年生，祖籍湖北蕲春。现居武汉，任职于湖北人民广播电台。诗人，电台主持人。曾获《星星诗刊》《诗歌月刊》联合评选的“2003中国年度诗歌奖”、第三届“扬子江诗学奖·诗歌奖”、第十二届“十月文学奖·诗歌奖”、第五届西部文学奖等。

诗人余笑忠

余笑忠诗十八首

春　游

盲女也会触景生情
我看到她站在油菜花前
被他人引导着，触摸了油菜花

她触摸的同时有过深呼吸
她触摸之后，那些花颤抖着
重新回到枝头

她再也没有触摸
近在咫尺的花。又久久
不肯离去

凝　神

这一刻我想起我的母亲，我想起年轻的她
把我放进摇篮里

那是劳作的间隙
她轻轻摇晃我，她一遍遍哼着我的奶名

我看到
我的母亲对着那些兴冲冲喊她出去的人
又是摇头，又是摆手

母亲的心愿

我母亲因为到山上拾柴

又摔了一跤。又是右脚。所幸
这一回并不是太重
其实她的柴薪足够
引火的松针、树叶也足够
她只是希望引火之柴更充足
她只是抱持自己的愿望
好脚好手的，能动手就自己动手
她忽略了年迈、意外
她只是不想成天待在屋子里
也许她更想到山上去看看吧
那里林木茂盛，杂草丛生，山鸟雀跃
有些地方永远安静如长夜
也许母亲会在劳作的间歇
看一看山脚下静静流淌的大河
那里鱼鳞般的波光涌流不息
像母亲隐秘的心愿

生日诗

寒冷的一天，雨夹雪
人们辨认出
混迹于雨中的雪花
雨是现实，雪是旧梦
我推测五十一年前的今天
也是小寒，虽曰小，实为最
我是双亲的头生子
我的父亲母亲会依我的年龄
推算他们自己的年龄
就像我常以自己的年龄推算他们的
仿佛这样更牢靠，更确定无疑
就像后来，我的父亲走了
我依然这样推算
就像如今，我想把父亲应享的天年
加进母亲的寿命里

为此，我将继续混迹于斯世
上帝没有旧梦
灶膛常有烟火

秋　光

太阳偏西。药房门口
摆满了几十个
小匾子。路人要绕行几步
我弯下腰，看那些标签：
女贞、枳实、麦冬、覆盆子……
在那些蝇头小字面前
我的眼睛，因为渴望一探究竟
变得模模糊糊
那些实物是清一色的干货
像曾经的显学、名流，今天得以重见天日
那些切片，长梗短梗，丝丝缕缕
被掸去了灰尘，又扎扎实实晒了一个日头
似乎这就是它们的尊荣
戴口罩的妇人，躬身将它们各归其位
没有偏爱，严格对号入座
终于收完了摊晒一天的药材
在脱下手套前，她赞许般地
拍拍双手

白鹤高鸣

新春适逢雨水
阴晴不定的早晨，我在沙滩上闲步
为河道中多出的小洲感到惊奇
人们从河床取走了太多的沙
我猜想，这应该是河岸垮塌的一部分
连带着几棵树，被激流裹挟到这里

这之后，几棵柳树稳住了它
将这个小洲放大，它可以是一个大荒岛
几棵柳树不妨看作沦落之人
他们也有春天
也会在日出之前
听到白鹤高鸣
也会循声而望，以确认它们之所在
像此时，我在一览无余的沙滩上
深一脚浅一脚地行走
于阵阵鞭炮炸响的间歇
为几只在河道上空
相互追逐且一路欢鸣的白鹤
而忍不住加快了步伐

哀邻人

世上最悲哀的事
莫过于我老家的邻居所遭遇的
村中一位妇人过世
他生平头一遭去抬丧
有人怪他一路上摇摇晃晃
第二天他口眼歪斜，疑似中风
到县医院就诊后有好转，能自理
后又复发，不能言语
送省城求医，不治而亡
旬日之内，他也被人抬上了山
时年六十六岁
那人算不上一个好邻居
去年为宅基事还想对我叔叔大打出手
但他遭遇了世界上最悲哀的事
纵有不良之举也当略去不提
那些为他抬丧的人
都如壮士，都是良善之人

难以置信

烧鳜鱼之前，往鱼肉上淋一点黄酒
难以置信
那鱼鳞已去、内脏已被掏空的身体
竟然痉挛起来
我不知道
这是酒的作用
还是任何一种液体的作用
以至于它在死过之后被唤醒
给肉食者如我，以奋力一击

它们的美味我一律欣然享用
不单是鳜鱼，不单是飞禽走兽
不单是美酒。但余生
无法免除突如其来的战栗
像缺钙者
睡眠中的痉挛

当有人说起……

当有人说起梦见我白发苍苍
我感到幸运
仿佛那是真的：我能活到白发苍苍
哪怕这只是他人偶然的一个梦
哪怕事实上，我已接近
白发苍苍，这也意味着
我将提前出现在晚景里
也因此而注定，将提前获得一种风格
但省略了其中必经的不幸
因为晚期风格，我的话语更有分量
那该多么幸运
但所有的白鸟都在嘲笑我
甚至死灰也不例外

好吧，那也没有什么大不了
至少我已懂得哀矜，认定
它是一种白色

为滞留的大雁一辩

越冬的大雁，那些大家伙
从加拿大飞到波士顿
歇脚一个礼拜，继续往南
如今，这些过客
朋友告诉我说，它们
会在波士顿待上一个月，甚至更久
此乃拜气候变暖所赐
大雁在波士顿的日子安逸了
所谓鸿鹄之志，看来只是季候所迫
不过，这何尝不是出于一种敌意
就像被时差所困之人
每当深沉的睡意袭来，其实
是身体的一种敌意
啊，躺下即是吾乡
不辨黑白，不问时日，不计东西

田园诗

天色阴沉。从疾驰的列车上望去
公路上的每一辆汽车
都像是在跟列车赛跑
我轻而易举地获得了胜利的满足感
仿佛我就是列车
一根根电线杆
像某个不明之物的化身
站出来，又退下去
白杨树叶片凋零
在寒冬到来之前，放弃了它的抱负

肃立于雾气中的乌柏树、枫树
向金黄的稻田倾吐一腔热血
我看到了水牛，但没有看到
与它为伴的白鹭
想到隔日返回途中，我只能
在夜幕里再次经过这一带
高树上的雀巢，像少年的誓言
让我眼前为之一亮

二月一日，晨起观雪

不要向沉默的人探问
何以沉默的缘由

早起的人看到清静的雪
昨夜，雪兀自下着，不声不响

盲人在盲人的世界里
我们在暗处而他们在明处

我后悔曾拉一个会唱歌的盲女合影
她的顺从，有如雪
落在艰深的大海上
我本该只向她躬身行礼

依病中的经验

所幸你的病不是孤例
你可以称某些人为病友

所幸这友情并非患难之交
因而对真正的患难之交满怀敬意

所幸虚弱只是暂时的
但仍需借助信念

所幸因此站在弱者一边
但将白雪覆盖的青铜雕像排除在外

所幸回想起一首儿歌
不幸的是，教会你这首歌的人已远离尘世

他曾遭受的病痛远比你深重
报以微笑吧，所幸，这胜过一切花言巧语

正月初六，春光明媚，独坐偶成

宽衣、躺下、在河边、在早春的阳光下
啊，光阴、阅历、旧雨新枝
此时此刻，无山可登
无乳房可以裸露
无用而颓废

借光、借风、借祖国之一隅
借农历之一日
醉生梦死

顿　悟

两只喜鹊在草地上觅食
当我路过那里时它们默默飞走了
无论我多么轻手轻脚，都不会有
自设的善意的舞台

退回到远观它们的那一刻
那时我想过：当它们不啼叫时

仿佛不再是喜鹊
只是羽毛凌乱的饿鸟

从什么时候开始，我已认定
喜鹊就应该有喜鹊的样子呢
从什么时候开始，我已假定
如果巫师被蛇咬了，就不再是巫师呢

这些疑问，随两只喜鹊顿悟般的
振翅飞起而释然了。有朝一日
我可能是不复鸣叫的
某只秋虫，刚填进它们的腹中

崇明岛西沙湿地即景

一大片芦苇丛中，有几棵绿树
被绿色的波浪簇拥
像被幸福所环绕……
视野中一个临时的中心
那么轻而易举，获得了
誓言的高度

如果，那里张灯
就会沦为茫茫暗夜中
孤立的舞台
那么，归巢之鸟
能替它支撑什么？

而一旦
野火被点燃
芦叶、芦花都会现出反骨
所有的灼烤都会奔高树而来
让它恨不得跪地求生

所以，严禁烟火
所以，那绿树似有漫长的影子
在回望中，成为我们的一部分
所以，每一次回望
都有如托孤

宿醉后醒来

宿醉后醒来，看手机，五点二十分
尘世安静，唯有鸟鸣声声
百灵鸟、喜鹊、画眉，如此殷勤
仿佛要接我到新世界
此时离李白近，离解放大道远
离故去的老父近，离银行卡号远
离从深井里汲水的吉尔伯特近
离教训我的老僧远
离花香近，离太阳远
太阳就要升起
在此时的我和昨夜的我之间
有一道裂隙，深不见底
我已无所忆。太阳不会大白于天下

红月亮

想起和父亲在大河里看见红月亮的那个傍晚
那是在劳累了一天之后。我们的腹中
空空如也。红月亮
升起在东边的山头上
为什么它变成了红色的？
带着这个疑问我和父亲望着月亮
不同于父亲和我
不同于流经我们的河水
在少年的我看来，孤悬的月亮是没有源头的

那一轮红月亮
那一刻，全世界的河川都归它
但只有流经我们身边的河水
在不一样的月光下，泛起小小的波澜

诗人荣斌

作者简介：

荣斌，壮族诗人，广西来宾市凤凰镇人。中国作家协会会员，词作家兼编剧，影视出品人。1988年开始发表文学作品，1992年迄今共出版《面对枪口》《卸下伪装》《在人间》《自省书》等诗集。文学作品见《民族文学》《诗歌月刊》《山东文学》《广西文学》等刊物并入选多种选本,作品被译为英、俄、韩等国文字。系广西签约作家，曾获2014《山东文学》年度诗歌奖、第六届《诗歌月刊》年度诗人奖、第五届广西少数民族文学创作“花山奖”等奖项。

诗人荣斌

荣斌诗十二首

向后飞翔

幻想的青蛇再次深入我溃散的头骨
白色牧场，走过来第一批
被信仰抛弃了的圣徒
午夜变得歇斯底里
于是我不顾一切，插上翅膀，向后飞翔

赞美我的人，被假象囚禁在虚设的幸福里
我看见光阴之水
流过时光的河床
我还看见夕阳正慢慢变得俗不可耐
这杯半透明的液体
像一只生病的野猫，它催我昏昏欲睡

在我躯壳以外的局部，这个世界
正在变得越来越柔软
这个世界，真实得令人发指
我在冰冷的黄昏
目睹盲鸽的翅膀撞碎在城墙
我知道烛光与花朵拥有不可匹敌的力量

现在，我悬空的命运对一切危险和不幸
置若罔闻，完全无视
我只想一意孤行，向后飞翔

献给托马斯

是的，托马斯，“死亡将不再统治。”
请你务必接受我手中的头骨

那些即将凋落的罂粟花
开在遥远的英格兰半岛
悲伤的琴声不会影响《死亡和出场》

麦克风连接你的每一根神经
托马斯，你躺在战后的国度
向诗歌的人民预言我的来临
当你“离开爱的病床”
我已翻开这个年代最后一页

我的目光锁定在潮流和云朵之上
我为你朗诵、吊唁，为你奔丧
尖锐的信仰织成覆盖死亡的战旗
托马斯，请闭上你的右眼
用诗歌打造的遗嘱，与灵魂相似

注：狄兰·托马斯，英国著名超现实主义诗人。

写给我的死亡纪念日

——同题 W.S. 默温

我看见人们纷纷脱下头顶的礼帽
动作多么笨拙
我的思想挂在断裂的墙角
像一块风干的腊肉
像我第七年的尸体
作为逃亡者，我曾栖居火焰之上
命运一直下垂
向我暗示它的不堪和懦弱
许多人卑微地活着
活成了自己的累赘
无论是选择熄灭，还是走向再生
谁都不知道自己是否可以生还

而我，不打算留下来
不打算让光辉的悼词一次性消费

先　知

无数先知，莅临人间
他们牵着信仰的猎狗
他们参与众神的圣典
他们攀上腐败的楼梯
他们蛰伏在水果刀下
制造阳光以外的血迹

他们追求的自由是倒立着的
他们看见了
歹徒与花朵，妓女和上帝
染上梅毒的妻子
老实巴交的丈夫
以及被口红蹂躏的少女

他们看见了虚弱的诗歌
奴颜婢膝的大师
遍体鳞伤的艺术
面黄肌瘦的经典
坠入风尘的道德
假冒伪劣的贞操

他们还看见被亵渎的爱情
戴着面具的良知
染缸中出没的衣冠禽兽
甚至许多彻底被激怒的鱼

卸下伪装

我想远离这座城市，回到凤凰
我想放弃面具，卸下伪装
把生命还原成血浆一样的颜色
浑身疲倦，走在路上
真的有点累了
我迷失在别人的城市
像一个孜孜不倦的守墓者

我想用白雪装饰天空，明朗如初
用春风吹散额上深深的伤痕
我想用一盏油灯
照亮过去的记忆
我想用云朵裁剪一件温暖的衣服
裹在身上，回归故乡

现在我把我的卑劣抛出

现在你们所看到的荣斌形同一盘散沙
现在你们所看到的
是卑劣者荣斌
手持鲁莽的水枪
在你们自认为庄严的节日里败坏情绪

现在你们所景仰的诗歌
像被我抛弃的少女从后半夜离家出走
她喜欢表演现场直播
她喜欢在流行的病态中
欣赏爱情被亵渎的盛况

现在我坐在这间充满堕落气息的酒吧
把自己装扮成一个正人君子
我慢慢品味你们孤独又伪善的纯度

我打算施展语言的暴力
动用一把幸存的剪刀剔裁黑暗和伪装

现在我在你们当中戴着面具隐约出现
我也面对面具
一切爱恨情仇显得多么滑稽而又可笑
它们仿佛罗丹前半生最粗糙的半成品
被命运安放在危险的高度

现在我无意敌视这个世界
但小恶的邪火总是在内心猎猎燃烧

现在我想提醒诸位，把我视为奸细
——打倒我的诗歌，摧毁我的自由
别让我尖锐的视觉乘虚而入
因为我挑起事端的感觉
常常会使规范的诗歌法庭全方位瘫痪

原　谅

每天，临睡之前，请闭上眼睛
让身心浮靠在平和的水面
学会沉静下来
学会返躬自省
学会宽容，坚忍，以及原谅
原谅所有的人和事
原谅所有的过错与冒失
原谅阴沉的天气
原谅没有阳光的早晨
原谅姗姗来迟的脚步
原谅别人的傲慢与偏见
这个世界从来没有十全十美
原谅它的偏袒与不公
原谅多舛的命运

原谅凌乱不堪的既往
打满补丁的未来
原谅崎岖而坎坷的道路
以及，路上被鲜花覆盖的陷阱
没事的时候，多想想自己的缺点
原谅人心的叵测
与生俱来的自私
原谅苍白的借口
原谅恶毒，工于心计的目光
原谅没有防备的伤害
被善良虚掩着的预谋
除此之外，你还要原谅
无端的猜忌，背叛的情感
原谅谎言，原谅诋毁
原谅没有兑现的承诺
原谅排挤和质疑，并且
原谅懦弱与卑微的内心
原谅那些，高高在上的面孔
原谅他们的世故与无知

诗人无尘

醉卧街头的那天晚上
我认识了诗人无尘
他是书商，专卖盗版
长着一副
老谋深算的样子
看上去不像好人
经历几次扫黄打非之后
他的马甲里
只剩下一根瘦弱的骨架
我想如果他被
剃光那头长发
准会变成医院实验室里

最逼真的人体标本
我们通常借诗歌的名义
通宵达旦，喝酒抽烟
讨论泡妞心得
抨击社会现实
偶尔也会大骂
刊物的某个混账编辑
尽管双手沾满铜臭
但无尘始终认为
自己是个知识分子
推崇先锋精神
标榜贵族气质
他常常挖苦我
活得像个诗人
每当酒过三巡，菜过五味
无尘喜欢喋喋不休
——荣斌你不要老是躺在
诗歌的破床上做梦
你现在最需要的是冷静面对
现实与艺术
我回敬：给老子闭嘴，喝酒！

明 天

明天一切都会安好，一切都将还原成
最初的模样
明天这城市将被绿色植被和童话占领
我的房间没有尘埃
内心有如婴儿般纯粹

明天阳光落入掌心，花儿开出透明糖果
即便寒冬来临
天空也覆盖着温暖的衣裳

明天，我会在废墟上
搭建一个有烟火的家，它不是归宿
但是可以收留
许多诗人，病号，以及酒鬼

明天，我会穿过古老的街巷
挤进人群的森林
与这城市亲近，亲近它稚气的斑马线
倒影的树木，歪曲的河流
缺乏情调的人民公园
还有积压着梦想的动画公司

明天，没有人知道我来过
曾经站在这座城市的船头
我的歌声像风一样轻微，像夜莺一样
掠过黑夜的河畔
终有一天，我的离去
会使一些人的记忆变得浑浊

那时，我的名字化成一摊冰凉的石头
湮没在泥土里
我点燃的诗歌被埋在冬天的早晨
它焚烧着，不会熄灭

信　仰

我看见渡船了，不在水中，也不在岸边
它在沙漠，在无边无际的夜里
我看见候鸟的翅膀闪着蓝色火焰，从冬天折回秋天
它们空腹着，一无所获
它们飞过了九月的头顶，向天空追讨最后一线生机

我的心突然下沉
因为我看见了阴影，飞翔的阴影，已经奄奄一息

只要有风吹过那片牧场，我就会觉得眼前一片光明
我就可以歌唱，可以欢呼
可以像孩子一样手舞足蹈
我在辽阔的草甸仰望云朵，云朵下仍然活着的羊群
这是令人欣慰的景象，也是一年里最好的消息

那么我还希望能够遇到这样一些人，他们筚路蓝缕
他们风尘仆仆，四处迁徙
他们衣衫不整，但是脸上舒展笑靥
我坚信，他们是手执信仰的人
信仰被点燃成篝火，被一种力量托举成高高的星辰

周　末

我躺在许亚童的迷梦里瞻仰周末
我把青花瓷倒过来，把玩，砸碎
我斟满一杯热茶，浇花
看它枯萎，慢慢死去
酒香弥漫，酒香四处招摇
醉了一个上午，还醉了昨夜熟睡的陌生人
我贴在水面肆意飞翔，我落在今年十二月的枯枝上
我变成菜鸟，寻找菜园
我的鸟语被一把弹弓射死，羽毛四处飞溅
我在我自己的掌心跳舞
没有钢管，我就把木棍当成棒杀道具
我听见血液滴答的声音，像山涧溪水流动，很好听
我忍不住抽出藏刀，割肉，割命根子
割难填的欲壑
割一切可能导致的悲剧角色
我歌唱往事，我掩埋没有任何依据的回忆
乃至任何不靠谱的爱情
都将被掩埋
我想走了，但是脚步仍然迟钝，它停留在这个周末
它找不到出路，找不到通往云端的途径

站在雪域的女子（组诗）

第一章：关于冬天的承诺

秋歌熄灭的子夜，我回到爱情的门前
我以沉默的姿势
在南方以南，倾听季节的方言
回望水天一色的陌岸
我看见去年的女子，走在极地路上
进入辽河朔方
爱人，你这冬天的精灵
大风之中，如梦的暗香
正浸染这一角湛蓝晨光

我透明的足音难以抵达春天腹地
我静坐阳光边缘
将焚烧的梅朵深藏于心
我默默回避长驱直入的雁声
让一抹残缺的背影，擦伤洁白回忆
我独行于隐秘的河谷
祈祷一枚神赐的渔火，烛亮水港

爱人，我刻意而来，却又不经意而去
我朝圣的灵魂
依然停留在
你朴素的花园
等到初雪飘落的日子
我会手持一束灿烂的春天，回到雪域
我将沿着崎岖的山路
独步尘霜，风雨兼程
我穿越圣洁的霞光
靠近你无边的草原，并将一生的恋情
种植在这个冬天的脚下

第二章：关于雪的女儿

你披雪而立，等候雪以外的恩情
这饱含沧桑的机缘
没过隐隐作痛的水声
那时候，我就站在前世的雪光中
凝望你千年之后
出嫁的情景
爱人，你到来的时辰
这场大雪漫漫扬扬，伴我飘零半生

光阴流逝，你的青春被雪覆盖
我听见美丽的猝步，由远而近
那一声声重叠的呼唤
仿佛白雪在轻吟浅唱
回荡在我空旷简陋的居室中央
爱人，大雪围困的向晚
你还在冻结的水岸，为谁葬花

你说岁月尽头，会盛开一千朵旧梦
我仍然怀念你清澈的泪痕
你飘舞的裙裾
浮动在草色清清的湖畔
你纯洁的乳名与雪关联
雪花铃铃作响
长发的暗香印在满天霞彩的衣裳
爱人，我为雪而泣
我在无路可寻的雪下，祈祷遥远的来生

第三章：关于红尘的故事

歌唱的少女泛舟而来，我的辽河
三千里红尘白雪皑皑
与我擦肩而过的幻影

是一只晶莹的雪鸟，在天空自由飞翔
忽隐忽现的惦念里
轻风画出你的曲线
我仿佛遇见流萤，烟火，温暖的烛光
以及明媚的灯盏
凝固在半启的窗台，照亮我的身前身后

爱人，我迷失于青萍之末
像静水下的藻类
任凭这世间雨雪如何锋利
我依然坚持
最初的步履
我以你为路，以你为墓
在这动荡的人间，弥补大彻大悟的余生
我为你采撷的阳光不会凋谢
就像迎雪的玫瑰，开在风中

爱人，我等待你到来，圆一场千年之梦
我将牵引黑暗中的马匹
驰骋于诗歌的光明道路
我的北方，这场空前绝后的大雪
它足够埋葬爱情
足够击碎幻灭的灾难
爱人，请与我同行，陪伴我疲惫的身躯
我们将跋涉万水千山
一路向南，抵达传说中的绿色故乡

第四章：关于我的传说

我只是你门前的过客
但我热爱你冬天的冰凌和雪，你的水
纯洁的笑靥，雅致芳华
直至那白发苍苍的暮年
我是你夜空最孤独的星

是你眼际飘忽不定的风
爱人，请收留我的悲伤和零乱的心事
在无数种虚构与假设中
接受我决堤的思念
这一场独特的汛期
让我的爱恋像荞麦一样疯长在你的雪域

冬天里奇寒的一夜，我遥望北方
大雪已经来临
爱人，我就是这雪的魂魄，注定要坠落
我沿着冬天的路径
以诗歌与爱情之名
叩开你封闭的心灵
我就是你窗外纷扬的白雪
是你安放在花季边缘
十里牧场的爱情游戏中，最冒失的孩子

除此之外，我还热爱你火爆的脾气
凌乱的刘海，茫然的眼神
清贫的居室，以及贮藏在大衣里的
那一缕缕典雅荷香
严寒无法阻止我行进的脚步
我踏着雪落的音符
抵达北方宽广而苍凉的河岸
爱人，我是你前世的荒滩上
失散多年的纤夫啊

第五章：关于雪域的最后一幕

想象我在冬天开放的诗歌，多么高贵
我以脆弱的文字
叩动这蓝色夜晚
它们不可替代，它们是唯一的抒情方式
我习惯端坐于凌晨

翻阅你的来信
我看见小寒的天底下
白雪化成冬天的泪花
仿佛在描绘我们被时空隔绝的一段尘缘

爱人，这样的光景并不多见
只有初雪飘落的日子
透过雾色迷茫的玻璃
我才能感应你热切的心跳和冷冷的忧伤
大雪封冻了情感的河流
寒风渗入我冰凉的血液
无声的告别成为这个季节最鲜明的背景

我们相逢于雪，你又化雪而去
你是那一片片飘扬的雪花
让我对冬天情有独钟
我不再期待云开雪霁
也不再渴望春风拂面
当你的天空阳光弥漫，遍布轻云
我珍藏于内心的积雪才慢慢融化
爱人，我将以怎样的诗行
诠释这个冬天漫长的思念
此后经年，在无雪的夜晚
我是否能走出你记忆的视野，飘向远方

华文青年诗人奖专辑

诗坛峰会

探索与发现

汉诗新作

首师大诗歌研究中心第 15 位驻校诗人灯灯特辑

探索与发现

一首诗的诞生

一首诗的来历

阿　信

十九年前写下此诗。

那时，我还年轻，精力旺盛，酒量也好。

十九年中，世相纷纭，我的鬓角已经半白。阳飏兄移居成都，含饴弄孙。娜夜移居山城。人邻退休。只我和古马仍在笼中。

那时候，玛曲的天真蓝，草原上道路蜿蜒，通向远方。我们五人乘两辆当地朋友借来的吉普车，沿黄河南岸西行，前往欧拉乡的年图乎寺。同行者中还有阳飏兄正值高中暑期的儿子张生、玛曲县文化馆的瘦水和他新婚未久的妻子、玛曲藏小的申占俊老师。

八月的草原，阳光耀眼，“青草的气息熏人欲醉。”途中，置放于过道的一捆啤酒因长时间阳光暴晒、车行颠簸突然爆裂，迸溅的玻璃碎片划伤了瘦水爱人的眉梢，流血不止。幸好娜夜带有纱布，也颇懂护理，临时停车处理之后又像一个大姐姐一样一遍遍安慰瘦水眉目俊俏的爱人，大意是问题尚不太严重，恢复后应该不会留痕什么的。

人邻兄扯下另一捆尚且完好的啤酒，说：“阿信，我们喝掉吧，不能再放车里了！”

于是在路边溪水旁坐地，举瓶对吹。印象中青草鲜嫩，野花放肆，蝴蝶漂亮又干净，溪水清可透底，蜉蝣飘忽，细沙粒粒在目。

三小时的车程，到达欧拉乡政府。大院里空无一人，门口铁栅旁拴一条体型硕大的藏獒，一直冲我们狂吠，娜夜紧扯着我和古马的衣袖不松手。

沿乡政府侧后崎岖盘桓的山道上山。遇见两个下山采买的褐衣藏僧，说年图乎寺就在前面不远处，一点点路。那个藏僧使劲用双手比画，“就这么一点点，嗷呀！”

一点点路，我们翻过两座山头，差不多走了四十分钟。然后，一转弯，抬头看见了对面山坡掩映在“夏日群山中的年图乎寺”。

这一年，是1999年，我写了一篇短文《山间寺院》。一年后，写下此诗。

下面就是那篇短文：

寂静的寺院，比寂静本身还要寂静。阳光打在上面，沉浸在漫长回忆中的时光的大钟，仍没有醒来。

对面山坡一只鸟的啼叫，显得既遥远又空洞。空地上缓缓移过的红衣喇嘛，拖曳在地的袍襟，没带来风声，只带走一块抹布大小生锈的阴影。

简朴的僧舍，传达原木和褐黑泥土本来的清香。四周花草的嘶叫，被空气层层过滤后，清晰地进入一只昏昏欲睡的甲壳虫的听觉。辉煌的金顶，浮在这一片寂静之上。

我和一匹白马，歇在不远处的山坡。坡下，是流水环绕的民居，几顶白色耀眼的帐篷，一条油黑的公路，从那里向东通向阴晴不定的玛曲草原。我原本想把马留在坡地，徒步去寺里转转。起身以后，忽然感到莫名的心虚：寺院的寂静，使它显得那么遥远，仿佛另一个世界，永远排拒着我。我只好重新坐下，坐在自己的怅惘之中。

但不久，那空空的寂静似乎也来到我的心中，它让我听见了以前从未听见过的响动——是一个世界在寂静时发出的神秘而奇异的声音。

年图乎寺——这是玛曲欧拉乡下一座寺院的名字。这个名字，对我来说并没有太大的意义，对我有意义的，是它在阳光下暴露的灿烂的寂静。

1999年那个夏天，似乎发生了许许多多事情，我也一直处于恍惚之中。

『附诗』

正午的寺

青草的气息熏人欲醉。玛曲以西

六只藏身年图乎寺壁画上的白兔
眯缝起眼睛。一小块阴影
随着赛仓喇嘛
大脑中早年留下的一点点心病
在白塔和经堂之间的空地缓缓移动

当然没有风。铜在出汗经幡扎眼
石头里一头狮子
正梦见佛在打盹鹰在睡觉
野花的香气垂向一个弯曲的午后
山坡上一匹白马的安静，与寺院金顶
构成一种让人心虚不已的角度

而拉萨还远，北京和纽约也更其遥远
触手可及的经卷、巨镬、僧舍，以及
娜夜的发辫，似乎更远——当那个
在昏暗中打坐的僧人
无意间回头看了我一眼

我总得回去。但也不是
仓皇间的逃离。当我在山下的溪水旁坐地
水漫过脚背，总觉得身体中一些很沉的
东西，已经永远地卸在了
夏日群山中的年图乎寺

作者简介：

阿信，生于1964年，甘肃临洮人，西北师范大学历史系毕业，长期在甘南藏区工作。20世纪80年代中期开始诗歌写作，参加诗刊社第14届“青春诗会”。出版诗集《阿信的诗》《草地诗篇》《致友人书》《那些年，在桑多河边》《惊喜记》等多部。曾获徐志摩诗歌奖、昌耀诗歌奖、《诗刊》2018年度陈子昂诗歌奖等。

时间的本质

大　解

在传统物理学看来，时间是看不见的实体，与空间一起构成了万物的存在和秩序，并通过具体事务的衰变显现其擦痕。人类为了掌握时间的刻度，发明了日晷、沙漏、钟表等多种计时器，试图描述时间的形态。但有一种戴在手腕上的手表，并不能真正计时，而是纯属糊弄人的，那就是画在手腕上的表。

相信许多人都有这样的经历，在两三岁的孩子手腕上，用圆珠笔画出一块手表，孩子不明事理，戴着这样的手表，居然非常满意。我曾经无数次在女儿的手腕上画手表，我每画一次，她就亲我一口。在她一岁到三岁之间，我甚至仅仅是为了能够得到她亲一口，而不厌其烦地给她画手表。我画的手表并不规范，有时不圆，还很粗糙，但女儿总是夸我，画的真好。由于我的爱心和耐心，女儿总是戴新的手表，仿佛是个富豪。

一晃多年过去了，如今女儿已经长大，不再让我画手表了，我也在一天天老去。当我回望当年，感到女儿胖乎乎的小手腕上，我画出的表针咔咔地走动起来时，不是我眼花了，而是时间启动了我内心的律动，让我忽然感伤，忽然泪涌，悲从中来。

时间过得太快了，仿如眼前的事情，已经遥不可及。没有人能够回到以往，重复那难忘的美好岁月。

有一天，我忽然有了一种可笑的想法，我想在自己的手腕上画出一块手表，当我真的画出来时，我已经六十岁了。

我画在自己手腕上的手表，女儿并没有看到，我画完就洗掉了。女儿太忙了，她没有时间陪我玩，也不易察觉我内心微妙的变化。我的病，是闲愁。忽悠一下，凭空而来，但却不能淡然而去。一个人对于时间的感伤是无由的，正如时间的流逝，看似不着痕迹，却伤人至深。

我在《画手表》结尾写道：“我画出的手表，有四个指针，/那多出的一个，并非指向虚无。”有人问我，那第四个指针，不是指向虚无，到底指向哪里？我没有告诉他，我实际上只画了三个表针，分别指向时、分、秒。还有一个表针是看不见的，它一直在转动，却无法被我们感知和视见，它的指向才是时间的本质。

『附诗』

画手表

在女儿的小手腕上，我曾经
画出一块手表。
我画一次，她就亲我一口。

那时女儿两岁，
总是夸我：画得真好。

我画的手表不计其数，
女儿总是戴新的，仿佛一个富豪。

后来，我画的表针，
咔咔地走动起来，假时间
变成了真的，从我们身上
悄悄地溜走。

一晃多年过去了，
想起那些时光，我忽然
泪流满面，又偷偷擦掉。

今天，我在自己的手腕上，
画了一块手表。女儿啊，
你看看老爸画得怎样？

我画的手表，有四个指针，
那多出的一个，并非指向虚无。

作者简介：

大解，1957年生，河北青龙县人，现居石家庄。作品曾获鲁迅文学奖等多种奖项。

《摩托车赋》的创作谈

刘　年

1

摩托车，无疑是人类发明的最理想的交通工具。

它有马背上才有的风雨、阳光、江湖、跌宕、流离、狂野和壮烈。

却没有马的贪婪和泪眼。

它会一直等在楼下半个月，直到后座落满鸟粪和樱花。

马诗有了无数，应该有一首诗，向摩托车致敬。

2

第一辆摩托，是三轮的，不知多少手转到我手里，拉客赶乡场，一块钱一个人。总坏，没赶几场就跑不动了，常在半路要退别人的车钱。焦头烂额的我，根本没想过写诗。第一辆两轮摩托是女式的，2008年，八百块买的，后视镜缺了一个，也经常坏，我称之为犟驴，毕竟驮着我看遍了永顺的山水，于是为它写了一首深情的诗。过了一年再看，所谓的深情，其实是矫情。扔掉，连同犟驴一起。后来，环行湖南，穿梭黔鄂，深入乌蒙，穷尽湘西，因为想说的情绪，积累得不够充分，一直没写出满意的摩托车诗，我不急，对于诗歌，我会像猎人一样的等待和追寻，我有恋人一样的热爱和耐心。

3

有话要说，是我写诗的初衷。

我需要理解，因为平时的话那么少。

我需要更多的人理解，理解往往意味着分解、分享和分担。

那一路的孤独、惶恐甚至绝望，实在太过庞大。

这路，既是国道、省道、县道、水泥路、黄叶路、炒砂路。

也是前途、归路和活路。

4

我不能控制诗歌的好与坏，长与短，不能控制人生的浮与沉，冷与暖。可是一旦骑上摩托车，方向、速度、去留，完全在自己的掌控中。在北京突然觉得参加会议浪费时间，于是订了票。第二天，也就是2017

年7月3日，到了拉萨。走出机场，还是短衣，短裤。第一件事，就是去劳保店买东西保暖。第二件事，就是买摩托车。第三件事才是重度的高原反应。我拥有了第一辆男式摩托车，青藏加油站稀疏，男式摩托才有足够的续航能力。我是挂着一挡离开售车店，边出城，边练换挡。原本想骑新藏线，高原反应让我心生怯意，改回老家，行程5340公里。写了摩托车的诗，写着写着就离题千里，便改名叫《穿越青藏高原和云贵高原的雨季》。

5

禁摩，是城市对摩托车的误解。

骑着摩托车故意轰大油门，带着女朋友走之字路，是少年对骑士精神的误解。

征服，是世人对骑士的误解。

6

有了摩托，你不必像候鸟一样长难看的羽毛，也可以去追逐温暖。湘西的冬天，体感温度非常低，无法写作。2018年1月8日，怕路上结冰，骑车一路往南狂奔，竟然到了海南岛。慢下来，沿着海岸线，边走边看边写。回来，3月14日，完成了初稿《摩托车赋》。凭我资质，这么长的作品，肯定不能一步到位。暑假，换了一辆雅马哈飞致150型摩托车，往西北偏北，走四川盆地，柴达木盆地，塔里木盆地，准噶尔盆地，回来，再看这首《摩托车赋》，缺点一目了然。再改，年底定稿。语言，终于有了我想要的灵动，像条好路一样，自然，流畅，而带着生机和希望。长诗的气韵我很看重，而气韵很大程度上是来源于信息量，信息量不够的诗，很难一气到底，会不自觉地用炫目的语言来掩盖虚弱，如同往酒里掺水，会稀释诗歌的感染力。因为走得足够久，足够远，一路有故事和细节很多，我需要做的是筛选，做减法则像蒸馏一样，反能增加酒精度。我的倾诉得到共鸣甚至回响。这些共鸣和回响，像空谷的晚钟一样，虽然只有一个单音，但似乎比和弦和交响更加宽广，更能安慰我，而安慰能让我安静，安于贫乏，如一辆停在楼下落满鸟粪和樱花的摩托车。

7

回过头去才发现，这首诗从计划写到去年完成，断断续续用了十年。

或租，或借，或买，换了七辆摩托（那辆环行大理怒江的电瓶车不算在内）。

行程六万多公里，相当于赤道一圈半——地球，比想象中的要小得多。

8

有时间的时候，没有钱，有钱的时候，没时间。有了时间又有了钱，又发现，其实路也容易缺乏。时间可以挤，钱可以借，而路的缺乏，让人束手无策。经常骑着摩托出城，拐几个弯，又回来。几乎所有的出路，都已背得，几乎所有的远方，都在急剧拉近，都在丧失吸引力。我知道，这不是路和远方的问题，而是迅速让自己衰老的时间所致，是迅速冲淡麻醉一切的高铁和微信等高科技所致，它们像两个砂轮一样，正在大幅度地磨损我的知觉、好奇心和激情。唯一还很想去的是印度，喜欢恒河、纱丽、不管不顾没心没肺的歌舞、又脏又乱又吵又慢的集市、见人也不怕的野鹿和蓑羽鹤，尤其敬仰玄奘的方向感，但签证的烦琐、语言的障碍、驾照的不通，又让出行的决心，苍白而乏力。问题是去了印度之后呢？是我最担心的，我还有什么用来证明、期待、幻想？还有什么用来逃避磨损和麻醉？还有什么，可以用来对抗一个人的黑夜和白墙？

9

暑期要到了。

保险已经续交，链轮已经换新，油箱已经加满。

我需要一条路，让自己心动。

『附诗』

摩托车赋

1

至少
还有一条路
尾巴一样
默默地跟着你

2

买辆摩托车
可以追上青藏的季风
追上怒江
如果路足够好
可以追上
轻狂的少年

3

好的路
健康而有野性
有石头
水坑和蜥蜴
有暴雨和彩虹
会往人烟稀少的地方钻
不停地加减挡
不停地变向
好的路，能让驾驶变成创作
好的路，有细节
有悬念
还有惊喜

4

好路上
你能找到多年前
在草籽花的田埂上
开铁环的快乐

5

好的路
会保佑行人
好的摩托车
会保佑骑手
好的骑手

会把摩托车
停在樱花树下

6
一万公里后
摩托车产生了意识
两万公里后
产生了情感
巴青的雨夜
洪水涨到了油箱
它驮着你冲过激流的样子
像极了
冲过鳄鱼河
也要迁徙的角马

7
你的旅行
其实就是迁徙
是大地在召唤
所以你告诉她
可以祝福
可以祈祷
但不要阻拦

8
路，穿过椰树林
把你从阴森的乱坟堆里
接了出去

9
三万公里
就得换车了
修车的樊世忠说
摩托车被你买走

是不幸的
他从后胎
拔出一颗两寸的钉子

10
三万公里后
摩托车产生了意志
风雨中
铝合金的意志
驮着虚弱的你
一路向南
你所需要做的
只是控制方向、速度
和思念而已

11
摩托车也分雌雄
女式的是雌性
体质纤弱一些
然而，一个女子骑着女式摩托
轻易地超过了你
没牌照，没头盔
长发散乱
在莺歌岭
像山鬼骑着她的雌豹
怎么也追不上

12
一个动人的目的
能让一条不好的路变好

13
五十多公里后

当车灯变成注视
当你以为
会发生故事的时候
她转入人民北路不见了
你停在董棕下
发现人海
比太平洋还要辽阔
还要荒凉

14
路，渐渐老化
渐渐僵硬
开始顺从围杆
摩托车慢了下来
尽量避开
裂缝和坑洼
那是路的伤口

15
把你送到木兰湾
路，一头扎进了太平洋

16
虚无感
像暮色一样
吞没了沙滩上那对
并肩而坐的恋人
也吞没了
你和摩托车

17
羡慕起玄奘来
拥有那样一条动人的路

能让自己
走十七年
死八十一回

作者简介：

刘年，湘西永顺人。喜欢落日、荒原和雪。杂志署名：刘年；身份证名：刘代福。

作品与诗话

我活在他们的时代（组诗）

纯　子

我活在他们的时代

水尺蝽停留于静谧的湖面
棕顶树莺迷恋山崖上秋后的飞虫
大海里有成年的蓝鲸
划定自己的水域，而我
我活在他们的时代
那些从骨子里透出黑白两色的人
那些早晨说话，暮色里早已
失声的人，那些在躯体里做梦
一伸手却只能抓住影子的人
我与他们为邻
在一个时代的空隙里
写字，我得到额外的空气
也因深渊里的呼吸而倍感焦虑
水尺蝽跳跃了一辈子
棕顶树莺死后，山崖上定会挂起
红月亮，海里的蓝鲸愈发孤独
而我，我开始听见自己
被一个时代早早淹没的声音
“请在人群中带走可疑的坟墓
我要歌唱的，不是虚假的
荣耀，是生命，那不可剥夺的爱”

寻找一只旧闹钟

很多东西被取代。时间也是
时间挂在手腕，在爬升的日头中，在
一个人早已被跨越的历史里
我有时为了寻找一只
旧闹钟，我得翻出一个旧时代
很多东西都磨损了
我还在喊，对着那些模糊的脸孔
仿佛当中有一部分是我的
我的早晨，我的黄昏
没有准确的刻度可以用来衡量
哪一秒是轻的，哪一分钟
足以让我在流逝中得以恢复
我浪费的东西太多了
小到一缕光线，大到神能给出的
恩赐，我被摁在某块土地上
旧闹钟里还能传来机械转动的声音
一只莫名的手总在这样的时刻
触及我的身体，一些东西
散了，如马达，如齿轮
我再也捡不回来的那副形状
现在只留下眼神，偶尔盯着天空
偶尔望着流水，流水把该带走的都
带走了，我还留在原地
如一棵过时的植物，开花，结果
但自始至终都似一具空壳

带我去看蝙蝠的人

我的父亲，是个痴迷于蝙蝠的人
他此前唯一的一次梦游
不是为了替身，而仅仅渴求一副长毛的翼

带我去看蝙蝠的人
他从来就不曾为自己而祈祷
黑夜是他手中的魔方
他有六次机会
把我镶嵌在最亮的一面

整整六十几年都过去了，我的父亲
还活在梦里，他从未飞翔
可那衰老的躯壳时时传来巨大的声音

那是风吹屋檐的声音，那是
皮包骨头的声音
那是无穷无尽的蝙蝠滑进黑暗的
声音，那是我
头一回被唤醒就因魔法
而勇于沉溺的声音

带我去看蝙蝠的人
他把黑暗咬碎了，我才显得如此夺目

中年的面孔

睡去的事物保持着安详的面孔
春风吹，樱花乱

想到黎明我就紧张
新的秩序势必带来新的不安

高枝上的鸟已不再展翅
远方对它而言，仅是遗失的大陆

低处的河流潺潺不息
偶有石头击水，瞬间就被淹没

中年正好夹在这二者当中
带着折叠之痕，却找不到返回的路

想到黎明我就紧张
夜过了一半，眼睛突然就瞎了

生活有它自己的圈套
春风吹，樱花乱，旧地无人还

斑鸠之死

我无法用准确的言语
向你描述斑鸠之死，描述它像一首诗歌
有着明亮的开始，却结束于悲怆
那时，星星刚刚升起
牛羊还未入圈，而农夫刚从田间收起锄头
它也一定在返回巢穴的路上
它从未想到
“死亡就在不远处窥探着它”，不知来自何方的子弹
瞬间击中了它
假若对准它的脑袋，斑鸠像天女散花般
失去平衡，旋转着掉落，
假如对准它的胸口，它会立刻受伤
像一个沉重的石头
从树间垂直掉落。要是它的翅膀被击中
它像滑翔的飞机，慢慢降落
但从黑暗中的枪口，会对它的另一只翅膀
补上一枪
而之后，它将作为美餐
端上餐桌，它像一首诗歌还未开始
却要结束，像一颗星辰的陨落
黑夜还未准备好
苍穹，而我还没有准备好悼词

面　具

从这个角度看，演员是最不可信的
职业。你说拉弹唱，背着竹篓去捕捉青蛙
哪怕你还想着成为戏台上
那个拉幕的人，你终究是可靠的
日照下，你没有第二张脸

搁在箱子里的面具与丢落草丛的树皮
哪个更真实？这肉身都是假的
埋在泥土中的那副骨架
你无法辨认，一个身份少得可怜的人
它意味着恐惧，有着更多的侵犯

武媚娘去见陛下，在立政殿前哭泣
你以为谦卑具有不可剥夺的
力量，大唐王朝有它自己的假设
宫廷千人一面，而民间却有另一方景象
万物归心，又何止是王道

同样身为女人，我也怀疑这副躯壳
它有过那么多的妆容被不同的人所收藏
娇艳的，丑陋的，那都不是我
我有自己的箱子，钥匙却流落人间
我没有面具，但我渴望打开

对12床病人的描述

对于她的描述全来自其他病人，比如
她有一个三十岁的儿子
至今未婚。她有一个赌博成瘾的丈夫
十年前她和他离了婚。
她的父母已八十多岁
一个老年痴呆，一个中风

一直不知她生病的消息。
再比如，她曾经作为一个女人投资生意
但至今很多未收回成本……
——这位个性要强，却命运多舛的女人
仿佛所有人生的雨水，都朝向了
她一个人倾斜
而如今，她患卵巢癌晚期
在医院的病床上，像一只病猫
很快就要被世界遗弃，更像一盏黯淡下来的烛光
随时可能被风吹熄
在上周五的晚上，这个五十六岁的女人
在住院四个月后
离开了人世。其他病人对于她最后的
描述是，她始终也不肯
闭上眼睛
“岁月一直没饶她，而她也未打算原谅岁月”

那些我尚未去过的地方

那些我尚未去过的地方
活着和我一样渴望活得更好的人
恶魔一次次驱赶着
他们，可是
他们的心中都住着自己的上帝
白天，他有可能化身为
掌心里的那把匕首
而夜里，他的表情多么仁慈
有如梦境里闪过夺目的一湾雪水
那些我尚未去过的地方
活着和我一样渴望活得更好的人
他们说我说过的话
做我曾经做过的事情
即便到了哪一天
他们要死了，还和我一样

有一辈子都无法到达的远方
有一辈子都无法遇见的人
那些我尚未去过的地方
活着和我一样渴望活得更好的人
他们的脸上耸动着
泪花，把自己交给时间的沙粒
把未知的我
当作雪夜里漂浮的衣衫

作者简介：

纯子，中国作家协会会员。组诗多次在《诗刊》《诗选刊》《中国作家》《北京文学》《星星》等刊物上发表，诗作入选《中国年度诗歌》《中国诗歌精选》《中国最佳诗歌》等多种选本。曾获第八届镇江市政府文艺奖提名奖、江苏青年诗人奖、第二届上官军乐诗歌奖提名奖等。江苏省2019年签约作家。

灰木盒中升起最亮的光束

——纯子诗歌印象

俞昌雄

很多年前，去山西太原参加一个诗歌奖颁奖活动，和纯子见了一面，也是至今唯一的一次见面。印象中，纯子是属于那种脸上挂着笑意但却极少说话的人。后来，在不同的文学杂志上读到了纯子写下的不同的诗歌作品，给我留下了深刻的印象。在我看来，生活在纯子眼里原本就是一件老旧且有所破损的灰木盒，令人称道的是，作为诗人的她，却拥有别样的魔力，让那小小的木盒升起最亮的光束。换句话说，诗歌对纯子而言，更像是一种奖赏，让她及她所拥有的一切都变得透亮而温暖。

很多优秀诗人的写作经验给我们带来了这样的一种见识，即诗是高于身体的生活。这不是对诗的解答，而是赋予诗一种行为方式。毕竟，诗是一门手艺，我指的是那种能在分行展开的文字里，有如在蜂拥而来的生活潮流中，被读出的奥秘。或许，纯子并不这么认为，仅从她写下的《手术前》《中年的面孔》《寻找一只旧闹钟》等诗歌标题来看，她不是一个勇于揭示奥秘的人。事实上，在读过纯子多首作品后，我发现，在写作中，她是属于那种不动声色却又能把人领入至高境地的人，她只对语言背后的事物说话，并从事物那儿为我们的心灵找到巨大的能量。

纯子通过语言所创造的一切实际是由一种本真的力量所引发的意愿，她努力地为现实生活带去更高、更美的设想，而这种设想时时置于时间规律之外，有时隐而不发，有时又赤裸得让人尖叫。比如纯子写于自己手术患病期间的《手术前》，短短十行，她用爱人说的四句话加上爱人的一个表情状态完成了整诗的布局，构思独特，对比鲜明，透过字里行间读到了深彻的爱意。再比如下面的这首《中年的面孔》：

睡去的事物保持着安详的面孔
春风吹，樱花乱

想到黎明我就紧张
新的秩序势必带来新的不安

高枝上的鸟已不再展翅
远方对它而言，仅是遗失的大陆

低处的河流潺潺不息
偶有石头击水，瞬间就被淹没

中年正好夹在这二者当中
带着折叠之痕，却找不到返回的路

想到黎明我就紧张
夜过了一半，眼睛突然就瞎了

生活有它自己的圈套
春风吹，樱花乱，旧地无人还

——《中年的面孔》

人到中年，上有老，下有小，处于这种年龄段必有繁杂的心绪，生命当中的形形色色早有见识，而生命背后那无端的不可预期的却难以触摸。作为诗人的纯子已面临中年，她为我们描绘了一副来自她自身的中年的“面孔”：紧张、不安，间或有挣扎，但在文字背后，作者却持有历经尘世而洞悉一切的淡然之心，正所谓“春风吹，樱花乱，旧地无人还”，这是否意味着那隶属于生命的某些气象已得以昭示，而某些重要的气息在作者所看见的现实里已被刻意收藏，不再流失。透过纯子的文字，我们可以发现，她不是一个跟随潮流的诗人，她关注现状，甚至在某些时刻，她让我们看到了支撑的力量。可以说，她是一个智慧的歌者，尤其是“大陆”“旧地”两个对比意象的引入，既能为书写对象赋予光环，同时又具现实的重量，在真实和虚拟的多个瞬间拥有一种恰如其分的平衡感，正是这种平衡感使得作品稳重而厚实。

一位病人的离世，在医院的肿瘤科
是再正常不过的事
昨天晚上隔壁病房传来女人的呜咽，她声音
压得很低，但足以把静寂的夜
撕开一道疼痛的口子
我知道，这是逝者妹妹的哭泣
白天，我曾目睹一位肝癌晚期女人最后的时光
她的亲人从四面八方
像云彩向这里聚集，她们忍住热泪
一一拉她的手
看似安慰，也是告别
她年迈的父亲也在其中，他曾经
迎来了她的诞生
如今却要见证她的死亡，直至消失人间

——《在肿瘤科》

不知是谁说过类似的话，所有的艺术一定都具有这样的一种刻度：它挣脱表面，让更多的玄想与迷惑在表象后面纷呈跳跃，蕴藉在朴素的简单中，而不是艳丽地堆积在外表。就我个人而言，撇开断句及标点符号带来的小小遗憾外，纯子的这首《在肿瘤科》还是让人刮目相看的，作者以旁观者的视觉为我们道出了生命体间互相关照的精神力量，从病人的去世到家属的痛哭再到爱的背后所延伸的苦难，诗人的描绘很真

切、很细腻、很深刻，在场感很强，读来催人泪下。

应该说，纯子的这首《在肿瘤科》其所包容的“现实性”并非指向当下，虽有具体的当下的时间，有穿行于现场的行为动作，但它却是持久的、恒定的，如同时钟里被划定的某个时刻，反反复复，它终将到来。其实，所谓的“现实”只是当下的一种状态，诗不是力求抵达对象的真实性，而是抵达在认知和感受的深度上所形成的某种关系的真实性，它是一种更为智慧和整体地把握认知与存在的方式。我想，纯子是明白这个道理的，从她的《手术前》《斑鸠之死》《对12床病人的描述》等众多作品中，我们可以清晰地看见她的用心所在，虽然有时过于谨慎，有时也大大咧咧，但这并不影响她对日常俗事俗物的关爱与怜悯，因为她是一个热爱生活的人，一个可以随时随地看见光的人。

水尺蝽停留于静谧的湖面
棕顶树莺迷恋山崖上秋后的飞虫
大海里有成年的蓝鲸
划定自己的水域，而我
我活在他们的时代
那些从骨子里透出黑白两色的人
那些早晨说话，暮色里早已
失声的人，那些在躯体里做梦
一伸手却只能抓住影子的人
我与他们为邻
在一个时代的空隙里
写字，我得到额外的空气
也因深渊里的呼吸而倍感焦虑
水尺蝽跳跃了一辈子
棕顶树莺死后，山崖上定会挂起
红月亮，海里的蓝鲸愈发孤独
而我，我开始听见自己
被一个时代早早淹没的声音
“请在人群中带走可疑的坟墓
我要歌唱的，不是虚假的
荣耀，是生命，那不可剥夺的爱”

——《我活在他们的时代》

相对来说，这首名为《我活在他们的时代》的诗歌作品让我格外喜欢。这种对事物原状所赋予的信心是令人赞赏的。当然，事物的“原状”不见得就是艺术的唯一归结，有人瞬间就看到了，有人一辈子也看不到。现实当中，有些诗人是用肉眼来观察事物，有些诗人则用心眼来感受事物；有些诗人只为了给生活增添一种诗意，而有些诗人则为了给生命带去不朽的形式。我想，纯子应该属于后者，这首《我活在他们的时代》就是一个例证。作者通过密集的意象如“水尺蠖”“棕顶树莺”“蓝鲸”“红月亮”“坟墓”等为读者呈现了一个时代的深层轮廓，它是具象的又是缥缈的，它是凝固的却又显得如此灵动而深远。准确地说，作者写下的并不是一个时代的纠缠与对峙，而是它从不被外人所熟知的一种精神印记，宛如一道胎痕，无法抹除，却让人刻骨铭心。

作为诗写者，纯子从不关心她的语言有着怎样的形态，也从不在意她的技巧是否圆熟到位，她只在乎自己在生活这件灰木盒中看见的耸起的光束，就这一点，在我看来，尤其可贵。应该说，纯子是谨醒的，像《受困于玻璃器皿中的蟋蟀》《带我去看蝙蝠的人》《面具》《那些我尚未去过的地方》等作品，不论是谋篇布局还是言说取意，它们都实实在在，字里行间充溢着只有亲历者才具有的真切感。与此同时，纯子也是自由的，不受习惯的驱使，不受套路的暗示，她更像是一个了然于胸的旁观者，看得清晰，说得透彻，往往用很小的篇幅就能为读者呈现出盛大的图景。

当然，我说到的是作为诗人的纯子已经在文字里完成的那一部分，她尚未完成的东西还很多，比如她的言说技巧，比如她的造境能力，比如她对事物与事物间互融关系的认知，比如“我”的存在方式，等等，想来，也只有时间能促成她的成长。

那些我尚未去过的地方
活着和我一样渴望活得更好的人
他们的脸上耸动着
泪花，把自己交给时间的沙粒
把未知的我
当作雪夜里漂浮的衣衫

这是纯子诗歌《那些我尚未去过的地方》中的句子，我想借此祝福她：愿她生命中总有一束高挂的光、最亮的光，簇拥着她，温暖着她，直到永远！

作者简介：

俞昌雄，男，上世纪七十年代生。作品发表于《山花》《十月》《人民文学》《中国文学》等海内外报刊杂志，有作品被翻译成英文、瑞典文、阿拉伯文等介绍到国外。入选《70后诗人档案》《中国年度最佳诗歌》《中国年度诗歌精选》《中国新诗白皮书》《文学中国》等一百余种选集。参加《诗刊》第26届青春诗会，曾获2003新诗歌年度奖、井秋峰短诗奖、红高粱诗歌奖等。

江孜小镇（组诗）

夕 夏

镜头朝下

我像高原沉默的羔羊
背着相机，跟随天葬人群的痕迹上山
他们缓慢地爬起、落下
天空寂静，忽然有雨

我打算停下避雨，遇见
拄着拐杖的老妇，面孔和手里的佛珠一样沉默
我问她：今天会有天葬吗?
她从容说：我家扎西，今天被天葬师超度

天葬开始，秃鹫悬在半空
肉体灵魂同为食物
她看着丈夫的骨肉一寸寸分离……
和荒芜的天空融为一体
我并未拍照，镜头朝下
——一朵含苞欲放的格桑花

牵羊的女人

在拉萨街头，房屋把落日揉碎
有光的一切都在反光
寺院、岩石、路牌……
一个牵山羊的女人从落日中走来

我们在街角相遇，我不敢再走
她和羊风尘仆仆，不知走了多少山水
羊不安分，警惕地躲避人群

她笑，示意我先走
经过时，我在羊的眼神中看到了千千万万的自己
让人停顿的，总是这些微小的事物

第二天，我在大昭寺拍照
遇见昨天牵羊的女人
她给修缮寺院的丈夫送来一只山羊
她爱丈夫，像山羊驼土的厚重

冈什卡雪山

下车的时候，遇见一位藏区孩子
她的衣袖沾了几根羊毛，正和几只羊羔追逐

我们走近，脸上两块羞涩的高原红顿时
更加敏感，有些害怕生人
一个藏族老妇人从毡房出来
我们走进房子借宿，刚刚那个
害羞的女孩搬来几个凳子

风吼着冈什卡雪山的雪，夹杂了草原的清香
外面还有过冬的羊羔，它们在雪里依偎生长

这个时刻，天空出现星辰
平静如风吹草地，雪落群山
把崇敬俯向大地
把春天关在茫茫原野

邬坚林寺

邬坚林寺附近，我看到尘世间
一座普通的红房子，青砖透着光亮
手触碰到时间留在这里的痕迹
经幡密密麻麻布满山谷两侧

鹰翱翔长空，雪落满河边
一个少年骑马而来，他下马
在寺院里点灯烧香，为他多病的母亲祈福
离开时，风吹响四野茫茫的草木

他的马已经走远，像归途中的夕阳
血红色的胚胎中，正分娩出尘世的赞歌

一块朝圣石

往返西藏期间
我多次住在一个名叫派嘎的小村落
次旺拉姆的家就在此地
有一次，我从拉萨下来
冬天的风雪在旷野上撕扯着，低矮的枯草瑟瑟抖动
冷漠的阳光在灰白的乱云中时暗时明
行人稀少，牛羊罕见
世界充满空荡荡的茫然
远处，两块看不清的石块埋在雪里
这是部落送给大昭寺的梯台石
那块光滑的大石头像被牛羊眼泪清洗的神
卧在那里，那里就有佛的慈悲

群山之巅的鹰

雪到这里就停了
再高的国度是鹰的领域
一群鹰盘旋在群山之巅

它们徘徊在上空，无法辨认是那只鹰盯着我们
可是，其中一只衰老的鹰翅膀破烂
抖动满身的力量靠近鹰群

我能断定，当暮色接替大地
它们消失在云朵，只留下一双双群山的眼睛
黑夜里闪烁着神灵和大地的光芒

作者简介：

夕夏，本名黄雨帆，广西北流人，现居北京、北流两地。《北流文艺》特约编辑。作品散见《诗刊》《星星》《汉诗》《诗探索》等刊物。

梦境向往的净界

——读夕夏组诗《江孜小镇》

陈　敢

夕夏是从鬼门关走出来的北流诗人。她不仅关注挚爱那生于斯长于斯的故乡热土，写下大量原乡的赞歌，而且还关注外部广阔的世界，关注雪域高原西藏独特的风俗民情，对那奇异神秘、瑰丽迷人的藏族文化和宗教文化情有独钟，对那片充满诗情神奇苦难的大地充满虔诚、敬畏与感恩，怀有深深的挚爱，她的灵魂敏感而细腻的灵魂。从这个意义上说，夕夏的西藏之行，事实上是一次朝圣，是一种修行。组诗《江孜小

镇》就是这次朝圣之旅的收获。

诗人通过粗线条勾勒的一幅幅剪影，从不同角度不同侧面客观呈现藏区原生态的生活图景和独特的人文风情，试图对生活在这片土地上的人们瞬间意绪、生活细节的准确捕捉，真实还原藏人原始本真的生存境遇，发掘平凡事物、生活深处诗性与人性的光辉，从而揭示这片神奇土地上的文化密码和生命真谛。

广袤的中华大地上，各民族多姿多彩的文化，迸发出璀璨的光芒。多民族的文化交融，孕育中华文明。因此，我们必须具有开放包容的文化心志。夕夏的《镜头朝下》表达的就是这样的主旨，体现了诗人尊重生灵万物，包容文化差异的文化品格。诗作写的是天葬，这是藏人世代相传的丧葬文化。长期以来，这一习俗受人诟病，觉得过于野蛮残忍。汉人崇尚土葬，认为入土为安。其实，天葬跟土葬、水葬、火葬、风葬一样是一种信仰，一种对死者哀悼的仪式，其本质上是一种社会文化现象。而在藏人的观念里，天葬能使死者的灵魂不灭和轮回往复，能使死者的灵魂进入天堂而不朽。这就是文化的差异，需要我们尊重、理解并包容各少数民族的文化。

这首诗极具戏剧性。一开始“我”带着猎奇准备用相机摄下天葬的过程，与死者的妻子对话后，被她淡然从容神态感染而改变了自己的态度，从而为被超度的扎西感到欣慰，感到自豪，因为他不灭的灵魂已然“和荒芜的天空融为一体”。诗的开头用“天空寂静，忽然有雨”渲染天葬仪式的庄严肃穆与神圣。诗的结尾以神来之笔推出特写镜头：“我并未拍照，镜头朝下/——一朵含苞欲放的格桑花”。这奇异的幻象，表达了诗人对生命的尊重与敬畏，寄托了诗人美好的祈愿，因为格桑花在藏语里为美好时光或幸福的意思。它不仅是一朵花，还是新生命的象征，能够怒放自己的生命。这就是说，扎西向死而生，涅槃重生，精神永恒。因此，镜头下的那份尊重、敬畏与期待令人感动。

古人云，万事孝为先。一个人要孝顺父母，懂得感恩。《邬坚林寺》写的就是感恩的故事。作品寥寥数笔就使那善良虔诚孝顺英俊少年的形象雕塑般跃然纸上，呼之欲出，栩栩如生。他不畏路途遥远山河阻隔冰雪严寒自远方飞马而来，“他下马/在寺院里点灯烧香，为他多病的母亲祈福/离开时，风吹响四野茫茫的草木”。这份执着虔诚的孝心，感天动地，令人悄然动容，就连“四野茫茫的草木”和“归途中的夕阳”都深受感动，草木的掌声响起，在茫茫雪原上遥遥远飞。如火的夕阳在“血红色的胚胎中，正分娩出尘世的赞歌”。此诗境界宏阔，融情入景，情景交融。诗人通过“鹰翱翔长空，雪落满河边”等雄奇壮美的高原景象，烘托气氛，为飞马而来英俊少年的出场作了很好的铺垫，映衬烘托少年伟岸的形象傲然挺立于天地之间。

在诗人看来，西藏与别的地方不同，那里天地有灵，万物皆与神灵息息相通，具有神性佛性，与人通灵。那拉萨河，那群山之巅飞翔的鹰，那一把刻羊的藏刀，那岗什卡雪山，那一块朝圣石等等，全都附着神的灵魂，闪烁着微微的佛光，时时刻刻在警醒暗示大千世界的芸芸众生给他们予佑护。那群山之巅的鹰，慈悲为怀，超度死者的灵魂进入天堂。“它们徘徊在上空”，“当暮色接替大地/它们消失在云朵，只留下一双双群山的眼睛/黑夜里闪烁着神灵和大地的光芒”（《群山之巅的鹰》）。而“大昭寺的梯台石”不仅是一块朝圣石，也是一尊佛一尊神。“那块光滑的大石头像被牛羊眼泪清洗的神/卧在那里，那里就有佛的慈悲”（《一块朝圣石》）。是的，在藏人的心目中，大自然的高山、草甸、雪原、雄鹰、石头、树木，无不充满灵性并与人的生命人的灵魂趋于同构，浑然归于一体。

工业化城镇化的都市文明使人窒息，变得浮躁焦虑。也许是厌倦了京城的浮华喧嚣，人心浮动，夕夏倾心向往雪域高原上简单平静、温馨、祥和的牧民生活。《阁楼里的神》和《玛吉阿米》这两首诗充分表明了她的心迹。前者透过四只适性逍遥落在寺院里的鸽子和那穿过院子的蜗牛，表达出清静无为、平静致远的人生境界。鸽子和蜗牛远离喧嚣，超越红尘的一切烦忧，与世无争，自由自在地生活，令人艳羡而神往。后者写“很多美丽的姑娘”平静简单的日常生活。“她们坐在街道晒太阳，摆在身前的饰品/像是被那个神秘僧人馈赠的信物”。这些姑娘们全部的生活集中体现在这两句诗中：“月光照在玛吉阿米，姑娘走下楼阁/月光照在玛吉阿米，姑娘走上楼阁”。如此平静、简单、纯粹的日常生活令人向往，令人难以置信。这里没有喧嚣，没有纷争，没有欺诈。依稀的水木清华中，那全身沐浴着月亮仙子清辉天生丽质的藏族少女们轻盈曼妙地款款走来。蓦地，一种纯然的愉悦渗透人的整个灵魂。看来，年纪轻轻的夕夏已看破红尘，懂得放下，向往归隐山林，过田园牧歌式的生活。

夕夏写诗，从不追风随俗，赶时尚，抢风头。她有着自己的艺术操守和诗美追求，是一位真诚严肃的诗人。不是良知的呼唤与呐喊，她不去抒写，那些从她心中流出的诗歌都蒸腾着血的热气而给人温暖。虽然她的心中常常燃烧着激情，但她从不让情感泛滥，毫无节制，而是很好的掌控把握着那个度，让奔腾激越的情感激流经过闸门缓缓地适度泄出，所以她的抒情内敛而节制，理性而冷峻，属于冷抒情，具有静穆高远的美，冷艳的美。夕夏的诗歌语言，简洁，纯粹，干净，绝不拖泥带水，鲜活而灵动。她追求平实质朴而富有弹性的语言，从而使她的作品具有审美的张力，令人回味无穷。总的说，夕夏的诗歌语言有诗的味道，是诗性的语言。希望那些诗味寡淡的口语诗人好好向她学习，从中得到借鉴。夕夏诗歌的叙事追求“不着一字，尽得风流”的审美风格。她总是喜欢把自己的思想感情隐藏起来，从不通过议论点明题旨，也不直接裸露地进行廉价的抒情，而是在不露声色中娓娓道来，缓缓地拉开诗幕，随着诗歌情节的渐次展开，让读者从中做出审美判断，让不同层次的读者，从中获得不同的审美感受。值得注意的是，夕夏写诗深得书法“飞白”之奥妙，从不把诗写得太实太满，往往省略许多没必要的交代，留下艺术的空白，让读者通过联想与想象补充连缀，构成完整的艺术画面。这样的诗，自然空灵飘逸，值得玩味。

作者简介：

陈敢，广西合浦人，南宁师范大学文学院教授，南宁师大新诗研究所副所长。已出版诗学著作多部，发表学术论文近百篇。

时光之箭（组诗）

南宫玉

时光之箭

隔着布满划痕的桌子
我们对面坐下来

已是不能赋予彼此
新鲜的年纪
杯盏碰撞。我端起右边的热水
倒进左边的冰啤——
“尝尝，阿芙洛狄忒的魔法”
你温柔地摇摇头

仿佛中年，亮了一下
仿佛时光之箭，射中了爱情

小学后面的河堤

住进人家，成为私有财产
便不再是学校

隔着半亩麦田
从河堤遥望
后窗，西数第五个窗口
曾有个女人，把好看的脸贴在玻璃上
喊女儿回家吃西瓜——
那时，读二年级的我
还不懂母亲

河堤的风，吹疼了眼睛
小径淹没在荒草里，只有两岸的刺槐
开着
旧年的白花

胆　怯

我们要在草原的星空下
孩子一样
呼喊彼此的小名

能记起的浪漫，都与月亮有关
那些陪我看月亮的人
再也没有出现

遇见你之后开始害怕
很多个夜晚

我都怀揣秘密。对着夜空小心翼翼
掀开窗帘的一角

乡 音

动车带我到济南，汽车把我送到沂水
这些陆地上
游来游去的铁皮鱼
马提雅尔说——
“到处居住，也即无处居住”

幽暗的健康路，不断有身披暮色的人
说着方言从我身边经过

孩子般，我停下来
对花店里状如睡莲的小花
发出赞叹
凭着这一句，花店老板准确指认了威海

原来我的口音
也押着，故乡的韵脚

启明星

冬夜漫长，烙人的暖炕渐渐变凉
五点多钟，我已不害怕
乡下的鬼神

院子里，我看到满天繁星
还到门口走了走
村庄寂静，再轻的脚步声
都能引来犬吠

有一颗星在正南方，又大又亮
我不喊它的名字
月亮挂在西北角，再下沉一点
天就亮了

与一只狗对视

小黑朝我摇尾巴
它站着摇，坐在冰凉的地上摇
清澈的眼睛
只几秒钟就让我羞愧起来

我两手空空
没有任何东西可以给它
就连那样专注，温和的眼神
也是我所欠缺的

我承认，有时候我并不比一条狗
拥有的多

我们都是硬了翅膀的鸟儿

车来了。匆忙间没与父母告别
他们在车窗外
不停变远，变小
仿佛是我抛弃了他们

这样仓促的离别，也是好的
至少，母亲没有流泪
——我这样安慰自己

身旁的女儿把头转向一边
不让我看到她的表情

我们都需要不被打扰的空间
平复内心的感伤

作为硬了翅膀的鸟儿
我和她有一样的宿命
各自飞翔的天空
我们无数次想念，又无数次
相顾无言

春光短

春日多风，他的咆哮像一头野兽
狂躁，但暗藏温柔之心
最先被他惊醒的是迎春，嫩绿的叶子
已覆盖黄色的花朵

湖边光秃秃的柳枝，在风里摇着
慢慢地，摇出了满树的绿色
成片的连翘在夕阳下流金
樱花树下，伸着小手去捉花瓣的
是一个七岁的女孩

韶光易逝，站在四十五岁的春天
想起远方的你
泪滴无声滑落脸颊——
亲爱的女儿，花开
是花落的预备，桃花盛开
春天就进入了尾声

作者简介：

南宫玉，原名宫再红，女，1974年生于威海乳山，现居北京。有作品发表《诗刊》《星星》《山东文学》《时代文学》等期刊杂志。

时间：隐秘的主角

——以南宫玉组诗《时光之箭》为例

赵方新

我一直在追摄它的行踪，时至今日，方觅得它的蛛丝马迹——不错，我说的正是隐藏在诗歌的纷繁意象和意绪背后的时间。当然，每个话题的发生总有个缘起，引发我思索的是南宫玉的组诗《时光之箭》。

通常说，时间之于万物一律平等，之于小说、散文、诗歌、戏剧等也一视同仁，不分厚薄，无论优劣，但我个人还是强烈地认为它对诗歌有那么一点点偏爱，或许是它的私心使然吧。换言之，时间之于诗歌就像铁轨之于列车，尽管当列车呼啸而过时，人们眼中只有速度和激情，而忽视了真正的支撑者和操控者。每一首诗，就其内容而言，总是建构在一个时间的平台上，就其外部而言，其长短亦可以时间测度，而今天所论舍外就内，以前者为主考量时间之于诗歌的意义。

时间是诗歌不二的隐形主角。一首诗，前台的主演既可以是主体抒情者，也可以是客体存在者，但幕后的主角只有一个。时间隐藏在诗的背后，推动着诗意的前行与跃升，制造着诗歌戏剧化的波澜，并最终完成诗歌的终极表述。没有时间在诗中的潜行，就没有诗的动作，静止无法产生诗意，无法抵达诗歌的精神核心。从《荷马史诗》恢宏的时间历程，到《诗经》里一个个精致的时间节点，时间的巨笔描画出了斑斓而雄阔的诗歌的疆域。诗人南宫玉已经较为透彻地洞悉了时间的秘密，拾起了遗落在诗歌旷野中的"时间密钥"，以此开启了一扇诗意绚丽的门窗。

在《时光之箭》这首诗中，时间的出场可谓惊心动魄："隔着布满划痕的桌子/我们对面坐下来"，这是一张什么样的桌子啊？"布满划痕"每个字都像凿进诗句里一般，令人隐隐作痛、唏嘘不已，而这张承载了过去时光的桌子，无疑就是时间的意象化呈现。过去式的时间闪着迷人的忧伤光泽，同时因为进入诗人的书写维度而又具有了现时性的硬度。所以这里出现的时间既是过去的参与者，又是现在的同谋者。"已是不能赋予彼此/新鲜的年纪"，时间忽然被诗人拎出来调侃了一下，它刚才还瞻前顾后，踌躇满志，忽地竟被诗人压缩成了一个密封性能良好的罐头："年纪"。年纪多指阶段性的时间，带有一种特别的体量。正因为其体量较大，在推进诗歌的行进上是颇为给力的，它给予了诗人心理上的推动力，“我端起右边的热水/倒进左边的冰啤——/‘尝尝，阿芙洛狄忒的魔法’”，这是此诗的情感巅峰值，也是诗意的转折点：此前时间积蓄的所有能量在诗人的一个动作和一句话中爆发出来，之后，时间的速滑板带着整首诗的情绪冲上巅峰。“仿佛中年，亮了一下/仿佛时光之箭，射中了爱情”，这是诗人对“时光之箭”的颂语，也是怅然的悲叹。被命运拉满的弓，射出的这支箭，只是“仿佛”了两个“仿佛”，便构成了整首诗欲言又止、言尽而意远的意境。可以想象得到，“时光之箭”呼啸着，穿越过去和现在，穿越隔膜和距离，终于命中了爱情，而这爱情也带着时间的宿命的况味：“中年爱情”。诗，虽然很短，但饱满有力，时间在诗中的扬抑、顿挫、进退、动止，主宰了诗歌的运行轨迹，担当起了第一操盘手的角色。

时间在诗中表现的形态是多样的，但大多遵循着物理化—情绪化—精神化—艺术化的路线，一言以蔽之，可称为“诗化时间”。这种时间由外物触而发之，进而由心灵冶炼而成，带有鲜明的情感性和审美性。在这组诗里，《启明星》是一首格外讨人喜的小诗：

冬夜漫长，烙人的暖炕渐渐变凉
五点多钟，我已不害怕
乡下的鬼神

院子里，我看到满天繁星
还到门口走了走
村庄寂静，再轻的脚步声
都能引来犬吠

有一颗星在正南方，又大又亮
我不喊它的名字
月亮挂在西北角，再下沉一点
天就亮了

“冬夜漫长，烙人的暖炕渐渐变凉”，这里的时间既是物理性的，也是心理性，更多的还是心理性的呈现。紧接着时间落地成为一个点：“五点多钟”，这也是一种情绪化的时间姿态，缀缀着诗人快乐的轻松的小情绪。在几个铺叙的动作过后，诗人看到“有一颗星在正南方，又大又亮/我不喊它的名字/月亮挂在西北角，再下沉一点/天就亮了”，这里的时间，与诗人的举首顾盼如影随形，最后外部的时间潜入诗人的灵魂深处，化出了“天就亮了”这一“时间意象”，将诗人的期待，似乎还有些微的疑惧，收纳其中，多种滋味，让人欲辨无言。在这首诗里，时间的流程经历了外部到内部，物理性到心理性再到艺术性的层层推进，这一过程，也即诗歌自我完成的历程。

诗人与时间的关系很有意思：有时候是同谋，有时候是同床异梦，有时候朋友，有时候是敌人，有时候水乳交融，有时候格格不入……当然，作为诗人与时间相处，如果能惺惺相惜，顾曲知意，一旦进入诗写状态便能翻手为云覆手为雨，相得个不亦乐乎。南宫玉处理与时间的关系已臻于圆熟，时间的出没，在她的诗中，已近于“羚羊挂角，无迹可寻”。来看她的《春天来了》：时间这一主角，一会是“天空中挂着月亮，太阳在另一边”的时辰，一会是“春风浩荡，大地温柔”的季节，一会是“一群诗人，坐在路边的长凳上/等待花开”的时刻，最令人心灵震颤的还是“此时，火车恰好经过/仿佛时光回了一下头”的瞬间。时间就像一只顽皮的猴子，纵前跃后，攀上爬下，在南宫玉的笔下来如风月，去如闪电。她犹如一位深藏利器的剑客，将时间这一隐形主角的戏份放大到了极致，充分发挥了它的神秘性、模糊性、变幻性，使自己的作品取得了空灵而饱满、平实而有力、富有戏剧意味的效果。

南宫玉的诗，似乎有些游离世外，她不追慕这个派别那个诗群的繁华热闹，躲在都市一角，静静感受着时光的流转，扎扎实实写下一颗颗文字，守得住诗歌赐予的寂寞，默默地做着一名心灵绘图员。说实话，她这种写作状态有点笨拙，很难讨得大众的喜欢，但她在诗中书写的悲欢是实在的沉着的，也是透入人心的；而且她对诗歌的敏感，使她在许多方面做了新鲜的可贵的探索，这也正是她的诗歌能给我以阅读快乐的原因所在吧。

作者简介：

赵方新，山东齐河人，中国作家协会会员、中国报告文学学会会员。迄今出版报告文学、散文集、诗集十一部。长篇报告文学《浴火乡村》（合著）荣获山东省第三届泰山文艺奖（文学创作奖）、长篇报告文学《中国老兵安魂曲》（合著）荣获第七届徐迟报告文学奖。现任齐河县文联副主席、齐河县作家协会主席。

青年诗人谈诗

作者简介：

江一苇，本名李金奎。上世纪八十年代生于渭河发源地甘肃渭源。有诗作散见于《诗刊》《星星》《诗歌月刊》《草堂》《中国诗歌》《诗潮》《诗选刊》等刊物，入选过多种年选年鉴。参加《诗刊》社第34届青春诗会，获《诗刊》诗歌阅读馆2017年度（第二届）十大好诗奖。著有诗集《摸天空》。

诗歌与我，是一场意外

江一苇

先亮个底：在此之前，我从未审视过我的写作。

我的父母是标本式的农民。这是一句废话。之所以这么说，是因为随着工业文明的飞速进步，传统的农耕生活不断受到冲击，很多和我父母一样的农民都迫于生计不得不在大部分时间里离开世代耕种的那一亩三分地，候鸟一样在城市与乡村之间游离。于是，一个伟大的词诞生了——农民工。我不知道是谁最先发明了这个词，但对于我来说，这的确是一种非常尴尬身份认同。这种身份直接导致了他们工人不是工人农民不是农民，挤不进城市又回不到乡村。如同一头骡子站在阳光下，驴不像驴马不像马。其实这样说，并不是有意贬损他们，我也知道这个比喻非常蹩脚，但又一时找不到更合适的。我更知道没有人愿意背井离乡，他们也只是为了生活得更好。所以——于是，一个个农村就这样日渐荒芜了。

我的村子就是这许多荒芜的村庄之一。我的父母就是在这样日渐荒芜的村子里，一年年变老的。他们也不是没想过外出务工，只因为我和哥哥两个都要上学，母亲又常年有病在身需要照顾，实在出不去。出不去的他们，只有把希望寄托在了我们兄弟身上。他们天天盼着我们兄弟将来能考上个好学校端个铁饭碗，以摆脱一生都面背朝天的命运。那时候我父母的口头禅是“打是情，骂是爱，棍棒底下出人才”。他们也确实无时无刻不在践行着他们的座右铭，一言不合就开打。所以，那时候的我和哥哥，被揍的屁股开花时常有的事。所以，那时候的我，只能按着父母的希望成长，直到现在。

但我从未想过我有天会写诗，从未想过这一切会与我的写作产生什么关系。

那是2000年，我终于在父母的期盼中从一所卫校毕业，被分配到家乡一所卫生院上班。那时候的乡卫生院条件非常落后，宿舍年久失修，碰上天阴下雨，外面下多大里面就漏多大。一台老式电视机，只能收看甘肃卫视一个频道。所有患者来都是老三件：血压计、听诊器、温度计。那时候病人也很少，我们几乎整天都无所事事。无所事事的我们，唯一的娱乐方式就是玩牌。玩着玩着，专业也荒完了。玩着玩着，青春也荒废了。

还好2009年年底（或者更早一些？），上级行政部门为了更好地完成预防接种工作，给每个乡卫生院配发了一台电脑。可别小瞧这一台电脑，这让从未接触过网络的我们知道了什么才是大千世界。仿佛一下子从原始社会进入了现代文明社会，我们的生活被彻底打乱了。同事们个个都像憋了很多丝要吐的蜘蛛，整天争着抢着黏在网上。

也就是在那个时候，我无意间闯进了一个诗歌论坛。记得当时第一眼看到的帖子题目是《梨花开在下半身》。出于对八卦的好奇，我点了进去。看完之后，我默然了。随之而来的是一种深深的失望。它明显没有满足我的猎奇心理。而且就诗歌而言，我根本感受不到它美在哪里。要知道，在这之前，我虽然对诗歌没有什么兴趣，更不知道梨花体和下半身，但也是读过几页汪国真、席慕蓉的。也就在那一瞬，我产生了一个连自己也始料未及的想法：我要写诗。我当时觉着如果连论坛上那样的也算诗的话，我完全可以写得更好。

事实证明我的想法多么幼稚。

作为一个离开学校就意味着离开书本的人，和许多开过眼界的早慧型诗人不同，我的学诗之路注定不是一帆风顺的。有一段时间我疯狂地写诗往各个论坛上扔诗，几乎只有一种结论，那就是所有人都说我的诗歌华而不实，大而空洞。我这才发现诗歌远不是老师教的记叙文三段论那么简单。我开始思考。思考，也意味着迷茫的开始。我搜罗来了大量的现当代名诗人的作品，做成文档打印出来，以供闲时翻阅。终于，我看出了其中一些细微的差别。我的写作也从凌空高蹈慢慢落回了现实。我看到了眼前一些实实在在的人和事：我日渐苍老的再也打不动我的父母，编磨的堂哥，光棍罗四，跪在坡地上拉车的老牛，小镇上的傻子……而在我原先的认识里，诗歌是唯美的，这些无论如何都无法入诗。我也越来越感受到了诗歌对我的重要，但它让我安静，让我审视自己。

说了这么多，终于绕回正题了。诗歌与我，其实就是一场意外。如果没有那些无所事事的年月，没有那台打一个页面转半天的电脑，没有那首《梨花开在下半身》，没有多年的乡村生活，没有父母的高压政策，我这一生最大的可能就是与诗歌擦肩而过，我的人生将不会与别人有所不同，我的人生将会和别人一样，按部就班，浑浑噩噩。而在这一切里面，最最重要的，是我的父母。因为他们是标本式的农民，在我身上打下了标本式的烙印。他们让我正视我所走过的每一步路，如同种庄稼一样，也正视我写下的每一首诗。

因此，在我看来，好的诗歌有它自己独特的根系。如同庄稼，如同地道药材，必然扎根于那片独特的土壤。一个好的诗人必然要有标本式的农民的品质，只有这样的农民，才足够虔诚，才能种出最好的庄稼，也只有这样的诗人，才能写出好的诗歌。

感谢诗歌，尽管它看起来并没有让我生活得更好，但它让我知道，我为什么活着。我愿意低一些，再低一些。因为我生命中的土壤里有一盏灯，它就是诗歌。

江一苇诗七首

编磨的堂哥

堂哥排行老二，是我们这一辈中最老实的一个
也是选马沟年轻一辈中，唯一会编磨的一个

每年冬天大雪封山的时候，他都会穿上自制的皮裤
拿上镰刀，到山中割来许多藤条

他把藤条一根根放进炕洞中焚烧
直至每一根都变得柔韧，再将它们一根根折弯

一盘盘磨就这样被制造出来
一个个犁地时翻出来的土疙瘩就这样在磨下依次粉碎

在选马沟，失传的手艺越来越多
农业现代化的年代，手艺人也越来越不被看重

只有堂哥还固执地守着他编磨的手艺
每一次都尽力弯下腰去

当他的腰弯得不能再低时，我的伯父，父亲
就会在堂哥身上一一复活，打发我去拨一拨那暗淡的灯火

不适合杂草生长的土地同样种不出庄稼

再干净的地里也会有杂草，
这是小时候，父母告诫我的。

他们还说，草的生长速度太快，
一旦盖过了庄稼，就再也无能为力。

所以这么多年，
我一直在除草。

用锄头、铲子、各种杀草剂，
用白天、黑夜、睡瞌睡的间隙。

终于有一天，我除干净了杂草，
但我的地里，再也没能长出庄稼。

我怀念我那些杂草丛生的日子，
我怀念我那些浑身毛病一无是处的兄弟。

白　菜

地里的白菜顶着霜，如同一朵朵白玉的雕塑
纯净，温暖，翠绿，让人垂涎欲滴
每隔几天，母亲就会拔上一颗

经过霜雪的白菜，会少了原本的苦味儿
变得甘甜，鲜嫩，即便不抽筋
简单过一遍开水，就会熟，就会散出特有的香味

小时候粮食不足，母亲常常说：要珍惜白菜
只有白菜，体贴咱乡下人，可以炖，可以炒
只有白菜，在冬天还能生长

母亲说这话的时候，眼里满是期望
她把我们当白菜来呵护，期望我们兄弟尽快长大
插上翅膀飞到要啥有啥的城里

但她不知道，在这个世上
无法自拔的不只有长在地里的白菜
还包括地上的，我们自己

摸天空

小时候，父亲很喜欢将我举过头顶，
让我伸出手触摸天空。
他常常会问我："摸到了什么？"
我回答："月亮，星星。"
"还有呢？"
"还有白云，水一样，流过指缝。"
父亲欣喜地对我说："将来你长大了，
就可以自己摸天空。"

后来我终于长大了，

我却再也没有触摸过天空。
不是我不想，而是再也没有人
会像父亲一样，能不厌其烦地听我说谎，
每一次被骗，都显得那么高兴。

看　门

小时候，父母常常交代干的一件事
是看门。看门的时候，常常干的一件事
是找一只蚂蚁，拿一根树枝挡住去路
让蚂蚁爬到树枝上去。之后把树枝举到空中
将一端向下，看蚂蚁怎样往高处爬。
等到它快要爬到顶端了，再将另一端向下，
如此反复。我承认，这个过程让我快乐，
让我有种掌握别人命运的满足。所以，
有几年时间，我对这个游戏乐此不疲。
好在我也有玩累或失去兴趣的时候，
好在我没有杀死更多的蚂蚁，只是将它们
和树枝一起丢到一边。可这件事
还是给我留下了隐患：多年后，
当我一次次咽下牙齿，走在绝望的边缘，
我总是会想起那些树枝上的蚂蚁，
想起它们疲于奔命的过程，
或许时至今日，有几只还没有爬回窝里。

亲　人

深夜，母亲打来电话
告诉我舅舅向她借钱了
她没有借。搪塞理由是钱被我拿去
还了房贷了。他说舅舅现在
举债十多万，而且他的继子
刚因邻里纠纷打了人

被抓进了看守所
听人说最少会被判处三年徒刑
她怕舅舅这一生都还不了
她怕我将来娶媳妇没钱被人看轻
她让我统一口径
我静静地听着，心里却翻江倒海
眼前不断浮现出这样的画面：
母亲坐在月光下的院子里
为了给我凑学费挑拣一袋豌豆
而舅舅流着汗，正在阳光下劈柴
为了能为我节省半斤煤油
他们都是我在这世上仅存的亲人
像其他的亲人一样
总有一天，我会一一失去他们……

奔丧途中想起父亲

从未如此悲凉。当我走在黑夜的路上，
看星星们排着队，一颗颗隐到大山后面

我的背部发紧。我知道它们的秘密，不能说
生活如一只巴掌，早教会我守口如瓶

我想起那年在医院的夜晚，一颗流星划过
想回家的父亲，被我按着，挂上了吊针。

我想他最后是恨我的。是我不顾他的反对
将他从热炕上扶起，带到了这里

这么多年，我得到了很多人的赞美，
这么多年，我心里一直有一双有家不能回的眼睛。

作者简介：

金小杰，女，1992年生于山东平度，教书，写诗。山东省作协会员。曾参加2016《中国诗歌》新发现诗歌夏令营、2017全国散文诗笔会、2018黄河口诗歌夏令营等，作品常见《中国诗歌》《山东文学》《星星》等。

黄金时代

金小杰

有人曾问过我这样一个俗套的问题：你为什么要写诗？我只能说：我也不知道。十年前的我肯定不会想到今天的自己可以写诗。如果非要找出一个写诗的理由，那这件事大概就像是春天到了，桃花要盛开、柳枝要返青一样自然而然吧。如果要说诗歌带给了我一些什么，那只有一个：朋友。大概写诗的人骨子里总会留有那么一点不与世俗妥协的天真，所以交往起来也丝毫的不费气力。爱就是爱，讨厌就是讨厌，人心，在这里坦荡而直接。而且一生那么短，所以一定要去爱自己想爱的人，做自己的想做的事，去自己想去的地方。不会把时间浪费在不喜欢的人和事上面，大概是诗人的天性使然。

仍然记得初次参加诗会活动时的兴奋，那大概是2015年的济南，我们五个人走在人行天桥上，喊着，叫着，年轻着，仿佛这就是诗歌的黄金时代。在这个所谓上过床都不会结婚的随意年代，诗歌也曾像妓女一样：每个识过几个字的人都在标榜自己会写诗。而我们，诚惶诚恐，一直不敢说出那个“会”字。在今晚，诗歌终于庄严的回归，以一种郑重而年轻的姿态。其实，我并不希望这群写诗的朋友像顾城和海子那般，以一种决绝的姿态同这个波诡云谲的世界对抗。2016年毕业后，我在一处乡下小学任教。村庄极小，学生极少，离家，也极远。几乎每个白天都像一场战争，鸡飞狗跳的迎接各种教育督查，所以我常说，只有夜晚是自己的。每到暮晚，学生放学，同事陆续回家，这荒凉的小村坐落在空旷的华北平原上，显得矮小而单薄。我总喜欢在这个时候一头扎进办公室，哪怕不写诗，静静坐一小会儿，也是一种享受。这种过程，就像是一瓶浑浊的水，拼命想澄清自己。澄清自己的时候，往往会写一点东西，有时候给自己，有时候给父母，有时候也根本没有什么明确的对象，只是想写而已。在毕业后一年多的时间里，我反复提及这片土地，反复提及这个名叫长乐的小村。如果说诗歌像是一颗孢子，那生活就是恰到好处的温度和水分。从刚入职写下的第一首《在长乐小学》到如今的《回长乐》，从“这片土地盛产大块的石头/像当地的男人，方方正正”到如今的“又回到这里/这片盛产石头的土地/还盛产石头般沉默坚硬的汉子”，就像是一个循环，日夜交替，庚辰相连，只有诗歌能够打破这日复一日的雷同和沉寂。

这些年来，诗歌陪我东奔西跑，我在成长，它也在成长，就像是我的影子，虽然没有呼吸和体温，但每年都还会有些变化。写诗，并没有奢求它更够给我带来些什么，最重要的是陪伴和支持。随着年龄的增长，身边的人来来往往，背叛和被背叛，信任和欺骗，也都时有发生。这么多年，一直在身边的，大概也只有它了。记得很久之前看过宫崎骏的一部电影，里面有一句经典的台词，说是“人越来越老，可以失去的东西就越来越少。”但剩下的东西，也就越来越珍贵。作为一名90后，可能还没有资格说这般老气横秋的话，但毕业后的这两年却的的确确感受到了这种苍凉：打小一块玩的发小，因为结婚，关系淡了；大学同宿舍的挚友，因为距离，联系少了；认识多年的老朋友，疲于奔波，杳无音讯……还有“坐在这苍凉的人世，吃饭、喝水、睡觉，把一生活成一天”；还有“像极了这大片的平原，雨水落下，果实滚烫。日子，一马平川”；还有“这矮小的村庄，和十二月的风纠缠不休”。我不知道要丢弃多少东西，才能够分得衰老的资格，才能够达到返璞归真的年纪。

兜兜转转，就像风，每年都会从四面八方依次吹来。我只希望最后吹到我身上的时候，我还够写诗，还能够体验生命中的每一份独一无二。

金小杰诗四首

乡　下

我任教的小学，风很轻，云很淡
窗外的梧桐也总是绿得很晚
教室里的二十几名学生也很清澈
他们的生命里布满青草、池塘

偶尔还有蜻蜓、雨燕
低低地掠过风吹的童年

停 课

下雪，停课，滞留学校
没有学生的工作日，铃声
依旧丝毫不错地响起、落下
树上的几只麻雀，叽叽喳喳
广播体操响了起来
雪在阳光下不约而同地融化
我今天的学生只有这几只小雀
不背古诗，也没有看图说话
更不会有习题和试卷
它们在我的窗前跳来蹦去
像我教的那群一年级孩子
每天都嚷嚷着长大

小 镇

小镇极小，只有南北两条主路
商店也只有两个，大点的叫超市
小点的叫小卖部。我在这里教书
周末回来值班，镇上的同事
会收留我，替我挡住十二月的寒气
挡住独在异乡为异客的凄凉
走在路上，学生的家长
也会喊我上车，捎带一程
像是捎带一小枚坚硬的种子
最热闹的是那群一年级的孩子
他们会隔着大街，兴奋地喊我“老师”
把一个内心潮湿的人，喊暖

在小学

1

摘下眼镜，就看不清黑板
看不清讲台下孩子们的侧脸
手指上经年的冻伤
也变得很淡
痛，也变得遥远
当然，窗外乍开的那朵玉兰
也看不见

2

春天了，办公室门前
一天天热闹
迎春、玉兰、月季依次醒来
等待阳光一寸寸吻遍身子
落灰的作业橱里
孩子们去年送的教师节玫瑰
也拼命挪了挪位置

3

这一天的西外环，风很大，无车
徒步穿过初春的大片平原
像风，不留悬念地穿堂而过
身后的小学校
有人在出公开课
更多的人，打着学习的幌子，袖手旁观
其实，孩子们的每一次举手都经过排练
众目睽睽，不是在上课，只是在表演

4

春天了，突然心生悲凉
在这个阳光饱满的下午
班里那个单亲的孩子

一个人沉默地坐在后排
窗外，那棵拒绝返青的梧桐
也陪在身边，轻轻地摇着

5
三月第一天，刮风，上班
一个人在办公室读诗
这个没课的下午
我想写一份教案：
关于风，关于雨
关于窗外那棵不断变粗的梧桐，还有
教室里欣欣向荣的那群孩子

6
三天没见，孩子们就在群里
打听我的下落
打听我走过的那段路
遇到的那些人
甚至打听同我一面之缘的那些风
他们生怕
我会去另一所小学
教另一群学生

7
想要描述春天，描述
后操场上乍开的第一朵桃花
想在课本里塞满春风
甚至塞满茂盛的鸟鸣虫叫
可是，《小学生守则》还在
《岗位安全工作指南》也还在
最近又新加固了钉子
生怕出一点闪失

华文青年诗人奖专辑

诗坛峰会

探索与发现

汉诗新作

首师大诗歌研究中心第15位驻校诗人灯灯特辑

汉诗新作

新诗七家

作者简介：

张静雯，生于80年代。有诗歌发表于《诗刊》《飞天》《阳光》等刊物，获得北京当代艺术基金会“破壳计划”诗歌组入选作品，著有诗集《未完：365首诗》。获得“桃花潭”国际诗歌大赛入围奖等。

野鹅之歌（组诗）

张静雯

在小酒吧

桌子都空着，没几个人
小桌灯染出暗黄光晕
烟嗓歌手，低声吟唱
眯着眼睛，唱给自己听

酒保擦着杯子
一个女人坐在他对面
面前摆着半杯酒
她什么也没有做

我也坐在这儿
在低沉的歌声中有些伤感

我应该是丢了点什么东西
却实在想不起到底是什么

我只知道那是遍寻不着的

站在窗边

把一口烟送入夜空茫茫时
风敲响了一棵树全部的叶子

高楼中无数扇窗
次第变成橙黄色，同时
星辰慢慢点亮自己

这些人间天上的光芒
让我的眼睛涌出了雾气

很多时候
我并不想了解我
很多的时候，我都不认识我

我用我的女孩子爱着你的男孩子

我让你脱光了睡
我们是两尾鱼
但我不喜欢相濡以沫
四十岁的身体
背对着我
肌肉些微松弛

我吻着我们身上的时间
我把两片雪花放在你的眼睛上

你出生在大雪
我出生在雨水
我用我的女孩子
爱着你的男孩子
不需要一滴雨一片雪为此负责

看花的女人

她仔细地看着一株腊梅
旁若无人，心无旁骛

我认识年轻时的她
我不知道这些年发生了什么
也不想知道

风翻动着书页
只是眨眼间
腊梅又悄悄开了几朵

看花的女人，一脸安详
她的自行车生了点锈
温驯地候在一旁

拾荒者的空口袋

空座很多，在一个关怀的眼神下
他才浅浅落座
蛇皮口袋坍塌在脚边
拾荒人
打起盹来

那么大的口袋
我一直盯着
装满后一定比他还高还沉的口袋

唉！永远也不会装满的破口袋
我们人人都有一只

送　葬

期间放过两串鞭炮
五百响而已
白布麻衣的孝子孝孙
沉默着踽行

黑色的棺木
经过桥，走上那条
缓慢上坡的路

无人痛哭流涕
墓坑干燥清凉，泥土新鲜
棺木沉入
头朝南，脚朝北

田野广阔而又静谧

暮　晚

天越来越晚时
公园里越来越静
野鸭滑行在水面
柳叶飘落长椅

一对情侣抽了一支烟

一个摄影爱好者拍了一会儿照片
一个女人打电话，抽泣着
一对中年夫妻看着湖水，拉家常

现在他们都走了
几枚柳叶占据地盘
过一会儿，我也要走了

草木，石头，湖心的船，万年松
目送着客人
我也将带走我带来的一切

离开时，我忘记了关闭这首单曲

女人弹着吉他，将同一支歌
反复吟唱了两个多小时
耳机垂落在地
无人听到
她一直在唱，一直
她到底唱给了谁
她的声音震动着空气，如泣如诉
却无人听到

在声音中我们触摸到彼此
一只手在浓雾中，看不到
另一只手，却接受到了
对方的温度
我们完全陌生却长久拥抱，紧紧地
因为别无选择

在一年中白昼最短的黄昏
我等待的夜就要来临
大地和天空一样广袤
没有树也没有星辰

野　鹅

——致玛丽·奥利弗

玛丽，我过着你笔下鼹鼠的生活
漫长而孤独，被雨抹去痕迹
玛丽，我想到一种孤独的原因是
总与不会使用人类语言的万物相爱
怎么会？
云会爱我们？星星会爱我们？
是我们渴望着森林、河流、青苔的爱
而明知不会有，才孤独
玛丽，我也想捧一掬黑水塘的水饮下
我想让身体内也有一个水塘

这里也有蔚蓝的天空
有一次我注视着一只飞鸟
想象它的需求。我差点流泪
我们太贪婪！

玛丽，无数个夜晚我的思想如热带雨林
复杂多变，我深入其中并一无所知
只差困死，这就是我要告诉你的我的绝望。
但无论短暂或漫长，我仍决定
继续地想象，继续地呼吸
继续伸出我的翅膀
向着最高的地方飞去

玛丽，想着世界上还有你
又多了一个逗留的理由

黑椅子

黑椅子坐着
在放椅子的地方

一声不吭

渗透过多种情绪
黑椅子坐着

我们四目相对
欲言又止
我们之间一米的深渊
望不到底，看不到边

黑椅子坐着
蝴蝶兰开着
唱歌的人哭着
草莓正一点点腐烂

末班地铁上

短暂地再做一回穴居者
灯光永远明亮
伟大的发明，我们幽闭于城市深处
我属鼠，便也被赋予鼠类的天命
我从未见过这段路在地表之上的模样
从一个洞口，到另一个洞口

也偶尔在车厢里
看到玻璃上的人影
我们四目相对
我知道她是我
除此之外便一无所知

末班地铁上摇摇晃晃的两个我
每一天，我们短暂相遇
除了相互打量，再无其他

作者简介：

宋心海，一九七零年代生于中国寒地黑土之都——绥化，系资深媒体人，八十年代曾有诗歌发表，后停笔，近年重新开始写作。在《诗刊》《中国作家》《星星》《诗歌月刊》《扬子江诗刊》《诗潮》《诗林》《诗选刊》等发表作品。出版诗集《玻璃人》，与人合集《玻璃转门》。

玻璃人（组诗）

宋心海

小黄毛

回老屯，听人们喊我小黄毛
他们从背后喊，迎面也喊，扯着嗓子
一声接一声，喊……
这多像喊一条土狗啊
我的小名，原来一直躲在这里

这么多年，我把那些淡黄的
苍白的、柔弱的小黄毛
一根根焗好，藏住，掖紧
生怕它们露出来

从公社，到县城，到哈尔滨，再到北京
记不清，这些年我染了多少次
多少次想听一声
这亲热的呼唤，却没有人喊
或者有人喊过，我却没敢答应

我怕一答应，自己就会醒来

会流泪，会傻乎乎地
退回到王太玉屯的田野里
成为那个，还没来得及拥有官名的孩子

玻璃人

这个世界什么都昂贵
我不敢随便伸手

有一次在头等舱休息室
抓紧酸奶的手
突然被一道阴影拂过
闪电般缩了回去
——我怀疑
那盒子是金子银子做的

我的还没褪去茧子的手，出着汗，紧张地
在我的身体上
从一处挪到另一处
不知道放在哪儿好
甚至开始痉挛、僵硬
仿佛是玻璃做的
一不小心就会炸裂

我陷在沙发里不敢动
眼睛仿佛也成了玻璃做的
就要炸裂

我感到悲伤，悲伤也成了玻璃的
呼出的气也成了玻璃的
我感到窒息
身体仿佛也成了玻璃的，就要炸裂

西漫岗

在我的老家王太玉屯
穷人和富人死了
都要埋在村外的西漫岗上

坟头有的地势高一些
有的低一些
就像他们活着时住的老房子

在我老家的西漫岗
富人家的坟前立着的石碑
刺龙画凤
都是闪着光，昂着头的

穷人家的石碑
大多是轻薄和灰暗的
有风无风，总是把头卑微地低下

马

小时候，总是绕开它走
怕被它的蹄子踢到
怕它在野外吃得草里有鬼
打喷嚏把鬼喷到我身上

在早亡的大哥的坟头
有两匹枣红马
着了火，很温顺
很快便低下头
扑倒在地
然后化作烟尘飘飞而去

那一夜，老去的草叶含着露珠

开始返青
我听见梦中的马蹄
嘚嘚敲响了
天上亲人们的门扉

正午的小鱼馆

在时间的咽喉里
有一家小鱼馆
窗户被厚厚的塑料布包裹着
寒气鼓荡着……

正午的阳光
刚刚煮沸鱼锅里中年的流水
三个男人的情感
开始在舌尖上决堤

他们的口腔里
挤满了七里铺的小鱼儿
酒过三巡，往事飘忽
它们一条一条地
往外蹦

祝老二

他是大哥的发小
他和那些山里的小鸟一起
在低矮的树枝上唱歌

他爱打鸟，和我哥一起
在柳树林子里
一黑天，谁也找不到谁
我就在秋风里哭

一转身的工夫，那些树不见了
我大哥也不见了

五十岁的祝老二还在
天空还在
大地只剩下一只鸟
唱他们当年的歌

我不知道那是不是我的大哥
从另一个世界里，回来了

季中元

月光穿透墙壁
那个叫季中元的人
总能听见汩汩而出的泉水
将自己轻轻浮起来

他年轻时暗恋过红脸蛋的张秀芬
魂不守舍，又胆小如鼠
始终不敢吐露一个字

这个胆小的压低眉眼的人
却在四十岁时
因为饥饿偷了生产队的粮食
成了锅着腰游街的坏分子

季中元，在一个叫明水的地方
西风吹乱他的头发
散了他的筋骨
他用半生锅着腰干活
用一生，眯着眼睛看人

母亲的空碗

昏天黑地的，后半夜
三四个孩子在哭闹
一个乡下母亲在叹息、流泪

用仅有的一小块儿干粮
蘸着月色的余温
熬一碗粥，最小的孩子先吃
然后是大一点的
再大一点的——

到她自己的时候
天就要亮了，那只碗
空空的，被舔得干干净净
只装满了大地黎明的忧伤

走道儿

我们乡下人
把改嫁叫走道儿
那年，我姥姥，抱着三岁时的我妈
走道儿了

姥姥一生走道儿四次
老李家，老张家，老王家
最后是老冯家

她为老冯家养儿育女
但没有一个是她生的

她最后一次走道儿，是走向死神
老冯家，一个人也没去送

看不见的土

每一个人
都在讲着自己的故事
夜深了，也停不下来

半截子命丢在风里
还有半截子
埋在土里

田方军、李国富
还有患过脑梗病
捡回一条命的赵明
一边说话
一边，喘着粗气

好像正有一锹一锹土
啪啪地
砸在了他们身上

作者简介：

汉江，浙江海宁人。中国作家协协会员。作品已在国内外百余家报刊刊发，入选数十种年度选本。有诗集《无翼之旅》《十年半剑》出版。现为《海宁市志》副总编。

上善若水（组诗）

汉　江

在水中，彼此才能素颜相见

在此，舞文弄墨的人都会像我
决意投笔湿身洗尽风尘
决意暂且忘记水域野性的辽阔
忘记一夜会白头的芦苇
忘记波澜不起的水面
会隔空送来让人牵挂的音讯

在水中，彼此才能素颜相见
如同一瓶矿泉水
只贴着半透明的纸片
此刻，如果有谁身怀一朵刺青
我会看成为我绽开的繁花

水纯净，名惊艳：美人汤
轻轻拍打，听
捣衣声从哪个朝代传回？
此刻是谁在"一低头的温柔"
潜身贴近这美人的裙摆
构思波光闪烁的诗句？

我注定是个与水有缘的人

与一池温泉相处，最好
把欲火降到最低，情调恰到好处
高歌大江东去，无意泼水难收
四周的石头丰满，那块青苔
是谁与生俱来的胎记？

单凭名字，我注定是个
与水有缘的人，不会喝酒、浇花
不擅长泪流满面，只偏好
用身体汲取露水、雨水和泉水
汲取波纹湿润的唇语

睡莲之上，温泉之中
一样是天的湛蓝、云的纯白
心底原始的欲望
收敛于微澜的波纹中
不露半点锋芒……

把自己交还给养生的水

四周彼岸环抱
蹲成礁石或躺成浅滩的人呵
请允许我闭目抱膝静坐
想象自己是一朵轻盈的睡莲
有根知底，却没有给水
增添丝毫重量或压力

我也曾闭目抱膝静坐
在一位将为人母的女子腹中
四周是养生的水，水的四周
是可靠的彼岸，无法预感
我的重量是她的倚重

她的压力是我的活力……

半生已过，今天有幸在此
把自己交还给养生的水——
暂且不用思考
该怎样用水去冲刷和磨砺
那些世俗粗糙的石头

盛夏，在温泉降一下温

温泉接地气，却在季节之上
日复一日，始终是度数宜人的酒
让人微醺，不让人沉醉
我在其中，会降温降到童年
降成一颗青梅的样子

千万年底蕴和功力的温泉
该怎样慢慢浸泡与细细体味——
才能汩汩渗入我的体内
才能让自己从一颗青涩的梅
变成黄熟的梅？

盛夏，在温泉降一下温
黄也好，熟也罢
总会褪去青涩，避免干瘪
在水中，我任万物消长
只管滋润自己

划水时荡漾出去的想象

双手划水，每划一下
身体的重量就会减去一点
慢慢轻盈成云了

还会触礁，或者碰碎些什么？

多划几下，才发现水有曼妙的腰身
才感知双手竟然合着
水的心跳节奏，竟然让水面
有了明暗相间的表情

划呵划，身体的重心慢慢往前
感觉自己从鸳鸯中的鸳
慢慢变成一艘能量充足的快艇
感觉温泉是摇篮
摇着不太平的太平洋

水呵我将睡成深蓝中的小岛——
不地震，不海啸，不台风
保持稳定的湿度和温度
一如与生俱来的水

我一生必然从善如流

没有百叶窗把阳光拉成金丝
捆绑我的身体与灵魂
没有切肤之痛，只有想象——
我已轻巧地跃过
更年期的栅栏

想象“野渡无人舟自横”
温泉是舟，我自横
许多人事流过我记忆，像一盘
突然松开的默片，场景只有
水面雀跃飘离的瓦片

瓦片的磨砺，让我肤色泛红
温泉是幻化的天池

我被放生，不是龙龟不是鱼
是婴儿。感觉自己
天池般辽阔，预料一生
必然从善如流……

在温泉我无须洗心革面

一入温泉，体内蛰伏的不祥之物
霎时消遁，如憋屈已久的泪
堵塞了毛孔的油脂

知道温泉不宜游泳，我却穿了
一条仿鲨鱼皮泳裤——
滑爽、透气。我是入定的神针
坐禅的锚，不介意
谁会劈波斩浪
不在乎水天一色的尽头
有没有防鲨网

风在悄声传说，这人是艘沉船
秘藏难见天日的物证
我想温泉有足够的矿物质
能飘浮我，清白我
在温泉，我无须洗心革面
请允许我借水的光色
抿一下鬓发，起身上岸……

作者简介：

武兆强，1943年11月生于北京，1961年考入北京人民艺术剧院表演学员班，从事电影理论研究，高级研究员。出版诗集《四月草》《武兆强诗选》《谁替我们而生》。电影《生命属于人民》《小小代校长》《甜玉米的笑声》的编剧、制片人，影片先后在中央电视台电影频道播出，并合作创作《别哭，中国的孩子》《一仆三主》《老赵头的美食情缘》《我和我的N个妈》等长篇电视剧剧本。

诗七首

武兆强

驶往布尔津的公路上

一晃一晃，还是
一晃，一晃
那个骑在一匹瘦马上的人
我注视了很久
斜扣着一顶哈萨克毡帽

是睡着了吗
你看他腰际松挎
低垂着头
但高高在上
俨然是一个君临迟暮的国王

我猜他的眼睛
已是长久长久地眯成了一条线
再也没有什么事物
能够进入他的眼帘

就这样一摇一晃
向着空旷无垠的天边，向着
苍凉叹息的落日
走去

牛群一直跟着他
哞哞的叫声隐匿于风中
杂踏的蹄子敲打大地
却从来不问，不问今晚
要走向何方

梦

从来不等待　事先相约
总是说来就来了　把我当作
一个可以随时进进出出的驿站
轻松地歇歇脚

一定是走了很远的路
你看它赶紧把靴子脱在走廊
踮着脚　向屋里张望
发现有人正蒙头大睡

于是它把往日的一长串故事
卸开　组合　随心所欲
让一个个人物　情景和章节
栩栩如生　而又　不可触摸

做完法事　或是功课
趁星星还在打鼾
神不知鬼不觉　它已溜之大吉
留下　笑着醒了　或哭着又睡去

这个潜伏在我们体内的寄居客啊

这个永远也不放过人类的小魔幻

耳朵出事了

妈妈给我织了一件
小尖尖的毛线帽子，大红大红的
女孩子戴得那种；上学路上
北风不要命地吹，可刚一出门
它就被塞进了我的书包，只见
一个光着脑袋的野小子顶风前进
继续顶风前进，结果
他的耳朵出事了，每天晚上
又疼又痒，妈妈不得不每天
给他上药换药，嘴里不免
自言自语："不至于呀，不至于……"
后来好多年
我终于坦白了当时的真相
透过掉了腿的老花镜
妈妈用特别异样的眼光望向我
缓缓伸出手，又一次摸向我的耳朵
耳朵是好了，可妈妈精心构思的
那个小女孩却不见了，她好像
躲进了重重叠叠的时空的迷雾
再也不会出现；如今我只想
从什么地方还能再找回那顶尖帽子
扣在我滑稽的秃顶上
让她老人家再好好笑上一回

快　感

沙土上现出几个沙窝
小巧，松软，有羽毛的痕迹
那几只麻雀已不知去向

刚刚，为了舒适、干爽
它们在此有过优美的沐浴
把胸脯贴在沙上，翅膀掀动
让自己一点一点陷进沙土
而后又猛然抖落它浑身的所有
箭一样凌空而去……

我若有一对翅膀
也会为快感而栖落、沐浴
箭一般地飞翔

半句鸟鸣

第一声鸟鸣，短促、兴奋
载着丛林睡醒的寂静，扑棱棱
落入我梦境里的湖水

第二声鸟鸣，在我洗漱时
携带三个美妙的小弯，滚落进
我刚刚淋过水的花间草隙

第三声鸟鸣，刚吐出半句
就在我脆弱的心脏
将要骤停的瞬间

一声枪响，洞穿长空
未及发出的那半句，死死卡在
它的喉咙里

多少年过去，一切都已腐烂
只有那声未及唱出的半句
还在漆黑的喉管里奔突、冲撞

驻足喀拉哈巴什的瞬间

我不会在春天的晚上咽气
明天新的露珠还在等我
等我的还有河谷的风
粘连在松枝上的青翠的鸟鸣
我在这个世界还有未结识的朋友
他们煮好奶茶只等我去敲门
还有一匹马打看响鼻想要挣脱
院子里的木桩，心急的炊烟
早早送来母亲亲手摆弄出的香气
在这春天的牧场，草有光芒
它们尚未给死亡腾出一块空地
而我，在准备了很久之后，依然活着……

注：喀拉哈巴什，新疆塔城附近的一个小村庄，少量塔塔尔人居住在此。这首诗是送给当地一个开民宿小餐馆的塔塔尔老人的。

我苍老的手心

假如我伸出手
而我的手枯瘦、失血，无力下垂
天空中那片最轻最轻的雪花
还能落在我的手心吗

假如我的手已经失灵
只有目光还没有放弃寻找
天空中那片最轻最轻的雪花
还能沿着目光的路径飞临吗

假如我已无力睁开眼睛
只有意念之翅尚未收拢
那片最轻最轻的雪花
会在展开的羽毛上轻柔地融化吗

当所有的心思消散于空中
无以计量的雪花缀满天涯
谁能为我寻到最轻最轻的那一片

作者简介：

海湄，女，获2016年《扬子江》诗刊全国女子诗歌大赛主奖。诗歌见多种报刊杂志。著有诗集《红痣》。

斑驳的树影

海　湄

立　秋

风吹够了，还有一场豪雨
灞河比夏日宽出许多
每年都会有这一天
用于收获，也用于整理昨天

树们通过叶团聚
它们掏出自己的颜色
白杨金黄，枫树和槭树发红
它们像故事，寒风来了才能讲完

这天，天空澄明
每一缕云都清晰可见
每一阵鸟鸣都唯美动听
秋叶虽然果决，我却不忍伤它
愿她安好，每一年都带着飘落的安逸

秋日和暖

不瞒你说
秋风从西北刮过来
不一会，就一溜烟地跑了

它要更辽阔的美

阡陌地里
向日葵一个籽一个籽的成熟
高粱大片大片地红起来
肥硕的土豆冒着地面

幽深的小路旁
落叶在林间弹奏交响乐
阳光清丽，满世界尘世的味道

都暖洋洋的

十月，还不够寒冷

其实，十月还不够寒冷
还没有霜附在大门的铜吊环上
在清晨摇晃的，只有廊外的石榴树
残存的石榴已经黑了
只有桂花的香气
弥留在长廊里

红衣绿裤的女人在唱秦腔
她回头问我会不会唱
没等我回答她就转身又唱起来
在此后的演唱中，她一直背对着我
她把痴情和凄婉的寓意，送过每一个障碍物

倔强，耿直，狂放的大秦之声
像晚秋的风，横扫金黄和鲜红的奢靡
我紧紧地闭上眼睛，想象秦王扬起黑色的大氅
在棕色的马匹上掀起大雪
我固执地相信这个梦
是可以爱了再爱的

小路上的秋天

栾树黄透了，枫树已半边红紫
灰喜鹊、黑尾蜡嘴雀、丝光掠鸟
把啄开的柿子扔在地上
引来成群的蚂蚁

斑驳的树影里
我不知道属于那一片黑色
只有风吹来，天空出现了缝隙时
树荫才在微微摇曳中，露出我中年的疲惫
那蓬乱的头发与落满尘土的鞋
都叠加在疼痛的膝盖上
只有咬牙才能站起来

可我还是爱这条小路
小路流浪，小路曲里拐弯
小路浑身是泥，小路像做错事的孩子
常常把打碎玻璃的手放在身后，可如果有蝴蝶
小路会等它落下来

秋天远比被我们想象的伟大

想象一下，在以往的季节里
花朵开在绿色的枝叶上
蜜蜂在花蕊上嗡嗡
还有蝴蝶和蜻蜓
日子远比被我们想象的伟大
可是，一转眼，却又平凡的无法形容

如果我们把十月拉长
拉到十二月的末尾
拉到未来，光线昏黄而安宁
长长的线用垂下的针贯穿起所有的恍惚

阳光即为果实涂抹色彩
也为人类涂抹甜蜜

人生一世
像露珠居荷叶中央
边缘，蜘蛛网十分稳固
黄色、棕色、红色的林间，空着一块蓝蓝的天
一切都变得不容置疑，唯有拉长的深秋
很温柔，也很美丽

作者简介：

魏紫，女，2007年生。就读于北京中科青云实验学校乐知吉利校区七年级。现居北京。

诗六首

魏　紫

时间的声音

什么是最美妙的声音？
是山中的鸟叫声吗？
是都市里的喧闹声吗？
是书中的奇幻世界，
还是人与人擦肩而过的相逢与离别？
我选择，选择时间的声音。
什么是时间的声音？
是风吹过树林时枝叶的沙沙声，
是水一般柔软的面纱从指缝间滑过的声音，
时间的声音，
就是回忆和想象的空间。
万物苏醒，
到万物沉睡，
时间的声音无时无刻不回荡在耳边。

崇礼・太舞・阴山支脉

在山峰之巅，
在另外一个世界。
风轻轻拂过花朵和草茎的声音，
是一只小鸟独唱的伴奏。

远山的朦胧衬托着
近处花朵的艳丽。
迎面吹来的飕飕凉风，
清晰而难以发现地表示着
语言无法描述的心情。
在山峰之巅的另一个世界，
有一只常常被人忽视的合唱团和
一幅深深埋藏在自然中的画，
等待你来倾听和发现。

虚幻的银色记忆之河

月光像银白色的记忆一样，
从蛋壳的缝隙里流出。
散落在山谷里。
内心充满坚定，
我与天地平衡，
收拢世界，
另一个角度的起点。
从月亮到星星，
把万物都用银色的记忆连接起来。
在微弱的月光的照射下，
一切都变成了银白色。

无　题

鸟和虫安静了，
只有夏末秋初特有的那种暖风在。
树梢上蹑手蹑脚地传递
它们的话语。
自然是多么默契地保持着
这看似永无休止的宁静——
不，它被打破了，

不是鸟或虫或暖风，
而是一群孩子用她们无意中的欢声笑语，
打破了
这看似永无休止的宁静。

冬　至

寒风呼啸，远方大雪纷飞。
太阳也暗淡无光，
带着无限生机的种子，蜷缩在大地深处沉睡着。
月亮发出微弱的寒光，
每一丝冰冷的空气都像刀一样刺向它所能触及的地方。
我的意识迷失在这迷茫的世界里。
漫长的黑夜，令人想到记忆的尽头和未来的终止。
远处亮起如星星般闪烁的烛光，
点亮心中的希望，我要带着希望前进。
每一步都沉稳坚定，永不后悔。
也许是客观现实，也许是虚构幻想。
不管怎样，最黑暗的时候
希望总能给人一丝安慰。

命运之河

我孤立在命运之河的河心，我的影子映在泛着银白色涟漪的河水里。我逆流而上，寻找童年的残片，我亲眼见证了过去的我向一个个难关发起挑战。我又望向河的下游，蜿蜒曲折的命运之河一直向远方流去，有时平静，有时波涛汹涌。

我盯着脚下光滑的鹅卵石，等待遥遥无期的未来……

我走进神秘未知的一片水域，我的未来泛着白沫将我吞食，把我带进不为人知的境地……

记忆之河的河道中，水像空气一般从我双腿之间流过。记忆之河的河水给我带来无限的痛苦与快乐……

随着时间的逝去，记忆之河越来越长，但要走的路也越来越长，直到，我的命运之河贯穿整个世界。时间像水一样从我的指缝间流走，而我，徒劳地想留住它……

作者简介：

刘庆祝，写作诗歌多年，在《诗刊》《诗探索》等刊物发表作品多首。现居辽宁省鞍山市。

诗六首

刘庆祝

这辈子

我不那么自信
不会不止一次的和
唾手可得的机遇
擦肩而过
不那么锋芒毕露
不会被庸者
视为眼中钉，肉中刺
不那么疾恶如仇
不会被见风使舵的家伙
讥讽为四楞木头
不那么一个心眼
凭自己的能力生存
不那么排斥投机取巧
或阿谀奉承的人
不那么厌恶
踩着别人的肩膀
往上爬的人
也许我不会成为一个
奋斗几十年的白丁
我也曾想圆滑的一点
为人处世

委曲求全的随波逐流
可是一到事情头上
我仍然我行我素
仿佛我这辈子
要是不在是非面前
对一件事，一个人
说句公道话
我就会被憋死
好在有人喜欢我这种人
愿意做我的朋友
孤独的时候常来陪我
喝杯清茶，饮壶浊酒
冲淡不少红尘中的烦恼
倒也非常幸福

叫不出名字的两只鸟

它俩身上至少
有墨黑的，棕红的，雪白的
三种颜色
均匀分布在翅膀，脑门，胸脯
显得非常漂亮。今年开春，
在咱家屋檐下
生育了五个子女
我早就发现了这个秘密
怕打扰它们
一直假装不知道
但它们仍然十分小心谨慎
倒不是在防我
是怕自己一不小心
把后山的鸟鹰、蛇、野猫引来
每次给孩子喂食
夫妻俩总要先落到鸟窝对面的大门上
观察一下周围的情况

确定安全了，一只鸟
是爸爸还是妈妈没弄清
先飞进去，把叼在嘴里的虫子
喂给窝里的孩子
再飞到大门上
担任警戒任务
另一只鸟再飞进去
它俩每天进进出出
至少要有几十次
特别是小鸟要出窝那阵子
食量大，它俩更是格外辛苦
一天不知道要飞多远的路
捉回多少虫子
才能添饱孩子的肚子
瞧着它俩消瘦的身子骨
我干着急，帮不上忙
它俩却从没叫过苦，说过累
还经常快乐地站在树枝上
歌唱它俩喜得儿女的快乐

鞍钢牌的老保鞋

在农村居住
少不了要种些适时蔬菜
自然要有一双劳动鞋
陪我完成这些任务
布鞋，太软只能用于休闲
胶鞋，又有异味
选来选去
我相中了鞍钢牌老保鞋
虽然穿它下地种菜
有点大材小用
我还是毫不犹豫地
花了四十五元把它买了下来

它前脸都是用鞍钢生产的
薄钢片做的衬
抗砸能力强，保护功能大
非常防患于未然
它的鞋底也厚，隔凉隔热
夏天穿不捂脚
冬天穿又保暖
而且一年四季都能穿
但我喜滋滋地把它
穿在脚上那一刻
它可能以为我不是鞍钢人
不配穿鞍钢牌的老保鞋
挑我脚肥，使劲挤我脚
以为这样我就会放弃
对它的拥有
但它忘了，鞍钢人和鞍山人
都是一家人
个个都是硬骨头
经过一番较量
它终于认识到这一点
马上跟我成了握手言和的朋友
心甘情愿地让我
穿它上山割草，下地种菜
陪我用辛勤的汗水
换来一茬又一茬丰收的喜悦

来 生

做男人
做女人，都行
但不做男人的老婆
女人的老公
一辈子就我一个人
从生到死

人，不在三国
不结拜异性弟兄
身，不在前朝
不怕无后为大
多近善良忠厚君子
远离是非小人
有事勤于务实
闲来自找生活乐趣
养一只猫，陪我钓鱼
一条狗，陪我遛弯
一只八哥，陪我说话唠嗑
一天一顿酒，不过二两
二支烟，昼夜分开
三壶茶，润肺提神
居所靠山近水
左无房舍，右无近邻
我疯不扰民
我狂无人知
看是浪荡不羁
尊严自在心中
白天手不释卷
晚上目不离书
辛勤耕耘
不负一寸光阴
有名感恩众神所赐
无名更要发奋向上
还有持之以恒的精神
涌泉相报的良心
或我可爱的名字
虽然普普通通
但我觉得刘庆祝这三个字
特别喜庆
都要毫无保留地带到
我的来生

不一样的效果

以前我孤独的时候
不买菜也到菜市场转几圈
不看电影也买张票进去坐一场
不洗澡也到浴池里泡几个小时
就到网吧里滥竽充数
到酒吧里一醉方休
时间长了，有人误以为我是一个傻子
还有人怀疑我是个寻机作案的扒手

现在我孤独的时候
就拉着我爱人的手
上街走走，到商店逛逛
就把朋友叫来，侃一段文人逸事
围着火锅涮几斤羊肉，喝几壶小酒
就帮助有困难的人渡过难关
就协助交警疏导交通秩序
就练习书法，练习绘画，练习唱歌
就爬山，挑最高的山爬
渐渐地我发现
其实我以前并不孤独
只是没找到快乐的钥匙

做人一定要知恩报恩

一棵树
二棵树
三棵树
山脚下还有两棵树
一共五棵树
在我的正前方
加上东边或西边两棵
身后三棵，我周围

八棵树的叶子
全部落尽了
柳树的叶子
橡树的叶子
杨树的叶子
榆树的叶子
柞树的叶子
枫树的叶子
梨树的叶子
桃树的叶子
无一幸免
进山散步的人都看见了
像没看见一样
熟视无睹的样子
显得那么自然
这些人都是山下小区的居民
春夏之季，整天都在这片小树林里
无偿吸氧，免费健身
欠下多少人情债
可眼下这些人一点反应也没有
不是我多愁善感，无病呻吟
我一直这么认为
一片树叶虽小
却和我们一样有着自己的生命
春天它们来了
鞠躬尽瘁地为我们遮荫避暑
秋天它们走了
无怨无悔的消失在红尘
生命虽然短暂
却无私的奉献了
自己的一生
地球上的人有什么理由
不该在它们临别之际
说一声，请一路走好
或满怀敬意的
目送它们一程

《北回归线》诗歌小辑

《北回归线》是中国当代民间诗歌的重要刊物。从二十世纪八十年代以来，中国不少的诗歌团体都因为内在或者外在的原因纷纷消亡，只有“北回归线”不仅没有消亡，反而越来越壮大，变得更加丰富和朝气蓬勃。就像一个充满了磁力的创造生力场，三十年来，几乎每隔十年，就有一批优秀的诗人、翻译家和评论家加入《北回归线》。从最早的梁晓明、孟浪、刘翔、阿九、耿占春、蓝蓝、剑心、梁健到第二个十年加入的南野、马越波、汪剑钊、伤水、晏榕、张典、聂广友、远宁、章平、小荒、方石英和老庙，以及第三个十年加入的王自亮、帕瓦龙、郁雯、伊甸、石人、红山、储慧、倪志娟、海岸、沈健、林荫、李平、许春波、邹宴和歌沐，以及新近加入的臧棣、沈苇、空空、伏励斋等。成立三十年来，这个团体中的优秀诗人越来越多，诗人、理论家、翻译家济济一堂。越来越多的优秀人士集聚到了《北回归线》，可谓“阵容强大、高手云集”。至此《北回归线》创办30年之际，我们精选其27位同仁诗人的短诗一辑以飨读者。

大　雪

梁晓明

像心里的朋友一个个拉出来从空中落下
洁白、轻盈、柔软
各有风姿
令人心疼的
飘飘斜斜的四处散落

有的丢在少年，有的忘在乡间
有的从指头上如烟缕散去
我跟船而去，在江上看雪
我以后的日子在江面上散开

正如雪，入水行走
悄无声息……

用声音打一个银器……

刘　翔

每当满月升起
银匠们开始工作
他们的土屋里发出
“叮咣”“叮咣”的声响
樱桃木的小锤子
就是这样，敲击在银盘上

而你把银匠们的手艺
带到了雪山上
带到了溪水边
你把银器放在无言的远方
从此，白银开始流浪

哦，戴长命锁的女郎
哦，用银簪锁住夜之发髻的女郎
你用声音打一个银器
用声音、月光和白雪打一个银器
再加进去你自己的呼吸
让碎银子
在你心的坩埚中融化
你用声音，打一个银器

你用声音打一个银器
还注入了一汪静水
露珠与鸟的眼睛
一起在树叶间等待黎明

高架列车夜间开过夏拉泽德公墓

阿　九

面对着桥上的巨型屏幕，
一排排座椅整齐就位，
像是等着一场夏夜的露天电影。
碑石们坐北向南，俯瞰着弗雷泽河
名称待议的水流。
这些安静的石块
似乎从未听见过头顶上
高架列车飞驰而过的咔嗒声。

大选年又来了：一列开近的列车
让路基微微震动。
车头的呼啸像一阵阵催票声
碾压着钢轨和牙床。
墓园四周，我曾发现几张
竞选海报：一座不存在的大厦
亢奋的艺术效果图。

远看是一块电脑主板，
近看是无数入睡的灵魂组成的
一个非法的露宿小区。
夏拉泽德公墓——
那里也是人间。
他们与我们唯一的不同
是在面对不远处喧闹的平台时，
多了一种沉默的特权。

一寸一寸醒来

梁　健

就让我靠着鸟吧
好叫儿子们放心

不知不觉漫过鼻孔
我还是能够告诉他们天亮的暗语

难道疲惫也是理由
睡眠就是家
冬天不是酒

我承认我真的忘记了方向
那一条唯一通往清醒的镜子
我不得不在黄昏
依靠死亡依靠死亡
一寸一寸醒来

风无处可去

南　野

弹奏无可弹奏的乐曲，书写不能书写的存在
这不可能的时刻。有那么多船只拥至
屋外大雨倾盆，我坐立不安
往事身影浮现。但无从辨别虚构与真实
从一个城市彷徨至另一个城市
空间上的迁移有飞鸟规避死亡的快感与疲惫

我只能说，自由与牢笼有某种关联

自由在于自由的意志，否则即使在牢笼之外
就好像这世界四处是墙壁。风亦无处可去

山岭似乎有更广阔的暗影，灵魂被一次次捕捉
我企望俯瞰一架飞机在云层上的身姿
巨大灰暗的机体时而发出光亮
事实是我在高速公路上不断地驶进浓雾
我打开了所有的灯光。我断续地咳嗽着
这又是相似的一种情况：给予迎面的痛击

我试图以无言对抗语言的规则
这当然不能取胜。但也许有另一种语法
并且其目标也不是为了所谓的胜利
思考并非赋予意义。我无所顾忌地躺在公共长椅上
浑身发臭，饥饿造成的腹痛仍然像往日的感受
但已然舒缓

追 杀

伤 水

一直想暗杀一个人
他最知道你
危险就来源于知情
你一直跟踪他
从懂事起
到黄昏退休关门
他在街角捡到一个弃婴
喂给他几瓶哭泣
像失传的音乐
你溯流而上
源头竟是沉默
他踱进超市

掏出一张钱付款
背面竟然空白
患痴呆症的货币
交易无法达成
你睁着眼睛
等待他梦游醒来
他逃不走了，枪口
天空一般大
你叩响扳机，他的影子
晃了晃
你倒下了

扦插入门

臧 棣

在折断枝条的声响中，你能听到
昨晚的梦中金色老虎
一个猛扑，咬断了野兔的肋骨。
带着不易觉察的木液，
枝条的末端，新鲜的伤痕
赌你之前就已准备好了
掺过沙子和腐叶的红壤土；
它甚至赌你知道它的成活率
意味着你的责任最终会升华
我们的好奇心，而不仅仅是
木槿开花时，那夺目的娇艳
能令紫红色的灵感重瓣。
和它有关的，最大的善
是每天早上，有人会弯下身，
给它的下身浇水。将粗暴的
伤痕转化成生命的根系，
面对这成长的秘密：你扪心自问

那个人真的会是你吗?

林　中

沈　苇

落叶铺了一地
几声鸟鸣挂在树梢

一匹马站在阴影里，四蹄深陷寂静
而血管里仍是火在奔跑

风的斧子变得锋利，猛地砍了过来
一棵树的战栗迅速传遍整座林子

光线悄悄移走，熄灭一地金黄
紧接着，关闭天空的蓝

大地无言，雪就要落下来。此时此刻
没有一种忧伤比得上万物的克制和忍耐

摸鱼儿·对西风

晏　榕

鬓发蓬乱，这意味着我可以将十年
像烟云一样，由风儿摇起
可以凝滞不动。像这死亡，却被比作
流水，比作咬住心脏的呼吸
像把鸳鸯结系在剩下的骨头上
山盟和海誓，从铁上脱落
成为尖叫和煅烧。对，肠断就是杰作

把落花安回朽木，成为戏剧
成为它最昂贵的几页。雨覆云翻
不就是从一个口号到另一个口号吗
它们叫一声我就剥一层衣服
情深缘浅则验证了真正的奇迹
春天出窍秋天入定，我露出身子
让它们涂抹。如今那越长越高的红楼
开始喜欢上婚姻，它的浪笑
能砸进舞台底座。它绑了我，也绑了
月亮，绑了我的失眠捎带还
绑了地下室。它绑了我的手艺。
死亡是手艺，听天由命是手艺
还有在土里像虫子一样蠕动
在并不发黄的纸上褪色，并把脑袋
埋在海面以下，全是，全都可以
陪我过夜。如今我们中必须有一个
要装着憔悴，要借酒浇愁完成
那个意外事故，要独守长门，把手摊开
要对着春风发笑，学会后悔，让它们围观
是我糊涂，是我看错了这暮色
还有很多十年，很多弯弯的竹子要延续后代

拴马桩

方石英

整个黄昏你都在寻找
那匹在梦境中一闪而过的
白马，曾在心电图上隐现
苏醒之后已是新的时间
一切都是新的，包括伤口
只有你永远是旧的
穿越千年浮云成为北漂

在这大隐于市的寂静庭院
与冰心之墓为邻
在一棵松树下等待
那匹在梦境中一闪而过的
白马，饱食汉字
你的真实目的并非为了拴住
白马，夙愿在海上一路狂奔

白桦林之歌

伊 甸

你们从大地的寒冷中突围而出
以诗一样瘦弱然而挺直的躯干
去接近高远的天穹

在你们洁白如纸的身体上
一个个酷似不幸事件的伤疤
闪耀着黑色的悲悯之光

叶赛宁炽热的胸膛紧贴着一棵
衰老的白桦，他和它互相流通的血液
一会儿在沸点，一会儿在冰点

有一片树叶看见了游向茨维塔耶娃的那条蛇
她喊叫，哭泣——周围一片墓地般的沉寂
“过一百年人们将会多么爱我！”

曼杰施塔姆用人类的苦难
在纯洁的白桦树皮上书写忧伤
省略了自己的饥饿和死亡

白发苍苍的托尔斯泰跟随几棵白桦

手携手在黑夜里出走
他抵达的站台通向上帝和永恒

西伯利亚所有的白桦树站在一起
也无法承受陀思妥耶夫斯基的罪与罚
他断裂的血管让全世界的树木感到了疼痛

一棵真实的白桦重于整个世界
被驱逐的索尔仁尼琴，他基督般受难的灵魂中
大片大片的白桦林在流泪，在嚎叫，在祈祷

我像走向十字架一样走向白桦林
我虔诚地站立着，看自己身上慢慢长出
白色的树皮，黑色的伤疤，执拗地拍打天空的枝丫

东明寺

马越波

无所思念者啊，一日青山
缠绕者啊，携手羁绊
澹然者啊，芭蕉滴雨
静默者啊，眼前过去了

思念者啊，从苕溪向北
有所依倚者啊，暗中坐下
未能健行者啊，蜈蚣跌落
有光耀者啊，戚戚沉沉入眠

而了文字，文字啊
桂树摇摆在庭院中
楹联末端见观音
山下灯火海一样漫来

淋雨中的大殿啊，荷花开
两棵银杏缓缓倒下
侧旁客堂里点上了蜡烛
他们低头抄写

室内乐——致QY（节选）

张 典

10

地板潮湿的反光，生锈的吊扇
带斑点的叶片，窗帘褶皱间的
阴影，卫生间的滴水声和厨房里
沉重的煤气味，凌乱的碗碟，
轰鸣的冰箱的颤抖，电话机上
厚厚的尘埃，犹如声音的累积。
你的睡眠品尝着这一切，几乎是
来自我的伤害的一切，而它们
强烈地向你索要幸福的报告，
那安静的形体，露出狰狞的爱。

11

我相信这是恶势力的延伸。
小心，谎言不必由嘴巴说出，
环绕我们的事物，多半是
凝固的话语，消磨着你的听力，
使你驯服于沙发或床榻。
那么，醒来吧，点亮体内的
钨丝，驱散那黏稠的黑暗。
然后坐到我身边，让我们谈谈
谈不完的问题，权当一种

勇敢的游戏，不在乎谁输谁赢。

情　书

小　荒

唯有心死，才知年少的任性与妄为
是对爱的亵渎。

唯有如此清澈的月色，才匹配你
在我骨头里的容颜。

这天地多么辽阔，正适合我
给你写一封情书。

那天上的星辰，照耀世间万物。
而我，只想照耀你。

冷桃花

汪剑钊

桃花的冷有点出人意料，
也越出了情理温度计设定的边界，
与皮肤的触感猝然扯断关系，
陷入一种微妙的心碎，
犹如冬天的雪暴突然砸进春天的小房子。

万绿丛中的花蕾啸聚为林，
但永远无法摆脱宿命的孤独，
拥挤的枝杈不断改变生长的方向。
作为一名烈性的女子，桃花

最后炫目的开放，
只为一张彩色的婚床殉情，
培养仲夏夜蜜样的圆熟……

游客的喧嚣是恐怖的，
数枝半开的桃花胆怯地缩进自我，
黯然回到银灰色的树墩，
开始焚烧思想的垃圾……
桃花找到星星为伴，
在极致的灿烂里终于燃成灰烬，
顷刻，以一种冷的面目出现，
仿佛生铁经历淬火的高温，
从柔软中再一次获得精钢式的重生。

冷桃花，溢出春天以外的冷，
比雾岚更加温柔，
但一定比寒冰更具杀意，
妩媚，蕴含一根根感伤的芒刺……
五月的早晨，世界的
绿如同农民起义似的四下泛滥，
而桃花的遗骸却那么安静，
并且那么骄傲，恰似远古遗留的一幅岩画。

钟表馆

王自亮

许多钟表在沉睡。没人能指出
一次滴答所耗费的帝国银两：
流动的运河，无止境的游戏。
也没有人记载，行围狩猎时，
夕阳的一片金黄色中，无数枝

穿透天空的箭镞，如何带着
时间的血迹，返回珐琅的钟面。

在钟表馆，没有人会去校准
难以叙述的“此刻”，以免碰坏
无数个特别的过去。唯一的心情
是制止那个著名的伦敦钟表匠，
与帝王合谋，砍下志士的头颅。
不再怀念山冈上徘徊的起义者，
也没有人在宫殿一角注意到
那形形色色的钟，怎样走时报点：
开门、奏乐与禽戏，更多的用途；
没有谁留心究竟是发条，还是
惊奇的坠砣，带动齿轮毕生劳作？

在钟表馆，没有多少人想知晓
一个雨天的闲谈中所割让的疆土，
了解大臣与时钟，献媚的技艺。
从朝廷的传言，到斩首的邀请，
情形复杂得像钟表无与伦比的内部；
人心的法则却如指针那么简洁，
有时成一个夹角，有时如一支响箭。

鉴洋湖纪事

——致继敏

海　岸

在你抵达之前，温黄古驿道下过一场冷冷的细雨
荷塘风物遮掩海湾遗落的一汪湖水
夕阳西下，倦鸟归飞
你飞离纽黑文，比烟雨更多情的女子来过

鉴洋湖畔的藤蔓缠成连接西东的桥
梦里水乡，鸥鹭投林

风起了，你起身推开一扇窗
任凭目光随风景跳跃
云涌了，你转身推开一扇门
任凭心灵随光阴远眺
毕业那一年恰逢改革开放的 1978
你高考数理化满分，横扫卷面所有附加题

继而触摸 1872 留学始发的漫漫时光
遨游书海，感奋海纳百川的情怀
仰望耶鲁星空，何等的豪迈与飒爽
跻身世界级生化物理结构学家
“谷歌学者” H 指数高达 50
但等再上一层楼，天地尽显荣耀！

在你告别之前，十里长街飘过新年的第一场雪
瑞雪兆丰年，分外妖娆的是
你端坐在冬雪映照下的耶鲁实验室
光明和真理透出无处不在的校训
抵达大洋彼岸，终难忘比绿水更清澈的故土
盼来年再聚鉴洋湖或漫步纽黑文

从街角望过去

帕瓦龙

左腿拐过街角的时刻
我的右手一直假扮着先锋的姿势
同那个年代十分流行的每粒尘埃一样
至少十年或者更长
我所谓的青春

一直笼罩在一种庞大的主义
和疯狂口号的背影里
教化和演变
一度让我像一只无路可逃的乌鸦
差点撞死在对面高耸的红墙上
无所慰藉的日子里
也会遗精，也会在爱情虚空的怀里
无所适从
手抄本的快感，宛如四国军棋大战里
手捏睾丸的班长和工兵
梦里划出一道道诡异的弧线

时间轻易使白发铺满了双目
湮没在物是人非里
参与者和旁观者从来不会缺席
假的依然盛行，权力
在纹满蔷薇的肚皮上舞蹈
掌声释放了四月最后的一点情怀
麻雀在歌唱，山雀也在
起舞，斑马线上空缀满了警戒的眼睛
我小心隐匿
世界与我其实并无多少关系的关系
人到中年，目光老去，喜悦
也在老去，白鹤的啼鸣如芦花纷飞散尽
恍若成名已久的摄影师
我将照片一一还原成纯粹的黑白
像流浪多年的黑白老猫
看月亮一次次在街角无聊升起、坠落

我说：诗歌

郁雯

他们说：美貌与纯洁
我说：诗歌
他们说：束起腰身的词语像受罚
我说：节制

他们意会我性别的雄伟
他们定睛看着一张过时的美女挂历
他们说：啜饮混乱酿制的琼浆
他们说：用野火烧毁荒原里的蛆

我揉着眼睛，严冬还在继续
高尚披着一件嫁衣
与伪善商谈正义
拯救挂在嘴边，像风一般飘来荡去

一粒沙子的瞳仁变化万千
黑暗像疯长的灌木
在光芒里奔跑
他们说：对决与胜负
我说：诗歌

第一次看清部落

邹晏

夜晚，我们第一次看清部落
炭火炉边，空酒杯成群结队
马灯一个挨着一个，废弃轮胎

像一件机智的艺术品，我将
手插入马格利特的口袋，模仿
某人在错置中天马行空，我承认
我爱每个片段，拆开后扭曲的钢架
爬坡撞烂的汽车，从树上掉落的破鸟笼
我数过的每一粒时间，拆开后
玻璃屑、声音、女人的爱
男人，电流和木纹的纠缠
像冰川期画室中红色野兽
无数光从炉火和灯盏眼眶中流出
部落的入口对准 1968 年，我
完整的句子刚刚诞生

比早晨早

歌　沐

那星光，是诚实之苦
那黑暗，以慈悲
相互搀扶

将去路点亮。我降临
拖拽各处的阴影。

我来看望你们。亲爱的人
我的声音，在星体表面滑行
时而鼓起，时而陷落
听起来，是否有些不同。

早安。但你们还记得我吗。早晨
并未来临。且暗中，亦无人回应

假如我不曾经过，假如一切
都没有发生，假如有比结束
沉默，更先于初始的祝福

万寿寺

石　人

这名字从云峰传来风铎之声。
庞大的身躯并没允许有任何赞颂，
可以无节制的宣泄，如坍塌的垂光，
在蜿蜒的山路卷起凌厉碎石，
一个佛指弹出的暗号，截断它们
喑哑的弧线，这些松绑的囚绳，

终于解脱了。更多时候我只是匍匐着，
在窗口远望着它，却不限于聒噪
而琐碎的工作，用无以回答的问题，
寻找辞别他乡的意义，不能怀疑
是在同一个高度，等待巨石滚落，
再向上推举，像一架惩罚的永动仪。

仅仅是挥霍一些忠诚，那空洞的轴心
充满炼金的余烬，曾经被信仰的
也将含笑而死，成为焚烧的助燃剂。
在失忆的纪念日，喧哗如期而至，
每一句话语都穿着一条褴褛衣裳，
沉默如旷世的骨架，与翼角同样显赫。

围绕它吧，成群的夙愿多么像飞鸟
低回盘旋，无法离弃自己的阴影。
虚度只是时间不安分的借口，
护持盛开的莲花，它限定的距离，

是多么严肃的谬论，坐拥如此胜景
我从山水窟中来，仅是欢娱的挽留者。

夜在乱流的人群中扩散

储　慧

夜在乱流的人群中不断扩散
我必须素面朝天，并在夜的根部
寻找出口。我素面朝天的样子有点可怕
我甚至忘了戴胸罩
我只能沿着城市的拐角或边缘，偷偷步行
不许注视我，更不能触摸我
盐花般洁白的、极度紧张的躯体

被黑夜笼罩的城市，划出了优美的弧线
也集中了流浪者不安分的眼神
到处是倾城美女，到处是石狮的眼睛
到处是“长着钢铁般羽毛的鸟”

毁灭或光荣，就在一念之差
燃烧或牺牲，在正反两只手掌间游离
毫不设防的欲望，比今夜的霓虹灯更艳、更浓
天生脆弱的我，站在经典的塑像前
再也演奏不出童年欢快的儿歌

周　游

倪志娟

杜鹃开过九次
他还在模仿一种步法

最难的
是忘记自己

进入一扇门
又进入庭院深深

流水映照的云朵
如硕大的雨滴

他在水中
亦看见自己苍老的容颜

无法消融
无法滋润

在每一位君王面前演练同样的魔术
与某位无名氏在黄昏对话

余音绕梁
如夜晚盲目的蝙蝠

有人在故乡抚琴吟诗
议论远古的圣贤

游遍列国
他从未梦见一只蝴蝶

光是一种障碍

许春波

光线沾满水汁的一刻
找到逃跑的路线，通常在路的左边

这样，巡查的蝉声会放弃追逐
还有时间，告诉你之后的接应地点

透过杯盏里微弱的抖动
一滴滴水珠在燃烧，轮转不停
早先刻在青铜器上的文字
都在指路

我假装是个自由人，举起杯
忽略模糊的字迹
用文字的轻，掩盖一切重
一饮而尽后，轻松逃离

各种胜利接踵而至
我细细研究，发明出新的文字
刻在光上
记录逃跑时的每一心得

世界安详温暖，日子泛旧
光线却如水，淹没了你接应我的路径
看来还有点时间，慢慢计划吧
不过是，守着原有的苍白

子夜，闻婴儿啼哭

孔庆根

尖锐的哭声穿刺夜
一窗窗的人睁着静默的眼

没有一个字符
唯有声音在传递不安

如果词语死亡
子夜的鬼会游走八荒

我们将彻夜听闻哭声
倾倒着各自的呜咽

华文青年诗人奖专辑

诗坛峰会

探索与发现

汉诗新作

首师大诗歌研究中心
第 15 位驻校诗人灯灯特辑

首师大诗歌研究中心
第15位驻校诗人灯灯特辑

作者简介：

灯灯，现居杭州。曾获《诗选刊》2006年度中国先锋诗歌奖、第二届中国红高粱诗歌奖、第21届柔刚诗歌奖新人奖，参加诗刊社第28届青春诗会。2017年获华文青年诗人奖，并被遴选为2018—2019年度首都师范大学驻校诗人。出版个人诗集《我说嗯》《余音》。

时间是一条河

尊敬的各位老师，亲爱的朋友们：

早上好！首先要说出感恩，感恩首都师范大学研究中心，让我以一个驻校诗人的身份，在北京度过了美好而难忘的一年；感恩诗歌，让我在这一年里，重新审视、追问，寻找……让我在异乡无数个黄昏，一次次望着夕阳落下，在黎明的时候，又一次次升起。

感恩的还有，提供我实习机会的诗刊社、在座的各位老师、朋友、同学们。正是你们，在过去的日子里一直鼓励着我前行，这种鼓励也成为一种生命的鼓舞，成为一种持续的动力，使我充满了对未知探索的勇气。包括一些千里迢迢跋山涉水来到京城，为了诗歌相聚和告别的朋友们，谢谢你们。

以上所说的这些，像一束光芒，照亮了我在北京驻校的这一年。它也从地域性的跨度、拓展，延伸的到我的诗歌中来。当我以一个在北京生活的南方人的视角，在工作中，生活中，诗歌中，重新去认识这个世界，重新去认识自己，重新认识我所在地理、时间的位置，重新认识我和世界的关系……是的，我说的是，我认识到，作为一个驻校诗人，在这一年里，在和学生们的交谈中，诗人们的交流中，师长们的学习中，我所获得的馈赠，是知识经验的补充、生命经验的拓宽与掘进，是对人世的理解和宽怀，是把世界给予我的善意、暖意在诗歌中传递下去……

同时，在这一年中，我把所有看见的、思考的、困惑的、希望的，都在诗歌中，有一个较为系统的呈现，它也成为我的新诗集《余音》的重要组成部分。而它们对我的意义，是它们帮助我，更多的理解了生命、生活……理解人类的困境一直在，希望也一直在。我知道我的笔仍然小于我的心，我的心远远小于更大更广的世界，但正因为此，我仍然在路上。我也会一直走下去。

想起每一天，都在流逝。时间一是条河。所幸诗歌一直在。虽然驻校的生活即将结束了，但我相信它是我诗歌路上，另一个阶段的开始。最后用梭罗的话来结束今天的发言：

"时间是一条河，供我垂钓。我饮河水，在我饮河水时看到浅浅的河底，河水流远了，但永恒不会流走，我想到更深的河水的里去饮水，到天空去捕鱼，天空的河底镶满了石子似的星星。"

谢谢大家！

灯　灯

2019年7月

诗22首

灯　灯

鸟　叫

鸟的叫声里有沙发、光线、窗户
我们各求所需
鸟的叫声里，有救护车，轮渡，弯道

树枝在上
我们在下

鸟啊，一直忽上忽下……在鸣叫。

看叙利亚盲童在废墟上歌唱

她看不见的天空，是我们看见的
我们以为神不在那里
但一个盲人女孩相信了，她抬头
确信歌声
去了神的居所

我从她的笑容里取出花朵，从废墟里
取出哭泣
我从我中取出自己
——毫无疑问，我是盲人，而她不是

春　天

栾树用褐色之心，守着一湖寂静。
䴙䴘划出的波纹，圈住

垂钓人的一日，圈住飞鸟颠簸之苦……

春天，有人出生。
有人离世。
无限的时辰，寂静在最高处：

水如众僧端坐。
水如众生匍匐。

三次，以及樱花

有三次，我看见樱花要飞。
有三次，樱花分饰三人：你，我，他。

有三次，春雷响过
屋顶生长雨水，死去的人
在梦中，鲜活的脸
告诉我生的意义

雨水闪如勋章。

——我在中年。我看见
樱花飞
樱花落下：你们，我们，和他们。

哀牢山下的石头

猛兽出山，倦鸟归来。
为了同时拥有这两种身份，我请草木让道
请夕阳更美些，更壮烈些
以至于更像一个笼子——
一个和自己对峙多年的人
不忍说出黄昏的秘密，不忍说出

哀牢山上，石头滚落，为什么还拼命红？
这些丢失四肢的石头，血性的石头
在山下
它们睁着血红的眼睛
望着整个哀牢山
一片肃静——
风又一次吻过碑文的额头。

红　河

它高烧不愈。嘴里含着泥沙。
它没有说出的话
使我的琴弦颤动，野花喊住
前倾的悬崖。
有人过河
有人经过隧道
夕阳已经够红了
河水已经够红了，满山的枫叶
也发疯地红——
暮色苍茫啊
这暮色：
果子尚未熟透，繁星尚未露出针孔。

小　鱼

岩石撞击溪流，溪流不死。
昏厥的小鱼
在第二次昏厥中，又长了一寸。
我目睹山崖上的山花、蚁虫、蟾蜍
一个接一个跳下来
我目睹蝴蝶挣脱救援的手
跳下来
这些走投无路的生灵，我怀疑它们

也藏有一张人脸，也有一颗
愤怒的心，也把比死更难的活路
留给人间：

——溪流不死，小鱼在昏厥中
又长了一寸。

像　爱

雨水相知，从伞上跃起的一瞬
需要多大的力
风可以忽略不计，两粒雨水隔着茫茫夜色
落在相知的伞上
需要多大力，拥抱需要多大力
整整一个夜晚
我看见雨水从空中落下，跃起
所有的事物都在哭泣，只有雨不会了
像爱——
未曾过去
也不会重来。

石　头

石头不会说话，一说话
就领到崭新的命运：或滚落，或裂开
挖土机开到山前
采石场彻夜不眠
这一辈子，我和无数石头相遇
看见过它们的无言，以及无言的复制
这么多石头，那么多石头
分成很多块，一样奔波，一样无言
一样在无言中
寻求归宿

很难说，我是哪一块石头
这么多年，我在外省辗转
我看见最明亮的石头
是月亮
我看见月亮下面，山冈，河流，房舍
各在其位
各司其职
是的，是这样
就是你想的这样：
碑石寂静，而牛眼深情……

燕山下

野枣在枝头
守住内心的红。杏林用青涩
说出酸楚
是五月的一部分。燕山之下，大花蓟
在黄蜂争夺之中
开得无比娇艳
我想看见的事物，永远和它的
反面一样多——
一只蚂蚁下山，粮食滚落，遇上
车祸的亲戚
有时我真的觉得，我就是其中的任何一个
而道路和我想的不一样
它把自己送出去：一条通向清晨
通向黄昏。

病，或者药

病入睡了，药醒着。
药里也有
苦汁大海，也有往返的小溪

黑衣人出入树林
刀斧留下的疤痕，眼睛一样睁着

——月亮是另一只眼睛。
因为它们的凝望

梦中：我比平时更快，又翻过一座山。

红的问题

和我一直争执的柿子树
把红的问题，举到天庭，把落叶的问题
交给大地
我一辈子都在想，这么多
落叶，那么多落叶，每一片
都在风中
有一颗颤抖的心
每一片落叶，都向死而生，我蹲在地上
仔细端详，它们
也用同样的怜悯，望着我——
我眼睁睁看见自己，被风吹得到处都是：
柿子树红啊，它依然
——这么红

把红的问题，举到了天庭。

蚂　蚁

蚂蚁在镜头里
捶胸顿足，我要把镜头放到更大
一只更小的蚂蚁
才会出现，蚂蚁在我的镜头里
悲天跄地，直不起腰

更小的蚂蚁
在它身旁，一分为二，如果蚂蚁也有眼泪
那一定是
母亲的眼泪，一定是母亲
怎么呼唤
都没有应答——
如果我把镜头放到最大，我就会看到
一张人脸，我就会看到每一天

——每一天。都有一张相似：
悲伤的人脸。

浪　花

每一天都有浪花冲上悬崖，带着
赴死的决心，要和落日论一论
时光的血性，也要和岩石
较量生的意义，每一天都有白云
降下白旗，那么多浪花
死在赴死的路上，那么多
浪花，还原成大海里的一滴水，再不可能
成为浪花的
一滴水

一个人看见浪花在体内
千军马万
冲上天空，一个人看见浪花冲上天空

——在大海面前，和大海一样：保持了平静。

喜鹊课

喜鹊的叫声并不喜庆，当它

飞过高高的白杨树，在冬日，在清晨——
我仍在梦中。

喜鹊带着烧焦的声音。声音中的旧址
雷霆、滚石、祈愿……
越飞越高
越飞越高的喜鹊，在叫声中

给我换了一张苏醒的人脸：
——我日夜推滚石，我心藏雷霆的愤怒
我做不了别的

我和你一样，晨来问雪
也问候自身

喜鹊越飞越高的时辰，也就是
我和你
看见白杨摇曳的时辰：

——皆有苦楚。皆有来历。

无名山

有草叶，草叶似箭，如喉
若笔尖

我的喉咙有积雪，悬崖，我的候咙
有苦楝树，草药
如果积雪足够深，如果积雪足够深
苦楝树就不可能
有苦的形状，草药也不可能
想着治愈人间
我的箭不可能快马加鞭
赶在明月之后

日出以前
要赶到你那里
我的笔尖，更不可能吸吮露珠的难处
写出无字，无声……

而白雾，赐我清白之心——
再没有什么可写的了

我写下：无名……

玉渊潭

天寒，万物退让其身。要给
寒冷让路，也要给
清晰让路
残荷把倒影留在水面，䴙䴘把头
埋于水中，它们都是
我在人间的知己，潭水深不可测
我看见的，你必将
也会看见
和我相遇的，均是馈赠，包括这
一走动，就会惊飞的
麻雀，包括它
在觅食中，小小的战栗

——是啊，包括，也包括的

银杏树下
少年的笛声清新，落日盛大
盛大的落日

和落叶的光芒连成一片：我和所有，均是重逢。

一棵行走的树

不用说，把月亮拒之门外
是想起故乡，就心碎的人，是从月亮手中
拿到车票，也永远
回不到故乡的人。父辈们留下的故乡
越来越小，小到只剩下
四处流窜的乡音
和山顶上
祖先们一直看着我们的眼睛：
——我已经不能和孩子们
描述故乡的形状了
一只猫在树上，开始有虎的眼神
变小的事物开始变大
一棵行走的树，仍然在梦中，和我说：
故乡是根性的，无常的
永恒的……

非洲鼓

鼓面每拍打一下，便能
从中，听到一只豹子的哀叫
雄性，或者雌性的豹子
一次次，在鼓声中跑动起来，鼓面
长满茸毛回到它的身体
如果鼓声欢快起来，一只豹子
正穿过非洲的热带雨林
跟随它的，不是我的手指
不是雨点
不是月亮
不是贫穷的风不是人类，更不可能
是猎枪——

一定是它的亲人
左边，或者右边

那时，我在地球的这边：
还没有通过
一只非洲鼓，了解它的一生

喜马拉雅山

和我交谈的鹰，带着雪的光芒
俯冲向下，阿布说
我们是有福的，看见雪山上日出
是有福的
有一刻我确信喜马拉雅山上
住着神灵
就在我看见，与未见之间
而和我交谈的鹰
继续
俯冲直下，向着比雪山更苍茫的人世——

一位尼泊尔男孩，他和我不同
他和我，我身上的
尘土不同啊——

清澈的眼神：住满了雪山、湖泊、太阳
以及我

……前所未有的宁静。

鹧鸪叫着

如果我说，我看见了神灵
你肯定不信，如果我说

看见神灵
我流下眼泪，你相信了
——你相信无端泪涌，和毫无防备
你相信所有感知，但从
不被叙述，和命名的事物

我又为什么和你说起这些？

喜马拉雅山回来，我由北方
转至江南

——流水从未倦怠，流水
千军万马

我从拱桥上走过
我要求自己具备这样的听力：

鹧鸪叫着——

海水走动的声音
雪崩的声音
种子钻出地表的声音

你知道我说的是，鹧鸪叫着
死去的海水，复活的灯塔
雪又一层落下来——

种子钻出地表时，我也在等
我要求自己
具备这样的听力：鹧鸪叫着，雪又一次
覆盖喜马拉雅山——

是的：我将听见自己
书页中

又一次醒来。

责　备

晴天之上，云朵运送雨滴
十三省，孤独、干渴的麦田
你为什么要责备云朵呢

深河之中，每一滴水破碎
破碎到无法
认领，每一滴完整的破碎
你在其中，你为什么要责备深河呢

地上奔跑的生灵
我们赞美，朝它开枪，我们保护
我们在地球上
看见，地球上奔命的生灵
我们哭泣

我们为什么哭泣?

——云朵继续运送雨滴，晴天之上:

雷霆、冰雹、暴雨
或者雪……

是这样，一定是这样的:

我有隐忍、不安……
我有责备。

逃逸与之间的诗

——灯灯诗歌叙述及指向

吴丹凤

灯灯是近年颇受瞩目的诗人，其诗歌中的情景和表意空间都具有相当的成熟度，其语言建构，不仅表达诗人作为言说主体的抒情倾向，同时掺杂其作为存在主体的敏感思考。灯灯的叙述并不注重与宏大叙事和历史现场结合，反而展露一种女性独有的敏感，将个体存在困境融入言语与内容建构中，洋溢着一种对逃逸及彼岸的渴望，其语言及情感观照带着包容与温度，其纤细清丽叙述中，闪耀着摩擦的火花。海德格尔曾用一个著名的公式来形容存在：in-der-Welt-sein，即在世界中。灯灯的诗歌注重探讨的或者就是这种“在……中”或“之间”的关系，表达的不仅是作为叙述主体的情感，同时用语言和内容，建筑一种探出与后撤并列、此与彼并置的表意空间。

一、越过一道地平线，进入另一种生命

劳伦斯曾言，文学的最高目标是“离开、离开、逃逸……越过一道地平线进入另一种生命……”（劳伦斯：《劳伦斯论美国名著》，黑马译，上海三联书店2006年版,第136页。）吉尔·德勒兹也曾指出：“人只能通过长长的、破碎的飞逸才能发现世界。”（吉尔·德勒兹：《逃逸的文学》，白轻编：《文字即垃圾　危机之后的文学》，重庆大学出版社2016年版,第182页。）灯灯的诗歌中就充满了这种对现实的逃离，对跃入另一道地平线的向往。

诗人在《病》中自语“我为什么不能把厨房当作一个天地/客堂当作另一个天地/我为什么在书房，轻轻一跃/就跃入丛林，深山/发现荒径之美”？女性诗人不能不面对的现实问题是“把厨房当作一个天地/客堂当作另一个天地”。因而，诗人痛苦，“我为什么不能”？精神处于逃逸状态的诗人，面对肉体的外在劳役，并不能发自内心的热爱，诗人的焦虑在于女性存在的世俗约束及来自外界的强行定义，而个体对自我生命的本源探索才是其真正的自我观照。因而诗人“在书房，轻轻一跃/就跃入丛林，深山/发现荒径之美”，诗人脱离现实的困境，跃

入现实之外，诗人精神徜徉于彼处，“山崖上的雏菊，月下的竹影/倾斜，固执我沉溺其中”。那倾斜的固执的竹影才是“我”的自我镜像，“我”沉溺在自我之中。

在《亲人》中，现实情境是“我们”的共处，在“我们”共处过程中，“我”的精神也处在一个逃逸的状态之中。“我们坐下来，看见大海茫茫，船只颠簸”之后就转入超现实的另一地平线中去，“鸟衔着种子在飞，落下大的/叫岛屿/落下小的叫森林”。这个鸟是什么呢？一种超越现实的伟力所指，因为它衔着的种子“大的叫岛屿”“小的叫森林”。此外“还有两颗，不知道为什么/停止了生长，也不知道为了什么/发不出声音/在北风中，像我们一样/挨着”。现实与超现实情景之间迸发出一种绮丽的阅读感受。《春天》同样是现实与超现实幻想的并置，“我在春风中写下：‘好了伤疤忘了疼’”，这是现实，而“一株桃树，突然开口说话：我不销魂，谁来妩媚？”而《春天里》“二月，荒野不荒。/小桥在村口，识得故人。/野花开，野花不乱，野花一直/把我们领到墓碑前/……/父亲在地底。/他看着我们/想起什么，就冒一冒青烟。”诗歌具有一种魔幻现实感，但这种魔幻并不是小说式的魔幻，而是诗歌式的：因诗人的移情而产生的现实与精神世界重叠。《山冈之上》“我”在落光了叶子的“山冈上”，看着“云朵自顾自飞”，精神离开现实逃逸在未来，“你也是飞的，孩子，多年后/你在寂静的山冈之上/看见多年前的我，看着你飞”。诗人越过现实的地平线进入另一种生命体验中（当然也是自我的精神镜像）。两种情景并置的叙述，指向自我的生存状态：徘徊在现实与精神幻想之间。

在现实的肉体存在与精神存在之间共存徘徊，或者说一种不断的逃逸，是企图在存在的此与精神的彼中修复自我，完整自我，寻觅指向对自我的发现。诗人发出呼喊“树枝弹向天空”与“惊飞的鸟雀”“为什么是我想要说的语言？”诗意的物象指向那遥远的远方：自我的精神所在。叙述动词“弹向”与“惊飞”将诗人的肉体此在之性质暴露无遗（并不是一种安稳的存在状态）。或许，越过一道地平线才能找到自我本质，打破物质的界面才能“发现荒径之美”。

二、发现荒径之美，然后撤退

诗人的逃逸、徘徊及对精神世界的向往，源自对现实的困惑。诗人敏感捕捉到存在的粗粝砂石，在存在中，在流逝的空气、声音、举止中把握那些难以把握的，通过微观感知的世界带领我们进入存在难以察觉的间隙中。在诗歌叙述与话语建筑中，透露个体存在的片段式的困惑。这种处境不是一种全景式的，而是一种片段式的，尤其是女性个体的存在，如“一年之中，有三分之一的时光/我的男人，在家中度过/他回来只做三件事——/把我变成他的妻子，母亲和女儿”。（《我的男人》）男性的回家意味着“我”的自我丧失，我将成为“妻子”、“母亲”及“女儿”。又如“我的母亲从不知道拥抱为何物/她没有教过我/和最亲的人张开双臂，说柔软的话”（《拥抱》）从不知道拥抱为何物的“我的母亲”，她的人生是怎样的一生？我们不得而知，但仅仅这一定义“从不知道拥抱为何物”已道出其中的心酸。因此，对现实的敏感让诗人逃逸，进入另一种生命。

尽管如此，诗人的逃逸仅仅是指向“发现荒径之美”，仅仅如此，到此为止。最终，“树枝安顿了它的阴影”（《病》）；最终，“亲爱的孩子”“山冈之上：/你，终会理解寂静。”（《山冈之上》）；最终，“所有的羊都在吃草。所有的青草/都在等待被啃食。/……/——我们因为彼此看见，而深深的原谅”（《另一只羊》）。或许，正如德勒兹所言“逃逸是某种谵妄（d é lirer）……背弃一直以来都意味着双重转离（double　d é tournement）”：人转身离开上帝，而上帝也转身离开人。（吉尔·德勒兹：《逃逸的文学》，白轻编：《文字即垃圾　危机之后的文学》，重庆大学出版社2016年版，第182页。）诗人不可能彻底背弃，诗人只会逃逸、只会撤退，最终，诗人对外界的质疑转向一种自我的双重认知（当然也是现代诗人的忧郁）：一种掺杂复杂情绪的反思降临。诗人精神刚刚探出，就从彼岸后撤，回到现实世界，体验的触角伸向自我，诗人自言自语“我病得不轻”，“我和人群之间/互差一枚解药”。在对生存与生命经验的整体关照中，诗人不是批判与自恋，而是体验肉体与精神、自我与他者、此与彼之间的矛盾。这种生命的哲思并不来自对历史语境系统话语的抵制，而是一种触碰阻碍的企图：对存在真相的遮蔽的超越。不仅仅指向罗格斯中心话语，也指向个体自身。

在存在的此与思维的彼岸，诗人的肉体与精神相互观照，在逃离现实又折返之后迸发出一些火花，女性的敏感触角在叙述中探出又戛然而止，但已经足够打破系统的封闭，展露女性个体的“倾斜，固执”与“荒径之美”。黑格尔在《美学》中曾指出，近代市民社会的文化和文明，具有反思的特点，在这个世界中，人们不能不过一种反思的生活，一种处处渗透着抽象思维的生活。（薛华：《黑格尔与艺术难题》，中国社会科学出版社1986年版，第6页。）在现代文化语境中，我们可以看见这种反思特质对文体的渗透，包括当代诗歌的知性倾向（不少诗人诗作中也时有凸显），但灯灯诗歌的反思具有其独有的特质。灯灯的呈现与思考并不追求一种肯定的答案，只是呈现一种可能，在存在的此与彼之间寻觅自身的完整。这个过程中并不寻求一个必然的回答。正如让-吕克·南希所言："没有什么结果"本身并不是结果，而是为所有可能的意指（significations）,为所有的意义制造（faire-sens）本身，构造了意蕴（significations）。（让-吕克·南希：《论文学共产主义》，白轻编：《文字即垃圾　危机之后的文学》，重庆大学出版2016年版,第351页。）——诗人无疑企图通过话语建构不断丰富着这种意蕴的构造。

文字的意蕴已在这个过程中呈现，精神的自省也跃然于纸上：自我观照（现实与超现实镜像）本身已充分展示诗歌的价值。或许相比张爱玲的"苍凉的手势"，这是一个逃逸又重返的沉静身影。现实与精神世界碰撞之后闪耀的火花消逝，剩下女性的踏足之印。前行继而后撤的叙述或许正来自诗人的叙述敏感与女性的观照温度。

三、彼此看见，深深原谅

现实与精神、我与他者，凡此种种并置，不仅仅形成一种叙述内容上的包容与张力，更是一种对生活的剥夺与赋予的双重感知，一种叙述物象上的陌生化呈现，语言及情感叙述的温度同时使其诗歌具有一种宽慰与同情。在对现实的逃离——对精神世界的触碰及后撤——对自我的质疑及对人世的宽恕之后，一切皆汇聚成存在与之间的涓涓细流。

诗歌呈现对生活剥夺与赋予的双重感知。诗人对存在的捕捉并不是一种评判式的，而是观照式的，诗人不但捕捉到生活中的粗粝也捕捉到生活中的诗意，甚至是苦涩中同时伴随的诗意。《我的男人》"他回来只做三件事——/把我变成他的妻子，母亲和女儿。"，可能在这个过程中，"我"丧失了作为女性的自我，但"我"拥有了其他的身份，诗人并不是对其他身份进行一种严厉的质疑，诗歌的用词微妙"黄昏了，我的男人带着桉树的气息回来"。在女性的视角中，既捕捉到生活之外的痛苦"把我变成他的妻子，母亲和女儿"。同时也意识到人世间的日常诗意"桉树的气息"。最终，现实与反向镜像同时嵌入诗句之中，女性的敏感指向"此"与"彼"的并置。《拥抱》中也如此，"从不知道拥抱为何物"的母亲"到了晚年""开始学习拥抱疾病，孤单，和/老去的时光”。《小鱼》中“岩石撞击溪流，溪流不死。/昏厥的小鱼/在第二次昏厥中，又长了一寸”。小鱼承受溪流的撞击，然而“昏厥”并不是一种完全的负面因素，因为小鱼在每一次的昏厥之后都会成长。叙述的指向并不在于严厉的评判，而是“此”与“彼”的对照，诗人的触角探出，而后凝固，犹如火花的点燃，留下一道炙热的余绪。

诗歌呈现对物象本质和表象的双重捕捉。远譬喻的叙述方式造成奇妙的陌生化阅读效果，这也是灯灯诗中个性之处。比如《春天》中那“高悬的明月/像赐予人间的药丸”。“明月”和“药丸”并置，明月是表象而药丸是本质，我们看到天空的月亮，我们不自觉地向它寻求慰藉。春天的“情欲”“伤疤”与“疼”都需要治愈，而这种精神上的痛，需要的药丸也是一种非药之药：月亮。又如《琴声》“鼓琴的人，溪水把他的琴声带远/遇高山，从高山上回来/遇知音，在江河，又奔腾了一遍/遇见老牛，肿胀的老牛/从鼻孔灌水的老牛，再也承受不了/生之苦的老牛/琴声啊，扑通一声，也/跪了下来：从老牛眼里，流出来”。这里“琴声”与“泪水”并置，构成一种远譬喻，泪水是表象而琴声中寄寓的情感是本质。其他诗句也是如此，“水如众僧端坐/水如众生匍匐。”（《春天》），“我看见最明亮的石头/是月亮”（《石头》）等无不给人一种奇异的陌生化阅读。或许这展示了一种优秀叙述特质：敏锐的直觉，以及理性支撑的情感。情感与理性的杂糅对诗歌的内涵拓展具有好处：在此与彼的对照中，与现代人精神世界的复杂纤微之处共振，引领读者走向个体间性的存在思索。

可以说，我们能在诗人的诗歌中感受到一种对叙述的敏感。这种叙述的本能在诗人《我的叙述……》一诗中表露无遗，“我的母亲在我的叙述之中，越来越孤单/……/她和我同时看见，被击打的柿子/青涩的脸，变成苦涩/……/我的母亲和我同时知道，我的叙述/在秋天的清晨/越过山顶/抵达山的背面/是的，它一直在那里：等待再次叙述它的人”。诗人对叙述之于生活、叙述之于存在具有一种高度的自觉的。她将诗歌的语言处理、内容与形式的相互建构与“此在”的生命杂糅，而这种杂糅无疑是其诗歌多层次建构的重要基石。

最后，我们能从诗人的诗歌中发现她对生活的热爱，这种热爱提升了诗歌的温暖程度。与“向史诗形态作恃力而为、雄心勃勃的挑战”（骆一禾：《海子生涯》，西川编：《海子诗全集》，作家出版社2009年版，第2页。）的诗人不同，灯灯的叙述不是一种“力量”的美，而是一种有温度的细节、一种宽恕的叹息。她的诗是一种对形而下的逃逸，但不追逐形而上的崇高或精神伟力。诗人通过细节的呈现与诗意的精神隐遁，对生活的困境和人间的苦楚投以某种程度的理解。诗中没有一种极致的苦楚，情感体验不会达到激烈、紧张、悲痛的顶峰，不是圣徒式的，而是属于人间的。鲁迅在介绍波洛克的《十二个》的译本后记中写道："他之为都会诗人的特色，是在用空想，即诗底幻想的眼，照见都会中的日常生活，将那朦胧的印象，加以象征化。将精气吹入所描写的事象里，使它苏生；也就是在庸俗的生活，尘嚣的市街中，发见诗歌底要素"。（鲁迅：《鲁迅全集》，人民文学出版社1973年版,第719页。）

或许，灯灯的诗歌也致力于一种照见，照见生活中的细节，照见此与彼的间隙，让读者在生活的余烬中，在现实与精神的左闪右避中，窥见那深渊与诗意并存的当代个体生活。诗人将想象之光照进生活中，照进现实与精神世界的连接处，对世间的母亲、盲童、老人，牛、羊、鱼，月亮、石头、流水等，都投以女性的亲切。因为，"我们所称之为命运的东西"，它们"会往远处飞"，但是它们最终会"从近处回来"（《我们所称之为命运的东西》）；因为，我们"彼此看见，而深深的原谅"（《另一只羊》）。存在或许痛苦，但同时得到宽慰，正如其《沙坡头》的结尾一般：

更晚些时候，月亮会出来
星辰也会
照见一切：人间无大变，风沙吹又起……

作者简介：

吴丹凤，1985年生，女，广东茂名人，文学硕士，肇庆学院文学院讲师，研究方向为叙事学、诗歌研究、性别文学。论文曾被《人大复印资料》等杂志发表或转载。

《诗探索》编辑委员会在工作中始终坚持：

发现和推出诗歌写作和理论研究的新人。

培养创作和研究兼备的复合型诗歌人才。

坚持高品位和探索性。

不断扩展《诗探索》的有效读者群。

办好理论研究和创作研究的诗歌研讨会和有特色的诗歌奖项。

为中国新诗的发展做出贡献。

POETRY EXPLORATION

作品卷

主编 / 林莽

2019年 第1辑

作家出版社

主　管：中国当代文学研究会
主　办：首都师范大学中国诗歌研究中心
　　　　北京大学中国诗歌研究院

《诗探索》出品人：北京人天书店有限公司
社　长：邹　进

《诗探索·理论卷》主编：吴思敬
通信地址：北京市西三环北路83号首都师范大学
　　　　中国诗歌研究中心《诗探索·理论卷》编辑部
邮政编码：100089
电子信箱：poetry_cn@163.com
特约编辑：王士强

《诗探索·作品卷》主编：林　莽
通信地址：北京市丰台区晓月中路15号
　　　　《诗探索·作品卷》编辑部
邮政编码：100165
电子信箱：stshygj@126.com
编　辑：陈　亮　谈雅丽

目　录

诗坛峰会

探索与发现

汉诗新作

新诗集视点

诗歌作品展示

新译界

诗坛峰会

《新锐女诗人二十家诗选》作品展示

“新锐女诗人二十家”评选活动揭晓

为了展示当下女诗人的创作风貌，推动当代诗歌发展，《诗探索》编辑部和中国最大的图书馆馆配商——北京人天书店集团联合举办了中国“新锐女诗人二十家”大型公益评选活动。经过第一轮近千名读者的踊跃投票，第二轮由谢冕等三十六位诗歌评论家、编辑、诗人组成的评审团投票评选，最终评出二十位新锐女诗人，现将入选名单公布如下（按姓氏笔画为序）：

小　西（山东）　白　玛（江苏）　冯　娜（广东）
叶丽隽（浙江）　吉　尔（新疆）　灯　灯（浙江）
杨　方（浙江）　张巧慧（浙江）　阿　华（山东）
林　莉（江西）　陆辉艳（广西）　武强华（甘肃）
徐　晓（山东）　离　离（甘肃）　谈雅丽（北京）
敬丹樱（四川）　舒丹丹（广东）　熊　曼（湖北）
臧海英（山东）　颜梅玖（浙江）

为了进一步展示“新锐女诗人”的创作成绩，《诗探索》编辑部和人天书店集团将联合编选精品图书《新锐女诗人二十家》，并在适当的时候举办相关诗歌活动，请朋友们继续关注。“新锐女诗人二十家”评审团三十六人名单（按姓氏笔画为序）：

王夫刚　牛庆国　刘　汀　刘　波　刘　年　刘立云　刘福春

江　非　孙方杰　李　琦　李　云　沈　苇　谷　禾　张执浩
吴思敬　苏历铭　林　莽　邹　进　陈　亮　宗仁发　荣　荣
胡　弦　娜　夜　高　兴　高建刚　徐俊国　商　震　梁　平
谢　冕　谢克强　蓝　野　路　也　雷平阳　熊　焱　慕　白
潘洗尘

《诗探索》编辑部　北京人天书店集团
2018年11月20日

《新锐女诗人二十家诗选》编者的话

为了表彰为新诗写作做出贡献的优秀诗人，为了展示近十多年来在全国有一定影响力、诗风成熟、清新，独具特色，具有开拓精神的女诗人的创作风貌，树立优秀写作者的榜样，以推动当代诗歌发展。《诗探索》编辑部和北京人天书店集团联合举办了中国"新锐女诗人二十家"的评选活动。这一活动得到了许多人的参与和关注，最终评出了多数评委认可的二十位优秀诗人，并按照评选计划，编选了这本《新锐女诗人二十家诗选》。

编辑过程中，大约用了半个多月的时间，反复阅读这本《新锐女诗人二十家诗选》的诗人自选作品，这二十位新世纪涌现出来的优秀女诗人，呈现了新世纪以来中国新诗大致的创作态势与方向，她们的创作成绩得到了诗坛的广泛认知，从她们的作品中，我们看到了一代新人的心灵历程与追寻诗歌艺术的轨迹。

诗人们大多从日常生活和真切的体验入手，以敏锐的感知力，在词语与词语的变换之间获取诗意之美，为我们呈现出她们生命的真挚、甜美、苦涩与困顿。它们犹如生命的风，吹拂着读者的心灵；

她们以女性的直觉，为诗注入了明亮、简洁而率性的意蕴，以诗意的灵动、隐忍与包容将真情弥漫其中，又在不断地场景切换中，面对现实，准确书写，本真记录，以抵达无法割舍的信念栖息之所。

无论是生活或生命中的获取与缺失，她们都将诗意之美，呈现出艺术的另外一个世界。流逝的年华与记忆都依旧存在着，而她们的诗，令生命熠熠生辉。

读这本作品集，也引发了我们对中国当前新诗现状与问题的思考。

中国新诗在传统宏大的旧体诗歌和世界优秀诗歌文化的滋养下，已经走过了一百年。在这个历程中，我们曾经稚嫩，曾经在某些年代步入歧途，文化的发展离不开社会生活的制约与推动，中国新诗发展史同时也是一部社会人文史。

在诗歌艺术教育失位多年后的今天，诗人们依旧只能在自我教育中成长。放眼诗坛，同我们不成熟的文化生态一样，我们的新诗所呈现的依旧是一片生机勃勃的荒原，它具有许多亭亭玉立的树木，但荒草和荆棘依然丛生，我们的诗歌生态依旧是荒蛮的，尚有许多的问题与不足。

如果诗人的写作，都具备更开阔的视野与文化背景感，作品整体读来不再是一些散乱无章、零打碎敲的小片段，而是诗人们都在一定的文化背景下，有意识地努力完善好自己，把一个生动而真实的人呈现给大家，不再混同于某些流行的时尚或流派，具有自己独立的风格与形态，接近生活的本真，拒绝概念化，保持勃莱所说的"蛙皮的湿润"，让真切的生命感知从你的作品中不断地显现出来，也许只有如此，才能令诗永葆艺术的光辉。

诗人自觉的自我定位与自我认知，是进入更高境界的一个重要过程，你到底是一个什么样的诗人，需要每一个写作者做出明确选择的。

诗作为语言与情感的艺术到底要传达些什么？我们现在的许多分行的文字真的还不是诗，只是一些仅有表面词汇，缺少真切生活与生命感知与领悟的分行文字。诗作为语言的艺术，它应具有完整的结构，简约的形态，疏密的节奏，准确的细节，最根本的是，它应与人相关，与人的生命情感相关。它是从生命的感知与领悟开始，在字里行间散发着生命的律动，文化的意味，它触及生活与生命的根本所在。

诗通过书写生命经验和文化经验而得以完成。我们的诗坛确有许多假象，一些以诗坛为江湖的人；一些装腔作势、卖弄学问的人；一些制作表层的现代感的伪写作者；一些以诗歌为游戏，为了写作而写作的人；一些混迹于此，根本不知诗为何物的人等。他们的确扰乱了当下的诗坛，因此，作为诗人应当保持自我清醒，自觉地反省，以保有不断前行的能力。

作为一篇短文《编者的话》，也许我说得太多了。我的担心也许是多余的，让我们还是回到这本诗选本身。

我以为《新锐女诗人二十家诗选》是一本有特色，有品位的诗集。它们的作者虽有不足，但每一个诗人，都已经是具有了独立性格的写作者，她们具有各自的风格，她们已经展现了一个丰富多彩的诗的空间。相信每一位读者，都会从中获得心灵的触动与共鸣。

林　莽

2018年12月30日

入选女诗人作品选

小西诗歌

画自己

在折扇上画自己
遇见熟人，扇子合起
遇见陌生者，将其打开
他们会看到扇面上——
那个潦草的我
虚无的我
一望无际的我
黑白分明的我
被我折来折去的我

卖　针

有人卖楼，卖车，卖酒肉
她在卖缝衣针。
有人卖毒，卖肾，卖青春
她在卖缝衣针。

她慢腾腾地摆着
每一包大小号齐全
每一根都无比尖锐

我想蹲下来问问：过去能不能补
人心能不能补
这个世界快得漏洞百出，有没有办法补

冬日杂记

我想到了思想的匮乏
及皱巴巴纸片上
落着的初雪，小到不足以引起
民众的兴奋。

又想到《辛德勒的名单》中的某个镜头
二战时期，一群犹太人的消失
只需要挖一个很大的坑。
“叔叔，请把我埋得浅一点好吗?
要不等妈妈来找我的时候，就找不到了。”
天真的小女孩请求纳粹士兵。

我还想到了植被和雨水
一刻不停地，在别处生长

最后想到的是火
这个最容易熄灭的词语
它会经过我们的身体
即使没有风

白玛诗歌

自　白

我三十九岁，女，像矮灌木丛一般高
健康状况良好。正直、胆小，沉默寡言
为日月星辰秘密打造。不过是万物之一物，
来到大地上，沦落为黑夜的鼓手，演奏忧伤那一章

春天！恕我

啊春天！恕我饶舌，恕我多情
藏不住锋芒，还有一劳永逸的私心
恕我对死亡缺少畏惧
恕我对明晃晃的世界抱有怀疑

啊春天！恕我贪杯、放荡
恕我对不守信的命运吐口水，我说：呸
恕我对明枪暗箭无能抵挡
春天里成吨的爱情抛弃我，恕我不掩忧伤

咖啡馆之歌

我是这怀着绝技的女子。走路模仿一头美丽豹子
我还是易逝的光与影：仿佛成为过去
仿佛成为叹息——我还是那自杀的借口
是谁人的前世。把自己出卖给薄暮时分

我依附于你，钟情于你，饮下你
散发热带水果的腐烂气味
我依然拥有这鲜活的心跳、这皮肤带着水分
我依然带着宿敌的意味，一点点的仇，一点点冷去

“很多年前我出现在这里
像绿色大个子野兽出没在言情里
很多年前有一个我走近这咖啡馆
这迷人的暗夜咖啡馆……”

冯娜诗歌

杏　树

每一株杏树体内都点着一盏灯
故人们，在春天饮酒
他们说起前年的太阳
实木打制出另一把躺椅，我睡着了——
杏花开的时候，我知道自己还拥有一把火柴
每擦亮一根，他们就忘记我的年纪

酒酣耳热，有人念出属于我的一句诗
杏树也曾年轻，热爱蜜汁和刀锋
故人，我的袜子都走湿了
我怎么能甄别，哪一些枝丫可以砍下、烤火

我跟随杏树，学习扦插的技艺
慢慢在胸腔里点火
我的故人呐，请代我饮下多余的雨水吧
只要杏树还在风中发芽，我
一个被岁月恩宠的诗人 就不会放弃抒情

是什么让海水更蓝

我们说起遥远的故地 像一只白鹭怀着苇草的体温
像水 怀着白鹭的体温
它受伤的骨骼 裸露的背脊 在礁石上停栖的细足
有时我们仔细分辨水中的颤音
它是深壑与深壑的回应 沼泽深陷于另一个沼泽
在我的老家 水中的事物清晰可见
包括殉情的人总会在第七天浮出——
我这样说的时候是在爱

我不这样说的时候，便是在痛
即使在南方
也一定不是九月　让海水变得更蓝
我们彼此缄默时
你在北方大地看到的水在入海口得到了平息

橙　子

我舍不得切开你艳丽的心痛
粒粒都藏着向阳时零星的甜蜜
我提着刀来
自然是不再爱你了

叶丽隽诗歌

败酱草

惊听一夜春雷。晨镜中，果然
燎泡上唇——唉，多么令人羞愧
我那虚弱、不洁的本性……

谁能预料，季节滚动着的深喉，繁殖的
是新生，还是新的恐惧？

还以为，我已远远地退后
败酱草一样
埋首于人世的低处
在苦涩的陈腐气中，沉溺并懂得：
山野之间，有着本然的救赎

几乎是一种呼唤呢——怀揣一腔虚火
我惦念着郊外

乱丛之下，那清热解毒的草木

诚如，再粗鄙的个体，也需要一个隐蔽所
一个在暗中，不断过滤的自我

裸　春

冲澡后，不急着穿衣
在这个阳光明媚的房间里
一无牵挂地走动
翻书、喝茶、跷着脚小憩
看时光金黄的豹子
随午后的流逝，沿着大腿
慢慢爬上我的腹部
窗外，是片光秃的树林子
一根根赤裸的枝条
萌动着多少青葱的欲求
我知道对面的楼宇中
一定也有我这样
临窗的人
但我并没有感到丝毫的不安
我甚至打开了这空调间的窗户，让那
刮过每根枝条的风
也都刮到我的身上来
已经是三月。春天了，有什么
是不可以的呢

春夜微醺

我已然自卑，所以没人再来斥责我
可是喝着喝着，就多了，就踉跄着，露出了尾巴
狐狸啊，獾猪啊
纷纷拱出身体的丛林。既然血已沸腾

既然你们宽容地回应——
我的兄长，我的姐妹
拥抱你，亲吻你，我全无障碍，轻盈又欢喜

吉尔诗歌

悖　论

说到我，请说到文本
说到刻薄的词，命运，像雪片一样飞舞的星空

说到我，请叫我的名字。如果你愿意
就叫我诗人，而不是
女诗人

我爱这暴烈的阳光，悲凉的人世
我爱这坦荡的大地
我爱过浑浊的河水和不分黑白的涛声
我爱过词语，如鲁莽的少年

“这世界的、地域的、河山的、民族的、命运的……”
这美妙的统治
我坠入诗人的悖论
如果非要把我和现实连在一起
有些，是难以启齿的

哦！请不要怜悯我，不要说到性别，孤独
关于我
一个主妇，一位母亲……
一个与词语纠缠不清的人
须把笔削得越来越尖，把有些字写出血来
把有些词攥进命里

我对他们的爱

只有库车河了解我的品性
只有库车河懂得我静默的骄傲
它用三十年培养出我麦芒一样的皱纹
明亮，也是硬伤。

这，像肋骨一样的语言
常常让我泪流满面

我喝下库车河的水，泥沙俱下
胃里泛起漩涡，隐隐作痛
我是个中毒极深的人，要靠逆流而上
才能心安理得
可我一生都没有躲过洪水般得宿命
每个写诗的人，身体里都住着一处海洋
用来吞吐词语的泡沫

我身体里居住着凶猛的河流、暴雪
和花瓣，中医说我的身体呈寒性，勿熬夜
食凉性食物，可我偏爱那些凉的事物
雪、冰块，命里带霜的人
我对他们的爱，使我一生都没有过罪恶感

越来越像我的母亲

我越来越像我的母亲
对着阳光打盹，在晾衣绳上抚平绸缎

河流、琼枝玉叶都在我的身体里
我的母亲也回到了我的身体
我们打盹，摊开双手
那是北方的雪花

看不到酒馆紧闭的红漆大门
丰收的乡亲
咀嚼着油炸花生米。从这里经过
丢下啤酒瓶。咣当一声
又俯身捡起
我眯着眼睛看他们，就像阳光眯着眼睛看我
这些走近生活深处的人
当我这样想
我就越来越像我的母亲

灯灯诗歌

春　天

石头动了凡心，流水在玻璃上
有了情欲。我在春风中写下："好了伤疤忘了疼"
一株桃树，突然开口说话：我不销魂，谁来妩媚？
我笔墨未干，和流水论去向
那时，时光忽明忽暗，桃花变脸成梨花
在高高的屋顶，明月高悬
高悬的明月
像赐予人间的药丸。

外省亲戚

他敲门的声音，像一树炸开的石榴
风声扑面而来，年轻的，带着乡间的泥土味。
一个硕大的白色编织袋，开始在他的肩上，现在
它站在地板上，里面装满了花生，和那些
来不及褪泥的土豆
在夏天的客厅里，空调在响
他一直站着，一直冒汗

他的手不知道往哪儿放

他叫我小婶子
他让我红着脸，想起了我的身份。

拥　抱

我的母亲从不知道拥抱为何物
她没有教过我
和最亲的人张开双臂，说柔软的话
她只告诉我
要抬头，在人前，在人世……
她说，难过的时候，就望望天空
天空里什么都有——
到了晚年，我的母亲开始学习拥抱疾病，孤单，和老去的时光
开始
拥抱她的小孙子——
有一次我回去，看见她戴上老花镜
低头翻找她的药片——
那时，天边两朵云，一朵和另一朵
一朵将另一朵
拥入怀中
仿佛这么多年，我和母亲
相互欠下的拥抱。

杨方诗歌

雷峰夕照

山是佛，塔是佛，千年的树也是
近佛的地方，和尚敲钟，凡心超然

十月才过，西湖又瘦了一圈
俯向尘埃，有深深的疲倦
还有多少时间，可以爱，可以慢慢地老
还有谁，为爱情再操练一遍水漫金山
再盗一次仙草

这时的湖水，一半是红，一半瑟瑟
摇桨的船工破着嗓子唱《千年等一回》
与他同船，竟也要修百年
日日往来于湖水之上
问他可曾遇见蛇精，鱼精，或别的什么精
他答：只遇见过神经

我可算得其中一个？如果不是，为什么
暮气里那只不会人语的水鸟
反反复复喊着一句话
听得我想哭

我看见我还站在那里

不断滚动的字幕，人群
那个拖着巨大行李箱的人已经沉重地消失在进站口
钟楼上的秒针，不会因此停下来
它往前跳一下，我就跟着疼一下
还有十分钟，还有五分钟，还有最后一秒
我看见我还站在那里，裙子鲜亮，泪水盈盈
水井巷，饮马街，紫花丁香，还有谁会穿过它们匆匆赶来
拨开拥挤的人群找到我。那些明亮的油菜花
已经沿着铁轨开到了我要去的地方
一匹锦缎里，我会小花猫一样地一直哭下去吗
一路上，铁轨都在嚓嚓，嚓嚓地向大地倾诉
兰州，西安，洛阳。我什么也不说，只是固执地咬紧嘴唇
如果停下来，我会看见我还站在那里
偌大的火车站广场，我已经停止了张望，时间静悄悄

只有一只小鸟歪着脑袋善意地看我，汽笛响起的时候
它啾啾尖叫着，转身扑进了铅一样灰重的天空
那里，钟楼的尖顶就要把谁的胸膛戳破
我将被那枚钉子钉在那里，永远的，裙子鲜亮，泪水盈盈

苹果树

那时候伊犁河边的杏花风一吹就落
河那边察布查尔的领地里散落着孤独吃草的马
锡伯族人在落日旁升起了他们细细的炊烟
烧茄子和烧辣子的味道顺着南风就吹进了
你家土墙的小院子
那些夜来香，那些葡萄架，那些墙头上小小的太阳花
那些俄罗斯风格的门窗玻璃明亮
镶花边的布帘子遮住了童年

多少往事。不能忘怀的还是那棵苹果树
每次回来我都要在树下坐上一整个下午
你母亲端来奶茶，杏干，葵花籽
她本来也应该是我的母亲
小时候为我梳麻花辫
现在在我面前小心地不提到你

看来这不只是我一个人的痛
你从青苹果中探出脸喊我的小名
然后虫子一样钻进苹果里不见了。恍惚是昨天
你钻进我心里，一小口一小口地咬
坐在树下我常常会被突然掉落的苹果砸中脑袋
就像你在一个什么地方伸手打了我一下

你母亲已经包好了韭菜和芫荽的饺子
我好羡慕院子里那些一生都能在一起的韭菜和芫荽
它们绿得那么一致，老了就一起开出细碎的小白花
多么像两个青梅竹马的人

一起长大，又一起幸福地白头偕老

张巧慧诗歌

废 墟

精神的废墟。哲学的废墟。文化的废墟。
坟墓，是人的废墟
照片，是光阴的废墟；记忆，是思念的废墟
语言是你的废墟。你是秩序的废墟
晚饭是日子的废墟，垃圾桶是生活的废墟
我是女儿的废墟
……我被废墟包围。掐断的牵牛花又开出一朵
浅蓝色的花。浅蓝色，是疼痛的废墟

月夜鸟鸣

晴夜，月白
连续多日，我被鸟鸣唤醒
短促的一声，
清亮，像是试探
后来是两声，三声

语言之外，它们有自身的新鲜
唤醒我卡在嗓子里的声音

我从未发出这么美的清音
仿佛无边月色中划过一道细弧

凌晨一点的月色与鸟鸣，
一个叫作空，
一个叫不死的心

芍　药

五月里最后一枝芍药
我惊讶于她的美
花瓣饱满，风姿亭亭
类女性之窈窕

母亲正忙于赶狗与满院鸡鸭
她随手插花入罐搁在洗衣板上。

“忙于生计的人，闭上了审美的眼睛”
“终究没有遇到对的人”

但我记得她年轻时也涂过雪花膏
与她的体香混在一起
她也曾在鬓角插花，那时她刚成为
两个孩子的母亲，花儿轻颤
如她饱胀的前胸

阿华诗歌

松诺的困惑

三岁的松诺，问五岁的巴甘

葡萄是从哪来的？
它们为什么甜？它们一粒挨着一粒
像不像幸福的一家人？

四岁的松诺，问六岁的巴甘

蝴蝶是什么变的？夜晚

它们睡在哪儿？下雨了，翅膀会不会淋湿？
还有，那个驼背的甲壳虫，能不能找到自己的家？

深秋的庄稼们，都要回到粮仓了
玉米，高粱，大豆
从地里，被亲人们一趟趟搬回了院落

五岁的松诺，问七岁的巴甘

我们种下了玉米，地里就长出了玉米
我们种下了大豆，地里就长出了大豆

可是为什么？我们把妈妈种在地里了
地里却长不出妈妈来？

巴甘强忍着，像外面那棵不哭出声的大树

七岁的巴甘，还不懂得告诉五岁的松诺：
很多的植物和昆虫，过完秋天就死了
我们第二年见到的，再也不是从前的那一个

一棵失败的卷心菜

一棵失败的卷心菜，把家安在了梨树镇

她上班，读书，散步，看星星
灯光下，一个人想着
另一个人

冬天的大地上全是枯枝败叶，积雪下面
覆盖着厚厚的灰尘

……那些年，她喜欢将开未开的

芍药花苞，也喜欢六月莲灿，九月棉白
十二月，大雪覆盖着河边的芦苇荡

……那些年，木耳在雨水里
长大，风从地上带走多余的草籽
她用清水煮粥，慢慢等一个人回家

如今，她没有爱来抵抗寒冷了
只好用蜜来修饰悲伤
星空下，她一个人，暗自垂泪

一棵失败的卷心菜，把家安在了梨树镇

她想要的东西，都在上帝手上
属于她的只有流过的泪
和受过的伤

我还是我自己的敌人

酒喝多了又有什么关系
暮色允许我将两岸的青山用孤独代替

白天见过的游鱼，已在夜晚归于沉寂
但它小小的鳃里，还张合着对同类的想念
几公里以外，一只蝉在做最后的蜕皮
成虫从幼虫的壳套里钻了出来
和它一样，我也需要从另外的身体里出走
魂魄里要加入些苦难的重量

但现在，我还是我自己的敌人
紧张，慌乱，溃不成军
在岁月面前，过着凡夫俗子的市井生活
有限的躯壳里装不下内心的浩大

林莉诗歌

这样爱过的人

河水汤汤
绕过了半亩花田

寂静中，我们向河谷走去
豌豆花深紫或白，缠住
我们的脚踝

水底，我们看见自己的脸
明亮、悲伤，像一朵豌豆花
半开半落

春色渐微凉，恰到好处
以至于我们在世间走了那么久
依然毫无察觉

万物各从其类
互相羁绊，也曾彼此辜负

小镇时光

几乎是滴答一声就入秋了
几乎是滴答一声，门前的桂花开了
庭院的桂花开了，整座小镇的桂花全开了
这样的时候你可以在小巷踱步
也可以到一棵花树下无声凝望
或者把白衬衫铺在草地上，甜甜地睡去
当天色渐晚，那归巢的红嘴鸟会把你唤醒
你一抬头，桂花就落在你的脸上，肩上，脚趾上

你突然发现，小镇多么安宁
只有花在轻轻地悄悄地开了又落
你多么幸福，以至于有足够的时间
去奢侈地体验忧伤……

白洋淀落日

静静地悬浮，游弋，带着往昔的气味
我不敢靠它太近，那落日将落，那落日凄美
似冥想中的红衣少女，端庄且清新

这是五月初始的白洋淀，一道记忆的缺口被打开，
微微战栗。几只水鸟绕着芦苇丛低飞
一辆运草船，两辆运草船……疾驰而过

在生命庄重的天平上，流水平静地带走了一切
我不想否认我也是一个内心脆弱的人，所遇的
事物过于极致亦会令我无端地流泪——

陆辉艳诗歌

神通寺的钟声

远方友人用文字向我描述
神通寺上空的安宁时
似乎有钟声传来——

我正在屋后忙碌，杂草占领的院子
显得荒芜。我们劈开荒地
也曾占领它们的容身之地
人和万物啊，互相侵犯
又互相退让

因此，当我抱着那些割下的荒草
向它们表达歉意时
钟声再次从时空转折
一百零八声，青铜深沉
每一声都在提醒
我的悔悟，我向这世界的
索取之罪

洛古河岸

捡到了玛瑙的人
在岸边发出惊呼
人群涌上去
他们的脸庞
有洛古河的蓝色和喜悦

我没有捡到玛瑙
在斑驳的石头中间
一根白骨，突兀地躺在那儿
我没有声张
甚至没有惊动一棵老鹳草

落日不能阻止一艘挖沙船的轰鸣

种下苎麻，种下旱烟，种下青枣和芝麻
沙洲上的狗尾草还在迎着风
像过去那样美。还在被赋予意义
但是马达声响起来了
突突突，突突突突突
突突突突突突突突突突突
一阵比一阵轰响，它割断牛羊归家的声音
重新成为这个黄昏的一部分

落日真美啊，美的事物不能阻止一艘
钢铁的，坚硬的
挖沙船的轰鸣

武强华诗歌

不安之诗

晚上散步，隐约看见
对面走过来一个人。我猜想
他背着吉他或大提琴
一定是个艺术家

路口的灯光下，终于看清楚
这个穿着破旧工装的男子
背着一捆废旧的纸板
匆匆过马路去了

整晚我都有点莫名的不安。好像
那个人窘迫的生活与我有关
好像，我对这个世界无知的幻想
无意间伤害了那个人

拒　绝

起身离开的时候
一个男人挽留了我
多么及时
夜色还未抵达深渊
酒精还未将我麻醉
众人关于生活趣事和文艺创作的主张
才刚刚使我感到厌倦，他刚好

给了我一次说不的机会
让一个在饭局上沉默已久
如坐针毡的女人
轻而易举地
通过拒绝一个男人
拒绝了整个世界

在云南看云

一些是你，一些是野兽
抬头看天，看久了
我也分不清
哪个是你，哪个是野兽

狂野和温柔都是致命的诱惑
别逼我去分辨
哪些是神秘的部落图腾
哪些是痴情守望的棉花糖

徐晓诗歌

我欢快地哼起了歌儿

她们都熟了，像一粒粒
饱满的浆果，颤颤地摇晃在枝头
而我，还没有长大
刚刚从深草中露出蘑菇的头
我看见的天空蓝得没有杂质
六月就要到了
我也穿起了翠绿的连衣裙
裸着一双光洁的腿
微微鼓胀的乳房，被她们取笑

但心里藏着喜悦
去见一个人的路上
空气是甜的，让人发晕
他的样子，早已刻在我的眼睛里
我就要长大了，真好
路旁的枝叶沙沙地摇晃起身子
我欢快地哼起了歌儿
仿佛是一枚羞涩的果子
刚刚露出了它的鲜艳和清香

无 题

该怎样把流入一个人一生中的水 都赶进大海
该怎样把一个人手心里攥紧的风声 都送回天空
这些年 我经过许多河流
它们喂养我 洗濯我 进入我的梦境
不知不觉我也像水一样流淌 流向我的命途 流向你
而在深夜 我无数次与骨头里的风声不期而遇
它们像火山一样在我身体里藏匿 密谋
就这样 我的内心有时盈满 被滚烫的水灼烧
有时空荡荡 像世上所有人都抛弃了我
这样想着 我就想哭
就怎么也止不住悲伤

对不起

时候到了。你来看我
一朵白云尾随你身后
墙角里那丛墨绿的苔藓，有着
我们的影子。你抱紧了我

我知道，你的火焰正在点燃
我雪白的牙齿，慌乱的眼神，

害羞的乳房和停不下来的心跳
鼓楼突兀的钟声吓跑一对嬉戏的鱼儿
我突然想换一个地方

哦，真是对不起
我必须以逃避的方式，向你证明：
我是你听过的风声中最弱小的一抹
我是你见过的海浪中最沉默的一朵
我是你爱过的女人中最胆怯的一个

离离诗歌

鸟飞鸟的

鸟飞鸟的，它飞过了蓝天
飞过冬天，雪下在白色的山顶上
鸟飞鸟的，它没有低头看一眼人间

那天上山的时候
你说有只鸟儿飞过了
我们一起抬头

我们抬头的瞬间
幸福来得那么自然

这便是爱

还是那张床
只是换了新的床单和被套
还是那间屋子，地面被反复
扫过，甚至看不见
一根掉下的白发丝

光从窗口涌进来
照见的
还是两个人
一个七十岁，在轻轻拭擦桌子
另一个，在桌子上的相框里
听她反反复复
絮叨

槐　花

十几年前
我的父亲和母亲
来城里看病
黄昏时，我在小旅馆的门口
一家一家地找
直到门前有棵槐树的那一家
门开了
槐树的叶子很茂盛
几乎完全罩住了
瓦片和门楣
那些叶子，也罩住了
我的母亲藏着病灶的身体

他们就在叶子后面
推门出来
面前是
槐花一样盛开的
他们正上高中的女儿

谈雅丽诗歌

我的心是一座迷雾山冈

你悄无声息到来，口气变得温和
这一天忽然完整了——

最轻的幸福等同于最轻的脆弱
我模糊地看不清你
我的心是一座大雾笼罩的山冈

我怀疑命运故意设置迷局
使我不能得到那枚闪光的钥匙
如果门关着，也没有谁去推开一扇窗户
明媚的春光会随哗哗流水走远

我的快乐也正是我的悲伤
下雨了——
雨在大地漫不经心地钉着钉子

——我要在遇到你的那天醒来

夜是一匹幽蓝的马

姨妈老得厉害，妈妈看见她七十多岁的姐姐
说话含糊，走路蹒跚，头发银白
并不像前些年，她俩在院子里斗气
说狠话，她一甩手从此一去不回

后来十年，她们没有一个电话，没有见面
湛江、常德，距离使她们决定相互忘记

当姨妈从火车上下来，看见她妹妹就哭了
随身的箱子里装着姨父的骨灰

也许是她携带的死亡使亲人获得了和解
她俩在夜色中手拉手地哭泣
不再为过去斤斤计较——

站台一座低矮平房，房边种着青翠的蔬菜
清冷的光线流了一地
使那天的我恍惚觉得，夜是一匹幽蓝的马

沅水渡口

我想指给你看——
少年时我看落日的沅水渡口
许多年过去，锈迹斑斑的轮渡运来
又运走不同的时间

那轮落日如今还浸没在江水里
贴水飞行的江鸥却早已不是往年那只
我们在江边站一会儿，想想我们经历过
泥沙俱下的生活，想想别离——深爱
光阴的延续和忘记

四野苍茫
河水越来越暗——
越来越暗
静悄悄的，它不回头
就向西归入了大海

敬丹樱诗歌

青梅花

她埋头拾青梅花
姐姐攥紧拉杆箱拐过燕子坞时
她已兜了满满一衣襟

一个姐姐，带走了更多姐姐
她们脚下生风，再美的青梅花也留不住

她把花朵装在瓷碗，又换成玻璃罐
城里开不开细白的青梅花，枝头才是她们
最恰当的归宿吧

不两年，就到她了
汽笛声里，更多青梅花
落下来

小狐狸

从眉梢到心头，长句也愁
短句也愁，春夜千宗痼疾，皆无良药可医

树下听雨的马匹眼神迷惘
三杯薄酒入喉，头顶的糖灯笼
耳垂滚烫

花影，疏狂。而陷阱湍急。我就要藏不住尾巴了
我必须跳下去

那些花儿一样的名字

脚印只有三寸
一步，开一朵莲。低眉顺眼
前半生把一个男人的名字
贴在心口，后半生把另一个男人的名字
举过额头

身为花朵
从未被院墙外的春天垂怜
平淡无奇的闺怨，就连戏文也不愿
立传

风路过祠堂，翻开蒙尘的残卷
幽幽念出——
王张氏，李杨氏，刘周氏……
姓氏后面那些花儿一样的名字，从年轮里
集体走失

舒丹丹诗歌

松　针

在梦里，我走上常走的那条山路
在一棵松树下，痛快地哭
那哭声，好像把紧裹的松塔也打开了
我太专注于自我的悲伤了
以至我忘了这是梦
以至我没有发觉，身边的松树
一直在沉默地倾听
将它细密的松针落满了我的周身
我醒来，已记不清松树的模样
但那种歉疚，像松针一样尖锐

野　鹿

鸟羽有风，松林上有薄雾
夕阳的金手指正抚摩群山的脊背

一棵白蜡树的牵引让山崖躬下身子
俯瞰脚下两只悠闲的野鹿

我们停车，在松针的阴影里呼吸、倾听
沉陷于周遭渐渐聚拢的黑暗

湖水微漾，神似一种天真
无边的静穆，近于本我

在山野，生命各领其欢，纯粹而自由
如心灵盛开，如鹿垂下眼睑

钓　鱼

——给卡佛

最好是深秋，十月的天空
清空了多余的云
穆尔斯河水涨起来了，鲑鱼肥美
我曾不止一次想象过这样的情景
你穿着长靴，扛一根钓鱼竿
走向丰沛的河流上游
而我走在你的身后
那轻轻掸过你脚跟的秋天的衰草
也掸在我的腿上

我愿意为你拎一只小桶
桶里装着鱼漂和褐色的钓饵
我不会忘记带上你喜欢的里丁酱油

鲜美的银鲑，只需用松枝点燃的野火
稍稍炙烤，配上酱油和自家的小土豆
就是至味：最好的东西都是朴素
而天真的，你说，和写诗一样

秋风拂过，我们并排坐在河岸上
有时各自回忆着什么，有时
什么也不说——我们深知
无法钓起任何一条过往之鱼
也不能期待流向未来的河水
为我们分秒停留。我们只是凝视着
河水深处，等待一条莫须有的鲑鱼
从时间之河此刻的漩涡中高高跃起……

熊曼诗歌

玫　瑰

园区内，最高大的一株玫瑰开了
阳光照耀着它，花香与阴影一样浓稠
它的美太过显眼，以至于我担心
会有一些风凑过来，摇落花瓣
会有一些黑影假装路过，从怀里摸出锄头
我有过类似经验，因为喜欢而渴望占有
直到被它的刺弄伤，站在原地发呆
如今我只是路过，看看然后离开

天暗下来

溪边担水的少妇，眼睛越来越亮
她要赶在天黑之前，浇完坡地上的红薯

扁担被她从左肩挪到右肩
水花溅出来，淋湿了夜晚的睫毛

她的小女儿坐在地边，一遍遍唤着妈妈——
她应答着。除了声音，她没有更好的安慰

山风吹拂着，送来木柴燃烧的香气
她加快脚步，在更深的黑暗到来之前

留　守

雪落在水面上，很快化掉
两只野鸭子出现在水中央

雪落在远处的田野和山坡上
也落在王小朵扑闪着的睫毛上

偌大的池塘边，只有王小朵
在洗衣服，擦鼻涕，呵气

每擦一次，她就想好了好了
就要洗完了。每对着红肿的手

呵出一口气，她就想好了好了
冬天就要结束，姆妈就要回来了

臧海英诗歌

在海边

我往海水里滴蓝墨水
滴下去就没了
再滴，再没
……

如果你去海边
看到一个手拿滴管，蓝色的人
请把她领回来

她离开我已经很久了

读诗记

策兰用“刽子手的语言”写诗
茨维塔耶娃，不能获得一份洗碗的工作
布罗茨基，被驱逐出境
我年轻时失去故乡，中年又失去第二个故乡
从这里到那里

今晚，曼德尔施塔姆在流放地说
“我已虚弱到极点”
哦，这正是我要说的。我获得了犹太人的命运
却写不出那样的诗句

曼德尔施塔姆又说
食物和钱对他已没有意义
这句话对我同样有用

偷生记

我用另一个名字
把写作中的我，和生活中的我分开
我多么想，摆脱自己
狼狈不堪的命运
这段时间，我的文字里
果然都是清风明月
虚构出来的幸福，比现实还要令人感动
我也真就以为，自己多出了一条命
从此过上了另一种生活
而被我弃于现实的那个人
常常闯进来，让我不得安宁
她塞给我一地鸡毛
让我承认，那才是我
让我承认，偷生于另一个人的生活
是多么虚妄
逃避、怯懦、自欺欺人
——我也为此羞愧过
但我真的不想，在困境里一而再
再而三地挣扎下去

颜梅玖诗歌

散　漫

我已经是第三次读卡佛了
“我不喜欢这个家伙，他太散漫了”
你丝毫也不掩饰对他的不屑
可是，我完全被其迷住了
他也失去了父亲。尤其谈到父亲
我就觉得老卡是个好男人

至于散漫，怎么说呢
前天傍晚，我脸色苍白地走过
人民医院，走过
灵桥路，天封塔，走过城隍庙
走过啊一个又一个公交站，地铁口……
我紧握着衣兜里的各种化验单
雨完全弄湿了我的大衣
我的褐色头发。那时候
我几乎不知道我要去哪儿
但是看起来我无拘无束
我走路的样子，我潦草的样子
也可以叫作散漫

幻　觉

我凝视着
路对面的桑树，桑树下蜷缩着的野猫
不，是枇杷树，枇杷树下的流浪狗?
接满雨水的石缸
不，是闪亮的锡皮桶?
海棠的一根枝，探向，已经凋谢的桃树
不，是梨树的一根枝丫倾压在杏树上?
雨点叮叮咚咚，敲打着铁皮雨棚
不，是鞋匠敲着越来越深的钉子?
我还能看清、听清什么?
不，我不抗辩
不，我只是我的幻觉

湖

黄昏时，我看见了这颗巨大的眼泪
被秋天小心翼翼地噙着
风吹着

它有些凉了
隐现的波纹
被风轻轻推远
仿佛最后一点残余的激情，也被平定
风吹着它，就像吹着大地上
一个孤独而内心安宁的人
沿着陌生的湖边，我走了很久
我不知道要去哪里
直到落日西沉
直到那些生根的水杉，石头，铁锚
以及四周的草坪，灌木
一只轻展双翼的蜻蜓和
融化在水面的天空的倒影，全都陷入
寂静的深渊。风吹着
风吹啊吹。只有风不停地擦着我的影子
像要掀开一块伤疤。我哭了
和它们站在一起，和它们一样寂静

《新锐女诗人二十家诗选》编后记

——在心灵寻求中的相遇

物理学家劳伦斯·克劳斯有一段话："你身体里的每一个原子都来自一颗爆炸了的恒星。形成你左手的原子可能和形成你右手的来自不同的恒星，这是我所知的关于物理的最诗意的事情。"通过"新锐女诗人二十家"评选活动，我和当代一群优秀的女诗人相遇在这本书里，这是我所知道诗歌中的最浪漫的事。就像不同恒星之间的相遇，不同内在的思维、情感、精神、理念、识见和个性，及其透过不同地域展现的诗歌文本的丰富性在这本诗集中得到充分的展现。

作为一名参与者同时又是编辑，在阅读这批诗歌作品中我欣喜地发现，这二十位女诗人以不同的女性视角绘制了当代诗歌写作的一个全新的图谱。她们的写作风格完全不同，表达方式也互相迥异，但她们都极具个性，她们的诗歌情绪饱满，呈现出鲜明的精神底色，这使她们的诗歌都具有很高的辨识度。

近些年很多诗歌批评者认为，女性诗歌在向现实生活回归的过程中，呈现出一种“综合”之后的“超越”状态。这二十位女诗人，年龄层次从60年代末到90年代初，跨越三十年的时间距离，大浪淘沙般从当代的女诗人中“超越”出来，所以显得更加难能可贵。她们不但对写作拥有属于自我的处理方式，同时，也能以敏锐的感受力和创造力在诗坛上崭露出来，从很大程度上代表了当今女性写作一股朝气蓬勃的力量。

本书从评选到组稿时间略仓促，从海选的三十二位女诗人挑选二十位本来就有遗珠之憾，初选中有女诗人因为种种原因退去评选也是一种遗憾。在编辑过程中，我也以忐忑之心重新审视了自己的诗歌，我为能进入到这支队伍而感到骄傲和深为荣幸。同时，当我一首首细读这些诗歌文本，我感到激动而兴奋，觉得自己可以豪气十足地说，这是当代女性诗歌写作最重要的诗歌选本，它因为具有当下诗歌健康的生态气息而具有更强大的生命力。

感谢诗歌使我们的生命变得更加丰富美好，使我们的情感更加细腻浓郁，感谢与新锐女诗人美好的初遇，我相信时间的流逝会使我们彼此知遇，成为更好的朋友，我亦知道，只有通过真正的阅读才能感受到这本诗集呈现出的种种美妙和神秘。

谈雅丽

2018年12月20日

诗坛峰会

探索与发现

汉诗新作

新诗集视点

诗歌作品展示

新译界

探索与发现

作品与诗话

【编者的话】

这里选发了两篇文章：

一篇是诗人西川在北京大学"中国新诗百年纪念大会"上的发言，我们想通过这篇发言引发所有关注中国新诗的人的思考。西川在文中提到的几十个关于中国新诗的问题，应该是每一个诗歌研究者和写作者都应时时思考的问题。但我们的问题是，许多的人心中很少思考这些问题，因此，我们的新诗写作与研究依旧存在许多的不足。

另一篇是诗人梁久明的自然来稿。谢冕先生在今年年初的工作会上提出，明年是《诗探索》创刊40周年，我们要进行回忆和纪念活动。梁久明的文章是回忆与《诗探索》接触中的体验和收获。我们希望大家也写一写你与《诗探索》相关的联系与体会。

西川在中国新诗百年纪念大会上的发言

各位尊敬的师长、各位尊敬的同行、各位朋友:

大家早上好。

感谢中国新诗百年纪念大会的组织者给我这样一个荣誉，邀我做一个发言。

我们应该怎样理解一百年的时光？它到底有多长？我想，从今天回顾这一百年的感觉，可能与从未来某个时间点上回顾这过去一百年的感觉略有不同。两百年、三百年甚至更久远的将来，人们回看这一百年的诗歌写作，可能有点类似于从今天的时间点回看唐代诗歌的第一个百年、宋代诗歌的第一个百年。

唐朝开始于公元618年，我们公认的唐朝最伟大的诗人之一李白生于701年；这也就是说，李白生于唐朝立国之后的八十三年，而他活跃于诗坛时，恰好也是唐朝开始后的百年时期。而从1917年胡适首次发表白话诗算起，到现在恰好是一百年；但若从1949年算起，却只有约七十年的时光。再看看宋朝的情况：宋朝始于公元960年，那么苏轼生于1037年，即宋朝立国后77年，而他作为一个文人活跃起来，应该也在宋朝立国百年左右的时间。而李白或者苏轼好像都不曾纪念过唐诗百年或者宋词百年。所以我们现在做的可是一件崭新的事——开个玩笑。我知道我这样作比较肯定多有不妥，因为古诗写作的历史模式不同于新诗写作的历史模式，在无论是李白还是苏轼前面，古典诗歌的写作已有相当长的历史。我提到他们与他们各自朝代创立的时间距离，是想反观我们与我们生活的这个历史时段之间的关系。我们谁都不能幸免于时代生活，不论你有多么“高洁”，多么封闭，多么刀枪不入、百毒莫攻。

在过去的一百年或者一百多年中，中国和她的诗人们经历了民国取代清朝、第一次启蒙及新文化取代旧文化、军阀混战、共产党革命、外来入侵、内战、新中国取代旧中国、移风易俗、社会主义计划经济、“文化大革命”、改革开放、第二次启蒙及市场经济的引入、经济的快速增长、传统价值观念遭遇挑战、消费主义的兴起、全球化和互联网时代的到来。这是一段相当跌宕起伏的历史。其剧烈和密集程度在现代世界上可称罕见。我们的诗人们就是在这样的历史背景中展开写作的。从某种意义上说，这一百年来的诗歌写作，我个人认为，不完全是诗人们主动选择的结果，尽管有些诗人个性很强。在讨论诗人们的工作成就时，我们应该注意到，他们的题材、语言方式、写作观念、写作抱负、他们所发展出来并且影响到部分大众读者的审美趣味和写作风格，有被选择的成分。因为“被选择”，这里面就包含了某种宿命的因素。无论诗人们做得好做得不好，甚至写出了经不起历史审视的糟糕的作品，这其中都包含了历史的明示与暗示。

中国一百年来的新诗写作，是现代汉语写作的创世纪。由于语言的变化，更具体地说，在社会和历史危机的刺激下，在外来文化的影响下，由于语言的节奏感、音乐性、词汇表、语法或句子结构、句子长度、语言敏感点，以及它们背后历史观、价值观和世界观的变化，我们感受世界和我们自己的方式、我们思考问题的路数，已经与古人不完全相同。汉语从古汉语经白话文演变成了现代汉语，被写出的诗歌也从文白夹生的所谓“新诗”演变成了现代汉语诗歌。这是现代汉语写作创世纪的一百年。但是我不太习惯总是以创世纪的口吻谈论问题。

我本人从20世纪80年代初期开始现代汉语诗歌写作，正赶上了国门刚刚重又打开。那个时代的年轻人带着问题和怀疑疯狂地读书，讨论，组建社团，印刷小杂志，然后又发现了更多的问题。作为诗歌作者，我们努力学习、揣摩刚刚被解放了的20世纪20年代到40年代的中国新诗和外国古典与现代主义诗歌，希望自己成为与世界并肩前进的人。我们都经历了一个自我现代化的过程——自我现代化，这一点很重要。不过后来随着文学经验的增加，我意识到一个问题：我们在80年代读到的东西，居然与中国诗人们在40年代读到的东西是一样的！我曾惊讶于这样的阅读“重复”。一百年的时间不算长，但不同时代的中国诗人们在阅读、写作、表达中居然已经在围绕着一些相同或者近似的坚硬问题打转了。一些我们现在遇到的问题，几十年前就已经存在，相信几十年后它们也依然会存在，对将来的诗人们构成困扰。当然，我们一边打转，一边还是在向前走。

让我试着列举出这些问题中的一部分：

传统和现代的问题（换个说法，现代和前现代的问题；而说到传统，还要包括大传统与小传统的问题）。

现代与当代的问题。

现代性与反现代性的问题。

现代主义与浪漫主义和后现代主义的问题。

民族性与世界性的问题。

中国与西方的问题（有时被表述为东方与西方的问题，但其实我们对伊斯兰教的东方和印度教的东方并不了解）。

汉语的主体性与翻译语体的问题。

语言作为工具和语言作为家园的问题。

为艺术的艺术（纯诗）与为人生的艺术、为社会的艺术的问题。

精英文化与大众文化的问题（经常被置换为懂与不懂的问题。大众文化又分农民文化、小资文化和市井文化）。

主流文化与支流文化或者亚文化的问题。

文化与反文化的问题。

格律诗与自由诗的问题。

现有诗歌形式与对形式的破坏和再发现的问题。

诗与非诗的问题。

诗与跨界的问题。

守成与实验、建设与破坏的问题。

词与物的问题。

面语言与口语的问题。

普通话与方言写作的问题（有时被置换为北京与外省的问题）。

南方与北方的问题。

中心与边缘的问题。

青年写作与中年写作的问题。

身体书写与精神书写的问题（身体书写连带着日常生活、生活方式书写；精神书写连带着真真假假的流亡书写和拯救与徒劳的话题）。

血性书写与智性书写的问题（血性书写的永恒话题是：生命、青春、反抗、爱、孤独、流浪、苦难与死亡）。

抒情与叙事的问题。

抒情、叙事与思想的问题（诗歌思想不同于思辨式的思想）。

直觉与知识的问题。

知识与特殊知识的问题。

独白与互文性的问题。

短诗与长诗的问题(总会被引申到简洁行文与口若悬河的问题上)。

美文学与野蛮的文学创作的问题（有时被置换为高雅与粗鄙的问题）。

市场、消费与精神持守的问题。

城市与乡村的问题（作为气质，作为题材。乡村问题中包括了农业文明与自然的问题；城市问题中包括了环保问题）。

现实主义与底层书写的问题。

男性书写和女性书写的问题。

文明、普遍性与地方性的问题。

时代和永恒的问题（包括了此地与远方的问题、此刻与未来、过去的问题）。

个人与集体的问题（其中包括个人记忆与集体记忆的问题，以及记忆的标准化的问题。另外，集体又分大集体和社群集体）。

个人与非个人的问题。

我与时代的问题。

我与国家、体制、意识形态的问题。

政治与去政治化的问题。

政治正确与不正确的问题。

娱乐与挑战道德底线的问题。

民间与官方的问题（换种说法：江湖与庙堂的问题）。

好诗和坏诗的问题。

有无诗歌标准的问题。

等等。

所有这些问题，到今天几乎都没有尘埃落定。在不同的时刻和环境，有些问题会被特别拎出，有些问题则略显黯淡，但时候一到或者条件成熟，那些黯淡的问题便会像疾病一样重新发作，构成历史的重复瞬间。尽管这些问题几乎都没有被消化，没有被解决，但我们带着这些问题，或者说被这些问题裹挟着滚滚向前，更形象地说，是屁滚尿流地滚滚向前。兴奋，疲惫，魂不守舍，自我感动，有所发现，有时破口大骂，有时呆若木鸡，有时默默无语，这些感觉和状态每一位诗人都遇到过。我们被问题所塑造，我们被我们说话的对象所塑造——所谓说话的对象包括你、他、自己、影子、文学大人物、时代和历史。我们有时自谦地说自己在“玩儿”，而我们又“玩儿”得过于认真，过于辛苦，我们有时甚至能感到自己被“玩儿”捆住了手脚。中国现当代诗歌写作里充满了问题。甚至可以说中国现当代诗歌由问题构成。但正是由于这些问题的存在，我们的写作才充满了可能性。

我个人认为在当今世界上有四个地区的诗歌写作充满活力：拉美、北美、中东欧和中国。这种局面与20世纪上半叶的世界诗歌地图略有不同。如果从语言的角度看，一般说来，中文、英文、西班牙文都是最活跃的诗歌语言——中东欧大多数语言属于斯拉夫语族，但它们各自都是小语种。——这不是说20世纪下半叶以来，特别是20世纪70年代以来，其他语言没有精彩的诗人和诗歌，我只是从大的方面做整体观察得出这样的判断。

说到这里，我要对中国现代诗歌的先行者们表达一下敬意。我们的写作趣味和写作观念与他们有共同和不同之处，但没有他们就没有我们。

或许外界对当代中国诗歌的评价与我们自己对它的评价有所不同，但它在被塑造、被选择的同时，的确也在某种程度上塑造了人们感受时代、表达自己、思考世界的方式。在这个意义上说，现代汉语诗歌不仅是现当代中国文学史的重要组成部分，它也是现当代中国文化史、社会史、政治史、思想史的一部分。

谢谢大家。

2018年9月22日

《诗探索》之于我

梁久明

我行不行？这首诗好不好？最近这十多年来，我一直在怀疑中继续着写作。

记得是1992年吧，就要三十岁时，在《诗神》发表了第一首诗，虽然跟我同龄的很多诗人都已经很著名了，也知道自己跟他们有着相当大的差距，虽然内心焦虑，但从不怀疑自己的写作，相信坚持就能成功。

一边阅读一边练笔，读了很多写了很多，仍嫌不够，想得到专业上的学习和指导，身边找不到相应的老师，就参加了一些刊授学习。光《诗刊》的刊授就参加了三届，最后一届有幸碰上林莽做我的辅导老师，那应该是1990年前后的事。现在看那时交的作业，写得非常幼稚，远在及格线以下，而林老师的批改耐心细致，有的批语多于作业的文字，不但如此，还专门写信给我，一年下来竟有五封，从春写到冬。

刊授完了我把作业和信件订在一起，一直保留到今天。在2011年第一次见到林老师时，我把它拿了出来，林老师幽默地说：看看我当年都胡说了什么。

信中具体的指点多，比如"少议论，多表现"，"有时只是一句之差而达不到要领"，"有时只有这步就可登上一个层次"等，说的是小处，是一点，却是最有用的。也有高屋建瓴式的指导："作为诗人就应有作为诗人的匠人手艺"，"当感觉找到了，那么就应有手艺来完成了"。

这些看法，今天早已内化于心，当时还不能完全理解，而受到的鼓舞是巨大的。当我安不下心来，当我焦躁发狂时，当我情绪低落时，就会拿出林老师的信，常常不读，就那么瞪眼看着，有时用手抚摸，像教徒抚摸圣经，就会有一种宁静的力量，慢慢地进入我的心中。

也是在那时，我订阅了国内唯一的诗歌理论刊物《诗探索》，希望从中学到诗歌写作上的技巧和理论。可是，阅读是困难的，文章中的很多概念和说法，我只停留在字面的认识上，对于那些有诗歌例子的文章，还能体会一些。却没有因此间断订阅，直到1995年停薪留职去深圳。订阅的刊物一期不落的保留着，后来搬家时做了一次大的清理，《诗探索》只留下94/1期，也是总第十三期。留下的原因是，里面有叶维廉写痖弦的文章。

生活中不只有诗歌，还会有这样那样的需求，这样那样的诱惑。虽然以前常有远离诗歌的时候，显得三心二意，人生追求大体上还是以诗歌为主线的。而从1995年春去深圳开始就不同了，我对诗歌已经没了野心，也不把它当成实现人生价值的事业。先是忙着挣钱，后来又忙着去当领导，这一忙就是十年。这十年里没有订阅任何文学刊物，偶尔买本诗集，读下去时很少，只是告慰那颗还没死透的诗心。所谓灵感幽灵般的袭来时，也会划拉几笔，不管成不成样子，写出了那么几首。

想不起来是什么原因，旧病复发似的，或者烟瘾犯了那样，在2005年或2006年又开始订阅《诗刊》，也许渴得太久，阅读非常过瘾，尤其是《诗刊·下半月刊》。特别吸引我的是那些以叙事为主要手法的写日常的诗歌，和以乡村为题材的诗歌，它们为我打开了一个新世界的大门，我高呼：我也能写！于是陆陆续续写出了一些，2007年时试着投稿，投就投《诗刊》，斗胆投给了当编辑部主任的林莽老师。2008年《诗刊·下半月刊》发了我三次共十二首诗歌，至此诗歌完全回到了我的生活中来。

我以为以后的写作将顺风顺水，可是写得很多发表的很少，直到2014年《诗刊·下半月刊》才又发表了两首小诗，投给别的刊物，就是地市级文学刊物，也很少发表。这时，我开始怀疑自己。与其这般受煎熬，不如放弃。就去打牌，虽然输多赢少。就去喝酒，虽然一喝就多，喝一次好几天缓不过劲来。放纵，放松，内心却更加空虚，人生虚无感更加强烈，我这不是在混吃等死吗？这样的意识让心情沮丧悲凉。我的心灵需要抚慰，我的精神需要拯救。诗歌具有这样的力量，写的越好力量就越大。

每次怀疑之后，都更加努力，但投稿却越发谨慎，甚至害怕投稿。发表固然是一种鼓励，不发表却是打击，又会让我进入怀疑之中。知道林莽老师2009年退休后，离开《诗刊》社办起了《诗探索》作品卷，也是从这开始重新订阅《诗探索》，但一直没敢投稿。

写写停停，停停写写，我跟诗歌是那样的一种恋人关系：有恋爱的强烈愿望，却又无法深入进去，因而保持着若即若离的状态。这是很折磨人的，离不开又合不到一起。在我就要坚持不下去的时候，《诗探索》出现了。

2011年7月25日，诗探索·查干湖主题诗会邀请我参加，参加诗会于我还是第一次，也是在这个会上第一次见到林莽老师。

参加诗会的还有刘福春、宗仁发、李秀珊、子川、张洪波等诗坛上赫赫有名的人物，跟他们坐在一起开会、吃饭，我的感受集中在一句话上：哦，我也是诗人了。后来我想我能参加诗会，跟我所在的地理位置有一定关系，查干湖和松原市离我们肇源县城，直线距离都不过百里，县城旁边的松花江南岸就是吉林。当然，从中我也感到了对我写作的某种认可。

林老师和蔼亲切，有长者风范，有老师那种一切都了然于心的平和的目光。我们并没有单独在一起聊天，其实是可以找到机会的，只是我不知怎么去聊，但见到林老师我感到荣幸，觉得自己成了林老师的正式弟子，在以后的写作中，常以“林老师看着呢”这句话来端正态度。

热情被激发了出来，干劲就有冲天之势，在写作上一边整理旧作，一边创作新篇，很多题材很多方法都尝试，但写的顺手的还是上面提到的两类：日常叙事和乡村抒写。2012年2月22日，晚上朋友聚会后回到家里，仗着酒劲将一组按年份写作的日常叙事的诗歌，以《从1963年开始》的总题，发到了林老师邮箱。第一遍发过去了，觉得主题词写得不好，又发一遍，还是觉得不好，发第三遍才算满意，主题词：梁久明在（再）向老师交一份作业。仅仅过了十天即3月4日收到了林老师的回复：用在《诗探索》上作为特别推荐。并要求写一篇随笔谈创作想法和创作体验。这时我才发现，发邮件的主题词中的“在”字写错了。这组诗连同随笔发在了2012年《诗探索》作品卷第二辑上，并配发杪椤先生的一篇诗评。拿到刊物后数了数，好家伙，二十九首。接踵而来的是，这组诗中的十首获当年“诗探索·红高粱优秀奖”，有一首选入《2012中国年度诗歌》。后来林老师打电话给我，谈了这组诗，给了很高的评价，鼓励我继续往下写。这组诗写到1988年，接下来从1989年写起，一直写到2012年，共写了一百一十三首诗，横跨五十年的时光，在2016年结集出版，书名就是《从1963年开始》，并通过《诗探索》将一部分书发给了一些专家和诗友。

读万卷书，行万里路，是写作的两条腿，只有这样才能走得远，才能走进更深的风景。最初的阅读是漫无边际的，不只读诗，不只读文学，政治历史，哲学科学等，多凭兴致阅读，也追随潮流。这些年下来，囫囵半片地读了不少书，而读的最多的还是诗，这跟写作方向有关，也跟性情有关。

再次捡起写作后，阅读面一下子变窄了，基本上就是读诗（包括跟诗有关的文章），读刊物上的诗，很少读成本的诗集。常常是半卧在座椅上，左手持书一动不动，半天才翻过去一页。很多时候，读书是很难的事，也是很难受的事。但我把那些书当成了必考的课本，自己则是应考的学生，怎么也得读下去。有时也怀疑：读都读不懂，遑论写作，自己恐怕真的不行。那样的诗被刊物推崇，对我却是一次打击，而自己能读懂的那些诗对我又是一种鼓励。

《诗探索》作品卷时时能给我这样的鼓励，当然也从中学到了很多。它里面的诗作大多贴近生活贴近心灵，有着明晰具体的表达，不唬人，走心。让我知道应该写哪类诗，和我能写哪类诗。

同时，通过对《诗探索》理论卷的阅读，有了一定的理论修养，培养出来一点鉴赏的眼光，能粗略地说出一首诗的好与不好，对自己的写作也大有裨益。以前，一首诗写出来了，感觉很好，却常说不出来怎么个好，更看不到其中的可能的不好。就以发表为好，不能发表的就想着修改，而修改又比着别人的作品进行，不知怎么修改的就当成了次品扔在了一边。

就是因为对诗歌理论有意识的学习，帮助我最终形成了自己的对诗歌的理解和认识。一首诗只是感觉好还不够，要说出具体的原因，内涵上的和技巧上的都要说出。对自己诗作的修改，常是有意识地进行，整体上的表达和细枝末节之处都要想到，不知道要经过多少遍，才最后完成了一首诗。捧到读者面前的诗作，有的看上去挺简单，可是有谁知道，作者背后付出了怎样的劳动，和经受了怎样的折磨呢。

诗歌观念，主要是在长久阅读和写作中形成的，但别人的一语道破可能更直接有力、有效。2015年暑假，去西部旅游，特意经停北京，见了林莽老师。在不足一个小时的吃饭聊天中，老师的一句话如醍醐灌顶：诗，要写生命体验。我瞬间意识到，以前很多诗作中的假和空，也明白了组诗《从1963年开始》为什么被林老师看重，尽管那样的抒写有些粗糙。

《从1963年开始》中的几乎每一首诗，抒写的都是具体时间具体空间中的具体事件，以及具体感受。是事的呈现，事就是诗的结构，基本是线性的那种。叙事是最主要的表现手法，靠着语感抒情，也是语感将它跟散文区分开来。当我写成了一本诗集，我决定不能再这么写了，虽然不同诗中的事不是一样的事，也不是一样的感受，但诗写是一样的思维和结构，这样的雷同虽然难免，但也要有所改变。

一直是这样，在大量的也是比较集中的写某类诗的同时，还写着别的诗，或是题材上的不同，或是写法上的不同。想起了我一直坚持着的那些乡村抒写，梳理一下发现，主题上可以分成两类，一类是乡村苦难，主要是对自己童年和少年经历的乡村生活的写实，写事写人，其主要写法也是叙事，也是由事结构成诗。另一类是对乡村（或故乡）的热爱，虽有叙事，而事退为其次，突出的是情，由情结构成诗。前一类的诗作很多，也发表了一些，显然，与《从1963年开始》构成了某种雷同。后一类只有不多的几首，其中一首就是《把马牵回来》，它就像从厚厚的落叶下拱出来的一颗新芽，是那么让人惊喜。此时，我觉得抓住这首诗带来的感觉，可以写出一批来。

风格上的改变从此开始，经过几年时间也写出了一本诗集：《土地上的居住》，并于2018年出版。当今诗坛的尴尬事情之一就是，诗歌出版容易发表难，诗集中的九十九首诗，只有十多首发表在省内刊物上，并且还不是我认为最好的诗。这让我又怀疑起自己的写作，时不时地就检讨一番。最后总是，不管那么许多，写出来就是了，只要写出自己独有的东西。

出版了诗集，乡村抒写可以告一段落了，去寻找发现别样的题材，进行别样的抒写，也许更好。就在这时，第三届“诗探索·春泥诗歌”奖颁发给了我，获奖作品是我自认为写得挺好而没有发表的十首诗。后来年选，其中六首诗进入了林莽老师主编的两个诗歌选本。

这对我的影响是巨大的，首先坚定了我的诗歌观念：写诗无非就是创造生命体验和创造语言。我以为生命体验先是五官感觉到的，通过抒写才得以加深，就像“出淤泥而不染”加深了对荷花的感觉，这恰恰又是创造出来的。感觉可能是共有的，在此基础上的创造才是独我的。语言的表达跟修养有关，也跟性情有关，我追求贴近事物贴近心灵的语言，让语言成为事物和心灵本身，这样的语言不可能是现成的，只能创造。诗集《土地上的居住》就是这样一路写下来的，有的诗作似真亦幻，呈现出别样的美来。还有的诗作表面是写乡村，实质上是以乡村为素材写人生，有着双重结构，也是对题材的超越。

另一个影响是，我知道了我诗写的路子是对的，是能写出好作品的，也感觉到乡村抒写是无穷尽的。让我从因别人承认而满足，走向了自我满足。

我还会问行不行？好不好？这不完全是怀疑，还是对自己高要求的体现。虽然还会焦虑，但已经跟外于我的承认没有多大关系了。

此时，再问自己为什么写诗，为了出名吗？实现人生价值吗？抚慰孤独寂寞的心灵吗？获得自我满足吗？建设民族文化吗？似乎都有那么一点，但它们加起来也不足以说明。我只知道，诗在故我在。诗，已然成了我感受生命的方式。

2019年1月

一首诗的诞生

我与“铁”最美的一次相遇

李轻松

回想起来，我是如何与“铁”相遇的？我真的有些恍惚。它是我存留在心底的乡土故地，还是我幻想的神秘所在？它是我的情感碰撞，还是我的意志交锋？2001年夏天，我携带着我呼啸的爱、淬火的心，与铁诀别般的相遇，瞬间就迸溅出火花，欲生欲死。

找到铁，正是应和了我内心潜伏已久的那种期待，就像我在诗中写的那样：我每天推开生活这道门/与平庸相撞/而我抗拒的方式却是越来越少。而铁就像一股激流，一旦被某种激烈的事物所唤醒，它就会势不可挡地奔流出来，它足以越过所有的障碍而恣意妄为。

打铁的场面其实就是一次生命的狂欢，铁与身体、铁与铁、身体与身体，它们互为知己与敌手，互为琴瑟与倒影，在融合中对峙，又在对峙中融合，我被这样的美景攫取，或者我就是其中的美景。

“铁”是一种物质，更是一种精神，没有什么可以像铁这样丰富多彩，像打铁这样具有多重的象征意味。

找到它其实就是天意。

“铁”就是乡土中国中最为原始的遗存，“打铁”就是被我们这个时代所忽略的原生态手工技艺；它既是工业文明的第一道曙光，同时又沾染上已逝时光的深切感怀；它既是我的个人化的灵感闪现，也是一代人的集体记忆。它本身就是欢乐与伤痛、就是美与力量、就是残破与更新、就是死与生最为贴切的隐喻与暗喻。当我的人生经历了起伏跌宕，当我的精神经过了无数的破碎与重塑，那么我与铁的相遇就再自然不过了，仿佛它一直等在那里，等着我两手空空满心疲惫地投奔它，在一场水火交融之后，再重新成为一个崭新的生命。

现在回过头来看，如果非让我找到“铁”的意义也不难。

铁，它是那么熟悉又陌生，它几乎是我童年时代乡村记忆中唯一的工业象征。长大之后，我知道它就是一道伤口，一种迷人的痛。大概出于我对平庸生活的深刻厌倦，我时常会重温那激情荡漾的场面，把那些空虚无聊、那种堵，都逼出来，就像不吐不快。没有比麻木更可怕的了，我们的钙质日益流失，我们的精神日益疲惫。这都让我回忆起铁，心就被微微刺痛。它曾经离我很近，然又离我很远，现在我要找回它，却已隔了不知多少年。

很多时候，诗写得久了，容易疲惫，苍白，我急于找到一种具体的物质，可以让它替我开口。也许是铁等待已久，也许是铁从未抛弃我，等我想用的时候，它就神奇地来到我的手端、就涌出了泉水、就汇成了河流。我写铁写得快感无比，它太符合我的人生哲学与人性思考，仿佛我与铁从来就是一体。

它在我笔下从来都是活的，是会发声会呼吸的，我与它的恩怨情仇、生死爱欲就像一出戏剧，有开始有高潮有结束，有情节有故事，有画面有色彩，它拓展了我的结构能力，极大地提升了我诗歌中的戏剧空间。它意外地使我的诗歌有了起承转合的节奏，它几乎就是戏剧本身。

能够找到铁是我的幸运。原来我对“打铁”这门技术是如此的熟知，可惜我竟然放弃了那么久。在情感的层面上，它代表爱，而且是深入骨髓的爱，是那种销魂时刻的最好隐喻。打铁就是一种破坏与重建，就是心领神会且如入忘我之境。在诗歌的层面上，它是碰撞。只有在那种火花飞溅时，那种哧啦一声撕裂时，我才会感到我遇到了对手，我才会被唤醒被激发潜能，那些我平时做梦都没梦过的灵感会突然闪现，犹如神来之笔，令我心驰神往。而在精神的层面上，铁就是我们的故乡。它沉默无言地成为我们的底色，粗糙、深情、饱满、坚忍。我一直认为故乡并非单纯是地图上的一个标志，或者是我们曾经生活过的一个地方，它更是一种灵魂的属地。我归属于铁，那么铁就可以代表我的故乡。我觉得再也没有一种东西能像铁那样坚韧、有力、温情四溢又强大无比，像一幅旧日时光的剪影，牢牢地映在心灵的底片上。

我的诗歌创作经历持续了三十年，面对流派林立、立场多元的诗歌现场，我且写且慎重，其中“铁”的性格帮助我保持着独自的立场与个性。铁同时也是一把手术刀，它深入到人性深处，在精神的谷底探索独立的心灵世界。我曾沉醉于陌生而混沌的微观世界，我的心灵暗合着东方美学的诡异色调。从而我着重于自己的主观色彩，语词间的建设、永远的诘问和非常规思维的组合，而我找到铁时，它使我那些具有幽深的原生态经验得以展露无遗。

铁又如一座奇诡的迷宫，变幻无常，酣畅淋漓。从最质朴清晰的白描式的絮语到最前卫的迷离扑朔的梦呓，从舒缓的抒情柔板到最原始的情绪宣泄，都饱含着血液与体温的浓度。我要“铁”那种激情、富有生命的活力，平易，力度和光彩；我要“铁”那种先锋姿态而拒绝平庸、萎靡；我要“铁”那种对汉语的输血能力，突破规范、打破常规的极度自由；我要“铁”那种身心的舒展与贯通；我要“铁”所构建的伟大的精神世界，超越性别的局限，到达更加广阔的天地。

快十五年了，我断断续续地写着属于我的“铁”，每一次的写作都像一次打铁，每次打铁，我与铁都改变了原来的模样，都会得到一次升华。我与铁重建了我的自然河山及思想河山，它自身携带的血性基因，一直给我的创作输血，让我能够保有自然与本能的原生态，摆脱一些所谓“文明”的困扰与束缚，不断地激发我生命的潜能，带我去赴一场生死之约。事实上，每隔一段时间，“铁”就来到了我的内心，我们就打一场天翻地覆的“铁”，那是又一次的锻造、淬火与拯救，也让我所有的沉渣全部泛起，深情的拥抱那朴素的心灵属地，壮美，开阔、幽深。

铁是存在的，也是我想象的。我从不把想象排除在现实之外。它又冷、又热、又软、又硬，几乎涵盖了我们生活的方方面面。所以有话就跟铁说，它从不戴面具，也不用思想发言。作为打铁的人，只需用手艺说话。

注：自2001年写出第一组与“铁”相关的诗到现在，已写作相关组诗共七十多首。

『附诗』

铁水与花枝

铁如此俊朗，花枝如此羸弱
清晨的地平线口含珠露
吐出如铁的旧貌，和似花的新颜
水泽里的鱼儿只望一眼，
七秒钟的记忆与眷恋
转瞬便成为前世——
我粗粝的铁，硬，坚硬
也能暴出炽烈的天真

我柔软的花，水，水灵
都生在枝节之外
我的境内，花与铁的混合
谁创造了这段艺术的距离？
如此陌生，秉异，我的嫁接术
无形的香啊！余香，包含着铁的腥气
让我微熏地走在人间吧！
莫名，无我，陶醉。我的哲学阐述
花与非花映照，铁与非铁相斥。
而我的笔触不到的苍茫
铁水已缠绕了花枝
花枝已被铁水淹没……

2015 年 1 月 20 日

作者简介

李轻松，女，毕业于中央戏剧学院。20世纪80年代开始诗歌写作，出版诗集《垂落之姿》《李轻松诗歌》《无限江山》等。参加18届“青春诗会”，荣获第5届“诗探索·华文青年诗人奖”，首师大驻校诗人。出版长篇小说、散文随笔集和话剧剧本多部。一级作家，职业编剧，现居沈阳。

想　起

黄　芳

七年前，我去采访一个十四岁的脑瘫男孩。

记得那天太阳很烈，有风吹起沙子，吹得我脸生痛，眼睛无法睁开。我冒着烈日在小巷里到处转，终于看到了他们家白底蓝字的门牌。

来开门的是男孩的母亲，她疲惫而又平静，说：“黄记者吧？

请进。”

男孩靠在一张特制的椅子上，头歪在肩膀上，脖子上围着围兜，因为他一直流着口水。

我蹲在他身前，叫他名字：ZZ，ZZ。

听到声音，他努力着想要抬起头，但是徒然。

我把他低垂的、无力的头托起，再托起。我看到了他极其明亮的双眼，看到他苍白而又灰暗的脸庞。

我抚摸他的瘦长手臂。我说：“你的眼睛真漂亮”

他对我笑，嘴巴发出“妹妹”的声音。我愣了一下，他又再次发出“妹妹”的声音。眼神中的期待像是祈求。我来不及细想，大声地“哎”。

我看见眼泪从那双明亮的眼睛里流了出来。

那是他身上唯一明亮的部位。

很快我的手就酸了，不得不轻轻放下他的头。终是要放下的——一个人的头，怎么能依靠他人的力量来支撑？

那个母亲走过来，很熟练地把他的手放在也许是他最舒服的位置，顺手拭干他的泪水，并捋了捋他的头发。她依然是疲惫而又平静的表情，眼神坚定。她一定流过很多泪，但现在已经没有了。

“我会再来看你的。”告别时，我再次托起他的头，对着他明亮的眼睛说。

我的力气不足以把他撑在椅子上的手拉起，只好放在他的手背上。

那无力的、软弱的、热的手背。

然后，我离开。

小巷里，有风有沙有嘈杂的声音，它们缓慢地到来，再缓慢地消失。我的脸有点痛，眼睛无法睁开。

此后，我又去看过ZZ两次。他一次比一次无力，绵弱。

他喜欢叫每一个年轻的女性为妹妹。如果你应了他，他会努力地扬起双眼。那双眼非常明亮，而且滋润，特别的乖。

他母亲说，ZZ曾有过一个妹妹，不幸病逝了。

不久，ZZ也走了。留下一个目光空洞的母亲。我从没见过他父亲，他们也没提过。在这所有的悲痛日子里，那位父亲在哪？

2009年，我去某陵园采访，想做一个守墓人的专题。那天阳光普照，园林式的陵园，更像一个度假山庄。我在墓地来回走，然后看到一个十四岁男孩的墓碑。上面写着一行字：宝贝乖，妈妈爱你。

我脑中迅速地跳出那个绵弱无力的头歪在肩膀上男孩ZZ。当然，这个墓碑不是他的。

我轻轻地一个字一个字地触摸着墓碑上那几个字，眼泪跌落，发出砰响。

2015年1月24日，我偶遇ZZ的母亲。我不知道说些什么，而她依然疲惫而平静地笑：ZZ跟他妹妹在一起呢。

她已经不再悲伤。也许很久以前她就已经学会不再悲伤。

——生命有归途，只是迟早的问题。

2015年1月29日

『附诗』

想　起

第三人称是个秘密
想起离开墓地时
枝丫突然在空中晃动
噢，太阳突然很好
想起跟守墓人挥手告别
他脱下帽子，微微地弯腰
咬着他裤管的小狗
毛发黑亮，尾巴
越摇越快
她越走越远，墓地
落在后面
——天堂或地狱
门前都有台阶
想起那些灌木，松柏
枝丫上的乌鸦
十四岁男孩的墓碑上
有一行小楷：宝贝
在这等着妈妈
噢，特别乖

2015年1月29日

作者简介

黄芳，生于广西贵港，毕业于广西师范大学中文系。出版诗集《风一直在吹》《仿佛疼痛》。2010年参加中国作协诗刊社第26届“青春诗会”。现居桂林。

大海深处的狂澜与抚摸

谈雅丽

我相信，每个诗人的内心都有一个深渊！就像半睡半醒的休眠火山，外面白雪皑皑，内里的岩浆却悄然沸腾、奔涌。

上帝制造了一些相似的灵魂，以此减轻人世的孤独。年轻时，我爱上一个人。满满、热烈、窒息的爱。我们分隔两地，极尽相思。夏天他去外地，我独自沿着沅水河堤漫步，无尽思念的我忽然强烈感应到他遥远的存在。我那么确信他在黄岛金沙滩，一个我从来没有去过的地方。我短信给他：“亲爱的，你在黄岛吗？”他在金沙滩的礁石上给我回信：“是啊，你怎么知道的？我正在想你！”

一刹那，我感到全身长满了触角，而我所有的触角都朝向我的爱人抚摸。在午后的烈焰下，我只有用笔才能去往他所在的王国——

“蜂鸟成群地飞舞，海边停靠的船舶，暗红的三角梅，明亮空阔的海湾，从如醉的酒杯里倒出的波浪。”我写下诗歌《想念黄岛》。我用全部的情感来写，汩汩不绝的词语，随意涌流的句子以及连绵不断的意象。我让诗歌在不可抑制的激情中自然形成波澜起伏的节律，但我想表达的仅是深爱。

我相信爱是有感应的，相信跨越千里之外那种亲人之间心心相系的预感。

人们总是和某些特定的地方结缘，这些地方深藏在内心深处，就像保存在时空里珍贵的宝石。几年后，我到青岛看望一个女友，我们坐车经过胶州湾大桥，这是世界上最长的跨海大桥。海水浊黄，波涛汹涌，我感觉就是在海洋之上行走，朋友告诉我，胶州湾大桥连系的正是青岛、红岛和黄岛。这些岛屿经由大海奇妙的相通着，我虽与黄岛擦身而过，但这个美丽的岛屿仍然是我心中最美好的向往。或者此后我与爱有关的诗歌都是从黄岛开始的，黄岛只是一个心灵触发点。

2010年《诗刊》7月号刊发了我的创作手记《大海深处的狂澜与抚摸》及组诗《所爱》，当年的诗歌年度选本将《想念黄岛》选载。又过了两年，黄岛当地有个叫杨文闯的诗友无意中在网上搜到了我的诗歌《想念黄岛》，读到大为感动，写下了长篇随笔《博客偶遇谈雅丽》，并将随笔及我的诗歌刊发在《黄岛日报》上。因为诗歌，因为爱，我与黄岛从此有了更深的缘分。

一首诗是用两种东西凝成的，一种是泪水，一种是血液。泪水是情感的自然流露；而血液总是奔涌在离伤口最近的地方。爱到极致，抒写极致，我的每一个毛孔，每一个词语，每一个细胞都是向爱而生的花。没有遮蔽，只有无限敞开。

海德格尔说："向死而生，向诗而生。"文字就有那么奇异，让遥远的心灵转瞬近在咫尺，想起因爱而生的黄昏黑夜，想起人生的重逢久别，想起心灵的空茫酸楚，深爱的狂欢落寞，想起诗歌对于人生和情感无尽地抒写，想起大海就在远方动荡，不断涌起的狂澜与抚摸……

『附诗』

想念黄岛

许多黄昏我想念那个漂浮在大海之上的小岛
想念岛上蜂鸟闪烁的翅膀
晚霞在沸腾的海水中滚动，奔跑的波浪
带回你闪闪发亮的船队

许多深夜我想念你海崖深红的三角梅
暗夜里它们欸乃一声，神秘的合唱
月光从海水中浮出，照到了你——
明朗空阔的海湾，海湾的驳船如一只倾倒的酒杯
流泻美酒如丝绸一般地涌动

许多清晨我想念鸟卵一样莹白的贝壳
想念九月的飞鸟，在高空平稳地滑翔
抖擞，它们翎羽上的阳光反射着红光

仿佛你将嘴唇贴在——我最柔软的身上

许多下午我想念海滩遗落的脚印
我们赤脚徜徉、奔跑，和着海风吹动的笑声
岛上忽降的阵雨，细密落向海面
如你拨动我的心弦，亲爱的
你却听不到我胸腔里，磅礴而温柔的震荡

无数昼夜我想念你的黄岛，那里的枝橙、藤萝
回声和细浪。想念你海水泛滥的白天
晚潮退隐的夜晚和星光
想念爱在很久以前藏身于大海的深渊
现在，它就要被一个海边寻宝的渔夫
金币一样地拾到——

作者简介

谈雅丽，湖南常德人，中国作家协会会员，曾参加诗刊社第25届“青春诗会”。获首届“诗探索·红高粱诗歌奖”、“诗探索·华文青年诗人奖”、台湾叶红女性诗奖和湖南省第二十八届青年文学奖。诗集《鱼水之上的星空》入选“21世纪文学之星”丛书，由作家出版社出版。

在附近

江 非

一首诗歌写出后，我总会忘记了当时的情境。我很难说出一首诗歌和我的即时关系，也难以说清楚当时到底是什么原因让我去写那些“句子”。如果能复述一段话语与个人的关系，我想永远只能徘徊在那些话语的“附近”，甚至“附近”也是一种假象。因为，在我看来，“附

近”意味着空间，话语没有它自己的空间，在整体直觉的角度上来说，话语也没有时间的“附近”。任何话语，在说出的同时，它的空间和时间都是不存在的。而作为一种后期话语对于前期的话语的复述或者阐释、回忆以及联想、追寻以及分析，也只能是一种不够和遮蔽。一首诗歌，本来就已经很难完成对于思维和直觉的复述，我们再来复述一首诗歌，依然只能是感到言语和语言的不够，依然只能是一种拓宽了、加厚了的遮蔽。复述或者是回忆，只能是一场在于附近的徘徊。因为作为一种“现在”，那首诗歌已经消失了，产生那首诗歌的当时的直觉也已经完成和僵化，剩下的只能是那首诗歌貌似有关的历史与记忆、因果与经验、一致与连续、知识与理性。它们很可能出现于那首诗歌写出的前几个小时、前几天、前几年，曾经到达的一个地方，曾经经历过的一个事件，曾经读过的一本书，曾经发生关系的一个人，或者是仅仅出现在脑海里的一个冥想，但唯独不是那一刻。那一刻，只有能有一种直觉，被作为人类艺术习惯的历史习俗，以一种更加牢固的语言交往习俗的方式，被部分地表达出来。而这种表达，也并非是为了要告诉自己或者是告知别人那些在语言中的显性承载，而是一种语言的指向、朝向和手势，作为一首诗，表达，或许正是为了显明那些不能表达的部分。

那么，那些不能表达的，正是祛时间、空间与因果、关系和运动的。而表达，恰恰只能表达出时间、空间与因果、关系和运动。所以，回忆一首自己的诗歌，或者展开对于一首诗歌的批评，在我看来，永远只能是一种“到灯塔去”的愿望，永远只能是一种切近“城堡”的转悠。每一个人，都是一个孤零零的非历史的个体，每一首诗歌，也都是一个独自封闭的意识个体，我们不能返回直觉和同构心灵，便只能在“附近”，只能“在附近”有所道说，而做出一番历史集体主义和理想预定论的经验性后期复述。从而，我们甚至也或许可以宿命地把“在附近”就当成艺术与诗歌的一个当然本质来看待。“在、附、近”，其实是一个艺术的整体。它来自于诗歌与艺术的不可分割的整体性。

那么，作为一首在写作日期上已经过去了很久的诗歌，如今再一次回忆起《黄昏去一棵被砍倒的树》这首诗，作为一个和它关系最为密切的人，我能回想起那时“在附近”的什么呢？我想当时的情景确实是我看到了一棵被砍到的树，那大概是一棵榕树，就长在我去单位上班的一条公路旁，但是因为新规划的工程项目，它在这天的黄昏时分被一群工地的施工人员用蜂鸣的电锯从根部锯倒了，我路过时，他们正在用电锯继续锯子锯掉树干上的枝杈，从老远处看，能看见这些被锯开的地方闪着一种刺眼的白光，同时，还有一种树脂的芳香，沿着风向我吹来。我想正是这种包含着过去与现在、传统与更新、消失与留存的矛盾的香味，以及组成生活结构的经常事物的突然变异，让我想到了这首诗歌的第一句，这种味道和变异作为一种动因首先唤醒了我的意识中的一个关于“黄昏”“看见”的语言、知觉范畴，并让它们想继续有所关联。

可这些“附近”之物又能在写作的此时自动去关联到什么呢？我想这和那段时间我脑子里整天转悠的几个问题有关：在那之前的几个月里（或许也是这些年里），我的脑海里一直在想着传统与现在、语言与人类、历史与自然、宿命与灵魂、归乡与精神、行动与情境、个体与社会、事件与形式这些乱七八糟的问题，并想给自己一些答案。可能就是因为在那之前我曾想过“行动与事件才是精神与心灵矗立的大地”“精神才是大地与形体得以呈现自己的最终根基”“语言是人类指向天空和自己的一株硕大的植物，不断生长的言语能力才是人类得以为豪和自我统治的纪念碑”，便让我写下了“昨天它被伐倒了，野地失去了上升矗立的根基”、“把纪念碑去掉”这两句话；我曾经想过“历史犹如大地给予了我们无限的关于灵魂的幻想，但终归是一种幻象”、“只有大地才值得我们永远信赖，才是人的最终归宿和宿命”，便写下了“然后把对亡人的幻想退还给了土地的幻象”这句话；曾想过“个人只不过是空间集体与时间集体中的一个部分，不管你怀着何种不一样的心境，它们总会以一种统一的统治力和知识权力带着你前行”、“生活中的回家其实就是一种无奈地融汇和加法，个人的行动作为一场戏剧性规训和形式性的展开内容，只能最终符合情境”，于是就写了“我跟着他们，踽踽走上了回家的巷街”；想过“或许回到无历史、非理性的本能的植物或者野兽状态才是人毕生的心理愿望，才能回到事物出发的母性身边”、“人已经完全失去了原初的自我，只有在酒神致幻的带领之下，才能在片刻的回归之中与自我相遇”，就写了“在白酒、葡萄酒、啤酒，这些酒神之子的带领下他们已经早早见到了夜之母亲”，还想过“人总是在追问自我的源头和据此的未来”、“人总是这样既能提问自己又能安慰自己并且不断重生和生长”、“人也许就是一种能在时空中自我安置的事物，它符合了那个最高存在的本性”，也就写了“一个永不枯竭的梦，正在出现”。这棵被突然伐倒的黄昏之树，可能就是这样唤醒了我的这些思维幻觉，然后在一种无意识中，被“黄昏”和“看见”以刹那间被给出的言语节奏和语法制度给自动关联了。但无疑这是一首失败的诗歌。

一首可能就是这样被写出来的已经失败的诗歌，作为它自身显现的生活早已过去，对于它，我所能说起的，也只能是作为它的过去的这一些更早的过去，但即使是这样，我所能想起的也只有这些。而这些还不是它所要显明的，它所要最终显明的不在这些语句之中，也不在这首诗歌的语言之中。一首诗歌，只能是“在、附、近”，它作为一个整一性的整体，最终要显明的只是人之个体的一个问题。问题没有答案，正如历史尚未完成、人类从未完满、心灵没有疆域、诗歌没有结尾。因为诗只是一个对于“是”的理解和对于先验逻辑的一种纯粹的映现，而这个“是”和这么一种“映现”，在一首失败的诗歌里表现得将更为清晰。因为一首失败的诗歌正因为其失败，才是一个能看得见的“在、附、近”。

『附诗』

黄昏去看一棵被砍倒的树

黄昏时分我去看望一棵被砍倒的树
它在从前我站在窗前就能看到的地方
有着高耸的树干，密实的枝叶
昨天它被伐倒了。野地失去了上升、矗立的根基
我走出院子，沿着一条小路走了十分钟的路
来到那里
它孤零零地躺在那儿，周围的泥土芳草萋萋
我去看它。把它的根留在了心中，把纪念碑去掉
然后把对亡人的幻想退还给了
土地的幻象
我回来时，天色已经初夜
路旁已经亮起代替白昼的夜灯
小卖部门前的孩子
列队经过疏朗的绿化树
我跟着他们，踽踽走上了回家的巷街
而街区的另一条马路上
醉酒者已经提前进入了深夜
在白酒、葡萄酒、啤酒，这些酒神之子的带领下
他们已经早早见到了夜之母亲
她面部慈祥，一切平安
并未流着对于孤单归来的孩子的辛酸的眼泪
一个永不枯竭的梦，正在人世上出现

作者简介

江非，1974年生于山东。曾参加“青春诗会”，获“诗探索·华文青年诗人奖”、屈原诗歌奖、徐志摩诗歌奖、海子诗歌奖、诗刊年度青年诗人奖、两岸桂冠诗人奖、北京文学奖、海南文学双年奖等。著有国学专著《道德经解注》以及诗集《传记的秋日书写格式》《白云铭》《傍晚的三种事物》《那》《独角戏》《纪念册》《一只蚂蚁上路了》等。现居海南。

汉诗新作

汉诗新作

新诗五家

作者简介

扎西才让，藏族，1972年生，甘肃甘南人。中国作家协会会员，甘肃省作家协会理事，甘南州作家协会主席，第二届甘肃诗歌八骏之一。在《诗刊》《人民文学》《十月》等七十多家文学期刊发表作品。作品被《新华文摘》等刊转载并入选五十余部选本。曾获海子诗歌奖、“诗探索·红高粱诗歌奖”、甘肃第八届敦煌文艺奖、甘肃黄河文学奖、储吉旺文学奖优秀作品奖、《飞天》十年文学奖等。著有诗集《七扇门》《大夏河畔》和《扎西才让诗歌精选》，散文集《诗边札记：在甘南》。

桑多镇诗钞（组诗）

扎西才让

哨　兵

——历史残片之六

屋子里，师嫂正袒露着半轮乳房哺育孩子，

她用余光安静地注视着你，那眼神温和又忧郁。

你目不斜视，但握着长枪的手心湿湿的，
高原的月光落在乡间小院，恰似不能追忆的往昔。

等她整理好了床铺，等她哄着了闹瞌睡的孩子，
等她吹熄了照亮过绿度母画像的煤油灯……

你这才完成了站哨的重任。你悄然离开了，
可是啊，她不曾看见你被风吹干的泪痕。

直到你在洮岷西战役中牺牲的那日，哦——
你的绿度母，她被一根小小的绣花针扎破了手指。

旺秀头人的庄园

——历史残片之三

旺秀头人的庄园，在致命闪电的
抽打中，显得庄严而雄伟。

短暂的辉煌后，又瞬间陷入黑暗，
等待着闪电的再一次抽打。

我们在漆黑的门洞里避雨，
但那预料中的大雨还未到来。

与先人一样，我们也在等待着旺秀，
但这头人还不曾转世回来。

或许，他的灵魂会固执地
坚守他经历过的无穷尽的黑夜。

而他的被霜雪打湿的尸骨，必然会

烂进土里，像他的声名那样。

被占领的小镇

——历史残片之五

那时低矮的柏树密密麻麻地长在街道两旁，
像高举绿旗频频挥舞的战士。

黑风马队在砂石路上达达走过，
低飏的微尘，倏忽间就变成尾随的旋风。

如此祥和的午后，仿佛从未发生什么，
哦不，衰弱的伤兵在房檐下呻吟。

当然也有那颓废的指挥官，被迫跪倒在对方
将领面前，鲜血又一次涌上了脸膛。

而今，当人们再次煮开殷红色的大茶，他们
早就告别了独裁者撞门而入的时代。

土司老爷的旧照片

——历史残片之七

你坐在中间，戴孔雀翎修饰的宽边毡帽，
穿水獭皮做成领和袖的厚重皮袍，
脚蹬长筒靴，腰挎黑色的盒子枪。

左边站着的那位，显然是你的公子，
那时他刚刚从军校毕业，一身戎装，
军帽遮住了眼睛，嘴唇抿得那么紧。

右边把礼帽抓在手里的清瘦老头，

留着稀疏的山羊胡，微眯着眼睛。
这个来自汉地的师爷，陪了你一十六载。

我能想象那身高马大的深目洋人，
在照相机后仔细观察藏地土司的情形。
你看你神情木讷，没一点领袖该有的气派。

采摘鲜花的少女

——历史残片之九

土司家的少爷骑着枣红色的高头大马，
身边簇拥着几个佩刀的健壮的随从。

那来自川康的铁匠打造的藏刀，
刀鞘和刀柄折射着细碎的光芒。

侍女们静候在十步之外，
谨慎又小心地看着男主人的背影。

可是，一袭戎装的沉默的少爷，
只扭头观望桑多河边采摘鲜花的少女。

啊呀，想当年，正是那束鲜花，
改变了黑头少女的生命轨迹：

她成为土司的女人，在桑多镇志里
书写了浓墨重彩的一笔。

油画：土司家的二小姐

——历史残片之十二

土司家的二小姐在宝蓝色的长袍中

优雅地睡着了，完全放松的姿态令人着迷。
她的柔软的黑发与袍子连为一体，
小小的乳房，像极了一对来自汉地的瓷器。

她蜷缩了修长的肢体，浑圆的臀部
在午后的光照里有着灰暗的影子。
窗外，是流淌了几百年的桑多河的涛声，
确实像她死而复生的母亲的絮语。

我只是偶尔听说某个外国传教士
在藏王故里留下了这幅以她为主角的油画，
当初收藏画作的人，已于某次兵变中死去。

在追忆那段军阀混战的年代之际，
让我们把总统、军队和茶马都忽略了吧，
只端详她在宝蓝色绸缎下的高雅的睡姿。

记一起街斗事件

桑多镇上，两个青年在做殊死搏斗。
一个流了鼻血，一个失了一块头皮。

旁边，有人握紧拳头，有人尖声惊叫，
有人忧心忡忡地拨打电话：灾难正在发生！

当两个青年拥抱着轻拍对方的后背时，
旁边的看客早就挤得人山人海。

当两个青年相互搀扶着离开时，
人们不愿散去，他们要在讨论中决出胜负。

小镇度过了一个不眠的夜晚，
孩子们上学的铃声，比平时迟响了半个时辰。

镇东寡妇的私情，也因此暴露在光天化日之下。
她的女儿，也在这个秋日，一下子就成熟了。

午　后

古旧的巷道里，秃头赌徒和黑瘦的
收废纸的老头，说了几句闲话就分了手。

奶牛一样肥胖又强势的女人，
把泔水倒入幽暗的下水道。

不知是谁家的孩子，勇敢地
打飞了树上呼朋引伴的小鸟。

当那个贪婪的妓女在平房里暴毙之际，
街道办的人还没查出她的户口。

阳光普照着她的小院，使她的死亡，
更像是一个沉重的春梦。

狩猎者

树缝里变形的云朵，脚底下干枯的树枝。
振翅高飞的红雀，已经逃离了弓矢。

表情怪异的游魂，布满幽暗的森林。
马脸的男人，紧抓着乳房一样的蘑菇，

我们打猎回来，麻袋里空空如也。
我们喝杯奶茶，那味道还是松枝的苦味。

这样的日子，只能在女人的怀抱里诞生，
最终也会被坟墓一一收回。

伐木者

伐木者在深林里见到一堆尸骨，
他们中的一个，拎起了眼窝空洞的骷髅。

个头瘦高的那个，躲在胖子的身后。
低头审视骷髅的男子，放下了他的斧头。

或许只有在森林深处或高山之巅，死者
才能挡住活人前行的道路。

或许只有在清清晰晰的死亡面前，人们
才会停止执念的脚步。

瘦高的人拖紧胖子的衣摆，胖子往前，
踩断了一根发黑的腿骨。

手持骷髅的人突然号啕大哭，密林里，
倏地掠过一股带有野兽味儿的西风。

经过小镇的蓝色巴士

经过小镇的蓝色巴士，活像一只
来自台湾的黑纹苍兰天牛。

当它轻摆着触角停在候车人身边，
总是情不自禁地呻吟一声：嘁——

下车的人面无表情，慢腾腾地走远了，
上车的人，观察着车窗外往来者的背影。

谁也不愿提前说话，除非那沉默的司机
突然发病，把巴士驶向同样沉默的人群。

谁也不愿尖声惊叫，把偷偷亲嘴的一对
暴露在天色阴冷的下午。

只后座靠窗的少女，紧盯着电线上的麻雀，
当它们飞离，她便闭上了漆黑的眼眸。

作者简介

薛依依，祖籍梅州，80后女诗人。有作品刊于《诗刊》《飞天》《特区文学》等刊物。

短诗十二首

薛依依

猴面包果

亲爱的 我不能说爱你了 蜈蚣的毒汁
正滴落在我的唇间

那冲向天空的是你
那跃入鱼群的是我

脱掉手表的时刻 猴面包果在枝头肿胀
一杯夜色 照着干瘪懦弱的内心 喂养的猛兽
在咀嚼着干草

坏小孩

永远都不知道下一秒会写出什么
波罗奢花顶着骄傲的王冠朝我大笑
给你机会 要坦露裙袍的破洞
让食物腐烂于厨房的窗前
让音符戛然而止于琴键

是我 戳碎镜中之花 赞美疼痛的根源
率真地玩着禁锢的游戏
朝太阳扔进汪洋的大海
小心地对着贝壳坦露真言
它接受我成为一个坏小孩

独居老人

门口苦楝树的年轮都长在她的脸上
树叶像她的头发一样簌簌落下

她死后 他成了子宫里不懂事的婴儿
成了只会哭泣与等待日落的人

童年故事

早餐 哥哥比我们多了碗肉汤
妈妈说:“哥哥昨晚说梦话。”

夜色像黑猫从山脊滑至村庄 我说起了梦话
妈妈在晨露最重的时刻出门
为我求得一道神符 让我喝下

观　湖

灰鹡鸰的叫声 随着暮色落入芦苇丛
夕阳烧红了天际锯齿状的云朵

日落后 船桨轻轻地搅拌了一下湖面
仿佛再摇晃一下 又可融入更多的夜色

夜　读

一平方米的案台 饲养着诗句
佐以青灯 素笺还有身后无底的深渊

楼下的犬吠 带着哀鸣
语言正苍白地面对着大地

布拉格

在布拉格广场
松果被白鸽啄开
饥饿的乌鸦正在踱步
而金雀 也刚好路过

伏尔塔瓦河弥漫着硝烟
诗人慰藉着年迈的城池

列侬墙 哼唱着忧伤的歌曲
把自由还给自由
把和平归于和平
声音越过上空 抵达霍什米索王朝

分　裂

A 赞美白杨笔直的枝干
B 歌颂榕树独木也能成，
A 将酱果抹在面包上
B 小心地在花园种着胡萝卜

所有的词语都让我感到痛苦
所有的事物都让我觉得嘈杂
它们占满了我的房子　还大声对我说
你应该变得辽阔

背十字架的人

从神而来的　都充满着神意
像面包的裂痕　葡萄酒的芬芳

背十字架的人　纯粹　宁静　乐意离去
他的选择　合乎本性

火把在圣殿里宣誓
我心澄明　秘密不多

迷　笛

那一轮满月它对我说　身上满是铁的荆棘
种植罂粟的人　在夜间劳作　有毒的钩，
拖行着大地

死亡像是贴身衣物般的存在　随时覆盖我
琥珀色的液体在石头中流动　烧红的烙铁
伸入深处

乌鸦身上有根能发出响声的骨头 姑且称之为“骨笛”
黑色斗篷下的笛手 潜入你的梦里
在菩提树与沙盒树之间吹奏出迷幻的笛音

夜·蚀

一个从旅行箱里出逃的女人 跳进梦里
速度 影子在车厢间跳跃
玻璃窗的影像里 她回头 你狡黠地笑
火车很快 大地跑得更快

夺走水手生命的女人 离开海洋
歌声 那曼妙的歌声再次响起
沉睡的世界 拉响警报
一如汽笛轰鸣

她的眼 熄灭世间所有的光 叶片上碎小的光
黑暗沐浴全身
战栗 在每一根纤绳上跳跃
黑夜在下坠 在那深不见底的洞穴

第十颗榛子

从未期望　你会突然给我写信
在我正准备剥开第十颗榛子之时
尽管我故作镇静
蓝色的牵牛花还是从我的窗台
窥见我将它放下又拿起

作者简介

孙灵芝，1988年出生，江苏如东人。江苏省作协会员。出版诗集《有时》。

泛彼何舟（组诗）

孙灵芝

河流的供词

从一出发就毫无退路的一条河
但现在，我将它放回过去
放回到雨滴的眼睛里，它是三月的江南
放回到灰鸽子的碎影里，它是辗转不定
海河滩，一个名字带水的村庄
是哪条河流孕育了这块土地
每一个迟到的灯火都是它的阵痛

异乡人在河畔祭祀先祖，异乡人在此匍匐痛哭
长腔短调的哭声之后，我的乡音扑朔迷离
家[①]去来，家去来！
迷路的灯火布满河流
这些前后不一的谎言
是一条河流的全部供词
一个比一个更含情脉脉

① 家，方言念“ga”，平声

青春无所有

海河滩只拥有我的童年
童年之后 北方有我的青春
冬天快要结束了 江南可以赠梅
而我能做的 是在每一个雾霾散尽的时候
拍一张蓝天的照片
就像我荒芜的青春只管给母亲送上
表面的我：一个无所不能的女儿
每一个独在异乡的女儿
都只会报喜给自己的母亲
河面下的水草和暗流 永远不会说出口

故乡的缺席者，在他乡
怎么出席也无法消减乡愁
我错过了海河滩的春鸟
错过孙庄庙的社祭
错过了杲昃乡音
又有什么资格再次回到海河滩

青春无所有 聊赠一梦还

一条终将消逝的河流

式微，式微，海河滩
一条日渐消瘦的河流
花香与鸟鸣，社交带来忧愁
它习惯了删减法，减去春花
减去夏天的游鱼，减去秋天的浮萍
减去冬寒，越减越少的对话
减到只剩一个“海河滩”的名字

海河滩，一个没落的海边乡村
一群流放者的后代，傍水而居的民族

姓名湮没，眼泪晒出盐粒
骨子里仍有狠劲，即便只有一个名字
总有无可忽略的是
风的咸味，滩涂的芦苇

多年后，属于海河滩的河流消失
一条终将沉默于历史的河流
它消逝的命运无可更改
如同终将消失的亲人
人事消散于最后的洪流

一个失去水域的村庄
依然不变的名字“海河滩”
在地图的版图上，有着寡欢的神情
而记忆里的图腾
注定以阴阳的形式互相损益

河流抒情歌

一条河流爱着晨光，爱着水流里的温暖
它因此理直而气壮，因为爱是接受，是满足
它受了福光，坦然地在河道里游行

一条河流爱着雨露，爱着水生的源流与支流
它因此而悦纳万物，因为爱是丰盈，是和致
它真诚而至简，丰沛的水草和河风，我的河流

一条河流有一条河流的福分与担当
它经过了桥梁，经过了两岸的稻香
它所歌唱的抒情成分，并没有与陆地分割
万物相生在河流之中，万物制化在河流之中
一条河流也因此而幸福，或者忧心忡忡

越人歌

岛上无蚕，有桑众多
我们不轻易说起故乡
也不轻易让桑叶生长

却总是不经意动用这样的谋略：
应该用乡音包围一座孤岛
草拟一个四面楚歌情节
当大军溃败之时
我们，即便单枪匹马也能巡岛一游
最好占岛为王，这值得骄傲
的一件事，要等到
一名身携蚕娘的越女划舟而来
才知道有多妙

我们不轻易说起故乡
也不轻易让一只蚕织起丝
那故乡的蚕，吃下母亲采来的桑叶
总是听从母亲的魔法，抽丝结茧
让母亲织就孩儿身上的衣物

我不知道如果这座岛上的蚕
想吃故乡的桑叶该怎么办

我这般爱着你

请给我一张版图，我将给你安置
于我内心的一座城池，缓缓放好
这样，我们可以一呼一吸，生死一致

遇见了什么，又将发生什么
有时候我胸有成竹
有时候我也茫然失措

生命最深刻的命题，是遇见与告别
生是为了遇见，死是为了告别
所有的相遇，无非是为了哭泣都有大喜悦

于我生命的河流，我与你们相遇
恩赐我生与命的父亲、母亲
教导我爱与分享的老师、同伴
这些日渐深刻的面孔，带着深沉的情感
注定了要一一地与我靠近，然后告别
为了告别，我满怀忧惧

就在这个名叫海河滩的小村子
水稻与河流见证了我生存于世的理由

我常常词不达意
因为我这般地爱着你
带着痛心疾首的喜悦

山河旧事

群山曾经摩擦星群的眼睛 使她们掉下泪来
而今一个个被炸开的大山 是大地的伤口
一个个消失的河流 是大地哭不出来的昏目

黄昏来了 坐吃山河空的人们呵！
将一个个写着“拆”的森林和草原
尽数拆下去……

泛彼何舟

在最初的源头睁开迷茫的眼
我乘谁的扁舟，一苇倾天下
在生我养我的海河滩
参春花秋露，透生命的迷局

泛彼何流，小舟顺远风而来
我是渡河的人，离开是我毕生的使命
莫适之舟，莫适之舟
不明的去向，要耗尽我一生以求索

参差水流，间有柏舟
在这样的小舟上
我这渡河的人
只是行舟而歌

作者简介

柴福善，1956年12月生于北京平谷，北京平谷区政协常委、学习与文史委主任，平谷区文联副主席，平谷区文化委调研员，中国作家协会会员，北京作家协会理事。

白头翁、小木凳及其他

柴福善

白头翁

一朵小花
金灿灿地芬芳过后
便团成绒绒的白球
我不敢努嘴去吹
一吹就散了

一只小鸟
清脆脆地啼鸣过后

便长出绒绒的白头
我不敢举步走近
一近就飞了

其实就是我
从乡村走来
一路泥泞一路风霜
我不敢贸然回头
一回头风霜就落满了

落满了也不及数点
身后的脚印
或早成为别人的风景
我只一步步如老骥
向远方跋涉而去

一个小木凳

乡下
极普通的小木凳
破败得要散架了
谁随手
扔弃街头

我捡拾回来
摆置家的一角
斑驳出的木纹
使我想起母亲
白发下苍苍的皱纹

苍苍皱纹
母亲正吊瓶输液
写下这句我就去陪伴
总想着——母亲在
家就是完整的

北方的冬天

树木纷纷
叶子飘落了
动物悄悄
蜷缩洞里了

只为冬眠

鸟儿依然跳跃
枝头没了叶子
不能遮蔽风雪
可也遮蔽不了阳光

鸟儿不眠

月季的骨朵
紧抱枝头
想来年再开
一个缤纷的世界

却干枯了

白胡子老人
笃笃笃拄着拐杖
嚓嚓嚓拖着脚步
颤巍巍眺望——

今冬还没雪？！

蓟　菜

霜降过了
野草枯了
蓟菜却还绿着

耐得风霜吗

周封黄帝后代于蓟
京城那边的一个方国
一定长着很多蓟菜

后代以此为生吗

我不知道
只记得小时叫刺儿菜
打来喂养猪鸡

当然，我也要吃的

秋　叶

耐不得霜寒
刹那间
不黄就红了

本来失去了生命
却被人欣赏
成一道风景

秋叶管不了这多
只待西风乍起
漫空兀自飘落了

行　夜

天地空寂
连星星
也不知哪儿去了

回家的路上
只我一人
总觉后面有脚步声

心里忐忑
唱不了神曲 紧走
不敢回头

作者简介

刘涛，20世纪50年代中期生于青岛。八十年代初期开始写诗，有诗作散见于省内外报刊，出版诗集《临时停车》。2000年后，主要从事中短篇小说创作，发表过大量作品，获山东省首届“泰山文学奖”。

诗七首（组诗）

刘　涛

秋　天

不开空调了，天气渐渐变凉
海水真正蔚蓝起来
深沉得像位液态哲学家
街道上流淌着风，树叶肥厚
肃杀在夜晚探出细细的触角

在炎热悄悄退去的时候
我无所事事
喝啤酒，吃老醋花生

用一根牙签
把小海螺最里面的肉仔细挑出
在家中，我说的是在家中
回忆就像饭菜一样容易变质
要么就睡觉，一头钻进梦里
打开笼子把欲望彻底释放
秋天的冷静和深厚
让我猝不及防

秋天开始干燥，汗水断流了
在秋天点一支烟燃烧很快
在秋天沏一杯茶香气迷人
在秋天，端详一颗梨的形状
会想到恋爱
会品味一个吻，又一个吻

我无所事事，总是想看看
躲在秋天身后的是谁
我拉开衣柜
拿出一件薄薄的毛衣
当秋天离开了这个城市
我想去一个挺远的地方
用那里的湖水或者河水
彻底清洗一下生命

在玉龙雪山上

头重脚轻
恶心，感觉像一张纸，风吹来
就会腾空而起
在海拔四千五百多米的
玉龙雪山上
刚才还温热的意志渐渐冷却

那些人玩疯了
拍照、叫喊、在雪里打滚
而我只能退到一间房子里
隔着玻璃窗向外看
目光疲惫而脆弱，只要落上一片雪花
就会折断
又有一批游客上来了
叽叽喳喳像一群候鸟
有人在吸着小筒氧气，然后
把氧气筒揣进口袋冲进雪地

绝望突然洇透全身
我转过身，步履沉重走向缆车入口
下山了，缆车徐徐滑动
山半腰是一望无际的原始森林
森林里有力大无比的熊
有珍贵的滇金丝猴，等等
它们知道自己应该待在什么地方
从不到终年白雪覆盖的山顶上
站在山下绿茵茵的草原上
再次仰望玉龙雪山
我达不到的那个高度云雾缭绕
镶银铺玉，
而最适合于我的，就是站在山下，仰望着
啧啧赞叹

二月二，请抬头

俯首帖耳的时间太久了，昏昏欲睡
今日抬起头吧，看看天，看看远方
淅淅沥沥的小雨淋湿冬天留下的脚印

我知道，再过一段日子
树就会绿，草就会疯长

一串一串花开的笑声就会铺满大地
冰雪消融，所有的遮掩都没有了
莺歌燕舞是真的
各色垃圾也是真的

这个季节很温暖
香椿炒蛋是洞房花烛的味道
荠菜饺子让人忘记生存的烦恼
所有的生命都复苏了
虫蚁蠕动，蚊蝇乱舞
阳光如逐渐逼近的野猫
捕获那些过早暴露的肌肤

我抬起头，目光搜寻一切
我已经看到南风拂过屋顶的身影
也看到紧随南风而来的沙尘
枯叶、废纸和皱巴巴的塑料袋……

我知道人间不仅仅有春色
也不仅仅有爱情
可我总不能老低着头，闭着眼，
幻想花好月圆

上 坟

隔着层层黄土，我看到父母
在树根下沉睡的样子
清明时节的太平山上
轻雾缭绕，草木苏醒，一枝一枝的迎春花
忽闪着金黄的小眼睛

这一片黑松林在山的南坡
南坡人迹罕见，一条羊肠小道
弯弯曲曲流淌到山下

我来了，站在一棵只有我的家人
能够识别的松树下
三躹躬，默默叨念，像在轻轻哼唱摇篮曲
天暖了，我脱下了冬衣
种子和虫子在湿润的黄土里蠕动
父母在黄土之下沉睡不醒
我听到了鼾声，嗅到了旧被褥的酸气

这是 2018 年清明节的早晨
我登上太平山祭奠双亲
没有鲜花，没有纸钱，也没有眼泪
我只是站在那棵松树前
让徐徐晨风把我的身影揉进黄土
看看吧，这就是你们的大儿子
他脸上没有愁云，心里没有鞭影
他脚上的那双天蓝色的旅游鞋
可以承载他走很远很远的路……

退　票

那地方是座山，山上有石头屋和铁柜房
正值春天，山上绿树成阳，蜂飞蝶舞
通知出行日期时
我仿佛听到阳光洗刷草木的叮咚声
嗅到夜晚漫天星月的清香

生活的琐碎很软、很厚、很广阔
我身陷其中一动不动
一张高铁车票可以把我拔出来
去那座山里，暂时脱胎换骨
多么想尽早走啊，等待的这几天里
我厌倦了这座城市、这些人
和无处不在的冠冕堂皇

得到消息时天已经黑了
一杯啤酒顿时惊慌失措
窗外传来清洁车的警示音：请注意，倒车
请注意，倒车……
第二天，我去火车站退票
把一个田园之梦递进窗口
转身走进旧时光里

镜　子

长方形的岁月纹丝不动
就镶在墙壁上
而我是流动的，像一条河
每天洗脸，看镜
多少日出日落，多少风云突变
多少沧海桑田一掠而过
滔滔洪流变成涓涓小溪
镜子纹丝不动，默默注视

低头洗脸，抬头看镜
看到奋飞的生命
渐渐收拢了翅膀
而镜子纹丝不动
默默注视

地　铁

在城市的地下穿行多么清凉
乳白色的车厢，天蓝色的座椅
灯光柔软如水，心随水波漂荡
正值盛夏
千万根滚烫尖锐的针从天空呼啸而降
刺中万物

而十几米的地下却是另一个世界
地铁穿透黑暗和静谧，一站一站停靠
乘客上上下下，平静而温润
一条蓝裙子
一条红裙子
又一条白裙子
裙子下的脚趾甲五颜六色
……

我当然知道地面上有什么了
高楼大厦在烈日的烘烤下
散发出钢筋水泥的味道
一辆接一辆的汽车如大群动物迁徙
拥挤成一团
每家窗外的空调机都飞速旋转
室内躲藏着
各式各样或冷或热的隐秘
……

像虫子一样遁入地下
乘坐一段地铁，无比惬意
尽管我知道我还会升上地面
在人行道的树荫下行色匆匆
尽管我知道我还会打开一扇防盗门
进入家中，操持日常生活……

短诗一束

他叫王平凡（外一首）

鲁　北

一辈子没娶，无儿无女
花鸟鱼虫，都是他的孩子
一把剪刀，剪出春天，也剪出秋天
他姓王，名平凡，不平凡
上了几年小学，输给了贫寒
解放前一年，他的大哥去了台湾
平安的日子没过几天，天空布满乌云，黑了天
他的母亲挨批斗，一条腿残，一条腿断
他作为另类，成了生产队里的羊倌，去了百里之外的荒原
从此，与羊群共舞，和孤独为伴，多年
荒原上，一个大辫子的姑娘，送给他眉眼
他视而不见。姑娘的老爹
也喜欢上了他，托人吐真言
他不想给他们带来劫难
毅然决然，回到了母亲身边
带着弟弟，挑起家庭重担
母亲瘫痪在床二十载，他形影不离二十年
半辈子，充当母亲的儿子，弟弟的家严
给弟弟娶妻生子，一盏油灯熬灭一半
“春蚕到死丝方尽，蜡炬成灰泪始干”
不经意，他已风烛残年
母亲老了，大哥走了，弟弟没了
他活成孤单
但不孤独，常年与剪纸为伴

一辈子无儿无女
花鸟鱼虫，都是他的孩子
一把剪刀，剪出了春天，也剪出了秋天

我的大哥从美国回来了

四十年没见的大哥从美国回来了
他 1948 年去了台湾，又从台湾去的美国
这次回来，是回家
政府的车从济南遥墙机场
把大哥接到县里的高档宾馆，让我们相见
从小村到县城
区区五十里，我走了四十年
泪水一直在眼眶里打旋
就要见到大哥了
想见，又不想立刻见面
我躲在宾馆外
先把四十年的相思泪，哭干
我怕，泪水止不住
一时看不清大哥的脸

蓝印花布棉被(外一首)

殷修亮

一条蓝印花布棉被
湛蓝色底子，洒满兰草的表白
柔软温和，散发幽香

我的新娘，二十三岁
拥被而坐。目光
在朴素的蓝里

如海洋里明亮的小鱼
我们的爱情，正羞涩在春天

现在，我拥被而坐
身旁，妻子睡成一朵莲花
眼角含着春天的露珠

静寂的午夜
蓝印花布棉被，似
天边飘来的云朵
它一生都干净又安静

父亲和稻草人

父亲和稻草人，一起
站在温和的秋阳下
站在低头不语的谷子中间

一样破旧的衣衫
很难一下子看清
哪是父亲，哪是稻草人
父亲看着稻草人
稻草人看着谷子
他们有满满的心事

此时，谷子们肩并着肩
手扯着手，等待
秋风里，父亲
像背着童年的我一样
把它们背回家

橡胶树（外一首）

南尾宫

怎么了呢　春天了
草木发表喧哗的绿叶
并献出了赞美的花朵
只剩你呆站在那里
拒绝发声

灰色的皮裹住什么
一株橡胶
一生要受多少次刀斧？
这个健康的“病人”
被一次次推上手术台
张开伤口
是一株橡胶树的日常生活

它们裸露在天空下
成这个大地最后一副铁骨
这些大地的哑巴
给春天另一种颜色看

野　花

废弃池塘边 垃圾堆旁　荒芜小道上
撑起星空片片
只要给手臂大的田埂
这些野花就将道场做得很大
瞳仁的酒杯倒进小剂量的白
就治好多年的失明

人间到处是叹息
只有野花兀自开

母亲睡着了（外一首）

张　静

安静平和，这张散发着药味的床上
曾经躺过张病人李病人
而今，蓝色的床帷里
母亲歪着头，睡得这样沉
伴随小小的鼾声
甚至留出了口水
七十年来的忙碌松弛下来
母亲终于将自己哄睡

那天 你坐在时光的角落里

一截孤单的时光 落寞环绕
安坐阳台一角的你 被大片的空旷遗留

门铃也没有惊扰 直到我走进室内
你方侧身　让我看到

在夕光的涂抹下，你恍若静物

我听到鸟声

戚伟明

这分明是鸟的叫声
但我听到不止一种乐器

美妙的光芒
在古代 或现世的远处
悄然奏响

我的惊喜无处不在
我的孤独无处不在
它俩
和我捉着迷藏

这分明是鸟的叫声
但我的确还听到有人在弹棉花
多少年了
这单调寂寞的声响
是很多人停不下的生活节奏

哦 似乎整个旷野都在弹棉花
似乎整个旷野都在倾听
那熟悉的颤音
竟穿透我内心一阵莫名的忧郁

这 分明只是鸟的叫声
那只鸟多像一些人的命运
很小 掩映在枝叶间
不容易看见
而它的叫声竟如此远大

一个下午的时光（外一首）

加撒古浪

整个下午，我都在莫名地想象
用天上的雪，浸染自己的头发
用地上的石头

打磨自己的一生
最后用白花花的银子，赎回自己
赎回那些过往的时光和流水
以及鸟鸣
我不知道这样的想象
能否找到热爱
我也不知道这样的想象
能否找到青春的悲悯
我们都老了，山谷吞没了落日
就像你偷走了我的吻，此生再也没有回头

在尘世

窗外的尘世，风雪漫天
这样的光阴，藏匿着多少悲欢？
有多少秘密可以重新打开？
有多少希望可以绝处逢生？
多年以后，我们都像一棵树上掉落的果实
平静地腐烂在院坝的草垛间
任风吹过，任雨淋过
任月亮透过树枝照耀着我们
我们就在光里消失，不慌不忙

燕子又回来了（外一首）

星　汉

我认出来了
房檐下的那对燕子
还是去年的那对燕子
这说明它们去年
在赶往南方的路上

没有分开
这说明它们今年
在赶回北方的路上
也没发生什么意外

从南方到北方
路途多遥远啊
多漫长啊
光凭体力肯定不行
一定有什么东西
不断地鼓励着它们
我说不好鼓励它们的是什么东西
但我敢肯定鼓励它们的那些东西
也是我们所需要的

身体里的池塘

跟看见的池塘一样
我的身体里
也有一口池塘
和我经常钓鱼的那口池塘一样
有的地方深
有的地方浅
有柔软的水草
也有挖不尽的黑塘泥

我一直没弄明白
身体里的池塘为什么
清澈的时候少
混浊的时候多

我身体里的池塘
不是很大
刚好装下一半的星空

刚好装下故乡的那轮老月亮

在这个春天的夜晚
我要感谢向水面洒落花瓣的人
也要试着去原谅
那些向池塘里投下石块的人

删　除（外一首）

雨倾城

瞳孔里删除火
干瘪的乳房里删除抚摸
靠窗的位置删除岁月
微信群朋友圈新浪微博电话联系人删除纠结
去还乡河马蹄泉景钟山的长途中删除爱恨
燕山路幸福道旁的人流攘攘里删除悲戚
桃花出嫁的园林删除幻觉
无边的孤寂里找你的路上，再删除一个
提灯的我

你爱，就爱她的群山吧

别说话
那个走在前面的，在重重叠叠的山谷中
成为回音
日渐西斜，落叶飘飞。她只对着一枚松针微笑

她入夜不休，说老，说活着
说即将到来的大雪——
有时是小小的黑暗。她的胸膛，藏着整个尘世
最温柔的厌倦

“山风吹寒木，飞鸟入浮云”
你爱，就爱她的群山吧
还有她放下的，放不下的
今天

父亲，雨和穿墙术

马德刚

无数的雨，巨大的雨
坚硬的雨，任性的雨……

父亲披上雨衣，扛着铁锹
冲进雨里
他会穿墙术。穿过一道道雨墙
消失在墙后面

我和母亲，两个尕妹妹
像受了惊的小鸟儿。躲在窝里
瑟瑟发抖

听——

雨从山上，正在往下
搬运着什么

星光附体（外一首）

刘　溪

漫步无月的山坡
想象着遇见一匹狼

红眼放光，跃动于墨分五色的黑夜
以此证明，我身在城外
在人迹罕至的荒野

飞机红着眼睛，降落在山后
山谷里浮起白色的村庄
我仰望夜空，夜空如网
被缓缓拉起，北斗七星紧贴网眼
像一只虾仔，尾巴偏左

我自言自语，如果
世界上从来没有电灯
我们会更接近星空
当然，她说，天人合一
天上有的，我们身上都有

回到灯下，我看到
她脸上的小痣，清晰的
排列为北斗，只是尾巴偏右
她说，我的锁骨下面
还有一处女星座

从道医馆窗户看出去

从窗户看出去，是一堆
乱泊的汽车。车堆里一根水泥电杆
两只监控仪，三百六十度
摄入河务局那片旧楼
电线伸入柳树腋下，托举起曲线的天空
白云，飘过左边灰色的楼顶

十五年前，姥姥躺在五楼去世
八十岁的舅舅，还住在临街的二楼
早就说要拆迁，传说了十年

我的朋友，昨天在这里
新开了一家延年益寿的道医馆
从道医馆的窗户看出去
弯道半圆，一溜站牌
公交车从老东门陆续开来
人们上车下车，走在重复的城市傍晚
一个女人走来，端着手机说话
右手捋了捋头发。一个男人走来
停下脚步，点燃一支烟
烟雾慢慢飘荡，消失于时间

新诗集视点

新诗集视点

诗人邵纯生诗集《秋天的说词》

作者简介

邵纯生，本名邵春生。1964年生，山东高密人，中国作家协会会员，作品多散见于《人民文学》《诗刊》《星星》《诗探索》《诗歌月刊》《诗江南》《诗潮》《诗选刊》《山东文学》等刊物，多次入选年度诗歌选本，曾出版《纯生诗选》《低缓的诉说》《秋天的说词》等诗集。

乘一匹快马追回人间（评）

——邵纯生诗集《秋天的说词》读后

苏历铭

一个人能在欲海横流的商业社会里坚持安静写作，且跨越三十年的光阴而诗心不改，是一件令人敬重的事。据我所知，邵纯生于20世纪80年代即开始诗歌写作，现在已由一个英俊少年变成饱经沧桑的中年人，他的诗也从最初关照外部事物转向关注自己的内心，虽然依然注重生活微小细节，却更多地呈现出真实的生命体验和经验。

和邵纯生相识，源于数年前在高密市的一次诗歌活动，他身上与生俱来的谦逊、儒雅、真挚和平和的性情留给我至深的印象。或许是年龄相仿，彼此目光交汇，大体能够猜出各自的心思，在只言片语中就能迅速捕捉到心里本真的想法。尽管所处地域不同，同为嬗变时代的见证者，我们的迷惑与探询、冲撞与无措、悲苦与喜悦是相通的，而纯生优于我的是，他一直根植于齐鲁大地上的高密原乡，对剧烈变化的生活有着更直接的感受和体验。

数年前，偶然读到纯生的《给母亲擦背》一诗，其中“我在为她擦背的时候／调皮地吻了一下她的乳房／这两条干瘪下垂的布袋／就是我生命中最早的口粮啊／我双手轻轻捧着它／抬起泪流满面的脸”的朴素诗句，让我再次相信，一个壮汉无论如何伟岸，在母亲面前都会迅速还原为一个柔弱的孩童。他的诗并没有高深的技巧和玄虚的隐喻，他的近乎直白的叙述，表达了儿子对母亲的爱，同时揭示出人类一代代传承过程中的依恋和无奈。在后现代主义风行的时代里，我更乐于读到打动心灵的诗句，而缺失情感和年代感的作品，或许是风尚的一部分，却很难触碰到现代人深藏的灵魂。诗要有独特的发现，在司空见惯的日常琐事中，过于刻意地表现与众不同，往往把纯粹的情感复杂化，甚至连自己也不知所云，丧失了直抵内心的力量。

立场和态度是决定一个诗人写作趋向的重要问题。纵观纯生的写作历程，首先映入脑海的是孤独、悲悯、善意、救赎等关键字，他善于在日常平凡的生活中，发现可以入诗的意象，运用朴素简洁的词语，完成自己的诗意呈现。他的思考不只是停留于字面上的寓意，一定要感同身受地深入内心，只有这样，方能观览一个中年写作者波澜万丈又荣辱不惊的灵魂。他的诗超越单纯的直觉和感受，重视经验的筛选，趋于开阔、悠长和深沉，已由诗意表现延展至生命表达。

“这口气憋得足够长／现在,我要依次呼出寒凉／呼出无知的肺炎／呼出一盏薄雾中辨识路径的灯火”（《深呼吸》），“我的手指触摸到剪刀的锋利／圈养在体内的一匹瘦马／就要被春风吹乱鬃毛，无处躲闪”（《春风刮起往事》）。读纯生近期的作品，印象最深刻的是中年人越来越强烈的孤独和坚忍。这种孤独既不像青春期短暂的寂寞，又与老年人无可更改的落寞不同，是阅历世态炎凉又在尘世中必须面对百味人生的孤独，尤其他具有一颗敏感、真挚、善意的诗人之心，更容易在词语间弥漫孤独的情绪。即便选择亮丽的意象，孤独也是无处不在的。“灵魂离去人必死无疑。说法众口一词／我上心的是，肉身从灵魂中掏走／此物孤立无依，是否就只剩下无用的空壳／我的躯体被其挟持多年／早有了逃亡之心”（《寒露》）。其实孤独是人生的常态，但对身处壮年的纯生而言，一路上的冲突和冲撞，以及秘不示人的苦衷和际遇，或许都是加重孤独的筹码。因此，在他近期的诗里，会轻易读到诸如“孤愤、苍白、虚空、凋敝、悲凉、枯死、隐忍、飘落、冷暖、内伤、断崖”等所谓灰暗的词汇，这让我时常脱开他的诗稿，猜度他丰富而执拗的内心，甚至眼前浮现出他离开人群，独自走在昏暗田野上的孤单身影。

邵纯生的诗始终充满善意，用爱对抗冷漠，用温暖驱赶寒夜，用自我牺牲和妥协与世界和解，天大的委屈无声地消解于自己的内心，即便自身深陷孤独之中，面对错综复杂的人世间依然露出阳光般的笑容。比如他的《雪夜》：“密集的路灯光稀里哗啦倾倒在地上/压住前头的雪，随即又被跟上来的覆盖//雪与灯光似乎在比拼速度/比拼对大地的恩仇，谁比谁更狠//地上的光成为雪的一部分/穿越灯光的雪长出金色的翅膀//我袖手窗前，看漫天寒凉/更多陌生的脸躲进了辽阔的黑暗//这个冬天的夜晚，要怀有多么盛大的爱/才能融化这些不为人知的敌意。”

诗意让世界美好，善意让人间温暖。我喜欢纯生诗中弥漫的善意气息，像走在漆黑的隧道中，不经意时遇见凿开的洞孔，遇见喜悦的光亮。如果非要解构纯生的善意的话，他的善意除去来自母亲基因传承外，是源于在饱经沧桑的光阴中目睹种种不公正、不公平的事件后，置身其中去感受和反思，进而找出解决灵魂的办法：善意和解万物的同时，更能安抚自己。“在一座密封的城堡里我消磨半生 / 始终找不到出口。现在时光滑过指缝 / 左手终于触摸到冰凉的石头”（《寒露》）。人生的本质就是惶惑，步入中年的纯生表面上是悠闲清静，内心往往又是波澜万丈，生命中似乎找到答案而新的疑惑随之又来，诗人的善意就是始终试图解答永远无解的命题。在这一过程里，纯生是认真的，在保持诗人的尊严和高贵的同时，有时只能把纠结和委屈留在自己的内心，静默中，尽显诗人的悲悯情怀。“春分过后，我时常一个人窗下独坐 / 摇椅前俯后仰，摆渡无用的晨昏 / 偶尔扭头，恰好看见镜中有人窥我 / 起身趋前细察，陌生人面色木然 / 一绺花白头发掉下额角 / 遮掩了皱褶纷乱的眉眼 / 忽有一道亮光闪进，可见当年 / 一个崩折刀刃的人，自毁 / 奔突，冲撞，豹子的敏捷 / 掐灭心比天高的火苗 / 每日里昏沉，打盹，黑大于白 / 大于思谋和行走，摇椅中 / 深陷一具虚无的肉身……”（《镜中人》）

邵纯生身处高密，并没有热衷于唾手可得的乡村题材，而是着眼于生命和情感的挖掘与深耕，以现代人的情怀和视野，书写心灵的诗篇。即便出现与乡村相关的意象，却没有止于乡村生活的简单描述，其最终指向一定是生命中的现代意识。纯生的可贵之处，是在三十年间一直在用灵魂写诗，不被圈子和时尚所裹挟，自成个体的诗意体系，呈现个体生命的真实体验和经验。或许他的诗名并不响亮，也没有活跃在各种诗歌圈子的链条里，但这不影响他真诗人的身份。恰恰是有邵纯生等一群坚持安静写作的实力诗人，中国诗歌才有生生不息的大场面。

写诗是个人的事情，其实和所谓诗歌界可以没有关系，任何美誉都抵不上一首令人拍案叫绝的诗篇。纯生安于寂寞，洞察日常生活，在平凡的细节中有着独特的诗歌发现，有时还能把它写得兴趣盎然。在《我家的菩萨》里，他把书房条案上的菩萨和自己孩提时代的黑白相片联系到一起，“俩人相互端详，不分昼夜／合不拢的嘴角饱含尘世的善缘／早上起床，我解手，洗漱／拿自己常用的毛巾，给菩萨洗脸／顺手拭净昨日落下的香尘／这么多年，每天出门，我总是那么放心／从不用回头扭一把门锁／总觉得家里还有两个亲人／这一老，一小”。在急速变化的时代里，很多写作者对现实主义早已不以为然，连现代主义似乎都已过时的当下，后现代主义的风潮已经横行起来。我绝没有诋毁探索精神的任何企图，而是认为每个诗人要找到适合自己的方向，切不可附庸时尚，任何写作方式都能写出好作品来。一个诗人能否写出好作品，归根结底是他的价值观和写作立场，而不是词汇和技巧，更不是依附时兴的主义和学说。我喜欢邵纯生忠实于生命体验的真实感受，不空泛不造作不故弄玄虚，有着自己的诗意逻辑。这并不是说他的每一首都字字珠玑，他用心写诗，对诗歌的敬畏心和真诚的态度已经足以让人赞美了。

我不是诗歌理论家，只是凭借阅读时的感想而草就此文，无法呈现纯生的写作意图和诗作全貌。读纯生的诗，且不可停留于诗作的表象，要有足够的耐心深入到作者的心灵，这样才会真正体会到他写作的初衷和词语中蕴涵的深意。有时我会担心他诗歌中绝望的情绪，掩卷冥想，一个看穿生活依旧热爱生活的人又鲜活地跃然纸上，“时间送我们安歇。肉身毁灭之后灵魂空无／那些曾经的爱，拼争，甚或伤害／留给尘世，它们还将渗入万物繁衍生息／死亡赦免了恩怨，此地需要绝对静寂——／允许有人反悔，乘一匹快马追回人间／重复被我们遗弃的生活”（《赦免令》）。邵纯生偏居一隅，却是山东诗人群体中的独特存在，他坚守自己丰富的内心和独特的诗歌发现，直面惶惑并不停地叩问，始终关注嬗变时代里精神层面的疼痛，力图在诗歌的词语中予以慰藉和救赎，尽管救赎有时会因新的困惑又成为新的问题，但他一直试图通过解放自己而尝试寻找人类的药方。

我相信邵纯生会把诗歌写作当成一生的精神出口，诗是他对抗现实的利器，反抗黑暗又不成为黑暗本身，绝望时依旧昂首前行，这就是诗人的品格，用宽容和善意继续盲目地热爱悲伤大于喜悦的人世间。

乘一匹快马追回人间（组诗）

邵纯生

空镜子

在洛溪河边，污染的河水
映出一张浑浊的脸

天很快冷了，河水结成冰
我由此打马经过，倒映出的人影
脸上挂着一层北风

眼前呈现一片旱地。在彼岸
我脱掉沾满泥巴的鞋子
恰巧市区中心电报大楼悠长的钟声
敲响落日

偌大一块玻璃幕墙，吸纳了
倦乏的皮囊，但拒绝接收我的脸

寺院的阳光

今年春来早，我坐在寺院的空地上
闭目养神，阳光晒着我
也晒着翻开的一卷经书
和甬道旁几尊安静的佛像
寺院的阳光很久不曾这么暖了
它晒着我花白的头发
也晒着搬家的蚂蚁
和墙根下一丛返青的小草

我还相信寺院的阳光百毒不侵
它晒着我肺叶上的一块阴影
也晒着过敏的喘息
和一只鹰在天上动情的盘旋
我终究是要离去，梵音洗过耳朵
寺院阳光晒着爽净的肉身
也晒着我放下的原罪和过失
水池边一朵枯萎的莲花
倒映出塔尖的虚光

深呼吸

我必得如此深深地呼吸

吸入吸附在白雪上的冷光
这些被时间污染的颗粒

吸入自闭，吸入蝙蝠的黑
吸入一匹赴约病马歪斜的蹄印
和半块月亮残缺的肉身

这口气憋得足够长
现在，我要依次呼出寒凉
呼出无知的肺炎
呼出一盏薄雾中辨识路径的灯火

——呼出转场的草原，那儿牛羊走远
剩下一地西风的碎片

拉　链

我太久的沉入了时间的黑地
像蚯蚓僵死于过冬的泥土之暗

我一个人的孤独亦是岁月的孤独

没有指南针，我朝着认定的方向一意孤行
雪水渗入地表，惊蛰令环境松软
我依然动作在时间的深处

有铧犁与牛蹄穿过田垄的声音
犹如缝在皮肉上的拉链哧啦豁开
露出体内的秘密，和疼

一个人的孤独莫过于
从暗无天日到重见天日的孤独

在海边

这是一个迷人的女人。她的左手
夹着细长的纸烟，右手端着一听啤酒
散开的烟缕与泡沫纠缠
恰好构成夏日的海边风情

在黄昏的沙滩上，她的美
仿若青啤：原浆抑或纯生
卷回岸上的细碎的波浪和游人
一小口，一小口啜饮

多奇妙啊，这虚幻的夏天。夜深了
凉风把一只喝空的铝皮罐儿
刮落地上，滚向大海——
塞满烟蒂、瓜子壳和嚼过的口香糖

春风刮起往事

关闭一冬的窗户在我手边

一丝凉风就要把夹在窗缝的积尘
刮向我的脸颊，让往事重现

早有清冷的光线穿透春天
把咒语抹上纱帘的阴影
骨质少年午夜时分绝尘而去
头也不回，只留下身后
树叶嚓嚓的碎响

这一刻，光线缓缓上升
缓缓上升，我无法平息的惊悚——

我的手指触摸到剪刀的锋利
圈养在体内的一匹瘦马
就要被春风吹乱鬃毛，无处躲闪

名　字

到那时候，乐意你们每日走过我的身旁
裤角轻擦草叶的窸窣声，如我
从未息止的忆想：屈辱的片断，过失或原罪
只是别把碑石上的名字念出声响
生来如影随形，不离不弃
夭亡，亦不能脱却它在尘世的烦扰——
这远远晚死于性命的羞愧

一场雨

雨下在夜里，被夜色遮蔽
匆匆的一场雨，来了，又走了

早上敞开窗户，不见一丝雨痕
但空气比往日干净了好多

说到感谢雨，那先得感谢风
感谢昨天傍晚悬吊在楼顶上的云

我无以回报，我以我的好心情
给乍到的春天添一抹暖色

也让那些冬天没有死去的事物
在一场雨后活转过来

深　秋

几片叶子在枝头诉说离别，鸟也是
天空脸色灰凉，猜不透心情

我自顾俯身窗前察看落日：一团云朵
驮一块灰烬仓促西行，背上渗出粼光

我不在意，这只是黄昏庸常的景致
随之蝙蝠出没，寒露降临

面对乍起的黑暗，我轻轻打了一个寒战

那　时

一个人好像在夜色下起获物证
哦，他的左手一直在发抖
右手像一把开刃的匕首

那时，我正在台灯下
给一本库存多年的诗集除尘
准备快递给一个突发癔症的熟人

今夜的黑多么幽静，纯粹

最后一滴雨水，被风摁倒在窗户上

一户人家凌乱亢奋的琴声
那时突然抵达了抒情的高潮
惹来几道手电筒光，在窗外摇晃

哦，从纱帘的缝隙，我看见夜色下
那个蹲着鼓捣树洞的人
起身，抻腰，脱下右手的白手套

取景框

黄昏时分的窗口是我固定的取景框
落日挂在西天上，调抹着底色

如果不出意料，首先钻进画面的肯定是蝙蝠
它总在这个时候口衔食物偏身飞过
去屋后暗下来的窗台歇脚

随之该是一片叶子，飘落，又被秋风托起
高过树梢，然后从炊烟里下坠
旋转着，像一只死鸟

石头就不必来了，叫喊了一天
漫起的暮色已藏起它们嘶哑的嗓音

我允许自己想不起下一个闯入者
但一声短促的话外音启动了记忆——
钟楼尖顶的影子斜插进视线

还有什么不曾出现？夜色如水
今生至此，我执拗的窥视
还有一段灰冷地带，卡在黑白之间

雪　夜

密集的路灯光稀里哗啦倾倒在地上
压住前头的雪，随即又被跟上来的覆盖

雪与灯光似乎在比拼速度
比拼对大地的恩仇，谁比谁更狠

落在地上的光，最先成为雪的一部分
穿越灯光的雪长出金色的翅膀

我袖手窗前，看漫天寒凉
更多陌生的脸躲进了寂寥的黑暗

这个冬天的夜晚，要怀有多么盛大的爱
才能融化这些不为人知的敌意

我家的菩萨

我把菩萨供在书房的条案上
坐东朝西，一双好看的眼睛平视着
西墙边一排书柜，齐整的书籍
和我孩提时的一张黑白相片
俩人相互端详，不分昼夜
合不拢的嘴角饱含尘世的善缘
早上起床，我解手，洗漱
拿自己常用的毛巾，给菩萨洗脸
顺手拭净昨日落下的香尘
这么多年，每天出门，我总是那么放心
从不用回头扭一把门锁
总觉得家里还有两个亲人
这一老，一小

赦免令

时间终将送我们安歇。肉身
毁灭后灵魂空无
那些经历过的爱，拼争
甚或伤害，留给尘世
它们还要渗入万物繁衍生息
死亡赦免了恩怨
此地需要绝对的寂静——
允许有人反悔，乘一匹快马追回人间
重复被我们遗弃了的生活

月光碎

醉酒归来，踩着松软的空气
街上路灯昏暗，过客不多
碎了一地的月光无人捡拾

凉意如水，流入我肥大的衣领和袖口
这些上天娇宠的孩子，先是
掏我腋窝，继而抚弄胸毛
酒精泡软了我的膝盖骨
我不敢躲闪和逃离，否则
日渐加重的白霜就会淹没我的真身

谁能借我一把扫帚
让我收起这满地的碎银
用来换一壶酒，和几张信手涂鸦的草纸

我不知道将要带走的是钱币还是垃圾？
这么做是不是有点犯贱和自私

在我借酒瞎想的时候，人们陆续入睡
窗灯和街灯一盏接一盏熄灭

只剩下天上为我点燃的月亮
还在冒着迷茫的烟火

揪 心

今夜海边格外寒凉，如果我没猜错
距此不远的地方肯定出事了
风把坏消息不停地刮过来
伤损了海的心情

一个人坐在突兀的黑石礁上
我用腮验证自己的推断：风从东边来
先是穿透乌云，迷离我的眼睛
又从额头正中，沿细碎的皱纹分成两路
一队去了胶州湾，一队去了渤海

现在是仲秋夜的次日，正是
十五的月亮十六圆的时辰
月亮去年患了白内障，今夜干脆失明
我知道皇历的话不可全信
但这事，不应拿他一人问罪

浪花舔着沙粒，万物安于无声
寂寂中我清晰地察觉到，海的呼吸
粗重，急迫，体内渐渐积蓄起怒火

莫非要出大事？海平线脚下到底发生了什么
我没有接收那边讯息的网络
亦无熟识的故人。闪电迟迟不发指令
我在现场，海的状态叫人揪心

今夜我执迷于仰望

月亮缓缓地托在树梢上，不再降落
而夜空再度升高，遥不可及
这显然是上苍的刻意安排：
月亮从夜空剥离，下沉，留出偌大块场地
用来摆供递上来的亲情

神最能懂得人间的心事，否则
它不会在身旁设置天堂
这扇门隐秘在背后，只在今夜敞开
如果你的头发是一束足够密集的天线
就可以接收到亲人的灵魂

古今中外皆莫如是，所以人们
信奉上帝，也喜欢神

在这个越来越离谱的尘世
秩序还在不停地混乱，我管不了这么多
今夜我只执迷于仰望和倾听
我知道给每个亡灵的时间十分有限
假如看见我，他们会在暗处
借一颗星星向我眨眼

镜中人

春分过后，我时常一个人窗下独坐
摇椅前俯后仰，摆渡无用的晨昏
偶尔扭头，恰好看见镜中有人窥我
起身趋前细察，陌生人面色木然
一绺花白头发掉下额角
遮掩了皱褶纷乱的眉眼
镜中忽有一道亮光闪进，可见当年
一个崩折刀刃的人，自毁

奔突，冲撞，豹子的敏捷
掐灭心比天高的火苗
每日里昏沉，打盹，黑大于白
大于思谋和行走，摇椅中
深陷一具虚无的肉身……
这似是而非的活法，是放下还是自损？
当醉后醒来，房灯幽暗
自感体内还有一个私密的戏台
哐哐锵锵，龙套跑完之后
总能听见一二声小生锋利的唱腔
每逢此时，镜中人气色回春，老眼有神
看得出，往事只是一段停顿
他还没有舍弃打捞的欲望

这个秋天凉于往年

时光之水安静下来，池边青苔
拦住一片漂浮的落英
像无人的野渡泊着一叶扁舟

我从夏天来，带着一耳朵的蝉鸣
双脚插入沁骨的泥水
凭经验我主观推断：
这个秋天将凉于往年

天空抬高一公里，北方脱去红衣绿衫
露出了多皱粗粝的皮肤
就像手术后的父亲缝合上刀口
无影灯下，露出一脸的苍白

我抑制住内心泛起的感伤
跟似曾相识的灰雁道别，祈福
天冷了，它们就要列阵飞往南方
而我哪里也不去

就在这儿，一个人等候鬓发染霜

更多的叶片和我一样，它们哪儿也去不了
落在水中，如不系之舟

无酒不欢

我非善饮者，但有无酒不欢的嗜好
比如今日礼拜，本欲赖床不起
让封皮起皱的诗册空闲枕边
忽听敲门急促，应是狐朋骚扰
遂起身引及后堂，四下散坐
人手把一盏，酒是陈酒
老烧锅酿成，有劲儿且温热
从浆色滋润的锡壶内倒出
落盅无声，扑鼻无声，只溅起满堂嗟讶
酒之习性熟若兄弟
此时端于手上，俯视一眼到底的透彻
我不急于说出酒的本质
我想看一块柔情似水的石头
一缕液体的蓝色火焰
自上而下，缓缓沉入体内的花盆
浇开人性风情，心的阴阳两面
沥去谎话中过多的水分
从狂语里提取醉人的真言
一个无酒不欢的人，借酒自醒
俯身捡回丢失的黄金和童颜
这匹卸下缰绳的野马驮我独步尘世
日复一日，浪掷酒里人生

背运的牌扣在底下

我不上心一些事物已有些时日

猜测它们的去向：有的长大衰老
其中一些必定消失，或再生
放下曾经一味看重的存在状态
多不容易，而现在又是多么轻松
未至晚年，我已获得松树林
黄昏时分一只蝙蝠觅食后隐身的寂静
我用力剔去命里刻下的记忆
哪怕是最坚硬的部分——
当年一些什么事情带来的荣光
以及与谁相识的羞耻
宿敌和幽怨的印迹也一笔抹去
只剩下极小的爱
在生我的人和我生的人身上徘徊
岁月一点不比头发苍老的更慢
我用熬至今日的隐忍，和
等待好日子的耐心
把手里的一副纸牌耍出味道
与运气相悖的几张
悄悄扣在底下

阴历之初

我喜欢用阴历计时，过自己的生日
喜欢阴历年比别人来得迟些
这会儿雨水划过天空落在窗外
洗刷浮尘的手指有着沁骨的清凉
敲打玻璃的黄叶是旧的
玻璃上溅开的浊尘是旧的
而昨天，它们还在守护一个年份的空寂
结绳计日，我喜欢在阴历歇歇脚
从早醒的晨光中辨认前路
淅淅沥沥的春雨，在新年之初
以满心的善意预言我的命运
旱情或风寒转眼已成往事

仿佛一只小鸟有劲的爪子弹离树梢
卑微者的一段岁月始于今日
远处干瘦的枝条还是一片黑湿
而眼前洗刷过的红瓦本色地闪现光亮
我回转身来，放下诗篇
默默怀想一段风化了的日子——
雨，还在下着

草木之心

在春天，我关注的事物为什么
总是喊不出自己的声音
这些蓬勃的向上的草木
为什么总在夜里完成嬗变，或再生
我从早晨的一滴露水接近她们
这春天最初的体液，在暗色的树枝尽头
静心抚弄一只开口的芽苞
而另一株草本花木掩住私处
急切的等待薄暮降临
我喜欢的事物有着鲜为人知的心事
在白天，她们噤声不语
藏起自己的低眉，喘息和求告
藏起起身、拔节之疼
返青如蛇蜕之疼
发芽开苞，那忍无可忍的撕裂之疼
剧疼之后更甚于痛得难受……
沉默亦深潜于我的喉咙
锁定不可名状的言辞
这个春天我见识了草木的生长
卑微，虚无，却又无比真实——
这令人魂不守舍的隐秘之美

必　须

我们无比珍视正在经历着的爱情
但仅仅如此是不够的，还必须
在真实的爱情之上添加传说
使其更显贵重和放纵
我们已经拥有厨房客厅卧室
拥有了低吟独语尖叫和
此起彼伏顺畅有趣的呼应
但这还不够，还须放弃幻想
不再指望婚姻的承接和延续
它不是建设者，恰恰相反
它更像一把锋利的手术刀
随时准备切除这节发炎的盲肠
我们必须用力强调爱情中的情色
唤起彼此欲念纯粹的契合
我们可以放弃持久
但必须在行走中完成抵达
让爱更像是爱
而其中不可言说的高潮部分，我们
沉默，或者牵手栖居地下

作者简介

吴投文，1968年5月出生，湖南省郴州人。2003年6月毕业于武汉大学文学院，获中国现当代文学专业博士学位。现为湖南科技大学人文学院中文系教授、硕士研究生导师，主要从事中国现当代文学研究。

一个犹豫的写作者

吴投文

算起来，我写诗的时间并不短，从20世纪80年代中期开始，断断续续写到现在。写作大概是一件值得犹豫的事情，彻底放弃和彻底投入都是很艰难的。对我来说，一直是在犹豫中写作，也一直停留在学步的阶段。我没有怀疑过写作的意义，似乎在犹豫中还能更深一层地体会到写作的意义，但实际上写作的意义在这个时代受到普遍的怀疑，写作对大多数人来说，毕竟是一种"间接"的生活方式，不能带来直接的物质利益。在这样的情境中，写作作为一种个人的选择，似乎需要某种勇气，一种背离时俗面对内心的勇气；这似乎也是一种冒险，诗人在和内心的对话中被卷入一个幽暗的密室，接受严苛的审讯。既然写作的意义被剥离得如此纯洁，只能在精神层面上得到极其有限的呼应，就不难理解，大众对文学的背叛虽然是精神领域的一个悲剧性事件，但实际上也具有合理性，大众的欲望需要落实到具体的器皿里，而对美的抒怀和精神的自我放逐被看作是一件异常奢侈的事情。这里面当然包含着大众对文学和写作者的戏谑，从另一方面来看，也是一个说得过去的借口。大众的转向是一个风向标，文学的边缘化不可避免，诗歌写作似乎更是落到谷底，成为风旗下沉默不动的一部分。因此，要理解这个时代的诗歌和诗人，大概要在这个令人困惑的语境中找到某种依据，用来说明写作的必要性。

我用自己的写作来说明这种必要性。当然，我是在犹豫中慢慢说出，并且经常为某种不确定性感到忧虑。写作中的不确定性实际上来自命运的召唤，但这种召唤是隐秘的，本身包含着不确定性，写作的诱惑可能就在这里，它带给写作者的考验也在这里。一个写作者还要面临更多的不确定性，最大的难题是把这些不确定性转化为确定的形式。就形式的纯粹性来说，诗歌是当之无愧的王者。对诗人来说，最大的挑战是把情感和经验转化为最确切的形式，这可能是一个漫长的寻找过程，也可能是一个犹豫不决的过程。当然，一个诗人依靠他的禀赋，可以得心应手地处理各种形式，或者无中生有地发明某些形式，这都是天才的赐予，可以在很多诗人那里得到验证。但对我来说，是另外一回事情。我似乎是一个口吃者，在说出的时候，总是被一些词语挤压和碰撞，被延迟和扭断，我的诗歌实际上是一种犹豫的形式，因此，我要惭愧地说，我是一个犹豫的写作者。

我记得自己最早的一首诗是写萤火虫的。那时我正在家乡的一所高中读书，住的宿舍非常简陋，那些在窗外草丛里和池塘边的萤火虫提着小小的灯笼，一入夜便闯入我们的宿舍，它们闪烁不定，欲言又止，像我们受压抑的青春找不到出口。它们陪伴我们入睡，又闯入我们的梦境，像一个寓言里的主人公，这些萤火虫把它们小小的灯笼传递给我们，使我们在黑暗里自由地飞翔。在我们那时异常单调的生活中，它们实际上扮演着一个诗人的角色，这使它们得到宿舍里每一个人的呵护，我们从来没有伤害其中的任何一只。它们微弱的光是从身体里面发出来的，而在我们正在发育的身体里，也隐藏着一只小小的灯笼。在很多个夜晚，当我睁开眼睛时，看到的就是这一群闪烁的小精灵，它们到底在寻找着什么，还是在看护着什么，我觉得它们的身上似乎带着某种不确定的启示，这使我经常陷入无眠之中。这首诗大概就是在这样的情境中酝酿出来的，题目就叫《萤火虫》。我在诗中把萤火虫比作小小的灯笼，这是一个让人笑掉大牙的比喻。就像把眼睛比作星星一样，这样滥俗的比喻非常妥当，却并不是诗歌的语言，但在我最初的写作中，这样的比喻比比皆是，而且是我感到骄傲的一部分。我觉得把一个比喻放在自己熟悉的生活中，像教科书上的诗歌一样通俗易通，那是一个诗人应该尽的职责。实际上，那时我全部的诗歌启蒙都来自于语文课本，照着课本上的那些诗歌进行写作，常常使我感到莫名其妙的兴奋。这是一段难忘的经历，我虽然觉得写诗是一件令人害羞的事情，像一个初恋的少年把第一封情书紧紧地攥在手里，但也发现写诗的意义在于对自我的扩展，是在自我的狭隘之外打开另一个空间，也是青春的一种原始的飞翔形式。我开始沉醉在诗歌的写作中，成绩一落千丈。那首《萤火虫》写在一个秘密的笔记本里，我是唯一的读者。它作为一个见证，停留在青春的一个隘口，成为我一个人的秘密。这个最初的练笔阶段，虽然现在想起来还怀着一份留恋，在当时却并不全是快乐，实际上心里充满矛盾和纠结，我常常为自己的不安分感到自责，又为那份神奇的诱惑而冒险，像一只被露水打湿的萤火虫，在幽昧的林间找不到方向。我想，萤火虫的闪烁大概也意味着某种犹豫，这和一个写作者的心境相似。一个写作者也会经常迷失方向，在危机四伏的丛林中仔细辨认脚下的路径。但我没有找到自己的路径。我为一种强烈的诗歌兴趣所引导，在盲目的情绪化的写作中尽情挥霍词语，不能为诗歌中出没的事物找到适当的隐喻，不能为写作的激情赋予某种克制和冷凝的形式。我后来偶然翻到那个破旧的笔记本，看到那些萤火虫仍然提着小小的灯笼，在发黄的纸页间张皇四顾，我不禁哑然失笑，也深自懊悔。

这是我最初写作的情形，当时对于诗歌的理解基本上停留在一种粗浅的直观把握上，跳不出激情和兴趣的自我局限。我虽然也意识到诗歌中的事物不能以那么直接的形式出现，要让它们以自身的方式停顿下来，呈现事物自身的隐秘，但是我力不能逮，不能把适度的自我克制带入诗歌写作的总体情境中，更不能转化为诗歌内在结构的一部分。事实上，诗歌写作的难度也正在这里表现出来，对激情的控制不是屏蔽主体性的自我弱化，而是转化为更深层的创造性潜能，使其更内在化；对兴趣的适度克制实际上是一种拓展，是通过适度的自我抑制以保持持久的写作动力。在杰出的诗人那里，激情和兴趣并不是构成他们写作本身的一部分，而是转化为对写作的意义进行反思的一部分，因此，他们的写作往往具有某种内敛的沉思气质和从作品本身的思想深度中生长出来的锋芒。这当然是一个理想的境界，但也似乎并不是高不可攀。我从阅读中发现，那些比较成熟的诗人并不满足于在激情和兴趣的催化下进行写作，他们更注意将激情和兴趣转化为一种内在的写作智慧，而对单纯的激情式写作和兴趣化写作都怀着比较自觉的警惕。有一段时间，我几近疯狂地阅读诗歌，阅读的乐趣当然妙不可言，但阅读带来的警示也使我的写作变得犹豫起来，我开始意识到诗歌写作的难度绝不是一个可以悬置的问题，而是如此现实地摆在我的面前。对我来说，这算得上是一次觉悟，原来诗歌写作也需要如履薄冰的专业精神。不过，我也不无失望地发现，专业精神的自觉在绝大多数的诗人那里是一个盲区，这也就是为什么随波逐流的诗歌写作如此普遍的一个重要原因。随着阅读的逐步展开，我的写作视野也在不断调整，但写作带来的危机感也如影随形，我的写作变得摇摆不定，似乎笔下的每一行诗都是犹豫的延伸。在这样的情形下，犹豫是写作的一种常态，仿佛一首诗离我如此之近，但我始终走不到它的面前。我常常对着电脑屏幕陷入沉思，那些词语在头脑里互相碰撞，在寂静中发出微弱的声响。我听从它们的召唤，艰难地写下一行，又在它们的抗议声中删除这一行，最后，电脑屏幕上只剩下一片空白。空白大概也是一种表情，使我在空旷中胆战心惊，似乎无所傍依，面对内心一个巨大的问号。我想，一首诗的诞生就犹如一个巨大的问号，它不断地向诗人抗议，也与诗人不断地妥协，它在抗议和妥协中犹豫和沉默，直到最合适的时机在诗人的笔下呈现出它最合适的形式。

我常常在写作的过程中发呆，这可能是写作中必要的停顿和犹豫。这是一个孤独的情境，也是一个自由的情境。我看见那些喧嚣的事物沉静下来，各归其位，在它们的秩序中领受词语的命名，也领受隐喻所施与的神秘的颂扬和猥亵。这是一个适合对话的情境，这些事物悄悄低语，在神秘的交会中吐露出一些含糊不清的隐喻。实际上，我并不能加入它们之中，也不是作为一个蒙面的窃听者躲藏在暗处，而似乎是一种彻底的恍惚，在恍惚中靠近一个虚无的本体，呼吸一种捉摸不透的虚静的气息，然后慢慢地从一片空白醒来。这是一种奇怪的心理状态，像一个如梦初醒的人在现实面前不知所措，但其中包含着诗的酝酿的奇异的成分。这可能是写作中常有的一种错觉或梦幻，却没有错觉或梦幻的荒诞性内容，只是一片几乎彻底的虚境。这是一种虚位以待的状态，是写作过程中诗人对现实的延迟和犹豫。就我的观察而言，很多诗人与现实格格不入，发呆可能就是一种有效的隔离方式，也是一种有效的进入写作状态的方式。一个诗人习惯在他的发呆中打发时光，实际上也是维护他内心的纯净，为诗意的驻守留下一个宁静的空间。我有时也感到困惑，诗歌写作的具体情境固然因人而异，但诗人也在写作中面临某种共同的处境，一个诗人在写作中所要求的特殊情境，却被另一个诗人引为知音，这样的情形似乎也并不少见。我想，一个在高原上发呆的诗人，此刻，有一个人犹豫着向他走来。这显然不是一种错觉，而是诗歌的神秘的赐予。

写作中的犹豫几乎是诗人要面对的普遍情境，是诗人命运中具有象征性的一部分。诗歌和哲学一样，都是一个很大的问题，不是要说清楚，而是要说得不清楚。诗歌从来不是对于生活的断章取义，它的简洁不是要删除所有的细节，而是要说出生活的全部混沌。这是摆在诗人面前的难题，他们不能从简单的真实性出发对生活的全部混沌作箴言式的处理，而是要用一种同样混沌的言说方式去领受生活的全部复杂性，因此，诗歌对现实的处理不是删除、复制和改写，而是呈现、抵达和唤醒，是在混沌中保持思想的张力和对诗意的领受。在诗人的使命中，要把生活的全部混沌转化为一种诗的现实，他就不能满足于直接说出生活的真相，而是要说出真相后面深藏不露的隐秘和隐秘后面无穷的混沌形态。所谓的真相不过是生活的表皮而已，在放大镜下，表皮上的毛孔清晰可见，但这却不是一种真正的诗的形态，它所呈现出来的真实性不过是一种裸露的直接形态而已。显然，诗人要处理的真相远远超出这种直接形态的呈现，而是这种直接形态后面的混沌和无限，诗人要说出的真相实际上是生活的混沌和包含在混沌中的个人认知的独特性，这使诗人的话语变得异常艰难，因此，对诗人来说，含混和犹豫并不是一种逃避的方式，而恰恰是一种必要的进入诗歌内部的方式。诗歌表达的精确性当然不是一个虚妄的话题，而这正是含混和犹豫的用武之地，诗歌表达的精确性实质上是含混和犹豫在一种悖论性语境中生成的结果，当一个诗人含糊地说出他的犹豫，可以精确地表达出某种特定的存在状态，因此，诗人的含混和犹豫并不是一种附加的技术性姿态，更不是诗歌的敌对性要素，而是诗歌本身的一种内在构成因素。从另一方面来说，诗歌中的含混和犹豫既反映出诗人和现实的对抗关系，又是诗人和现实妥协的结果。

在我看来，对真实的虚构是诗人的一种本能。这种本能不是自我生成的，而是在写作中逐渐养成的，没有这种本能，诗歌的翅膀就飞不起来。一个诗人如果黏滞于现实的樊笼，就如同鸟的翅膀被一条金丝带捆绑，他就不能体会到飞翔中那种神灵附体般的创造的快乐。这是冒险者在心之舞的极限中所体验到的极致的快乐，像置身在高空中保持一种飞翔的姿态。一个诗人应当是这样的冒险者，他是自己虚构的一部分，在想象的情境中让真实的事物各安其位，保持正确的秩序。显然，在诗人的冒险中，真实与虚构是一种辩证的同构关系，就像一个杂技师表演高空走钢丝时必须保持高妙的平衡，这种奇妙的体验在一个诗人的写作中是通过真实与虚构的内在张力赋予的。如何在写作中处理真实与虚构、现实与想象的关系使我深感困惑，这可能也是导致我常常犹豫的一个原因。现实对诗人来说并不是一个理想的乐园，乐园是现实缺憾的一种弥补形式，只能在想象中出现；或者，诗人通过乐园这一乌托邦形式对照现实的残缺，强化人生的悲剧感。这是艺术的基本向度，是一个不言自明的道理。诗歌经常带给我一种恍惚感。这是一瞬间的幻觉，在世界的真实和虚构之间摇晃那么一下，这是一种奇妙的感觉。我想，在那一瞬间的晕眩里，现实的壁障在一种深刻的战栗中拆除，想象被赋予一种精微而透彻的形式感，一个犹豫的人在一首诗的背景上被凝固下来，成为一个令人困惑的符号。这是写作中生命激情的扩散，但又被抑制在一种更深刻的犹豫之中。

在这个鱼龙混杂的写作时代中，诗歌写作大概是一项寂静的事业。对诗人来说，寂静既是真实的处境，也是这一处境中所面临的深渊般的呼应。寂静似乎是一种疾病，也是犹豫产生的一种后果，对诗人来说，这不过是顺势而为，在相互感染中分享共同的孤独和纯粹。在二十世纪八十年代中后期，当时的诗歌热还没有完全退烧的时候，是我的诗歌趣味形成的一个关键时期。我在近乎贪婪的阅读中，把几个笔记本抄得满满当当，也在其中塞入自己幼稚的习作，简直像一个混入人群中的小偷一样形迹可疑。那时的诗人还没有预见到诗歌的寂静处境，然而抉择的危机感已经显露出来，诗歌写作的纯粹性开始被稀释在缤纷多彩的诱惑之中。随着九十年代消费主义的泛滥，诗歌写作的语境几乎彻底转换，诗人的身份变得尴尬而暧昧，他们犹如惊弓之鸟，大面积地失踪。大众陶醉在物质主义直接的快乐之中，并不遮掩对诗人的敌意。就每一个诗人的经历而言，似乎都可以见证这一微妙的变化。在一个临时凑合的酒场上，一位朋友把我介绍给一个挺着啤酒肚的“成功人士”，说这是一位诗人，“成功人士”大翻白眼。这位朋友接着说，他还是一个博士和教授，“成功人士”才稍有缓色，但他满脸的狐疑，像一只在玻璃上晕头转向的苍蝇。我经历过不少这样的场合，人们在谈论诗人的时候，那种语气和眼神都是怪怪的，似乎诗人是这个时代的不祥之物，使他们近乎本能地产生戒备。时代语境的这种变化的确使很多诗人无所适从，这大概也是他们接二连三失踪的原因。诗人成为这个时代的隐形者，他们出没在公众的视线之外。然而，忠诚的诗歌写作仍然具有强劲的生机，在炫目的消费主义潮流之外普遍存在，因此，对诗歌的悲观论调实际上是一种对消费主义潮流的妥协，需要警惕。诗歌像火焰一样在风中犹豫着，它的余烬随风飘散，但它内在的热度却带给我们致命的温暖，这大概就是诗歌写作在这个时代的意义。在这样一种参照下谈论自己的写作是一件冒险的事情，这也是我感到犹豫的原因。不过，这也是一个回顾和自我反思的机会，因此，我尽管感到非常羞愧，却并不感到这是一件多余的事情。

吴投文诗八首

生命中的意外美好

在教堂里
做礼拜的时候
我的身边
坐着一个美丽的少妇。
她怀里的小女孩
眨着天使般的眼睛
好奇地看着四周。
她身上散发出来的乳香
使我轻微一颤
恍如我的内心暗处
母亲朝我走来。

在唱诗班的音乐声中
这一对母女如此安详
她们洁净如浮雕的灵魂
充满上帝的爱情。
这是一个母亲和她的女儿
带给我的诞生。
在我的内心暗处
我却看见你
母亲
再一次消失。

看　月

我抬起头看月
仔细辨别它的光晕

它悬在天宇
似一块浑圆的玉石

我为它的清辉饮着饥馑
触摸它轻盈的睡眠

它有一半是天堂吗
还有背面的一半地狱

今夜，我是一个抬灵柩的人
把它抬进内心的幽暗

我们的胎记是月亮
圆缺都是命运

山中遇隐士

我遇见一位在山里隐居的老者
问他一天是怎样度过的
他说：
在你们人间
一天就是一天
一年就是一年
在我们山里
一天就是一年
一年就是一天
他指着他简陋的穴居
在那里
一只狗和另一只狗
静卧在阳光下

他说：
我和它们虚度一生

顶瓦罐的女人头

——题一幅画

一群头顶瓦罐的女人
缓步行走在沙漠上
她们盛装出列
恰好抵制周围的空旷
这是我所见到的风景中
最奇异的一幅图画
我不认识她们中的任何一个
却呼吸着她们内心的安宁
此刻，在她们的非洲某地
阳光汹涌着金色的醉意
天空下的家园随时丧失阴影
她们的爱人在赤脚跳舞
在远处，有更辽阔的边界
沙丘牵动我热烈的向往
她们身体里的果实充满汁液
大地上的一切朝向她们的国度

轮回的母亲

如果我再出生一次
母亲
你还会认出我吗?

当我在人群中遇见你
站在你的面前
仰望你憔悴的容颜
母亲
你还会认出我吗?

当我来到你的家里

看见你在晾晒我儿时的衣物
我呼吸着熟悉的气息
为你变得陌生而伤感
母亲
你还会认出我吗？

当我再一次遇见你
你已经老眼昏花
我靠近你慈祥的皱纹
为你灵魂上隆起的坟而致敬
母亲
你还会认出我吗？

当我已经苍老
而你是青春的少女
你走在清晨的阳光下
怀着人所不知的爱情
你经过我的身边
对我回眸一笑
我惊喜着，呼唤你——
母亲！
你还会认出我吗？

在生命的轮回中
我们错过无数个瞬间
又相遇无数个瞬间
我却再也拉不住你的衣襟
当你不经意回头
母亲
你还会认出我吗？

当我再一次降生
而你又一次成为女人
在无数的胚胎中

我渴望你再一次选择我
母亲
你还会认出我吗?

安魂十四行

在医院的走廊里
她躺在一张临时加放的小床上
这极像她的处境
她被卡在一个不能转弯的地方

当人们经过她旁边的过道
需要克制悲悯
那些看不见的亡魂
排着队飞过她的头顶

她努力保持必要的礼仪
生命如此奢侈
药片让位于她目光里的安宁

当她裹着白布被抬走的时候
她的气息还留在走廊里
安魂曲缠绕着每一个人的命运

养狗记

养狗之后
我的性情有所变化
在不知不觉中
我变得像它的父亲
而它的母亲
也由我一身兼任

我还是它的同伴
和教师
充当一个陪衬者
让它成为主角

这当然还不够
我需要学习它的语言
到把这门外语混熟的时候
我已经忘记自己的语言

有时候看起来还像它的恋人
这怎么说呢
在它清澈的眼睛里
我的影子像一团火焰

有时它躲进黄昏的栅栏里
独个儿眺望童话里的替身
我也在眺望自己的替身
却无法跨越一道火的栅栏

要理解一只狗并不容易啊
当我受困于自己的内心
它领着我慢慢往回退
退回到原始的空白之中

在旅途上

每次出差或旅行，我总要带上
一本诗集，这个和灵魂相依的物件
使我忽略世上的得失。旅途如此漫长……

在火车上我想入非非，在旅馆里
我想入非非。我之所想总遭人误解
哦，这人世的繁华难以留下我的栖所

这不是吗？我在一本诗集里躲避
在字句里和那些看不见的事物
捉迷藏，玩游戏，消失，或者出现

我出现在一本诗集里，又消失在
另一本诗集里，像一个指尖上的哑谜
哦，我只有破碎。而灵魂如何转身？

诗坛峰会

探索与发现

汉诗新作

新诗集视点

诗歌作品展示

新译界

诗歌作品展示

2018年度年选精选作品六十首
（之一）

画手表

大　解

在女儿的小手腕上，我曾经
画出一块手表。
我画一次，她就亲我一口。

那时女儿两岁，
总是夸我：画得真好。

我画的手表不计其数，
女儿总是戴新的，仿佛一个富豪。

后来，我画的表针，
咔咔地走动起来，假时间
变成了真的，从我们身上
悄悄地溜走。

一晃多年过去了，
想起那些时光，我忽然
泪流满面，又偷偷擦掉。

今天，我在自己的手腕上，
画了一块手表。女儿啊，
你看看老爸画得怎样？

我画的手表，有四个指针，
那多出的一个，并非指向虚无。

（原载《人民文学》2018年第10期）

卖　针

小　西

有人卖楼，卖车，卖酒肉
她在卖缝衣针。
有人卖毒，卖肾，卖青春
她在卖缝衣针。

她慢腾腾地摆着
每一包大小号齐全
每一根都无比尖锐

我想蹲下来问问：过去能不能补
人心能不能补
这个世界快得漏洞百出，有没有办法补

（原载《草堂》2018年第1期）

在冶勒湖

马　嘶

暮色中有黛、有黧、有缟
有形……湖水漫向群山
近乎天堂
彝人兄弟埋头宰羊，寡言
旷野幽暗，人们矮于火苗。羊倒挂
四蹄剑指星空
剖开的胸膛冒出缕缕白烟
但它一直努力保持着羊形
我们形骸放浪
不成人样
手中浊酒，洒向湖面
那一夜，醉后大词用尽
清晨离开，羊骨成堆
像座小小的土庙
我深鞠一躬，不敢人语

（原载《诗探索·作品卷》2018 年第 2 辑）

松拜的新娘

王　晖

松拜的新娘老了
在老军垦的视线里模糊成一滴泪
五公斤水果糖迎来的娘子
是否还记得那一条睡了十五年的
开满了牡丹花的棉花被子

松拜的新娘老了
六十三公里边境线紧紧抱了她五十年
苏木拜河　沙尔套山　中亚草原
是清贫的土坯房最传奇的后花园
那湿淋淋的云常常降落伤感的雨

回老家已成了渺不可及的一种虚幻
出来时十七岁　一个年少的闺梦人
爷娘唤女的哀声远在长江边的小村庄
西北之北这个戍边的女子戍白了头发
籍贯地　有什么能经得住这么久的眺望

麦子　油菜　土豆得到了她的喂养
吃着土豆长大的儿女又降生了儿女
墙头上一只小黑鸟在喂着另一只
紫苏释放的幽香越过了边境线那边的农庄
背枪的小战士见了生人就会害羞得脸红

松拜的新娘老了　这片土地在挽留她
家门口微风中的薰衣草在虚构世间的神话
褪色的衣襟被紫色的烟云撞了满怀
那一串串的花穗结着青春的发辫
遍地的风情没有留下任何遗憾的空白

顺手捋一把　就可以缝制一个香荷包
那些河边的　井畔的　黄昏天窗下的记忆
在北方的界河边上一一零落一一风干
那个拉郎配年代中忧戚了一生的新娘
以不确定的火苗点燃了绵延几代人的炊烟

（原载《诗探索·作品卷》2018 年第 4 辑）

告　别

王家新

昨晚，给在山上合葬的父母
最后一次上了坟
（他们最终又在一起了）
今晨走之前，又去看望了二姨
现在，飞机轰鸣着起飞，从鄂西北山区
一个新建的航母般大小的机场
飞向上海

好像是如释重负
好像真的一下子卸下了很多
机翼下，是故乡贫寒的重重山岭
是沟壑里、背阴处残留的点点积雪
（向阳的一面雪都化了）
是山体上裸露的采石场（犹如剜出的伤口）
是青色的水库，好像还带着泪光……

是我熟悉的山川和炊烟——
父亲披雪的额头，母亲密密的皱纹……
是一个少年上学时的盘山路，
是埋葬了我的童年和一个个亲人的土地……
但此刻，我是第一次从空中看到它
我的飞机在升高，而我还在
努力向下一一辨认
但愿我像那个骑鹅旅行记中的少年
最后一次揉揉带泪的眼睛
并开始他新的生命

（原载《扬子江》2018 年第 3 期）

记忆：糖

牛庆国

那么热的天　父亲从县城回来
从兜里掏出一把糖
不用猜　肯定是 八个
我们兄弟姊妹每人一个 共 六 个
一个给奶奶　一个给母亲
我们嘴里噙着糖的那个下午
阳光都是甜的
那块小小的糖纸　被我舔了又舔
直到把颜色都舔淡了
这才贴到墙上
像一张小小的奖状
父亲看我们的眼光　也很甜

过了好些天
不记得我做了一件什么好事
还是受了什么委屈
母亲从贴身的衣袋里摸出一颗糖
是那天的那颗
她不开糖纸 咬了一半给我
把剩下的半颗又小心地包好 装了回去
那时 我看见母亲也咂了咂嘴
只是剩下那半颗糖呢
是后来给了弟弟　还是给了妹妹
或是给了奶奶呢
半颗糖　让我想了好久

那时的糖　怎么会那么甜呢

（原载《文学港》2018 年第 4 期）

荆轲塔是件冷兵器

石英杰

微光渐渐退去。这件冷兵器
遗留在空旷的大地上，只剩一个剪影
像小小的刺
扎进尘埃，扎在诡秘的历史中

将枯的易水越来越慢
像浅浅的泪痕
传奇泛黄，金属生锈
那名刺客安睡在插图里

天空下，那个驼背人
怀抱巨石一动不动
他的头顶
风搬运浮云，星辰正从时间深处缓缓隐现

（原载《星星》2018 年第 2 期）

夜雨寄南

东　涯

大雨将至，我不知该对你说些什么
窗要关好
车子不要停在低洼处
如果一定要外出，记得带伞
不要在大树下避雨
也不要因为天光晦暗而难过
有些时候有些雨，注定会淋湿我们

现在，大雨已至
我要对你说的话，不比天上密集落下的雨点少
它们带着甜菜的气息
带着海洋里蛤蜊的气息，还有沙漠里的
鼠尾草的气息……所有这些
都化成酒的气息
这时如果我想起你
内心的潮水
绝不逊于这场大雨所带来的洪水
但我什么也没说
只是看着大雨落下来
想象“思君若汶水，浩荡寄南征”
想象一滴水
奔向另一滴时所发出的光芒

（原载《中国诗歌》2018 年第 1 卷）

春夜微醺

叶丽隽

我已然自卑，所以没人再来斥责我
可是喝着喝着，就多了，就踉跄着，露出了尾巴
狐狸啊，獾猪啊
纷纷拱出身体的丛林。既然血已沸腾
既然你们宽容地回应——
我的兄长，我的姐妹
拥抱你，亲吻你，我全无障碍，轻盈又欢喜

（原载《人民文学》2018 年第 9 期）

离别轻一点好

代　薇

站台上，嬉笑声推着行李箱
一群年轻人在送别
没有眼泪和心碎
就像高铁时代
丧失了距离与远方
现在似乎只有死别才是别了
科技太发达
在一起，不在一起
早就是肉身的事了
离别显得没那么重要
想起多年前毕业
和一个同学去搭公交
他去火车站，我去码头
分手时走了好远
回头看见他还站在那里
朝我挥手……
一生一次再见
再也没有见过
一代人渐行渐远
寡言中离别，沉默中回忆
离别轻一点好

（原载《读诗》2018 年第 1 期）

记 忆

白庆国

当我们从垛顶
快乐地走下来以后
再也没有光顾它
王二进了城
我成了拖拉机手
每次从它旁边经过
我都忍不住看一眼
它突然矮了许多
像我父亲那次从医院走出来
顿生悲凉
我依然记得
那次有花花
她是唯一的女性
我们深陷在麦垛深处
由于深陷
无法平衡身体
深触着花花的身体
那一刻，我感到了异性的柔美
与不可言说的快意

（原载《诗探索·作品卷》2018 年第 4 辑）

蝴蝶消失

玉 珍

我遇到一只蝴蝶
它很大，离我很近

像曾在外公葬礼之上见过的那只

那是他出殡后的清晨
一只蝴蝶在我们中间飞舞
停在了我手上，一动不动

这样持续了几分钟，在棺材抬起的时候
它突然朝山那边飞去，消失了
那是我外公的墓地
他们抬着棺材穿过那座桥
走向那座山
太阳像蝴蝶的眼睛那样望着我
它是冷的

在寒冷的千重山之下
我的外公像蝴蝶消失那样被埋葬

（原载《汉诗》2018 年第 2 期）

迎春花开了的时候

刘成爱

迎春花开了的时候
柳树也开始吐絮
我在写一封寄往天堂的信
写着写着
所有的字都变成了嫩黄
这时候，母亲
正和两个孙女在空地上放风筝
晨光下
母亲的身体金光闪闪
我试着用相机去拍

却发现母亲在一点点消逝
像一片上升的云彩
慢慢淡入天际
我擦完眼泪
再去擦镜框里的母亲
感觉她的眼角有些潮湿

（原载《诗探索·作品卷》2018 年第 1 辑）

我和你的样子

——给女儿

灯 灯

黄瓜花在清晨，是嫩黄的样子
不比天牛在黄瓜叶上，天线接收旧信号
不知所措的样子
亲爱的，这也不是我想描述的
我和你的样子
雨在昨夜下过，其中一些
落进你少年的梦中
梦中，你拼命抓住考题、作业
你拼命
想看见花开
雨水滑过睫毛栅栏
我在梦外
守着你，但守不住雨水
这也不是
我描述的，我的样子
你经历我从前没有经历的生活
所以你不可能成长成我
有一天

你会像我一样不知所措，像我一样
担忧、沮丧、挫败……
那时，你和我的样子不同
但相似
你会想起我，而我想起我的母亲

（原载《山东文学》2018 年第 6 期）

给妹妹

安 琪

但我早已预知，一切的结局，譬如你，譬如我
都是我们自己决断的
一切的结局，都没能，给父母，带去美好的
关于此生的回忆
我们都是父母的坏孩子，我们用一连串的恐慌
把父母训练得，胆小如鼠。

（原载《读诗》2018 年第 1 期）

黄 花

李 庄

我已记不清是 2004 年还是 2005 年夏天
去的韩国。在三八线南侧的一座桥上
我看到了那幅照片：泥土浅埋
一只钢盔生锈的弹洞中伸出一枝黄花
我已记不清摄影家和黄花的名字
记不清钢盔属于哪方部队
更无法知道钢盔被一颗什么型号的子弹

击穿。那个戴钢盔的人是谁

那枝黄花从那个人的额头里生长出来
在我的脑海中摇曳

（原载《诗探索·作品卷》2018 年第 4 辑）

路过少年宫

李　琦

少年宫，三个字已经足够
让我驻足。三个琴键，按响了往事
时间倒转，昨日重来

我们十二个女孩子
正随着钢琴起舞，有人错了
又有人错了，无数遍练习
仅仅是一个出场，老师目光凛然
谁也不许错！你们就是一个人！

十二只小天鹅
十二枚树叶
十二朵雪花
十二棵小白桦

如今，十二个人里
有祖母、外祖母
有伤痕累累、不肯再回忆往事的人
有早已改变国籍的故人
有连站立都成为奢望的患者
还有人，已经变成了墓碑上的姓名

我们曾是一个人，“红领巾舞蹈队”
最终，以不止十二种方式
各自飘零，经历不同的战栗
承担属于自己的命运

而那“少年宫”三个字，依旧冷静
甚至神秘，苍茫世事中，成为旁观者
此刻，它又看着我重新变成当年那个孩子
单薄而天真，正望着老师
她优美而严厉，来！孩子们
你们想象远方，抬头，再抬，往远处看——

（原载《草堂》2018 年第 6 期）

孤独的寨子

李田田

自从许多人搬离寨子
春天就变得空大
漫山野花没有人看
小鸭子的水塘安安静静
一只野白鹤休息
扛柴的爷爷也不会在意
通往山上的泥路上
只有牛草横行霸道
那些吊脚楼，很多不冒烟
只剩下骨头

（原载《诗探索·作品卷》2018 年第 2 辑）

青　台

李阿龙

俯身在桌，淡黄色，味道同雨
窗台，散放的课本，水杯上热雾氤氲
不远处，一团牵牛，葱郁未开

青藤纤细，沿着风，爬上暗润的石台
一天一天。每次，起身伸个懒腰。
我看着你，面向窗台。发丝结了青涩的花骨朵。

还要等多久呢？
“快开了，一场一场雨水催着。”
“可惜啊，这花开了，我们就毕业了。”

（原载《诗探索·作品卷》2018 年第 3 辑）

观日落

杨　角

我常常咬着牙根写诗：
说到图财害命写一句
说到谋夫夺妻又写一句
一生的职业从多个方面限定了我
不小心常夸大仇恨
缩小了悲悯
今年八月，在云南大山包
我看到了最温情的一幕
从下午开始，无数游人
就坐在斧削的鸡公山上向西瞭望

直到黄昏降临，一轮落日
坠毁在远处山崖
那一刻，连怀里的婴儿
都像牛栏江的水，阒然无声

（原载《文学港》2018 年第 5 期）

冬阳

杨　强

冬天按照自己的喜好装修了这个世界
连一只麻雀飞翔的姿势也是冬天的

天空也是
它是生产白雪的工厂

太阳也是
它显得弥足珍贵

老人眯着眼在屋檐下
打盹。一个村就安逸起来了

几个我叫不出名字的老人
我突然喊出了他们孙子的名字

我突然温暖起来
就像别人看见我奶奶
突然喊出我的名字一样

（原载《诗探索·作品卷》2018 年第 2 辑）

悲欣

余笑忠

母亲不好意思摊开皴裂的手
只用手背摩挲婴孩的面庞
她的曾外孙女，来自湖南
她说：要是你太爷见了，不知道有多欢喜
她又笑话自己：我说的话，你也听不懂哈

这是父亲辞世后的第一个春节
开春的太阳，暖和得像在做梦

（原载《读诗》2018年第1期）

甜

余秀华

向白要白，向雨要水，向你要你啊
向梦要梦，要一个纸做的人
在路灯下留下影子
向天要理，向地要情
向现在要一个过去
而过去，不过是现在倒映在池水里
你告诉我，哪一种爱不曾违背天理
哪一种毒没有裹满甜蜜
这甜蜜，在你的舌尖上
如一条闪电
击溃一树盛开的合欢
如警笛，呼啸而来

如此，我怎敢向这深井般的夜晚
要一个黎明

（原载《读诗》2018 年第 2 期）

我是被时光磨损的废品

那　萨

下山时，他们正好上山
我用四目巡视，他用微笑迎向
与老人们碰头、碰脸、拥抱
嘘寒问暖，母亲说
小时候我和他是认识的
帅气，灿烂
仿佛，我是被时光磨损的废品
杵在人们问安的路口
羞涩地，不知所措

（原载《诗探索·作品卷》2018 年第 4 辑）

迷　途

孙方杰

没有多少爱，多少事物，让我告别
故乡已经回不去了，我想和童年的伙伴
灯深夜语，有的已经故去
有的已经被生活逼成了哑巴
我想成为他们寻找拯救的向导
而自己却走进了迷途

谁能够给我忠告和解脱
谁能够为老年送回青春，为孩子送回童真
为少女送回梦想和爱情
我在刹那与漫长的光阴之间
看孤单和大风，在流年轻度中隐现

我路过了母亲怀胎，十月分娩
路过了少年轻狂，青春张扬，还在路过中年的彷徨
我还活着，还能扬鞭驱骑，寻找更远的路途
看着流星滑落在明亮的海面
我恍然明白，我就是月亮的一次盈亏与圆缺
一粒尘土的升起又落下

（原载《泉州文学》2018 年第 2 期）

蚂　蚁

羽微微

如果把那只蚂蚁放大
像只鸟儿一样大小
我们就不会那样掐死它
轻易地，毫无罪恶感地
因为痛苦的表情，能看清了
扭曲的身体，能看清了
乞求的或愤怒的眼睛，能看清了
甚至能听到呼号的声音
但现在不是，蚂蚁太小太小
小得像装不下痛苦
小得像没有装上一个真正的生命

（原载《诗潮》2018 年第 6 期）

唱，不是嚎

张洪波

夜晚，狼站在悬崖上
一声声长调，传遍山谷
有人说那是狼在嚎叫
嚎叫怎么会这么有力、回声深入？

那是在歌唱。在宣泄吧
乐音震颤夜空。悠扬直指心灵

一只狼比起一群疯狂野兔
狼。更具备英武。仰天高歌

它是在嘲笑所有胆怯者吗
还是让你打起精神，准备出击？

（原载《文学港》2018 年 10 期）

太阳重新升起

张执浩

我曾在故乡的小山顶上
目睹过太阳升起的全过程
之前有过很多次
之后很少再有这样的机会
哪怕是现在我坐在秋阳里
身体散发出烤红薯的气味
说你爱她，就应该憋红了脸再说
说过后自己也面红耳赤

再也没有这样的机会了
当你和我一样远离故乡的山顶
登完泰山后又来到海边。
说你爱她，就应该云淡风轻
让她拽着你的衣襟
大声问：“你再说一遍？”
而此时你已经挣扎着跑远
回过头来看见
她的头发在燃烧
她的脸你一生只见过一回
之后每一次再见都是重现

（原载《天涯》2018 年 5 月号上半月）

都那么穷

宋艳梅

村子到集市
隔条能听到对岸说话的小河
大人们结队去卖红薯白菜
孩子们隔河相望
迎风舔干裂的嘴唇，跺冻僵的小脚
允诺的彼岸糖果
和花衣裳
从未跨过河流眷顾他们
一逢集
坝上又站满两眼堆着期待
迎风舔干裂嘴唇的孩子
让承诺一次次落空的父母
也不觉得欠孩子什么
他们都那么穷

（原载《诗探索·作品卷》2018 年第 2 辑）

日落肥西

陆支传

长途车停在肥西
我从迷糊中醒来
窗外，落日正美
橘红色的天空更像是
一碗端在谁手里的新鲜血液
密封的窗户玻璃
使眼前的小镇变成一场无声电影
世间匆忙而又美好
突然抛锚的长途车让我停下来
这是一段不幸被定格的旅程
这是一个最该被记住的黄昏

多么幸运
我和落日，在此刻
隔着浩渺人间相认

（原载《人民文学》2018 年第 1 期）

神木诗歌小辑

叶　子(外一首)

闫秀娟

那是哪一天
我一件一件往出拧衣服
洗衣盆里不时有一片落叶

弟媳妇从医院回来
什么也没说
我直怕她说什么了
她站下看我一件一件
往出拧衣服

忽然我听她说
妈的病转移了
声音轻轻的
好像说了　又好像没说

洗衣盆里孤零零地漂一片叶子
我好像看到自己脸了
我什么也没说
胳膊支在大腿上
想把那件衣服拧得干干的
可怎么用力也拧不动

我什么也没说
还是想把衣服拧得干干的

拧下去的水滴滴打打
比眼泪还多
那片叶子是
最大的一颗

十年过去了
我还是没能从
那片叶子中走出来

味　气

就那么个土房子
就那么个年轻女老师
就那么几个年级几个班
几个学生

老师背着个孩子摊玉米饼饼
把他们几个光身身的孩子
站在门上爱的
老师把饼饼夹成几半
分开来给他们吃了
他们走了一阵儿
还能闻见那个味气了
原弯回来站门上了
老师又给他们分开来吃了

拉骆驼的人说
几十年过去了
那是他吃过的
最香最香的东西
就是那个味气
让他记住了那个老师
他还记得那个老师叫李维俊

那个人像是回到了过去
一个人慢慢说
李老师
啊啊，李老师
他还不知道我就是
李老师当年背上背的
那个孩子

旁观者笔记（外一首）

青　柳

他孤身一人静立在大雪之中
远山白了庙宇，树木
穿过大风，惊恐的飞鸟
描述着即将到来的觅食的悲歌

而现在，他充当了时光的剪刀手
他摇动黑色的轮椅，用一只手
提了提事故中瘫痪的双腿
他总是面带微笑，向布施他的路人
还去深深的歉意

他从来没有因命运的悲切
动摇对陌生事物感恩的信念
也许有一天，他会从熙攘的人群
找到久居的子宫，或者
干脆在百年之后，消失得无影无踪

观《森吉德玛》笔记

没有月亮。月亮映照在我们之中
来自鄂尔多斯的骑手，在马背上

吹起了长调，遥远而宁静
敬酒歌、摔跤舞、迎亲的队伍
在月亮乳白色的倒映中
亘古而忧伤。没有报幕的人
女主人悲苦的命运，没人说起
此刻也没有人能掩住哭泣
仿佛无数个我，在同一面镜子里
看见波浪的起起伏伏，但这远远不够
我们只是看到了大海平静的表面
抑或波浪里潮湿的绝望
而还不能面对自己
在黄昏的夕照里交出镜中的恶魔

我们显示爱意　又迅速隐藏自己

冯小粒

我们疏远 甚至冷漠
我们不在阳光下晾晒幸福
也不屑于在深夜申诉痛苦

窗外的花 天气合适便兀自绽开
草尖的露珠 捧着干净的心事 却也见不得久光
四季的城府越来越深了
不动神色就把人间搅得五味杂陈

我们带一身旧病初愈的虚弱
在春日的午后
意味深长地看人们
靠得那么近 又离得那么远
刚显示爱意 又迅速隐藏自己

生　日（外一首）

惟　岗

每当问起你几岁了
你就会迅速伸出三个小指头
说："两岁了"
时光，在有你以后
出奇的快，和你一同生长
让我有时胆战心惊
期待你突然长大
又担心自己突然变老

我能教给你的真得很少
在马上来临的第二个生日前
我要感谢季节、太阳、雨水
月亮、星星、粮食、空气等等
是你们，真正养育了我和我的女儿

眼　睛

"爸爸，你的眼睛里有我"
这是我身体上唯一能映出你模样的地方
在我们像两个好奇的孩子一样盯眸时
我领受着你这份幸福的发现，女儿
你让我看你的眼睛里是否有我
那水汪汪的眼睛啊，将我所有的悲伤
一层层滤去，我略显疲惫的神情和犹疑
戛然而止，世界的真相得到显现
我多想永远留存在你的眼睛里
看山，看水，看无尽的时光欢快褪去

故乡记（外一首）

窟野河

看一眼这满眼的黄土
我的故乡才刚刚开始
牛羊守着仅有的孤独

暮色苍茫，故乡这只巨大的篮子
装着供奉星辰的礼物
在夜幕里，土里长出万家灯火
一群未出世的孩子，正在等着春雨

杨　山

我们到达时
落日正从龙塔沟掌的山上滑落
青川这最后一点落日
正在把暮年的光
一点一点吞进身体
漫山遍野的草木动了起来
一直朝着天边奔跑

落日过后，杨山并没有沉睡
也没有风过无痕的虚幻
蚂蚁们也没有休息
它们年轻冲动就像我
此刻正沉浸在这
巨大的暮色包围里
真的害怕，我一转身
就跟着落日滑下去

我的前世（外一首）

梦　野

轮盘停下来
我的前世是土匪
竟是军队化的土匪
我有一个悬崖
多么怕人
和尚 佳人 财主 将军 老鸨……
随时会在我的嘴边
跌落

我有些怀疑
轮盘再次停下来
我怎么是皇帝 身披龙袍
朝堂齐呼万岁 万岁 万万岁
余音走进草丛
丞相 嫔妃 诗人 名妓 书生的步子
更加轻盈

我还是有些怀疑
封建社会的最高统治者
即使我是晚清的溥仪
从八宝山到华龙皇家陵园
五十年
不再是一瞬

我要的是一瞬
轮盘最后转起来
喊一声 停
我的前世是诗人 一生在远行
有着欧美的表情

没一个人

同一张裸照
我在二十个微信群上看见
看见还有三千余人 在飞速充电

我看见睫毛败下阵来
大地露出银蓝色的表情
粉脂弄疼呼吸
在乳房滑落

这还不是严重的
她的耳坠早被人抢走
两孔上的血
流入惊恐的年月里

最严重的
是她的私处 有无数双手在游荡
但没一个人
掏出一分钱
愿意为他穿上裤子

在最坏的天气喝最好的酒

十指为林

在最坏的天气喝最好的酒
我们经常因为坏天气相聚
喝几杯小酒来排解忧愁

在最坏的天气喝最好的酒
无论多少次推杯换盏后

我们都要朗诵自己的诗歌
来歌颂土地歌颂真理歌颂神木这个城市

在最坏的天气喝最好的酒
我们怀揣梦想满含激情
不当官却心怀天下之事

在最坏的天气喝最好的酒
神木的小镇上几乎没有我们没去过的小酒店
我们喝酒不是为了喝醉
而是为了激扬文字畅饮人间最伟大的孤独

开瓶红酒有多难

郭少艳

卧谈会至凌晨 3 点 57 分
家里停水了
两个女人
一直说到嘴皮发干
在昏黄的灯光下满屋子转
没发现开瓶起子
下库房找来了扳手 、改锥和火钳
去应对这瓶法国红酒的
精酿、沉香与甘甜
边撬边说话
一直研究到天大亮
也没喝上
即使青葡萄变成紫葡萄
去籽发酵酿成酒
再漂洋过海送至我们手中
对男人的控诉
依旧没有完

我凝视着一座废园

沐 风

我凝视着一座废园
它在自己的想象中沉睡
曾一度是那么的喧闹
那么的坚固
如今被人们遗忘

斑驳的岁月
漫无声息地 在它的额头上
长满一层厚厚的青苔
它的肩上
也爬满了蜘蛛网

我走进院子
老藤漫爬
萋萋荒草漫过我的白翎
湮没我空灵的太息
窸窸窣窣的虫鸣
在多少白瓦灰墙的缝隙
发出过声音

我走进屋子，书案上囚着月光
花豹的斑点
掩映在光阴的古卷里
流光 雨水 蝼蚁
带着我的视线 向下
落花就要被风吹光

安静如灰。或许有一天
白鸟再也找不到它的家园

黄昏临近

薛淡淡

担土豆的农妇
缓慢行走在
神木南乡的山间小路

土豆上的沙粒新鲜湿润
握扁担的手掌粗糙干瘪
有一些暮色的重量
压在她的睫毛上

村庄的轮廓隐隐约约
动物粪便的气味蒸腾弥漫

低沉灰暗的天空之下
几行摇曳的炊烟
让我想起幼年时
北关村所有的母亲
在黄昏发出的一声声召唤

在石峁醒来

杭建新

寂寞感如同一张收缩的网
无时无刻地在炫耀
走在铺满数千年尘埃的小道上
纠结来自风雨后的一种呻吟
裸露、荒凉、漠视、践踏
山峦开始了抖搂心思

一块块石头，就是一个个臣民
漫山遍野都是
石峁山的女王
世人眼中的谜题
何尝不是您古往今来的一种阅历
面对如此神奇的故事情节
不需要入戏太深
静静地去凝视
每一株野草，每一朵烂漫的山花
迎来送往着大江南北的寻隐者
石峁山啊，先祖就在那里安营扎寨
莫不是春天的思念语无伦次
一次次在黄土地上
埋下了愁绪和对深秋的延续
历史的笔墨呼唤着遥远的城事
皇城台上，渺小感瞬间被空旷席卷而去
一块美玉就是一段传闻
一处殉葬就是一场文明
多少次在梦中聆听着乡音
旱烟锅子磕出了千年风雅
我要沿着被月光吻过的山路上
栽满了兰花花
等待着我的心上人，一笑倾城

爸爸从后院钻进去

思　林

我看见爸爸后面跟着两个人
从我眼前飘过
蹒跚着走进一道门
进了深深的后院
就再也看不见他们的影子

后院凸起一座水井
荒芜了多少年
上面一座葡萄架
叶子已经干枯，垂着秋泪

葡萄架上有一只硕大的蜘蛛
在结一张硕大的网

天亮时我似乎又听见爸爸的扫地声
等我跑到了后院
却并没有看见他
我只看见蜘蛛网上又多了一只
头上顶着黑红的七星瓢虫

也要花开

雷　鸣

不会劈柴，不愿喂马
不周游世界
我想要一所房子，不用面朝大海

我的房子不用奢华
草不着色，纸不印花，木不涂漆
不用插花装饰，无须琉璃点缀
这些，我都不要！

我只要有一个你，着一袭布裙
衣袂飘飘
于斑驳开裂、肌理尽现的桌案
研磨、抚琴 笑容温柔，在春天
和我一起等花开……

秋天现在，高原现在（外一首）

破 破

情人和姐妹等在远方
我也纯洁，也有温柔的感情
怀抱一颗高粱我将热泪盈眶
四海的兄弟，举杯！
身后是朴实的黄土茫茫

永恒的高原茫茫
高粱酒散发漫山遍野的芬芳
那芬芳如此持久忧伤
像一种温柔的感情
而我们的心灵如此宁静像遥远的星辰
星辰如此遥远深入我们善良的心灵

我在秋风吹遍的故乡
爱上所有陌生的远方

现在的高原秋色茫茫
洁白而高远的云朵上面刻有先知的诗行

浪 子

和雪山结交冰清的友谊
和河流打问飘忽不定的前程
过去、现在、未来
浪子的心遥不可得
与风为伴，与娼妓同床共枕
浪子的一生是随风走远的一生
比风还要远的是浪子的心情

浪子回头望见故乡在星群中闪烁
浪子，如果我曾令一颗心破碎
我知道心还有另外的形状

新译界

英国现任桂冠诗人
卡罗尔·安·达菲诗选

远　洋　译

卡罗尔·安·达菲，CBE、FRSL（英语：Carol Ann Duffy，1955年12月23日—），苏格兰诗人与剧作家，曼彻斯特都会大学现代诗学教授。2009年5月1日，英国王室宣布卡罗尔·安·达菲（Carol Ann Duffy，1955-）为新任桂冠诗人。此项殊荣341年来一直被男性垄断的神话终于被打破，达菲是英国历史上首位获此荣衔的女性、第一个苏格兰人与公开的双性恋者，也是21世纪的首位得主。达菲一夜之间成为世界关注的焦点。

达菲自1974年进入诗坛以来，已出版超过三十本著作。诗集有《站立的裸女》（*Standing Female Nude*, 1985），获苏格兰艺术协会奖；《出售曼哈顿》（*Selling Manhattan*, 1987），获毛姆奖；《残忍的时间》（*MeanTime*, 1993），获韦伯特诗歌奖；为诗人带来广泛盛誉的当属《世上的妻子》（*The World's Wife*）以及《狂喜》（*Rapture*, 2005），获艾略特奖。艾略特诗歌奖评委会主席大卫·康斯坦丁称赞《狂喜》是"一本自始至终洋溢着热情的诗集，融合了丰富多彩的创作形式和主题"，"重新鼓舞和延续了诗歌关注爱与失落的悠久传统。"

她的诗作常以平静易懂的语言，传达有关压迫、性别与暴力等议题的理念。当诗歌正日益失去其读者群时，达菲的诗集却是英国图书畅销榜的常客，为数众多的达菲诗歌"粉丝"使得达菲成为英国最受欢迎的当代诗人。达菲涉猎十分广泛，除了诗歌，她还创作了大量剧本和儿童文学作品，并曾获得过惠布瑞特儿童文学奖。

通信者

你星期四来时，带给我一封信。我们有
吃饱了的鸟儿的语言，茶杯。
我们没有身体语言。我丈夫会在场。
我会问候你妻子，用一只细长调羹
搅动他的杯子，我的手不会颤抖。
我接你的帽子时给我信。谈谈
寒冷天气。一见到你我的皮肤就燃烧。

我们浅尝辄止，闲聊。我烘烤了这块蛋糕，
你吃它。话语不知从哪儿冒出，渐渐飘去
如他烟斗里升起的烟。在我的衣裙下，我的乳房
为你的嘴唇鼓胀，腹部搅动着，渴求
由你棕色的双手抚平。这种秘密生活是格利佛，
被开玩笑的绳索捆绑。我疼痛。稍后
你的信在高温中突然燃烧，消失。

最亲爱的，设想我跟你在一起……我读
你忧郁的话语，对我自己做
你只能想象的事。我几乎不了解自己。
你温柔、洁白的身体在我的怀抱中……分开时，
你吻我的手，弯腰鞠躬，所有激情
坚韧地抑制。你的奴仆，夫人。此刻你写
爱的狂热言语。那些话，一旦我大声说出就会玷污。

下一次我们相遇，在客厅或花园，
小心翼翼传递我们的信，我们的眼睛
谨慎地盯在法定的爱情上，想想我
在我的婚床上，在你离去后一小时。
我在心中一遍又一遍呼唤你的名字
在你的虚构带我去的某处。当我跪在火边
我已吻过纸上你甜蜜的名字。

暖和她的珍珠

紧贴着我的皮肤，她的珍珠。我的女主人
吩咐我戴上它们，暖和它们，直到晚上
我梳她的头发时。六点，我把它们放在
她冰凉、雪白的咽喉周围。一整天我想着她，

休息在黄房间里，思量着丝绸
或塔夫绸，今晚穿哪一件睡袍？她自己扇扇子
而我乐意效劳，我的慢热进入
每颗珍珠。在我的颈脖上松弛，她的绳索。

她很美。我在我的阁楼床上
梦到她；想象她跟高个儿男人跳舞，
他们迷惑于她的法国香水、她的乳白色宝石下，
我的隐约而执着的气味。

我用兔脚拂去她肩上灰尘，注视
温柔的羞红透过她的皮肤，宛如一声
慵懒的叹息。在她的镜中，我的红唇
微微张开，仿佛我欲言又止。

满月。四轮马车载她归来。看见她一举一动
在我脑海里……脱衣，取下
她的珠宝，她修长的手伸向梳妆盒，
赤裸裸地滑到床上，她总是

那样子……我醒着躺在这儿，
知道珍珠正在冷却，即使此刻
在我主人睡眠的房间里。整夜
我觉得它们不在身上，而我燃烧。

驱　逐

他们一直不友善。现在我必须离开，
我为恳求、感激学会的词语
将不会用到。在任何语言中
爱是眼里一个眼神，但在这里不是，
今年不是。他们一直不欢迎。

从前，我以为世界是我们在那里生活的
空间，一个在大黑暗中发光的国家。
我儿时看见过一张照片。

现在我是外国人。我所来之处很少工作岗位，
年轻人郁郁寡欢，不做梦。我的爱人
生孩子，我到这里打工，找个
家。二十年后，我们会说这是你
婴孩时的样子，李树还是幼苗……

我们将对方耗竭，在彼此的怀抱中
营造我们的家。我们不够强大。

他们彬彬有礼，没完没了地打官腔。
F表。十二号房。六号窗口。
我进入流亡大楼，比在高耸入云的群山下
感觉还要渺小。殡仪出租车队
在下着毛毛雨的大街慢慢爬向终点。

我没什么特别。一片海洋分开我和我的爱。

回去。她会拥抱我，问我过得如何。
回归。一件事——有一个空间来写
她眼睛的颜色。这里他们有一个苹果，
又苦又甜，恰好匹配他们。最亲爱的，
没有你我无家可归。天很冷。

相隔千里

我想要你，你却不在这儿。我在花园里
踌躇，呼吸着色彩的思想，在语言
融入静止的空气之前。纵使你的名字
是苍白幽灵，而且，尽管我一次又一次
呼出它，它也不会留在我身边。今晚
我把你虚构，想象你，你的动作更清晰
胜于我让你说的，以前你说过的话语。

无论你身在何处，在我脑海里，你用一瞥
钉住我，站在这儿，当寒冷的余晖
溶入土地时。我误解了你的嘴唇，
但它依然微笑。千里之外，我把你抱得更紧，
发明着爱，直到被夜鹰的呼唤打断，
转向就要出现、确信的东西，
变成记忆。星星拍照我们，不为任何人。

谁爱你

我担心你乘坐那些神秘机械的旅行。
每天人们从云中降落，死去。
轻松地呼吸，来来往往。
平安，平安，平安回家。

你的照片在电冰箱里，灯光打开时微笑着。
公共场合，一直有人被火烧死。
在凉爽的树林落下柔和阴影的地方休息。
平安，平安，平安回家。

别在沙滩上躺下，那里是天空的洞穴。
太多的人被咬啮成碎屑。
送给我你的声音，哪怕跨洋过海。
平安，平安，平安回家。

无爱男人和无家小伙子在外面生气。
夜夜有人抄捷径，结束自己的生命。
在灯光下步行，稳点，快点走向我。
平安，平安，平安回家。（谁爱你？）
平安，平安，平安回家。

寥廓之夜的言语

在某个地方，在这寥廓之夜的另一边，
我们之间的距离遥远，我思念着你。
房间正慢慢地旋转，从月亮偏离。

这是令人快乐的。或者我将这句划掉并且说
令人难过？时态之一，是我在唱
一首不现实的欲望之歌，而你无法听见。

啦、啦啦、啦。明白吗？闭上我的眼睛，
想象我将要穿过黑暗的重重山峦
抵达你。因为我爱着你，

而这就是爱，任何言语也难以表达。

情　书

有人把它们保存在背光的鞋盒里，
眼帘抬起时，扑闪着痛心的记忆，
写满他们自己的轻率。我自己的……
私下笑话，再也读不明白，摘抄它们的妙语警句，
挫败于情话之间的空隙。现在你
穿戴着什么？

　　　　永不变心。
他们以心爱的开始；在对骂中结束。

离开，失落感。甚至此刻，拳头的花蕾
也在颤抖中绽放，那时手指查探每一行，看见
未来。永远……无人烧掉它们，
情书，在纸板棺材中僵硬。

亲宝贝……我们都有过奇怪的名字
如今让我们脸红，好像很久以前，
我们用化名谋杀过某人。没有你
我会死。死。偶尔，独自一人，
我们取出它们再读一遍，心脏的砰砰声
像一把铁锹击打埋葬的骷髅。

给暗恋者

一想到你，就令人恐惧，
无论你是谁，
未来的刀子对着我的伤疤，
原地待着，别过来。

英俊，迷人，酷毙
帅呆，离开。
读我的嘴唇。
没门。好吗？

我这颗衰老的心脏
手提袋一样空荡荡。
两耳闭塞了。
别打电话，约我晚餐，

把事情弄得更糟。
你的小小的借口？
你的小可爱的方式？
那么，是什么使你成为你？

别说了，把它装起来，挂
在墙上，卖票，
我也不会来。回去。走开。
现实点。别烦我。闭嘴。

只是，你必须，记住这个——
不会有什么亲吻、拥抱、
慢舞，没有真正的浪漫史。你
是匿名的。你是谁？

这里没人待见你，小子。

醉

突然间，雨喜从天降。
月亮在黄昏里摇晃。

真可笑。看不见的青蛙打嗝儿
在潮湿的草丛中。

黑下来的树林奇异的芳香
便宜的干红

而整个世界张开嘴唇。
给我双份的吻。

情人节礼物

不是红玫瑰，也不是绸缎做的心。

我送给你一颗洋葱。
它是包裹在牛皮纸里的一轮月亮。
它承诺光，
就像爱认真地褪去衣裳。

在这儿，
它会用泪水使你双眼模糊
像一个情人。
它将把你的面影
变成一张悲伤颤动的相片。

我只想说真话。

不是可爱的卡片，也不是带吻电报。

我送给你一颗洋葱。
它辛辣的吻将留在你的唇上，
像我们一样
霸道而忠诚，
就像我们一样长久。

收下吧。
要是你喜欢，
它铂金般的葱圈会缩小成一只婚戒。

致命。
它的气味会黏上你的手指，
黏上你的刀子。

蒸　汽

不久以前，情人和我
在一间蒸汽房里——

一声淘气的、渴望的、银铃般的话语——躺下，
相对的两端，消失了。

刚才，要是我们中的一个坐起来，
或站立，或伸直，赤裸着，

一个软铅笔画的裸体姿势
在薄纸后面

显现，慢慢地，擦掉它自己，
用一块冒烟的布。

说几个月吧。这只手伸着
穿过蒸汽

去触摸真实的东西，那里很骇人，
但终究不是幽灵。

关　闭

锁门。在我们夜晚的黑暗旅行中，
两个孩子站在卧室角落
观察着我们把对方弄成碎片，
以审视我们的心。我在睡梦里听见
一个用失去的口音讲述的故事。你明白这话。

脱衣。一只手提箱塞满秘密
在床脚衣柜里爆炸。
又穿上。脱掉。你让我像一幅画，
抹去，着色，无标题，用你的舌尖落款。
用红色在我手掌上写下的国名，

难以辨认。我告诉自己我住在哪里，
但你靠近让我哆嗦，无家可归，
更甚。一枚硬币从床头柜掉落，
旋转着正反两面。我怎么
能赢得。我岂能失去。给我再说一次。

爱不会认输。它用怜悯的钟声
令租借的房间颤抖，一根香烟自己冒烟

紧挨着一满杯红酒，时间疼痛
成空间，空间，不想要更多的话。此刻
它让我在我想要的地方，此刻你，你做吧。

拉灯。岁月站在外面街上
仰望一面敞开的窗，漆黑如我们的嘴
哼出不成调的歌。我们自己的幽灵，
前前后后，挤满镜子，盲目地，
笑着、哭着。它们知道我们是谁。

窗

你怎样维持生计，
在黄窗后面，夜晚
给花园写植物的拉丁名，
给湿漉漉的小狗开前门？

你爱的那些人原谅你，真切地，
用热腾腾的砂锅和红酒。
城郊街区都放映同一部电影，
《美妙人生》。你如何领悟它？

你听见的是——门铃熟悉的鸣响。
你摸到的是——干净温暖的毛巾。
你看见的、闻着的、品尝的，对于
经过你大门的陌生人，都很实在。

你又在那儿，房间里那些早开的风信子
必定使空气变得甜丝丝，恰当的词语等待
在辞典里，在一吻中你触及的舌尖，此时
拉上你的深红色窗帘

遮挡黑暗时刻。又一次，在厨房里，
窗半开，偶尔有收音机的声音

或食物的香味，还有你怀中的猫，
你怀中的孩子，情人。如此鲜艳的花。

耻 辱

但有一天我们醒于耻辱；屋子
寒冷的房间，每间都喂养着
灰尘和阴暗不断增大的囊肿。
数月来我们未曾回到心中的家。

我们的话变了。死蝇在蛛网里。
它们僵硬、发黑。珍爱的斜体字
突然在舌尖酸臭，淫言秽语
在头脑里的墙上自行喷写。

醒于你的衣服像地板上的尸体，
奄奄一息的灯泡，整天在我耳中
渴求，它们的回响听得见眼泪；
我们竭尽所能使事情变得更糟

更糟。带着错误的语言入夜，
挥动着，指指点点，双手的影子
在卧室里巨大。梦见裸体爬行
从一个死地越过另一个死地；我俩。醒了。

醒于优雅的缺失。静物的
一餐，未动过；酒瓶，空荡荡；烟灰缸，
满当当。在阴郁的厨房里，电冰箱
使它冷酷的心变硬，自私如艺术，嗡鸣。

对一盘烂到核的苹果。踱脚的鞋子
空在客厅，我们的声音请求
在提示音后留言，电话筒
把它的耳朵贴近遥远、看不见的唇。

花园低着头，易受伤的花，黄昏里
看不见，当我们在剪影中呼喊。
醒于尖叫的闹钟，砰的关门声，盆栽
在脆弱的土壤里颤抖。全部的

耻辱。在黑暗中起身，站在窗边，
计算着到达那里的年月，无信，
无悔。醒于无意义的星星，你和我，
迷失了。隔壁传来悲痛欲绝的元音。

标准时间

钟表倒转一小时
从我的生命中把光偷去
当我走过错误的城区，
为我们的爱哀悼时。

而且，当然，无法修正的雨
落到阴冷的大街，
我觉得我的心咬啮
我们所有的错误。

假如夜幕降临能让今天
更多一个钟点
有些话我就永远不会说
你说的我也听不见。

但我们会死，如你我所知，
越过全部的光。
这些是缩短的白昼
和漫漫长夜。

《世界之妻》：光怪陆离的众生相

——英国现任桂冠诗人卡罗尔·安·达菲《世界之妻》译后记

远　洋

卡罗尔·安·达菲，这就是英国有史以来首位女性桂冠诗人的肖像：脸庞宽厚，胸襟开阔，狮鬃般浓密而蓬乱的卷发，宽大的衣袍随随便便地敞胸穿着；看上去气魄不凡，既有几分王者气度，又有几分落拓不羁的艺术家做派。更特别的是眼神犀利，目光如电、如剑，仿佛喷着火。一眼就可以看出，她是一个能量巨大、“神灵附体”的人——是中世纪女巫，还是远古的祭师？是诗神缪斯，还是诗人之王？诗人、母亲、女权主义者，这多重角色及由此而来的繁重责任义务，似乎并不妨碍她惊人的创造力火山般不断喷发。

自1974年以来，她先后创作出版三十多部书籍，包括戏剧剧本、儿童故事和诗集，可谓著作等身。当诗歌日益失去读者群时，达菲的诗集却是英国图书畅销榜的常客，被列入英国的教学大纲，成为学生的必读书目，她本人亦成为英国当代被阅读最多、研究最多、也是最受欢迎的诗人之一。她还是自莎士比亚以来在文学少年中最受喜爱的诗人。有媒体称，早在十年前，达菲就有资格当上桂冠诗人。然而，同性恋、双性恋的身份，在英国社会引起非议，被首相布莱尔否决，一度与桂冠失之交臂。埃丽卡·瓦格纳说：“卡罗尔·安·达菲是一位具有技能、天赋和伟大心灵的诗人”，读她的作品，便知此话不谬也不虚。

一

据报道，达菲十一岁开始写诗。她对于语言和诗歌的爱好，主要来自母亲梅伊的熏陶。但在1999年出版的《世界之妻》（*The World's Wife*）这本诗集中，带有自传色彩的开篇之作，就以格林童话为框架，通过“移花接木”的手法，把自己初恋的感情经历和学诗的起步过程嵌入其中，描写了她作为一个叛逆的青春期少女，与一位年长诗人的不伦之恋：

他站在空地，用他狼一般慢吞吞的调子
大声读着他的诗，一本平装书在他多毛的爪子里，

红酒沾染着他有胡须的下巴。他的耳朵
多么大！他的眼睛多么大！什么样的牙啊！
在间歇时，我非常确信他玷污了我，
甜美的十六岁，从来没有过，女孩，流浪儿，一杯买了我，
我的第一次。……

这个“大灰狼”诗人引她“离开家，到一个黑暗的乱糟糟的荆棘丛生的地方/被猫头鹰的眼睛点亮”，“爬行在他的尾迹中”，走上了诗歌道路，而且在“狼窝”里同居十年。直到小女孩变成成熟的女诗人，厌倦了“一条大灰狼/在月光下嗥叫同样古老的歌，年复一年，/一季接一季，同样韵脚，同样动机，”，她“拿起一把斧头”，在臆想中杀死了她的兼有情人、父亲、导师三重身份的引路人，却看见了祖先的遗产（“那亮闪闪的、处女般洁白的我祖母的骨头”），转而与男性传统一刀两断，带着她的诗歌花朵走出“狼”的阴影。

二

《世界之妻》这部诗集就这样血淋淋地开始了。在书中，达菲从女性角度出发，融入现代社会生活情景，颠覆并重构以男性为中心的神话、童话、传说、圣经故事甚至真实的人物和事件，从迈达斯太太到女金刚，从猫王的孪生妹妹到皮格马利翁的新娘，让这些被遮蔽的妻子们走出伟大或者著名丈夫们的影子，走上前台，用诙谐的语言模拟了世界上各种各样妻子的处境，抒发了在文学作品中通常处于失语状态的妇女的心声。

正如鲁迅先生所说，“悲剧是将有价值的东西毁灭给人看，喜剧将那无价值的撕破给人看”，达菲驰骋想象，纵横人鬼神三界之间，跨越历史与现实，百无禁忌，幽默、讥讽、挖苦等等手法无所不用其极；艺术形式上不拘一格，既有典雅的商籁体，也有散文化的长篇叙事，尾韵、联韵、交叉韵、内韵运用自如，既有似顺口溜和隔行翻滚式的押韵诗，也有只讲究内在节奏和语感的诗篇。她随物赋形、得心应手地调用一切手法和形式，来服务于艺术表现，她用思想的光芒照亮探索之笔，把存在的真相揭开给人看，发人深省。

第二首诗《忒提斯》就抨击了男权社会大男子主义：

在一个男人手中
我把自己缩小成小鸟

大小。
宝贝呀宝贝，是我唱的这支
小曲儿，
直到我感觉到他拳头的压迫。

接着，“我购买一个合适的身材”，试图通过调整、改变自己来适应丈夫。她变成一条蛇，盘绕在男人的大腿上；但感觉他是要掐死她。她变成“美人鱼、大鱼、海豚、鲸”，可是“渔夫破浪而来/带着他的钩、线和铅坠”；变成“浣熊，臭鼬，白鼬”等，却有被“标本剥制师”剥皮的危险；最后，即使是变成空气、风，也会被“战斗机”所摧毁。出于爱，她不断地扭曲、改变自己，但无论如何，也逃脱不了男人的魔掌。这是古往今来众多女性在传统的男权社会中异化的缩影。

三

在《迈达斯夫人》里，点石成金的神话被改造成一个“真实”的婚恋故事，而且好像就在我们身边发生——一个贪恋财富、自大狂的男人，栩栩如生地呈现在我们面前。与姑娘初相识，一进她的家，“他坐在那张椅子里像一位国王在铮亮的王座上”，带着暴发户的狂妄自负、傲视天下的神情，以为金钱能征服一切，包括女人。是的，金钱（黄金）确实对女人有着不可抗拒的致命诱惑，女人们往往一时的沉迷恍惚，便一失足成千古恨。他差不多是强暴地占有了女人，但无法赢得女人的爱情，终因分手而致其精神错乱。这个能一夜之间暴富的大富翁，是永远无法理解金钱与爱情的关系的，想不通，于是脑子出了问题。而女人仍然带着怜悯，思念着“他的双手，他在我皮肤上温暖的双手，他的抚摸”。这是一个错将金钱换爱情的寓言。这样的案例在当今中国社会时有所闻。

达菲是双性恋，在与初恋诗人分手后，跟一位“女同志”同居了十年。在《泰瑞西亚斯太太》中，她善意地嘲讽了一个变性者——他（她）的尴尬处境，及其自身对同性恋关系根深蒂固的偏见：

他出去散步一个男人
然后回家来一个女人

显然，泰瑞西亚斯是一个传统、保守的人，他（她）无法适应自己女性新角色，而“我”起初误以为这是丈夫的双胞胎姐妹，给予关心爱护。她仍然渴望他，相当高兴，因为她真的爱他，想和他上床，“通宵在我怀里抱着他柔软的新身材。”言下之意，尽管丈夫已成为一个女人，但是因为她爱他，她可以与他转换成女同性恋关系，因为爱就是爱，爱没有改变——无论这是一个女人爱一个男人，还是女人爱一个女人，还是男人爱一个男人，其中最重要的是爱。但泰瑞西亚斯不希望被看作是一个女同性恋的女人，事实上，他宁愿离开、而不是继续这种在他看来违背传统的关系。他确实让她吻他，但他不能改变，不会如她所希望的那样，由此开创一番事业，去电视上告诉女人们他知道她们的感受如何。他不会做任何事情，因为他被困在了自己的传统观念里。所以他的夫人泰瑞西亚斯，找到了幸福，走进了一个合适的正常的同性恋关系，而泰瑞西亚斯完全陷入性角色的错乱和冲突之中，无法自拔。

四

《浮士德太太》则简直是一个现代知识女性某种典型的画像。浮士德是知识分子、科学工作者、经理人、CEO，信息时代的“成功人士”，通过个人奋斗拥有了“高尚生活”，成了“空中飞人”，“超音速飞行/世界各地”，“打高尔夫/一杆进洞”，“贩卖武器”，“买农场，克隆羊”，“上网冲浪/找臭味相投的宝贝”，内心却十分自私贪婪、卑鄙下流，与魔鬼签合同，出卖灵魂而发了大财（这与当今某些“科学家”、某些收黑钱力挺转基因的人士多么惊人的相似！）；她是“唯物质主义者”她爱的不是生活，而是生活方式，她由于虚荣、空虚无聊而赶时髦：

我去学瑜伽，太极，
风水，疗法，灌肠。
………
拉皮，
隆胸，
削臂；
去中国，泰国，非洲，
返回文明世界。
转眼四十岁，独身，
绝对戒酒，素食，
四十一岁，佛教徒。
变成金发女郎，

红发女郎，黑肤色女人，
变成土著，猿猴，
疯子，癞子；

她追逐潮流，尝试一切时尚，甚至可以变成素食主义者，佛教徒。但这一切是以物欲横流的方式……当他去找妓女，她并不觉得嫉妒，只是有点烦："不嫉妒，/只是慢性刺激"；她隐瞒了浮士德出卖灵魂的恶行，兴高采烈地继承了遗产："游艇，/几栋房屋，/李尔喷气式飞机，直升机场，/掠夺物，以及其他，及其他，/全部——/给我。"而且她自己，还"用信用卡/买了一个肾。"把自己的健康和快乐建立在别人的痛苦和牺牲之上，她同样是一个自私自利的人，过着一种完全自私和功利性的生活，没有爱，没有爱心。在她身上，我似乎看到了周围某些"时尚女性"的影子。这同样是一种自我本性及人性的变态和迷失。

五

《美杜莎》是一首关于因爱而生嫉妒的诗。她的怀疑在她的心里增长，直到变得如此有害，她头上的头发变成"肮脏的蛇"：

疑惑，猜测，妒忌
长在我心里，
把我的头发变成肮脏的蛇
仿佛我的念头
在我头上嘶嘶地吐舌。

我新娘的呼吸酸腐了，在我肺部
灰暗的气囊里发出恶臭。
我如今满口脏话，舌喷污秽，
长了黄色毒牙。
有子弹般的泪在我眼里。
你害怕吗?

她的呼吸和语言都变得恶臭、污秽，口长毒牙，泪如子弹，成为一个可怕的怪物。其根由，只是因为她认为她的"完美的男人，希腊神"会背叛她。实际上，她宁愿他死了。于是，她充满邪恶的魔力，目光所及之处，瞬息间生命灭绝变成石头：蜜蜂变成了鹅卵石，唱歌的小鸟变成沙砾，猫变成砖块，猪变成巨石，山喷火。在原来的神话中，珀尔修斯下决心要砍断美杜莎的头，为避免被她的目光变成石头，他不得不使用他的盾以映现出她的头。在达菲的诗中，珀尔修斯的盾牌是他的心脏，他的剑是他的舌头。他要杀死她，而她说："现在看着我"，意味深长。这首诗充满激情和张力，嫉妒偏执、甚至自我憎恨只是源于爱，疯狂的爱。这种疯狂只能把世界变成废墟。

诗集中，还有厌倦老公陈词滥调道德说教的伊索太太，抱怨丈夫"工作狂"的西西弗斯太太，愚妄而胆大的大利拉，充满爱心、学会照顾小丈夫的女金刚，因丈夫有背叛倾向而大发雷霆之怒的夸西莫多太太，得不到爱就不惜毁灭所爱之人的莎乐美，因漫长的等待找到寄托成为艺术家的、忠实的妻子珀涅罗珀，宁在地狱不返人间、不再爱的欧律狄刻，无爱的野兽之妻，魔鬼一样邪恶的魔鬼之妻，心存善念和爱意的彼拉多太太，遭受丧亲之痛、亡夫死而复活处境尴尬的拉萨路夫人，"似雪、似象牙"、似"冰雪女神"的性冷淡的雕像新娘，抱怨丈夫性无能的瑞普·万·温克尔太太，嘲笑丈夫的妻子伊卡洛斯太太、达尔文太太、弗洛伊德太太等，每一首诗、每一个人物都值得我们认真探究和品味。总之，达菲以辛辣凌厉的笔法描绘了男女众生相，全书构成一个光怪陆离的万花筒，折射地反映了当今世界的社会现实，揭示了人性的复杂性，并宣告男性中心主义神话的终结。这一切，都带着达菲强烈的个性色彩、革命性的精辟，充满永不妥协的批判精神。

译者简介

远洋，1962年生，汉族，河南新县人。武汉大学毕业。中国作家协会会员。1980年开始创作并发表作品，出版诗集《青春树》《村姑》《大别山情》《空心村》等多部。译诗集《亚当的苹果园》入选"全国2014年文学类100本好书"；《夜舞——西尔维亚·普拉斯诗选》《重建伊甸园——莎朗·奥兹诗选》《水泽女神之歌》《明亮的伏击》《火星生活》均获得广泛好评。获河南省"骏马奖"、"牡丹杯"奖，湖北省"神州杯"奖，深圳青年文学奖，河南诗人年度大奖，红岩文学"外国诗歌奖"等。